国家社科基金后期资助项目（21FZWB072）

选本学视野下的《古文苑》辞赋研究

彭安湘 著

人民出版社

责任编辑:陆丽云
封面设计:汪　莹
版式设计:姚　菲

图书在版编目(CIP)数据

选本学视野下的《古文苑》辞赋研究/彭安湘 著. —北京:人民出版社,2024.6
(国家社科基金后期资助项目)
ISBN 978－7－01－026593－3

Ⅰ.①选…　Ⅱ.①彭…　Ⅲ.①赋-古典文学研究-中国　Ⅳ.①I207.224

中国国家版本馆 CIP 数据核字(2024)第 103366 号

选本学视野下的《古文苑》辞赋研究
XUANBENXUE SHIYE XIA DE GUWENYUAN CIFU YANJIU

彭安湘　著

人民出版社 出版发行
(100706　北京市东城区隆福寺街 99 号)

北京汇林印务有限公司印刷　新华书店经销

2024 年 6 月第 1 版　2024 年 6 月北京第 1 次印刷
开本:710 毫米×1000 毫米 1/16　印张:23.25
字数:408 千字

ISBN 978－7－01－026593－3　定价:108.00 元

邮购地址 100706　北京市东城区隆福寺街 99 号
人民东方图书销售中心　电话 (010)65250042　65289539

国家社科基金后期资助项目
出版说明

后期资助项目是国家社科基金设立的一类重要项目，旨在鼓励广大社科研究者潜心治学，支持基础研究多出优秀成果。它是经过严格评审，从接近完成的科研成果中遴选立项的。为扩大后期资助项目的影响，更好地推动学术发展，促进成果转化，全国哲学社会科学工作办公室按照"统一设计、统一标识、统一版式、形成系列"的总体要求，组织出版国家社科基金后期资助项目成果。

全国哲学社会科学工作办公室

目　　录

序　一 ⋯⋯⋯⋯⋯⋯⋯⋯⋯⋯⋯⋯⋯⋯⋯⋯⋯⋯⋯⋯ 何新文 1

序　二 ⋯⋯⋯⋯⋯⋯⋯⋯⋯⋯⋯⋯⋯⋯⋯⋯⋯⋯⋯⋯ 吴广平 7

绪　论 ⋯⋯⋯⋯⋯⋯⋯⋯⋯⋯⋯⋯⋯⋯⋯⋯⋯⋯⋯⋯⋯⋯⋯⋯ 1

　　第一节　《古文苑》研究状况回顾 ⋯⋯⋯⋯⋯⋯⋯⋯⋯⋯⋯ 1

　　第二节　《古文苑》成书过程推演 ⋯⋯⋯⋯⋯⋯⋯⋯⋯ 14

　　第三节　《古文苑》辞赋研究角度 ⋯⋯⋯⋯⋯⋯⋯⋯⋯ 37

第一章　选本缔结:《古文苑》赋选形成的语境 ⋯⋯⋯⋯⋯⋯ 41

　　第一节　宋前赋学批评形态类型略论 ⋯⋯⋯⋯⋯⋯⋯⋯ 41

　　第二节　宋及宋前赋选的形成与衍化 ⋯⋯⋯⋯⋯⋯⋯⋯ 54

　　第三节　赋学选本批评的内涵及特征 ⋯⋯⋯⋯⋯⋯⋯⋯ 75

第二章　选源考索:《古文苑》辞赋真伪与来源 ⋯⋯⋯⋯⋯⋯ 82

　　第一节　《古文苑》辞赋真伪论辩 ⋯⋯⋯⋯⋯⋯⋯⋯⋯ 82

　　第二节　《古文苑》选赋来源考索 ⋯⋯⋯⋯⋯⋯⋯⋯⋯ 91

第三章　选心探赜:《古文苑》辞赋编排与赋注 ⋯⋯⋯⋯⋯ 103

　　第一节　《古文苑》辞赋的编排体例 ⋯⋯⋯⋯⋯⋯⋯ 103

　　第二节　《古文苑》章樵赋注再评估 ⋯⋯⋯⋯⋯⋯⋯ 120

　　第三节　《古文苑》诗文赋"三心"诠证 ⋯⋯⋯⋯⋯⋯ 140

第四章　选系观照:《古文苑》与三部文选 ⋯⋯⋯⋯⋯⋯⋯ 151

　　第一节　《古文苑》与《文选》 ⋯⋯⋯⋯⋯⋯⋯⋯⋯ 151

　　第二节　《古文苑》与《文选补遗》 ⋯⋯⋯⋯⋯⋯⋯ 162

　　第三节　《古文苑》与《续古文苑》 ⋯⋯⋯⋯⋯⋯⋯ 173

　　第四节　《古文苑》选系价值评估 ⋯⋯⋯⋯⋯⋯⋯⋯ 186

第五章　选型抽绎:《古文苑》辞赋三大类型 …………………… 193
　　第一节　双美呈现的艺术赋 …………………………………… 193
　　第二节　征实求真的地理赋 …………………………………… 205
　　第三节　深载寄托的物类赋 …………………………………… 215

第六章　选情诠读:《古文苑》辞赋情感指向 …………………… 229
　　第一节　不遇的诉说与贫穷的感喟 ………………………… 229
　　第二节　情欲的渴求与死亡的感悟 ………………………… 243
　　第三节　游戏的追慕与嘲谑的态度 ………………………… 263

第七章　选义寻幽:《古文苑》辞赋文化意蕴 …………………… 278
　　第一节　动物与符号:赋之畋猎与皇权文化 ……………… 278
　　第二节　梦境与心境:赋之绘梦与汉梦文化 ……………… 291
　　第三节　天文与人文:赋绘天象与交感文化 ……………… 308
　　第四节　法律与文学:赋之"法语"与汉律文化 ………… 321

结　语 ……………………………………………………………… 339
参考文献 …………………………………………………………… 343
后　记 ……………………………………………………………… 355
附　记 ……………………………………………………………… 357

序　　一

"十年磨一剑,霜刃未曾试。今日把示君,谁为不平事。"苦吟诗人贾岛这首著名的《剑客》小诗,之所以古今传诵,不仅在于它分享了成功的喜悦,更在于它昭示了一个苦心孤诣、坚韧不舍的过程。凡所创制,均不能一蹴而就,而非辛勤打磨不可。有道是,宝剑锋从磨砺出,梅花香自苦寒来。

也是整整一个"十年",安湘在 2013 年推出第一本著作《中古赋论研究》之后,今年又即将把她的第二部著作《选本学视野下的〈古文苑〉辞赋研究》呈献在亲爱的读者诸君面前。也同样是在武汉"热情"如火的七月,安湘索序于我。我虽然不敢以剑客"今日把示君"时的那种自信和豪情妄加比附,但却以为,"十年"磨砺的甘苦与自励自强之精神,于安湘与其书,则是每每而在、显而易见的。

相传为唐人所藏旧本、而由北宋孙洙(字巨源)得之于佛寺经龛之中的《古文苑》,是一部区分体类收录古代文、赋、歌、诗等多种体裁的文章总集。所收 260 余篇作品,起自周宣王《石鼓文》,止于南朝齐梁年间的赠答、唱和之诗。这些作品,皆为《史记》《汉书》等史传以及萧统《文选》所未曾载录,而颇具文献价值。但由于该书编纂者姓氏不详,成书时间及所录作品真伪、来源出处等模糊不明,给《古文苑》的研究涂抹了一层扑朔迷离、疑窦重生的色彩。

古代自宋至清的《古文苑》研究者,关注的重点多在于对其成书年代和编撰者及作品真伪的考辨与解说之中,问题仍远未解决。

近现代以来,《古文苑》研究在前人的基础上继续拓展,相关的论文、专著以及硕士、博士学位论文,均时有问世。研究者不仅在成书年代、作品真伪的考辨方面取得了进一步的成果,还从文学阐释的角度对《古文苑》所录诗、赋等文体进行了新的探讨。其中,关于《古文苑》辞赋的研究,尤为令人瞩目。

在《古文苑》所载各体作品中,赋体作品收录最多。如南宋章樵(字升道)在韩元吉(字无咎)所编九卷本基础上,重新编定注释的《古文苑》21 卷本中,即有第二卷"宋玉赋六首"、第三卷"汉臣赋十二首"、第四卷"杨雄赋三首"、第五卷"汉臣赋九首"、第六卷"汉臣赋六首"、第七卷"赋十一首"、第二十一卷"杂赋十四首"(缺一首),计有自宋玉、贾谊以下至谢朓、庾信等

35 名作者的赋 60 篇,共七卷之多,占全书三分之一。这已然表明,分体类编排的《古文苑》,对于古代赋体作品是最为重视的。

《古文苑》首重赋体的特点,自然会引起古今研究者的注意。古代学人,如南宋目录学家陈振孙所撰《直斋书录解题》卷十五"总集类"著录"《古文苑》九卷",其"解题"即有曰:"梁孝王忘忧馆诸士之赋,据题尚欠《文鹿》、《酒》、《几》三赋。家有《秦汉遗文》七赋,皆在常州,有版尔"((宋)陈振孙撰,徐小蛮、顾美华点校:《直斋书录解题》,上海古籍出版社1987 年版,第 483 页)。又章樵详注《古文苑》所载赋篇且有所考辨,还对《笛赋》《舞赋》的作者是否宋玉提出质疑。如在《笛赋》注末尾说"此赋果玉所作邪?"在《舞赋》注末尾说此篇是"后之好事者以前有楚襄王、宋玉相唯诺之词,遂指为玉所作,其实非也"(《四部丛刊集部》本《古文苑》卷二)。清人《四库全书总目》"总集类"著录《古文苑》二十一卷,其"提要"亦云:"……又有杂赋十四首、颂三首,以其文多不全,别为一卷,附于书末。其为二十一卷,则已非经龛之旧本矣。……又《文木赋》,出《西京杂记》,乃吴均所为。见段成式《酉阳杂俎》,亦不能辨别,则编录未为精核。……又如宋玉《钓赋》,'蜗渊'误作'元洲'"((清)永瑢等撰:《四库全书总目》卷一八六,中华书局 1965 年版,第 1691 页)。

现当代研究者对于《古文苑》所载辞赋的关注,大致表现为两种不同的情形:

一方面,是聚焦于书中第二卷所载《笛赋》《大言赋》《小言赋》《讽赋》《钓赋》《舞赋》等所谓"宋玉赋六首"的真伪。持否定意见者,如姜书阁《先秦辞赋原论》(齐鲁书社 1983 年版)、马积高《赋史》(上海古籍出版社 1987 年版)等认为,《古文苑》晚出,所收署名为"宋玉"诸赋并不可信,均非宋玉所作。持肯定意见者,则有汤漳平《〈古文苑〉中宋玉赋真伪辨》(《江海学刊》1989 年第 6 期)、吴广平《宋玉研究》(岳麓书社 2004 年版)、金荣权《屈宋论考》(中国文史出版社 2005 年版)、刘刚《宋玉辞赋考论》(辽海出版社 2006 年版)等,认为《古文苑》所载宋玉诸赋,除《舞赋》外,其余五篇或四篇,可以肯定为宋玉所作。

另一方面,是从赋史研究的角度,看待《古文苑》所载辞赋的文献价值。较早的赋史著作,如 1936 年日本汉学家铃木虎雄所撰《赋史大要》(1937 年正中书局铅印殷石臞译本,北京图书馆出版社 2006 年版王冠辑《赋话广聚》第 6 册收录),在书中第二篇《骚赋时代》叙论宋玉辞赋时,只以《楚辞》所载《招魂》与《文选》所载《高唐赋》为例而不涉及《古文苑》所载"宋玉赋";在第三篇《辞赋时代》第一章《汉赋材料及区分》开篇又申明"汉赋材料,以见录于《楚辞》、正史本传、集及《文选》者为本",故接下去虽列举《古文苑》所载贾谊《旱云赋》、枚乘《菟园赋》《柳赋》及刘安、司马相如、班婕妤、曹大家、扬雄、刘歆诸赋目,却断之曰:"此类之作,真伪难决。即以之为真,然于汉赋大体而观,非重要者,姑置之可也。说汉赋性质者,就扬、马之现存伟制而论之,足矣"(第31—32页)。可见铃木虎雄先生对于《古文苑》所载辞赋的文献价值并不重视。

中国学者则有所不同。如1991年,叶幼明著《辞赋通论》(湖南教育出版社出版),叙论"赋的辑录与整理",就提及《古文苑》"收有从宋玉至庾信的赋30家60首,亦为研究南北朝以前辞赋的重要著作"。1993年,何新文出版《中国赋论史稿》(开明出版社出版),在附录《历代赋学要籍叙录》之"历代赋总集及选本"中列入《古文苑·赋》,介绍《古文苑》所载十九类各体作品中,赋体作品占有七卷之多,包括卷二至卷七的"赋"和卷二十一的"杂赋",共收录宋玉、贾谊、董仲舒、枚乘、路乔如、公孙乘、羊胜、刘安、中山王、司马相如、班婕妤、曹大家、扬雄、刘向、刘歆、傅毅、杜笃、黄香、李尤、班固、张衡、马融、王延寿、蔡邕、张超、魏文帝、王粲、曹植、刘桢、陆机、左思、谢朓、庾信等35人的赋作60篇,提出该书"保存了不少宝贵的文献资料,可补《文选》之不足,值得研究汉魏六朝文学史、赋史者重视"。2001年,马积高先生的《历代辞赋研究史料概述》在中华书局出版,在其"收录辞赋的著名文学总集"中,分三类说明《古文苑》所录赋篇的大致情况。2004年,程章灿为凤凰出版社出版《历代赋汇》所撰《赋学文献综论》一文,指出《古文苑》所收赋,如宋玉《笛》《大言》《小言》《讽》《钓》《舞》等六赋,以及见于《西京杂记》的梁孝王忘忧馆时豪诸赋和汉中山王《文木赋》等篇,学者颇多质疑,所以,"深化该书的研究,尽可能勘破其成书真相,对于推动先唐赋史研究是有积极意义"(该文亦收入所著《赋学论丛》,中华书局2005年版)。2008年,王晓鹃在西北师范大学完成题为《〈古文苑〉研究》的博士学位论文,两年后又在此基础上出版《〈古文苑〉论稿》一书(人民出版社2010年版),其中也从文学阐释的角度切入了对《古文苑》赋体分类体例的分析叙述。如该书第三章《〈古文苑〉文体分类》列有"辞赋类",以及《〈古文苑〉所选赋作统计表》等内容,指出《古文苑》所收赋作题材也较为广泛","从形制看,多是抒情小赋,一般都篇幅短小;从赋的内容看,也多是关注民生的赋作,现实性较强"。

而在当代赋学研究者中间,安湘则是较早关注《古文苑》辞赋且有论著者之一。2008年,她在湖南科技大学完成了硕士学位论文《〈古文苑〉辞赋研究》,对《古文苑》的辞赋进行了初步的文本阐释。此后,又先后发表了

《地理赋的空间张力与情感安顿:以〈古文苑〉地理赋研究为例》(2009)、《〈古文苑〉辞赋观及其选本批评形态意义》(2012)、《〈古文苑〉与〈文选补遗〉赋选观异同论》(2017)等论文;还主持了《〈古文苑〉编撰体例与辞赋文本研究》(2014)、《中国传统文化的大众化研究:选本学视角下的〈古文苑〉辞赋研究》(2016)、《选本学视角下的〈古文苑〉辞赋研究》(2021)等课题。

受到古今《古文苑》研究的启示,更由于十多年来潜心于《古文苑》辞赋的探究思考,安湘的这本名为《选本学视野下的〈古文苑〉辞赋研究》的著作,收获了令人欣喜的成果。

从研究内容而言,此著以"四部丛刊集部"21卷本《古文苑》为底本,撷取书中占比最大的赋文体作为考察对象,着重从选本学视角并结合文本阐释学对《古文苑》选录的60余篇赋进行全面考察。既梳理了赋学选本批评的历时性演绎过程,探讨了《古文苑》选赋的来源及真伪、编撰原则、编撰体例、赋注价值以及与其他总集选赋的关联等重要论题,从而揭示其独特的赋选观与赋学批评价值;又对《古文苑》辞赋文本进行了文学解读和文化阐释。文学解读,一是从辞赋题材类型分析各类赋作的创作流变、表现技巧、审美意趣,二是对辞赋的情感指向予以探讨;文化阐释,则是对《古文苑》某类赋或赋作片断描写中所包含的文化因素作挖掘和审视,进而阐释其文化内蕴及意义。

从结构方面而言,全书包括一篇《绪论》与七章25节正文,总共30余万字。《绪论》部分,对《古文苑》研究状况作了历时性回顾,对古代官私书目载记中的文献资料进行辨析,对《古文苑》的成书过程、成书年代等历史问题作了进一步的探考。正文七章,又大致分为前后两个层次:前四章主要揭示《古文苑》独特的赋选观念与赋学批评价值,分章论述《古文苑》"赋选形成的语境""辞赋真伪与来源""辞赋编排与赋注",以及《古文苑》与《文选》等"三部诗文选本"的关系;后三章主要是对《古文苑》所录辞赋文本进行文学解读和文化阐释,具体内容包括《古文苑》的"辞赋三大类型""辞赋情感指向"与"辞赋文化意蕴"。

通过上述结构内容的阐述,此著形成了自己的主要观点:(1)《古文苑》是由宋代人在保存孙洙所得唐人"古文章一编"所有作品基础上增补编纂而成,其成书过程包括原书校正、增补命名和整理编次三个时期,成书年代应在宋神宗元丰七年(1084)至宋孝宗淳熙六年(1179)之间。(2)《古文苑》所录辞赋除题名为宋玉的《舞赋》外,其余作品基本真实可靠。(3)《古文苑》辞赋采用"以人系文"的编排方式,其作品当来源于当时可见的文集。

而《四库全书总目》称《古文苑》作品"乃《艺文类聚》《初学记》删节之本"即出自唐"类书说"的说法并不成立。《古文苑》对《文选》具有明显的补遗性质，不但在文献资料性与作品经典性上与《文选》相补合，而且通过选择、衡鉴、去取、编排等传达出来的"尚古小、兼雅俗"的赋选观，充实、契合了其所处时代的赋学内涵，丰富了以《文选》为范式的重要赋学批评形态——"选本批评"。(4)《古文苑》辞赋文本具有很大的阐释空间。其辞赋题材类型的多样化，像多层面的未完成的图式结构，其中存在着许多的空白或未定点。根据题材重新分类后，其艺术赋、地理赋和物类赋三大赋类以及一部分抒情赋中的情感取向进行文本阐释的结果，在一定程度上反映了《古文苑》这一选本的文学审美价值。而且，《古文苑》所收辞赋所体现的宫廷文化、宗教文化、交感文化、刑法文化等又使读者避免了将目光聚焦于单一的文本分析，而呈现出较为广阔的文化视野。

此著的学术价值与创新，亦可归纳为以下数端：首先，此著是作者积十余年不间断研究思考的成果，书中的某些论题和观点是较为前沿性的表述。其次，此著资料翔实全面，搜罗了先秦汉魏六朝至清代总集、别集、笔记、赋序等文献中的相关赋论及相关资料，在论述范围上力图深透，对历来不太注意的选本赋体予以了充分的论述。因而，赋选研究探索路径为《古文苑》其他文体研究以及其他选本文体研究提供了参考与借鉴。再次，此著的研究，有助于《古文苑》的传播与推广，对于《古文苑》辞赋之外相关方面的研究有一定的参考价值。最后，也是最具特色的，既在于对《古文苑》辞赋研究领域的开拓与推进，也在于其学术研究具有鲜明的"赋选"研究特色，对于赋学选本在批评形态领域或言说领域研究的展开具有一定的促进作用。

当然，由于研究条件及著者自身学力、精力的局限，该书存在不足和需要改进之处也在所难免。比如，《古文苑》所载辞赋本身对名物地理的描绘、对玄言哲思的阐发、对风土人情的介绍等内容，和《古文苑》与文学总集《文选》《文苑英华》等选本的比较研究，仍是本书所未能涉及的领域；《古文苑》注释的得失与校勘、考证，辞赋而外其他文体的研究等都还处于有待开发的阶段；在此著已有的论述中，也一定还有值得斟酌、提炼的地方，文字表述或资料运用方面的缺漏讹误，也期待专家、读者的批评指正。

"几处别巢悲去燕，十年回首送归鸿。"当我们以不懈的努力和不俗的成绩送别旧的"十年"之时，一个新的十年已经悄然走来。学术探索之路，一如既往地向遥远的前方伸展；《古文苑》及古代辞赋，仍然是可以继续耕耘的园地。因此,我们有理由期待,新的十年,安湘本人,还有赋学界的年轻同仁们,当会有更从容的步履和更深广的考察探索,并收获更丰富、充实的新的成果!

何新文

2023 年 7 月 8 日星期六写于武昌

序　二

　　不久前,安湘打电话告诉我她的国家社科基金后期资助项目成果《选本学视野下的〈古文苑〉辞赋研究》一书即将由人民出版社出版,希望我为此新著作序。十多年前我指导安湘撰写的硕士学位论文《〈古文苑〉辞赋研究》曾被评为湖南省优秀硕士学位论文。安湘读博以后在导师何新文教授精心指导下不仅在中古赋论研究方面向学界推出了厚重的成果,而且继续深入探究《古文苑》并取得了可喜的崭新成果,我喜出望外,自然很乐意为其新著写几句话。

　　选本是中国文学史上非常重要的著作类型与批评样态,对于文学传播、接受与经典化曾起到至为重要的作用。自 20 世纪 80 年代以来,关于选本学方面的研究著作甚夥,对选本中的文体进行研究便是其中重要的一部分。

　　《古文苑》是一部通代性的诗文选本,其中的辞赋部分,例如汉、晋赋作,就弥补了萧统《文选》的缺失,为我们研究唐前辞赋提供了重要的文献、文本及批评资料,其研究价值是毫无疑问的。学界对于《古文苑》在此前已有较多的关注与研究,但对其所收辞赋类作品进行全面、系统、深入的梳理和研究的著作却尚属空白。安湘的《选本学视野下的〈古文苑〉辞赋研究》首次对《古文苑》中所录辞赋进行专题研究,在理论方法的创新和具体文献、作家作品、学术史阐释研究等方面都有一定创获。

　　此书将选本批评作为赋学批评形态之一,从"选本""选源""选心""选系""选型""选情""选义"等七个角度或层面,对《古文苑》选赋展开研究,体现出较强的理论兴趣和建构能力。七个角度或层面,研究涉及编选语境、作品考辨、赋选主张、选本比较、所选作品题材类型、所选作品情感指向、所选作品文化义蕴。这对于建构"选本学"理论体系及研究路径,具有一定的参考借鉴意义。

　　作者对于《古文苑》所选辞赋探颐索隐,形成了系统的理解与解释,对于辞赋文学的研究,也具有一定的参考价值。此书的第五、六、七章,主要是对《古文苑》辞赋文本进行文学解读和文化阐释。文学解读,一是从辞赋题材类型分析各类赋作的创作流变、表现技艺、审美意趣;二是对辞赋的情感指向予以探讨,努力呈现不同时代赋家的精神风貌及其产生的社会原因,以此反映出选编者的价值判断和趣味好尚。文化阐释则是对《古文苑》某类赋或赋作片断描写中所包含的文化因素进行挖掘、整理和审视,进而阐释其文化内蕴及意义。从文本和文化的层面发掘《古文苑》选赋的审美和文化价值,一方面凸显了《古文苑》选赋"重文"和树立典范的意图,另一方面廓清了这批赋作在先秦汉魏六朝的嬗变轨迹,从而在宏阔的文学视域中回应了《古文苑》选赋的立目意旨和价值影响。

另外,此书对于《古文苑》研究史的梳理比较清晰,有助于读者了解相关学术史背景,从而加深对于《古文苑》这一学术史上存在争议的文学选本的认识。特别值得注意的是,作者充分吸收了学术界的已有研究成果,对《古文苑》的成书过程进行了卓有成效的探索,认为该书的产生经历了"发现与校正期"(孙洙得《杂文章》一编,景迂生校之)、"增补与命名期"(郑樵编为《古文苑》十卷)、"编次与补注期"(从韩元吉九卷本到章樵注二十一卷本)三个阶段,观点通达稳妥,是目前最接近历史事实的研究结论。不过,《古文苑》毕竟是有争议的书,其选录辞赋作品的归属及真伪,也是学术界经常讨论的问题,作者虽也言及,然考述尚需用心,有些还是存疑较为妥当。

当年,安湘撰写硕士学位论文时,主要是对《古文苑》的选赋进行文本阐释,而现在呈现在我们面前的《选本学视野下的〈古文苑〉辞赋研究》却融合了选本学、赋学、文化学等理论,视域开阔,堂庑广大且能点面结合,纵横言赋。这个进步是可喜的。

由于个人涉猎范围与精力的局限,《古文苑》尚有不小的空间有待开发利用。因而,此书对《古文苑》辞赋的研究,既是开拓性的,也是初步的。这正如安湘在后记中所言:"学术的探索永无止境,《古文苑》研究是一个可以不断地开拓和挖掘的课题,现在收获的也仅是一个阶段性的成果而已。"我衷心希望安湘能在本书的基础上继续深入研究《古文苑》。同时,我也坚信,在未来的学术研究道路上,安湘一定会取得更大的成绩。

吴广平

2023 年 7 月 2 日写于湖南科技大学

绪　　论

　　《古文苑》是一部通代诗文总集。它蒙着神秘面纱问世,世传为北宋孙洙(巨源)于佛寺经龛中所得,未录编撰作者,也未标明成书年代;它冷热参半地流传,虽在史志目录中无一字记载,但在宋以后的私藏书目、官修书目中频繁出现;它备受猜疑地被评论着,人们因其选者不明、来源神秘、官方未有记载、读者反应冷淡,故而对它产生怀疑,至今真伪莫辨;它文献价值颇高,收录了自东周至南朝齐梁诗文作品 260 余篇,皆史传、《文选》所不载,对保存古代文学史料及从事古代文学的辑佚、校勘、文体研究、文学研究等方面有重要的价值,但又不太为人所知。纵观整个中国古代的通代诗文总集,可以说,没有哪一部总集像《古文苑》一样来历扑朔迷离,疑窦重重相生,文献、文学价值重大却遭到读者、学者长期冷遇的。

第一节　《古文苑》研究状况回顾

　　由于编纂者不明、成书年代模糊等原因,《古文苑》的文学价值、文献价值与批评价值一直没有受到应有的重视,再加之《四库全书总目》以"然所录汉魏诗文多从《艺文类聚》《初学记》删节之本……其真伪盖莫得而明也"①一句有如盖棺论定之语,更使得学人研究《古文苑》的兴趣大减。与《文选》研究的历史悠久、人员众多、成果丰硕相比,《古文苑》的研究是比较沉寂的。但这并不代表《古文苑》的文学、文献及理论批评价值不高,我们可从南宋至近现代公私目录对《古文苑》的载录及文人学者的关注中窥见一斑。

一、宋至清代的《古文苑》接受与探究

　　《古文苑》在宋至清代的接受与探究,主要体现在以下五个方面。
　　(一) 为诸多私藏和官修书目著录
　　有关《古文苑》的著录最早见于南宋郑樵(1104—1162)的《通志・艺

---

① (清)纪昀等撰:《钦定四库全书总目》卷一百八十六,中华书局 1997 年版,第 2607 页。

文略》。其卷八总集类载有"《古文苑》十卷"①字样,但无解题。其后,尤袤(1127—1202)《遂初堂书目》也有著录,仅记《古文苑》书名,也不具解题。② 明确记载九卷本《古文苑》版本情况的是南宋陈振孙(1183？—约1261)的《直斋书录解题》。书中提到九卷本《古文苑》的最早版本是韩元吉(1118—1187)于淳熙六年(1179)刻于婺州的淳熙本。③ 其后,详细载录《古文苑》的则是南宋的赵希弁(约1250年前后在世)。淳祐九年(1249),宜春郡守黎安朝重刊晁公武《郡斋读书志》,嘱赵希弁代为校正。赵氏以所藏书勘对晁氏书目,将晁氏未载者,或详略不同者分类著录,仿晁氏体例,撰为《读书附志》一卷,合《郡斋读书志》四卷一并刊刻。在其卷五下《附志》总集类中记有"《古文苑》九卷",并载有《古文苑》命名来历,书的由来与流传,收录作品的内容、年限、文体及对此书的评价等情况。④

元代载录《古文苑》的是马端临(1254—1323)的《文献通考·经籍考》。其卷七十五总集类将《昭德先生郡斋读书志·后志》所载《杂文章》一卷情况及《直斋书录解题》所载《古文苑》情况一并收录。⑤

明代著录《古文苑》的则有晁瑮(？—1560)的《晁氏宝文堂书目》、徐𤊹(1570—1642)的《红雨楼书目》和高儒(生卒年不详)的《百川书志》。但三者著录都很简略,仅记其书名和卷数而已。

清代共有24家私藏书目、3种官修书目载有《古文苑》的目录与版本情况。这一繁盛景象当与清代目录之学较有成绩紧密相连。与明代藏书家相比,清代藏书家的著录更加专业化,除了书名、作者、卷册外,清人于版本一项,所记更为详细,藏书志除了记其为某版之外,往往还记其与其他版本的源流关系、异同及优劣。

清代载录《古文苑》的官修书目分别是《天禄琳琅书目》《四库全书总目》及《四库全书简明目录》。《天禄琳琅书目》有前、后两编。前编为清乾隆四十年(1775)敕命大学士于敏中等据昭仁殿藏书所编。其明版集部项载有"《古文苑》二函,十册"。后编为彭元瑞(1731—1803)于乾隆中主编。其宋本集部项载有"《古文苑》一函,六册""《古文苑》一函,八册";其元版集部项载有"《古文苑》一函,十册"。前后编对各版都有解题,详记各版付

---

① (宋)郑樵撰,王树民点校:《通志》,中华书局1987年版,第1797页。
② 参见(宋)尤袤:《遂初堂书目》,中华书局1985年版。
③ 参见(宋)陈振孙撰,徐小蛮、顾美华点校:《直斋书录解题》,上海古籍出版社2015年版。
④ 参见(宋)晁公武撰,孙猛校证:《郡斋读书志校证》,上海古籍出版社1990年版。
⑤ 参见(元)马端临:《文献通考》,中华书局1986年版。

梓年月及收藏家题识印记,一一考其时代爵里、授受源流。①《四库全书总目》在版本载录上则简要征引了《直斋书录解题》对《古文苑》的介绍,并简述了从"南宋淳熙间,韩元吉次为九卷。至绍定间,章樵为之注释。明成化壬寅,福建巡按御史张世用得本刊之"②的版本演化情况。

载录《古文苑》的清代私藏书目最主要的有两家:一是季振宜(1630—?)的《季沧苇书目》。他在首题"延令宋板书目"中载有"《古文苑》二十一卷,抄本《古文苑》九卷一本"。③ 这是自宋以来首次将《古文苑》两种版本系统,即九卷本系统和二十一卷本系统并提的著录。二是瞿镛(1794—1875)的《铁琴铜剑楼藏书目录》。在题解中,瞿氏对《古文苑》九卷影钞宋本的源流脉络作了详细的介绍,不但指出了九卷本系统的祖本是韩元吉刊刻的淳熙本,还追溯了此影钞宋本的来历。这对于研究宋代九卷本《古文苑》在明清的存藏情况很有价值。瞿氏对二十一卷本系统的祖本嘉熙本的著录则更为详尽,包括行数、每行字数、注的行距、字数、序跋、刻版、修版、阙笔等。另外,还记载了明刻本、明翻刻本与宋本在某些篇目上的差别。这也对鉴别不同版本的二十一卷本《古文苑》很有价值。正是因为瞿氏收藏皆为宋元旧刻精椠之本,故张元济在影印《四部丛刊》本《古文苑》时采用的就是瞿氏收藏的宋代二十一卷本《古文苑》。

清末至民国,对《古文苑》的著录仍为私藏书目和官修书目两种。前者有王国维撰的《两浙古刊本考》、佚名撰的《福建板本志》、民国郑国勋辑的《龙谿精舍丛书》、梁启超的《梁氏饮冰室藏书目录》、胡玉缙撰的《四库全书总目提要补正》。后者有张元济的《四部丛刊》《丛书集成初编》,金毓黻撰的《金毓黻手定本文溯阁四库全书提要》,这些著录都比较简单。

宋至清代对《古文苑》著录传统也延续到了现代。主要有以下几种:一是个人考录式。如刘琳、沈治宏编著的《现存宋人著述总录》以及杜信孚的《明代版刻综录》。杜氏将二十一卷本《古文苑》在明代流存的三种不同版本予以详细的著录。这填补了明代家藏书目中只存书目而无版本记载的空白。更有价值的是,杜氏还标明了记录此三种版本的出处。二是出版社总汇式。像上海古籍出版社出版的《中国古籍善本书目》和《香港所藏古籍善本书目》即是此类。前者载录了从宋至清21种版本,几乎网罗了所有《古

① (清)于敏中等:《天禄琳琅书目》,上海古籍出版社2007年版,第367页。(清)彭元瑞:《天禄琳琅书目后编》,上海古籍出版社2007年版,第558、559、637页。

② (清)纪昀等撰:《钦定四库全书总目》卷一百八十六,中华书局1997年版,第2607页。

③ (清)季振宜撰:《季沧苇书目》(清嘉庆十年黄氏士礼居刻本),参见贾贵荣、王冠编:《宋元版书目题跋辑刊》第一册,北京图书馆出版社2003年版,第95页。

文苑》的版本,且都注明了各版本的现在存藏情况,这为了解、鉴别、研究《古文苑》的版本提供了可贵的线索。三是辞书汇录式。如《中国文学大辞典》《中国百科大辞典》《文献学大辞典》。这些辞书对《古文苑》的概貌介绍大都袭用《四库全书总目》的观点,于版本目录处多分两个系统介绍现存的版本收录情况。四是图书馆收录式。例如《北京图书馆古籍善本书目》《北京师范大学图书馆古籍善本书目》等。这种形式的著录针对的是以某一图书馆现存的对象所作的记录,于《古文苑》而言,载录内容丰富翔实且较为可靠。

（二）为古代少量学术著作征引

《古文苑》收录作品皆史传、《文选》所不载。故从宋代开始,学者们在整理先秦两汉魏晋南北朝作家别集或编纂断代与通代文学总集时,常将《古文苑》同《文选》、类书和史传一起作为引用、比照的重要材料。如南宋洪迈《容斋随笔》之续笔卷第一"王孙赋"条云:

> 王延寿《王孙赋》载于《古文苑》,其辞有云"颜状类乎老翁,躯体似乎小儿",谓猴也。乃知杜诗"颜状老翁为"盖出诸此。①

又如王应麟《困学纪闻》卷十七"宋玉《钓赋》条"云:

> 宋玉与登徒子偕受钓于玄渊。《淮南子》作蜎蠉,《七略》:蜎子名渊,楚人。唐人避讳改"渊"为"泉",《古文苑》又误为"洲"。②

另,其卷二十"曹操夫人《与杨彪夫人书》"条云:

> 送房子官绵百斤。《古文苑》误为"官锦",而注者妄解。按《魏都赋》:绵纩房子。《晋阳秋》:有司奏调房子、睢阳绵,武帝不许。《水经注》:房子城西出白土,可用濯绵。③

至清代,顾炎武在《日知录》卷八"掾属"条云:

---

① （宋）洪迈撰,穆公校点:《容斋随笔》卷十六,上海古籍出版社 2014 年版,第 93 页。
② （宋）王应麟撰,孙通海校点:《困学纪闻》,辽宁教育出版社 1998 年版,第 322 页。
③ （宋）王应麟撰,孙通海校点:《困学纪闻》,辽宁教育出版社 1998 年版,第 359 页。

《古文苑》注王延寿《桐柏庙碑》人名,谓"掾属皆郡人,可考汉世用人之法"。今考之汉碑皆然,不独此庙。①

对此,《四库全书总目》评价云:

中间王融二诗,题为谢朓,盖因附见谢朓集而误。又《文木赋》出《西京杂记》,乃吴均所为,见段成式《酉阳杂俎》,亦不能辨别,则编录未为精核。至《柏梁》一诗,顾炎武《日知录》据所注姓名,驳其依托。钱曾《读书敏求记》则谓旧本但称官位,自樵增注,妄以其人实之,因启后人之疑。又如宋玉《钓赋》"蜎渊"误作"元洲",《曹夫人书》"官绵"误作"官锦",皆传写之讹,而注复强为之解。王应麟《困学纪闻》亦辨之,则注释亦不能无失。②

洪迈、王应麟、顾炎武及四库馆臣或引用了《古文苑》中的《王孙赋》《钓赋》《曹操夫人与杨彪夫人》《桐柏庙碑》《文木赋》、王融诗、柏梁诗等作品中的文句,或对其校核未精处进行了批评。这些亦可证明《古文苑》在训诂史、学术史上的影响并非默默无闻。

（三）为其他别集、总集辑佚的对象

《古文苑》"所录诗、赋、杂文,自东周迄于南齐,凡二百六十余首,皆诗传、《文选》所不载,⋯⋯然唐以前散佚之文,间赖是书以传"③。其中某些作品如贾谊《旱云赋》、扬雄《蜀都赋》、刘向《请雨华山赋》、班固《终南山赋》和《竹扇赋》等主要部分见于此书,有的甚至仅见于此书。这"不但加强了《古文苑》一书的辑佚性质,而且促使此书进一步流传"④。因此,《古文苑》在保存汉魏六朝文学史料、辑佚、校勘等方面的价值毋庸置疑。

现在我们看到的一些作家别集,如《扬子云集》《孔北海集》《王粲集》《王融集》等,均是后人在整理时,据《古文苑》或其他类书辑录出来的。此外,后人在编纂诗文总集时,也多参考《古文苑》。如明代李鸿辑《赋苑》、张溥辑《汉魏六朝百三家集》、清代陈元龙辑《历代赋汇》、严可均辑《全上古三代秦汉三国六朝文》、今人费振刚等辑《全汉赋》等,皆曾取资于《古文苑》。尤其是严可均所辑《全上古三代秦汉三国六朝文》,据笔者统计,书中标明

---

① （清）顾炎武撰,黄汝成集释:《日知录集释》卷八,上海古籍出版社2013年版,第188页。
② （清）纪昀等撰:《钦定四库全书总目》卷一百八十六,中华书局1997年版,第2608页。
③ （清）纪昀等撰:《钦定四库全书总目》卷一百八十六,中华书局1997年版,第2608页。
④ 王晓鹃:《〈古文苑〉论稿》,人民出版社2010年版,第165页。

出自《古文苑》的作品竟有 94 篇之多。如《全汉文》卷一"高帝"条所录《手敕太子》,《全汉文》卷五十二"扬雄"所录《逐贫赋》《太玄赋》,《全三国文》卷十二魏十之"武宣卞后"条所录《与杨彪夫人袁氏书》等均标明出自《古文苑》。

（四） 为清代学者续编与校勘的对象

对《古文苑》进行续编的是清代孙星衍。其《续古文苑》计二十卷,收录自周至元作品 554 篇,系辑自金石、传记、地志和类书中的遗文而成。在该书卷首《续古文苑序》中,云:"《续古文苑》者,续唐人《古文苑》而作也。家巨源得之于佛龛,今星衍搜之于秘笈,皆选家所不载,别集所未传,足以备正史之旧闻,为经学之辅翼。……虽儒林之余事,实词苑之奇观。"①其凡例第三条也曰:"凡正史,《文选》《唐文粹》《文苑英华》《宋文鉴》《元文类》,以及各家专集,《百三名家集》,《诗纪》等已载者,众所共见,今不入录。"可见,是书在补遗性质上与《古文苑》一脉相承,而且所选遗文,均注出处,辑轶之文有校订,态度颇为严谨。《续古文苑》收录文体 34 类,其凡例第二条说:"《古文苑》门类,九卷本始于文,终于诔,章樵本大同小异。今兼两本,又参用《文选》,别为次序如左。"故在编纂体例上,兼顾《古文苑》与《文选》的体例,以文体丰富、体例精善见长。

对《古文苑》进行校勘也是兴于清代。据《中国古籍善本书目》载,清代蔡廷相、顾广圻、钱熙祚、傅山、戈宙襄、戈载等人均进行过此项工作。其中,顾广圻和钱熙祚着力较多。赵诒琛曾在《顾千里先生年谱》"嘉庆十四年(1809)条"记载:"十月,孙渊如属先生校刻宋九卷本《古文苑》竣事,因作序。"②又据学者考证,顾广圻不仅作有《重刻宋九卷本〈古文苑〉序》,在校刊过程中,还曾作《与孙渊如观察论九卷本〈古文苑〉书》,就《古文苑》成书年代、辑佚、校勘等问题相互讨论。③

而清代现存可见的校勘记则存于钱熙祚辑的守山阁丛书本《古文苑》之后。钱氏将韩元吉九卷本仔细校勘,"又遍检《初学记》《艺文类聚》诸书,证其所出分篇别注"④,写成《古文苑校勘记》一卷。此校勘记将二十一卷本《古文苑》与九卷本进行了比较,指出诸篇出处、文句、数量等方面的异同,对于研究《古文苑》版本、训诂颇有参考价值。

---

① （清）孙星衍:《续古文苑》,中华书局 1985 年版。
② （清）顾广圻:《思适斋集》(卷十序),清道光十九年(1839)徐渭仁刻本。
③ 倪惠颖:《孙星衍撰辑〈续古文苑〉的文坛意义》,《南京大学学报》2009 年第 5 期。
④ （清）钱熙祚:《古文苑校勘记》,《守山阁丛书》本,齐鲁书社 2018 年版。

（五）对《古文苑》成书年代及编撰者的探讨

除了以上四个方面外，《古文苑》的成书年代和编纂者一直是南宋至清代学人的关注要点。总括起来主要有以下两类观点。

第一，成书于唐代或更早，编纂者不详说。持此观点者最多，在很长时期内代表着主流声音。此说又有两种表述，其一为"世传唐人所藏"，如九卷本《古文苑》的编定者韩元吉就称《古文苑》是"唐人所藏古文章一编，莫知谁氏录也"①。南宋赵希弁在《郡斋读书志·附志》中也依此著录。其后，陈振孙在《直斋书录解题》中也认为"《古文苑》，唐人所藏也"②。元代的马端临，清代的纪昀、彭元瑞、于敏中、王国维等都沿袭此观点。其二为"唐人编"，代表者为南宋的章樵。章樵在二十一卷本《古文苑序》中明确指出"《古文苑》者，唐人所编"③，其观点得到他的同僚吴渊及清代姚际恒的认同。虽然《古文苑》为唐人所"藏"和所"编"性质上完全不同，但因韩元吉、章樵为《古文苑》九卷本和二十一卷本的编次者、宣扬者，晁公武、陈振孙为宋代有名的藏书家和目录学家，故这种模糊说法影响甚大并一直沿袭至今。

第二，成书于宋代说。明代都穆首先对成书于唐人说质疑，初步推断《古文苑》可能成书于宋代。此说一出，清代响应者甚众。如顾广圻、钱熙祚、耿文光、孙星衍、梁启超、范邦甸等均认为《古文苑》成书于宋代。

钱熙祚刻《守山阁丛书》将《古文苑》收入，在《校勘记》中对《古文苑》的年代提出疑问。《校勘记》卷一《周宣王石鼓文》云："所录字数与《广川书跋》《钟鼎款识》《金薤琳琅》相出入，其为宋拓本甚明。"卷一《秦惠文王诅楚文》云："此文至宋始出，唐时未及见之，益信是书为宋人所辑也。"卷二《舞赋》又云："编《古文苑》者以篇首有楚襄宋玉问答，遂以此赋为宋玉作，唐人不应有此巨谬，其出宋人无疑。"④

顾广圻则在孙星衍考定《古文苑》所收作品采录来源的基础上，以《石鼓文》《诅楚文》和《汉樊常侍碑》为例，从石鼓文刻文字迹的磨灭、《诅楚文》流俗称谓的先后、《汉樊常侍碑》与欧阳修所录碑文的比照三个方面来

---

① （宋）韩元吉：《古文苑记》，（宋）无名氏辑：《古文苑》，《四部丛刊》本，上海书店出版社2018年版。

② （宋）陈振孙撰，徐小蛮、顾美华点校：《直斋书录解题》卷十五，上海古籍出版社2015年版，第438页。

③ （宋）章樵：《古文苑序》，（宋）无名氏辑：《古文苑》，《四部丛刊》本，上海书店出版社2018年版。

④ （清）钱熙祚：《古文苑校勘记》，《守山阁丛书》本，齐鲁书社2018年版。

证明《古文苑》不是成书于唐代，而是北宋孙巨源所编。其《与孙渊如论九卷本〈古文苑〉书》云："曾考此书，世传为唐人所录，未见其然，何以言之？石鼓之一，是皇祐四年向传师求得者。"①

胡玉缙《四库全书总目提要补正》也提出质疑："又《与孙渊如论九卷本〈古文苑〉书》：……考此书，世传为唐人所录，未见其然，石鼓之一，是皇祐四年向传师求得者。施武子言'每行自四字布上，传师磨去，刻当时得之之由'云云。而此书所录，亦但有下四字，然则必在向传师磨去后，非唐人一也；王厚之言'《诅楚文》有三，皆出于近世，初得告《巫咸文》于凤翔'云云。《集古录》云：'右秦祠巫咸神文，流俗谓之《诅楚文》'，而此书所录《告巫咸》者正谓之《诅楚文》，然则必在得《巫咸文》后，非唐人二也；《集古录·汉樊常侍碑跋》云，'君讳安，字子佑，南阳湖阳人也。此碑初不见录于世'云云。洪文慧言字子仲，以欧公云佑者为误，而此书（即《古文苑》）所录，亦云字子佑。然则必在《集古录》后，非唐人三也。由是推之，此书乃宋人所录。"②

另外，孙星衍在《岱南阁丛书》中认为是宋代无名氏辑；范邦甸认为是南宋己卯临川金石家王厚之编纂；③梁启超在《梁氏饮冰室藏书目录》中则主张是南宋韩元吉编。

总之，南宋至清代的《古文苑》研究，属于传统的文献学研究，多注目于目录、版本、校勘及训诂。即使涉及收录的作品，也仅囿于真伪考辨。至于从文体学、文学角度来研究《古文苑》以及弄清《古文苑》的成书年代诸问题的任务，还当由现当代的学者来完成。

二、现当代《古文苑》研究的有力推进

20世纪至今，学者们在古代学人探讨的基础上对《古文苑》的研究大有推进。据统计，目前有以《古文苑》为题的研究专著1部④，硕、博士论文5篇⑤，相关学术论文20余篇左右。研究者们在《古文苑》成书年代、作品的

---

① （清）顾广圻著，王欣夫辑：《顾千里集》，中华书局2007年版，第123—124页。
② （清）胡玉缙撰，王欣夫补：《四库全书总目提要补正》上册，上海书店出版社1998年版，第1576—1577页。
③ 范钦等：《天一阁书目》，《续修四库全书》第920册，上海古籍出版社2013年版，第38页。
④ 王晓鹃：《〈古文苑〉论稿》，人民出版社2010年版。
⑤ 分别是：李芳：《〈古文苑〉初探》，四川大学2004年硕士学位论文；彭安湘：《〈古文苑〉辞赋研究》，湖南科技大学2008年硕士学位论文；王晓鹃：《〈古文苑〉研究》，西北师范大学2008年博士学位论文；贺珍：《〈古文苑〉收录诗歌研究》，西北师范大学2009年硕士学位论文；裴石：《〈古文苑〉文本构造及来源研究》，浙江大学2017年硕士学位论文。

真伪考辨以及诗、赋等文体及文学阐释角度进行了深入的探讨。具体情况如下。

（一）成书年代、编纂者考证

自明清提出《古文苑》成书于宋代并进行了初步的论证后，对此问题的探讨依然是现当代学者的研究重点。

1936年，郭沫若在《石鼓文研究》一文中对相传为唐拓的《石鼓文》三份拓本的年代进行了调查。他以《作原》一鼓被截成半臼而每上行均失三字的时间为依据，认为《古文苑》所录《石鼓文》为北宋拓本，并由此断定《古文苑》乃伪托。在1947年写成的《诅楚文考释》中，进一步认定"《古文苑》托诸唐人，乃南宋人所为，甚可能就是章樵所为"①。郭氏认为编纂者为章樵，因无实证并不为学界接受，可《古文苑》成书于宋代的观点，却多被采纳并不断申发。

21世纪前十年，对《古文苑》的成书年代及编纂者的问题，学者们继续进行了更详密的考证。2001年，日本学者阿部顺子发表了题为《〈古文苑〉の成書年代てその出處》一文。作者试图先弄清楚《古文苑》是在哪个朝代编纂的，然后考察《古文苑》的编纂方式和它所依据的材料以找出作品的来源。他在顾广圻和郭沫若分析《古文苑》所收录碑文是宋人笔录的基础上，进一步从音释的角度考证出《古文苑》所收录的《石鼓文》和《诅楚文》是借鉴了南宋王厚之的音释本，因而推断《古文苑》于南宋绍兴二十九年（1159）左右至韩元吉九卷本刊刻的南宋淳熙六年（1179）之间编纂的可能性很大。②

而李芳的《〈古文苑〉初探》一文，则在顾广圻提出的《古文苑》非唐人所编的三条证据的基础上，进一步比较分析了《古文苑》中的《石鼓文》《诅楚文》《峄山刻石文》文本和现存这三篇作品的北宋拓本间的异同，由此推断《古文苑》成书年代为北宋嘉祐六年（1061）至南宋淳熙六年（1179）之间。③

2008年，王晓鹃博士在其《〈古文苑〉论稿》第一章《〈古文苑〉成书情况》中，通过对《古文苑》辑录的《木兰诗》、石刻文及宋代部分目录学著作进行详细的考证，得出如下结论：

① 郭沫若：《石鼓文研究·诅楚文考释》，科学出版社1982年版，第63页。
② ［日］阿部顺子：《古文苑の成書年代てその出處》，《日本中国学会报》第五十三集，日本中国学会出版社2001年版，第148—164页。
③ 南京大学古典文献研究所编撰：《古典文献研究》第八辑，凤凰出版社2006年版，第260—270页。

　　我们首先肯定韩元吉不是《古文苑》的初编者,也未对《古文苑》初编本作较大删改。在此基础上,通过对《古文苑》九卷本卷首收《石鼓文》《诅楚文》《峄山刻石文》《魏敬侯碑阴文》四种刻石文和其他卷目大量收录金石刻辞及赠答、唱和、联句类诗歌和箴铭劝诫类散文的编制体例和内容的探索,……发现王厚之最有可能是《古文苑》一书的最初编撰者。王厚之在最初编撰《古文苑》时,是在孙洙所编《杂文章》一书的基础上,经过扩展续编而成的。……编撰时间大致在南宋绍兴二十一年(1151)至绍兴三十一年之间(1161)。①

　　除了以上力证成书于宋代外,另有学者主张《古文苑》成书于南朝陈至隋代。此说以鞍山师范学院的刘刚教授为代表。他在《宋玉辞赋考论》一书中认为:"又考《古文苑》虽编辑者无可查考,但其辑作品止于南朝齐,可知其成书大致在南朝陈与隋之际,时代当略早于《艺文类聚》、《直斋书录解题》,称其为'唐人所藏',大致可信。"②遗憾的是,作者虽然提出这一观点,但并未作进一步的论证。

　　(二) 作品来源考证

　　关于《古文苑》所录作品的来源问题,《四库全书总目》认为出自类书,称"然所录汉魏诗文多从《艺文类聚》、《初学记》删节之本"。这一观点又被很多现当代学者所继承。不过,亦有不少学者提出异议。

　　如阿部顺子在《〈古文苑〉の成书年代てその出處》一文中,通过对赋、箴、石文、碑文、诗及歌曲等文体的部分作品出处与构成的考察,认为《古文苑》所收录的作品中,有几乎一半是在现在的总集、类书中找不到出处的。这些作品占据每个文体的骨干部分,从总集、类书中摘出来的一些作品只起到弥补其间隙的作用。因此,《古文苑》虽然是在宋代成书的,但并不能排除它的原材料中还是有宋代以前的古老本子,而由《古文苑》保存着它们的可能性。③

　　王晓鹃则认为《古文苑》所录汉魏诗文多自唐人类书删节而来的观点是难以成立的。具体而言:其一,《古文苑》所录载的80篇诗文的字数远远多于类书所载。字数多的作品不可能是自字数少的作品中抄录而来的。其二,《古文苑》中部分诗文与唐人类书虽字数相同,却明显存在文字音义上

①　王晓鹃:《〈古文苑〉论稿》,人民出版社2010年版,第58页。
②　刘刚:《宋玉辞赋考论》,辽海出版社2006年版,第100页。
③　[日]阿部顺子:《古文苑の成书年代てその出處》,《日本中国学会报》第五十三集,日本中国学会出版社2001年版,第148—164页。

的差异,两者当来自不同文献的材料。其三,《古文苑》中 19 篇字数少于类书的作品,依据的是当时仍在社会上流传的作家别集或可靠的诗文材料。其四,《古文苑》中 52 篇唐宋类书不曾收录的作品,是有其特殊的材料来源的。①

（三）作品真伪的考辨

《古文苑》作品的真伪问题,一直是研究者心中的一个疑团。若此问题得以解决,则不仅对作品实际的著作权拥有者意义重大,更是从文本内证的角度,证明《古文苑》成书年代的一个重要途径。目前,人们的疑点主要集中在以下文体与作品:首先是赋体,作品包括宋玉诸赋、梁王诸文士赋、贾谊《旱云赋》、司马相如《美人赋》以及枚乘《菟园赋》等。20 世纪至今,针对上述赋作,学者进行了辨伪求真的探究,辩锋犀利,成果显著。

对宋玉诸赋真伪的考辨兴起于 20 世纪。20 世纪初,胡适提倡实证主义的"考据"之风,提出"宋玉也是一个假名"②。此后考证宋玉作品为伪作的文章、书籍陆续出世。如陆侃如、鲁迅、刘大白、刘大杰、游国恩等几乎都将宋玉辞赋全部定为伪作。直至 1955 年,胡念贻在《宋玉作品的真伪问题》一文中才将《楚辞章句》《文选》所载宋玉辞赋的创作权归之宋玉。③至于《古文苑》所录宋玉赋的认定,则晚至 20 世纪 80 年代末。如汤漳平的《〈古文苑〉中宋玉赋真伪辨》《宋玉作品真伪辨》以及谭家健的《〈唐勒〉赋残篇考释及其他》诸文,通过重新考辨,断定《古文苑》所收宋玉诸赋绝大多数为宋玉所作。自后,肯定《古文苑》宋玉诸赋的学者越来越多。如李学勤、朱碧莲、郑良树、高秋风、吴广平、刘刚等学者,都纷纷撰文予以响应。下章将详细阐述《古文苑》赋的真伪辨析过程,此处不再多述。

其次是诗,质疑对象主要是《柏梁台》诗。此诗为伪作是由清初学者顾炎武提出来的。他以诗的序文和诗中所题各句作者的官职大多是在元封以后的太初元年(前 104)所改称为根据,认为:"盖是后人拟作,剽取武帝以来官名及《梁孝王世家》乘舆驷马之事以合之,而不悟时代之乖舛也。"④对此观点,罗根泽在 20 世纪 30 年代就说,"顾亭林这一篇辨正的文字,精当异常,不容不信"。游国恩先生 1948 年发表《柏梁台诗考证》一文也认为其诗的时代"大抵不能早于魏、晋之际"。当然,也有学者认为此诗不伪。如近

① 王晓鹃:《〈古文苑〉论稿》,人民出版社 2010 年版,第 203—204 页。
② 胡适:《读楚辞》,《胡适古典文学研究论集》,上海古籍出版社 1989 年版,第 344 页。
③ 参见胡念贻:《宋玉作品的真伪问题》,《文学遗产增刊》第一辑,作家出版社 1955 年版。
④ (清)顾炎武撰,黄汝成集释:《日知录集释》卷二十一,上海古籍出版社 2014 年版,第 470 页。

人丁福保、陈直等先生皆以为其诗是俗本在官名之下妄加人名造成矛盾。今人余冠英亦据宋敏求《长安志》所引《三秦记》无"元封三年"及"梁王"谥号及名字,谓"很难依据它断定这诗的真伪";并认为"从文辞和体制看来,这诗可能产生在西汉时"①。王晖的《柏梁台诗真伪考辨》一文在梳清证伪与求真两派的观点脉络后,认为:从柏梁台诗的用韵字、诗句排序看,柏梁台诗可以肯定是西汉时代的作品;从柏梁台诗诗句所附的官职、作者及诗句内容等情况来看,柏梁台诗就是汉武帝时代所作,绝非伪作。② 至此,可算是为这场争辩画上了句号。

另外,还有学者对《古文苑》的其他文体进行了辨伪考证工作。如姚军的《〈古文苑〉所收〈汉高祖手敕太子〉考论》③《〈古文苑〉所录〈诣丞相公孙弘记室书〉考论》④《〈古文苑〉所收〈董仲舒集叙〉乃南宋人所为》⑤诸文,便是对敕、记、叙诸文体部分作品予以真伪考辨的成果。

(四) 赋、诗诸文体研究

《古文苑》收录18类文体⑥,其中赋与诗列居第二和第三位,且收录作品所占比重甚大,因而成为近十年来《古文苑》文体研究的主要对象。

整体对《古文苑》诗体进行考察的研究成果,以贺珍《〈古文苑〉收录诗歌研究》一文为代表。该文探讨了《古文苑》的选诗观、诗歌来源、章樵诗注、诗歌分类、有争议的诗歌辨析等内容。⑦

对《古文苑》赋体的研究则分为下列几种情况:一是对所收赋作进行真伪考辨,如汤漳平《〈古文苑〉中宋玉赋真伪辨》、高秋凤《宋玉作品真伪考》等。此点前文已提及,不再赘述。二是对部分赋作进行校勘比较,如姚军《〈古文苑〉收录之宋玉赋校记》一文,在前人译注的基础上,重新对六篇宋玉赋进行了校勘和真伪判断。⑧ 三是分析《古文苑》的赋体分类体例与原则。王晓鹃《〈古文苑〉论稿》第三章"文体分类"部分对是书收录的诗、赋

---

① 余冠英:《七言诗起源新论》,《古代文学杂论》,中华书局1987年版,第130页。
② 王晖:《柏梁台诗真伪考辨》,《文学遗产》2006年第1期。
③ 姚军:《〈古文苑〉所收〈汉高祖手敕太子〉考论》,《求索》2013年第6期。
④ 姚军:《〈古文苑〉所录〈诣丞相公孙弘记室书〉考论》,《宁夏大学学报》2014年第2期。
⑤ 姚军:《〈古文苑〉所收〈董仲舒集叙〉乃南宋人所为》,《图书馆理论与实践》2010年第6期。
⑥ 关于《古文苑》的文体类别数量,南宋章樵《古文苑序》中称"为体二十有一"即21类。刘跃进《中古文献学》统计为20类。何新文《中国赋论史稿》统计为19类。笔者认为《古文苑》的文体分类应为18类,分别为文、赋、歌曲、诗、敕、启、书、对、状、颂、述、赞、铭、箴、杂文、记、碑、诔。
⑦ 贺珍:《〈古文苑〉收录诗歌研究》,西北师范大学2009年硕士学位论文。
⑧ 姚军:《〈古文苑〉收录之宋玉赋校记》,《辽东学院学报》2010年第6期。

两体的分类进行了简要的介绍。其《〈古文苑〉与〈文选〉赋体分类管窥》一文，则认为两部总集虽有重视赋体的相同点，但在二级分类与赋体编排上存在诸多相异之处。① 四是从文学文本阐释与辞赋批评理论角度来考察。如《地理赋的空间张力与情感安顿——以〈古文苑〉地理赋研究为例》②和《〈古文苑〉辞赋观及其选本批评形态意义》③两文。前者从赋之题材角度，认为《古文苑》中的地理类赋再现了两汉、魏晋、南齐时期的部分交通路线，展现了沿途的自然人文景观，抒发了赋家深广的地理情怀，表现了征实求真、时空结合、情由景生的文学特征。后者从选本学的角度，对《古文苑》辞赋的编排体式、选录原则、选录眼光及选录志趣四个方面进行探析后，认为《古文苑》的选赋观为：以古为尚、以小为美、雅俗兼具。五是从目录学角度探讨《古文苑》收录赋篇对后世赋作辑集的影响。如潘铭基《章樵注本〈古文苑〉考辨——兼论其对汉赋辑集的意义》④即是。文章探讨《古文苑》所载前汉赋作，认为章樵赋注弥足珍贵，而章注将"扬雄赋"与"汉臣赋"区别，乃贬雄之举，《古文苑》所录前汉赋作对今人辑录汉赋总集和别集都有重要意义。

以上学术成果，无疑是本书作进一步研究的基础。其中，王晓鹃的《〈古文苑〉论稿》一书，通过文献研究和个案研究的方式，探讨了《古文苑》的成书情况，对其成书时间、最初编纂者、刊刻者和注释者进行了详细考辨，同时涉及《古文苑》的版本流传、章樵注本评价、文体分类、收录标准和文献来源诸问题，并对《古文苑》的选学思想及其在选学发展史上的地位进行了理论的总结与概括，更是对本书的撰写有直接的启示与借鉴意义。

综而论之，从南宋至现今的《古文苑》研究，大多还是主要集中在文献学领域。虽在成书、版本、注释等方面取得了可喜的成果，然而，对《古文苑》文体及其作品本身的研究却甚为薄弱。与《文选》一样，《古文苑》也是采用别"体"选文的体例，那么，研究《古文苑》者，也须如力之先生寄语《文选》研究者一样，"不仅必得驰双轨——既须辨其'体'，亦要析其文，且当究其变"⑤。除此之外，还须由选文推知选者之"志"及选本所处时代之风。

① 王晓鹃：《〈古文苑〉与〈文选〉赋体分类管窥》，《西北师大学报》2012年第5期。
② 彭安湘：《地理赋的空间张力与情感安顿——以〈古文苑〉地理赋研究为例》，《湖北大学学报》2009年第5期。
③ 彭安湘：《〈古文苑〉辞赋观及其选本批评形态意义》，《中南大学学报》2012年第6期。
④ 潘铭基：《章樵注本〈古文苑〉考辨——兼论其对汉赋辑集的意义》，2016年《赋学国际学术研讨会论文集》（台南大学人文社会学院主办）。
⑤ 力之：《〈文选文研究〉序》，《广西师范学院学报》2012年第1期。

这才是全面打开《古文苑》研究的必然趋势。

第二节　《古文苑》成书过程推演

《古文苑》是非常特殊的文学总集。除所收录的文、赋、诗等18类文体、260余篇作品外,像其他选本所具备的发凡起例、序言跋文,以此来交代本书编纂宗旨、体例结构、选家志趣、成书时间、编撰者生平及文学主张等重要因素,却一概阙如。再加之其来源于"佛寺经龛"或"秘阁"的传闻,更使它蒙上了一层神秘的面纱。故历代对《古文苑》一书的基本情况及成书年代多有猜测,却难成定论。

由宋至今,关于《古文苑》的成书年代,大体有唐人所编与宋人所编两说。近十余年来,持"宋人编"说者选择《古文苑》所录作品文本为突破点,以作品本文和当时金石碑文或其最早拓本的形态比勘异同来认定作品的年代,取得了一定的成果。当然,具体成书于宋代什么时期,研究者们仍有分歧,但他们对《古文苑》所收作品来源出处的调查结果至少说明了一点:《古文苑》中的部分作品是由宋代人补录的。《古文苑》成书到底是怎样一个过程? 其成书年代具体是哪个时间段? 这些问题,待我们先对宋代的一些文献资料进行辨析后,再作解答。

一、文献资料辨析

(一) 郑樵《通志·艺文略》中的《古文苑》著录

现存最早著录《古文苑》的是南宋郑樵(1104—1162)编撰的《通志》。是书卷七十《艺文略》第八"总集"有"《古文苑》十卷"[①]的简略记载。《艺文略》按由晋到宋的时间顺序著录总集72部,凡4862卷。《古文苑》排在北宋李昉等编撰的《文苑英华》、姚铉编撰的《唐文粹》、无名氏辑编的《唐史文类》之后,以及无名氏编撰的《五代文章》、北宋苏易简等编撰的《文选菁英》之前,位居第59位。据王晓鹃推测:"在郑樵看来,《古文苑》的成书时间,应该是在《文苑英华》、《唐文粹》等著作之后,大致为北宋人所编。"[②]如若郑樵所著录《通志·艺文略》主要是根据现成的目录书纂集而成,那么,在此前提下,这一推测应该是成立的。

《通志》是郑樵呕心沥血"五十载总为一书"的结晶。根据《宋史》本传

---

① (宋)郑樵撰,王树民点校:《通志》,中华书局1987年版,第1797页。
② 王晓鹃:《〈古文苑〉论稿》,人民出版社2010年版,第1页。

记载,郑樵是由侍讲王纶、贺允中推荐而得以谒见宋高宗的,推荐会面的时间是绍兴二十八年(1158)。① 会面时,郑樵"因言班固以来历代为史之非。帝曰:'闻卿名久矣。敷成古学,自成一家,何相见之晚邪?'……给札归抄所著《通志》"。② 据本传文意,郑樵在与高宗见面之时,似就已写定《通志》了。所以,高宗下达了"给札归抄"的缮写任务。绍兴三十一年(1161)书誊抄完毕。第二年三月,郑樵携《通志》至临安,进《上殿通志表》。时适"高宗幸建康,命以《通志》进,会病卒,年五十九"③。

综合《通志·艺文略》中著录《古文苑》的次列及《宋史》郑樵本传的记载,可推断出《古文苑》成书的最晚年限当为南宋绍兴三十一年(1161)。

(二) 韩元吉记、章樵序

考察《古文苑》成书年代的另外两条重要史料是韩元吉的《古文苑记》和章樵的《古文苑序》。韩元吉(1118—1190),字无咎,号南涧,南宋雍丘(今河南杞县)人。绍兴间累官吏部尚书、龙图阁学士,有《南涧甲乙稿》等著作。南宋孝宗淳熙六年(1179),韩元吉编次《古文苑》为九卷,刊刻于任所婺州,并撰写《古文苑记》一篇。记中称:

> 世传孙巨源于佛寺经龛中得唐人所藏古文章一编,莫知谁氏录也,皆史传所不载,《文选》所未取,而间见于诸集及乐府,好事者因以《古文苑》目之。今次为九卷,可类观。④

"孙巨源于佛寺经龛中得唐人所藏"的观点,在其后晁公武《郡斋读书志》卷五由赵希弁续撰的《附志》著录中也有相似的转述:

> 《古文苑》九卷。……世传孙巨源于佛寺经龛中得唐人所藏文章一编,莫知谁氏录也。皆史传所不载,《文选》所未取,而间见于诸集及乐府,好事者因以《古文苑》目之。自石鼓文而下……皆周秦汉人之作也。⑤

① (元)脱脱、阿鲁图等撰:《宋史》卷三七二,中华书局1977年版,第11535页。
② (元)脱脱、阿鲁图等撰:《宋史》卷四三六,中华书局1977年版,第12944页。
③ (元)脱脱、阿鲁图等撰:《宋史》卷四三六,中华书局1977年版,第12944页。
④ (宋)韩元吉:《古文苑记》,(宋)无名氏辑:《古文苑》,《四部丛刊》本,上海书店出版社2018年版。
⑤ (宋)晁公武撰,孙猛校证:《郡斋读书志校证》,上海古籍出版社1990年版,第1234页。

在陈振孙《直斋书录解题》卷十五亦有类似的说法：

> 《古文苑》九卷，不知何人集。皆汉以来遗文，史传及《文选》所无者。世传孙洙巨源于佛寺经龛中得之，唐人所藏也。①

毫无疑问，他们都认同的是：第一，最早得到《古文苑》署名前本的是北宋的孙洙（1031—1080，字巨源）；②第二，《古文苑》为唐人所藏但编纂者不详；第三，所收内容为史传、《文选》所无。除此之外，韩元吉记与《郡斋读书志》中所著录的还有几点足以引起注意：一是《古文苑》所录作品间见于当时存留的诸总集或别集及乐府，它们是什么？二是孙洙得到"古文章一编"后，这卷文集在一段时间内并不叫作《古文苑》。而好事者命名，含有谐谑意味，好事者是谁？缘何命此名？又从何时名《古文苑》？三是《郡斋读书志·附志》著录收录作品的断限为"周秦汉人"、《直斋书录解题》为"汉以来"，而现存《古文苑》收录的则为从东周到南朝齐永明年间的作品，为什么会有如此大的差异？如能破解这些，那么孙洙得书之后，韩元吉编次之前《古文苑》的情况将有一个比较清晰的面目。

九卷本《古文苑》编定 53 年后，章樵（？ —1235）于南宋绍定五年（1232）重校并厘定《古文苑》为二十一卷（正录二十卷，附录一卷）。他在《古文苑序》中称：

> 《古文苑》者，唐人所编，史传所不载，《文选》所不录之文也。……犹幸佛书龛中之一编复出于人间，而其中句读聱牙，字画奇古，未有音释，加以传录舛讹，读者病之，有听古乐恐卧之叹。……厘为二十卷，将质诸博洽君子，以求是正焉。③

序中，章樵大体延续了韩氏旧说，但将韩元吉所言《古文苑》为"唐人所藏"改为"唐人所编"，即将其成书年代由含糊的唐或唐以前确定为唐代。

---

① （宋）陈振孙撰，徐小蛮、顾美华点校：《直斋书录解题》卷一五，上海古籍出版社 2015 年版，第 438 页。

② 孙洙（1032—1080），北宋广陵人。年少时擅文，年未二十而成进士，元丰中，累官至翰林学士。《宋史·孙洙传》称其："博闻强识，明练典故……文词典丽，有西汉之风。"（元）脱脱、阿鲁图等撰：《宋史》卷三二一《孙洙传》，中华书局 1985 年版，第 10422—10423 页。

③ （宋）章樵：《古文苑序》，（宋）无名氏辑：《古文苑》，《四部丛刊》本，上海书店出版社 2018 年版。

其好友江师心支持他的观点,称:"《古文苑》唐人之所集,梁昭明之所遗也。"①

根据《通志·艺文略》、韩记和章序,我们又可以推断出如下几点:

第一,北宋孙洙于佛龛中得到的文集,在当时人看来,并不是宋代的作品,而是唐人所藏或所编的文集。

第二,孙洙所得"古文章一编"当时并无"古文苑"之名。此名是宋人所加。作为书名的《古文苑》,最早见录于南宋郑樵的《通志》。

第三,孙洙得到的文集在世间辗转流传后,很有可能经过宋代众多学者之手不断进行增补。由于所增补的作品收录时代范围不一致,故导致各文献记载《古文苑》收录作品范围的差异。

第四,"古文章一编"是《古文苑》九卷本和二十一卷本两个版本系统的版源。章樵注二十一卷本《古文苑》应该依据了韩元吉九卷本。

(三)"杂文章"一卷

韩记所称"古文章一编"到底是何面貌? 遗憾的是,宋代及以后的公私书目中并无同样名称的载录。为何说它是《古文苑》九卷本和二十一卷本两个版本系统的版源呢? 是因晁公武《郡斋读书志》卷二十《后志》中有一条饶有趣味的记载:

> 杂文章一卷。右孙巨源得之于祕阁,载宋玉等赋、颂五十八篇。景迁生元丰甲子以李公择本校正,后有刘大经、田为、王云、李端、唐君益诸公跋题。②

另马端临《文献通考》卷二百四十八也有相似的记载:

> 杂文章一卷。晁氏曰孙巨源得之于秘阁,载宋玉等赋、颂五十八篇。景迁生元丰甲子以李公择本校正,后有刘大经、田为、王云、李端、唐君益诸公跋题。③

我们以为,《郡斋读书志》的"杂文章一卷",从其来源、内容分析,极有可能就是韩元吉所言的"孙巨源于佛寺经龛中得唐人所藏古文章一编"。

① (宋)江师心:《古文苑序》,(宋)无名氏辑:《古文苑》,《四部丛刊》本,上海书店出版社2018年版。
② (宋)晁公武撰,孙猛校证:《郡斋读书志校证》,上海古籍出版社1990年版,第1057页。
③ (元)马端临:《文献通考》,中华书局1986年版,第1953—1954页。

理由如下:第一,发现者皆是孙巨源;第二,发现地点都是非常神秘的地方(虽然韩氏说为"佛寺经龛",晁氏说为"祕阁",地点不一致,这可能是传闻异辞所致)①;第三,"一编"与"一卷",文集篇幅大致相当,且"古文章"与"杂文章"之名含有年代久、编无序的特点;第四,核心内容和文体大体相似,都有宋玉的作品,都有赋、颂文体。因此,我们认为孙洙(巨源)发现的古文章,应当只一部。晁公武所言"孙巨源得之于祕阁"的"杂文章一卷",即韩元吉所言的孙巨源于佛寺经龛中得唐人所藏"古文章一编",而"载宋玉等赋、颂五十八篇",便是未命名前的《古文苑》前本的内容和篇数。而当时人必定都认定此文集并非本朝文集,或为唐人编,或为唐以前人编。于是韩元吉、晁公武就用"唐人所藏"四字笼统言之,而他们所针对的,并非后人所指的《古文苑》,而是孙洙所得的《古文苑》前本:"杂文章一卷"。

孙洙在嘉祐四年(1059)至治平三年(1066)近八年间一直在秘阁供职。那么,治平三年即其发现"杂文章"的最迟年限。问题是孙洙所得文集,到底是其任崇文馆编校秘阁书籍官时亲手编辑,还是真的是获得了唐人之本?对此,有学者认为是孙洙亲手所撰,原因是其长期任职于秘阁,有感于唐前古籍亡佚,利用工作之便,辑佚而成的。② 是说值得商榷。原因有二:

一是因"所得"二字,含有得他人旧本意味,并无自撰之意。二是从晁氏著录的"杂文章"的流传情况也可见端倪。首先,此文集从孙洙手中曾传到了北宋著名藏书家、苏轼好友——李常(1027—1090,字公择)手中。神宗熙宁元年(1068),李公择任右正言、知谏院、秘阁校理。李公择进秘阁与孙洙离开秘阁,相隔不过两年。对于这位明公巨臣和朝廷重臣的为人与文风,必定有所耳闻甚至比较了解。如若是孙洙亲手编辑了"杂文章",李公择对之进行的誊正、校对或增补工作,必定传之朝野,闻名秘阁。但并无这方面的记载。其次,景迂生于宋神宗元丰甲子(1084)用李公择本校正"杂文章"。景迂生即晁说之(1059—1129),北宋距野人,字以道,号景迂,为苏门弟子晁补之从弟,而李公择既为苏轼好友,凭借此关系,景迂生得见李公择本应该不难,故能依李公择本重校"杂文章",并附有刘大经、田为、王云、李端、唐君益诸公跋题。景迂生又是晁公武之从叔父,同一家族中人对本族的书籍递藏情况,应是非常清楚的,故《郡斋读书志》中著录的景迂生校本真实度很高。"杂文章"为"载宋玉等赋、颂五十八篇"的文集,却于宋神宗

---

① 如南宋吴渊在《注〈古文苑后序〉一》中云:"我宋孙公巨源发其祕于精庐,由是始显。"参见(宋)无名氏辑:《古文苑》,《四部丛刊》本,上海书店出版社2018年版。

② 王晓鹃:《〈古文苑〉论稿》,人民出版社2010年版,第60页。

朝为诸多著名士人所收藏、整理、校对、题跋。这足可说明此书在当时曾较广泛地流传,但并不是孙洙亲撰。个中原委,应该是:

> 可能与《杂文章》一书的辑佚性质相关。……即此书收录的作品可能都是史传、《文选》不收或当时已经散佚的汉魏诗赋。唐时古人文集与总集存者很多,逮经五代之乱,汉魏诗人文集大都散佚。至北宋,《崇文总目》所载和《唐·艺文志》相比较,几乎十不存一,故《杂文章》的出现,便为世人所珍重。①

二、成书过程推演

《古文苑》是谁命名、依何而名、名于何时,今已无法考证。但南宋郑樵的《通志·艺文略》卷八有"《古文苑》,十卷"的著录,则是迄今为止可见资料中最早出现"古文苑"之名的著录。郑樵生于宋徽宗崇宁三年(1104),卒于宋高宗绍兴三十二年(1162)。绍兴二十八年(1158)生平第一次谒见高宗时《通志》已然完成,受高宗之命,于其逝世前一年,即绍兴三十一年(1161),将《通志》誊抄本进献高宗不遇后,期年而终。那么,我们可推定绍兴三十一年(1161)为"古文苑"之名出现的最晚下限时间。据上引晁公武的记载,"景迁生元丰甲子以李公择本校正"了"杂文章一卷"。据此可以推测,在宋神宗元丰七年(1084)时,尚未出现《古文苑》之名。那么,我们可以将《古文苑》的命名最早上限确定为 1084 年。也就是说,"古文苑"之名是在北宋神宗丰七年(1084)至南宋高宗绍兴三十一年(1161)这一时段出现的。

《通志》中《古文苑》"十卷"的数目应不是郑樵误记。但也存在两种可能:一是郑樵所见的就是十卷本的《古文苑》初编本。但此本没有流传下来,早在南宋初年就已遗失。二是"十卷"之数也可能不是确数,而是估数。因为韩元吉在九卷本编次刊刻时曾言:"今次为九卷,可类观。"即可说明《古文苑》原书是不曾分卷的。"十卷"就有可能是郑樵对《古文苑》卷数划分的一个估数。无论哪种情况,均可说明未命名前称为"杂文章一卷"的文集有诸多版本,并在宋代已发展到了有固定书名的多达"十卷"左右的篇幅。

南宋淳熙六年(1179),韩元吉在婺州任中编次《古文苑》为九卷。韩氏

---

① 王晓鹃:《〈古文苑〉论稿》,人民出版社 2010 年版,第 63 页。

称"惟讹舛谬缺,不敢是正而补之,盖传疑也",这代表了他对待《古文苑》材料的基本态度。说明他基本上还保存着书本的原貌,并未变更原书的次序和本文,只是分录卷目而已。今存北京图书馆藏南宋淳熙婺州本《古文苑》分卷、分体情况如下:

第一卷文、赋;第二卷赋;第三卷赋;第四卷诗、歌、曲;第五卷敕、启、状、书、对;第六卷颂、述、赞、铭;第七卷箴;第八卷杂文、叙、记、碑;第九卷碑、诔。凡赋 57 首、诗 70 首、文 105 篇,计 232 篇①作品。

从"杂文章"的赋、颂 58 篇至九卷本《古文苑》的 232 篇,增多了 174 篇作品。这多出的部分,毫无疑问都是出于宋代人之手。

南宋绍定五年(1232),章樵厘定《古文苑》为二十一卷本。正录二十卷,附录一卷。具体为:第一卷刻石文;第二至七卷赋;第八至九卷歌曲、诗;第十卷敕、启、书;第十一卷对、状;第十二卷颂、述;第十三卷赞、铭;第十四至十六卷箴;第十七卷杂文;第十八卷记、碑;第十九卷碑;第二十卷诔;第二十一卷为附录,收杂赋及颂残篇。

由章樵序可知,章樵依据的是韩元吉九卷本和南宋当时仍可见的古籍。将九卷本与二十一卷本比勘发现,二十一卷本有而九卷本没有的作品有 33 篇。具体情况如下表所示。

类别	数量	作品	类别	数量	作品
赋	5(漏九卷本赋1)	枚乘《忘忧馆柳赋》、路乔如《鹤赋》、公孙乘《月赋》、中山王《文木赋》、陆机《思亲赋》(漏录张衡《羽猎赋》)	诗	15	秦嘉《述婚诗》、王粲《思亲为潘文则作》、曹植《元会诗》、闾丘冲《三月三日应诏诗》、裴秀《大蜡诗》、王粲《杂诗》四首、《七哀诗》、王融《奉和南海王咏秋胡妻》《咏池上梨花》、谢朓《阻雪连句遥赠和》、沈约《阻雪连句遥赠和》;唐人木兰诗
书	3	邹长倩《遗公孙贤良书》、王粲《为刘表与袁尚书》、曹丕《九日送菊与钟繇》	颂	1	傅咸《皇太子释奠颂》

① 耿文光《万卷精华楼藏书记》著录道:"《古文苑》九卷……凡赋五十七首、诗五十八首、文一百五篇。"参见《清人书目题跋丛刊》(九),中华书局 1993 年版,第 1138 页。笔者在诗的统计上与之略有差异。

类别	数量	作品	类别	数量	作品
铭	5	张衡《绶司铭》、胡广《笥铭》《印衣铭》、李尤《洛铭》、王粲《刀铭》	箴	3	傅玄《吏部尚书箴》、张华《尚书令箴》、崔寔《谏大夫箴》
碑	1	《楚相孙叔敖碑》			

其中,明确标记为章樵"附入"的有 7 篇,它们是:傅玄《吏部尚书箴》、张华《尚书令箴》、崔寔《谏大夫箴》、唐人木兰诗①、谢朓、沈约《阻雪连句遥赠和》各一首以及王融《咏池上梨花》。从剩余的 26 篇来看,未必全部出于章樵的增补。他在《古文苑序》中说:"《古文苑》为篇二百六十有四,附入者七。"如此,从九卷本至二十一卷本的作品变化情形,我们已基本明了。故这一时段:从南宋孝宗淳熙六年(1179)到南宋理宗丙申三年(1236)②,《古文苑》版本、目次、篇目数量方面的变化是比较明朗的。

综合以上分析,《古文苑》的成书过程已粗呈梗概如下:

第一个阶段,发现与校正期(1066—1084)。即从孙洙所得"杂文章"到李公择本再到景迁生校本。

第二个阶段,增补与命名期(1084—1161)。即从"杂文章"一卷景迁生校本到郑樵《古文苑》十卷初编本。

第三个阶段,编次与补注期(1179—1246)。即从韩元吉九卷本到章樵二十一卷本。

必须指出的是,在这三个时期,命名前后的《古文苑》都有可能得到了宋代人的增补,而且是一个累积递加的过程。但增补者具体是哪些人,目前除章樵外,其余都有待勘查。我们的推论是:如从作者构成而言,《古文苑》是一部由唐宋两个时代人合成编纂的总集。具体而言,即由宋代人在保存孙洙所得唐人所编"古文章一编"所有作品的基础上增补编纂而成。如从命名即意味着诞生的角度而言,那么,《古文苑》正式成书时段应在北宋神宗元丰七年(1084)至南宋高宗绍兴三十一年(1161)之间。

---

① 此诗九卷本亦录,二十一卷本目录题为"附"。后文将对此予以分析。

② 南宋江师心在《注〈古文苑后序〉二》中言:"章君不忍自私,倅毗陵,日欲绣诸梓以贻后学。甫书初考,适拜司鼓之命,惧厥志之不酬,乃以其稿属之得政,岁在丙申六月毕工。"南宋盛如杞在《注〈古文苑后序〉三》中言:"明年,公除司鼓,留稿以遗后人,程君士龙实为代用,能成公之志,丙申六月书成,而公以乙未六月先为古人矣。"由此可知,章樵所注二十一卷本《古文苑》是在宋理宗丙申三年刊刻而成的。参见(宋)无名氏辑:《古文苑》,《四部丛刊》本,上海书店出版社 2018 年版。

三、作品与文体佐证

前已指出,《古文苑》是一部在保存唐人所编"古文章"58 篇作品基础上由宋人增补而成的总集。因资料的阙如,我们对"古文章"的编纂情貌知之甚少。可行的方法是对现存九卷本和二十一卷本《古文苑》中作家作品的出处情况进行比勘考校,考量部分作品的具体收录时间,以佐证《古文苑》的成书年代。由收录作品的实际时间判定这一方法,学者们已经开始运用并取得了一定的成效。

(一) 对《古文苑》第一卷三篇"刻石文"录入时代的推定

刻石文,因古代帝王祭祀山岳而产生,所谓"上古帝皇,纪号封禅,树石埠岳"也,后发展为在竖石或崖石上纪迹、纪功,至秦而最为兴盛。现存秦始皇刻石表功的刻石文共有七篇。从刻石文的材质与文体内容来看,它与碑文联系深密,堪称碑文的直接源头。故刘勰称"周穆纪迹于弇山之石,亦古碑之意"[1],吴讷曰"秦汉以来,始谓刻石为碑,其盖始于李斯峄山之刻耳"[2]。

1.《石鼓文》

《石鼓文》大约产生于春秋中叶[3],是我国现存最早的刻石文字。"其鼓有十,因其石之自然,粗有鼓形,字刻于其旁,石质坚顽,类今人为礁碨者。"所言为周宣王渔猎事,又称为"猎碣"。石鼓于唐代初年出土,却"散在陈仓野中",后迁之凤翔孔子庙。经五代之乱又复散失,北宋司马池知凤翔,陆续找回"至于府学之门庑下,而亡其一"。宋仁宗皇祐四年(1052)向传师将亡失的《作原》鼓觅回,始得其全。其时,是鼓上半已被截去,上字磨灭。大观(1107—1110)中十鼓"归于京师,诏以金填其文,以示贵重且绝摹拓之患"[4],初入京师辟雍,后入内府保和殿稽古阁。金人破汴,辇归燕京,置国子学大成门内。1937 年抗战爆发后,石鼓文南迁至蜀,1958 年始运回北平,现藏故宫博物院。

---

① (南朝梁)刘勰:《文心雕龙·诔碑》,范文澜注:《文心雕龙注》,人民文学出版社 1958 年版,第 214 页。

② (明)吴讷、徐师曾撰,于北山、罗根泽校点:《文章辨体序说·文章明辨序说》,人民文学出版社 1962 年版,第 52 页。

③ 《石鼓文》产生时代众说纷纭,要之有三说:一、周代说,尤以宣王之说最盛;二、秦代说;三、后周说。

④ 此段所引出自南宋王厚之:《题跋周宣王石鼓文》,(宋)无名氏辑:《古文苑》,《四部丛刊》本,上海书店出版社 2018 年版。

《石鼓文》唐代有拓本,贞观年间虞世南、褚遂良、欧阳询曾"共称妙墨"①,不过唐拓却没有流传下来。宋代拓本较多,北宋欧阳修《集古录》所记《石鼓文》存465字,应是北宋拓本中最早及字数最多的。据记载,北宋拓本有如下几种:马荐本、天一阁藏本及明代安国所藏"先锋本"(又名"前茅本")、"中权本"和"后劲本"。前两种已亡失。安国所藏三本均被民国秦文锦售给日本人。

1932年,郭沫若在日流亡间得《石鼓文》"先锋本"拓片。郭沫若据拓本《作原》鼓上端缺三字与《古文苑》文本比较,发现"今考其卷首所收之《石鼓文》,其'作原'一石亦无上端三字,即此已足破其伪(章樵谓唐人所录)而有余矣"。② 实际上,章樵在注释第六鼓《作原》时,已阐明了此鼓缺字的缘由及情况:

> 施云此鼓乃向传师皇祐间所搜访而得之者,每行末仅存四字,自四字而上磨灭者,传师磨去,刻当时得之之由。故今所存,皆断续不成文。

"施",为南宋金石学家施宿。由其语可知,被截半成臼的《作原》鼓发现时间应是北宋"皇祐年间"。又据《古文苑》之《石鼓文》十鼓排列顺序、文字的字画音训与南宋郑樵本、薛尚功本、施宿本、王厚之本相比勘的结果,发现王厚之本与《古文苑》石鼓情况大体相符③。王厚之,南宋著名的金石学家、藏书家,曾作有《题跋周宣王石鼓文》。章樵将其悉录在《古文苑》中,全文如下:

> 右石鼓文周宣王之猎碣也。唐自贞观以来,苏勖、李嗣真、张怀瓘、窦泉、窦蒙、徐浩咸以为史籀笔迹。虞世南、欧阳询、褚遂良皆有"墨妙"之称。杜甫《八分小篆歌》叙历代书,亦厕之仓颉、李斯之间。其后,韦应物、韩愈称述为尤详。至本朝,欧阳修作《集古录》,始没三疑。以韦、韩之说,为无所考据,后人因其疑而增广之。南渡之后,有郑樵者,作释音且为之序,乃摘"丞、也"二字,以为见于秦斤、秦权而指以为秦鼓伪。刘词臣、马定国,以宇文泰尝蒐岐阳而指以为后周物。呜呼!二子固不足为石鼓重轻。然近人稍有惑其说者,故予不得不辨。《集

---

① (宋)王厚之:《题跋周宣王石鼓文》,(宋)无名氏辑:《古文苑》,《四部丛刊》本,上海书店出版社2018年版。

② 郭沫若:《石鼓文研究·诅楚文考释》,科学出版社1982年版,第30页。

③ 详细论述过程参见王晓鹃:《〈古文苑〉论稿》,人民出版社2010年版,第47—55页。

古》之一疑曰：汉桓、灵碑，大书深刻，磨灭十八九。自宣王至今为尤远，鼓文细而刻浅，理岂得存？予谓碑刻之存亡，系石质之美恶、摹拓之多寡、水火风雨之及与不及，不可以年祀久近论也。且如《诅楚文》刻于秦惠文王时，去宣王为未远，而文细刻浅，过于石鼓远甚。由始出于近岁，戕害所不及，至无一字磨灭者。颜真卿《干禄字》刻于大历九年，显暴于世，工人以为衣食业，摹拓为多，至开成四年，才六十六载，而遽已讹阙。由是言之，年祀久近不足推其存亡，无可疑者。二疑以谓自汉以来，博古之士，略而不道。三疑以谓隋氏藏书最多，独无此刻。予谓金石遗文，混于瓦砾，历代湮灭，而后世始显者为多。三代彝器或得于近岁，其制度精妙，有马融、郑玄所不知者。又《诅楚文》笔迹高妙，世人无复异论，而历秦汉以来数千百年，湮沉泉壤，近岁始出于人间，不可谓不称于前人，不录于隋氏，而指为近世伪物也。予意此鼓之刻虽载于传记，而经历代乱离，散落草莽。至唐之初，文物稍盛，好事者始加采录，乃复显于世。及观苏勖叙记，尤喜予言之为得也。则夫隋氏之不录，又无足疑者。况唐之文籍，视今为甚备，而学者不敢为臆说。自贞观以来，诸公之说若出于一人，固不特起于韦、韩也。而韦应物又以为文王之鼓，宣王刻诗言之，如是之详，当时无一人非之，传记必有可考者矣。小篆之作本于大篆，"丞、也"二字见于秦器，固无害。况"丞"字从"山"，取山高，奉"丞"之意著在《说文》，字体宜然非始于秦也。唐初去宇文周为甚近，事语尚在于长老耳！使文帝镌功勒成以告万世，岂细事哉？时人共知之，况苏勖之祖邳公绰用事于周，文物号令悉出其手，岂得其贤子孙乃不知其祖之所作者乎？呜呼！三代石刻存于世者，坛山"吉日癸巳刻于此耳！"而"吉日癸巳"无所考据，独此鼓昔人称说如是之详，观其字画奇古，足以追想三代遗风，而学者因可以知篆隶之所自出。好异者又附会异说而诋訾之，亦已甚矣！其鼓有十，因其石之自然，粗有鼓形，字刻于其旁，石质坚顽，类今人为碓砠者。其初散在陈仓野中，韩吏部为博士时，请于祭酒，欲以数橐驼舆致太学，不从。郑余庆始迁之凤翔孔子庙，经五代之乱，又复散失。本朝司马池知凤翔，复辇至于府学之门庑下，而亡其一。皇祐四年，向传师搜访而足之大观中，归于京师，诏以金填其文，以示贵重且绝摹拓之患。初致之辟雍，后移入保和殿。靖康之末，保和珍异北去。或传济河遇大风，重不可致者，弃之中流，今其存亡特未可知。则拓本留于世者，宜与法书并藏，讵可轻议也哉？绍兴己卯岁，予得此本于上庠，喜而不寐，手自装治成帙，因取薛尚功、郑樵二音，参校同异，并考复字书，而是正之，书于帙之后。

其不至者,姑两存之,以俟博洽君子而质焉。

王厚之在题跋中追溯了石鼓文在唐及本朝(宋)的流传情况,针对欧阳修《集古录》中时人的"三疑",一一破疑,并对十鼓的佚、损、存情况进行了说明,最后得出"则拓本留于世者,宜与法书并藏,讵可轻议也哉"的坚实结论。其中重要的是:第一,王厚之认为石鼓文产生于周宣王时期;第二,于"绍兴己卯岁"(1159)在上庠得到了皇祐四年(1052)以后的拓本;第三,将此拓本与薛尚功、郑樵二音,参校同异,并考覆字书,而是正之。今比较发现,其《石鼓音》中的《石鼓文》与《古文苑》所录相同之处在于:第一,均认为石鼓文是周宣王时期作;第二,所录字数完全相同,都是 474 字;第三,字画音训及十鼓次序与薛尚功、郑樵本有同有异。王晓鹃据此认为《古文苑》所录《石鼓文》源于王厚之本,这是可信的。由此可知,《古文苑》之《石鼓文》应是绍兴己卯年(1159)后补入的。

2.《诅楚文》

《诅楚文》是战国时秦国的刻石文字,以秦惠文王使宗祝在神前诅咒楚怀王一再侵秦而祈求巫咸、亚驼、大沈厥湫之神"克剂楚师"为内容。"此秦人厎誓于神,叙国之信,作盟诅之载词者也。"①原石共三块,祠祭后或沉于水,或埋于土,分别于北宋嘉祐、治平年间相继出土。三文"其词则一,惟质于神者随号而异"②:一是"巫咸文",一是"亚驼文",一是"大沈厥湫文"。后因战乱,刻石亡失于南宋。

《诅楚文》出土后,宋代最早提及《诅楚文》发现一事的是苏轼。他于嘉祐六年(1061)作有《凤翔观诗·诅楚文》一诗,并在序中交代了发现地点诸情况。其后欧阳修、欧阳棐、黄庭坚、张先、叶适、范成大、赵明诚、董逌、姚宽、方勺、陈思、章樵纷纷为之题咏、著录、注释和考证。

欧阳修《集古录》收录了《秦祀巫咸神文》,并作了跋文。据《四库全书总目》载,其跋尾在治平初年(1064)前后,至少在熙宁初年(1068)写成。其跋尾(卷一)载:"《秦祀巫咸神文》,今流俗谓之《诅楚文》。"③由"流俗"二字可知,《诅楚文》不仅距治平、熙宁行世已有相当时日了,而且《告巫咸文》在北宋还被大众化地称为《诅楚文》。

赵明诚所录情况更为清晰。其《金石录》卷十三载录:"《诅楚文》,余所

---

① (宋)董逌:《广川书跋》卷四,中华书局 1985 年版,第 43 页。
② (宋)王厚之:《考订秦惠王诅楚文》,(宋)无名氏辑:《古文苑》,《四部丛刊》本,上海书店出版社 2018 年版。
③ (宋)欧阳修撰,李逸安点校:《欧阳修全集》,中华书局 2001 年版,第 2081 页。

藏凡三本：其一祀巫咸，旧在凤翔府廨，今归御府，此本是也；其一祀大沈久
湫，藏于南京蔡氏；其一祀亚驼，藏于洛阳刘氏。秦以前遗迹，见于今者绝
少，此文皆出于近世而刻画完好，文词字札奇古可喜。元祐间，张芸叟侍郎、
黄鲁直学士皆以今文训释之，然小有异同。今尽录二家所释于左方，俾览者
详焉。"①不过，赵明诚仅辑录《巫咸文》一文的拓本，因"刻画完好，文词字
札奇古可喜""赵次公云数本中惟巫咸最精"②。可惜的是《告巫咸文》原拓
本后亡佚了。现有元人摹拓的"中吴刊本"传世。

　　《告巫咸文》总共 326 字。据叶梦得(1077—1148)《秦祀巫咸神文》记
载，他所见到的 326 字中"有灭及漫不可辨者三十四字，以《大沈厥湫文》相
参，其灭完字适相补，而以古文考之，可尽读云"③。就是说，《告巫咸文》有
34 个残字，参之《大沈厥湫文》恰好能补充完好而"可尽读"。不过，现存
"中吴刊本"的《告巫咸文》却只有 323 字。据郭沫若考释缺失的三字为
"长""盛""之"④。

　　然而，检《古文苑》所录《诅楚文》，326 字一一俱在，并无缺漏。姜亮夫
称它与《广川书跋》所载，略相仿佛⑤。这种情况，当是叶梦得所云的最
好证明。《广川书跋》为两宋间董逌(生卒年不详，1129 年尚在世)所撰，此
书成书时间较早，记述比较丰富，论述亦多精当。书首有其子董弅于南宋绍
兴二十七年(1157)题记，称乃父"或涉同异，事出疑似者，必旁证他书，使昭
然易见；探古人用意之精，巧伪不能惑；察良工之所能，临摹蓁不能乱。……
自南渡，乡关隔绝……所存得于煨烬之余，年来为裒集在者得书跋"⑥。可
见，董逌对前代遗物持考辨刻意精求的态度，其《广川书跋》所载《诅楚文》
与《古文苑》完整著录的《诅楚文》，字数完全相同，文字基本相似，仅五个异
体字而已。这种情况恰可表明：一、两者依据的是《告巫咸文》与《大沈厥湫
文》相参之本；二、《古文苑》之《诅楚文》录入时间当在叶梦得逝世之后及
《广川书跋》缮写完毕之前，即公元 1148 年至 1157 年之间。

　　3.《峄山刻石文》

　　为秦始皇颂德歌功的七篇秦代刻石文，唯《峄山刻石文》(又名《峄山

①　(宋)赵明诚撰，金文明校正：《金石录校正》，广西师范大学出版社 2005 年版，第 234 页。
②　(清)赵揖编：《金石存》，中华书局据函海楼影印卷二，第 61 页。
③　(宋)陈思辑：《宝刻丛编》卷一，《丛书集成新编》本第 51 册，新文丰出版社 2008 年版，第
　　458 页。
④　参见王晓鹃：《〈古文苑〉论稿》，人民出版社 2010 年版，第 19 页。
⑤　姜亮夫：《秦诅楚文考释——兼释亚驼、大沈久湫两辞》，《兰州大学学报》1980 年第 4 期。
⑥　(宋)董逌：《广川书跋》，中华书局 1985 年版，第 1 页。

铭》《峄山碑》)未被《史记》载录。原石立于邹县峄山,大约残毁于北朝,传世无原石拓本。至宋,"而人家多有传者,各有所自来"①,大多为"取旧文勒于它石"的"新刻",也有临摹"碎碑"的拓本。② 其中,"新刻"当以北宋淳化四年(993)郑文宝(953—1013)以其师徐铉(917—992)所授摹本重刻于长安者为最早(世称"长安本"或"陕本")。欧阳修《集古录》卷一、赵明诚《金石录》卷十三和都穆《金薤琳琅》卷二都有记载。据清代王昶《金石萃编》卷四载:"石高八尺八寸,广四尺三寸,十一行,行廿一字"(最末行只13字)。上刻有《始皇诏》《二世诏》两种,小篆书;碑阴有郑文宝题记,楷书5行。"正书今在西安府学"③。今观之,其上秦始皇东游颂德碑与胡亥东行诏书碑的文字合一,字体大小一样,排列也无高低差别。

"碎碑"拓本,在北宋亦流传于世。据董逌《广川书跋》卷四载:

> 陈伯修示余《峄山铭》。字已残缺,其可识者厪耳。视其气质浑重,全有三代遗象。顾《泰山》则似异。疑古人于书,不一其形类也。峄山之石,唐人已谓枣木刻画,不应今更有此。然求其笔力所至,非后人摹传拓临,可得放象,故知摹本有至数百年者。夏郑公尝得此本,益可信也。……魏太武帝使人排倒,犹有求者不已。……供命不给,聚薪其下,纵火焚之,遂至刓缺,然不应遂无存字。昔唐人尝取旧文勒石,故谓后世所摹皆新刻,然碎碑未绝,故是好奇者犹得拓本。余有之,不逮此本完也。④

这里,董逌明确提到了三个拥有"碎碑"拓本者:陈伯修、夏郑公以及他本人。陈伯修生卒年不详,可以肯定的是,他与董逌为同时代人。其所藏《峄山铭》"碎碑"拓本,"字已残缺"可识者少,但在董逌看来,"气质浑重,全有三代遗象"且"非后人摹传拓临可得放象",并以夏郑公本证之,认为其可信度较高。夏郑公(985—1051),即夏竦,北宋大臣,古文字学家。欧阳修在《集古录》卷一中也提到了他:"今俗传《峄山碑》者,《史记》不载,又其字体差大,不类《泰山》存者,其本出于徐铉,又有别本云出于夏竦家者,以今市人所鬻校之无异。"⑤此段文字,欧阳修写于治平元年(1064)。显然,至

① (宋)欧阳修:《集古录》卷三,《文渊阁四库全书》本,台湾商务印书馆1986年版。
② (唐)封演撰,赵贞信校注:《封氏闻见记校注》,中华书局1958年版,第67页。
③ (清)王昶:《金石萃编》第1册卷四,北京市中国书店,据1921年扫叶山房本影印。
④ (宋)董逌:《广川书跋》卷四,浙江人民美术出版社2016年版,第70页。
⑤ (宋)欧阳修:《集古录》卷一,《文渊阁四库全书》本,台湾商务印书馆1986年版。

是年止,他并未亲见夏竦藏本,只是以"市人所鬻"的翻刻本与徐铉摹本进行比照,从而得出两本"无异"的结论。但是,董逌却言之凿凿,称"好奇者犹得拓本,余有之",只是在文字的完整度上比不上陈伯修"碎碑"拓本而已。两相比较,董逌所言的"碎碑"拓本存世的可靠性似乎更大一些。然而,遗憾的是,关于"碎碑"拓本的情貌却在宋代文献中鲜有记载。如若董逌所说是实,那么,至晚到南宋绍兴二十七年(1157)以前还传于世。在这一前提下,"碎碑"拓本当与其他刻石或原拓一样,始皇诏与秦二世诏有排列前后、高低及字体大小的区分。

今以二十一卷本《古文苑》所录《峄山刻石文》与陕本相比,两者均将始皇诏与秦二世诏并录。章樵注释时将秦二世诏比始皇诏低一个字,字体也小些。至于章樵是否是据当时金石资料,还是依据"碎碑"拓本或是其他,已无法可考。不过,《古文苑》九卷本所录却与陕本几无区别,亦是将秦始皇东游颂德碑与胡亥东行诏书碑的文字合一,字体大小一样,排列也无高低差别,且题目叫《秦二世峄山刻石文》。

因"碎碑"拓本无存本传世,《古文苑》二十一卷本来源所自无法考证。故以《古文苑》九卷本《峄山刻石文》,推断其是从郑文宝摹刻本而来,时间在淳化四年(993)以后。

(二) 对庾信《枯树赋》录入时间的推定

庾信是六朝文学的"集大成"者,其诗赋对北朝及后世有着较深远的影响,生前就有文集流传于世。不过,二十卷《庾信集》并非其本人编撰,而是由北周宗室滕闻王宇文逌出力编成的。对此,北周大象元年(579)庾信曾作《谢滕王集序启》对宇文逌表示谢意。其后,历代对《庾信集》载录不断。仅唐宋两朝,就有《北史·文苑传·庾信传》《隋书·经籍志》,新旧《唐书·艺文志》《通志·艺文略》《郡斋读书志》《直斋书录解题》等史书及目录学著作载录其文集卷目情况。另外,《艺文类聚》《初学记》也分别选录庾信诗赋等作品。这些均从一个侧面说明庾信作品在唐宋有着较为积极的接受状貌。

九卷本《古文苑》卷三、二十一卷本《古文苑》卷七均录有庾信《枯树赋》(目录题为《枯木赋》)。是赋在初唐很有影响,如《艺文类聚》卷八八《木部上》就收录有该赋,不过,文字上与《古文苑》有一定的出入;卢照邻《病梨树赋》题目即仿《枯树赋》;张说《巡边在河北作》中"独怜半死心,尚有客松直"中的"半死心"即化用了《枯树赋》中的诗句。而且,张说甚爱此赋,曾请当时著名书法家褚遂良书写,后被刻于石碑,共39行,计467字。书势倚正纵横,错综变化。此碑拓本至今尚存。据章樵《枯树赋》题解:

此赋有碑本传于世。末题贞观四年十月八日为燕国公书,又细书其旁,凡肆佰陆拾漆字。其后跋云:"右《枯树赋》一卷,乃褚河南真迹也。按徐诰《书品》云:'中宗时,内出二王墨帖二十卷,赐中书令楚宗客……作屏风十二扇,以褚遂良《枯树赋》为脚。魏郑公尝谓遂良下笔道劲,甚得逸少体质。'二说以验此赋及字势,虽无姓氏,信为河南书不诬矣。熙宁四年三月三十日丹阳苏颂子容题。"旧篇字画未免有差,今一以碑本为正。①

在此,章樵提到褚遂良书的《枯树赋》碑本在唐宋的接受与流传情况,北宋熙宁四年(1071)苏颂曾亲见碑本并题跋。《文苑英华》卷一四三所收《枯树赋》的夹注中,也记有碑本的字句。是书为北宋四大部书之一,初稿于太平兴国七年(982)开始,雍熙三年(986)完成,后又经多次校勘,直至庆元二年(1196)才真正刊刻成书。尽管如此,这也应当是目前可见的《枯树赋》碑本流传于北宋总集的较早证据。

比照发现,九卷本《枯树赋》的本文与碑本的字句完全一致,而与《文苑英华》则有某些字句的不同。这足以说明《古文苑》肯定采录了碑本所属书籍中的《枯树赋》。《文苑英华》则有如下现象:一是添字,如"殷仲文者风流儒雅",加了"者"字;二是用别字,如以"世异时移"为"代异时移",以"三河徙殖"为"三河徙植",以"临风亭而唳鹤"为"临风庭而唳鹤",以"熊彪顾盼"为"熊虎顾盼";三是变更字句,如以"理正者中心直裂"为"理正者千寻瓦裂"等。由此,可见《文苑英华》除参照了碑本外,还依据了其他本子的《枯树赋》。

同时,九卷本《枯树赋》中有少数的校字注。例如,"旸一作暚睒""竖一作树",并且本文末曰:"'一本木魅暚睒,山精妖孽',在'膏流断节'之下,'横洞口而欹卧'之上。"将这些注和《艺文类聚》卷八八的《枯树赋》的引文一对照,我们又发现,《古文苑》所收《枯树赋》本文不仅参照了碑文,而且参照了《艺文类聚》的校字注。褚遂良书的《枯树赋》碑文写于贞观四年(640),而成书于武德七年(624)的《艺文类聚》其所收录的《枯树赋》,与碑本相比在文句上有三处缺漏(共漏24字)、两处错乱。由此可知,《艺文类聚》所录《枯树赋》与碑本所用不是出于同一本子。而现存唐代文集,却无引用《枯树赋》碑本的证据。因此,我们可得出结论,碑本被类书或总集编撰者所关注,当始于宋代。《古文苑》中《枯树赋》的录入时间大致在北宋熙

---

① (宋)无名氏辑:《古文苑》,《四部丛刊》本,上海书店出版社2018年版。

宁四年(1071)以后。

(三) 对《木兰诗》录入时间的推定

《木兰诗》又称《木兰辞》《木兰歌》,因"事奇诗奇"①,而为读者所喜爱、传颂。九卷本《古文苑》卷四、二十一卷本《古文苑》卷九末均收录了此诗。不过,九卷本《古文苑》认为《木兰诗》是汉魏时期的古辞。韩元吉根据旧编"类次成书",在重编《古文苑》时,并没有更动这一编排的次第。故在编排的次第上仍将《木兰诗》放在汉魏古诗中。它的前面是《柏梁诗》《古梁父吟》及《杂诗二首》诸诗,后面是《嘲热客》。在这一组诗的下面才是齐梁诗四十五首。至章樵注《古文苑》时,因遵循所录作品"始于周宣《石鼓文》,终于齐永明之倡和"的原则,故将《木兰诗》移到齐梁诗之下,又特别在目录题下注曰:"唐人《木兰诗》附",标明它是唐人的作品。

《古文苑》两个版本对《木兰诗》编排的差异,正是自宋代始关于此诗创作年代与作者问题聚讼不休的体现。宋代有两种观点:一种认为《木兰诗》是隋唐时期的作品。如黄庭坚、苏轼、程大昌、朱熹、刘克庄等。其中,尤以黄庭坚"唐朔方节度使韦元甫得于民间,刘原父往时于秘书省中录得"②一说影响最大。另一种则认为《木兰诗》不是成于隋唐,属古辞。如刘次庄等。其实,关于《木兰诗》时代与作者的争论,在很大程度上与宋代各家题注有很大的关联。宋代流行的各家总集题注原文如下:

> 《乐府诗集》:《古今乐录》曰:"《木兰》不知名。"浙江西道观察使兼御史中丞韦元甫续附入。
>
> 《文苑英华》辨证前题注:韦元甫《木兰歌》。辨证后题注:郭茂倩《乐府》,不知名,韦元甫续附入。
>
> 九卷本《古文苑》:不知名。浙江西道观察使兼御史中丞韦元甫闻续附入。
>
> 二十一卷本《古文苑》,目录题下注:唐人《木兰诗》附。诗前注:旧注曰:"《木兰》不知名。"浙江西道观察使兼御史中丞韦元甫闻续附入。

从编撰时间看,《古今乐录》时代最早,为南朝陈释智匠所撰,共十二卷。原书已亡佚,但《乐府诗集》引录其文颇多。其题注"《木兰》不知名"

---

① (清)沈德潜辑,孙通海校点:《古诗源》,辽宁教育出版社1997年版,第228页。
② (宋)黄庭坚:《豫章黄先生文集·七》卷二十五《题乐府木兰诗后》,上海商务印书馆1929年版。

即为《乐府诗集》所引。其次是于北宋初年（982—986）编成的《文苑英华》，不过，是书又于景德四年（1007）、祥符二年（1009）、淳熙八年（1181）得到多次校勘，直至庆元二年（1196）才真正刊刻成书。《乐府诗集》的具体成书时间，目前亦有两种说法：一种认为在嘉祐（1056—1063）年间以后①，一种认为最晚也不会超过崇宁年间（1102—1106）。拿这个时间跟《文苑英华》及九卷本、二十一卷本《古文苑》相比，时间要早八九十年至一百三十年左右。

从各家题注原文看，其不同点在于：一、对作者的著录，有"《木兰》不知名"与"韦元甫木兰歌"（或"唐人木兰诗附"）之别；二、对引文的来源，有"《古今乐录》曰"与"旧注曰"之别；三、对《木兰诗》的来源，有"韦元甫续附入"与"韦元甫闻续附入"之别。

结合以上分析后可知：《乐府诗集》与其他总集的不同点是，它选的既有古辞，又有韦氏续作，所以题名为《木兰诗二首》。其题注前一句"《古今乐录》曰：'《木兰》不知名'"是引《古今乐录》的原题注，用以说明古辞。后一句"浙江西道观察使兼御史中丞韦元甫续附入"有两个意思：一是说第二首《木兰诗》的作者是浙江西遣观察使兼御史中丞韦元甫（按，一般惯例这句话的前边应该冠以朝代。郭氏之所以没有加"唐"，他是针对"唐朔方节度使韦元甫"的讹传而来的）；二是说他现在把韦氏续作附在古辞的后面，一同编入《乐府诗集》之中。②

《文苑英华》几经编校，几经人手，最初的编校者只知韦元甫得《木兰诗》于民间，而不知道他还有同题续作，于是给《木兰诗》加上了"韦元甫《木兰歌》"的题注。直到宋理宗时，彭叔夏才发现了古辞《木兰诗》不是韦元甫的作品，并根据刘次庄的《乐府集》和郭茂倩的《乐府诗集》提出了辨证。不过，辨证时补上去的题注中却又产生了新的问题。因为《文苑英华》只选古辞，没取韦氏续作，但补上去的注文却说："郭茂倩《乐府》不知名，韦元甫续附入。"这样一来，又给后人留下了产生误解的根源。

《古文苑》两个版本的注文皆因未正确理解《乐府诗集》题注同样出现了不辨真伪的问题。具体而言，韩元吉"浙江西道观察使兼御史中丞韦元甫闻续附入"增加了"闻"字，算是落实了黄庭坚所言《木兰诗》因韦元甫得之于民间而传世的本事。但九卷本中只有古辞，没有录韦元甫续作，那就谈不上"续附入"。显然，韩元吉是把"古辞"和"续作"混同起来了。而章樵

① 王晓鹏：《〈古文苑〉论稿》，人民出版社2010年版，第9页。
② 赵从仁：《〈木兰诗〉题注源流辨》，《信阳师范学院学报》1986年第1期。

则改"《古今乐录》曰"为"旧注曰",又综合了《文苑英华》与九卷本《古文苑》题注,而且认为古辞《木兰诗》就是韦元甫的作品。

由上可知,《乐府诗集》对《木兰诗》相关的述说是宋代其他总集题注之源头。《古文苑》的题注是编次者承袭了《乐府诗集》的说法却又未正确理解的体现。那么,在《木兰诗》文本注上,能否提供《古文苑》与《乐府诗集》关系的证据呢?

根据文本的比照,九卷本《古文苑》所录《木兰诗》与《乐府诗集》仅有四处相异:《古文苑》为"卷卷有耶名""但闻燕山胡骑声啾啾""雄兔脚扑握""雌兔眼弥离",《乐府诗集》为"卷卷有爷名""但闻燕山胡骑鸣啾啾""雄兔脚扑朔""雌兔眼迷离"。四个异体字既可能是人为误写的原因,也可能是《古文苑》的编者还参校了《乐府诗集》之外的其他版本。后种可能性二十一卷《古文苑》的注释可以作为旁证。如"赏赐百千强"句,章注为"一作赐物"。而这一注解正好与《乐府诗集》所录完全相同。而九卷本《古文苑》所录《木兰诗》与《文苑英华》相比则有多处不同。这充分说明九卷本《古文苑》辑录的《木兰诗》是出自《乐府诗集》的。录入时间当在嘉祐年间(1056—1063)以后至崇宁年间(1102—1106)之前。

(四) 对《古文苑》部分碑文及其他作品录入时间的推定

《古文苑》录入的碑体作品数量较多。九卷本及二十一卷本均录有12篇。[①] 其中,九卷本《古文苑》卷五《掾臣条属臣准书佐臣谋弘家太守上祠西岳乞差一县赋发复华山下十里以内民租田口算状》,卷八《汉樊毅修西岳庙记》《桐柏庙碑》,卷九《西岳华山亭碑》等,应是采自南宋洪适(1117—1184)的《隶释》,两者的文本基本一致。

但是,把《集古录》《金石录》《隶释》三书所录碑文同《古文苑》进行对比后,我们又发现,二者的文字有不少差异。例如,《桐柏庙碑》《集古录》和《隶释》在原碑的磨灭处并没有加字。欧阳修在《集古录跋尾》中说:"磨灭虽不甚,而文字断续,粗可考次。"[②]洪适《隶释》所收文的末尾也说:"其难辨字,则以为阙文。予之费目力于此书,良不少也。"[③]这就是《桐柏庙碑》原碑在当时的状态。可是,《古文苑》所收碑文,缺字完全没有了。如"延熹六年正月乙酉南阳太守中山卢奴君"句的"奴"下《集古录》和《隶释》均注明缺一字,但《古文苑》均加了一个"张"字。又如《汉樊毅修西岳庙记》中

---

① 《古文苑》所录《樊毅乞复华山下十里以内民租口算状》《牟准魏敬侯碑阴文》及《汉樊毅修西岳庙记》,均为碑体。
② (宋)欧阳修:《集古录跋尾》卷二,人民美术出版社2010年版,第52页。
③ (宋)洪适:《隶释·隶续》,中华书局1985年版,第32页。

"川灵既定,恩覆兆民"句,《隶释》注"阙二字",《古文苑》则补上了"恩覆"二字。

而且,《古文苑》所收碑文很多"一作某""一无某字"的校字注,《隶释》等所收文并不存在这种情况。再者,碑文的作者也有问题。例如,《桐柏庙碑》的作者,《古文苑》署为王延寿,欧阳修、赵明诚、洪适等则全无涉及。《西岳华山亭碑》也有同样情况,《古文苑》认为是卫觊所作,欧阳修在本文的跋中未署卫觊之名。如果作者真是王延寿和卫觊,那欧阳修为何没有一言及此?这是难以理解的。还有碑文的题目也不一样。如《掾臣条属臣准书佐臣谋弘家太守上祠西岳乞差一县赋发复华山下十里以内民租田口算状》,《集古录》为《修西岳庙复民赋碑》,《隶释》为《樊毅复华下民租田口算碑》。

从以上几点看来,《古文苑》所录碑文并非完全从碑本中采录。那它还依据了什么呢?洪适《隶释》在所收《桐柏庙碑》的考释中曰:"此碑又有一正书者。'昼夜'误作'立式'。"碑文拓本本没有冠以作者名,在所谓"正书本"的产生过程中,将有名的文人的名字署在上面,并且字句相异产生,出现了洪适所说的误字。无疑,"正书本"并未保存原碑的面貌。

《古文苑》所录《桐柏庙碑》正有"立式"二字,这说明编纂者采录了当时流行的"正书本"。可见,《古文苑》所收录碑石文的原材料,包括当时流传的石文、碑文的音释本和"正书本"之类,也包括类书等其他古籍。其中主要的取资材料——《隶释》,是洪适于高宗绍兴十二年(1142)中博学鸿词科后,尽数十年之力,搜集丰富的资料著成。是书成书时间为南宋孝宗乾道二年(1166)。由此可推断《古文苑》碑文录入时间为1142—1166年之间。

另外,据姚军的考证,《古文苑》杂文类的《董仲舒集叙》也非西汉人的作品,班固的《汉书·董仲舒传》更不是依据这篇叙所作,而是南宋人重辑《董仲舒集》时的作品。他主要依据两点:第一,西汉无别集之名,今传西汉别集,皆后人转录。第二,从《董仲舒集叙》中的"清河""汉孝武皇帝"两个用语来判断,它也并非汉代人所作。因此,《董仲舒集》当编于宋高宗绍兴二十一年(1151)之后,宋孝宗淳熙六年(1179)之前。①

(五)《古文苑》诗、箴两体对宋代文学语境的诠证

研究单一或多个文体的选本时,我们还要关注其在当时社会和政治生活中所扮演的角色。因为编纂者的萃选、筛汰、排列以及序记和题跋等,常常暗示或显明了时代风气和文学品位。下面选取《古文苑》中诗歌和箴两

---

① 姚军:《〈古文苑〉所收〈董仲舒集叙〉乃南宋人所为》,《图书馆理论与实践》2010年第6期。

类文体,以作诠证。

《古文苑》收录作品最多的文体是诗歌,计 84 首。其中,尤以赠答、唱和之作为多,共 43 首,占总量的 51.2%。诗歌二级分类的"齐梁诗四十五首"中,生活在齐永明间的王融诗占压倒性的多数。王融以外的诗人作品,全部是赠答、唱和性质的诗歌,而且这些和答者都和王融有着密切的关系。为什么《古文苑》对这两种体式的诗歌类型如此钟爱? 除了编纂者的选录意图外,应该还离不开该选本的文化和文学语境。

宋代唱和诗继六朝隋唐兴起浪潮之后,数量激增,风气更浓。如北宋初有李昉《翰林酬唱集》、李至《二李唱和集》、王禹偁《商于唱和集》和杨亿《西昆酬唱集》,尤其是杨亿等十七人迭相唱和,影响甚大。至南宋,编纂的唱和诗集可考者就达十九种。① 据不完全统计,《全宋诗》中差不多三分之一是唱和诗。而且,宋代阮阅《诗话总龟》卷十四特列"唱和门"、宋代笔记如叶梦得《玉涧杂书》、洪迈《容斋随笔》、程大昌《程氏则古》中多有对诗歌和韵的记载,均说明唱和之风已引起诗评家的注意。现择录宋代几则材料以观大略。如洪迈谈南朝人作诗多先赋韵:

> 南朝人作诗多先赋韵,如梁武帝华光殿宴饮连句,沈约赋韵,曹景宗不得韵,启求之,乃得"竞""病"两字之类是也。②

又云当世之作为次韵约束:

> 古人酬和诗,必答其来意,非若今人为次韵所局也。③

程大昌《考古编》卷七的"古诗分韵"条,则透露了赋韵的具体方法:

> 乃知其说,是先书韵为钩,坐客均探,各据所得,循序赋之。正后世次韵格也。④

杨万里在《答建康府大军库监门徐达书》中则明确反对和韵诗,称:

---

① 张智华:《南宋诗歌选本叙录》,《文献》2000 年第 1 期。
② (宋)洪迈:《容斋随笔·续笔》卷第五,上海古籍出版社 2014 年版,第 112 页。
③ (宋)洪迈撰,穆公校点:《容斋随笔》卷第十六,上海古籍出版社 2014 年版,第 84 页。
④ (宋)程大昌撰,刘尚荣校证:《考古编·续考古编》卷七,中华书局 2008 年版,第 110 页。

诗至和韵而诗始大坏矣,故韩子苍以和韵为诗之大戒也。①

　　宋代唱和赠答之作的盛行及评论者的颇多关注,离不开有宋一代整体的文化思潮和风尚。文人结社唱酬的文学现象虽非起于宋代,"宴集唱和之盛,始于金谷、兰亭"②,但至宋代,唱和之风极盛。宋初,偏重艺文的宋太宗本人于朝政之余,游心翰墨,雅好吟咏,每逢庆赏、宴会,更是宣示御制,令侍臣赓和。上之所好,风行草偃。像欧阳修和苏轼先后主盟文坛时,就曾多次与门下及周围的文士结"文会""诗社",相互唱和。南渡以后,结社之风愈盛,不仅像江西诗派、辛派词人、江湖诗人等文学群体或流派经常进行"社""会"活动,而且随着民间各种各样的社会组织的兴盛,在文人阶层更出现了较固定化、包容范围更广大的文学社团,如"西湖诗社"③。可以说,诗歌唱和是宋代文人生活与情感乃至文化交流的最为常见的方式。宋人认为雅集酬唱,属和往复,结而成集,"流布海内,为不朽之盛事"④。

　　因此,《古文苑》编纂者受南宋唱和之风的熏染,大量收录南朝齐梁时的赠答、唱和诗歌是符合当时的创作环境和社会文化氛围的。

　　《古文苑》辑录作品数量较多的文体还有箴,计 43 篇。其中扬雄 31 箴,崔骃 4 箴,崔瑗 7 箴,胡广、崔寔、傅玄、张华各 1 箴,全为"官箴"。中国古代典籍中很早就有"国家之败,由官邪也"的记载和"明君治吏不治民"的思想。可见,"治吏"是国家统治的重要环节。对官吏除了法律约束外,宣化教育也是一个方面。在对官吏进行宣化教育的过程中,官箴读本起到了重要的作用。"官箴书者,为官之箴言",作为古代的官员读物,官箴的基本内容是阐述为官道德和总结从政经验,其目的在于向新任及候补的地方官吏传授为官之道和为官之术。《古文苑》辑录了汉晋时期诸多官箴,用意何在呢?

　　我们知道赵宋家法要求防范臣下,防患于未然。《宋朝事实类苑》所载"'国若无内患,必有外忧;若无外忧,必有内患。外忧不过边事,皆可预为

---

①　(宋)杨万里:《诚斋集·十五》卷六七,商务印书馆 1929 年影印《四部丛刊》本,上海书店出版社 2018 年版。

②　(清)纪昀等撰:《四库全书总目》,中华书局 1997 年版,第 1710 页。

③　刘尊明:《唐宋词综论》,中国社会科学出版社 2004 年版,第 150 页。

④　(宋)李昉:《二李唱和集序》,陈矩:《影北宋本二李唱和集》,灵峰草堂丛书(清光绪刻本)。

之防。惟奸邪无状,若为内患,深可惧焉。'帝王当合用心于此"①即为明证。宋代防范臣下的祖宗之法,与官箴事前防范的主旨不谋而合。因此,宋朝历代君王十分重视官德建设,一方面要求官员学习官箴之文,一方面以"不杀大臣、言官"的誓约鼓励群臣进谏进言。

科举是通过考试选拔官吏的一种重要制度。故科举考试是士子们为官上任之前学习官箴文的一个重要时机。宋代王应麟《玉海》卷二百四十不仅解释了箴体的特点与渊源,而且记载了唐宋科举考试中有关箴体的内容。其辞曰:"隋杜正藏举秀才拟《匠人箴》,拟题肇于此。唐进士抑或试箴。显庆四年试《贡士箴》,开元十四年《考功箴》,广德三年《辕门箴》,建中三年《学官箴》","绍圣试格如扬雄百官九州箴之类"②。特别是宋哲宗绍圣(1094—1097)年间,朝廷直接以扬雄箴为科考题目。把古文经典变成"制义之金针",目的是示人以文法,便于应试者揣摩和参加科举考试。因此,"《古文苑》辑录43篇箴体与宋代科举考试息息相关"③。

宋廷对文臣开通的较为宽松的言谏之路,提高了儒臣的地位和境遇。入仕者"不复以身家为虑,各自勉其治行",在"有事之秋,犹多慷慨报国"④。官员也乐于将自身积极从政的实践经验形之于笔端。据不完全统计,现存宋代官箴集有7部24卷,著名的如吕本中的《官箴》一卷、陈襄的《州县提纲》四卷、李元弼的《作邑自箴》十卷以及许月卿的《百官箴》六卷;单篇文作则有207篇。可见,宋代活络的创作态势及官箴文体的实际价值,是《古文苑》编撰者选录汉晋43篇箴体的另一个意图。

法国艺术评论家H.丹纳曾说:"要了解一件艺术品,一个艺术家,一群艺术家,必须正确地设想他们所属的时代的精神和风俗概况。这是艺术品最后的解释,也是决定一切的基本原因。这一点已经由经验证实:只要翻一下艺术史上各个重要的时代,就可以看到某种艺术是和某些时代精神与风俗情况同时出现,同时消灭的。"⑤诚如斯言。而选录了这些艺术作品的选本,也同样可以反映出选者所处时代的色泽。以上《古文苑》所录诗、箴文体诸作品指向趋一,就与宋代的政治、文化、生活相当符契,反映的也大体是宋代所具有的文学品位。

---

① (宋)江少虞撰:《宋朝事实类苑》,上海古籍出版社1981年版,第16页。
② (宋)王应麟辑:《玉海》卷二百四十,《文渊阁四库全书》本,台湾商务印书馆1986年版。
③ 王晓鹃:《〈古文苑〉论稿》,人民出版社2010年版,第155页。
④ (明)徐学谟:《世庙识余录》卷十,明万历三十六年徐元熥刊本。
⑤ [法]H.丹纳:《艺术哲学》,人民文学出版社1963年版,第7页。

第三节　《古文苑》辞赋研究角度

赋，是《古文苑》18 类文体中分量较重的一类。现代学者中，很少将《古文苑》当成一部赋选来考量，更未将其放在历代赋选的文化语境中来考量。他们更为关注的是其中部分赋家的赋作，尤重先秦宋玉，汉代扬雄、蔡邕等个别赋家，以及他们赋作思想内涵、艺术技巧的贡献。此类研究，我们认为，未能凸显作为赋选的《古文苑》几个关键方面的重要价值。故本书拟从以下角度论析之。

一、赋学文献角度

选本，可谓是最能体现文献学与文艺学结合的一种形式。《古文苑》所收的 60 余篇辞赋，与《文选》无一雷同，在保存先秦两汉魏晋南北朝辞赋方面有值得重视的价值。从宋代开始，学者们在整理先秦两汉魏晋南北朝作家别集或编纂断代与通代文学总集时，都将《古文苑》同《文选》、类书和史传一起作为辑佚的重要资源。以现在留存的古代赋家赋作来看，有些辞赋全凭《古文苑》的收录，才得以留存。即便是现代的断代或通代赋选，亦将《古文苑》当作辑录校勘的主要用书。如费振刚等辑校的《全汉赋》、龚克昌等评注的《全汉赋评注》以及赵逵夫主编的《历代赋评注》等。

因此，要进行先秦两汉魏晋南北朝辞赋的辑佚，就不可能绕开《古文苑》。不论其收录与否，都应当说出个理由。而这应当建立在对《古文苑》辞赋真伪严谨踏实的甄别、考辨的基础上。过去受疑古主义思潮的影响，学术界对《古文苑》中收录的辞赋甚至对《古文苑》整部总集均持怀疑否定态度。现在随着考古材料的新出土、传世文献的新发掘，已有多方的证据证明前人的怀疑和否定是轻率的。现在是到了我们结束轻视《古文苑》辞赋乃至整部《古文苑》文献价值的时候了。

二、赋学批评角度

赋选，是选家编辑赋家作品、宣扬赋学主张的重要载体。"这些选本内容，无论是正统或是异端，所有文学选文，皆为他人的遵循、反对或挑战提供了目标和范式。"①因此，借助赋选这一纽带，不仅可透视出选家的文学思想

---

① ［美］田安：《缔造选本——〈花间集〉的文化语境与诗学实践》，马强才译，江苏人民出版社 2016 年版，第 4 页。

和审美取向,也可折射出时代赋坛中的风气转向与演变轨迹,直接或间接地影响着时人、后世的创作旨趣与审美取向。简言之,赋选是中国文学研究及赋学理论批评中颇值得注意的一个对象。

具体到《古文苑》的辞赋,第一,在作品数量上,选编者非常重视此文体,在全书中卷数最多,比重最大;第二,在编排体例上,《古文苑》辞赋的二级分类与排序呈现出与《文选》等众多总集不同的风貌;第三,在赋作选录上,《古文苑》录《文选》之未录,且还表现出重汉魏、轻齐梁的详古略今的赋学观而与《文选》相异;第四,在批评元素上,《古文苑》还包含有序记跋、题解、赋注评点、赋家传记等批评元素。遗憾的是,这些关系到《古文苑》赋选观的重要因素却并未得到深入细致化的研究。而且,以《古文苑》赋选为切入点,深入探讨先唐辞赋由散篇到文集观念的形成,赋选的兴起、发展、衍化,《文选》赋典范意义的确立,《文选》选赋对《古文苑》的影响以及后世其他赋选的赓续、流衍,乃至历代赋作与赋学传统观念的建构、赋家的历史地位,是怎样随着选本的更迭而消长起伏等诸多问题,均处于鲜有人及的研究境地。

三、辞赋文本角度

辞赋,是充分展示赋家个人才情和智巧的美文。《古文苑》中的大多数辞赋在描述领域、范围、对象的广度上,在运用描摹、铺陈、夸扬的手法上,在抒写情志、怀抱、理想的层面上,以其鲜明的唯美倾向、多样的题材类型、深细的情感描写,为我们展示了先秦到南朝齐梁间这一特定文体形式的内在特征和独特的文学魅力。《古文苑》选家造设辞赋选本,除了与《文选》赋作不雷同外,毫无疑问地,必当有树立文学作品典范的雄心。"可谓萃众作之英华,擅文人之巨伟也。"①不过,从艺术的、审美的层面解读《古文苑》辞赋的文体密码并透过这一密码对赋文体展开历史的研究,探究赋文体在社会品位和文艺思潮的等级排列中与非文学因素有何关联、具有何种地位,却又常常为人所忽略。

"赋起于情事杂沓,诗不能驭,故为赋以铺陈之。"②赋的产生受到了社会生活的重要影响。与之相应,其长大的篇幅、极强的包容性,也使之成为一种较诗歌更能反映繁富社会生活的文体。因而赋体文学与政治、学术、宗

---

① (宋)章樵:《古文苑序》,(宋)无名氏辑:《古文苑》,《四部丛刊》本,上海书店出版社 2018年版。
② (清)刘熙载,薛正兴点校:《刘熙载文集》,江苏古籍出版社 2001 年版,第 121 页。

教、制度、外交、科技、礼俗、艺术等存有千丝万缕的联系。或是某一类型的赋展示了某类文化,如京都赋展示的帝都文化,纪行赋展示的贬谪文化,山水赋展示的旅游文化;或是赋作中的片段描写与某种文化有密切的关联,如汉大赋中的天子祀典描写与宗教文化、都邑描写与城市文化等。《古文苑》所收辞赋多属于后者。如赋之畋猎描写与皇权文化、赋之梦境描写与鬼魂文化、赋之天象描写与交感文化、赋之赦宥描写与刑法文化等。这些均是很有意思的、值得深入探讨的论题,可使我们避免将目光聚焦于单一的文体文本分析,而赋予赋文体广阔的文化视野。可惜的是,这方面关注的人也较少。

可见,以《古文苑》辞赋为研究对象既是一个原创性的课题,也是一个具有多重价值的课题。举凡《古文苑》的断句标点、校勘注释、版本源流、文体类别、选本价值、收录作品的真伪考辨、文学特征与文化内涵等都可作为研究对象。考虑到《古文苑》目前的研究现状和笔者的关注点、兴趣点,本书以《四部丛刊》本二十一卷《古文苑》为底本,以北京图书馆藏南宋淳熙六年(1179)九卷本《古文苑》为参校本,选取《古文苑》中比重最大、分量最重的文体——赋作为研究对象,希冀在选本学视域下将赋之文体研究、文本研析及赋学批评三者圆融无间地结合起来,达到呈现《古文苑》选赋多方面价值的目的。

本书在原有的研究基础之上,以选本学为视野,详他人之略,略他人之详,主要按以下两个步骤来展开。

第一步,探讨中国古代辞赋理论批评形态的种类、内涵以及其批评形态之一的选本批评的形成与展开、内涵与特征等问题。依“宋前赋学批评形态类型略论”“辞赋选本批评的形成与衍化”“辞赋选本批评的内涵与特征”三部分,从选本学角度以历时研究的方法为《古文苑》辞赋研究设造一个纵深的研究背景。重点聚焦《古文苑》赋学选本批评的表现与价值。先整理考辨《古文苑》所收辞赋来源及真伪的研究成果;再分析辞赋的编排体例、原则以及《古文苑》序跋、赋注各个要素显示或暗示出的赋选观;最后运用比较法将《古文苑》与《文选》《文选补遗》《续古文苑》的赋选观进行比照,以揭示《古文苑》赋学选本批评在赋学“选系”中的价值与地位。

第二步,对《古文苑》辞赋文本进行文学解读和文化阐释。文学解读,分两步论述:一是从辞赋题材类型分析各类赋作的创作流变、表现技艺、审美意趣;二是对辞赋的情感指向予以探讨,努力呈现不同时代赋家的精神风貌及其产生的社会原因,以此反映出选编者的价值判断和趣味好尚。文化阐释,拟对《古文苑》某类赋,或赋作片段描写中所包含的各种文化因素作整体的观照,阐释其文化内蕴及文化意义。

　　综而论之,本书所做研究都将忠实于原始文本,在尊重文本的前提下,多角度地对《古文苑》选赋进行深入研究,以期理论与文本相结合,历史与逻辑相统一。旨在通过对《古文苑》选赋作典型个案的盘查,以一当十地努力呈现《古文苑》这一部总集的编纂面貌,从而尽可能消除和纠正人们对《古文苑》的误解及偏见;并通过深入阐析其独特的赋选观与丰富的赋学批评价值以及重新解读具有浓郁民族风格和悠久历史传统的辞赋文本,以摆脱《古文苑》仅在文献学领域被利用的尴尬局面,为扩大此文学总集在新时期读者中的影响力提供有价值的见解。

第一章 选本缔结:《古文苑》赋选形成的语境

自20世纪90年代始,中国古代辞赋理论研究才开辟出自己的一片领地。从30余年的研究历程来看,学者们对辞赋理论言说内容的关注远远超过对其言说形态①的关注。这样的研究态势,除了研究者主观喜好及认知程度等原因外,恐怕更多的是与研究对象的特性相关。中国辞赋理论大量混存于史传、文集、目录、诸子、笔记、诗文话、类书,甚至诗赋文本中,以零散、片段者居多,较少系统和具备理论核心的专论、专著。"这造成了我国古代长期缺少独立的赋学批评,似乎也就缺少相应的赋学批评形态。"②

职是之故,我们更需披沙拣金的勇气与努力,将辞赋理论资料从广义的文章学文献中抽离出来,分类予以整理,寻绎出不同文献言说、评论赋体、赋篇、赋家、赋学现象……的方式、特点与规律。由其出处,冠以相应的批评形态之名,这或是打开当前辞赋理论言说形态研究局面的当务之急。本章从语境学的视角,特就宋代以前辞赋各种批评形态,尤其是选本式批评形态的形成、演进、特征及其影响进行深入探讨,以期从选本学视野为《古文苑》的辞赋探讨设立一个比较纵深的研究背景。

第一节 宋前赋学批评形态类型略论

对辞赋理论资料的来源和类型,学者们已有所关注。如何师新文认为古代赋论形态除论赋专文和赋话外,尚有历史、哲学著作、文集、笔记、诗话、四六话及赋篇、赋集的序、跋、凡例或附录。③ 程章灿将赋学资料分为别集、总集、诗文话、赋话、史传、书目、诸子笔记、类书、出土文献10类。④ 踪凡、郭英德根据文献性质,将其分为专门性赋学文献、兼容性赋学文献、依附性

---

① 目前学界对于赋论的言说形态或言说方式有不同的称呼,或称"批评形态",或称"批评形式"。关涉这方面的专著有:彭安湘《中古赋论研究》第五章《展示与迁流:中古赋论形态论》;许结《中国辞赋理论通史》(上)第三章《辞赋理论的批评形态》。

② 许结:《中国辞赋理论通史》,凤凰出版社2016年版,第86页。

③ 何新文:《中国赋论史稿》,开明出版社1993年版,第13页。

④ 程章灿:《赋学论丛》,中华书局2005年版,第2页。

赋学文献三大类。① 可以见出,他们分别是从赋学资料的来源、性质等方面提出看法与意见的。本书所论说的赋学批评形态,则是依据赋学批评理论在广义文献中所占的分量比重、出现的频率、运用的时长、达到的范围、形成的规模、造成的影响等综合因素择选出来的主要类型。依此界定,则宋前赋学批评形态衍生变化的历史形貌大致为:汉代主要流行史传式批评,赋序、赋注批评也开始萌芽;魏晋南北朝则以赋序批评为主,专论、选本批评为辅,并间有史传和赋注批评;唐代主要是赋注批评(大都存于选本),中晚唐直至五代,还出现了新的赋学批评形态——赋格。下面分述之。

一、汉代赋学批评形态

汉代是我国赋论的发轫期。汉代赋论主要见诸历史、哲学学术著作中。其中近乎专篇的论赋文字,如为人所重的《诗赋略》《两都赋序》等即出自《汉书》,故汉代是史传式赋学批评形态的兴起时期。

汉代史书承袭先秦史官传统,"凡所包举,务存恢博,文辞入记,繁富为多"②。如《史记》因事涉及、论列的书籍或作品,竟多达 106 种:六经及其训解书 23 种,诸子百家及方技书 53 种,历史地理及汉室档案 23 种,文学书 7 种。③《汉书》亦如此,其所引文辞多出自六艺、诸子、诗赋、兵书、方技术数、诏令奏议、俗语谚语等。其中,以所载楚汉辞赋家本事、赋篇、赋题及赋评等内容的辞赋史料,尤为丰富而引人注目。《史记》载有:屈原《渔父》《怀沙》;贾谊《吊屈原赋》《鵩鸟赋》;司马相如《天子游猎赋》《难蜀父老》《哀二世赋》《大人赋》《封禅文》等赋篇;并记有屈原《离骚》《天问》《招魂》《哀郢》等赋题;《汉书》参模《史记》亦载有 22 篇辞赋作品并在传文及《艺文志》中著录赋题若干,全面反映了"一代之文学"的创作盛况以及战国到汉代的赋体发展趋向。

无可否认,汉代史书之纪、传、志体在对赋学文献的保存和流传,对赋学批评内涵的丰蕤与形态的建构等方面具有积极的意义。其中,那些行文含

---

① 踪凡、郭英德:《历代赋学文献的变迁、类型与研究》,《求索》2017 年第 3 期。他们认为专门对赋体文学作品进行编集(含编选)、评论、注释的文献,而不涉及诗歌、骈文和各体散文的文献,为专门性赋学文献(纯粹性赋学文献);历史上一些史部、子部文献,载录或摘引部分赋体作品或者论赋文字,为依附性赋学文献;收录、评论或注释赋作品较多的总集、别集和诗文评文献,往往诗、文、赋兼收,但赋体文学占有较大比重,或者有独成篇章的赋论文字,为兼容性赋学文献。

② (唐)刘知几撰,白云译注:《史通》,中华书局 2014 年版,第 43 页。

③ 张大可:《史记研究》,商务印书馆 2011 年版,第 247 页。原书第 243 页表中"诸子百家及方技书"计为 53 种,第 247 页统计时写作 52 种,应该是误写。

有文采、美质、情怀和志向的赋篇、赋句，那些"文皆诘实，理多可信"的传主、赋家本事，那些简省、洗练、精到的论赋之语与辞赋评论以及内蕴的批评思维和文化意义等，既增加了传主的风采，又使得质实的史事叙述增添了几许诗性色彩、人文光泽和评鉴气息。史书曾泛名为《春秋》，在《汉志》中也有附于《六艺略》中的"春秋"类，因此，史传式赋学批评形态正可谓"春秋含章"，如春有草树、山有烟霞，自成魅力风光。汉代史传式赋学批评形态具有如下鲜明特征。

1. 传人与传赋互见

《史记》为纪传体鼻祖，"司马迁增饰词藻，亦欲显其人，申其人之精神耳。故虽以传奇之代作喉舌，非欲虚构故事，但求'伟其事，详其迹'，而不失其真也。班固删削，虽较翔实，而马传之奇遂失"①。之后的史书虽在"奇"上不及《史记》，但都较注重用赋家本事与作品互见的方式来阐释赋家的人格与艺术风格，重视纪人与传文的合一，使"读其赋者既知其人"②。如清人李景星《史记评议》评《司马相如列传》说：

> 《史记》列传，……独于司马相如之文采之最多，连篇累牍，不厌其烦，可谓倾服之至。而所载之文，又复各呈其妙，不拘一体……驱相如之文以为己文，而不露其痕迹；借相如之事为己照，并为天下后世怀才不遇者写照，而不胜其悲叹。洋洋万余言，一气团结，在《史记》中为一篇最长文字，亦为一篇最奇文字。③

因此，读《史记·司马相如列传》之《子虚赋》《上林赋》，由其"材极富，辞极丽，运笔极古雅，精神极流动，意极高"④而知"长卿有艳才"，由其"始以游猎动帝之听，终以道德闲帝之心"⑤，而知其借文才以达志的深密心思。刘熙载称"太史公文，精神气血，无所不具。……悲世之意多，愤世之意少，是以立身常在高处。至读者或谓之悲，或谓之愤，又可以自徵器量焉"⑥，道出了史书传人与传赋互见的用意所在。后世史书受其影响者甚众。如读《宋书·谢灵运传》之《山居赋》，由其描写的山明水秀、物资丰实的庄园景

① 汪荣祖：《史传通说——中西史学之比较》，中华书局2003年版，第80—81页。
② （清）刘熙载著，薛正兴点校：《刘熙载文集》，江苏古籍出版社2001年版，第129页。
③ （清）李景星：《四史评议》，岳麓书社1986年版，第109页。
④ （明）王世贞撰，罗仲鼎注：《艺苑卮言校注》，齐鲁出版社1992年版，第91页。
⑤ （清）孙执升语，转引自于光华编：《评注昭明文选》，扫叶山房本1919年版，第12页。
⑥ （清）刘熙载著，薛正兴点校：《刘熙载文集》，江苏古籍出版社2001年版，第64页。

致和"弄琴明月,酌酒和风"放情山水、肆意游邀的庄园生活,则可以窥见暂别名利场的高门名士的潇洒风度。读《周书·庾信传》之《哀江南赋》,从其抒发的"身世"之"悲"与"王室"之"哀"以及描写的"逼迫危虑,端忧暮齿"的悲凉晚景,而体味到一位客居异乡的羁旅之臣的深深哀怨,等等。

2. 叙事与批评结合

传统的中国史家大都习惯于通过变换体例结构和提高叙事技巧来表现以褒贬为主旨的史学批评倾向。《史记》的"叙事不合,参入断语"①及"序事中寓论断"②,则是有意识地发展了史书叙事性的批评方式——将批评夹杂在对传主本事的叙述中,叙事与批评融为一体。比较典型的例子是《史记·司马相如列传》中的述赋与论赋文字。它不仅使读者对相如一生为赋的主要经历和代表性成果一目了然,而且于景帝、梁孝王、武帝对赋的态度,西汉盛世的献赋之风,赋家作为内侍居职郎官的特殊意义,以及汉宫廷大赋的创作意图与功用,均有明晰的记载。③ 后世史书亦受其影响。如《晋书·左思传》中左思造《三都赋》及他人作序、评价、叹服的史事与《三都赋》"研核""博物""用心于明物""品物殊类,禀之图籍"的评价结合无间;《晋书·袁宏传》述其撰《东征赋》后,因漏写名流而遭其后人发难的故事与当时重赋、以赋当史志的风气相符;《北齐书·魏收传》叙魏收与邢劭比才学高低与作品臧否的史事,则紧紧围绕着"会须能作赋,始成大才士"的赋论议题来组织;等等。

以上诸例传主叙事是主体,批评则需读者在高超的叙事技巧中去意会和领悟。"寓主意于客位,允称微妙"④,这样一来,赋学批评便自然而然地融化在叙事之中了。另外,司马迁还创立了"太史公曰"的形式,后来发展为"史臣曰"的"论赞批评"模式。如"太史公自序"中称"子虚之事,大人赋说,靡丽多夸,然其指风谏,归于无为"即是。当然,较典型的是《宋书·谢灵运传论》,沈约在"史臣曰"部分,以诗赋为重点,将之放于文学整体发展的大循环、大流变中去认知,系统地叙述了自先秦至南朝宋代文学的历史发展,评论了作家作品的风格特色。从一篇完整纪传文的表达手段来看,先叙后议再评,无疑也是叙事与批评相结合的体现。

3. 容量大与依附性兼具

史传式赋学批评形态包容量大,一方面是指批评内涵非常丰富。张新

---

① (清)刘熙载著,薛正兴点校:《刘熙载文集》,江苏古籍出版社2001年版,第84页。
② (清)顾炎武撰,黄汝成集释:《日知录集释》卷二十六,上海古籍出版社2014年版,第562页。
③ 许结:《中国辞赋理论通史》,凤凰出版社2016年版,第88页。
④ (清)刘熙载著,薛正兴点校:《刘熙载文集》,江苏古籍出版社2001年版,第64页。

科对此进行了很好的归纳,称其包括:"论赋的发展""论赋的作用""创作论""作家论""作品论"五大类①。也就是说,史传式批评基本上是围绕着赋家的文学创作,诸如创作经历、创作心理、作品选录及评价影响等方面展开的。它反映了撰史者较为全面的赋学批评观念。另一方面是指史传式批评内含的形式多样化。如载录完整赋篇、撰写或收录赋序、采用直评或述评、录用赋注、采用"某某曰"的论赞、载录赋学目录等形式,对赋序批评、选本批评、赋注批评、笔记批评及赋学专论批评等均有重要的影响。而尤需引起注意的是史传批评与笔记批评的关联。

　　赋学笔记批评的典型代表为南朝宋刘义庆撰、刘孝标注的《世说新语》。《隋书·经籍志》《旧唐书·经籍志》《新唐书·艺文志》皆将其归为子部小说家类。然而,《世说新语》的内容并不属虚构,且无完整曲折的故事情节,相反,所记内容属于历史事实,其中的史料多被《晋书》和研究魏晋史的今人大量采用。因此,《世说新语》不属于小说,而属于史料笔记。具史料笔记性质的《世说新语》,记载了丰富的言赋材料,涉及嵇康、皇甫谧、刘伶、张华等数十名赋家、名士。或记赋坛轶事,或载作赋故实,或叙时人的评议,或是记事中兼有评论,包括了赋的创作、评论及其社会功用价值等多方面的内容。在带有轻松、诙谐意味的语调中叙事谈赋,展现了第三人评议、二人论辩、多人讨论等多种谈论形式,生动活泼地反映了两晋士族社会谈赋重赋之风,同时也从一个侧面丰富了两晋尤其是东晋的赋论②。其中,对左思《三都赋》、庾敳《意赋》、庾阐《扬都赋》、袁宏《东征赋》和《北征赋》、顾恺之《筝赋》、孙绰《游天台山赋》等的载叙多为《晋书》采录。换句话说,《世说新语》所载赋学资料,虽不入正史,确能与正史相发明。故这种偏于赋学史料辑录、以划分条目、互不连贯方式的笔记批评亦是对严肃、典重的史传赋学批评的补充。

　　然而,历代正史书事、记言、写人,或为"究天人之际,通古今之变,成一家之言"③,或是"扬名于后世,冠德于百王"④,或是"惩恶劝善,多识前古,贻鉴将来"⑤,等等。虽目的不一,但大抵不离治国安邦大道的效用,所谓

---

① 张新科:《唐前史传文学研究》,西北大学出版社 2000 年版,第 255—262 页。
② 何新文:《清谈与赋谈——从〈世说新语〉看两晋士人的辞赋评论》,《湖北大学学报》2009 年第 5 期。
③ (汉)班固撰,颜师古注:《汉书》卷六十二《司马迁传》,中华书局 1962 年版,第 2735 页。
④ (汉)班固撰,颜师古注:《汉书》卷一百下《叙传》,中华书局 1962 年版,第 4235 页。
⑤ (后晋)刘昫等撰:《旧唐书》,中华书局 1975 年版,第 2597 页。

"其史之为用,其利甚博,乃生人之急务,为国家之要道"①。自《汉书》后,正史史传多体现着一个时代社会政治的主流意识。擅长诗赋等文学素养,虽是传主才学心智的体现,亦只是其治国齐家修身的必要手段之一而已。

所以,尽管史传中也涉及了有关传主的辞赋创作及辞赋批评,但这并不是撰史者撰写的重点和关注点(除以文才立世者外)。大部分的史书只是顺带涉及,更多的是"某某著诗赋奏议数十篇行于世(传于后)"这样的简略表述而已。与之相应,在内容和形式上包容量甚大的史传赋学批评,亦只是厚重史书中的一个很小的部分,是宏大历史叙事中的一些文学批评片段。因此,史传批评是一种非独立状态的赋学批评,它紧紧地依附在宏大的史事叙述中。这是中国古典赋学批评形态混融性特征的共性表现,史传批评自然也不例外。当然,由于我国史传文学历史的悠长性与不可比拟的权威性,含融其中的史传赋学批评形态得以历代相继,其批评内涵亦能反映一个时代大体的赋学观念和论赋取向。而且,其强烈的时代烙印,能使读者在整体的史学观照中把握一代赋学发展的脉搏,又自有其不可或缺的参考与借鉴价值。

自汉以后,宋前诸正史②之纪、传均不同程度地载录有以上内容。据统计,诸史之传体共收录完整赋作 86 篇,赋题 156 个,赋序 5 则,引用赋句 20 余处;诸史之志体如《汉志》载辞赋家 58 家,赋篇数 1004 篇;《隋志》载赋集 18 部;《旧唐志》载赋集 14 部。这些数据足可说明,历代史书确实是载纳着丰饶辞赋资料的富矿,对保存和传播辞赋文献有着重要的意义。

"史所贵者义也,而所具者事也,所凭者文也。"③"义""事""文"三者中,"文"既指笔法文采,也指作为史料载于史书中的多种文体文辞。赋即为史书载文的一种。自春秋史书载赋萌始,至两汉正史载赋现象的兴盛,再至各代正史对之承接赓继,史传式赋学批评不但发展为一种较为成熟的批评形态,而且其影响也溢出正史的范围而辐射至中国古代小说文本,尤其是由史事敷演而成的历史演义小说中(如《三国演义》)。这类小说不但蕴藏有丰富的赋学文本与史料,而且在小说盛行评点之时,又衍生出独特的赋学批评。从而形成了中国古代史学语境中雅、俗两种文学体式相融互渗,彰显

---

① (唐)刘知几撰,白云译注:《史通》,中华书局 2014 年版,第 506 页。
② 主要指《史记》《汉书》及之后的《三国志》《后汉书》《晋书》《宋书》《南齐书》《梁书》《陈书》《魏书》《北齐书》《周书》《隋书》《旧唐书》这 14 部史书。
③ (清)章学诚撰,吕思勉评:《文史通义》,上海古籍出版社 2008 年版,第 65 页。

出独特品性的文学现象。① 这又是史传式赋学批评在后世回响过程中旁衍出的有意味的现象。

二、六朝赋学批评形态

在汉代已有的史传批评基础上,六朝②又出现了赋序、选本、专论、赋注等形貌各异的赋学批评形态。

1. 赋序批评

赋序批评兴起于汉代,繁盛于魏晋南北朝。此时期赋"有序者达 231 篇,不仅史书、选本均有著录。如《后汉书》《三国志》《晋书》《南齐书》《梁书》等史书所录赋作中包含有大量的赋序③;萧统所编《文选》选赋 56 篇,其中 27 篇有序,其卷 45'序'类又录入皇甫谧《三都赋序》及陆机《豪士赋序》两篇,显然已经将'赋序'视为独立的文体;而且,探讨赋序的理论也开始出现,如刘勰(《文心雕龙·诠赋》)首次探讨赋序的位置与功能"④。

这 200 余篇赋序,或叙述作赋缘起,或回顾作赋经过,或考察赋作源流,或品评赋家得失,或表述赋之功用……尤其是傅玄《七谟序》、左思《三都赋序》、皇甫谧《三都赋序》、陆机《遂志赋序》等序文实无异于赋学专论。这种批评实践无疑创建了一种序体批评的模式。其中,关于赋之创作心理、创作过程、文体特征等方面的内容,具有较强的文体批评意识,丰富了先唐赋学理论内涵而意义重大。细而论之,赋序批评形态具有如下特点。

第一,语体表述具有一定的程式性。如赋序表述作赋动机无外乎这样几种类型:(一)"……(因事或因事有感),乃(故、遂、爰)作斯赋"(或"乃为之赋")结构;(二)"…… 为(令、使)某某之赋或某某作斯赋"结构;(三)……"怜(感、嘉、述、咏、乐、奇)而赋之"结构;(四)无明显标志的叙述。前三种行文类型,多流行于曹魏和晋初,多为叙述性言说,一般序文较短,内容的负载量也有所限制,以一两句话交代出作赋动机,有固定化的模式可遵循。第四种类型则是以晋初以后居多,序文较长,模式化气息被冲淡,除叙述性言说外,出现了描写性、抒情性、议论性言说,在起伏的文意中

---

① 王思豪:《三国演义中的赋学史料及其与小说之关联问题》,《中山大学学报》2017 年第 3 期。

② 六朝一般指建都于建康(今南京)的吴、东晋、刘宋、齐、梁、陈六个朝代,因唐代许嵩《建康实录》的记载而得名。同时,皆建都于北方的三国魏、西晋、北魏、北齐、北周及隋,亦可合称六朝。本书取后世对三国至隋统一前南北两方的泛称。

③ 如《海赋序》见存于《南齐书·张融传》,《蚕虿赋序》见存于《南齐书·卞琳传》,《河南国献舞马赋应诏序》见存于《梁书·张率传》等。

④ 彭安湘:《中古赋论研究》,中国社会科学出版社 2013 年版,第 211 页。

将作赋动机娓娓道出。①

第二，与赋文关系密切，并形成相互依存的关系。这种特征在汉代就已显露了出来。如《两都赋序》在结构上安排为：先阐说赋学理论，后论及现实问题。这样的结构设计既使序文在功能上能脱离赋文而独立存在，又在内容上与赋文形成一定的对应关系。而赋末的五首诗，既与赋序中"赋者，古诗之流也"的观点相应，又可视为对东都洛阳的论赞。这种赋文与序文互相映衬的特征，在魏晋南北朝时期表现得较为普遍。如江总的《修心赋序》即如此。该序在点出龙华寺、追叙了先祖与龙华寺的因缘后，又描述了龙华寺的地理大势及在寺中的清幽生活，最后说明了作赋的动机并表达希冀之意。可见，序以叙述开场，以抒情作结，中间连以景物描写，将"摅郁结"、寄知己的作赋动机突显了出来。而赋文的思路、内容与序完全对应，赋文与序文也构成"映衬说"的关系。

第三，与第二点密切相关，赋序与赋文虽有密切的依存关系却属不同文体。赋序是赋的端绪，以引出赋之正文，其表达方式是灵活多样的，能道赋之不能道。故可以不必与赋体的语言形式同步。这正是"序文游离于本体之外的形式上的相对独立性和自主权的表现"②。但前提是，赋文内容是以铺陈、体物为主。当赋以敷演体物为主时，赋序便可以承当赋文不适合表达的内容，如述缘起、表动机、命名、作赋评之类；但当"赋的容纳空间越来越大，体物、叙事、说理都可以的时候，赋序就会倒退到最初简单地介绍背景或是动机甚至干脆不用了"。③ 换言之，赋序的兴衰变迁与赋文体的因革嬗变息息相关。

赋序批评由汉发端，兴盛于魏晋南北朝，而延续至唐宋、明清，是赋学批评形态学史上历时弥长且颇为重要的批评形态之一。这是因为"相对于史传与选本批评而言，赋序批评更加直接，相对于赋格、赋话、赋评而言，赋序批评更侧重于创作心理与过程的展示。在所有的赋论资料中，赋序体现着最多数人的意见，最接近人们对赋体文学的原初看法。因此赋序批评有利于我们更真切地了解赋体文学本身的特征，有利于我们探寻传统赋论的生成机制及其对创作的影响"④。

---

① 彭安湘：《中古赋论研究》，中国社会科学出版社 2013 年版，第 215 页。

② 程章灿：《魏晋南北朝赋史》，江苏古籍出版社 2001 年版，第 220 页。

③ 徐丹丽：《魏晋六朝赋序简论》，载南京大学古典文献研究所：《古典文献研究》第七辑，凤凰出版社 2004 版，第 247 页。

④ 刘伟生：《〈历代赋汇〉赋序研究》，湘潭大学出版社 2016 年版，第 180 页。

2. 专论式批评

顾名思义,专论式批评是依存于子部和集部文献中,对赋学现象(包括赋家、赋作、赋史、赋艺等)进行专门论述且以专篇形式呈现的一种赋学批评形态。

子书论赋,汉代即开其端。如扬雄《法言·吾子》以"或问""或曰"形式讨论赋的讽谕及所谓"丽以则、丽以淫"的问题;桓谭《新论·道赋》叙载"扬子云工于赋"的故实和"能读千赋则善为之"的观点;王充《论衡·谴告》诸篇对马、扬诸赋作零星片段的评议;至晋代葛洪《抱朴子·钧世》诸篇有论"宏邈淫艳"为赋的特征以及认为赋之文采胜古诗等重要的观点。

魏晋以降,专论式批评依然寥寥无几,勉强可归入此类的,首推曹丕的《典论·论文》。当然这里的"文"是包括赋在内的"四体八科"之文学作品。该文提出"诗赋欲丽"说,并对王粲、徐幹的赋作予以了评价。曹丕以"丽"来概括赋的特点,道出了赋文学作品语言辞采"美丽"的重要特质,前承扬雄"诗人之赋丽以则,辞人之赋丽以淫"说,下启魏晋以后重视语言技巧、艺术风格、表现手法的论赋之风和文体论,影响颇为深远。在评论王粲、徐幹时,曹丕引入了"气"这一概念:"文以气为主。王粲长于辞赋,徐幹时有齐气,然粲之匹也。"与之相似的表述,还见于《又与吴质书》:"公干有逸气,但未遒耳。……王粲独自善于辞赋,惜其体弱,不足起其文。"在曹丕看来,徐幹为舒缓阔达的"齐气",王粲则因体弱,积气不足,表现为"躁锐"气。这种重视作家体气、重视个性、重视情感气质的评论,与汉代道德意味极浓的以人格修养为标准的赋家评议是完全不同的。

其次是挚虞的《文章流别志论》,该书着眼于文体辨析的角度,探讨赋、颂、诗、七、箴、铭、对问等多种文体的性质、源流和作家作品的得失,可谓诗文理论批评著作的先驱。其中,对赋体和七体进行了较详尽的介绍。包括对赋体性质源流的论述和对楚汉以来辞赋价值得失的评论,主要论及了三个方面的内容:一是论"古诗"的"情辞事旨"与赋的"敷陈"特点;二是批评"今之赋""以事形为本"的"四过";三是以"讽谕之义"论评"七"体之赋。[①]《文心雕龙·才略》赞挚虞"品藻流别,有条理焉";钟嵘《诗品·序》亦称"挚虞《文志》,详而博赡,颇曰知言"。从其所论观之,确实具有很强的理论色彩,而且"详而博赡""有条理焉",鲜明地体现了专论式赋学批评形态的特征。

当然,此时期最切合专论批评之义的应该是刘勰的《文心雕龙·诠

---

① 何新文、苏瑞隆、彭安湘:《中国赋论史》,人民出版社2012年版,第83页。

赋》。该篇在继承前人赋论成果的基础上，首次完整系统地将宋齐以前赋体文学之大要作了总结，并对赋的创作原则进行了理论陈述，具有一种注重分析的、较为客观全面的精神。①

相对于赋学其他批评形态，刘勰专论式赋学批评有如下特点：第一，有明确、统一的论赋纲领；第二，论说的内容广博全面，是较成体系的理论论述；第三，以骈体行文，突显论者个人风格。对此，笔者拙著《中古赋论研究》第五章"展示与迁流：中古赋论形态论"之"专论批评：范式与借体"已作了论述，此处不再赘述。可以说，宋前赋学专论式批评，在刘勰手中得以实现并达到高峰。它是从纷繁复杂的文学现象中抽绎总括出带有规律性的结论或义理，也就是在弥纶群言的基础上研精一理。这样，其赋学批评在语体上就成功地避免了陆机式的"巧而碎乱"和曹丕式的"密而不周"（《序志》），形成一种宏阔大气的整体感、流转自洽的圆融性和条圈笼贯的总归性。

同时，刘勰论赋并非泛泛而谈，其论赋体、赋源、赋史、评赋作，均是针对当时赋创作"务华弃实"（《程器》）、"率好诡巧""穿凿取新"（《定势》）而"情讹""文浇"（《指瑕》）的现实而发，故其对赋"丽词雅义""风规丽则"的文体规定具有"辨正然否"（《论说》）、一语中的的逻辑力量。② 而这些都是专论式批评优于其他赋学批评形态的地方。

除了以上两种典型的批评形态外，魏晋南北朝时期还兴起了一种比较重要的赋学批评形态——选本批评。下节将作详细说明，此处也不作赘述。

三、唐代赋学批评形态

唐代赋论，处于古代赋论史上一个相对迟滞的时期，少有理论建树。赋论在形式上黏附于诗论、文论，或散见于文集、史传、笔记、赋序、赋注之中。其中，较典型的批评形态为赋注批评和赋格。

赋注肇始于汉代，《文选》李善注即载有班昭（曹大家）对班固《幽通赋》的注释文字③。但作为一种赋学批评形态，则兴起于晋及南朝宋，而盛行于唐和宋代。尤其是李善的《文选》赋注，征引富赡，观点精湛，可谓集先唐赋注释之大成。《文选》李善注保留着很多唐前赋注，具体如下：

《二京赋》薛琮注；《蜀都赋》刘逵注；《吴都赋》刘逵注（注内或称张

---

① 彭安湘：《中古赋论研究》，中国社会科学出版社 2013 年版，第 195 页。
② 彭安湘：《中古赋论研究》，中国社会科学出版社 2013 年版，第 219—225 页。
③ （南朝梁）萧统编，（唐）李善注：《文选》，上海古籍出版社 1986 年版，第 208—212 页。

载),刘成、殷仲文(二人皆注所引未详何本)注;《魏都赋》张载注(标题亦称刘逵)、曹毗注;《南都赋》皇甫谧注;《子虚赋》张揖注、司马彪注、晋灼注、郭璞注;《上林赋》张揖注、司马彪注、韦昭注、郭璞注;《甘泉赋》服虔注、晋灼注、张晏注、孟康注;《射稚赋》徐爰注;《鲁灵光殿赋》张载注;《幽通赋》曹大家注、项岱注(曹、项二注皆颜师古《汉书注》所无);《思玄赋》旧注(《文章流别集》以为平子自注,李氏辨其非);等等。①

李善对《文选》中辞赋作品的注释,包括赋作解题、赋家小传、文字校勘、辨识字体、标注音读、单名训释、揭示主旨及艺术手法等诸多内容。而赋注最基本的用途,是李善《上文选注表》所揭示的:"弋钓书部,愿言注缉。"即对赋文的名物、典故逐一进行诠字、训诂、释义,具有辑录、注解、便人解会的用处。而作为赋学批评形态,其功能则在于以下几方面。

首先,评价赋文优劣得失。如左思在《魏都赋》中对铜雀、冰井、金凤三台建筑的高峻及屋脊铜雀的形状极力描摹,曰:"周轩中天,丹墀临焱。增构峨峨,清尘彩彩。云雀蹿翆而矫首,壮翼擒镂于青霄。雷雨窈冥而未半,瞰日笼光于绮寮。习步顿以升降,御春服而逍遥。八极可围于寸眸,万物可齐于一朝。"李善作注时,列举王褒、扬、班、张诸赋之失,而美颂左赋之独得,曰:"此四贤所以说台榭之体,皆危蜺悚惧,虽轻捷与鬼神,由莫得而逮也。非夫王公大人,聊以雍容升高、弥望得意之谓也。异乎老子曰'若升春台'之为乐焉。故引'习步顿'以实下,称八方之究远,适可以'围于'径'寸'之'眸子',言其理旷而当情也。"②像这样的注释"指摘甚当,而抉发文心意匠,于全注殊为破体。……此段注文果类作者,恐读者着眼或未分明,而不惜卷帘通一顾也"③,于比照中现出各家笔力之高下。

其次,阐明赋家"宅心隐微"的用意。如班固《幽通赋》开篇"系高顼之玄胄兮,氏中叶之炳灵。飙凯风而蝉蜕兮,雄朔野以飚声"四句,曹大家注曰:"……言己与楚同祖,俱帝颛顼之子孙也。……言己先人自楚徙北至朔

① (清)汪师韩:《文选理学权舆》,嘉庆四年刻读画斋丛书甲集本。另外,据《隋志》之《杂赋注本》三卷下"著录,先唐赋注包括:郭璞注《子虚上林赋》一卷;薛琮注张衡《二京赋》二卷;晁矫注《二京赋》一卷;傅巽注《二京赋》二卷;张载及晋侍中刘逵、晋怀令卫权(瓘)注左思《三都赋》三卷;綦勿邃注《三都赋》三卷;项氏注《幽通赋》、萧广济注木玄虚《海赋》一卷;徐爰注《射雉赋》一卷。另有,孙壑注《洛神赋》、(宋)无名氏辑注《杂赋》、司马彪注《子虚上林赋》、谢灵运自注《山居赋》、张渊注《观象赋》、颜之推自注《观我生赋》等,蔚为兴盛。
② (南朝梁)萧统编,(唐)李善注:《文选》,上海古籍出版社1986年版,第273—274页。
③ 钱锺书:《管锥编》(三),三联书店2015年版,第1567页。

方也,如蝉蜕之剖,后为雄桀扬其声"。① 为赋作注,忌琐、漏、赘、错,要求"词尚体要,下笔精严"②。此赋注不仅达到了这样的水准,还揭示了赋家叙本事和家族史的写作缘由,为读者理解其"宅心隐微"的用意和"以致命遂志"的赋旨起到了提示作用。

再次,揭示赋篇的文化内蕴。如潘岳《射雉赋序》曰:"余徙家于琅邪,其俗实善射,聊以讲肄之余暇,而习媒翳之事,遂乐而赋之也。"南朝宋徐爱注曰:"媒者,少养雉子,至长狎人,能招引野雉,因名曰媒。翳者,所隐以射者也。晋邦过江,斯艺乃废。历代迄今,寡能厥事。"③由此注我们可得知"媒"为何物,"媒翳射雉"风俗的兴湮,以及进一步认识到此赋在保存"媒翳射雉"风俗文化资料方面的价值与意义。

与其他文体注相比,赋注不仅是文学注疏的最早样本,而且,在先唐赋学批评形态中,赋注式批评也是较为普遍的一种。原因一是因赋文深奥繁复、典重古雅而晦涩难懂,出于便人、为学的目的,故为赋作注现象甚为普遍;二是与注者拟效经注的注例相关。重视家学且多单注一家是汉代经学传注的注例特点。赋注多学拟之,如刘逵、卫权注《三都赋》、薛琮注《二京赋》即如是。甚至还出现多人注一赋的现象,如张揖、韦昭、司马彪、晋灼、郭璞均注解了《子虚赋》《上林赋》。只是随着文集的兴盛,才出现了《文选》李善和五臣汇注众多赋作的现象。这些赋注"俾开卷瞭然,毫无遗义,胸中眼底,触处洞悉,诵读之间,斯能欣欣有得"④,成为文学选本不可或缺的一个部分。

另外,赋注式批评还喜征引经史诸子及集部文献。如刘逵注《三都赋》,征引文献多而详备,往往详说书名。比如引楚辞,则具体到《离骚》《九章》《天问》等篇名,出处甚明。这种特点,为唐李善注《文选》时所承袭,形成典型的"引文证"的模式。"李善征引先唐时期的汉赋注释 7 家,2000 多条次,广泛吸收前人的研究成果,又旁采经史子集各类文献约 1000 种,融铸成规模空前宏大、见解极其精湛的汉赋说解。"⑤至于其功用,可借用钱锺书评谢灵运《山居赋》自注之语来说明:"赋既塞滞,注尤冗琐,时时标示使事用语出处,而太半皆笺阐意理,大似本文拳曲未申,端赖补笔以宣达

---

① （梁）萧统编,（唐）李善注:《文选》,上海古籍出版社 1986 年版,第 635 页。
② 钱锺书:《管锥编》（四）,三联书店 2015 年版,第 2314 页。
③ （南朝梁）萧统编,（唐）李善注:《文选》,上海古籍出版社 1986 年版,第 415 页。
④ 余诚:《重订古文释义新编》序,光绪十五年（1889）有益堂刻本。
⑤ 踪凡:《李善〈文选注〉对汉赋的注释》,《贵州大学学报》2007 年第 3 期。

衷曲。"①

更重要的是,赋注依附于赋作,作为一种批评形态,势必落实于赋体,也就是由赋体看赋注,尤其是大赋的宏衍博丽,其中的丰富内涵,非赋注难以彰明。② 因此,赋注与赋体紧密相连。当赋家依循赋之"体物"特征和"赋者,言事类之所附"的创作原则极力敷演成文后,注家同样尽力于此,从而使赋注在极大意义上成为赋的"名物"解释,并由此构成特有的批评体系。

自中晚唐直至五代,还出现了大量专论律赋格律、作法的赋格著作。现可考知的赋格书有:唐张仲素《赋枢》三卷、范传正《赋诀》一卷、浩虚舟《赋门》一卷、白行简《赋要》一卷、纥干俞《赋格》一卷,五代和凝《赋格》一卷、南唐丘昶《宾朋宴话》三卷。不过,遗憾的是,"这些赋格书多亡佚,具体情况难以知晓。但推其体例内容,其中如论赋之作法、格诀、源流等,或与后来赋话有些相通之处"③。目前唯存有中晚唐之际佚名所撰《赋谱》一卷。《赋谱》专论中晚唐律赋,探讨其"赋句""隔句对""赋体""赋题"等重要问题,论述清晰、精当,以例证论,以人体作喻,从理论上总结、归纳了律赋写作的方法技巧、提供了唐代律赋的标准范式。由此,可以推断出赋格式批评形态具有针对性强、操作性强、指导性强、示范性强的特点。

除以上几类外,宋前还有一些混融在其他文献、所占分量比重小而又难以形成规模、造成影响的论赋形式。如以骈文论赋、以诗论赋、以赋论赋、以碑、赞、诏书、奏疏、书信论赋等。④ 零星散碎的赋学批评理论镶嵌在其中,传达着作者的情志意绪和见解主张。

总之,宋代以前的赋学批评形态是丰富的。而且,它们又并非壁垒森严、截然相判,而是呈现交相包含、互相渗透的特质。如史传批评中含有赋序、赋注批评,选本批评中也含赋序、赋注批评等。这些历时性出现,却又共时性存在的赋学批评形态,共同构筑了宋代以前赋学批评形态繁复多姿的体貌,并在很大程度上反映了其时文学思想与批评观念的实际情形。将这部分内容梳理出来,才能清晰地看到古代赋学批评形态的生发演变历程,以及选本式赋学批评在这一个历程中的位置与影响。这或许能为探察《古文苑》赋选的批评语境及批评内涵,并强调二者之间的有机联系提供更好的服务。

---

①　钱锺书:《管锥编》(四),三联书店 2015 年版,第 2015 页。
②　许结:《论赋注批评及其章句学意义》,《中国韵文学刊》2011 年第 4 期。
③　何新文、苏瑞隆、彭安湘:《中国赋论史》,人民出版社 2012 年版,第 139 页。
④　彭安湘:《中古赋论研究》,中国社会科学出版社 2013 年版,第 199—202 页。

第二节　宋及宋前赋选的形成与衍化

中国古代虽无"选本"之正式称谓,却早在先秦时期就有了文学"选本"之实体——《诗经》。孔子删定《诗经》由司马迁最早提出①。是说由汉至隋一直为人所信。但自唐孔颖达提出质疑后,孔子有无删诗的问题就聚讼纷纭至今。孔子删诗说虽仍无定论,但《诗经》"是经过删改的东西"②"是中国现存的最古的诗选"③,却是毋庸置疑的。自《诗经》以后,《楚辞》在汉代结集,亦具有一定的选本意义④。不过,"《三百篇》既列为经,王逸所裒又仅楚辞一家"⑤,故在传统目录学中,一者被置于集部之外,一者与总集、别集并列。

总集自晋代才出现,"体例所成,以挚虞《流别》为始"⑥。不过,选本与总集,是既有区别又有交叉的关系。正如清代汪师韩在《文选理学权舆序》中所说:"总集自晋有之,而无以选名者,梁昭明太子采自周迄梁百三十余家之文为《文选》,至唐而盛行。"⑦这是从"命名"的角度,认为总集中符合明确称"选"这个条件的,当始于《文选》,而非《流别》。实际上,"晋代挚虞,苦览者之劳倦,于是采摘孔翠,芟剪繁芜,自诗赋下各为条贯,合而编之,谓为《流别》。是后文集总钞、作者继轨,属辞之士,以为覃奥,而取则焉"⑧,则已然形成了将作品"采摘孔翠,芟剪繁芜"选编结集的事实。所以,无论是命名,还是实相,"选文成集"恰是选本与总集关系的交叉点。

总集与选本有上述关系,别集亦相类。如曹植生前自编的赋集,就具有选本性质。其《前录自序》云:"余少而好赋,其所尚也,雅好慷慨,所著繁

---

① 《史记·孔子世家》:"古者诗三千余篇,及至孔子,去其重,取可施于礼义,上采契、后稷,中述殷周之盛,至幽、厉之缺,始于衽席……三百五篇,孔子皆弦歌之,以求合韶武雅颂之音。"(汉)司马迁:《史记》,中华书局1982年版,第1936页。

② 郭沫若:《简单地谈谈〈诗经〉》,《郭沫若全集》(文学编第十七卷),人民文学出版社1989年版,第228页。

③ 鲁迅:《鲁迅全集·集外集》第七卷,人民文学出版社1973年版,第502页。

④ 周禾认为"今本《楚辞》是《汉书·艺文志》'屈原赋之属'的选本",《〈楚辞〉选自"屈原赋之属"考论》,《华中师范大学学报》2000年第6期。

⑤ (清)纪昀等撰:《钦定四库全书总目》卷一百八十六,中华书局1997年版,第2598页。

⑥ (清)纪昀等撰:《钦定四库全书总目》卷一百八十六,中华书局1997年版,第2598页。

⑦ (清)汪师韩:《文选理学权舆》,光绪十五年(1889)重刊读书斋本。

⑧ (唐)魏徵等撰:《隋书》卷三十五《经籍志》,人民文学出版社1973年版,第1089—1090页。

多。虽触类而作,然芜秽者众,故删定别撰,为前录七十八篇。"①这78篇赋作组成的《前录》,即是其从"所著繁多"中去"芜秽者"后的"删定别撰"之集。

可见,总集与别集中都包括选本,"重在'选'与'集'是选本的重要特征","其中心在于所选、所集之文学作品"②。从所收文学作品的体类看,选本又分为两种类型:一是收录多种文体,如《文章流别集》《文选》收录有诗、赋等众多文体;二是仅收录一种文体,如《赋集钞》只录赋体,《唐诗三百首》只录诗歌。本章意欲以赋文体为例,考察其从汉至宋,由集赋到赋集而赋选的演变历程,并阐释其在文献学、文体学及赋学批评学上的价值与意义。

一、以篇集赋:汉代赋作的收集与流播

"一代有一代之所胜",赋作为两汉四百余年最为流行的文体,其产生和形成有一个历史发展的过程。在这个过程中,汉赋的保存和留传是以何种状态进行的呢? 古代主要有两种针锋相对的意见。

其一,认为汉代已存有文集。如梁元帝萧绎在《金楼子·立言篇》中云:"诸子兴于战国,文集盛于二汉,至家家有制,人人有集。其美者足以叙情志、敦风俗。其弊者只以烦简牍、疲后生。往者既积,来者未已,翅足志学,白首不遍。或昔之所重,今之反轻,今之所重,古之所贱。"③其二,认为汉代没有文集。如刘师培在《搜集文章志材料方法》中认为:"自《汉志》本刘氏《七略》,列诗赋为四类,诸家所作,均以篇计,《后汉书》各传亦云凡著文若干篇,是两汉并无集名也。集名始于魏晋。"④章学诚则提出:"两汉文章渐富,为著作之始衰。然贾生奏议,编入《新书》;相如辞赋,但记篇目,皆成一家之言,与诸子未甚相远。初未尝有汇次诸体,裒焉而为文集者也。"⑤

如萧绎所言为实,则汉人已重结集篇章,自然就有结篇而成的赋集。不过,萧绎所说的"盛于两汉"的文集,或如章学诚所言是指贾谊《新书》、桓谭《新论》、王充《论衡》类子书。若是确指此类,则此类文集虽有若干论赋的

①　(魏)曹植撰,赵幼文校注:《曹植集校注》下,中华书局2016年版,第646页。
②　邓建:《中国古代文学"选本"之厘定与辨析》,《理论界》2009年第11期。
③　(南朝梁)萧绎撰,陈志平、熊清元疏证校注:《金楼子疏证校注》卷四《立言篇》上,上海古籍出版社2014年版,第659页。
④　(清)刘师培:《左盦外集》,《刘申叔遗书本》,宁武南氏校印1934年版,第1页。
⑤　(清)章学诚撰,吕思勉评:《文史通义》,上海古籍出版社2008年版,第87页。

片段,但收录赋篇的可能性很小。换言之,即赋在汉代的情形正如刘、章所揭示的,是以若干篇目、而非赋集的形式保存和留传的。

　　赋在汉代有两种传播形式,口诵是其中的一种。郑玄注《周礼》曰:"背文曰讽,以声节之曰诵"。《汉志》曰"不歌而诵谓之赋",即指赋体可不待乐奏、随时口诵。听奏娱乐的风气在汉代宫廷颇为盛行,虞公、九江被公、朱买臣等曾先后被征入汉廷,诵读《楚辞》①。另外,汉史亦载有"上有所感,辄使赋之,为文疾,受诏辄成"②"数招至前谈语,人主未尝不说也"③"上以朔口谐辞给,好作问之"④"诏使褒等皆之太子宫虞侍太子,朝夕诵读奇文及所自造作"⑤,均说明汉代的言语侍从之臣,如枚皋、东方朔、严助、王褒、张子侨等,皆是以口头诵读的方式作赋传播于汉廷的。赋家枚乘在《七发》中借吴客口诵七事于楚太子以去其病,也从文学的角度展现了诵读赋篇在当时是颇为流行的传播方式。对此,简宗梧说:"……楚宫到两汉宫廷的暇豫之赋,是声音的艺术,是由传播者口诵,欣赏者耳受的文字。"⑥

　　除了口头传播外,赋的书面传播也是汉代常见的形式。赋文本或书于墙壁⑦,或刻于石壁⑧,也有兼用缣帛、龟甲、金石的,当然最主要的是书于简牍。孔德明认为《汉志》所录西汉"淮南王赋八十二篇""淮南王群臣赋四十四篇"、扬雄所奏御的《甘泉赋》等四赋,均非口诵,而是以简牍文本的形式传播的⑨;而"赋到东汉,从口诵的文学转化为重视声音美感的书面文学"⑩则更为盛行,其中,最典型的是载诸史籍。这是因为两汉皇家搜罗和收藏的典籍主要集中在石室、兰台、天禄阁和东观等处,而可以看到这些收藏品的人,只有少量的史官和校书官。下表是《史记》《汉书》《后汉书》收录赋作、赋家、赋题的情况:

---

①　刘歆《七略》云:"孝宣皇帝诏徵被公,见诵《楚辞》,被公羊裘,母老,每一诵,辄与粥。"《汉书·王褒传》亦云:"宣帝时修武帝故事,讲论六艺群书,博尽奇异之好,徵能为《楚辞》九江被公,召见诵读。"

②　(汉)班固撰,颜师古注:《汉书》卷五十一《枚皋传》,中华书局1962年版,第2367页。

③　(汉)司马迁:《史记》卷一百二十六《滑稽列传》,中华书局1982年版,第3205页。

④　(汉)班固撰,颜师古注:《汉书》卷六十五《东方朔传》,中华书局1962年版,第2860页。

⑤　(汉)班固撰,颜师古注:《汉书》卷六十四下《王褒传》,中华书局1962年版,第2829页。

⑥　简宗梧:《赋体之典律作品及其因子》,《逢甲人文社会学报》2003年第6期。

⑦　如桓谭《仙赋序》云:"……余居此焉,窃有乐高妙之志,即书壁为小赋,以颂美曰。"

⑧　著名的东汉三颂为:《石门颂》《西狭颂》《郙阁颂》,是东汉摩崖隶书的代表作。汉代赋颂通称,"赋"的定义较宽泛而多元,文体观念尚未明确。故以书于石壁作为赋的传播方式之一。

⑨　孔德明:《汉赋的生产与消费研究》,光明日报出版社2013年版,第163页。

⑩　简宗梧:《赋体之典律作品及其因子》,《逢甲人文社会学报》2003年第6期。

史书	所录赋作（全篇）	所录赋家、赋题
史记	贾谊《吊屈原赋》《鵩鸟赋》；司马相如《天子游猎赋》《难蜀父老》《哀二世赋》《大人赋》	
汉书	贾谊《吊屈原赋》《鵩鸟赋》；司马相如《天子游猎赋》《难蜀父老》《哀二世赋》《大人赋》；东方朔《答客难》《非有先生论》；扬雄《甘泉赋》《校猎赋》《长杨赋》《解嘲》《解难》《河东赋》《酒赋》；汉武帝《李夫人赋》；班婕妤《自悼赋》；班固《幽通赋》《答客戏》	《艺文志》著录赋家 78 家 1004 篇，杂赋类著录赋题 12 类；枚皋《平乐馆赋》《皇太子生赋》
后汉书①	冯衍《自论赋》《显志赋》；班固《两都赋》；崔骃《达旨》；崔篆《慰志赋》；蔡邕《释诲》；马融《广成颂》；张衡《应间赋》《思玄赋》；杜笃《论都赋》；赵壹《穷鸟赋》《刺世疾邪赋》；边让《章华台赋》	崔骃《四巡颂》《七依》；崔瑗《七苏》；张衡《七辨》；傅毅《七激》；李尤《七叹》；王延寿《灵光殿赋》《梦赋》；崔琦《白鹄赋》《九咨》；侯瑾《应宾难》；班固《宾戏》《应讥》；梁竦《悼骚赋》；赵壹《解摈》；马融《西第颂》；祢衡《鹦鹉赋》

由上表可知，汉代史志所录赋家作品皆为单篇传播的状态。全篇自不待说，即使如刘向、刘歆父子的秘阁整理，也只是将奏进的赋家赋作加以整次、记其篇目、撮其旨要，并未撰集成严格意义上的"书"的形态。班固《艺文志》本于刘氏父子的《别录》和《七略》，也未作太大改变。《诗赋略》著录的"屈原赋""陆贾赋""孙卿赋""杂赋"四种，亦"属于条列篇目，而非结集定本的形态"②。原因如下：

第一，从书写材料来看，简牍虽因质地优势、经济实惠而为汉赋传播的主要载体，但同时兼备笔、墨、砚、书刀等生产赋作物质条件的赋家，在汉代并不太多。富者虽可出钱购买，但贫者却只能用更简易的材料，如蒲柳、树叶替代。故时人以皇帝亲赐笔札或笔墨钱为礼遇。如司马相如、扬雄、贾逵、马严等就获此殊荣。而且，即使贵如皇帝也十分珍惜简牍。据《后汉书·循吏传》载："（光武帝）其以手迹赐方国者，皆一札十行，细书成文。勤

---

① 宋云彬《后汉书点校说明》称："范晔以《东观汉记》为主要依据，参考各家的著作，自定体例，订讹考异，删繁补略，写成《后汉书》。"参见（南朝宋）范晔：《后汉书》，中华书局 1965 年版，第 1—2 页。《东观汉记》是一部记载东汉光武帝至汉灵帝时期的纪传体史书，因官府于东观设馆修史而得名，它经过几代人的修撰才最后成书。作者有班固、陈宗、尹敏、孟异、刘珍、李尤、刘騊䮲等，故在此将《后汉书》置于汉代段来考察。

② 刘明：《两汉"文人集"与〈诗赋略〉之关系考论》，《天中学刊》2017 年第 2 期。

约之风,行于上下。"①"札"即为简牍,其书写行数一般为一行或两行,而光武帝"一札十行,细书成文",除力行勤约外,书写材料难得应该也是原因之一。这样,就限制了赋作者书面形式的传播。他们不可能把文本形式的赋作随便送给别人,更遑论送人以定本结集的赋集了。

第二,从简牍长短来看,"简牍以长度别尊卑"②。简牍按所书内容约分作两类:典籍文献类和文书类。典籍文献类兼及《汉书·艺文志》所列之"六艺、诸子、诗赋、兵书、数术、方技"等六略。在汉代,"六艺略"地位最高。《论衡·谢短》曰:"二尺四寸,圣人文语,朝夕讲习,义类所及,故可务知。汉事未载于经,名为尺藉短书,比于小道,其能知,非儒者之贵也。"③这种尊卑之分,在简牍长短上也有区分。郑如斯具体阐述了"六艺"经书之尊在简牍长短上的体现:

> 据汉代郑玄所提的是,六经书二尺四寸简;《孝经》次之,为一尺二寸简;《论语》更次之,为八寸简。……《仪礼》竹木简,简长都在二尺四寸左右。④

"六经书二尺四寸简"是汉代的定例,其他典籍文献类简则短于这个尺寸。下表中出土的诗赋类简牍长度也可提供有力的证据。

名称	简长(厘米)	简长(尺、寸)
上博《采风曲目》	56.13	战国尺二尺四寸(相当于汉尺一尺九寸二)
尹湾 M6《神乌赋》	22.5—23	汉尺一尺
敦煌风雨诗	23	汉尺一尺

由此可知,简的长度,是依照用途和重要性来加以区别的。重要的书籍写在长简上面,次要的书籍写在短简上面。表中诗赋作品,应属于王充所言的"尺藉短书",相对于儒经,"比于小道";相较于诸子、兵书、数术、方技类,重要性似乎也有所不及。尤其值得一提的是,两汉著述的编纂乃至典籍的整理,主要是针对经史和子类文献而言。赋虽在汉代隆盛,历史积淀却相对

---

① (南朝宋)范晔:《后汉书》卷七十六《循吏传》,中华书局 1965 年版,第 2457 页。
② 黄盛璋:《简牍以长短别尊卑考》,《东南日报》1948 年 4 月 7 日。
③ (汉)王充撰,黄晖校释:《论衡校释》卷十二《谢短》,中华书局 1990 年版,第 557—558 页。
④ 郑如斯:《从近年新出土文献看我国古代书籍制度》,参见《中国书史教学参考文选》,书目文献出版社 1987 年版,第 260 页。

较浅。所以,"两汉基本不存在有别于经史诸子的'结集形态'的文人作品集,并且在实际操作编撰的文士个体和官方整理两层面,都可以看出两汉时期文集的编撰处于'缺席'的状态"①。

第三,与第二点密切相关的是,汉代对辞赋单位的记载多为"篇",缺乏涵纳个体赋作的总题名。即使像《诗赋略》分赋为四类,录赋千余篇,但对每类赋家赋作的记载均为"××赋家赋××篇"的形式。如:

> 屈原赋二十五篇。楚怀王大夫,有《列传》。
> 唐勒赋四篇。楚人。
> 宋玉赋十六篇。楚人,与唐勒并时,在屈原后也。
> 赵幽王赋一篇。
> ……

不独载录赋如此,汉代史传胪列文人各体文学作品时,单位亦为"篇",也缺乏涵纳其所有作品的文集及其文集名。如《汉书·东方朔传》:"朔之文辞,此二篇(《答客难》《非有先生论》)最善。其余《封泰山》《责和氏璧》及《皇太子生禖》《屏风》《殿上柏柱》《平乐观赋猎》,八言、七言上下,《从公孙弘借车》,凡向所录朔书具是矣。世所传他事皆非也。"②即可说明。

汉代作品除以"篇"为单位外,亦有以"卷"为单位的。篇、卷作为基本计量单位较繁富地运用于《汉志》中③。对于《汉志》篇、卷问题的认识,学界意见纷纭:认为两者之别或在于材质(篇在竹简,卷在绢素)④;或在于形质(篇为内容,卷既为形式也为内容)⑤;或认为两者都是对文献外在特征的描述(卷是常态,篇是特例)⑥;等等。若就《诗赋略》中诗赋以"篇"为计量单位来说,则恰恰证明汉代无简要的名称涵盖各体文章的篇目。而且,这个现象在东汉依然延续。像《后汉书》之《桓谭传》称其"所著赋、诔、书、奏,凡二十六篇";《皇甫规传》称其"所著赋、铭、碑、赞、祷文、吊、章表、教令、书、

① 刘明:《两汉"文人集"与〈诗赋略〉之关系考论》,《天中学刊》2017年第2期。
② (汉)班固撰,颜师古注:《汉书》卷六十五《东方朔传》,中华书局1962年版,第2873页。
③ 据叶岗的研究,《汉志》中以篇为基本计量单位的种类,主要出现在《六艺略》《诸子略》和《诗赋略》,而以卷为基本计量单位的种类,则出现在《数术略》和《方计略》;《兵书略》文字部分基本以篇计,图部分则以卷计。叶岗:《〈汉书·艺文志〉中的"篇"、"卷"问题》,《绍兴文理学院学报》2008年第6期。
④ (清)章学诚撰,吕思勉评:《文史通义》,上海古籍出版社2008年版,第90页。
⑤ 陈梦家:《汉简缀述·由实物所见汉代简册制度》,中华书局1980年版,第291—316页。
⑥ 曹宁:《〈汉书·艺文志〉篇卷问题新论》,《图书馆杂志》2013年第8期。

檄、笺记,凡二十七篇";《文苑传》(上)云"毅早卒,著诗、赋、诔、颂、祝文、七激、连珠凡二十八篇";又(下)云"(张升)著赋、诔、颂、碑、书,凡六十篇"①。对此现象,刘师培总结云:"至于东汉,文人撰作,以篇计,不以集名。"②

综上,汉代无论是以口诵,还是文本形式传播的辞赋,均是以单篇方式留存,刘向、刘歆父子是以条列、编录篇目的方式编次诗赋文献。"而其自身体例的局限性又造成诗赋与非诗赋作品的分置、割裂,故不宜视《诗赋略》中的文人赋为文人集。"③但是,诗赋类文献表露出的以人文情感为主体的倾向,为其逐步朝向文学独立化、专门化发展,并为汉以后学术分化下集部的确定划定了基础。同时,东汉文士诸体文章篇目的烦琐胪列,客观上也要求可涵盖诸体的"集"名的出现。因此,由汉代"以篇集赋"到魏晋而始的"以集纳赋"是历史发展的必然趋势。

二、以集纳赋:六朝赋集的编纂与类别

汉代"以篇集赋"形成的庞大赋量,以及赋与其他文体的烦琐胪列,客观上迫切需要名实兼具的文集将之收纳并予以图书归类。经过长期的历史积累,自建安以后至隋代的六朝时期,赋集编纂的条件终于成熟了。

首先,书写载体由纸张取代简牍,为赋集的编纂提供了必要的物质基础。虽然史书载蔡伦于汉和帝元兴元年(105)发明了造纸术,且"帝善其能,自是莫不从用焉,故天下咸称'蔡伦纸'"④,但各类文体以纸代简的步伐并不统一。书信体率先行之⑤,而官文书最晚⑥。也就是说,书写载体由简牍到纸张的演变,大致实现于公元3至4世纪之间,亦即在魏晋时期,纸成为古代文人案头的必备物品了。纸张取代简牍无疑对文人及文化活动产生了深刻的影响,并由此波及其时的学术文化。我们以《晋书》卷九十二《文苑传》中左思的一段史料以作说明。文曰:

(左思)复欲赋三都……遂构思十年,门庭藩溷,皆著笔纸,遇得一

---

① (南朝宋)范晔:《后汉书》,中华书局1965年版,第961、2137、2613、2628页。

② 刘师培:《论文杂记》,商务印书馆2010年版,第173页。

③ 刘明:《两汉"文人集"与〈诗赋略〉之关系考论》,《天中学刊》2017年第2期。

④ (南朝宋)范晔:《后汉书》卷七十八《宦者列传》,中华书局1965年版,第2512页。

⑤ 《后汉书·窦章传》:"融集与窦伯向书曰:孟陵奴来,赐书,见手迹,欢喜何量见于面也。书虽两纸,纸八行,行七字。"

⑥ 《太平御览》卷六百零五"文部二一"引《桓玄伪事》:东晋元兴二年(403年)桓玄称帝,颁令"古无纸,故用简,非主于敬也,今诸用简者,皆以黄纸代之"。

句,即便疏之。……于是豪贵之家竞相传写,洛阳为之纸贵。①

从史料可发现,第一,与汉代赋家"户牖墙壁,各置刀笔"②相比,晋代写赋省减了一样工具——"刀"。"门庭藩溷,皆著笔纸","刀"的悄然退场,意味着少了一道书写工序,"预示着赋家治学更便捷了,其间好处当然就是学术著述效率的提高"③。第二,"洛阳纸贵",除突显《三都赋》为世所重外,还说明纸书时代,抄写便捷,文本传递迅速。而这带来的直接效果,正如《隋书·经籍志》所说:"总集者,以建安之后,辞赋转繁,众家之集,日以滋广。"显然,纸的出现拉动了创作、推动了传播,促进了辞赋的繁荣及大量个人文集和总集的出现。

其次,赋量激增及辨体意识增强,为赋集的编纂提供了坚实的现实背景。赋经汉代几百年的发展积累,达到了非常可观的数目。如班固《两都赋序》称"孝成之世,论而录之,盖奏御者千有余篇"云云,又"自安、和已下,迄至顺、桓,则有班傅三崔,王马张蔡,磊落鸿儒,才不时乏"④,形成赋坛中兴之貌。无疑,这些赋家、赋作为魏晋及以后赋集的形成奠定了坚实的历史基础。

建安之后,因曹氏父子"雅爱诗章""妙善辞赋""下笔琳琅",流风所向,"故俊才云蒸"而"辞赋转繁";至晋代亦"人才实盛",各尽其才,虽江左赋成"漆园之义疏",辞意寡淡,但中朝赋却"结藻清英,流韵绮靡",文采动人;至南朝宋、齐,则"缙绅之林,霞蔚而飙起"⑤,"辞翰鳞萃",蔚为鼎盛;梁世藩邸及士林,均雅好词赋,文采之盛,"无以过焉";陈代君王亦"渐崇文学""尤尚文章";北朝虽因中州板荡,文基薄弱,"体物缘情,寂寥于世"⑥,不过,随着使者交聘,南人迁北,不仅"洛阳后进,祖述不已"⑦,而且"齐宅漳滨,辞人间起,高言累句,纷纭络绎,清辞雅致,是所未闻"⑧。可见,赋经中古四百余年的发展,在艺术和功能上已有了长足的变化,且在数量上远超

---

① (唐)房玄龄:《晋书》卷九十二《文苑》,中华书局1974年版,第2376页。
② (南朝宋)范晔:《后汉书》卷四十九《王充传》,中华书局1965年版,第1629页。
③ 胡发贵:《纸与中国古代文明》,《江苏教育学院学报》2002年第4期。
④ (南朝梁)刘勰:《文心雕龙·时序》,范文澜注:《文心雕龙注》,人民文学出版社1958年版,第673页。
⑤ (南朝梁)刘勰:《文心雕龙·时序》,范文澜注:《文心雕龙注》,人民文学出版社1958年版,第673—675页。
⑥ (唐)令狐德棻等撰:《周书》卷四十一《庾信传》,人民文学出版社1971年版,第743页。
⑦ (唐)令狐德棻等撰:《周书》卷二十二《柳庆传》,人民文学出版社1971年版,第370页。
⑧ (唐)魏徵等撰:《隋书》卷三十五《经籍志》,人民文学出版社1973年版,第1090页。

汉代。这种创作的繁荣和衍盛,则为赋集的编纂提供了坚实的现实背景。

文体辨析既是文学批评理论的重要内容,也是中古文学自觉的表现。这个阶段对赋进行辨析所面临的状况是:赋与非文学性文体之间的区分在汉代已基本得到了解决,但赋与其他文学性文体之间却存在因历史遗留和现实变化造成的界限不清、难以辨识的情况。对此,论者"一是着眼于文体辨析的角度,严守赋体的界限,认为赋与其他文体'体既不一',必作诠分;一是提倡'文体宜兼',整汇融合,相通互补,超越赋体的界限"。必作诠分,"其意义不仅仅在于廓清了赋与诗、赋与辞之间的界限,或者发现了赋自身的文体审美特征,而更在于将赋论、诗论、辞论三者由汉代混融相淆的状态中脱离出来,走向各自的理论话语体系"①。而各文体理论话语主要的载体之一,便包括总集和选集。至于二者的关系,前人早有论述。"总集为书,必考镜文章之源流,洞悉体制之正变"②、"魏晋南北朝时期文学总集的编纂,以文体分类从而带有辨体的目的,是一个客观的事实"③。也就是说,文体的分类是为总集编纂服务的,或者说总集的编纂推进了文体的分类。因此,此期文体辨析意识增强亦为赋集、赋选的编纂提供了助力。

最后,文学集类名称的出台,为各类赋集、赋选提供了目录学的归属。汉代是古代目录学的肇兴期,各类图籍、《别录》《七略》及《汉志》所制定的文献目录,直接引领了中古目录编纂的风行。针对《汉志·诗赋略》仅载录诗、赋二体,无法反映日益变化的繁复学术思想状貌的历史局限,中古人开始这方面的探索与改革。"改革的结果,就是文学专科目录的产生和综合性图书目录中'文集录'的形成。"④这两类目录的形成,为此期出现的诸类赋集提供了归属地。

文学专科目录中,西晋荀勖《文章叙录》⑤具有非常重要的意义。它并不是撰诸家文章为一集,"而是各别聚为集,是对新撰或既撰的诸家别集之'叙录'"⑥。姚名达认为,"此前诸家文章多单篇散行,今始撰为一集也。……故推原文学创作总目录之渊源应以荀勖为滥觞焉"⑦。在编撰方

---

① 彭安湘:《中古赋论研究》,中国社会科学出版社 2013 年版,第 135、144 页。
② 骆鸿凯:《文选学》,中华书局 1989 年版,第 12 页。
③ 傅刚:《昭明文选研究》,中国社会科学出版社 2000 年版,第 100 页。
④ 何新文:《中国文学目录学通论》,江苏教育出版社 2001 年版,第 76 页。
⑤ 裴松之注《三国志》、刘孝标注《世说新语》、李善注《文选》等引用此书均作《文章叙录》。而《隋志》名之以"《杂撰文章家集叙》(十卷)"著录在其史部"簿录篇",《新唐志》名之以"《新撰文章家集叙》(五卷)"著录在其史部"目录类"。
⑥ 陈祥谦:《六朝〈文章志〉与别集之叙录》,《图书情报工作网刊》2011 年第 10 期。
⑦ 姚名达:《中国目录学史》,台湾商务印书馆 1965 年版,第 351 页。

法上,《文章叙录》与稍后挚虞《文章志》相近,体例一般是前半部分记载作者生平事迹,后半部分叙说文章撰著存佚情况。其编纂方法大抵是以别集为纲,依次"叙录"。所"叙录"的别集分为两种:一是替人编纂的别集,集含作者之名(帝号、谥号),如《魏武帝集》《挚虞集》等;一是作者自纂的别集,则为其集命名,命名方式不一而足。或以其官名,如王筠的《中书集》《临海集》①,或以其纂期名,如曹植《前录》、江淹《前集》《后集》等②。可以说,"文章志"类③文学专科目录,汇录了从屈原时代到刘宋朝约800年间至少711位文章家及其别集④,成就突出。这与《隋志》"自灵均已降,属文之士众矣,然其志尚不同,风流殊别。后之君子,欲观其体势,而见其心灵,故别聚焉,名之为集。辞人景慕,并自记载,以成书部"⑤的陈述是基本一致的。然而,遗憾的是,这些目录却大多亡佚。就留存下来的书目而言,综合性图书目录中文学目录是这一时期的主要形式。

由前述可知,汉代《七略》和《汉志》不以"文集"而以"诗赋"名类,虽有不收其他文体的遗憾,亦大体反映了其时的学术现状,但随着日益繁复的学术思想状貌的变化,其局限性也是显然易见。不过,《汉志》以后的东汉未再编新目录。至曹魏,始有《魏中经簿》,却又不知其详。至西晋荀勖著《晋中经簿》,体例与《七略》相异,分甲乙丙丁四部(其丁部含"诗赋""图赞"和"汲冢书"三类);其后又有东晋李充撰《晋元帝书目》,南朝宋谢灵运撰《四部目录》、梁代有《五部目录》等,但秘阁目录重诗赋而轻他体文章的传统似并未得以改观。

反倒是两部私撰目录——南朝刘宋王俭《七志》和梁阮孝绪《七录》改变了这一传统。王俭《七志》有意改变魏晋以来的四部分类,上承《七略》体例,分设为七大类,并"以诗赋之名不兼余制"⑥为由,将文学类目"诗赋略"改为"文翰志"。而且,"文翰志"还承继晋宋"文章志"的做法,改变了东汉至刘宋以来官修目录大多只记书名而无解题的缺陷。这在文学目录发展史上是一个重要的变化。

继王俭之后,阮孝绪《七录》亦分内外两篇七录,其中内篇之四"文集

---

① 《梁书·王筠传》载王筠:"自撰其文章,以一官为一集。"
② 曹植《前录自序》云:"余少而好赋,其所尚也,雅好慷慨,所著繁多。虽触类而作,然芜秽者众,故删定别撰,为前录七十八篇。"
③ 《隋书·经籍志》"簿录篇"录有五种,分别为:荀勖《杂撰文章家集叙》十卷、挚虞《文章志》四卷、傅亮《续文章志》二卷、宋明帝《晋江左文章志》三卷、沈约《宋世文章志》二卷。
④ 陈祥谦:《六朝〈文章志〉与别集之叙录》,《图书情报工作网刊》2011年第10期。
⑤ (唐)魏徵等撰:《隋书》卷三十五《经籍志》,人民文学出版社1973年版,第1081页。
⑥ 阮孝绪:《七录序》,(清)严可均辑:《全梁文》,中华书局1958年版,第3346页。

录"的设置,意义非凡。"文集录"含楚辞部、别集部、总集部、杂文部四个子目。"这相对于《七略》以来综合性图书目录中的文学类目,是一种明显的进步。"至此,文学类目走完了"集部"正式产生以前的发展演变历程,产生了"《诗赋略》→《文翰志》→《文集录》等一系列影响深巨的文学目录"①。《七略》之后,后世的目录学家便在此基础上不断修改、扩张,《隋志》终以"集"作为界定,确立中国古代文学文献为"集部",且将其体例定为楚辞、别集、总集。自此,《隋志》便不列赋类,而将南北朝时出现的近二十种赋集著录在总集类中。除少数书目外②,后世官修目录和史志目录亦大体承袭《隋志》体例而不设赋类。③ 因此,从目录学角度来说,赋文献当属集部,且多存于别集和总集之中。

总体来说,赋经由汉代"以篇集赋"后,在中古步入了"以集纳赋"或"以集名赋"的历史进程。其中,魏晋时期是从集赋到赋集的一个重要转掖点,赋集或初步形成于此期。而真正具有完全意义上的赋集生成于南北朝时期,在南朝宋时期已然定型,梁时较为繁盛。④ 赋集繁盛之状,在《隋志》中有突出的体现。

依《隋志》⑤著录,中古赋集可分为如下几类:全集性质类、某一专门体式类、专类题材类和赋注、赋音和赋图类。全集性质类计七部:

《赋集》九十二卷,谢灵运撰⑥
《赋集》五十卷,宋新渝惠侯撰
《赋集》四十卷,宋明帝撰
《赋集钞》一卷,佚名

---

① 何新文:《中国文学目录学通论》,江苏教育出版社2001年版,第88、76页。
② 如《通志·艺文略》《澹生堂藏书目》设有"赋"子目。
③ 何新文:《中国文学目录学通论》,江苏教育出版社2001年版,第72页。
④ 孔德明、刘学智:《从集赋到赋集:汉魏六朝赋的一个考察视角》,《昆明学院学报》2014年第5期。
⑤ 《隋志》所载总集,因著录了不少个人著作、单篇作品和诗文评著作,后世学者质疑其体例杂置、分类不纯。或将《东都赋》到《净业赋》集,归为别集,或认为自第二类赋集以下,皆杂文之属。不过,《隋志》总集著录的个人著作和单篇作品计有七十余种之多,将及全部著录的三分之一,应该是一种概念明确、遵守一定原则和标准的做法。故此依《隋志》所载,次序略有调整。
⑥ 在谢灵运《赋集》后,还列有"《乐器赋》十卷、《伎艺赋》六卷,亡"。从题目和卷数看,也应该是专类题材的总集。由于列在具有赋全集性质的谢灵运《赋集》条下,根据《隋志》"合其近密,离其疏远"的著录体例,《乐器赋》《伎艺赋》或许是该题材的全集,它的性质与专类题材集《杂都赋》并不一样,后者或为该题材的选集。现故列在"专类题材的赋总集"中。

《赋集》八十六卷,后魏秘书臣崔浩撰

《续赋集》十九卷,佚名,残缺

《历代赋》十卷,梁武帝撰

某一专门体式类①包括:

《七集》十卷,谢灵运集

《七林》十卷、梁十二卷、三十卷,卞景撰

《七悟》一卷,颜之推撰

《设论集》二卷,刘楷

《设论集》三卷,东晋人

《客难集》二十卷,佚名

《引连珠》一卷,黄芳

《设论连珠》十卷,谢灵运

《连珠》十五卷,陈证

专类题材类包括:

《乐器赋》十卷,佚名,亡

《伎艺赋》六卷,佚名,亡

《皇德瑞应赋颂》一卷,佚名

《五都赋》六卷,张衡及左思撰

《杂都赋》十一卷,佚名

《杂赋》十六卷,梁,佚名

《相风赋》七卷,傅玄等

《迦维国赋》二卷,晋右军行参军虞干纪撰

《遂志赋》十卷,佚名

《乘舆赭白马赋》二卷,佚名

《述征赋》一卷,佚名

《神雀赋》一卷,后汉傅毅撰

《献赋》十八卷,佚名

---

① 程章灿将此类总集分为三类:七、设论(客难)、连珠。本书采用其观点。《魏晋南北朝赋史》,江苏教育出版社 2001 年版,第 261—262 页。

《东都赋》一卷,孔逭

《枕赋》一卷,张君祖撰

《观象赋》一卷,佚名

《围棋赋》一卷,梁武帝撰

《净业赋》一卷,梁武帝

赋注、赋音、赋图类有:

《杂赋注本》三卷,梁郭璞注

《子虚上林赋》一卷,薛综注

张衡《二京赋》二卷,晁矫注

《二京赋》一卷,傅巽注

《二京赋》二卷,张载及晋侍中刘逵、晋怀令卫权注

左思《三都赋》三卷,綦毋邃注

《三都赋》三卷,项氏注

《幽通赋》,萧广济注

木玄虚《海赋》一卷,徐爰注

《射雉赋》一卷,亡。

《洛神赋》一卷,孙壑注

《二都赋音》一卷,李轨撰

《百赋音》十卷,宋御史褚诠之撰

梁有《赋音》二卷,郭徵之撰

《杂赋图》十七卷,亡。

以上四类,为单文体赋集,洋洋四大类,近五十余部,由之可窥中古赋学之荣盛。此类赋集,与同等规模的多体总集相比,能收录和保存更多的赋家赋作。这为中古赋提供了更多的选入机会,促进了非名篇赋作的交流与传播。除以上类别的赋集外,《隋志》还著录多体文章总集。如佚名《集苑》、刘义次《集林》、佚名《集林钞》、沈约《集钞》、丘迟《集钞》、孔逭《文苑》和萧统《文选》等。可惜的是,时至今日,这些总集除《文选》外均已亡佚。目前,我们只能从书目的记载和《文选》去窥测这类总集与赋的关联了。

《隋志》载,孔逭《文苑》为 100 卷。至宋时仅存 19 卷,《宋史·艺文类》有录。王应麟《玉海·艺文类》卷五十四引《中兴书目》则称:"孔逭集汉以

后诸儒文章,今存十九卷。赋、颂、骚、铭、诔、吊、典、书、表、论,凡十属。"①
萧统《文选》则以 30 卷的篇幅,包罗了从先秦以来的重要作品,反映了赋、
诗、骚等 37 类文体发展的大致轮廓。其中,第一至十九卷均为赋体。这两
部总集选录了相当数量的赋作且均将赋体列为第一。从这些总集名称和
《文苑》《文选》所著录内容推测,它们也应当选编了赋体并保存了不少赋
作。我们称这一类赋作为多文体总集中的赋选。

因此,中古赋集主要呈现出两种文本状态:一是纯粹性的单体赋总集;
一是混合性的多体总集中的赋选。关于总集的观念,一般是赞同《四库全
书总目》所言,认为总集有两类,一类是"网罗放佚,使零章残什并有所归",
即总众家之作而集之;另一类是"删汰繁芜,使菁秽咸除,菁华毕出"②,即选
众家之作而集之。但考之《隋志》总集概念似与之有较大差异。其"总集
类"序云:

> 总集者,以建安之后,辞赋转繁,众家之集,日以滋广。晋代挚虞,
> 苦览者之劳倦,于是采摘孔翠,芟剪繁芜,自诗赋下,各为条贯,合而编
> 之,谓为《流别》。③

这里对总集概念的表述只有"采摘孔翠,芟剪繁芜"而无竭泽而渔、一
网打尽的"网罗放佚"。"这就表明,《隋志》总集概念的中心内涵乃是'选'
而非'总'。集多人之作其实并不是那时总集形成的一个必要条件。也就
是从这一观念出发,在叙及总集的源头时,它将其直指晋代挚虞的《文章流
别集》。""在晋南北朝时期,总集以'选'为指归并不是当时某一个人的意
见,而是社会普遍认同的原则。"④如《文选》是在缃帙卷盈中"略其芜秽,集
其清英";《玉台新咏》是在名篇巧制中"选录艳歌"⑤;《金楼子》是在浩繁卷
帙中"品藻异同,删整芜秽"⑥;《诗品》录诗亦是"翦除淫杂,收其精要"⑦。

---

① (宋)王应麟:《玉海》,《文渊阁四库全书》本第 944 册,台湾商务印书馆 1986 年版,第 436
页下。
② (清)纪昀等撰:《钦定四库全书总目》卷一百八十六,中华书局 1997 年版,第 2598 页。
③ (唐)魏征《隋书》卷三十五《经籍志》,中华书局 1973 年版,第 1089—1090 页。
④ 许云和:《经典建构:〈隋书·经籍志〉总集的范式意义》,《文学遗产》2015 年第 4 期。
⑤ 徐陵著,吴兆宜注,程琰删补,穆克宏点校:《玉台新咏笺注》,中华书局 1985 年版,第 13 页。
⑥ (南朝梁)萧绎撰,陈志平、熊清元疏证校注:《金楼子疏证校注》卷四《立言篇》九,上海古
籍出版社 2014 年版,第 657 页。
⑦ (南朝梁)钟嵘撰,陈延杰注:《诗品注》,人民文学出版社 1961 年版,第 53 页。

相应地,人们对"逢诗辄取""逢文即书"①,毫无选择地总众家之作而集之的做法,是深为不满的。

依此,尽管中古赋集和赋选或缺阙无存,或仅存断简残编,莫窥其详②,但是,其纯粹性的单体赋集和混合性多体总集之赋选的编撰应该也是依循"采摘孔翠,芟剪繁芜"的原则。在这种意义上,中古赋总集大多为赋选本。

三、由精而全:唐宋赋集的赓续与转变

从中古始,"类聚区分""分体编录"以及"略芜集英",即区别不同文体,并选众家优秀之作而集之,便成为总集编纂的重要体例而为唐宋编撰者所沿袭赓续。再加之唐宋时期,编选辞赋之风与科举制度诗赋取士关系密切。时人意识到在利禄场上要使辞赋有所突破,就必须熟读前代和当代辞赋名篇,仔细体味其妙处。这就需要一种易得便览的赋集。别裁精审的赋选本及收罗详备的赋总集,便在传统与现实的双重需求下应运而生。

今据《新唐书·艺文志》著录,将唐人编撰的赋别集与总集胪列如下:

别集有:

> 李德裕杂赋 2 卷、陆龟蒙赋 6 卷、李商隐赋 1 卷、薛逢赋集 14 卷、卢献卿《愍征赋》1 卷、谢观赋 8 卷、卢肇《海潮赋》《通屈赋》各 1 卷、林绚《大统赋》2 卷、高迈赋 1 卷、皇甫松《大隐赋》1 卷、崔葆数赋 10 卷、宋言赋 1 卷、陈汀赋 1 卷、乐朋龟赋 1 卷、蒋凝赋 3 卷、公乘亿赋集 12 卷、林嵩赋 1 卷、王翃赋 1 卷、贾嵩赋 3 卷、李山甫赋 2 卷及佚名赋 2 卷

总集有:

> 张仲素《赋枢》3 卷、范传正《赋诀》1 卷、浩虚舟《赋门》1 卷

与中古相比,唐代赋集不多。《新唐书》载录计赋别集 22 部,赋总集唯 3 部。另有白行简《赋要》1 卷、纥干俞《赋格》1 卷、和凝《赋格》1 卷及马偁《赋门鱼钥》15 卷为《宋书·艺文志》所补录。虽然《唐六典》把总集定义为

---

① (南朝梁)钟嵘撰,陈延杰注:《诗品注》,人民文学出版社 1961 年版,第 4 页。
② 据《隋书·经志四》的统计,从晋代至陈、隋,通计亡书,共有 249 部,5224 卷;当时除掉亡佚的总集,仍有 107 部,2213 卷。但这些书在北宋以后几乎全部亡佚,其中就包括大量的赋集、赋选。中华书局 1973 年版,第 1089 页。

"以纪类分文章"①,"类分文章"即《旧唐书·经籍志》所说的"文章事类"②。但这7部总集大都是中晚唐至五代,专论律赋格律、作法的赋格书,为考生举业服务,并非"文章事类"型。后人谓其"陈陈相因,最无足观"③。这种情形恰如许结所归纳的:"在唐代赋学整体结构中,确有不协调现象,即创作千家竞秀、百体争开(骚、散、诗、骈、文、律、俗诸体兼备),而理论则远不及前朝(如挚虞、陆机、刘勰、萧统、萧绎诸家赋论)丰富,仅表现于围绕律赋创作的思想论争。"④

　　不过,唐人对《文选》表现出的浓厚兴趣,却是一个值得探讨的问题。《旧唐书·经籍志》载有:

　　　　《文选》三十卷　梁昭明太子撰
　　　　《文选》六十卷　李善注
　　　　　　　又六十卷　公孙罗注
　　　　《文选音》十卷　萧该撰
　　　　　　　又十卷　公孙罗撰
　　　　《文选音义》十卷　释道淹撰

《新唐书·艺文志》载有:

　　　　公孙罗注《文选》六十卷
　　　　李善《文选辨惑》十卷
　　　　李善注《文选》六十卷
　　　　《五臣注文选》三十卷　衢州常山尉吕延济、都水使者刘承祖男良、处士张铣吕向李周翰注,开元六年,工部侍郎吕延祚上之。
　　　　曹宪集《文选音义》　卷亡
　　　　康国安注《驳文选异义》二十卷
　　　　许淹《文选音》十卷
　　　　孟利贞《续文选》十三卷
　　　　卜长福《续文选》三十卷　开元十七年上,授富阳尉
　　　　卜隐之《拟文选》三十卷　开元处士

---

① （唐)唐玄宗撰,李林甫等注:《大唐六典》卷十,台湾文海出版社1974年版,第216页。
② （后晋)刘昫:《旧唐书》卷四十六《经籍志》上,中华书局1975年版,第1964页。
③ （清)李慈铭:《越缦堂日记》,商务印书馆1920年影印版。
④ 许结:《论唐代赋学的历史形态》,《南京大学学报》1996年第4期。

从载录来看,自《文选》问世以来,隋唐两代颇为关注,相关著作(注释、音义、拟续)蔚为大观,甚至超过了赋总集数目,并进而成为一门专门的学问。《新唐书·儒学传》对其形成过程进行了描述:"(曹)宪始以梁昭明太子《文选》授诸生,而同郡魏模、公孙罗、江夏李善相继传授,于是其学大兴。"①可见,《文选》成为"选学"之宗,肇始于曹宪,光大于李善,再由其他学者、编者襄助兴于唐而影响流波于后世。《文选》诸文体中赋体特重,60卷中赋篇有19卷,几占三分之一,其中的赋选亦因"选学"之故而为时人及后世所注目。

两宋总集数量相对前朝而言是相当大的。据祝尚书《宋人总集叙录》所叙宋人总集85部,附录中考证的散佚宋人总集180部。② 与之相应,宋人辑选辞赋之风也较唐人盛。考《宋史·艺文志》,著录有15部:

> 《赋类》200卷、《广类赋》25卷、《灵仙赋集》2卷、《甲赋》5卷、《赋选》5卷,徐锴撰
>
> 《唐吴英秀赋》72卷、《桂香赋集》30卷,江文蔚撰
>
> 《典丽赋》64卷、《类文赋集》1卷,杨翱撰
>
> 《七赋》1卷,谢壁撰
>
> 《左传类对赋》六卷,毛友撰
>
> 《赋评》1卷,吴处厚撰
>
> 《徐铉杂古文赋》1卷,许洞撰
>
> 《典丽赋》93卷,王咸撰
>
> 《天圣赋苑》18卷,李棋撰

这些单体赋集皆"搜辑该博,抉择精粹"③,可惜均已亡佚。所幸宋代还有许多混合性多体总集如《文苑英华》《唐文粹》《古文苑》《宋文鉴》《崇古文诀》《成都文类》《文选补遗》等中亦有不少赋选,大体可窥知其貌。

李昉等编撰的《文苑英华》成书于北宋雍熙三年(986),计1000卷,所录赋150卷,录有赋家500余人,赋作1378篇,是一部规模宏大的文章总集。且列赋于38类文体之首,分作42类,体例上仿效《文选》的以类相次。不过,与《文选》重汉、魏古赋不同,《文苑英华》以唐人律赋为主,只录有少

---

① (宋)欧阳修、宋祁等撰:《新唐书》卷一百九十八《儒学传》上,中华书局1975年版,第5640页。

② 卞东波:《〈宋人总集叙录〉补遗》,《图书馆论坛》2008年第1期。

③ (清)李调元:《赋话序》,中华书局1985年影印《丛书集成初编》本。

量古赋。

姚铉所撰《唐文粹》成书于北宋大中祥符四年(1011),计100卷,所录古赋9卷,收录了除俳赋、律赋外的唐赋55篇,涉及作家31位。其选赋"以嗣于《文选》"意甚明:其一,将赋列于首位;其二,以类次赋,按题材分赋为18类,且排列次序与《文选》相似;其三,编撰目的如其序所言"止以古雅为命,不以雕撰为工"①,"是编文、赋惟取古体,而四六之文不录"②具有"雅正"特色,亦几近《文选》。

吕祖谦《宋文鉴》成书于南宋淳熙五年(1178),计150卷,以江钿《圣宋文海》为底本,编纂体例亦多宗《文选》,大体收录赋、诗、文三类。赋居首位,80余篇,列于前十余卷。其中,前十卷为古体赋,第十一卷为律赋,可谓兼存古、律。周必大评其各体文的选录标准时说"古赋、诗、骚,则欲主文而谲谏……复谓律赋经义,国家取士之源,亦加采掇,略存一代之制"③,是为恰当。

《成都文类》是南宋庆元年间(1195—1200)编纂的一部有关成都诗文的分类纂次总集,共50卷,赋居首位。所录凡赋一卷,收录了从汉至宋8篇赋作。内容为对蜀中尤其是成都山川风物、文物古迹、风土人情的咏赞或悯惜,颇具地域色彩,形式上也均为古体赋。

楼昉《崇古文诀》(南宋理宗宝庆三年,1227年陈振孙刻本)35卷,选录秦汉至宋代48位作家192篇文章。其中,录有贾谊、扬雄、司马相如、班固、欧阳修、黄庭坚6位赋家8篇赋作。《崇古文诀》将赋纳入文之范畴,为先前总集所未见。

宋代文章总集之选赋,不仅重视广义的"选学"(选文之学),而且着意开启狭义的"选学",即"《文选》学"。《古文苑》与《文选补遗》也属此列(后文有专论,此处省述)。当然,随着哲学思潮、文学思潮、审美风尚等因素的衍变,它们在尊崇《文选》的同时也依据各自的编纂理念对其进行补充和完善,在编纂体例等问题上均有自己的思考和变革。

以上便是唐宋时期总集选赋的大致情貌。它们选赋数量虽多寡不一,却基本上贯之以"选而集之、而后总为一类成为总集"的原则,并体现出承继中有新变的特点。具体而言:

第一,大体承继自《文章流别集》发端的"类聚区分""分体编录",即区

---

① (宋)姚铉:《唐文粹序》卷首,《四部丛刊初编》影印本。

② (清)纪昀等撰:《钦定四库全书总目提要》,中华书局1997年版,第2609页。

③ (宋)周必大:《宋文鉴序》,任继愈主编:《中华传世文选》卷四,吉林人民出版社1998年版,第4页。

别不同文体加以选编著录,便成为总集的基本编纂体例。如《文选序》宣明"次文之体,各以汇聚,诗赋体既不一,又以类分"①,也就是先依体裁分体,选录的诗赋篇目较多,再依题材分类。据学者考察,这种体例,在唐代也曾用于诗集的编排,宋人在诗、词、散文集的编排中都尝试过,但在后世只有在赋集中广为沿用。究其原因,赋的优长在于"铺采摛文,体物写志""因物造端,敷弘体理"。无论是咏物叙事,还是言志抒怀之作,它的创作从西汉一开始就具备了某种程式性和可仿拟性,较为适宜于依题材编排。② 像《文选》分体 37,其中,赋共分为京都等 15 类。对此,历代多有评价。如:

> 自《昭明文选》分类三十七,宋元以来,总集别集,虽稍更其列目,要以《文选》为主。(来裕恂《汉文典·文章典》)③
>
> 欲学文章,必先辨门类。门者,其纲也;类者,其目也。总集古以《文选》为美备。……陆放翁《老学庵笔记》亦云:"宋初此书盛行,……然其中录文既繁,分类复琐。"(姚永朴《文学研究法》)④
>
> 六朝以前文章无有选本,《昭明文选》固后世选家之所宗也。惟选文当以体裁为主,昭明之选,其例诚善,宜为姚铉而下递相师祖。但每类之中所用子目,如'赋'之曰'志'、曰'情',不免为细已甚。即赋为六义附庸,今先赋后诗,识者讥之是也。(孙德谦《六朝丽指》)⑤

这些评价虽批评了《文选》"分类复琐""为细已甚",但更看到了《文选》分体编纂的做法对后世总集别集编纂的重要影响:"为姚铉而下递相师祖。"确实,《唐文粹》《文苑英华》《宋文鉴》《金文雅》《元文类》《明文典》诸书,均分体编纂,追溯其源,应归之于《文选》。其中,突出者如《唐文粹》,其序称"全书以类相从,各分首第门目"⑥,综合了文体和题材进行编排,这显然是借鉴《文选》的编纂体例。还有《文苑英华》"从名称上有袭用昭明《诗苑英华》或者《文章英华》之意,而从具体选录文体的种类看,则真正是继承《文选》之体系"⑦。

---

① (南朝梁)萧统撰,(唐)李善注:《文选》,上海古籍出版社 1986 年版,第 3 页。
② 张巍:《〈唐人赋钞〉的赋学渊源及赋学思想》,《学术论坛》2014 年第 11 期。
③ 王水照主编:《历代文话》(第九册),复旦大学出版社 2007 年版,第 8617 页。
④ 王水照主编:《历代文话》(第七册),复旦大学出版社 2007 年版,第 6862 页。
⑤ 王水照主编:《历代文话》(第九册),复旦大学出版社 2007 年版,第 8439 页。
⑥ 曾枣庄、刘琳:《全宋文》(第 230 册),上海辞书出版社 2006 年版,第 281 页。
⑦ 凌朝栋:《〈文苑英华〉研究》,上海古籍出版社 2005 年版,第 1、3 页。

　　第二，与第一点相关，唐宋及其后一些总集在选文上，与《文选》都有直接或间接的关联。"《昭明文选》，文统也，恢张经、子、史也。选文不法《文选》，岂文乎？"①此语确实在很大程度上揭示了《文选》选文上的典范性。故"法《文选》"者，一类是"续补广"类。唐代有孟利贞《续文选》、卜长福《续文选》、卜隐之《拟文选》，宋代有卜邻《续文选》（骆鸿凯疑此书同卜长福《续文选》）、陈仁子《文选补遗》和刘履《风雅翼》等，虽然在仿拟度上程度不一，但其所选皆《文选》所未选者，广收而补其遗，以标明其承继《文选》的作用。尤其是"复古"思潮盛行的明代，更是"今变复古，必选历代之文定其格，夫《文选》尚矣，莫及焉。……一仿《文选》之例增选之"②。如刘节《广文选》、周应治《广广文选》、汤绍祖《续文选》等。而且，所选皆《文选》所未选者，以惩前贤难以类辑者而造成的"遗珠"之憾，即编者自谓"弗目者遗，……以广遗也"③"意在稽古，其搜收也广"④"概不敢遗"⑤。

　　另一类是不明标续广《文选》，却意在于兹者。如《文苑英华》《古文苑》等。《文苑英华》"体则《文选》"的特点，为明代胡维新在《刻〈文苑英华〉序》中得以申明："《苑》之集始于梁，而部系类分，悉宗《选》例，非嗣文以承统乎？"⑥此观点后又为《四库全书总目》所承袭，称："梁昭明太子撰《文选》三十卷，迄于梁初。此书所录则起于梁末，盖即以上续其分类编辑，体例亦略相同，而门目更为烦碎。"⑦也就是说《文苑英华》所录作品在年代上基本上继《文选》，与《文选》所录基本不重叠。其收录诗文作品有意接续《文选》，补其所遗，是收录唐代诗文的一个宝库。至于《古文苑》，陈振孙《直斋书录解题》亦曰："《古文苑》皆汉以来遗文，史传及《文选》所无者。"⑧在选文上，亦是补《文选》之遗。

　　唐宋时期总集发生了由"选文而集之"到"搜遗而集之"的变化，即编纂形态由"选"而"补"而"全"。如果说，以上第二点所论及的补、续、广《选》

①　（明）王文禄：《文脉》卷一《文脉总论》，百陵学山本，商务印书馆 1937 年版，第 6 页。

②　（明）王文禄：《文脉》卷一《文脉总论》，百陵学山本，商务印书馆 1937 年版，第 7 页。

③　刘节：《广文选序》，《广文选》卷首，《四库全书存目丛书·集部》第 297 册，齐鲁书社 2001 年版，第 508 页。

④　周应宾：《广广文选序》，《广广文选》卷首，《四库全书存目丛书补编·集部》第 19 册，齐鲁书社 2001 年版，第 7 页。

⑤　周应治：《广广文选议例》，《广广文选》卷首，《四库全书存目丛书补编·集部》第 19 册，齐鲁书社 2001 年版，第 10 页。

⑥　（宋）李昉等辑：《文苑英华》第一册，中华书局影印本 1966 年版，第 5 页。

⑦　（清）纪昀等撰：《钦定四库全书总目提要》，中华书局 1997 年版，第 2608 页。

⑧　（宋）陈振孙撰，徐小蛮、顾美华点校：《直斋书录解题》卷十五，上海古籍出版社 2015 年版，第 438 页。

类总集属于在实践层面体现了总集编纂形态发生转变的话,那么,晁公武《郡斋读书志》集部小序则从理论层面揭示了这种变化之因。其辞云:

> 集部其类有四:一曰楚辞类,二曰别集类,三曰总集类,四曰文说类。内别集猥多,复分为上、中、下。……盖其原起于东京,而极于有唐,至七百余家。当晋之时,挚虞已患其凌杂难观,尝自诗赋以下汇分之,曰《文章流别》。后世祖述之而为总集,萧统所选是也。至唐亦且七十五家。呜呼,盛矣! 虽然贱生于无所用,或其传不能广,值水火兵寇之厄,因而散落者十八九。亦有长编钜轴,幸而得存,属目者几希。此无他,凡以其虚辞滥说,徒为美观而已,无益于用故也。今录汉迄唐,附以五代、本朝作者,其数亦甚众,其间格言伟论,可以扶持世教者,为益固多。至于虚辞滥说,如上所陈者,知其终当泯泯无闻,犹可以自警,则其无用亦有用也,是以不加铨择焉。①

以上阐明了总集的类型、源起、发展及《郡斋读书志》总集的收录情况。虽然总集质量有良莠之分,但晁氏认为其中"无益于世用""其传不能广",又遭水火兵寇之厄而散落的"无用"者"亦有用也"。基于这种认识,晁氏对总集质量无过多要求,更注重的是作品的全面收录。故而他有意识地忽略"选"的过程,而"不加铨择"。这除了"犹可以自警"的自我砥砺外,还反映了宋人自觉的文化传承意识。如吕祖谦对《宋文鉴》进行编纂时,亦认为"名贤高文大册尚多遗落",故将中兴以前资料予以"增损"②,以"存其姓氏,使不湮灭"③。

从这点来说,唐宋可谓"总集"概念扩展的转捩期。历时性观之,"总集"概念的变化正如王运熙所揭示的,"由晋至唐宋,总集以选本为主,明代以来,则是选本、全集并驾齐驱"④。因此,《四库全书总目》对"总集"予以"一则网罗放佚,使零章残什,并有所归;一则删汰繁芜,使莠稗咸除,菁华毕出"⑤的既求"精",又求"全"的界定,从此时期始已见端倪了。

---

① (宋)晁公武撰,孙猛校证:《郡斋读书志校证》卷十七,上海古籍出版社1990年版,第801页。

② (宋)吕祖谦:《东莱集》,《文渊阁四库全书》本第1150册,台湾商务印书馆1986年版,第32页。

③ (宋)吕祖谦:《皇朝文鉴》,《四部丛刊》本,上海书店出版社2018年版。

④ 王运熙:《总集与选本》,《古典文学知识》2004年第5期。

⑤ (清)永瑢等:《钦定四库全书总目》,中华书局1997年版,第2598页。

第三节　赋学选本批评的内涵及特征

由上节的梳理我们得出了从晋代至唐宋这一时段的赋总集是以选本为主的结论。在选本兴盛的背景下,赋学选本批评形态也就自然产生了。

一、赋学选本批评内涵

选本或称"选集",英文为"anthology"。"anthology"的希腊语为"anthologia",其字面义为"采撷、聚集花朵"。作为被选定的文本的集合,选本具有多重价值与意义。除"包涵文学作品的文本整理、文学典籍的文献承递、文学知识与经典的传播"等在内的"文学史权力"①外,选本还是古代文学批评中的重要形式之一,富含衡鉴批评功能。关于选本批评功能的重要性,前人早有认知与阐述。如明代张溥在《梁昭明集》题辞中说:"昭明述作,《文选》最有名,后人见其选,即可知其志。"②再如20世纪三四十年代起,一些著名的文学史家、批评家、美学家像鲁迅、方孝岳、朱自清、王瑶、朱东润、郑振铎、朱光潜等都专门提及了这一问题。20世纪80年代杨松年、邹云湖、张伯伟等学者也进行了较为全面、系统的研究。直至今日,这方面的探讨依然在持续着。下面择要呈现学者们的部分观点:

> 凡是辑录诗文的总集,都应该归在批评学之内。选录诗文的人,都各人显出一种鉴别去取的眼光,这正是具体的批评之表现。……我们如果再从势力影响上来讲,总集的势力又远在诗文评专书之上。……研究文学批评学的人,往往只理会那些诗话文话,而忽略了那些重要的总集了。其实有许多诗话文话,都是前人随便当作闲谈而写的,至于严立各人批评的规模,往往都在选录诗文的时候,才锱铢称量出来。③
>
> 凡是对于文术自有主张的作家,他所赖以发表和流布自己的主张的手段,倒并不在作文心、文则、诗品、诗话,而在出选本。选本可以借

---

① 程章灿:《总集与文学史权力——以〈文苑英华〉所采诗题为中心》,《南京大学学报》2011年第1期。

② (明)张溥著,殷孟伦注:《汉魏六朝百三家集题辞注》,人民文学出版社1981年版,第209页。

③ 方孝岳:《中国文学批评》,三联书店2007年版,第19、20页。

古人的文章,寓自己的意见。①

　　今欲观古人文学批评之所成就,要而论之,盖有六端……甄采诸家,定为选本,后人从此去取,窥其意旨,如殷璠之《河岳英灵集》,高仲武之《中兴间气集》,三也。亦有选家,间附评注,虽繁简异趣,语或不一,而望表知里,情态毕具,如方回之《瀛奎律髓》,张惠言之《词选》,四也。②

　　显然,他们均以为从选本可窥见选者之"志""主张""意旨"和"眼光",这是"具体的批评"或"古人文学批评成就"之表现,"应该归在批评学之内"。王瑶先生还认为"总集的选择不只是一种批评,而且就是他的批评理论的实践"③。可见,批评确实是选本最为本质的功能或特性已成了学界普遍的认知。

　　一般来说,完整的选本在形式上有三个构成要素,即选本的选文、选本的序跋和选本的评注。前一种为选本主体,后两种为选本附属部分。选本批评主要体现在这两个方面。

　　前一种是选本的核心载体,是"一部选本的入选作品部分,也是整部选本的主体所在,它是选本实现其批评价值,运行其批评机制的直接展开。在这一部分里,选者根据其选择标准和宗旨(当然这种标准和宗旨体现的正是选者本人的文学观念)进行具体的批评实践,通过选、删、增、补、改、编等行为将作品按照一定的顺序进行排列,让读者通过这种排列以及每个作家入选数量、入选风格的不同直接领会选者的选择意图,同时也就具体直观地了解了选者的文学思想,从而使选本的价值获得实现"④。

　　选本的附属部分,既包括序跋、凡例,也包括圈点、眉批、随行注、总评等评注。它们包含了非常丰富的批评信息,诸如选者的相关情况,选者的阅读感受、选录标准和文学观点,选本产生的过程以及反响等。如姚铉《唐文粹序》:"止以古雅为命,不以雕篆为工,故侈言曼辞率皆不取云。"⑤这就通过序申明了该文集的选录标准:唯"古雅"之作才能入选。再如《崇古文诀》每篇赋均有首批和旁批。首批置于所评赋之标题下,或点明文章体制,或揭橥文章旨趣,或彰显文法特点,内容丰富多样;旁批置于文中字句之右,用小字

---

①　鲁迅:《鲁迅全集·集外集·选本》(第7卷),人民文学出版社1973年版,第504页。

②　朱东润:《中国文学批评史大纲·绪言》,上海古籍出版社2001年版,第3页。

③　王瑶:《关于中国古典文学的问题》,古典文学出版社1956年版,第45页。

④　邹云湖:《中国选本批评》,上海三联书店2002年版,第9页。

⑤　曾枣庄、刘琳:《全宋文》(第230册),上海辞书出版社2006年版,第281页。

标出,批字法、句法、章法、立意、结构、照应等,不拘一格①,具有非常重要的赋学批评价值。它们与选本主体一道实现了选本的批评功能。

具体而言,中古及唐宋赋选本的批评内涵在以下两个方面最为显明:一是重视"类"的批评意识。这一点,许结有精彩的论述,兹引如下:

> 在中国古代文学样式中,赋创作有两个特性值得注意:其一,赋的"体国经野,义尚光大"、"铺采摛文,体物写志"创作特征,决定其注重"类"的意义,以表现出恢廓声势、征材聚事的博杂之象。其二,赋是一种介乎诗文之间的文体,且以描绘性为主,故与它体(如诗、文、小说、戏剧)交互尤多,所谓诗体赋、骚体赋、骈体赋、律体赋、文体赋等,成为赋史演变的一条主线。合此两点,赋集编纂者根据赋的特性表现的体类意识,也就兼含了物类与体性意义。历代赋总集以物类划分为主,此由萧统《文选》首开其例,至陈元龙《历代赋汇》而集其成。②

中古至唐宋赋集之赋体分类,约有两种,一是以人系文(分家),一是以类次文(分体)。前者"取法刘向之《诗赋略》,源流本末,条举件系",如《古文苑》等;后者即以挚虞《流别》发端,昭明太子撰录《文选》,"京都、郊祀诸目,部居不杂"③为范例。因赋之创作与文体特征,选辑者多喜在"分体编录"下"类聚区分",即"兼含了物类与体性意义"。如中古赋集《乐器赋》十卷、《伎艺赋》六卷、《五都赋》六卷、《杂都赋》十一卷等均按题材类别编撰,尤其《文选》以后,宋代总集《唐文粹》《文苑英华》等莫不因之。现列表以观:

总集名	一类	二　类	卷数
文选	赋	京都、郊祀、耕籍、畋猎、纪行、游览、宫殿、江海、物色、鸟兽、志、哀伤、论文、音乐、情	卷1至卷19
唐文粹	古赋	圣德、失道、京都、庙享、符宝、象纬、阅武、誓师、江海、名山、花卉木、鸟兽昆虫、古器、物景、决疑、修身、哀乐愁思、梦	卷1至卷9

---

① 李建军:《宋人古文选评之典范——〈崇古文诀〉选评特色及价值考述》,《古籍整理研究学刊》2013年第1期。

② 许结:《历代赋集与赋学批评》,《南京大学学报》2001年第6期。

③ (清)张相:《古今文综·评文》,王水照主编:《历代文话》第九册,复旦大学出版社2007年版,第8867—8868页。

续表

总集名	一类	二　类	卷数
文苑英华	赋	天象、岁时、地类、水、帝德、京都、邑居、宫室、园囿、行幸、讽喻、儒学、军旅、治道、乐、钟鼓、饮食、人事、福瑞、工艺、器用、服章、图画、宝、舟车、薪火、纪行、游览、鸟兽、鱼虫	卷1至卷150

以上总集的体类编纂中，我们可发现《文选》前四类"京都、郊祀、耕籍、畋猎"与天子事物相关，而《文苑英华》赋则从天象类始，再岁时、地类，再帝德，再京都、邑居等；《唐文粹》古赋则首列圣德与失道，再京都、庙享等。其中包含的文化心理变迁轨迹，正如踪凡所揭示的"从《文选》赋首列京都，到《北堂书钞》首列帝王部，再到《艺文类聚》《初学记》的首列天部，古人的思想观念经历了从向往京都文化到慑服帝王威严，再到尊崇天意圣德的不断发展演变的历程。《艺文类聚》之后，首列天象似乎已成为许多辞赋总集或选集的通例"①。

二是重视衡鉴的批评方式。"采摘孔翠，芟剪繁芜"是中古和唐宋总集求"精"去"次"意识的体现，亦是选本之"选"的要义所在。同时，这也是选辑者才识学力、眼光胸襟的体现。因此，选辑者多采用衡鉴批评的方式来针砭古今、铨衡群彦、品藻百家。

之所以如此，首先，在于其开阔的衡鉴视野。如在《文选序》中，萧统称自己是"历观文囿，泛览辞林"，面对的衡鉴批评对象是千余年的作家作品，"自姬、汉以来，眇焉悠邈，时更七代，数逾千祀。词人才子，则名溢于缥囊；飞文染翰，则卷盈乎缃帙"②；姚铉亦称《唐文粹》是他"遍阅群集，耽玩研究"③，从中"掇菁撷英"③，花了整整十年的成果；周必大在《宋文鉴》序中称，《宋文鉴》是编撰者吕祖谦"发三馆四库之所藏，裒缙绅故家之所录"④，且"旁采传记、他书""断自中兴以前，汇次本上"⑤的。总之，这些总集选源深博，编撰者搜求甚广，都是在古今时间与立体空间的综合维度上品鉴作品、鉴赏辞章的。

---

① 踪凡：《唐宋类书对汉赋的摘录与编类》，《中国韵文学刊》2006年第2期。
② （南朝梁）萧统编，（唐）李善注：《文选》，上海古籍出版社1986年版，第2页。
③ （宋）姚铉：《唐文粹序》，《四部丛刊初编》影印本，卷首。
④ （宋）周必大：《宋文鉴序》，（宋）吕祖谦：《皇朝文鉴》，《四部丛刊》本，上海书店出版社2018年版。
⑤ （宋）吕祖谦：《东莱集》，《文渊阁四库全书》本第1150册，台湾商务印书馆1986年版，第32页。

其次,在于其独特的衡鉴方式。中古时期,已然出现了衡鉴品藻作家作品的理论。如《典论·论文》的"审己以度人"、《文赋》的"考殿锱铢"、《文心雕龙》的"博观圆照"、《诗品》的"评品滋味"等。在赋学批评领域,选本批评的衡鉴方式不像专论批评那般注重思辨性、强调理论的系统性与逻辑性。它以作品为中心,通过作品入选与否、排列的先后、数量的多寡、类别的归属、时代的分布等,将编撰者臧否、铨品的意见和主张一一呈现在读者的面前。我们称之为"陈列式"的衡鉴方式。

如《文选》在先秦赋家中,仅录宋玉一人,而不录屈原和荀卿。这表明了编者关于屈原作品与赋具有区别,以及荀卿赋属隐语不合其"文"的要求而弃取的观点。在晋代作家中,潘岳赋入选数量最多,有8篇,分属于7类,陆机赋3篇,分属2类;而在诗类,潘岳入选9首诗,陆机却多达52首。这可看出《文选》对潘、陆优劣在不同文体中存在着不同评价的事实:诗中陆优于潘,赋中潘优于陆。又京都赋位居《文选》赋之首,既与班固所言"赋者雅颂之亚"相关,也与自晋以来推崇京都大赋为"经典之羽翼"相关①。言男女之情的情类赋居末,一则与言穷通的志类赋区分,二则与《易》以来"性者本质也,情者外染"的传统认知相关。可见,选本"陈列式"的衡鉴方式,编撰者虽不著一言,却完全"可以借古人的文章,寓自己的意见"。

二、赋学选本批评特征

与其他赋学批评形态相比,选本批评因赋集编纂的特性和选辑者的眼光而表现出以下三个方面的独特性:

首先,"选""评"相结合。选本是以选择为核心的实践活动,是"选"这一具体行为的文本化。同时,选本因"其中心在于所选、所集之文学作品,其文学批评皆贯注于'选'与'集'的行为过程之中"②。换言之,即编选者的赋学观或衡鉴意见主要是通过入选作品来承载、显现、传达和流布的,"选"赋之行为实践和"评"赋之观念理论密不可分。

其次,"显""隐"相结合。赋选附属部分所包含的丰富的批评信息,是用可见的文字材料直接表露的显性批评。赋选主体部分的主观选择行为及"陈列式"衡鉴实践传达出的赋学批评,为隐性批评。"这种隐性批评的背后暗藏着选家的批评意识,而且一直贯穿于选本的始终。选本自序或评点中所涉及的零散的文学主张都是由这双看不见的'手'——选家的批评意

---

① 傅刚:《〈昭明文选〉研究》,中国社会科学出版社2000年版,第235、237页。

② 邓建:《中国古代文学"选本"之厘定与辨析》,《理论界》2009年第11期。

识——所操纵和控制的。这些隐藏在文本背后的批评意识和显性的选本序跋与评点一起构成了选本作为一种批评的独特机制。"① 当然，赋学选本批评的显、隐方式并不是平行的关系，也有主次之分。尤其在有些赋选本附属部分无序跋、评点或它们与选文实践并不相符时，隐性批评就是赋选的主体或全部了。

最后，接受与流播相结合。这里的接受主要指赋选的编者以自己的眼光对前代或当代赋作进行汰芜取精、除劣择优的过程。在这个接受过程中，可显示出选者对于文学的好恶或趣味。这好恶或趣味固然与时代的风气相关，更与选者个人的接受倾向相关。即《四库全书总目》所说的：

> 撰录总集者或得其性情之所近，或因乎风气之所趋，随所撰录，无不可各成一家……而所取之当否，则如影随形，各肖其人之学识。②

如《文选》选赋与萧统"能丽而不浮，典而不野，文质彬彬，有君子之致"③ 的接受倾向一致。又如姚铉好"古雅"，故"是编文赋惟取古体，而四六不录，诗歌亦惟取古体，而王七言近体不录"④，亦是"于鳞选之，惟取似于鳞者"⑤ 的体现。

流播是指选本形成后，在当世或后世的影响。选本批评具有比其他赋学批评形态更为直观、更易流布的优势。史传批评见存于史书，多作史料之用；赋序批评多论说单篇赋作的动机意图；专论批评以逻辑性见长的理论为主（刘勰《诠赋》等篇略有区别）；笔记批评多为文人见闻杂感，"往往非公余琐录，即林下闲谈"⑥。总之，这些言说形态无可避免地带有不同程度的文士气与学究气，其阅读群体往往以专注文学者居多，传播范围亦相对有限。而选本择取众作为一编，务在求精求妙，堪称"精英荟萃"之所，其阅读群体往往是专业与业余并举、雅士与俗人共赏，传播范围亦大大扩展，呈现出更易流布的传播特色。⑦ 因此，"选本的实际影响，远超过任何一种文学批评

---

① 王兵：《清人选清诗与清代诗学》，中国社会科学出版社 2011 年版，第 3—4 页。
② （清）纪昀等：《钦定四库全书总目》，中华书局 1997 年版，第 2658 页。
③ （南朝梁）萧统：《答湘东王求文集及〈诗苑英华〉书》，（清）严可均辑：《全梁文》卷二十，中华书局 1958 年版，第 3064 页。
④ （清）纪昀等：《钦定四库全书总目》，中华书局 1997 年版，第 2609 页。
⑤ （清）吴乔：《围炉诗话》，孙绍虞编选，富寿孙校点：《清诗话续编本》，上海古籍出版社 1983 年版，第 683 页。
⑥ 刘叶秋：《江庸〈趋庭随笔〉》，《古典小说笔记论丛》，南开大学出版社 1985 年版，第 215 页。
⑦ 彭安湘：《中古赋论研究》，中国社会科学出版社 2013 年版，第 239 页。

的专书"而"成为中国文学批评中包容性最广、因而也是最便于扩大影响的批评方式"①。

可见,选本批评,"近由选者的名位"及好恶趣味,"远则凭古人之威灵",实现了"读者想从一个有名的选家窥见许多有名作家的作品"②的愿望。同时,也将不同时间段的选本情态:选(接受)、排(定型)与传(流播)三个环节有机地衔接在一起。

以上三节从纵向的维度,考察了缔结《古文苑》这个内含多种文体的总集之前及以后的赋学批评语境和赋学批评机制。目的是试图探究赋这一文学体式不同历史阶段在社会品位和文化价值的等级排列中所处的地位。而《古文苑》作为一部"选学"义域中的选本,它既标明赋的地位正在发生微妙的转变,也通过赋的萃选、排汰及黏附的序跋和评注传达出专属于它那一时代的赋学品位与观念。鉴于《古文苑》本身的复杂性,故其选赋的批评实践,需审慎考察评议。以下各章在论述过程中借鉴了目前学界关于选本的一些术语,如选型、选心、选源、选域、选阵、选系等。③ 当然,为了表述的方便与切用,笔者也对之进行了语意的改造或术语的自造。④

---

① 张伯伟:《中国古代文学批评方法研究》,中华书局 2002 年版,第 313、306 页。
② 鲁迅:《集外集·选本》,《鲁迅全集》第七卷,人民文学出版社 1973 年版,第 136 页。
③ 萧鹏:《群体的选择——唐宋人词选与词人群通论》,凤凰出版社 2009 年版,第 9—22 页。
④ 以下各章中,"选源"谓采选对象与范围;"选心"指选本的编排体例与附属序、跋、注等传达出来的编纂意图、批评观念、评鉴意见等;"选系"指选本相互间的关系;"选型"谓选文的题材类型;"选情"谓选文的情志取向;"选义"专谓选文的文化意蕴。

第二章　选源考索:《古文苑》辞赋
真伪与来源

选源是编选者和读者都非常重视的问题。选源包含两个意蕴,既指
"选者所采选的对象和范围",又指选文的文献来源。与之相应,它常遵循
着两个原则:丰富性和可靠性。这要求编选者选录的路子和眼界要开阔,可
取资于现存的官私文献、诸类总集、作家别集、志传野史等,尽量拥有相当丰
富的赋籍文献资料。当然,比选源丰富性更重要的是文献资料的可靠性。
这是因为可靠性是选源品质的保证。从某种意义上讲,对选源的考察,就是
对其可靠性的甄辨,"有着非常重要的鉴伪作用"①。

本章意欲对《古文苑》辞赋的选源进行考索,拟分两步:一是梳理宋代
以来学人对《古文苑》辞赋真伪论辩的历程,以明他们为证《古文苑》赋源可
靠性所付出的努力;二是考索《古文苑》辞赋的文献来源,以去除读者对其
来源的疑窦和误解。

第一节　《古文苑》辞赋真伪论辩

《古文苑》自神秘问世以来,因无书名、无作者、成书年代不详而引起了
人们的诸多猜测。由书及文,人们对它收录的选文的可靠性也有所怀疑。②
故历代学人论及《古文苑》时多言其选文不能尽信而对其持谨慎态度。更
有甚者,干脆对其摒弃不用。20 世纪 80 年代以来,随着辞赋研究的兴起与
深入,《古文苑》中的诸多辞赋因其特殊的意义和价值成为学人研究时无法
绕开的文本,从而使人们对其真伪有了较高的关注和重新的认识。

一、宋代至清代的怀疑与否定

最早对《古文苑》的选文产生怀疑的是南宋韩元吉。他在《古文苑记》

---

① 萧鹏:《群体的选择——唐宋人词选与词人群通论》,凤凰出版社 2009 年版,第 14 页。
② 张心澂称:"《古文苑》二十一卷,中有伪误。"参见张心澂:《伪书通考》,上海商务印书馆
1939 年版,第 1002 页。另外,邓瑞全、王冠英在《中国伪书综考》中也说:"《古文苑》共二
十一卷,部分伪。"参见邓瑞全、王冠英:《中国伪书综考》,黄山书社 1998 年版,第 783—
784 页。

中说:"然石鼓之诗,退之则以为孔子未见,不知所删者定何诗,且何自知其
为宣王也。左氏载椒举之言:'搜于岐阳,则成王尔。'秦世诸刻,子长不尽
著,抑亦有去取耶? 汉初未有五言,而歌与乐章先有七言,苏、李之作果出于
二子乎?"韩元吉对《石鼓文》作于周宣王时期,对《诅楚文》《峄山刻石文》
和苏李诗的真实性都产生了怀疑。可见,他虽看重此书的文献价值,但面对
"讹舛谬缺者多"的选文,又心存疑虑而"不敢是正补之"①。

其后,宋代目录学家也开始对《古文苑》中的一些辞赋留心起来。如
《郡斋读书志·附志》(卷五),在总体介绍了《古文苑》的来历、命名、文体
之后,曰:"《容斋随笔》尝引之,然讹舛谬缺,不敢是正。"②按:南宋洪迈《容
斋随笔》之《随笔》卷十二的《曹操杀杨修》和《续笔》卷三的《王孙赋》确实
来自《古文苑》,但洪迈对这两篇并未加以评议。

又如陈振孙《直斋书录解题》在关注到梁孝王忘忧馆诸士之赋后,曰:
"据题尚欠《文鹿》《酒》《几》三赋,家有秦汉遗文七赋,皆在常州,有板
本。"③陈氏虽未辨其真伪,但对源于《西京杂记》的七赋在《古文苑》中收录
不全的现象格外留意。

时隔50多年,南宋章樵在为《古文苑》纠谬补缺并为之作注的工作过
程中,也对《古文苑》中的某些辞赋产生了质疑。首先是宋玉的《笛赋》,因
赋中的"宋意将送荆卿于易水之上""歌壮士之必往,悲猛勇乎飘疾"两句写
的是与荆轲刺秦王有关的史实。故章樵注曰:"按史,楚襄王立三十六年,
卒后又三十余年方有荆卿刺秦之事,此赋果玉所作邪?"④对宋玉作《笛赋》
提出怀疑。其次是对宋玉的《舞赋》,称"《文选》已载全文,唐人欧阳询简节
其词,编之《艺文类聚》,即此篇是也。后之好事者以前有楚襄王、宋玉相唯
诺之词,遂指为玉所作,其实非也"⑤,也否定了宋玉《舞赋》的著作权。再
次是对枚乘的《菟园赋》,章樵注曰:"乘有二书,《谏吴王濞》通亮正直,非词
人比。是时梁王宫室逾制,出入警跸,使乘果为此赋,必有以规警之。详观
其词……略无一语及王,气象萧瑟。盖王薨、乘死后,其子皋所为,随所睹而

---

① (宋)韩元吉:《古文苑记》,(宋)无名氏辑:《古文苑》,《四部丛刊》本,上海书店出版社
2018年版。

② (宋)晁公武撰,孙猛校证:《郡斋读书志·附志》卷五下,上海古籍出版社1990年版,第
1214页。

③ (宋)陈振孙撰,徐小蛮、顾美华点校:《直斋书录解题》卷十五,上海古籍出版社2015年
版,第438页。

④ (宋)无名氏辑:《古文苑》卷二,《四部丛刊》本,上海书店出版社2018年版。

⑤ (宋)无名氏辑:《古文苑》卷二,《四部丛刊》本,上海书店出版社2018年版。

笔之。史言皋诙笑类俳倡,为赋疾而不工,后人传写误为乘也。"①章樵从枚乘与枚皋为文的风格及为人的作风进行比较之后,对枚乘的著作权也予以否定,认为是其子枚皋所作。

至明代,怀疑者更多。如胡应麟、王世贞对《古文苑》所收宋玉赋的著作权均有质疑。胡应麟在《诗薮》杂编卷一中对《古文苑》辞赋篇目有记载且考辨甚详。他首先甄辨了宋玉六赋,认为"《古文苑》所载六篇,惟大、小言辞气滑稽,或当是一时戏笔,余悉可疑"。在具体的论述中,对于《笛赋》,胡氏重申了章樵的观点,说:"按玉事楚襄王,去始皇年代尚远,而荆轲刺秦在六国垂亡际,不应玉及见事。"对于《讽赋》,胡氏认为即《登徒子好色赋》,为唐勒所作,而且所赋美人无一佳语,其"乱"部,"殊鄙野不雅驯"。对于《钓赋》,他主张也是唐勒所作且行文"全放(仿)《国策》射鸟者对"。至于《舞赋》,他与王世贞的观点一样,认为是傅毅所作,"非玉明甚"。所以,对于《古文苑》存录的宋玉六赋,胡应麟只肯定了《大言赋》《小言赋》归属宋玉,而将其余四赋的著作权归之唐勒或傅毅。然后,他肯定了中山王《文木赋》和班固《九惟文》的真实性,但认为董仲舒《士不遇赋》为伪作,其理由是"直致狷忿,殊不类江都平日语,且《汉志》无仲舒赋",并推断此赋"为六朝浅陋者因陶序引之"。最后,对于《菟园赋》的真伪,胡应麟认同章樵注及王世贞《艺苑卮言》中说此赋为枚乘子枚皋所作的结论,还对此赋的篇什是否完整进行了考证,认为赋篇末妇人先歌而无和者,似为未完之篇。②

王世贞对谁是《舞赋》的作者也提出过疑问:"傅武仲有《舞赋》,皆托宋玉为襄王问对,及阅《古文苑》宋玉《舞赋》,所少十分之七,而中间精语如'华袿飞髾而杂纤罗'大是丽语。至于形容舞态如'罗衣从风,长袖交横。骆驿飞散,飒沓合并。绰约闲靡,机迅体轻',又'回身还入,迫于急节。纤形赴远,灌以摧折。纤縠蛾飞,缤炎若绝',此外亦不多得也。岂武仲衍玉赋以为己作耶?抑后人节约武仲之赋因序语,而误以为玉作也?"③

时至清代,《古文苑》的版本、目录、选录情况被大量的家藏和官藏书目记载。这种受重视的程度是以往任何朝代都没有的。但是,清代学人也比以往任何朝代学人的评议更为苛刻。如顾炎武《日知录》、崔述《笔乘》、钱曾《读书敏求记》、顾广圻《思适斋集·重刻宋九卷本〈古文苑〉序》等,对《古文苑》中"舛谬缺者甚多"的选文,对章樵注等,都持非议。这一话语倾

---

① (宋)无名氏辑:《古文苑》卷三,《四部丛刊》本,上海书店出版社 2018 年版。
② (明)胡应麟:《诗薮·杂编》卷一,中华书局 1958 年版,第 237—248 页。
③ (明)王世贞撰,罗仲鼎注:《艺苑卮言校注》,齐鲁书社 1992 年版,第 95 页。

向在《四库全书总目》的总评中表现得尤为突出。四库馆臣评《古文苑》为:"自东周迄于南齐,凡二百六十余首,皆史传、《文选》所不载,然所录汉魏诗文多从《艺文类聚》、《初学记》删节之本,《石鼓文》亦与近本相同,其真伪盖莫得而明也。"①此论一出,竟被奉为论评圭臬。一旦提及《古文苑》,现当代的人们大多就因袭《四库全书总目》"其真伪盖莫得而明也"之言,认为此书不可靠,因而对其收录的作品也表示怀疑。

二、20 世纪以来真伪之辨的交锋

20 世纪初,受疑古思潮的影响,许多古代典籍的真实性都受到质疑,《古文苑》因《四库全书总目》信疑参半的评断而变本加厉被粗率地视作伪书。下面以《古文苑》中的宋玉六赋和梁孝王诸文士赋为中心,对 20 世纪关于《古文苑》辞赋真伪论辩的情况予以回顾。

20 世纪初宋玉的辞赋②几乎全部被断定为伪作,《古文苑》中的宋玉六赋首当其冲。例如,陆侃如先生在 1922 年 8 月《努力周报》第 7 期发表的《宋玉赋考》一文中认为传世的宋玉作品除了《楚辞章句》所收的两首骚体诗外,其余均是伪作。③ 鲁迅先生在《屈原及宋玉》一文中,将《文选》和《古文苑》所收的 10 篇宋玉作品,全部定为伪作。他说:"文辞繁缛填委,时涉神仙,与玉之《九辩》、《招魂》及当时情景颇违异……皆后人依托为之。"④刘大白先生在 1927 年 6 月《小说月报》第 17 卷号外发表的《宋玉赋辨伪》一文中,通过对宋玉赋中的谥法、史实、格调、韵律等方面的详细考证,亦认为《文选》和《古文苑》中的所有宋玉赋都是后人伪托的作品。通行的文学史,如刘大杰的《中国文学发展史》、游国恩等主编的《中国文学史》都是持这种观点。游国恩还在《宋玉大小言赋考》一文中认为西汉至三国无模拟宋玉《大言赋》和《小言赋》之作,因而断定两赋乃模拟晋人傅咸《小语赋》

① (清)纪昀等:《钦定四库全书总目》,中华书局 1997 年版,第 2607 页。
② 今存署名宋玉的作品有 19 篇:《九辩》《招魂》2 篇,最早见于东汉王逸注《楚辞章句》;《风赋》《高唐赋》《神女赋》《登徒子好色赋》《对楚王问》5 篇,最早见于南朝梁萧统编《文选》;《笛赋》《大言赋》《小言赋》《讽赋》《钓赋》《舞赋》6 篇,最早见于唐人所编《古文苑》;《微咏赋》1 篇,最早见于南宋末陈仁子编《文选补遗》;《高唐对》《郢中对》2 篇,最早见于赵氏培荫堂藏本明人所辑的《宋玉集》;《对友人问》《对或人问》2 篇,最早见于南宫邢氏藏本明人编的《宋玉集》;《报友人书》1 篇,最早见于明代梅鼎祚编《皇霸文纪》。参见吴广平:《宋玉研究》,岳麓书社 2004 年版,第 86—87 页。
③ 陆侃如:《陆侃如古典文学论文集》,上海古籍出版社 1987 年版,第 433—448 页。
④ 鲁迅:《汉文学史纲要》,《鲁迅全集》第九卷,人民文学出版社 1973 年版,第 370—371 页。

之作。①

以现代的眼光来看,前辈学者对宋玉赋的怀疑与否定,确实有点失之轻率。将《古文苑》卷二所录六篇宋玉赋全部断为伪作,至少忽视了如下文学史实:第一,忽视了汉代公孙弘、东方朔模仿宋玉《大言赋》所为大言的事实②;第二,忽视了南朝梁代刘勰《文心雕龙·诠赋》篇早就明确提及宋玉创作有《钓赋》的事实;第三,忽视了唐代李善《文选注》多次引用《古文苑》中的宋玉赋作注的事实③。

时至 20 世纪 50 年代,疑古思潮依然非常盛行,如郑振铎、陆侃如、冯沅君还依然认为《文选》《古文苑》诸书里所录的宋玉诸赋都不是宋玉的作品,都是后人的伪托。总之,在 20 世纪上半叶学术界对宋玉的作品,否定的多,肯定的少。像胡念贻 1955 年考定《楚辞章句》和《文选》的宋玉辞赋有 8 篇均是真实可靠的④,那真是大音希声。但即使如此,在一片否定《古文苑》的声浪中,胡念贻先生也断定《古文苑》中的所有宋玉作品为伪作。

地下文献的新出土,使人们对宋玉辞赋的真伪有了全新的认识,并带来根本性的变化。1972 年 4 月,考古工作者在山东临沂银雀山一号汉墓(属武帝时期)发掘出土了《唐勒赋》残简,这是一篇散体赋。这使那些认为战国时代不可能产生散体赋,并由此推论宋玉散体赋为伪作的观点不攻自破。1989 年,汤漳平在《江海学刊》第 6 期发表了《〈古文苑〉中宋玉作品真伪辨》一文,正是以山东临沂出土的《唐勒赋》残简作为参照物,对《古文苑》中宋玉赋进行重新考辨的论文。他认为《古文苑》中的一部分赋作同出土的《唐勒赋》是同一时代的作品,除《舞赋》外,收在《古文苑》中的宋玉诸赋,至少有三篇(即《钓赋》《大言赋》《小言赋》)可确认为宋玉所作,《讽赋》非宋玉作品的证据也不充分,疑点较多的当属《笛赋》。1991 年,他又在《文学评论》第 5 期发表了《宋玉作品真伪辨》一文,对于收入《古文苑》中的宋玉赋进行了更加深入的论证。他说:"参照《艺文类聚》可知,除《舞赋》外,收入《古文苑》中的宋玉赋作,显然都被唐人认作宋玉的作品。""这几篇赋作也同出于当时尚传世的《宋玉集》中。"

其后,学术界肯定《古文苑》宋玉诸赋真实可靠的学者逐渐增多起来。

---

① 游国恩:《宋玉大小言赋考》,《华中学报》1937 年第 1 期。另见《游国恩学术论文集》,中华书局 1989 年版,第 198—210 页。

② (明)解缙:《永乐大典》卷一万二千零四十三,中华书局 1986 年版,第 5202 页。

③ 高秋凤:《宋玉作品真伪考》,文津出版社 1999 年版。

④ 胡念贻:《宋玉作品的真伪问题》,《文学遗产增刊》(第 1 辑),作家出版社 1955 年版。又见胡念贻:《中国古代文学论稿》,上海古籍出版社 1987 年版,第 135—151 页。

谭家健在《〈唐勒〉赋残篇考释及其他》、李学勤在《〈唐勒〉〈小言赋〉和〈易传〉》、朱碧莲在《宋玉辞赋真伪辨》等文中,均认为《文选》和《古文苑》所载宋玉诸赋,除《舞赋》外,其余均是宋玉所作。台湾的高秋凤博士在所著的《宋玉作品真伪考》一书中,也赞同上述学者的观点,他确认《楚辞章句》《文选》《古文苑》所收宋玉作品,除《招魂》《舞赋》外,著作权均归宋玉门下。而香港的郑良树先生则在《论〈宋玉集〉》《论宋玉作品真伪》等论文中,第一次对《古文苑》中宋玉六赋进行全部肯定。

尽管有许多学者经过严谨细致的考辨,考证了《文选》和《古文苑》中的绝大多数宋玉辞赋的真实可靠性,但是他们的研究成果并未受到应有的重视。像高等教育出版社出版的由袁行霈主编的全国高等院校通行教材《中国文学史》,仍然认为:"后世署名宋玉所作的还有《楚辞》中的《招魂》、《古文苑》中的《笛赋》《大言赋》《小言赋》《讽赋》《钓赋》《舞赋》等,可以基本判定为伪作。"①

对梁王菟园诸文士赋,如枚乘《柳赋》等,现代学者多采取存疑的态度。陶秋英、刘大杰、曹道衡、龚克昌都以"真伪不明"或"真伪问题远未解决"略而不论。马叙伦在其《读书续记》也对梁王菟园诸文士赋提出了怀疑,认为路乔如、公孙诡等人之赋,完全是"六朝句法""通篇是六朝气格",不似西汉人赋②。其后,马积高《赋史》、姜书阁《汉赋通义》也都持怀疑态度。《赋史》称:"《菟园赋》已错讹不可读,《柳赋》不可靠。"③与此同时,亦有一些学者对枚乘等文士之赋持肯定态度,曹大中就从《西京杂记》为"材料之积累"而非"创作"的性质,认为诸文士之赋并非委托。④ 后来,费振刚又在考辨《西京杂记》真伪的基础上,逐条批驳了"六朝句法"说、避讳说,从而肯定了梁王菟园诸文士赋的真实性及其在汉赋发展中的历史贡献。⑤

进入 21 世纪以来,学术界对于《古文苑》辞赋真伪问题的研究更加全面与深入。其中对宋玉赋的探讨,尤以吴广平的《宋玉研究》、金荣权的《屈宋论考》为代表。吴广平坚定地认为《古文苑》所收宋玉六赋,除《舞赋》外,其余五篇都确是宋玉所作。金荣权认定《古文苑》中基本可以确定的宋玉

① 袁行霈:《中国文学史》(第一卷),高等教育出版社 2005 年版,第 127 页。
② 马叙伦:《读书续记》卷二,中国书店出版社 1986 年版。
③ 马积高:《赋史》,上海古籍出版社 1987 年版,第 64 页。
④ 曹大中:《数量·过程·枝派——谈汉赋的一些基本情况》,《中国文学研究》1988 年第 1 期。
⑤ 费振刚:《梁王菟园诸文士赋的评价及其相关问题的考辨》,《新亚学术集刊》第 13 期,香港中文大学新亚书院 1994 年版。

作品有:"《讽赋》《大言赋》《小言赋》《钓赋》,《笛赋》非宋玉作品……《舞赋》存疑。"①也就是说,除《笛赋》和《舞赋》存疑外,《古文苑》所录宋玉其余四赋非伪的观点已为绝大多数学者认可。

关于《笛赋》,以往学者从音韵、地名、乐调、史实、结构、风格、思想等角度,均认为《笛赋》不是宋玉所作。不过,随着骨笛考古的发现、宋玉年岁的推断、《笛赋》文本的分析及对质疑的破解,21世纪学人对此赋的归属权有了新的界定。其中,值得一提的是刘刚《〈笛赋〉为宋玉所作说》一文。文章先列举了各家对《笛赋》为伪作的理由,然后一一对其进行辩证,并根据云梦秦简整理小组的《云梦秦简释文》中的史料,结合《笛赋》内容及创作背景作相应的阐述,得出我们不应该轻易地对宋玉《笛赋》产生怀疑的结论②。

关于《舞赋》,历代学者几乎都众口一词地认为是《古文苑》的编纂者张冠李戴,误将东汉傅毅的作品列在战国宋玉的名下。但是,这种似乎成为定论的观点也遭到了颠覆。端倪初现于20世纪90年代。香港郑良树在《论〈宋玉集〉》一文中经过考察宋玉作品的传播情况后断定:"当时宋玉确有此等赋作(《舞赋》),则可以断言。"③方铭在其所撰《战国文学史》中也说:"《古文苑》有宋玉《舞赋》一篇,此篇又见于《文选》卷十七,以及《艺文类聚》卷四十三,所不同者是署名为傅毅,而《文选》中所载比《古文苑》所载铺张。《古文苑》以《舞赋》为宋玉之作,或者有所依据,而《古文苑》之宋玉《舞赋》,与宋玉其他辞赋颇有相似之处。或者宋玉原有《舞赋》传世,后来傅毅又代为铺张,后轶出宋玉原作,或者《舞赋》本为宋玉所作,实皆难考,仍存而不论。"④

进入21世纪,在学者们研究的基础上,刘刚对《舞赋》的真伪及作者进行了大胆细密的考证研究。在《关于宋玉〈舞赋〉的问题》一文中,他发挥了明代王世贞认为傅毅"衍(宋玉)《舞赋》以为己作"之说,认为"宋玉《舞赋》并非'后人好事者,以前有楚襄、宋玉相唯诺之词,遂指为玉所作',而理应是宋玉亲作,至于傅毅《舞赋》,则是模仿宋玉《舞赋》,在其基础上增衍而成"。⑤ 在2007年9月杭州举办的楚辞国际学术研讨会上,他又提交了《宋玉、傅毅同名〈舞赋〉舞蹈描写的文学图像学研究》一文。从文学图像学的角度对两篇同名赋进行文本分析,认为宋玉赋描写的是长袖舞,傅毅赋描写

① 金荣权:《屈宋论考》,中国文史出版社2005年版,第123—124页。
② 刘刚:《〈笛赋〉为宋玉所作说》,《沈阳师范学院学报》2002年第1期。
③ 郑良树:《论〈宋玉集〉》,《文献》1995年第4期。
④ 方铭:《战国文学史》,武汉出版社1996年版,第417页。
⑤ 刘刚:《关于宋玉〈舞赋〉的问题》,《辽宁大学学报》2002年第4期。

的是盘鼓舞,通过对两种舞蹈产生的时代、所使用的道具以及舞蹈动作等方面进行比较后,进一步论证了傅毅《舞赋》是在宋玉《舞赋》基础上增衍成文的观点。此观点得到一些学者的呼应,如江柳①、史军②等从审美和舞蹈艺术的角度进行了补证。

　　同时,刘刚的观点又激起了学术界新一轮的驳辩。如范春义《傅毅〈舞赋〉"增衍说"驳证》一文,就针对刘刚所写的三篇文章《关于宋玉〈舞赋〉的问题》《百年来宋玉研究评述》《宋玉〈舞赋〉的语境与其语境下的意蕴》,提出了刘刚文章中所提出傅毅《舞赋》"增衍说"的说法,在论证逻辑、文本解读、证据使用上均存在疏漏。③ 胡小林在《宋玉〈舞赋〉真伪补考》中,除了列举南宋章樵的观点外,又增补了三条证据来证明宋玉《舞赋》确为伪作,实为东汉傅毅《舞赋》的摘录④等等观点。看来,新世纪学术界对《舞赋》的争议还未完结。除了宋玉诸赋经历了学术商榷纷争外,《古文苑》中其他辞赋也有相似的经历。

　　如梁王诸文士赋,万光治《汉赋通论》附录《汉赋今存篇目叙录》,就直接将《柳赋》《酒赋》《几赋》《月赋》《屏风赋》《鹤赋》列于枚乘、邹阳、公孙乘、羊胜、路乔如等人名下⑤。何沛雄《汉魏六朝赋家论略》附录《现存汉魏六朝赋作者及篇目》亦采用了同样的做法。程章灿在《赋学论丛》中对梁孝王诸文士赋也是持肯定态度。他说:"无论对这本书的性质怎么看,书中很多史料作为赋学文献的重要性是不容置疑的。学者耳熟能详的有司马相如和扬雄的赋论,以及梁孝王忘忧馆时豪士七赋等……笔者比较倾向于相信这些史料。"⑥

　　针对20世纪争议颇大的《菟园赋》的著作权为枚乘还是其子枚皋的问题,赵逵夫在《关于枚乘〈梁王菟园赋〉的校理、作者诸问题》一文中,作了翔实可信的考证。他从对原文的恢复、校理出发,发现此赋在体制规模上是一篇骈辞大赋,但《古文苑》所载并非全文。又依据枚乘为文风格、讽谏习惯,认为以今所见文字中没有讽谏的内容而认定非枚乘所作,是轻率的。再进一步考证出枚乘作此赋的具体时间应在汉景帝六年,对章樵所疑该赋为其子所作,也以历史事实作了澄清。最后,他认定此赋确为枚乘所作,"章樵

①　江柳:《〈文选〉所录〈舞赋〉系宋玉所作考论》,《湖北大学学报》2011年第9期。
②　史军:《宋玉辞赋中的舞蹈创作元素》,《艺海》2011年第6期。
③　范春义:《傅毅〈舞赋〉"增衍说"驳证》,《文艺研究》2010年第9期。
④　胡小林:《宋玉〈舞赋〉真伪补考》,《襄樊学院学报》2010年第7期。
⑤　万光治:《汉赋通论》,中国社会科学出版社2004年版,第423—426页。
⑥　程章灿:《赋学论丛》,中华书局2005年版,第48页。

据残篇而疑为枚皋所作,这是根本不可能的"①,算是为这一桩公案暂时画上了句号。

贾谊《旱云赋》的真实性在20世纪也遭到质疑。如马积高在《赋史》中曾认为贾谊《簴赋》已残,《惜誓》《旱云赋》均可疑。万光治在《汉赋通论》第五章《颂》部分及所附《汉赋今存篇目叙录》将《旱云赋》看作东方朔的作品。这些怀疑在21世纪也已被部分研究者否定。如赵逵夫在《汉晋赋管窥》一文中,即针对马积高、万光治的观点进行了反驳。在进行了详细考证之后,他认为:"《古文苑》题作《旱云赋》是可靠的,《古文苑》、《北堂书钞》俱题为贾谊,也是可信的。""其摘录而作东方朔者,或是窜乱误署,或是作小说者有意摘之归东方朔,以助谈资,《旱云赋》的著作权也应归于贾谊而不是当归于东方朔。"②此外,他还对贾谊《簴赋》进行了文本研究,将散见于各类书中的《簴赋》残句搜集起来,按照音韵、句义、句式重新排序,这一工作也颇有意义。

另外,《古文苑》所录司马相如的《美人赋》、扬雄《蜀都赋》争议也颇多。早在1927年,刘大白在《宋玉赋辨伪》一文中,提出《美人赋》不是司马相如所作,理由是此赋开篇为第三者的口吻,必为后人托古的作品,并且还认为《美人赋》抄袭宋玉的《登徒子好色赋》,《讽赋》又抄袭《美人赋》和《登徒子好色赋》。还有学者认为宋玉的两篇赋是后人抄袭《美人赋》的伪托之作。针对这些观点,刘刚教授在《宋玉〈讽赋〉〈登徒子好色赋〉与司马相如〈美人赋〉比较研究》一文中,从三篇辞赋的结构、内容、艺术表现、文化环境和散文赋体的"借用""模拟"现象等方面进行比较,认为《讽赋》《登徒子好色赋》在文化信息方面符合战国末期的文化环境,应当是宋玉作品,司马相如"借用""模拟"宋玉赋创作《美人赋》,是赋家创作中正常的不必惊怪的现象。③

扬雄《蜀都赋》也遭到了现代学术界的质疑。如徐中舒、郑文、方铭、王青④都认为该赋著作权不属于扬雄。对此,熊良志对扬雄时蜀无都、《蜀都赋》未见录于《汉志》、收录于《古文苑》难作定据以及托名扬雄者模仿左思

① 赵逵夫:《关于枚乘〈梁王菟园赋〉的校理、作者诸问题》,《文献》2005年第1期。
② 赵逵夫:《汉晋赋管窥》,《甘肃社会科学》2003年第5期。
③ 刘刚:《宋玉〈讽赋〉〈登徒子好色赋〉与司马相如〈美人赋〉比较研究》,《鞍山师范学院学报》2004年第2期。
④ 徐中舒:《论蜀王本纪成书年代及其作者》,《社会科学研究》创刊号,1979年3月。郑文:《对扬雄生平与作品的探索》,《文史》第24辑,中华书局1985年版,第209页。方铭:《扬雄赋论》,《中国文学研究》1991年第1期。王青:《扬雄评传》,南京大学出版社2000年版。

《蜀都赋》等质疑一一进行了驳辩，并从扬雄对巴蜀题材的关注和用韵特点的统一性两方面，认为扬雄作《蜀都赋》最有可能。①

学术在怀疑、辩难中前进，这是一条颠扑不破的真理。虽然，对于《古文苑》所录赋作学者们经过正、反、复的考证、论辩，目前还是存有考辨不清、疑虑未明的地方。但相信经过历代学人的努力，人们一定可以一步步接近历史的真实语境。现借用方铭先生的话作为本节的结束，他说："前人怀疑《古文苑》诸宋玉赋，甚于怀疑《文选》诸宋玉赋，其原因是人们怀疑《古文苑》本身的可靠性。按《古文苑》二十一卷，所载自周秦而迄南齐，凡二百六十余首。《四库全书总目》谓该书所选'皆史传、《文选》所不载，然所录汉魏诗文多从《艺文类聚》、《初学记》删节之本，石鼓文亦与近本相同，其真伪盖莫得明也。'实则怀疑该书的可靠性是没有道理的，因为史传、《文选》所选载，不当包括一人的全部著作；而编辑者要捏造《古文苑》所造之文，岂非需要一个轰轰烈烈的造假运动？而如此伪托前人，目的又是为什么呢？这都是匪夷所思之事。在没有确切证据之前，对像《古文苑》这样现今存世的辑本，不可以轻下否定之结论，才是科学的态度。"②

第二节　《古文苑》选赋来源考索

选源是否可靠，关乎着编选者是否学风严谨、诚笃可信，更关乎着选本的质量声誉和传播留存。但《古文苑》辑录诗文的来源问题，一直是该书研究中一个聚讼纷纭的话题。仅所录赋文为例，因选源不明又考辨不清，而遭人长久质疑，令其知名度大打折扣。这致使长期以来，《古文苑》赋选之影响力根本无法与同时代的赋选争锋，更遑论与《文选》媲美。因此，我们很有必要对其辞赋来源进行详细考论，以正确地评估其赋学、选学和文献学价值。

一、选源问题的提出

从宋至明，一直无人指明《古文苑》的选源问题。直至清代，四库馆臣才首次指出《古文苑》辑录诗文的来源出自唐代类书：

> 然所录汉魏诗文多从《艺文类聚》、《初学记》删节之本。石鼓文亦

---

① 熊良智：《扬雄〈蜀都赋〉释疑》，《文献》2010 年第 1 期。
② 方铭：《战国文学史》，武汉出版社 1996 年版，第 415—416 页。

与近本相同,其真伪盖莫得而明也。①

其后,重刻宋淳熙九卷本《古文苑》的孙星衍以及与之探讨相关问题的顾广圻,也继承了四库馆臣的说法,均认为《古文苑》是从唐人类书中抄录而来的。顾广圻在《与孙渊如论九卷本〈古文苑〉书》中称:

> 承渝以《古文苑》多从类书中采出,洵精确不易之论也。曾考此书,世传为唐人所录,未见其然。……此书乃宋人所录,其时隋以前集罕存,凡不全各篇采诸唐人类书,固其宜矣。②

继孙氏和顾氏之后,耿文光亦持同样的看法:

> 孙渊如以《古文苑》多从类书中采出,顾千里证以《石鼓文》《诅楚文》《汉樊常侍碑》,以为宋人所录皆精确不易之论,其文出《艺文类聚》、《初学记》者甚多。选注所引《隶释》所载足资证明者,累累在樵注外,而绝不可通者亦无能是正。③

类书作为《古文苑》的选源存有什么问题呢? 这得先明晓清人对类书的认知。这又可以《四库全书总目》子部"类书类"小序的观点为代表,其文曰:

> 类事之书,兼收四部,而非经非史非子非集,四部之内,乃无类可归。……此体一兴,而操觚者易于检寻,注书者利于剽窃,辗转稗贩,实学颇荒。然古籍散亡,十不存一,遗文旧事,往往托以得存。④

不难见出,四库馆臣对类书的评价并不高。首先,认为类书不归于四部,之所以将之归于子部,只不过依仍《隋书·经籍志》旧惯;其次,认为类书采摭群书,只是便于寻检、征引而已,于"实学"无益。也就是说,若依文献产业的方式为标准来划分的话,类书因经过了整理、编排、加工而属于二次文献。相对于一次文献(原始文献),其真实性、可靠性显然不及。这便

---

① (清)纪昀等:《钦定四库全书总目》,中华书局1997年版,第2607—2608页。
② 顾广圻著,王欣夫辑:《顾千里集》,中华书局2007年版,第123—124页。
③ 耿文光:《万卷精华楼藏书记》,《清人书目题跋丛刊》(九),中华书局1993年版。
④ (清)纪昀等:《钦定四库全书总目》,中华书局1997年版,第1769页。

是四库馆臣认为《古文苑》选源出自"《艺文类聚》、《初学记》删节之本",而质疑其真伪的重要原因。

不过,四库馆臣也意识到了在原始文献亡佚的情况下,类书在保存古籍文献方面的重大意义。如称《艺文类聚》"然隋以前遗文秘籍,迄今十九不存,得此一书,尚略资考证",称《初学记》"其所采撷,皆隋以前古书,而去取谨严,多可应用"①。基于此,四库馆臣还是充分肯定了《古文苑》在保存古籍文献上的价值:"然唐以前散佚之文,间赖是书以传,故前人多著于录,亦过而存之之意欤?"②

二、选源为类书辨

现在我们需要追问的是,《古文苑》赋篇出自唐代类书的具体情况到底如何? 其选源是否真如清人所说的就是类书? 或仅只类书?

《古文苑》第二至第七卷收赋 47 篇(实亦有不少为节录),第二十一卷收残篇赋 14 篇(实少 1 篇),另第十七卷杂文类中收录未标赋名的作品 3 篇(王褒《僮约》《责髯奴辞》③、班固《奕旨》④),第二十一卷 1 篇(蔡邕《九惟文》)总计 36 位赋家 64 篇作品。现将《古文苑》辑录赋篇与现存两部唐代类书《艺文类聚》《初学记》所录进行详细比勘研究。情况如下表所示:

《古文苑》与《艺文类聚》⑤《初学记》⑥所录赋作比勘表

《古文苑》所录赋		《艺文类聚》所录与《古文苑》同名赋		《初学记》所录与《古文苑》同名赋	
篇名	字数	卷数出处	字数	卷数出处	字数
笛赋	459	卷四十四乐部四·笛	120	卷十六 笛·第十	120
大言赋	153	卷十九人部三·言语	113	卷一、五、十王·第五	45
小言赋	349	卷十九人部三·言语	212	卷十王·第五	44
讽赋	330	卷二十四人部八·讽	191	卷十六琴·第一	60

---

① (清)纪昀等:《钦定四库全书总目》,中华书局 1997 年版,第 1771、1773 页。

② (清)纪昀等:《钦定四库全书总目》,中华书局 1997 年版,第 2608 页。

③ 《古文苑》中题为黄香作。马积高《赋史》:"《责髯奴辞》,《艺文类聚》以为是王褒作,《古文苑》则题为黄香,因《类聚》较可靠,故暂定它也是王作。"上海古籍出版社 1987 年版,第 84 页。实际上《艺文类聚》未收《责髯奴辞》,当马先生误记。

④ 马积高认为"(班固的)《奕旨》其体也是赋,就题材来说,他的赋作较前世赋家要广泛一些"。《赋史》,上海古籍出版社 1987 年版,第 109 页。

⑤ (唐)欧阳询撰,汪绍楹校:《艺文类聚》,上海古籍出版社 2007 年版。

⑥ (唐)徐坚等撰:《初学记》,中华书局 2004 年版。

续表

《古文苑》所录赋		《艺文类聚》所录与《古文苑》同名赋		《初学记》所录与《古文苑》同名赋	
篇名	字数	卷数出处	字数	卷数出处	字数
钓赋	500	卷二十四人部八·讽	299	/	/
舞赋（宋玉）	165	卷四十三乐部三·舞（傅毅）	161	卷十五舞·第五（傅毅）	164
旱云赋①	420	/	/	/	/
士不遇赋	413	卷三十人部十四·怨	343	/	/
苑园赋	490	卷六十五产业部上·园	108	/	/
忘忧馆柳赋	162	/	/	/	/
鹤赋	89	/	/	/	/
月赋	84	/	/	/	/
屏风赋（羊胜）	40	/	/	卷二十五屏风·第三	40
屏风赋（刘安）	128	卷六十九服饰部上·屏风	88	卷二十五屏风·第三	128
文木赋	229	/	/	/	/
美人赋	442	卷十八人部二·美妇人	322	卷十九美妇人·第二	189
捣素赋	532	卷八十五布帛部·素	178	/	/
针缕赋	60	卷六十八产品部上·织	60	/	/
太玄赋	407	/	/	/	/
逐贫赋	460	卷三十五	460	卷十八贫·第六	152
蜀都赋	1423	卷六十一居处部一·总载居处	284	/	/
遂初赋	1146	卷二十七人部十一·行旅	133	/	/
首阳山赋	214	卷七山部上·首阳山	178	/	/
终南山赋	151	/	/	卷五终南山·第八	151
竹扇赋	77	/	/	/	/
围棋赋	413	卷七十四巧艺部·围棋	197	/	/
骷髅赋	423	卷一十七人部一·骷髅	177	卷十四死丧·第八	146

---

① 《北堂书钞》卷一百五十六《岁时部四·热篇二十六》"煎砂"条仅节录 42 字，《艺文类聚》《初学记》《太平御览》未录。

续表

《古文苑》所录赋		《艺文类聚》所录与《古文苑》同名赋		《初学记》所录与《古文苑》同名赋	
篇名	字数	卷数出处	字数	卷数出处	字数
冢赋	247	卷四十礼部下·冢墓	40	卷十四挽歌·第十	24
温泉赋	172	卷九水部下·泉	50	卷七骊汤·第三	131
观舞赋①	203	卷四十三乐部三·歌	204	卷十五舞·第五	204
九宫赋	534	卷七十八灵异部下·仙道	117	/	/
函谷关赋	430	卷六地部·关	194	卷七关·第八	164
大赦赋	178	卷五十二治政部上·赦宥	178	卷二十赦·第一	158
梦赋	456	卷七十九灵异部下·梦	267	/	/
王孙赋	386	卷九十五兽部下·猕猴	193	卷二十九猴·第十五	386
诮青衣赋	366	卷三十五人部十九·婢	193	卷十九奴婢·第六	342
汉津赋	217	卷八水部上·汉水	125	卷七汉水·第二	141
笔赋	153	卷五十八杂文部四·笔	156	卷二十一笔·第六	153
弹棋赋	65	卷七十四巧艺部·弹棋	65	/	/
短人赋	199	/	/	卷一十九短人·第五	199
浮淮赋（王粲）	231	卷八水部上·淮水	41	卷六淮·第五	221
羽猎赋	158	卷六十六产业部下·田猎	108	卷二十二猎·第十	100
柳赋	120	卷八十九木部下·柳	60	卷二十八柳·第十七	84
思亲赋	96	卷二十人部四·孝	136	卷十七孝·第四	96
白发赋	314	卷十七人部一·骷髅	314	/	/
枯树赋	467	卷八十八木部上·木	429	/	/
游后园赋	179	六十五卷产业部上·园	115	/	/
簨赋	36	卷四十四乐部四·筍簨	40	卷十六钟·第五	36
请雨华山赋	236	/	/	/	/
甘泉宫赋	179	卷六十二居处部二·宫	181	卷二十四宫·第三	181

---

① 《初学记》卷十五"舞第五·事对"之"谐君臣"条云:"张衡《舞赋》曰:'且夫九德之歌,九韶之舞,化如凯风,泽譬时雨。'"据此记载,张衡《观舞赋》,题名亦作《舞赋》。参见(唐)徐坚:《初学记》,中华书局 2004 年版,第 381 页。

续表

《古文苑》所录赋		《艺文类聚》所录与《古文苑》同名赋		《初学记》所录与《古文苑》同名赋	
篇名	字数	卷数出处	字数	卷数出处	字数
琴赋（傅毅）	84	卷四十四乐部四·琴	84	卷十六琴·第一	84
协和婚赋	153	/	/	卷十四婚姻·第七	153
琴赋（蔡邕）	105	卷四十四乐部四·琴	159	卷十六琴·第一	105
胡栗赋①	104	卷八十七果部下·栗	66	卷二十八梨·第七	78
述行赋（蔡邕）	85	卷二十七人部十一·行旅	85	/	/
浮淮赋（曹丕）	98	卷八水部上·淮水	49	卷六淮·第五	76
大暑赋（王粲）	168	卷五岁阳下·热	156	/	/
述行赋（曹植）	34	/	/	卷七骊山汤·第三	34
大暑赋（刘桢）	95	卷五岁阳下·热	95	/	/
灵河赋	160	卷八水部上·河水	134	卷六河·第三	90
九惟文	72	卷三十五人部十九·贫	72	/	/
僮约	782	卷三十五人部十九·奴	428	卷十九、二八奴婢·第六	782
奕旨	508	卷七十四巧艺部·围棋	202	/	/
责髯奴辞	226	/	/	卷十九奴婢·第六	226

注："/"示未收录和未记载。

　　由上表可知，《古文苑》所录赋篇与《艺文类聚》和《初学记》收录同名赋篇比照有如下三种情形：第一种，同时见录于三书者，共 30 篇，占《古文苑》所录总赋篇的 46.9%。当中较为特殊的是《舞赋》，两书均题为傅毅作，这与《古文苑》题为宋玉作相异。第二种，只见录于《古文苑》与其中一书者，共 25 篇，占《古文苑》所录总赋篇的 38%。其中，见录于《古文苑》与《艺文类聚》的有 20 篇，见录于《古文苑》与《初学记》的有 6 篇。第三种，只见录于《古文苑》，而未见录于其他两书者，共 9 篇，占《古文苑》所录总赋篇的

---

① 《初学记》卷二十八"梨第七·赋"载："后汉蔡邕《伤故栗赋》。"据此记载，蔡邕《胡栗赋》，题名亦作《伤故栗赋》。参见（唐）徐坚：《初学记》，中华书局 2004 年版，第 678 页。

14%。它们分别为:《旱云赋》《忘忧馆柳赋》《鹤赋》《月赋》《文木赋》《太玄赋》《竹扇赋》《短人赋》《请雨华山赋》。显然,这9篇赋作的"选源"并不是来自唐代类书,而是另有所自。

综合前两种,则《古文苑》与《艺文类聚》同时收录的赋篇有50篇,与《初学记》同时收录的赋篇有36篇。从篇目比照的结果表面看来,同时见于类书的辞赋篇目确实占《古文苑》所录辞赋的绝大部分。但如果依此就断定《古文苑》所录赋的"选源"就是唐代类书,显然失之武断。因为上表还有一组数据的结果可揭示事实的真相。

先以唐代欧阳询于唐高祖武德七年(624)编成的《艺文类聚》为例,①将其所录50篇与《古文苑》篇目相同的赋作比照后,发现存在四类情况,如下表所示。

	《古文苑》字数多	字数相等/相当(≤3字)	《艺文类聚》字数多	文字基本相异
篇数	35	12	2	1
比例	70%	24%	4%	2%

一是《古文苑》所录赋字数多于《艺文类聚》,即《古文苑》齐全而《艺文类聚》为节录者。此类占十分之七强。如《古文苑》中的《笛赋》《菟园赋》《捣素赋》《九宫赋》《游后园赋》等,竟比《艺文类聚》所录多了三百个字以上。有的甚至相差千余字,如扬雄《蜀都赋》、刘歆《遂初赋》分别比《艺文类聚》所录多了1139字和1011字。

二是与《古文苑》所录字数相同,只个别文字上稍有出入或两者字数相差在3个字以内者。如《针镂赋》《逐贫赋》《大赦赋》《笔赋》《观舞赋》《大暑赋》等,共有12篇。

三是《艺文类聚》所录字数多于《古文苑》者。仅有陆机《思亲赋》和蔡邕《琴赋》两篇。《思亲赋》在《古文苑》中只有96字,而《艺文类聚·卷二十人部四·孝》多出了"居辞安而厌苦,养引约而摧丰。忘天命之晚慕,愿鞠子之速融"和"天步悠长,人道短矣。异途同归,无早晚矣"40个字。《琴赋》在《古文苑》中有105字,《艺文类聚》比之多了54字。但这种情形所占的比重较小。

四是《艺文类聚》与《古文苑》所录文句差别很大者。这种情形也仅贾

---

①　(唐)欧阳询撰,汪绍楹校:《艺文类聚》,上海古籍出版社2007年版。

谊《簴赋》一篇（残篇）。《古文苑》录为："妙彤文以刻镂兮，象巨兽之屈奇兮。戴高角之峨峨，负大钟而顾飞。美哉！烂兮！亦天地之大式。"《艺文类聚》录为："牧太平以深志，象巨兽之屈奇。妙彤文以刻镂兮，舒循尾之采垂。举其踞牙，以左右相指。负大钟而顾飞。"文句相同的只有"妙彤文以刻镂兮""象巨兽之屈奇兮""负大钟而顾飞"三句，且前两句还句序错乱。

若《古文苑》"所录汉魏诗文多从《艺文类聚》、《初学记》删节之本"为实，那《艺文类聚》所录赋文本的文字应该多出《古文苑》许多才是，而结果却恰恰相反。就《古文苑》与《艺文类聚》共同题名宋玉所作的《笛赋》《大言赋》《小言赋》《讽赋》《钓赋》诸赋而论，《艺文类聚》所选均为片段，而《古文苑》所收则均为全文。可见，《古文苑》中宋玉赋的"选源"并非辑自《艺文类聚》，当另有所本。隋唐之世，《宋玉集》尚存，《隋书》、新旧《唐书》均有记载，《北堂书钞》和《文选》李善注也提到过《宋玉集》，很有可能《古文苑》所录的宋玉赋是直接辑自《宋玉集》。①

再如，将《艺文类聚》与《古文苑》所录王延寿《梦赋》相对照，就会明显发现《艺文类聚》所录《梦赋》系摘录。较之《古文苑》，"蹴睢盱"后删了"剖列蹶，挈羯孽"云云一段共计99字，"忽屈申而觉悟"后删了"于是鸡天曙而奋羽"云云一段共计27字，另外还删掉了赋序。再者赋的"乱辞"，《艺文类聚》作"齐桓梦物，而亦以霸。武丁夜怒，而得贤佐。周梦九龄克百庆，晋文盬脑国以竞。老子役国为神将，传祸为福永无恙"。时而四言，时而七言，殊无规律，还有讹字。而《古文苑》所录则为："齐桓梦物，而以霸兮。武丁夜感，得贤佐兮。周梦九龄，年克百兮。晋文盬脑，国以竞兮。老子役国，为神将兮。转祸为福，永无恙兮。"句式整饬，是一首完整的四言诗且无讹字。两相比较，《古文苑》所录《梦赋》不但完整，而且精确。② 由此可见，《四库全书总目》提出的《古文苑》为《艺文类聚》删节之说，并不符合实际情况。

再以唐朝徐坚等撰的《初学记》为例，《初学记》完成于唐玄宗开元十五年（727）。从其所录36篇与《古文苑》篇目相同的赋作文本比勘来看，有这样几种情况：一是《初学记》字数少于《古文苑》者。如《笛赋》《美人赋》《骷髅赋》等，共19篇。二是与《古文苑》所载字数相等或相当，只个别文字上有出入者。如《屏风赋》（羊胜）、《屏风赋》（刘安）、《终南山赋》《短人赋》《王孙赋》《僮约》等，共17篇。三是《初学记》以词条形式收录者，且大多只有几句。如《柳第十七·事对》之"飞絮"条有《忘忧馆柳赋》《月第三·事

---

① 刘刚：《宋玉辞赋考论》，辽海出版社2006年版，第100页。
② 吴广平：《全汉赋辑校中存在的一些问题》，《中国韵文学刊》2004年第2期。

对》、之"玉璧"条有枚乘《月赋》的摘录,共5条左右。

也就是说,《初学记》所录赋篇,并不存在字数多于《古文苑》同名赋的情况。即使是《古文苑》二十一卷的残篇,《初学记》也是或与之字数相同,或字数更少,或根本没有采录。由此可见,《四库全书总目》提出的《古文苑》为《初学记》删节之说,也不符合实际情况。

由比照可知,篇目相同的辞赋文本载于《古文苑》的文字比《艺文类聚》和《初学记》要多得多,而且类书所录往往掐头去尾,文意极不连贯,《古文苑》所录,却首尾一致,文意畅达。甚至还有一些篇目是这两部类书根本没有收录的。因此,说《古文苑》所录汉魏诗文多是缀辑类书中的文字而成的说法是不能成立的。

之所以有误判,一是因为《古文苑》成书年代未明,而三者相同的辞赋篇目又太多,由表面印象而定其作品来源;二是未能深入比勘文本,因袭权威,以讹传讹,致使此说广为流传。至于《古文苑》与两部类书中有些辞赋句段相同,但个别文字上有出入的情况,王晓鹃认为:一种可能是每部书所据选源的版本不同所致。《古文苑》中所收辞赋的来源当是宋代仍然存世的各家别集或其他类书籍。一个作家的诗文集通常都有好几个版本,因而《古文苑》所据与《艺文类聚》和《初学记》所据为不同版本是完全有可能的。二种可能是文本流传过程中本身出现的异体异音字,如扬雄《逐贫赋》中"弊"作"敝","蔽"作"闭","砂"作"沙","余"作"予","粱"作"粮","燕"作"宴","喾"作"蚩"等。三种可能是刻工造成的失误。如《逐贫赋》"我随"作"随我","齐"作"斋"等。这种估量是可信的。

综上所述,我们可以得出这样一个结论:《古文苑》的作品,至少是辞赋作品,并非辑自《艺文类聚》和《初学记》,更非两书中所录作品的删节之本。不然的话,《古文苑》所录辞赋字词不同于类书以及字数多于类书的突出特点以及有些辞赋类书根本没有收录的情况就无从解释。如果《古文苑》的作品是辑自《艺文类聚》和《初学记》等类书,像《思亲赋》和《琴赋》,就不应该有《艺文类聚》所录文字多于《古文苑》的反常情况存在。因为"编辑者照理应该补全类书多出内容,使其书更臻于完善。其编辑者之所以没有做这样的补录功夫,而注释者章樵又将17篇残缺不全之文附于卷末,作为第二十一卷的做法,皆足以说明,《古文苑》的初编者还是作注者章樵,他们在编辑或注释时,依据的并不是唐宋类书,而是当时仍在社会上流传的作家别集或他们认为可靠的诗文材料。"①

---

① 王晓鹃:《〈古文苑〉辑录诗文来源考》,《文史哲》2012年第4期。

三、选源问题再考索

以上,我们拿《古文苑》和唐代类书在引用范围和字句异同方面进行了对照,从而得出《古文苑》的辞赋选源并非从类书中采出,并推断它们是从宋代仍然存世的各家别集、总集或其他书籍中采出的结论。那么,我们需要进一步思考《古文苑》所录辞赋依据的是何种性质的材料以及《古文苑》的编纂体例与原则等问题。

对材料的来源问题,日本学者阿部顺子曾有过推测。他将《古文苑》所录赋篇分为两大时段:两汉赋与魏晋赋。然后,根据两者的分布状况,认为"两汉赋和以类书为据的魏晋赋的出处不同。两汉赋本本完整,可见现存的九卷本和《古文苑》原书的两汉赋根据的是同一底本"。但是,阿部顺子也认为"要想完全考证出占据主要位置的作品群的出入,还是会受到材料的极大限制"①。所以,下面我们亦只是对《古文苑》所录部分赋之选源作出大致的推断。

(一) 出自存世别集

以《旧唐书·经籍志》和《新唐书·艺文志》②载录的别集与《古文苑》所录赋家相比照,发现至少于宋仁宗嘉祐五年(1060)前仍存世的对应别集有 27 部,具体如下表所示。

时期	别集名
战国·楚	宋玉集二卷
西汉	淮南王安集二卷;贾谊集二卷;司马相如集二卷;枚乘集二卷;董仲舒集二卷;刘向集五卷;王褒集五卷;刘歆集五卷;扬雄集五卷;
东汉	黄香集二卷;杜笃集五卷;曹大家集二卷;傅毅集五卷;班固集十卷;张衡集十卷;马融集五卷;蔡邕集二十卷;王粲集十卷
三国·魏	文帝集十卷;应玚集二卷;刘桢集二卷;陈思王集二十卷
晋	左思集五卷;陆机集十五卷
南朝·宋	谢朓集十卷
北朝·北周	庾信集二十卷

---

① ［日］阿部顺子:《古文苑の成書年代てその出處》,《日本中国学会报》第五十三集,日本中国学会出版社 2001 年版,第 148—164 页。

② 由五代十国后晋刘昫、张昭远等撰写的《旧唐书》成书于后晋开运二年(945);由北宋宋祁、欧阳修等人撰写的《新唐书》成书于宋仁宗嘉祐五年(1060)。

也就是说,《古文苑》所录36位赋家,有27位可在北宋前期正史志录中找到其别集目录。尽管我们目前并无确切证据指出《古文苑》所录赋作的选源就一定出自上述众制蜂拥的别集,但这种可能性又是极高的。如《隋书·经籍志》著录"汉谏议大夫刘向集六卷",到新旧《唐书》著录时,已散佚了一卷。《古文苑》录有刘向的《请雨华山赋》残篇,这说明《古文苑》编者在编纂时,是存有参考了当时存在的《刘向集》的可能性的。后来,该集散佚更加严重,至明人张溥所辑《刘中垒集》时,卷数已大减,赋类唯存是篇而已。不过,其字数和文字与《古文苑》所录几同,这更可作为《古文苑》所录为别集的旁证。另外,宋代本朝别集也是赋之选源,如扬雄《太玄赋》就见录于北宋晁说之的《景迂生集》中。

（二）　出自笔记小说

我们再来探究在官家史志书目中并无对应别集记载的赋家赋作的选源问题。属这种情况的有9位赋家,分别是:路乔如、公孙乘、羊胜、中山王刘胜、班婕妤、李尤、崔寔、王延寿和张超。前四位的行事在《西京杂记》①中有载录。其卷四、卷六文云:

> 梁孝王游于忘忧之馆,集诸游士,各使为赋。枚乘为《柳赋》、路乔如为《鹤赋》、公孙诡为《文鹿赋》、邹阳为《酒赋》、公孙乘为《月赋》、羊胜为《屏风赋》、韩安国作《几赋》,不成,邹阳代作。邹阳、安国罚酒三升,赐枚乘、路乔如绢,人五匹。

> 鲁恭王得文木一枚,伐以为器,意甚玩之。中山王为赋,恭王大悦,顾盼而笑,赐骏马二匹。②

不仅作赋过程记载明晰,《西京杂记》还完整地载录了诸游士的赋作。我们将之比照《古文苑》所录,发现两者文字上几无差别。对《西京杂记》,《隋书·经籍志》未曾著录,而新旧《唐书》均著录为东晋葛洪著。这说明《古文苑》的编者是极有可能将《西京杂记》作为其选源之一的。他选录了当中艺术水准较高的5篇赋作(包括枚乘《忘忧馆柳赋》),而淘汰了公孙诡、邹阳、韩安国之作。

（三）　出自金石法贴

如前所述,《枯树赋》在唐宋有着较为积极的接受面貌,除爱好文学者

①　关于《西京杂记》的作者,目前学界有两说,一为东汉刘歆所作,一为晋代葛洪所作。本书取第二说。

②　(晋)葛洪撰,周天游校注:《西京杂记》,三秦出版社2006年版,第178、254页。

传扬、化用外，还为书法名家竞相书写并镌刻于石碑之上。著名的有"贞观四年十月八日为燕国公书"，即褚遂良书的《枯树赋》碑本。此本后被收入《听雨楼帖》《玉烟堂帖》和《戏鸿堂帖》中。此法贴卷末均有北宋晁补之的题跋。晁氏的题跋介绍了《枯树赋》纸本在宋代颇受重视，经苏颂鉴定为褚氏真迹后，被寿春魏氏珍藏，而后又出现了诸多摹本与临本的重要信息。这一信息与章樵在《枯树赋》题解中所说的"有碑本传于世末"是相符合的。通过比照发现，九卷本《枯树赋》的本文与碑本的字句几乎完全一致，而与《文苑英华》则有某些字句的不同。具体差异前文已作论述。可见，《枯树赋》极大可能来自流传于宋代的碑文文本。

韩元吉在《古文苑序》中还排除了《古文苑》的选源是《文选》与史传，称其所录是："史传所不载，《文选》所未取。"经勘察，其言基本是符合事实的。这恰可以说明，《文选》所不录、史传所不收之文，才是《古文苑》的基本编纂目的与体例。这种目的与体例实际上又充分说明，《古文苑》是有其特殊的材料来源的。除了以上三种外，我们在《文选》李善注和宋代史书中依稀发现了《古文苑》某些赋之踪迹。如班婕好《捣素赋》，《文选》卷十三《雪赋》注"疑此赋非婕好之文，行来已久，故兼引之"；又如李尤《函谷关赋》"玉女流眄而下视"，《文选》卷十一《鲁灵光殿赋》注引此句，题为李尤《函谷关铭》；《义选》卷二十六潘岳《在怀县》诗及卷二十七谢朓《敬亭山》诗已引贾谊《旱云赋》断句①。另外，宋代史书《东都事略》卷三十五记曰："大宗又草书宋玉《大言赋》赐（苏）易简，易简因拟赋以献。"②据这条史料记载，宋初还存有《大言赋》，宋太宗已认定这是宋玉的作品，这对于考辩《古文苑》中所载宋玉赋的真伪以及流传是很有意义的。以上诸例意在说明，在《古文苑》多次编纂的过程中，其收录的赋作之来源渠道是较为广泛的。

《古文苑》重视赋类，其赋之选源的择定应当也是相当审慎的。其依据的一定是在当时流存的文集。我们现已否定了类书为其选源（或唯一选源）的观点，推断其所录之赋是在赋家别集、子书或其他特殊材料中择录而来。而且，需要特别指出的是，《文选》和宋前正史史传，是其选文时的重要参考物，但却是在场的未选选源。

---

① （南朝梁）萧统编，（唐）李善注：《文选》，上海古籍出版社1986年版，第592、515、1225、1260页。
② （宋）王偁：《东都事略》，《文渊阁四库全书》本，台湾商务印书馆1986年版。

第三章　选心探赜:《古文苑》辞赋
编排与赋注

选本批评是赋学批评的重要形式之一,前人通常以"志"和"心"来表述其批评主张和诠鉴意见。选本之"志"与"心"主要体现在主体部分的选文择录、编排和附属部分的序跋、发凡和评注中。前人言"欲求作者之心,必求公所以抡选之心"①。这是因为"抡选之心"对于我们阅读赋选,探知选者的编纂倾向和意图,进而为赋选作出准确的历史定位是极为重要的。故本章以"选心"为题,主要探究《古文苑》辞赋编排中传达出来的赋选主张和择录标准,并对章樵赋注的价值予以重估,以明其"赋心"。同时,还探求《古文苑》的诗心和文心来诠证赋心,以充实《古文苑》作为选本的特性,也突出其赋选的特色。

第一节　《古文苑》辞赋的编排体例

赋类在二十一卷本和九卷本《古文苑》中均居 18 类文体的第二位。章樵在九卷本编次的基础上,将赋作分别安排在第二至第七卷以及第二十一卷。前六卷为正编(绝大部分为全篇),第二十一卷为附属(残篇)。

一、选赋体例:以赋名篇

《古文苑》所录赋作有一个共同点,即择以赋名篇者②。这一点与《文选》选赋体例是一致的。对于这样的体例,萧统在《文选序》中交代得十分清楚:"古之诗体,今则全取赋名。"③尽管《古文苑》的编纂者未留下序跋或凡例申明这一点,但他显然是体现了后人所谓的运用这一体例"不失为一

---

① (明)米荣:《刻全唐诗选序》,参见孙琴安:《唐诗选本六百种提要》,陕西人民教育出版社1987年版,第 141 页。
② 蔡邕《九惟文》需要说明下。《古文苑》第二十一卷中所列文体为:一是"赋十四首",但实际上以赋名篇者却只有十三首;二是"颂三首";三是《九惟文》一篇。若从数目上考虑章樵似是将《九惟文》视作赋体,只不过非"以赋名篇"者。马积高主编的《历代辞赋总汇》收《九惟文》,认为是不名赋之赋篇。马积高:《历代辞赋总汇·先秦汉魏晋南北朝卷》,湖南文艺出版社 2000 年版,第 376 页。
③ (南朝梁)萧统编,(唐)李善注:《文选》,上海古籍出版社 1986 年版,第 1 页。

种省力和合理的编撰方法"①的意图:"一方面有利于统一选文的体例,同时又利于赋类分类的操作",而且,"以赋名篇的选文体例,能够巧妙地避开当时文体辨析中的争议问题"②。

赋体范围的选取和框定在《古文苑》成书之前的各个时期就呈现出伸缩无定的现象。具体情形如下:

先秦时期,荀卿"爰锡名号"始用赋名,在体类上主要指其《赋篇》中的《礼》《智》《云》《蚕》《箴》数篇;而宋玉、唐勒、景差之徒,"皆好辞而以赋见称",其《高唐赋》《风赋》《钓赋》《御赋》等作品即为赋。

两汉时期,辞、赋称谓相混,赋体范围扩大。名赋者自然属赋,未名赋者如扬雄《解嘲》、班固《答宾戏》、王褒《僮约》等作品亦属赋;辞亦属赋,屈原、宋玉等楚人作品(包括汉人仿作)被视作赋;赋与颂无甚区别,颂也是赋;成相、杂辞、隐书等在《汉书·艺文志》中均属赋。

中古时期,因文体"辞赋化"而出现"碑文似赋""辞、文类赋"等体类混淆现象。随着文体辨析意识逐步增强,赋与他类文体界限渐明并出现了以下情形:其一,名赋者理所当然属赋;其二,赋、颂始别,挚虞《文章流别论》辨之甚明,《文选》也单设颂类;其三,辞别于赋,《文心雕龙》专设《辨骚》、阮孝绪《七录》将楚辞单列、《文选》亦将楚辞析出;其四,七体与对问体,却又被列在赋体之外。尤其是七体,自枚乘始作《七发》,代有奕作,便成为独立一体,《文心雕龙》归之入杂文,《文选》则专设"七"类。③

唐宋时期,赋呈古、律之分,界限明晰,不辨而明。不过,古赋属类之中,赋与骚(辞)的文体畦径却较之中古又有所变化。唐代的柳宗元、白居易还是承继中古辨骚成果,将楚辞排除在赋体之外。至北宋,晁补之的论说则呈现辞、赋不分,诗、赋不辨④的迹象。他还将历代已明确为"赋"的著名作品如荀卿《赋篇》。宋玉《高唐》《大言》《小言》《登徒子好色赋》,司马相如《子虚》《上林》《大人》《长门》等,又别立一个"变离骚"的新名称以强合其以"离骚"为主线的编辑目的,实是无例。至南宋,朱熹基于"道本文末"的选文倾向,既删原刘向《楚辞》所收《七谏》《九怀》《九叹》《九思》等拟骚之

①　马积高:《历代辞赋研究史料概述》,中华书局2001年版,第203页。
②　唐普:《〈文选〉赋类研究》,四川师范大学2011年博士学位论文,第47页。
③　彭安湘:《中古赋论研究》,中国社会科学出版社2013年版,第6页。
④　(宋)晁补之《离骚新序上》称:"盖《诗》之流,至楚而为离骚,至汉而为赋,其后赋复变而为诗,又变而为杂言长谣。"(宋)晁补之:《济北晁先生鸡肋集》卷三十六,《四部丛刊初编》本,上海书店出版社1989年版。

作，又将原本未入《楚辞》的贾谊《吊屈原》《鵩鸟》"二赋"重新补入其中①而淆乱辞、赋之分。至南宋末陈仁子的《文选补遗》则又骚、赋别卷而列，分之甚明。

所以，《古文苑》以赋名篇，确实避免了一些作品在文体归属上的争议。它未选楚辞，将颂体另列。在赋体内部，亦剔除了"类赋""似赋"及名称虽不名赋但实质为赋的作品。如赋体中较为特殊的"七体"和"问难体"，《古文苑》概未收录。之所以如此，原因在于：

其一，《古文苑》以《文选》为在场的未选选源，《文选》选赋体例的优势，自然会为其所吸取和借鉴。其二，宋代赋总集大都以"以赋名篇"为通例。如《文苑英华》《唐文粹》《文选补遗》均是如此。他们承袭了中古文体辨析成果，将赋与骚与颂分卷而列。

无可否认，这种"以篇定体"的选赋体例同时又具有较大的局限性，甚至可以说是一种保守的赋体观念。它在省去文体争议麻烦的同时，也带来了赋文体范围缩小的消极影响。《古文苑》中未名赋者如王褒的《僮约》、黄香的《责髯奴辞》等，选者将其归入"杂文"一体。这种做法并未看到赋体来源于谐隐之通俗化的一面而将之摒置在赋体之外②，则是其消极影响的直接体现。

二、类序标准：以人系文

关于赋的类别划分，自汉代就已开始了。最早是《汉志·诗赋略》。它将先秦至西汉的赋分为"屈原赋""荀卿赋""陆贾赋""杂赋"四类，虽有明确的分类意识，可分类标准不明，令后世学者费解而猜度不已③。但至少在这里，以人相分还是比较明显的。而且，"杂赋"类中还涉及按内容和按题材的划分。其后，汉宣帝从赋之功用大、小将赋分为大者、小者；桓谭则从赋作篇幅角度，提出"小赋"的概念④；扬雄以讽谏为标准将赋分为"诗人之

---

① 何新文、苏瑞隆、彭安湘：《中国赋论史》，人民出版社2012年版，第199页。

② 马积高认为："还有一些不标体名或另标别的文体之名而实为赋体者……如李兆洛《骈体文钞》中所录王褒《僮约》《责髯奴文》……等题中未标赋之文，多属所谓俳谐体，代表着赋的一流。"参见马积高：《历代辞赋研究史料概述》，中华书局2001年版，第25页。

③ 章学诚《文史通义·诗教下》称屈原、陆贾、荀子为"三家之学"；刘师培《左盦集·书汉书艺文志后》称屈原之属"缘情托兴"、陆贾之属"骋辞"、荀子之属"指物类情"；《论文杂记》称屈属"写怀"、陆属"骋辞"、荀属"阐理"；章太炎《国故论衡·辨诗》称"屈原言情、孙卿效物，陆贾赋……盖纵横之变也"。其实都是承认三者属风格的不同。

④ 桓谭《仙赋序》言："即书壁为小赋。"又《新论·祛蔽》言："尝激一事而作小赋。"

赋"和"辞人之赋"①等。以上汉人对赋体的划分,"堪称中国古代文章体系内的文体分类的发端,在中国古代文体分类学中具有首创意义"②。

至中古,人们对赋之分类探索热情不减。晋代挚虞沿袭汉人以政教讽谕的标准,将赋分为"古诗之赋"和"今之赋"。前者以孙卿、屈原、贾谊为代表,认为其赋有"古诗之义",有真情实感,能"节之以礼",故尊为"辞赋之首"。后者以宋玉之徒及多数汉赋作家为代表,认为其赋夸诞失实、有乖"风雅之则",缺乏真情实感。刘勰在《文心雕龙》中则将赋分为"鸿裁"与"小制"两类。这虽表面上是从篇幅长短而言大小,实则是以赋之描写物体与思想内容来进行分类的。据韩晖统计,《文心雕龙》所列赋类有:京殿、苑猎、述行、序志、草区、禽族、山海、宫殿、物色9类,有8类与《文选》赋分类的类目相同或相近③。

当然,中古赋之分类对后世最具影响力的还是《文选》。《文选序》末指出了《文选》诗赋的分类标准:"诗赋体既不一,又以类分。类分之中,各以时代相次。"④

《文选》以题材为标准将赋分为15类,实际上如黄侃所言,是"沿前贯耳"⑤。如《汉志》"杂赋"类、嵇康《琴赋序》、挚虞《文章流别论》、谢灵运《归途赋序》、陆机《遂志赋序》、曹摅《围棋赋序》、陶渊明《闲情赋序》等均有对赋的题材归类评论的倾向。《文选》赋之分类既是对前代的继承与总结,更对后代总集和类书的分类产生了深远影响。这点在第一章第三节已有详细的论述,此处不再赘述。

《古文苑》赋体的分类标准是较为特殊的。它既与《文选》按题材的"以类次文"不同,也与宋代以后一般总集的"以时分类"不同。它不直接标出朝代字眼,而是以作家(个体或群体)出现的先后寓示赋文体的历时演变。这是一种较特殊的"以人系文"方式。

需要指出的是,二十一卷本《古文苑》不单与它集,也与九卷本《古文苑》赋之分卷排列有明显的差别。九卷本《古文苑》分卷录赋情况如下表所示。

---

① "是以扬子悔之,曰:'诗人之赋丽以则,辞人之赋丽以淫。如孔氏之门人用赋也,则贾谊登堂,相如入室矣,如其不用何!'"(汉)班固撰,颜师古注:《汉书》卷三十《艺文志》,中华书局1962年版,第1756页。

② 郭英德:《中国古代文体学论稿》,北京大学出版社2005年版,第53页。

③ 韩晖:《〈文心雕龙〉论赋与〈文选〉赋分类定篇》,《广西师范大学学报》2005年第4期。

④ (南朝梁)萧统编,(唐)李善注:《文选》,上海古籍出版社1986年版,第3页。

⑤ 黄侃:《文选平点》(重辑本),中华书局2006年版,第3页。

卷次	文体	赋家排列情况
卷一	文、赋	宋玉、贾谊、董仲舒、枚乘、司马相如
卷二	赋	刘安、羊胜、班婕妤、刘向、扬雄、刘歆、杜笃、班固、傅毅、黄香、曹大家、马融、张衡、李尤、崔寔
卷三	赋	王延寿、蔡邕、魏文帝、王粲、曹植、王粲、刘桢、王粲、应玚、左思、谢朓、庾信

其卷一为文、赋两体,既收录《石鼓文》《诅楚文》《秦二世峄山刻石文》和闻人牟准《魏敬侯碑阴文》4篇刻石文,也收录有宋玉、贾谊、董仲舒、枚乘、司马相如5位作家11篇赋作;卷二、卷三为赋体,收录25位作家的46篇赋作。即九卷本《古文苑》共收录30位赋家57篇赋作。

章樵重新编次为二十一卷时,将九卷本各类的前后排列次序做了一些调整:卷一保留三篇刻石文,将闻人牟准《魏敬侯碑阴文》抽出放入卷十七杂文;把九卷本卷一至卷三所收赋作,重新别为六卷。其中,将宋玉六首赋、扬雄三首赋单独列出,别为第二卷和第四卷。其余赋作在群体作家及赋作数量总名下按年代先后分为四卷,分别是"汉臣赋十二首""汉臣赋九首""汉臣赋六首""赋十一首",并增加五篇赋作(枚乘、路乔如、公孙乘、中山王、陆机各一篇),又遗漏张衡《羽猎赋》。比九卷本多收4篇。

为了更直观地呈现,现将《古文苑》二十一卷本正编赋类胪列如下:

第二卷:宋玉赋六首;

第三卷:汉臣赋十二首(贾谊、董仲舒、枚乘、路乔如、公孙乘、羊胜、刘安、中山王、司马相如、班婕妤、曹大家);

第四卷:扬雄赋三首;

第五卷:汉臣赋九首(刘歆、杜笃、班固、马融、张衡);

第六卷:汉臣赋六首(黄香、李尤、崔寔、王延寿、张超);

第七卷:赋十一首(蔡邕、王粲、陆机、左思、庾信、谢朓)。

显然,第二至第六卷的"以人系文"是《古文苑》编者取法刘向之《诗赋略》"源流本末,条举件系"。它并非只是历代赋家赋作的罗列、堆砌,而是有助于凸显赋家个体(宋玉、扬雄)和群体(汉臣),见出其创作面貌。《文选》以题材分类固然便利,却将同一位赋家的作品分割到了不同的卷列。如张衡,其赋分别位于《文选》卷二、卷三的京都类(《西京赋》《东京赋》)以及卷十五的志类(《思玄赋》);再如潘岳,其赋分别位于《文选》卷七耕藉类(《藉田赋》)、卷九畋猎类(《射雉赋》)、卷十纪行类(《纪行赋》)、卷十三物色类(《秋兴赋》)以及卷十六志类(《闲居赋》)中。与《文选》相比,《古文苑》的"以人系文"避免了将同一位赋家作品支离割裂之弊。它较为集中的将同一位赋家,如宋玉、扬雄、张衡、蔡邕等的诸多作品同时收录(贾谊、刘歆例外),对于整体观照其赋作内容、类型、风格非常便利,免去了文献查阅之苦,此其一。

其二,它还提供了一条清晰可见的赋史发展脉络。这条脉络图如下所示。

宋玉→	（汉臣）贾谊至班婕妤→	扬雄→	（汉臣）刘歆至张衡→	（汉臣）黄香至蔡邕→	谢朓至庾信
↓	↓	↓	↓	↓	↓
战国→	西汉　→	西汉、新→	东汉前期　→	东汉后期→	南朝梁

即依时代顺序,收录了从战国到两汉再到南朝的赋作,这是《古文苑》赋类的内部覆盖范围。时间跨度长达近七百余年,历九个朝代。而且,赋家所跨地域范围广阔。这皆说明,《古文苑》选域宽阔,时代线索明晰,含有备史的意味。

当然,也有个别赋家的安排打乱了时代顺序,如班婕妤之后列为曹大家(即班昭)。班昭约生于建武二十一年(45),约卒于元初三年(116),为东汉时人。选编者却将其列于扬雄之前。而扬雄跨西汉和新两朝,早在汉成帝时已出仕,并卒于天凤五年(18),时代显然早于班昭。选编者如此排列并不符合史实,或许是出于女性并列的意图,亦未可知。又如刘歆(前50—23),生卒年与扬雄相近,应该属西汉、新莽时人物,选编者却将之与东汉赋家列为一卷。还有庾信本来应在谢朓之后(在《古文苑》九卷本亦如此),不知何故却将其列于谢朓之前。这三个特例在一定程度上导致了二十一卷本《古文苑》选赋排序的不一致,但并不影响赋类总体在"以人系文"下以时为序的整体印象。

不过,令人疑惑的是卷七"赋十一首"的提法,它似乎使整个分类不够合理统一。考之此卷赋家时代,乃是从汉末的蔡邕至南朝梁时的庾信止,也是以时为序,或因此段朝代甚多,选编者无合适之词总括之而直接题以文体和篇数,亦未可知。

至于第二十一卷的"杂赋十四首",其意图正如章樵所云:"旧编载此诸篇,文多残缺,搜检它集,互加参证,或补及数句,犹非全文。姑存卷末,以俟博访。"① 本卷只是残篇的类聚,其作用相当于附录。其编排次序为:

---

① 《古文苑》第二十一卷"赋十四首"题解。

　　杂赋十四首
　　贾谊、刘向、刘歆、傅毅、蔡邕、魏文帝、王粲、曹植、刘桢、应玚
　　颂三首
　　傅毅《东巡颂》、蔡邕《东巡赋》《南巡颂》;
　　蔡邕《九惟文》

　　蔡邕的《九惟文》不以赋名篇,故选编者将其列在"颂"类的末尾①。以赋名篇的十三首赋及其作者,从西汉贾谊到魏晋应玚,还是采用"以人系时"、暗含时代先后的顺序,这体现了《古文苑》赋类正编和附录编排顺序的一致性。
　　然而,对二十一卷本所做的调整,学者们意见纷纭。如王晓鹃认为:

　　　　经过章樵的调整,《古文苑》所录诗文的时间和作者脉络更为清楚,文体的分类也趋于合理。可见,章樵在注释时,比较关注《古文苑》的编纂体例,不仅注意到了对文学史料的极尽搜罗,而且刻意在庞杂的文学史资料之中凸显各个时代的大家名作、精品。②

　　而香港中文大学的潘铭基先生则针对汉赋的择录提出了截然相反的意见,他说:

　　　　较诸《古文苑》二本,可见九卷本之分卷编次较为合理。举例而言,九卷本按时代先后为序,载录各家赋作,用意皎然。章注本卷三除班昭《针缕赋》外,余皆前汉赋作;卷四扬雄生平当在班昭之前,章樵反列于后;卷五除刘歆《遂初赋》外,余皆后汉赋作。此皆可见章注本分卷之不善。
　　　　又章注本卷二一题为"杂赋",实乃章氏收录重新整理残缺诸篇之作。……可知章樵重新整理《古文苑》全书,以其所载断烂之篇,置于末卷。……马积高云:"章樵以第二十一卷所收为残文,实则前七卷亦

---

①　显然,这里有两个疑问:一是赋作数目对不上,说是十四首却少了一首;二是《九惟文》的文体归属到底为何? 残录的"入惟"中有一段铺陈士以贫为病的生活。显然其余"惟"的笔法当与之相似,从文体特征来讲,接近于赋体。将《九惟文》纳入赋类,数目就对得上。但若《古文苑》严守"以赋名篇"的选赋体例,《九惟文》列于此则另有他意,就不当算入以凑十四之数,那《古文苑》所录赋作数目当为 60 篇。
②　王晓鹃:《〈古文苑〉章樵注本评析》,《中国典籍与文化》2010 年第 1 期。

有不少篇为节录,而非全文。"马氏言是。考诸《古文苑》全书,所录非全文之例亦多有之,则章氏载录于卷二一之原则并不清晰。《古文苑》载有贾谊赋二篇(《旱云赋》《簴赋》),九卷本俱载之于卷一,而章注本以《簴赋》为残篇,故置之卷二一。又刘歆《遂初赋》(卷五"汉臣赋")与《甘泉宫赋》(卷二一"赋")亦然。将同一作者之赋作分置二卷,实亦不便读者之甚也。①

两说褒贬抑扬,各攸所当,但各执一端,又需审慎相待。潘说认为章注本分卷不善在三点:一是以时为序有问题;二是末卷录残篇原则不清晰;三是同一作者之赋分列不便读者。关于第二点,通过我们比照,目前只有陆机《思亲赋》和蔡邕《琴赋》两篇文字少于《艺文类聚》所录。"前七卷亦有不少篇为节录"的观点,实是我们后人参之众多文献资料得出的结论,回到章注本编次的情境,或许选源本是如此,亦未可知。关于第三点,章樵意欲全文、残篇分开,《簴赋》和《甘泉宫赋》为残篇,自当置于残篇卷,并未自乱体例。

反倒是第一点,以时为序并未严格贯彻的问题,具体即扬雄列于班昭之后,且被别出"汉臣赋"单独列卷,而刘歆却归于"汉臣"的问题,需要专门谈一谈。笔者在《〈古文苑〉辞赋观及其选本批评形态意义》一文中曾对扬雄单独列卷作过粗浅的探讨,认为:

　　扬雄赋作颇丰,弘丽温雅,开启拟古风气。虽然其所录赋作数量在蔡邕、宋玉、张衡、王粲之后,但《古文苑》也将之单独列卷,可见编撰者对他的重视。受程朱理学的影响,宋代文坛形成了对前代作者进行道德评判的风气,甚至因为人格问题其辞赋创作也被否定的情况。与《古文苑》一样明显具有补《文选》不足目的和作用的《文选补遗》,对扬雄则作如是评价:"然则雄固为骚之谗贼矣,他尚何说哉!"所录《逐贫赋》亦是因"《文选》不收,《初学记》所载才百余字,今人盖有未之者,辄录于此"的,颇有以人废言之意。但《古文苑》编撰者却不为时论所拘,有意突显扬雄,表现出一种对古赋经典化的理性认识和对赋家在赋史上地位的准确评估。②

---

① 潘铭基:《章樵注本古文苑考辨——兼论其对汉赋辑集的意义》,2016 年《赋学国际学术研讨会论文集》(台南大学人文社会学院主办)。

② 彭安湘:《〈古文苑〉辞赋观及其选本批评形态意义》,《中南大学学报》2012 年第 6 期。

现对上述观点作两点补充。第一,扬雄及赋作选录与其单列分卷是两回事。前者为《古文苑》无名氏所为,后者是章樵所为。合而论之,从赋作数量、与他集的比较及单独列卷来看,两者对扬雄及赋作的重视则是毋庸置疑的(章注本第十四卷、第十五卷名之以"扬雄百官箴",收十四箴亦可作为旁证)。若单论章注本,原因是否真如有学者所认为的"章樵不以扬雄为'汉臣',因将其赋作另立一卷,其作品不在'汉臣赋'之列,其实乃贬斥其仕莽之举而已"①呢?

扬雄历汉、新两朝,其人生最后九年在莽新朝校书天禄阁,官为大夫,确是事实。但与之履历相近的还有刘歆。刘歆在莽新朝比扬雄显赫得多,所谓"刘歆、甄丰皆为上公"②。若是因"仕莽之举",刘歆何不也单卷而列呢?或与扬雄并卷呢? 此其一。其二,就两人的历代评价而言,扬雄在南宋之前得到的都是正面的评价(颜之推乃唯一例外)。诸如:

> 今扬子之书文义至深,而论不诡于圣人,若使遭遇时君,更阅贤知,为所称善,则必度越诸子矣。③
>
> 渊哉若人! 实好斯文。初拟相如,献赋黄门,辍而覃思,草《法》纂《玄》,斟酌《六经》,放《易》象《论》,潜于篇籍,以章厥身。④

另有王充赞扬雄为"鸿茂参圣之才"⑤;韩愈赞其"为圣人之徒"⑥;司马光称"扬子云真大儒也"(司马光《说玄》);等等。这些赞誉均说明扬雄的学问文章在南宋以前受到极高的推崇。

时至南宋,对扬雄的贬抑之声开始泛起。当然,发覆者是南北朝时期的颜之推。他在《颜氏家训·文章》中,指责"扬雄德败美新"⑦。于是,"美新"成为南宋人攻讦扬雄的有力证据。批判最为严厉、苛刻的人物是朱熹。他在《资治通鉴纲目·汉纪·戊寅》称"莽大夫扬雄死",就不称其为"汉臣",原因是"余独以为是其失节,亦蔡琰之俦耳。然琰犹知愧而自讼,若雄

① 潘铭基:《章樵注本古文苑考辨——兼论其对汉赋辑集的意义》,2016年《赋学国际学术研讨会论文集》(台南大学人文社会学院主办)。
② (汉)班固撰,颜师古注:《汉书》卷八十七下《扬雄传》,中华书局1962年版,第3584页。
③ (汉)班固撰,颜师古注:《汉书》卷八十七下《扬雄传》,中华书局1962年版,第3585页。
④ (汉)班固撰,颜师古注:《汉书》卷一百下《叙传》,中华书局1962年版,第4265页。
⑤ (汉)王充撰,黄晖校释:《论衡校释》卷十三《超奇》,中华书局1990年版,第608页。
⑥ (唐)韩愈撰,马其昶校注:《韩昌黎文集校注》,上海古籍出版社1986年版,第40页。
⑦ (北齐)颜之推撰,王利器:《颜氏家训集解》,中华书局2013年版,第286页。

则反讪前哲以自文,宜又不得与琰比矣"①。即扬雄出仕新朝并作《剧秦美新》,朱熹对其大加挞伐,且对其"自文"之作(当然也包括辞赋作品),一概因其为人而予以贬斥否定。由于朱熹巨大的影响力,此论一出而对扬雄的前誉几废。后世如清代方苞就以"凡无益于世教人心政法者,文虽工弗列也"②为由,不录扬雄之文。

与扬雄生平履历相似的刘歆,历代评价与扬雄竟亦出奇地相似,也是先褒后贬,以南宋为界。汉代学者对于刘歆的学识都给予了极高的肯定。如班固在《汉书》中引其父班彪的话称刘歆"博而笃";《楚元王传》称赞刘向父子"直谅多闻,古之益友"③;刘歆的好友桓谭说他是"通人";王充在《论衡·超奇篇》中曰"近世刘子政父子、扬子云、桓君山,其犹文、武、周公,并出一时也"④,称赞刘歆等为当世难得之通儒。至西晋傅玄始有异议,称"向才学俗而志忠,歆才学通而行邪"⑤。后颜之推也非议"刘歆反复莽世"⑥。不过,指责力度并不深切。直至南宋,对刘歆的行为进行批判才活跃、严厉起来。

如洪迈在《容斋随笔》中认为"刘歆不孝",称"事亲孝,故忠可移于君,是以求忠臣必于孝子之门。刘歆事父,虽不载不孝之迹,然其议论每与向异同。故向拳拳于国家,欲抑王氏以崇刘氏;而歆乃力赞王莽,倡其凶逆,至为之国师公,又改名秀以应图谶,竟亦不免为莽所诛,子棻、女愔皆以戮死"⑦。洪迈认为,忠孝一体,刘歆与其父异志,又仕莽新,不仅自己被诛,还牵连儿女,乃不忠不孝之至。宋代理学家叶适也惋惜刘歆,称"人之患在为殉人之学,向幸无此,然亦其父子讲学所不到,而歆遂狼狈不可救,悲哉!"⑧在叶适看来,刘歆牺牲了学术道统的独立精神,而屈尊于世俗的政统,仕新莽,身死族灭,是最终导致了其"狼狈不可救"悲剧的根源所在。影响所至,清代王夫之直呼其为"小人",称"王莽未灭,而刘歆先杀,歆未死而族先灭,哀哉!……歆小人也"⑨。可见,在南宋及以后,批评指责刘歆之声更甚。

---

① (宋)朱熹撰,黄录庚点校:《楚辞集注·楚辞后语目录》,上海古籍出版社 2015 年版,第 265 页。
② (清)方苞:《望溪先生集》卷七《送李雨苍序》,上海中华书局 1929 年版。
③ (汉)班固撰,颜师古注:《汉书》卷三十《楚元王传》,中华书局 1962 年版,第 1973 页。
④ (汉)王充撰,黄晖校释:《论衡校释》卷十三《超奇》,中华书局 1990 年版,第 606 页。
⑤ (唐)《北堂书钞》卷九十五,《御览》卷五百九十九,又卷六百零八。
⑥ (北齐)颜之推撰,工利器集解:《颜氏家训集解》,中华书局 2013 年版,第 286 页。
⑦ (宋)洪迈撰,穆公校点:《容斋随笔》卷九,上海古籍出版社 2014 年版,第 47—48 页。
⑧ (宋)叶适:《习学记言序目》卷二十二,中华书局 1977 年版,第 318—319 页。
⑨ (清)王夫之撰,舒士彦点校:《读通鉴论上》卷五《王莽》,中华书局 1975 年版,第 129—130 页。

作为南宋理学思想的积极追随者章樵,在对扬雄和刘歆的评价上是否受到了朱熹、叶适的影响,我们现在并无直接证据来证实。但可以肯定的是,他单列扬雄,将之与其他"汉臣"区分开来,并不完全是贬斥其仕莽之举,至少不是唯一的理由,否则刘歆列为"汉臣"就解释不通。这还需结合文学艺术评价,此是补充的第二点。扬雄赋的成就,自中古以来即有定评,刘勰称其为汉十家之一,《文选》选其《甘泉》《羽猎》《长杨》三大赋。《古文苑》又采其三赋,既补《文选》之遗,又广《文选》之狭,再一次夯实了扬雄在汉赋接受史上的地位。章樵将扬雄单列,虽未像在《古文苑序》中那样赞美其箴:"扬子云仿虞作箴,官箴王阙,所以补正心术,警戒几微,殆与圣贤盘盂几杖之铭,争光千古",但绝不会无视其人其作在赋史上的价值与地位,而仅出于贬斥扬雄为人的目的将之单列。

三、选赋原则:重远略近

尽管选本中作家作品的入选数量并不能完全反映出编撰者对作家的评价,却也是衡量编纂者鉴别去取眼光的一个重要标向。同时,入选作品的多寡也能反映出该作家与作品不同历史时期接受与流传的情况。考察《古文苑》所录各个时段的赋家赋作的具体篇目数量,即可清楚地看清这点。

《古文苑》所选36家64篇赋作(含未"以赋名篇"3篇)①的时段、数量情况如下表所示。

朝代	作家作品及篇数	篇数	占总赋比例
战国	宋玉(6)	6	9.4%
西汉	贾谊(2) 董仲舒(1) 枚乘(2) 路乔如(1) 公孙乘(1) 羊胜(1) 刘安(1) 中山王(1) 司马相如(1) 班婕好(1)王褒(2)刘向(1) 扬雄(3) 刘歆(2)	20	31.3%
东汉	杜笃(1) 班固(3) 曹大家(1) 傅毅(1) 马融(1) 张衡(4) 黄香(1) 李尤(1) 崔寔(1) 蔡邕(9) 张超(1) 王延寿(2) 王粲(4)	30	46.9%
曹魏	魏文帝(1) 曹植(1) 应玚(1) 刘桢(1)	4	6.3%
西晋	陆机(1) 左思(1)	2	3.1%
齐	谢朓(1)	1	1.6%
梁	庾信(1)	1	1.6%

---

① 其中,"以赋名篇"之作60篇,未"以赋名篇"之作4篇(王褒《僮约》《责髯奴辞》,班固《奕旨》,蔡邕《九惟文》)。

从上表可以了解到如下信息:

第一,反映了《古文苑》选编者的选编原则——重远略近、重古轻骈。《古文苑》收录了战国赋家1人,赋作6篇;西汉赋家14人,赋作20篇;东汉赋家13人,赋作30篇;曹魏赋家4人,赋作4篇;西晋赋家2人,赋作2篇;齐赋家1人,赋作1篇;梁赋家1人,赋作1篇。其中两汉最多,竟占所录辞赋总数的78.2%,先秦和曹魏次之,西晋较少,齐梁最少,而东晋、宋则为空缺。换言之,即看重先秦赋,非常推崇两汉赋,尤其是东汉赋,对曹魏赋也颇重视,却轻视两晋赋,尤其是南朝骈赋。

刘勰《文心雕龙·诠赋》曾列出先秦两汉"辞赋之英杰"十家,即:荀况、宋玉、枚乘、司马相如、贾谊、王褒、班固、张衡、扬雄、王延寿。对此,《文选》与《古文苑》编纂者基本认同。两书都未选录荀况赋作,但其余九家赋作都选录了。而且,《文心雕龙》所列举的赋家代表作,除枚乘的《菟园赋》外,其余的《文选》不仅全都收录了,且补充了这九大赋家的其余赋作。《古文苑》则收录了九大赋家在《文选》之外的其余赋作。可见,《古文苑》与《文选》一样,对《文心雕龙》中先秦两汉十位"辞赋之英杰"的提法是赞同的,对汉赋的推崇是一致的。从凡是《文选》所录作品,《古文苑》概不收录的原则来看,《古文苑》明显地具有补充《文选》选赋的性质。

对于《文心雕龙》提出的王粲、徐幹、左思、潘岳、陆机、成公绥、郭璞、袁宏八位"魏晋之赋首",《文选》收录了王粲、左思、潘岳、陆机、成公绥和郭璞五位之作,《古文苑》则只补充收录了王粲、左思和陆机三位。值得注意的是,两书所录魏晋赋家的赋作也无一篇重复。在《文心雕龙》未列举的其余魏晋赋家中,两书都选录了曹植的赋作,但篇目也不一样。对于《文选》看重的西晋赋,《古文苑》仅录2篇,而东晋赋则无一入选。从收录情况来看,《文选》偏重于两晋赋家,《古文苑》则偏重于建安赋家。这说明《古文苑》改变了《文选》忽略建安赋、重视两晋赋的情况,其选编者对三国、两晋时期辞赋的看法与后人是基本一致的。

至于南朝赋家,《古文苑》与《文选》的选录也有很大的区别。首先是赋家赋作数量上的不对等,《古文苑》仅录2人,作品仅2篇,而《文选》则有5人,作品7篇;其次是对未录辞赋朝代的选择相异,《古文苑》未录宋代辞赋,《文选》则未录齐梁辞赋;①再次是所录赋家赋作无一相同。这体现了两

---

① 傅刚说:"《文选》不收齐代作品,于梁代仅录江淹二首,且江淹的《别》、《恨》等赋均作于刘宋末被黜为建安吴兴令时,这样的话,《文选》录赋实际只到刘宋为止。"见傅刚:《昭明文选研究》,中国社会科学出版社2000年版,第232页。

书选家完全不同的选择取向。

第二,不拘时论、彰显赋家价值的选录眼光。

从赋家赋作的入选数量看,最多的是东汉末年的蔡邕,共有9篇;其次是宋玉,有6篇;再次是张衡、王粲,各有4篇;第四是扬雄、班固,各有3篇;排在第五位的是贾谊、枚乘、王褒、刘歆、王延寿,各有2篇。在这些赋家中,蔡邕以其赋作被收录最多格外引人注目。他一人之赋几乎占被选录赋作的七分之一,这表明选编者对其辞赋的高度重视。

蔡邕是东汉文化界的巨子,《后汉书》本传列举他的学术业绩和文学作品云:"其撰集汉事,未见录以继后史,适作《灵纪》及《十意》,又补诸列传四十二篇,因李傕之乱,湮没多不存。所著诗、赋、碑、诔、铭、赞、连珠、箴、吊、论议、《独断》《劝学》《释诲》《叙乐》《女训》《篆势》、祝文、章表、书记,凡百四篇,传于世。"①在东汉九十多位显、隐文士中,无论是作品类型还是作品数量,蔡邕都是其他文人无法比拟的。

在汉赋的发展史上,他也是一位非常重要的人物。他创作了不少辞赋,从清严可均《全后汉文》收录他的17篇辞赋(包括残篇)来看,所涉及的题材内容相当丰富,既有咏物,又有写景,既写天灾,又纪旅行,既有吊古怀今,又写爱情婚姻,甚至还有专写乐人优伶的作品,其反映社会的深广在汉代赋家中是绝无仅有的。② 蔡邕的文辞,在他生前即获得极高的评价。《蔡邕别传》云:"东国宗敬邕,不言名,咸称'蔡君'。兖州陈留,并图画蔡邕形像,而颂之曰:'文同三闾,孝齐参骞。'"③其同朝太尉马日磾也认为:"伯喈旷世逸才,多识汉事。"《魏志·王粲传》中云:"时邕才学显著,贵重朝廷,常车骑填巷,宾客盈坐。"④这些都说明蔡邕在文坛上的卓越巨匠地位。到了魏晋时代,蔡邕经常同前代的张衡一起并称为"张蔡",如魏文帝曹丕在《典论·论文》中曰:"张、蔡不为过也。"⑤而且其辞赋,由于时代切近,对建安文学产生了直接影响。时至南朝,刘勰在《文心雕龙》诸篇中对蔡邕依然赞不绝口。如《才略》篇云"张衡通赡,蔡邕精雅,文史彬彬,隔世相望"⑥;《铭箴》篇云"蔡邕铭思,独冠古今"⑦;《事类》篇云:"至于崔、班、张、蔡,遂捃摭经

①　(南朝)范晔:《后汉书》卷六十下《蔡邕传》,中华书局1965年版,第2007页。

②　踪凡:《蔡邕与鸿都门学的汉赋观》,《贵州社会科学》2002年第1期。

③　(宋)李昉等辑:《太平广记》卷一百六十四《蔡邕别传》,中华书局1961年版,第1191页。

④　(晋)陈寿:《三国志·魏书》卷二十一《王粲传》,中华书局1959年版,第597页。

⑤　(清)严可均辑:《全三国文》卷五十一,商务印书馆1999年版,第83页。

⑥　(南朝梁)刘勰撰,范文澜注:《文心雕龙注》,人民文学出版社1958年版,第699页。

⑦　(南朝梁)刘勰撰,范文澜注:《文心雕龙注》,人民文学出版社1958年版,第194页。

史,华实布濩,因书立功,皆后人之范式也"①。

对于东汉的这位文坛领袖,《文选》除了录有其一篇碑文外,竟连他的一篇赋作都未收录。《古文苑》却将其当时所能见到的蔡邕辞赋,几乎全部收录,这是对蔡邕在赋文学史上地位的极力肯定。用赋学家龚克昌先生的话来说:"蔡邕不仅是转变汉赋思想内容的第一人,他同时也是转变汉赋艺术形式的第一人。在中国赋史上,他的地位是无可替代的。"②《古文苑》选编者能在权威选本《文选》之外,大量择选蔡邕作品,亦可见其眼光的独到与深邃。

在先秦赋家中,《古文苑》仅录宋玉一人,其辞赋篇目虽排在蔡邕之后,但在赋类文体的卷次安排上及赋家按时代先后排序上,却是以他为始。关于赋的来源、发展,一般以班固《汉书·艺文志》所论为代表:"春秋以后,周道浸坏,聘问歌咏不行于列国,学《诗》之士,逸在布衣,而贤人失志之赋作矣。大儒孙卿及楚臣屈原离谗忧国,皆作赋以风,咸有恻隐古诗之义。其后,宋玉、唐勒;汉兴,枚乘、司马相如,下及扬子云,竞为侈丽闳衍之词,没其风谕之义。"③即认为屈原、荀卿导源于前,宋玉等人蹈迹于后。《古文苑》不选录荀卿赋,也不像《文选》一样将屈原作品单独分类,而是直接从宋玉赋开始,则说明《古文苑》的选编者是不赞同班固观点的。从汉代到南朝,宋玉赋受到众多学者严厉的批评,诸如"或问:'景差、唐勒、宋玉、枚乘之赋也益乎?'曰:'必以淫。'"④"多淫浮之病"⑤"及宋玉之徒,淫文放发,言过其实,夸竞之兴,体失之渐,风雅之则,于是乎乖"⑥"宋发巧谈,实始淫丽"⑦。在这样的背景下,《古文苑》的选编者不同流俗,选了宋玉六篇赋作,甚至存疑之作《舞赋》亦归之其名下,足见其卓实与胆量。赋学史已经证明他对宋玉赋的推崇和重视是较为准确的。虽然《文选》也选了宋玉四篇辞赋,并还专门为宋玉立了"情"类赋,但它没有像《古文苑》那样将宋玉赋摆在赋类之首。《古文苑》对于宋玉在赋文学史地位的肯定,或许也是

---

① （南朝梁）刘勰撰,范文澜注:《文心雕龙注》,人民文学出版社1958年版,第615页。
② 龚克昌:《中国辞赋研究》,山东大学出版社2003年版,第591页。
③ （汉）班固撰,颜师古注:《汉书》卷三十《艺文志》,中华书局1962年版,第1756页。
④ （汉）扬雄,韩敬注:《法言注》卷二,中华书局1992年版,第27页。
⑤ （晋）挚虞:《文章流别论》,（清）严可均辑:《全晋文》卷七十七,商务印书馆1999年版,第819页。
⑥ （晋）皇甫谧:《三都赋序》,（清）严可均辑:《全晋文》卷七十一,商务印书馆1999年版,第757页。
⑦ （南朝梁）刘勰撰,范文澜注:《文心雕龙注》,人民文学出版社1958年版,第135页。

"赋始于宋玉"①说的有力佐证。

四、选赋旨趣:尚古小、兼雅俗

《古文苑》不像《文选》将辞赋按题材内容分类,而是按作家时代的先后顺序分卷排列。这种以人系文的方式与以题分类各有优劣,但亦是历史的必然。由于《古文苑》没有凡例,也没有说明其编撰旨趣,因此,本章根据此书收录作品的具体情形,参照《文选》和《历代赋汇》重新以题材分类,以期归纳总结出《古文苑》选赋的旨趣。

二十一卷本《古文苑》辞赋题材分类表

参照《文选》分类的赋类、赋家、赋作		参照《历代赋汇》增补的赋类、赋家、赋作	
题材	赋家、赋作	题材	赋家、赋作
京都	扬雄《蜀都赋》	苑囿	枚乘《菟园赋》
郊祀	刘向《请雨华山赋》	名山	杜笃《首阳山赋》、班固《终南山赋》
耕籍	/	关隘	李尤《函谷关赋》
畋猎	王粲《羽猎赋》	书画	蔡邕《笔赋》
纪行	刘歆《遂初赋》、蔡邕《述行赋》、王粲《浮淮赋》、魏文帝《浮淮赋》、曹植《述行赋》	草木	枚乘《忘忧馆柳赋》、中山王《文木赋》、蔡邕《伤故栗赋》、王粲《柳赋》、庾信《枯树赋》
游览	谢朓《游后园赋》	治道	崔寔《大赦赋》
宫殿	刘歆《甘泉宫赋》	器用	刘安《屏风赋》、羊胜《屏风赋》、曹大家《针缕赋》、班固《竹扇赋》
江海	张衡《温泉赋》、蔡邕《汉津赋》、应场《灵河赋》	伎艺	宋玉《钓赋》、贾谊《簴赋》、马融《围棋赋》、蔡邕《弹棋赋》《弈旨》
物色	贾谊《旱云赋》、公孙乘《月赋》、王粲《大暑赋》、刘桢《大暑赋》	游戏	宋玉《大言赋》《小言赋》、王褒《僮约》《责髯奴辞》、扬雄《逐贫赋》、王延寿《梦赋》、蔡邕《短人赋》
鸟兽	路乔如《鹤赋》、王延寿《王孙赋》	天象	黄香《九宫赋》
志	董仲舒《士不遇赋》、扬雄《太玄赋》、蔡邕《九惟文》、左思《白发赋》	/	/

① 按:清程廷祚《骚赋论·上》曰:"或曰:骚作于屈原矣,赋何始乎? 曰:宋玉。"

续表

参照《文选》分类的赋类、赋家、赋作		参照《历代赋汇》增补的赋类、赋家、赋作	
题材	赋家、赋作	题材	赋家、赋作
哀伤	张衡《骷髅赋》《冢赋》	/	/
论文	/	/	/
音乐	宋玉《笛赋》《舞赋》、傅毅《琴赋》、张衡《观舞赋》、蔡邕《琴赋》	/	/
情	宋玉《讽赋》、司马相如《美人赋》、班婕妤《捣素赋》、蔡邕《协和婚赋》、张超《诮青衣赋》、陆机《思亲赋》	/	/

与《文选》的 15 类题材相比较,除耕籍赋、论文赋外,其余 13 类题材《古文苑》都具备。可见,《古文苑》的这些题材与《文选》所代表的传统赋体文学的题材分类颇多一致性。但在篇目上有的赋类差异较大,篇目明显少于《文选》的是京都赋,其次是畋猎赋、鸟兽赋和哀伤赋。然而,必须指出的是,《古文苑》虽然与《文选》的题材取向相同,但在篇目上没有交叉。《古文苑》有意识地选录那些为《文选》所遗落的篇章,有拾遗补阙的目的。这正好说明选编者编撰《古文苑》时,心目中正是以《文选》为在场的参照选源的。除了相同的题材外,《古文苑》还新增了 10 类题材。这样做的目的,似乎是有意补充《文选》之简省。总的来看,《古文苑》的题材种类比《文选》更加丰富,表现范围也更加广阔。对其题材取向的探讨,为我们了解《古文苑》的选录旨趣提供了如下认识。

第一,主要收录体制短小的抒情小赋,而铺张扬厉的骋辞大赋则很少。这从《古文苑》与《文选》选录的骋辞大赋的篇目差异上可看出来。因为骋辞大赋最常见的,也是封建统治者最感兴趣的题材一般是京都、宫殿与畋猎等。而《古文苑》中这三类题材仅有 4 篇,与《文选》的 15 篇比较起来,在数量上说明《古文苑》对骋辞大赋已不感兴趣。再以京都赋为例,《古文苑》中扬雄《蜀都赋》以近两千言的篇幅描绘了古蜀都辽阔广大的疆域地界:高峻险峭的山岭峰峦、品类繁多的花草禽兽、货物财宝以及浓郁的民俗风情。但与《文选》中的 8 篇长篇巨帙的京都赋比较起来,其铺张扬厉程度则远远不及。与此相应,《古文苑》多选录体制短小的辞赋,其 64 篇辞赋,像《蜀都赋》这样近两千言的作品很少,一般都只几百字,甚至少至几十字。因而读之感觉晓畅明朗、惬意爽快,毫无晦涩堆垛、冗长沉闷之感。

而且，这种体制短小的辞赋多为抒情小赋。它们在结构形式上很多是采用骚体，如贾谊《旱云赋》、刘歆《遂初赋》等；有的虽然表面上看不是骚体，其句式实乃自楚辞演化而来，只不过少了个"兮"字，如班婕妤《捣素赋》、马融《围棋赋》等。不过，我们需认识到：统治阶级将赋家供养于朝廷，笼络他们的思想，同时也就限制了他们的创作。因而，像董仲舒《士不遇赋》及刘歆《遂初赋》中那样悲愤郁抑的慨叹较少，更多的是被像扬雄《逐贫赋》及张衡《骷髅赋》的自嘲与揶揄消解。但到东汉末抒情赋又发展到了一个新的高度，并开建安及魏晋赋先声。《古文苑》选编者能较准确地把握赋史发展的这条情感脉络，已是难能可贵。

除抒情小赋外，《古文苑》还录有大量体制短小的体物小赋。如《月赋》《柳赋》《扇赋》《屏风赋》《针缕赋》等。篇幅短小精悍，行文颇有诗骚遗风。因此，此种体物之赋严格说来仍是私人性的抒情之作，与宏衍巨丽的骋辞大赋完全不同。

第二，选录的辞赋兼雅正风致与通俗情调。辞赋的最初形态是口头文学，入汉以后，赋体为文人所借鉴，并发展为纯文学的样式。因而辞赋就其主导倾向而言，是雅文学。在《古文苑序》中章樵指出"文"体之作"美""浑厚"，"铭"体之作"铺扬""闳散"，"箴"体之作"补正心术，警戒几微"。与它们一样，《古文苑》绝大多数赋作也符合儒家传统标举的文质彬彬、典雅平正的文学观念，于颂美之外，而兼讽谕。像贾谊的《旱云赋》，从句意间读者不难体会出他对苍天与当道者不仁的强烈不满，然而这种情绪又并非直陈，而是如章樵所言的"托旱云以寓其意"。① 即使如《美人赋》《讽赋》这样的"情"赋一类，赋文中出现了分量较大的艳情描写，但"信誓旦旦，秉志不回，翻然高举，与彼长辞"的自诫之语，使其最终还是回归到了儒家礼义的堤岸。班婕妤《捣素赋》借宫女捣素题材，倾诉了自己在深宫中的寂寞和哀怨。抒发的虽是一己之情，"至其情虽出于幽怨，而能引分以自安，援古以自慰，和平中正，终不过于惨伤。又其德性之美，学问之力，有过人者，则论者有不及也"②。这种"怨而不怒，兼有'塞渊、温惠、淑慎'六字之长，可谓深得风人之旨"③。

同时，《古文苑》的辞赋亦有较浅切或近俳谐者，如宋玉《大言赋》《小言赋》，王褒《僮约》《责髯奴辞》，扬雄《逐贫赋》，王延寿《梦赋》，蔡邕《短人

---

① （宋）无名氏辑：《古文苑》卷三，《四部丛刊》本，上海书店出版社 2018 年版。
② （宋）朱熹撰，黄灵庚点校：《楚辞集注・楚辞后语》卷二第十五，上海古籍出版社 2015 年版，第 296 页。
③ （清）刘熙载，薛正兴点校：《刘熙载文集》，江苏古籍出版社 2001 年版，第 126 页。

赋》等,亦俳而近俗,无艰深典丽之辞,而多诙谐生动之趣。此等题材内容,终究不属雅正,故其风格不同于颂美且兼讽谕的辞赋正体,而为俳谐体俗赋一类。因此,与《文选》选赋纯粹的雅正风致相比,《古文苑》雅俗俱备,显示出兼容相包的择录态度。

第三,偏于精细小巧、清新明丽的审美趣味。从《古文苑》新增的辞赋来看,虽不乏描绘高峻挺拔、地势险要的名山关隘赋,然大多还是怡情悦性的书画伎艺赋、荣枯代谢的草木赋与细小精微的日常器用赋。描写的事物大多属微小型,为自然或日常习见的柳、月、鹤、屏风等;描写的场景多带修身养性或娱乐意味,如垂钓对弈、泼墨挥毫等。赋家处于潇洒从容、任性随意、悠闲玩味、细啜慢品的状态之中。与《文选》赋作的构思深沉、辞藻华美、彩绘富瞻以意境广阔取胜相比,《古文苑》的赋作则显得精细小巧、清新明丽并以触及心灵的情深见长,而且大量抒情小赋呈现出以诗为赋、纤弱蕴藉、不涉奢华的特色。

众所周知,《文选》在唐代最为人所看重,至宋代,其地位和评价在人们心目中则发生了变化。陆游《老学庵笔记》卷八载:“国初尚《文选》,当时文人专意此书,故草必称王孙,梅必称驿使,月必称望舒,山水必称清晖。至庆历后,恶其陈腐,诸作者始一洗之。”[1]随着文学风气的变化,北宋学者像苏轼等开始指摘《文选》的选文标准、体例编次等方面的缺失。更多的学者则是通过自己选文,对文学作品作出重新评价,根据自己的文学观点遴选典范作品,指导文学实践。毫无疑问,《古文苑》是以《文选》为参照物,但却呈现出与《文选》不一致的选录志趣。《古文苑》选录志趣的形成,既与选编者自身文学观、辞赋观相关,也离不开整个宋代的学术文化氛围。宋代古文运动的兴起,使宋代辞赋变艰深华丽的语言为简省平易;宋代的文化普及与文学传播,使宋人作品洋溢着浓郁的书卷气和学问气,充满着浓厚的人文旨趣;游冶享乐与文采风流的社会习气,使宋代文学具有生活化、闲适化和个人化的特征[2],而这些历史因素和时代背景对《古文苑》的选赋均有影响。

第二节　《古文苑》章樵赋注再评估

清初塾师唐彪云:“凡书随读随解,则能明晰其理,久久胸中自能有所

---

[1]　(宋)陆游:《老学庵笔记》,《宋元笔记小说大观》,上海古籍出版社2001年版,第3523页。
[2]　郭英德:《光风霁月:宋型文学的审美风貌》,《求索》2003年第3期。

开悟。若读而不讲,不明其理,虽所读者盈笥,亦与不读者无异矣。……读文而无评注,即偶能窥其微妙,日后终至茫然,故评注不可已也。"①此语强调了注释对于解读原文的重要性。赋作为一种才学性兼文学性很强的文体,多喜用古文奇字、罗列名物、引用典故,如不借助注释,解读起来确有相当难度。故自汉始,即有赋注,且出现了许多高质量的赋注本。其中,尤以李善《文选》注为最优。它首开大规模集部注释之先河而影响后世注家。南宋章樵应该也是受影响者之一。其《古文苑》注是他在任吴县事期间,以三年时长所成。不过,历代对《古文苑》章樵注的优劣评价不一。而存于其中的赋注,到底有多大的价值和意义,则需回到选学发生、发展的时代背景中重新审视和评估。

一、历代对章樵注的优劣评价

在章樵为《古文苑》作注释之前,宋人对《古文苑》的评价都不高。韩元吉在《古文苑》记中云:"惟讹舛谬缺者多,不敢是正而补之。"赵希弁在《郡斋读书志·附志》中认同韩氏观点,说:"讹舛谬缺,不敢是正。"章樵同僚吴渊也说此书"舛错断缺,假借嵬琐"。就连章樵本人也视其"句读聱牙,字画奇古,未有音释,加以传录舛讹,读者病之,有听古乐恐卧之叹"②。

基于此,章樵"或哀断简以足其文,或较别集以证其误,推原文意,研覈事实,为之训注。其有首尾残缺义理不属者,姑存旧编以俟庤考,复取汉晋间文史册之所遗,以补其数。凡若干篇,釐为二十卷"③,为《古文苑》的补遗勘误工作付出了大量的心血。其注受到章樵朋友和同僚的赞赏。如吴渊称赞"其援据精切,其阐叙敷闿,凡山经水志、稗官冢竹、籀书、谱,靡不搜罗捃摭,成一家言",可以"使上下一千三百年文人才士著述之本旨,得以赫灼暴旸于亡穷"④。另外,江师心、盛如杞对章樵所作的工作也给予了充分的肯定。除了朋僚略带吹捧式的揄扬因素外,无可否认,章樵《古文苑》注在补遗勘误、训释音义、增补资料、诠释角度方面是有一定的成就的。不过,遗憾的是,其注仍存有不少问题,如录文有漏、讹和妄改、妄注现象,考辨作者

---

① 唐彪:《家塾教学法》,赵伯英、万恒德选注,华东师范大学出版社1992年版,第10、96页。
② (宋)章樵:《古文苑序》,(宋)无名氏辑:《古文苑》,《四部丛刊》本,上海书店出版社2018年版。
③ (宋)章樵:《古文苑序》,(宋)无名氏辑:《古文苑》,《四部丛刊》本,上海书店出版社2018年版。
④ (宋)吴渊:《注古文苑后序》,(宋)无名氏辑:《古文苑》,《四部丛刊》本,上海书店出版社2018年版。

亦有不精到之处,故受到后世学者的批评。

第一个指出《古文苑》讹误的是年代稍后于章樵的王应麟,他在《困学纪闻》中直接指出《古文苑》误将宋玉《钓赋》里的"玄渊"作"玄洲",将《与杨彪夫人袁氏书》里的"房子官绵"误作"官锦,而注者妄解"。"妄解"二字定下了对章注评价不高的基调。

其后,清代钱曾在《读书敏求记》中亦称"卷中柏梁诗,每句下但称官位,而无名氏。有姓无名者,惟郭舍人东方朔耳。世所行注本《古文苑》,于每句下各增名姓……蹖缪如此,《古诗纪》仍其伪而不知,故特为正之"①,有理有据地对章注进行批驳。

清代钱熙祚的评价则比较客观,称"近孙渊如观察复刊宋九卷本,顾千里为之序,斥章本移易篇第,增窜文句之非。然九卷本榛芜丛集,脱误颇多。章氏据唐宋类书所引补遗、刊误,其功甚伟,又注中所称王粲、王融等集,今皆不传,尚赖是而存其一二。固与韩本互有优劣,不能偏废也"②,指出了章注在补遗、刊误以及保存文献上所做的贡献。

日本河田罴编的《静嘉堂秘籍志》之四十七卷中,著录有清顾广圻《思适斋集·重刊宋九卷本〈古文苑〉序》。顾广圻在《序》中云:"淳熙间,韩元吉记其末云:'讹舛谬缺者多,不敢是正而补之,盖传疑也。'可谓慎矣。后此有章樵注者,为之注。改分廿一卷,移易篇第,增窜文句,复非旧观。……然自前明以来,章本遍行,而韩本殆绝。"此处介绍流传情况应是实情。然序中顾氏将章注与韩本讹误之处进行对比后,得出"夫既通其所不通,而不强通其所不可通,是在善读书者,固非章注望文生解所能见及。抑与韩记之云初无异致也"③的结论。此论对韩本能存疑大加赞赏,对章注强解大加鞭挞,贬章褒韩之意非常明显。顾炎武在《日知录》中也据柏梁台所注姓名,贬斥章注附会依托。

《四库全书总目》则对章注作了总结性的评价:一是对其厘为二十一卷,评为"则已非经宼之旧本"。二是以王融二诗、《文木赋》的作者和出处有误为例,称其"则编录未为精核"。三是对《柏梁》诗,引《日知录》《读书敏求记》的观点,评曰"自樵增注妄以其人实之,因启后人之疑"。四是对《钓赋》《曹夫人书》中的误字,评为"皆传为之讹,而注复强为之解"。不

---

① (清)钱曾撰,丁瑜点校:《读书敏求记》卷四《集·总集》,书目文献出版社1984年版,第140页。

② (清)钱熙祚:《古文苑校勘记》,《守山阁丛书》本,齐鲁书社2018年版。

③ (清)顾广圻:《思适斋集》卷六《与孙渊如观察论九卷本古文苑书》,参见顾光圻著、王欣夫辑:《顾千里集》,中华书局2007年版,第170页。

过,四库馆臣也并未将章注一概抹杀,指出"注释亦不能无失,然唐前散佚之文,间赖是书以传"①,认为此书具有重要的文献价值。

章樵注在其生前和殁后不久得到朋友和同僚的高度赞扬,而宋以后,元明不置喙评,在清代则多受厉声诛伐,贬抑之声甚至还波及近现代。如钱锺书先生在《管锥编》中谈到扬雄《蜀都赋》时说该赋"未入《文选》,遂又勿得《选》学家为之披郤导窾,《古文苑》章樵注聊胜于无而已"②,对章注也予以贬词。纵观章注由宋至今的评价历程,其高开低走的现象很令人思量。

二、章樵赋注之再审视和评估

钱曾《读书敏求记》谓古人注书都有一定的体例,曰"汉唐诸大儒,依经疏解,析理精妙,此注经之体然也。史家如裴松之注《三国志》、刘孝标之注《世说》旁搜曲引,巧聚异同,使后之览者知史笔有所料捡,非阙漏不书耳……至于集选,宜诠释字句所自出,以明作者之原委,如善注《文选》其嚆矢也"③。钱氏言经、史、集注各有体例,固然不差。而在关联上,经注又是史注尤其是集注的前因。而赋注之兴,则缘于赋集(选)之盛。除"诠释字句所自出"之集注通例外,赋集(选)注又有一已独有的体例。许结曾以《文选》汉赋注为例,指出赋集(选)注所具有的三个特点:一曰经义拟效、二曰名物之类、三曰宏博之象。④ 下面以前贤所论集注通例与《文选》赋注之特点为参照,探讨《古文苑》章樵注之体例、特色、价值与不足。

(一)《古文苑》赋注之体例构成

《古文苑》赋注属他注中的单注,是章樵凭一人之力"会萃音释,甄别章句,发千古之奥赜,订众人之讹谬"⑤而成。从形式上看,其赋注由三部分构成:题解、小传和随文注。

1. 题解

题解,又称篇题注释,一般指解释题目含义或作品时代背景等的文字。如《文选》李善题解即如此。其为数不多的题解较少涉及作品主题,往往仅

---

① (清)纪昀等撰:《钦定四库全书总目》卷一百八十六,中华书局1997年版,第2608页。

② 钱锺书:《管锥编》(三),三联书店2015年版,第1512页。

③ (清)钱曾撰,丁瑜点校:《读书敏求记》,书目文献出版社1984年版,第140页。

④ 许结:《论赋注批评及其章句学意义》,《中国辞文学刊》2011年第4期。

⑤ (宋)吴渊:《古文苑后序》,(宋)无名氏辑:《古文苑》,《四部丛刊》本,上海书店出版社2018年版。

提供若干背景材料。在这点上,章樵对《古文苑》赋所作的题解数量多,有51篇,占所录赋篇的79.7%,且解释角度多样化。详情如下表。

	卷次	篇名	篇题注释
1	卷二	笛赋	《广雅》曰:"'篴'谓之笛,有七孔。"《诗·简兮》:"左手执籥。"则笛之为乐器久矣!或曰汉武帝时,丘仲始作笛,其说曰:"羌人伐竹,闻龙吟水中,截竹吹之,象其声,盖羌笛也。"
2	卷二	大言赋	《中庸》曰:"君子语大,天下莫能载焉。语小,天下莫能破焉。"此大言、小言所由起也。楚之诸臣,当君危国削之际,不知戒惧,方且虚词以相角,恢谐以希赏,亦可悲矣。
3	卷二	讽赋	《白虎通》"谏"有五:一曰"讽谏"。"讽"也者,谓君父有阙而难言之。或托兴诗赋以见乎词,或假借他事以陈其意,冀有所悟而迁于善。楚襄王好色,宋玉以此赋讽之,词丽以淫,谓之劝可也。
4	卷二	钓赋	《诗》曰:"其钓维何?维丝伊缗。"《论语》曰:"子钓而不网,钓者施纶于竿,垂饵以取鱼也。"
5	卷二	舞赋	《吕氏春秋》曰:"昔阴康氏之始,阴多滞伏,湛积阳道,雍塞不行其序,民气郁瘀,筋骨、宿粟不达,故作为舞,以宣导之。"阴康氏,三皇时君号。
6	卷三	旱云赋	在《易》,《坎》为水,其蕴蒸而上升则为云,溶液而下施则为雨,故《乾》之"云行雨施",阴阳和畅也。《屯》之"密云不雨",阴阳不和也。在人则君臣合德,而泽加于民,亦犹阴阳和畅而泽被于物。贾谊负超世之才,文帝将大用之,乃为大臣绛、灌等所阻,卒弃不用,而世不被其泽,故托旱云以寓其意焉。
7	卷三	士不遇赋	涑水司马氏曰:汉景帝时,栗太子废,其次河间献王最长,若属重器,帝王之治,可以复还。仲舒醇儒,道必遇合,景帝舍嫡立彻,盖天意也。武帝好名亡实,仲舒卒为公孙弘所嫉,摈弃而死,何足深怪。陶渊明作《感士不遇赋》,其序曰:昔董仲舒作《士不遇赋》,司马子长又为之。余尝读其文,慨然惆怅,君子合三子而评之,子长文士之靡耳,尊显富贵,何谓不遇也?
8	卷三	梁王菟园赋	梁孝王武,汉文帝子,景帝之母弟也。窦太后少子,爱之,赏赐不可胜道。孝王筑东苑,方三百里。为复道,自宫连属于平台二十余里。菟园,苑名。《左传》:鲁有菟裘,卫有菟圃,皆地名。音徒。
9	卷三	忘忧馆柳赋	梁孝王游于忘忧之馆,集诸游士,各使为赋。枚乘《柳赋》、路乔如《鹤赋》、公孙诡《文鹿赋》、邹阳《酒赋》、公孙乘《月赋》、羊胜《屏风赋》、韩安国作《几赋》不成,邹阳代作。邹阳、安国罚酒三升,赐枚乘、路乔如绢,人五疋。注:出葛洪《西京杂记》。
10	卷三	屏风赋	《周礼》"掌次:设皇羽邸",注:"皇羽覆上。邸,后版也。"后版,屏风。

	卷次	篇名	篇题注释
11	卷三	屏风赋	因木有自然奇怪之形,连合为屏风,譬世有遗弃之材,遭时见用。
12	卷三	文木赋	鲁恭王得文木一枚,伐以为器,意甚玩之。中山王为赋。恭王大悦,顾盼而笑,赐骏马二匹。注:见葛洪《西京杂记》。按:《史》鲁共王余,汉景帝子。好治宫室,中山王胜乃其弟也。
13	卷三	美人赋	美人者,相如自谓也。诗人骚客所称美人,盖以才德为美。相如乃托其容体之都冶,以自媚于世,鄙矣。
14	卷三	捣素赋	班婕妤,班彪之姑也。为成帝婕妤。汉后宫十四等,婕妤视上卿三夫人之位也。古者后夫人亲蚕分茧缫丝,朱绿之,玄黄之,以备君之祭服。君服之以事天地祖宗,敬之至也。成帝耽于酒色,政事废弛。婕妤贞静而失职,故托捣素以见意。
15	卷三	针缕赋	班姓,名昭,班孟坚女弟,适曹氏。和帝数召入宫,令皇后诸贵人师事焉,号曰大家。见《后汉·列女传》。
16	卷四	太玄赋	子云以为经莫深于《易》,故作《太玄》以拟之。言其理微妙极于幽玄也。此赋推《太玄》之理,以保性命之真。《西京杂记》云:"扬雄作《太玄》,梦白凤凰集其上。"
17	卷四	逐贫赋	子云自序云:"不汲汲于富贵,不戚戚于贫贱,家产不过十金,乏无儋石之储,晏如也。"此赋以文为戏耳。
18	卷四	蜀都赋	《周书·牧誓》"及庸、蜀、羌、髳、微、卢、彭、濮人",孔安国注:"羌在西蜀,蜀髳、微在巴蜀,卢、彭在西北,庸、濮在江汉之南。"扬雄《蜀王纪》:秦惠王灭蜀,使张若与张仪筑成都城。按:蜀即汉之蜀郡也,成都又为三蜀之都会,故称蜀都。
19	卷五	遂初赋	哀帝之世,权柄下移,故歆思周晋旧事,有所感伤而寓意此赋。
20	卷五	首阳山赋	《史记》:伯夷、叔齐,孤竹君之二子也。闻西伯昌善养老,盖往归焉。及西伯卒,武王伐纣,叩马而谏。武王已平殷乱,天下宗周。夷、齐耻之,义不食周粟,隐于首阳山,采薇食之,饿死。
21	卷五	终南山赋	《汉书·地理志》:右扶风武功县太壹山,古文以为终南。《毛氏诗注》:终南,周之名山,中南也。
22	卷五	竹扇赋	按葛洪《西京杂记》汉制:天子玉几,夏设羽扇,冬设缯扇。至成帝时,昭阳殿始有九华扇、五明扇及云母、孔雀、翠羽等名,其华饰侈丽,不言可知。孟坚当肃宗朝时,以竹扇供御,盖中兴以来,革去奢靡,崇尚朴素所致。赋而美之,所以彰盛德、养君心也。
23	卷五	围棋赋	字季长,扶风杜陵人,《后汉书》有传。孟子曰:"弈之为数,小数也。"赵岐注:弈,围棋也。《博物志》云:丹朱善棋,既不经见,未足深信。

	卷次	篇名	篇题注释
24	卷五	骷髅赋	字平子,南阳西鄂人,《后汉书》有传。庄周,蒙人也。著书寓言曰:"庄子使楚,见空骷髅,击以马棰而问曰:'夫子贪生失理而为此乎?将有冻馁之患而为此乎?'语卒,援骷髅枕而卧。骷髅见梦曰:'夫死,无君于上,无臣于下,与天地为春秋。虽南面帝王乐,不是过也。'"故平子托之,以伸其意。
25	卷五	冢赋	古者不预凶事,冢圹卜葬而后穿筑。至春秋时,晋文公有功于周,请隧,弗许。曰:"王章也。"释者云:"《阙地通路》曰:隧,王之葬礼也。"晋文以此为请,则预为冢圹矣。汉之人主多预为陵庙,则士大夫必有预为冢兆者。详观此赋,其平子预筑之冢邪?
26	卷五	温泉赋	按汉《地理志》:京兆尹新丰县骊山,古骊戎地也。山有神井,泉温为汤。辛氏《三秦记》云:骊山汤可以去疾、消病。《武帝故事》云:骊山汤,初,始皇砌石起寺,汉武加修饰焉,至唐时有宫,在骊山下,名温泉宫,天宝间,治汤井为池,环山列宫室。
27	卷六	九宫赋	河图之数,戴九履一,左三右七,二四为肩,六八为足,五居中央,纵横十五。《易乾凿度》曰:太一,取其数以行九宫。郑玄注云:太一者,北辰神名也。下行八卦之宫,每四乃还于中央。中央者,地神之所居,故谓之九宫。天数以阳,出以阴入。阳起于子,阴起于午,是以太一下行九宫从坎宫始,自此而坤宫。又自此而震宫。既又自下巽,宫所行者半矣。还息于中央之宫,既又自此,而乾宫,自此而兑宫。自此而艮宫。自而离宫,行,则周矣。上游息于太一之星而反紫宫行,起后坎宫,终于离宫也。
28	卷六	函谷关赋	故秦函谷关在弘农县,周秦故都皆在关中。汉高祖用娄敬策都关中,因秦故关而守之。武帝徙函谷关于新安,《地理志》:河南郡榖城县。颜师古曰:"即今新安也。"
29	卷六	大赦赋	唐虞之际,省灾肆赦,《易》称:君子以赦过宥。罪谓过、误。则赦有罪者,宽宥之而已。后世始有大赦,本期除恶或至赏奸。论者评之详矣。按,《汉书》:和帝十一年夏四月丙寅,大赦天下。此赋宴少年所作,至桓帝时论事,名曰《政论》。
30	卷六	梦赋	《周礼·占梦》:以日月星辰占六梦之吉凶,一曰正梦;二曰噩梦;三曰思梦;四曰寤梦;五曰嘉梦;六曰惧梦。又大卜掌三梦之法:一曰致梦;二曰觭梦;三曰咸陟。注:夏殷周所占梦之法也。
31	卷六	王孙赋	猴类,以况小人之轻点便捷者,卒以欲心发露受制于人。徐坚《初学记》载此文,间有音而无释,兹略较补,未详者阙之。

续表

	卷次	篇名	篇题注释
32	卷六	诮青衣赋	旧编载《青衣赋》,以为蔡伯喈文,岂少年时所为耶? 志荡词淫,不宜玷简册,以有诮之者,故附见之。其词云:金生砂砾,珠出蚌泥。叹兹窈窕,散在卑微。盼倩俶丽,皓齿蛾眉。纵横接发,叶如低葵。绮袖丹裳,蹴蹈丝扉。盘珊蹀躞,坐起低昂。和畅善笑,动扬朱唇。都冶武媚,卓砾多姿。精惠小心,趋事如飞。中馈裁割,莫能双追。关雎之洁。不陷邪非,察其所履。世之鲜希,宜作夫人。为众女师,伊何尔命。在此贱微,代无樊姬。楚庄晋妃,感昔郑季。平阳是私,故因锡国。历尔邦畿,虽得嬿婉,舒写情怀。寒雪缤纷,充庭盈阶。兼裳累镇,展转倒颓。昒昕将曙,鸡鸣相催。饬驾趣严,将舍尔乖。蒙冒蒙冒,思不可排。张子并同时人规儆备至,俾之思愆,可谓益友矣!
33	卷七	汉津赋	汉为四渎之一,都道所凑为津,《说文》曰:津,渡也。
34	卷七	笔赋	古者简牍画以铅椠,至秦蒙恬始制笔。《释文》:笔,述也,述事而书之。
35	卷七	弹棋赋	沈存中《笔谈》:《西京杂记》云:汉元帝好蹴鞠,以蹴鞠为劳,求相类而不劳者,遂为弹棋之戏。予观弹棋绝不类蹴鞠,颇与击掬相近,疑是传写误耳! 其局方二尺,中心高如覆盂,其巅为小壶,四角微隆起。白乐天诗:"弹棋局上事,最妙是长斜。""长斜"谓抹角,弹棋一发过半局,今谱中具有此法。
36	卷七	浮淮赋	《魏志》:建安十三年,曹公自江陵征刘备,至赤壁与备战,不利。十四年至谯,治水军。秋七月自涡入淮,出肥水,军合肥。子丕是时为汉五官中郎将,粲为丞相掾,从曹公东征。
37	卷七	羽猎赋	挚虞《文章流别论》云:建安中,魏文帝从武帝出猎,命陈琳、王粲、应场、刘桢并作。琳为《武猎》,粲为《羽猎》,场为《西狩》,桢为《大阅》,凡此各有所长,粲其最也。此赋首尾有缺文,以粲集补。
38	卷七	柳赋	魏文帝《柳赋序》云:昔建安五年,上与袁绍战于官渡时,余从行,始植斯柳,自彼迄今十五载矣! 感物伤怀乃作斯赋,盖命粲同作。
39	卷七	思亲赋	机生于吴中,仕晋,西,洛阳去乡社遥邈,又遭时变乱,不克祠祀其亲,作赋以述思念之情。
40	卷七	白发赋	讥后世俗薄,贵少而贱老,虽血肉至亲,晚景或相背弃也。

	卷次	篇名	篇题注释
41	卷七	枯树赋	此赋有碑本传于世,末题:贞观四年十月八日,为燕国公书,又细书其旁,凡四百六十七字。其后跋云:右枯树赋二卷,乃褚河南真迹也。按,徐浩《书品》云:中宗时,内出二王墨帖,三十卷,赐中书令楚宗客,宗客装作屏风十二扇,以褚遂良《枯树赋》为胜。魏郑公尝谓遂良"下笔遒劲,甚得逸少体质"二说验此赋及字势。虽无姓氏,信为河南书,不诬矣!熙宁四年三月三十日,丹最苏颂子容题。旧编字画未免有差,今一以碑本为正。
42	卷七	游后园赋	朓《集》云:"奉随王教作。"《齐书》:"朓,字元晖,为随王镇西功曹转运文学。"随王,齐武帝子也,名子隆,领镇荆州。
42	卷二一	簴赋	《考工记》:"梓人为笋簴。天下之大兽五:臝者、羽者、鳞者以为笋簴。"注:"乐器所县,横曰笋,植曰簴。"此赋盖指钟簴。前后皆阙文。
43	卷二一	请雨华山赋	此文阙讹难读,姑存其旧,以俟识者。
44	卷二一	甘泉宫赋	《三辅黄图》:"甘泉宫,一曰云阳宫。"秦始皇作,在云阳县甘泉山。汉武增广之,周十九里,乃黄帝以来圆丘祭天处。故武帝以后皆于此祀天。成帝时,扬雄从祠甘泉,还,奏赋以讽。此赋不及祠祝,后有阙文也。
45	卷二一	琴赋	桓谭《新论》:神农氏削桐为琴,绳系为弦,以通神明之德,合天人之和。《广雅》曰:神农氏琴长三尺六寸六分,上有五弦曰宫、商、角、徵、羽。文王增二弦曰少宫、少商。
46	卷二一	协和婚赋	婚嫁合二姓之好,正人伦之始,用婚时者,取幽阴之义也,故谓之昏礼。
47	卷二一	琴赋	《琴操》曰:昔伏羲氏作琴以修身,理性反天真也。此赋首尾俱有阙文。
48	卷二一	胡栗赋	邕自序云:人有折蔡氏祠前栗者,故作斯赋。
49	卷二一	灵河赋	河源出昆仑,上与天汉流通,故曰灵河。
50	卷二一	九惟文	惟思也,此文乃九惟之一,后当有阙文。否则以贫为病,不思所以处之,徒见殒获,亦非作文之法。

《古文苑》题解具有如下特点:

第一,征引典籍广泛。经、史、子、集均有涉猎,而经部典籍最多。如《大言赋》题解引《中庸》释"语大、语小";《钓赋》题解引《诗经》与《论语》释"钓";《讽赋》题解引《白虎通》释"讽谏";《终南山赋》题解引《毛氏诗注》释"终南山";《九宫赋》题解引《周易》释"九宫";《梦赋》引《周礼》释"梦";等等。我们认为引用儒家经典解释赋题,当属章樵自创。因《文选》

李善作题解时并无此例,《文选》注家只是在注释赋文时重儒家文献的征引与意义的阐发。现摘《西都赋》中数语及李善注如下:

> 有西都宾问于东都主人曰:"盖闻皇汉之初经营也,尝有意乎都河洛矣,辍而弗康,寔用西迁,作我上都。主人闻其故而睹其制乎?"(李善注:《孝经钩命决》曰:道机合者称皇。《尚书》曰:厥既得吉卜,乃经营。东都有河南洛阳,故曰河洛也。郑玄《论语注》曰:辍,止也。孔安国《尚书传》曰:康,安也。《穀梁传》曰:葬我君桓公。我君,接上下也。)主人曰:"未也。愿宾摅怀旧之蓄念,发思古之幽情。博我以皇道,弘我以汉京。"(李善注:《广雅》曰:摅,舒也。孔安国《尚书传》曰:蓄,积也。《论语》颜渊曰:夫子博我以文。)宾曰:"唯唯。汉之西都,在于雍州,寔曰长安。"(李善注:《礼记》曰:父召,无诺,唯而起……)

对以上短短几句赋文的注释,李善就征引了《尚书》《穀梁传》《论语》《礼记》等多部儒学文献,不可谓不繁复。章樵承继了《文选》注家赋文征引儒学文献,对原文意旨进行发覆与再阐的体例。如章樵注《士不遇赋》为:

> 努力触藩,徒摧角矣。(章樵注:《易·大壮》:羝羊触藩,羸其角。)不出户庭,庶无过矣。(章樵注:《易·节》卦:不出户庭,无咎。)重曰:(章樵注:前意未畅,重述而铺衍之,故曰重。)生不丁三代之盛隆兮,而丁三季之末俗。以辩诈而期通兮,贞士耿介而自束,虽曰三省于吾身,鰥怀进退之惟谷。(章樵注:《诗·桑柔》人亦有言,进退维谷。毛氏注:谷,穷也。)

上例也引用了《易》《诗》指明赋文出处与意义。解题大量征引儒学经典,确是章樵注的一大特色。这当与其世代奉儒守家、饱读儒学经典、诠注儒学著作的学术素养①密切相关。

除征引经部典籍外,章注还引史部、子部、集部典籍。史部典籍如《温泉赋》引《汉书·地理志》《武帝故事》释"温泉"的位置、功效及名称演变;《浮淮赋》引《魏书》交代王粲作此赋的时代背景;子部典籍如桓谭《新论》

---

① 章樵撰有《曾子》十八篇(《千顷堂书目》卷十一和《成化杭州府志》卷六十三有载,今不存)、补注董仲舒《春秋繁露》十八卷(《千顷堂书目》卷二和《成化杭州府志》卷六十三有载,今不存)。

载神农氏制琴情况;引《西京杂记》谈弹棋发明史、梁园诸文士作赋竞技事;集部典籍如引挚虞《文章流别论》介绍同题畋猎赋作的流变;等等。章注藉征典与溯源以疏通文字,便于对多用典实的赋文的理解,也反映了注者较高的学识水平。

第二,诠解角度多样。这可谓章樵题解的第二大特色。诠释角度主要包括以下八个方面:

①指明作赋意图。如指出贾谊《旱云赋》是"托旱云以寓其意";班婕妤《捣素赋》是"托捣素以见意";谢朓《游后园赋》是"奉随王教作";刘歆《遂初赋》是"思周晋旧事,有所感伤而寓此赋"等。

②揭示赋作主旨。如认为扬雄《太玄赋》是"推之太玄之理,以葆性命之真";班固《竹扇赋》是"彰盛德、养君心";黄香《责髯奴辞》是"寓辞髯奴,以讥世之饰容貌、滕颊舌者";左思《白发赋》是"讥后世俗薄,贵少而贱老"等。

③概括赋作风格,如认为宋玉《大言赋》具有诙谐的赋风。

④评点赋作优劣。评《古文苑》所录宋玉赋与《九辩》"体格不同,俱非《九辩》比也",评蔡邕《青衣赋》是"志荡词淫",肯定《美人赋》以人喻己,《王孙赋》以兽喻人的写作手法等。

⑤关注同题材现象。指出《柳赋》《羽猎赋》《士不遇》等同时或异代同题赋作现象。如《羽猎赋》题解挚虞《文章流别论》云,"建安中,魏文帝从武帝出猎,命陈琳、王粲、应玚、刘桢并作。琳为《武猎》,粲为《羽猎》,玚为《西狩》,桢为《大阅》,凡此各有所长,粲其最也",不仅指出同题背景,还反映了其时邺下赋坛盛况。

⑥诠释赋题关键字词。如释《汉津赋》之"汉"与"津",《甘泉赋》之"甘泉"等,《灵河赋》之"灵河"。

⑦考定赋作者及写作时间。如在张超《诮青衣赋》题解中指出《青衣赋》为蔡邕少年时所为,并载录《青衣赋》全文;认为崔寔《大赦赋》"此赋寔少年所作"。

⑧介绍赋作流传及存佚情况。如对庾信《枯树赋》在石碑、书法等领域的流传情况作了简要的介绍;指出扬雄《太玄赋》为《西京杂记》收录;王延寿《王孙赋》为《初学记》收录,且有音无释;指出刘向《请雨华山赋》收录时"阙讹难读,姑存其旧,以俟识者"的情况。

以上大体而言,第①到⑥点章樵主要是从文章学的范畴,探讨赋之创作诸问题,第⑦到⑧则属文献学范畴,关注作家、作品考订、辨伪、辑佚诸问题。它与《文选》题解相较,角度更多样,内涵更丰富。同时,它还是两宋时代风习的反映。王水照指出,"宋代的文章学在尚用的基础之上,几乎涵盖了文章的所有领域,可以说,诸如文道论、文气论、文体论、文境论、文法论、鉴赏论等文章学领域,都已纳入宋人的研究视野"①。章樵于赋篇题解中能简明扼要地涉及对赋之文体、文法、鉴赏诸领域,使得之前较为单一的题解演进为以文章学为主体的多样状貌,是其赋注价值的体现之一。

2. 小传

即章樵对赋家的介绍性文字。章樵撰小传当取法李善注《文选》的做法。《文选》李善作《北征赋》作者班彪的小传为:

> 《流别论》曰:"更始时,班彪避难凉州,发长安,至安定,作《北征赋》也。"
>
> 班叔皮(《汉书》曰:班彪,字叔皮,扶风安陵人也。性好庄老。祖况,成帝时为越骑校尉。父稚,哀帝时为广平太守。彪年二十遭王莽败,刘圣公立未定,乃去京师,往天水郡,归隗嚣。……光武问融曰:比来文章所奏谁作? 答云:班彪也。融知彪有才,举茂才,为徐令,卒。亦为望都长。)

由上可知,李善撰小传多引史书简述其姓名、爵里、事例。与之相同,章樵亦撮要征引《汉书》《后汉书》《晋书》等史书,介绍赋家姓名、所处时代、官阶、家世、性格、事迹等。如宋玉小传:"按史:楚襄王名横,怀王之子也。周赧王十七年,怀王拘留于秦,襄王立。宋玉者,屈原弟子,仕襄王,为大夫。悯其师忠而放逐,作词九章,以述其志。"司马相如小传:"字长卿,蜀郡临邛人,《前汉书》有传。"曹大家小传"班姓,名昭,班孟坚女弟,适曹氏。和帝数召入宫,令皇后诸贵人师事焉,号曰大家,见后汉《列女传》。"陆机小传:"《晋书》:陆机,字士衡,吴郡人也。父抗,吴大司马,抗卒,领父兵为吴牙门将。大康中,与弟云俱入洛,累迁为太子洗马、著作郎。"

不过,小传在《古文苑》中有长有短,或有或无,它们与题解是否配套,则视具体情况而定。有的小传之后即为题解,有的赋家所选赋作颇多,只在第一次出现时有小传。总之,这些精核凝练的题解与小传,对于读者知人论世,以及加深对赋作的正确理解,无疑提供了有益的参考。

3. 随文注

章樵所作注释属于随文释义的注疏,简称"随文注",是列在正文之中

---

① 王水照、慈波:《宋代:中国文章学的成立》,《复旦大学学报》2009 年第 2 期。

的双行夹注。他并不是在每一字句上都作注,而是有所选择和针对。注音释义、校勘补全原文当是其注释的主要内容。这一点,章樵在《古文苑》序中道之甚明:"而其中句读聱牙,字画奇古,未有音释,加以传录舛讹,读者病之,有听古乐恐卧之叹。"其友吴渊《古文苑后序》也提及了他所做的这项工作:"荟萃音释,核别章句。"①

我们仅以第二卷宋玉六赋部分注释为例,即可见其重字词音义的一面。注例如下表。

第二卷宋玉六赋部分注释示例表

赋篇	注　　例
笛赋	篠:竹箭;磅礴:言盘礴也;仞:八尺为仞;玉手:叶韵,合是指字,古文传写误。
大言赋	阳云之台:云梦中高唐之台,言其高出云之阳也;唏:叱咤声也,许既反;太阿:古之宝剑。厉:《诗》深则厉,搴衣涉水也,水至小曰厉;盖:《晋天文志》言:天之家有盖天,谓天形如倚盖。
小言赋	泯:平声;蠛蠓:飞虫,形微于蠓。云梦:楚之泽,上曰云,下曰梦,书云土梦作乂。
讽赋	休归:以休沐归私家,又谓之告假。容冶:《易》:冶容诲淫。爰:谓私好也。步摇:首饰名,行则动摇,故谓之步摇,以珠饰之。彫胡:《西京杂记》:顾翔母好食彫胡饭。菰之有米者,长安人谓为彫胡。裻:辑翠羽为裻。
钓赋	止:犹已;鱼罶:盛鱼之器也。《诗》:鱼丽于罶。
舞赋	穷:极也。姁媮:音吁俞,骄媚貌;珠翠灼爍:以珠翠为饰,的铄,鲜明貌;骆驿:与络绎同。

从上表和其他赋篇中,我们可见知章樵注音释义的类型。注音种类有四:一、直音法,如"姁媮:音吁俞";二、用同音不同调的字来注音,如"泯,平声";三、反切法,如"唏:叱咤声也,许既反";四、用叶音注音,如"厨间灶下:下,楚词,叶音户"(《诮青衣赋》)。这几种类型的音释,在一定程度上消除了文本"句读聱牙"之感。为了改变"字画奇古"的观感,章樵在扫清文字和语言障碍方面做了大量工作。

首先,在文字方面指出字之所谓"奇古"的种种原形。最典型的是《诅楚文》一篇,章樵在古字下一一列出今字及注音的有 31 个之多。而赋注工作则如下表所示。

---

① (宋)吴渊:《古文苑后序》,(宋)无名氏辑:《古文苑》,《四部丛刊》本,上海书店出版社　2018 年版。

字类	注　　例	出处
生僻字	棋多无筭兮,如聚群羊(注:筭与策同)	《围棋赋》
通假字	巃狡猾(注:巃与栊同槛也)	《九宫赋》
异体字	鸟胁翼之浚浚(注:浚与骏同)萃于霞芬(注:芬与氛同)	《观舞赋》《终南山赋》
误字	延长颈,奋玉手(注:叶韵,合是指字,古文传写误)	《笛赋》

　　其次,训诂生僻难懂和常见但词义已有变化的词语。如注《舞赋》"骆驿飞散"曰"骆驿,与络绎同";注《屏风赋》"天启我心,遭遇徵禄"曰"徵禄犹收录也";注《旱云赋》"运淖浊之湏洞兮"曰"湏,胡动反。湏洞,汹涌也"。湏洞,本指弥漫无边之意,在这里随句意释为汹涌,词义已发生了变化。可见,章樵在这方面作的简明扼要的注释,有助于读懂原文。

　　章樵还注重校勘补全原文。章樵比较关注选赋的版本。一是一一考辨不同版本所录异同文字。如校注《笛赋》时曾指出间枝(一作支)、吸逮(一作逯)、清微(一作彻)、角较(一作敏)、于源(一作凉)阴这五个因版本不同的异同文字。二是指出他本赋句,予以对照。如宋玉《笛赋》"合妙意,角较手"句,章注曰"一本作'较敏手'";又如扬雄《蜀都赋》"绣王茫兮无幅"句,章注曰"旧本作'望茫茫兮于无盐',或曰言其日富,若无盐氏之贷子钱,恐失之凿。今从《艺文类聚》";再如班固《竹扇赋》"来风辟暑致清凉"句,章注为"一本'来风堪辟暑,静致夜清凉'";注扬雄《蜀都赋》"箭中雕镂釦器,百伎千工"句,称"旧本脱下五字,程大昌《演藩露》云:扬雄《蜀都赋》'雕镌釦器,百伎千工',今添入'雕镂'";等等,就参校了诸多版本。

　　补全赋文,亦是章樵注着力之处。《羽猎赋》题解曰:"凡此各有所长,粲其最也。此赋首尾有缺文,以《粲集》补。"在实际操作时,章樵在九卷本《羽猎赋》100 字的基础上,据《王粲集》增补了"济漳浦而横阵,倚紫陌而并征。树重置于西址,列骏骑乎北垌。遵古道以游豫兮,昭劝助乎农圃。因时陈之余日兮,陈苗狩而讲旅"和"下韝穷缲,抟肉噬肌"58 字,使之成为首尾完整的赋文。又如贾谊《簴赋》,章樵在题解注中指明:"此赋盖指钟簴,前后俱阙文。"收录该赋"妙彤文以刻镂兮,象巨兽之屈奇兮。戴高角之峨峨,负大钟而顾飞。美哉! 烂兮! 亦天地之大式"36 字。又在赋末注将欧阳询《艺文类聚》所载贾谊《簴铭》"牧太平以深志,象巨兽之屈奇。妙彤文以刻镂兮,舒循尾之采垂。举其踞牙以左右相指,负大钟而顾飞"40 字补于文后。

　　除以上诸方面外,章樵随文注内容丰富,举凡典章制度、名物地理、民俗风情,都有所涉及,限于篇幅,不作列举。

　　(二)《古文苑》赋注的特点、价值

　　概括而言,《古文苑》赋注最为突出的特点及价值表现在诠释策略或方法上,即将探源式注解与文义式注解相结合。这具体体现在两个方面。

　　第一,是注明典出和征引之意。赋富含典故或故实,所谓"捃摭经史,华实布濩",但赋家真正能做到"用人若己,古来无懵"①的则较少。读典故或故实丰富的赋篇,若读者学识不广博则理解起来相当费劲。所以,注家注明赋文中语词的典出,就相当重要。

　　李善注征引广博,是一种探源式的注释,但"忽发章句,是征载籍。述作之由,何尝措翰"②。章樵注同样旁征博引,据王晓鹃统计,章樵注释时曾征引的经、史、子、集(总集)类书大约有 108 种,仅注释扬雄《蜀都赋》一文,就引用将近 40 种文献。③ 虽也有一些只指明出典,如注宋玉《钓赋》"形容枯槁,神色憔悴"句:"《楚辞·渔父》篇:行吟泽畔,颜色憔悴,形容枯槁。"但更多的是,有意避免只重典出,不重释义的不足。下面择几例证之。如:

　　注谢朓《游后园赋》"则观海兮为富,乃游圣兮知方"句:

　　　　《孟子》"观于海者难为水,游圣人之门者难为言",假此言王门文章之富,奉命难于措辞。

　　注刘歆《遂初赋》"日不悛而俞甚兮,政委弃于家门"句:

　　　　(《左传》叔向)又曰:"政在家门,民无所依,君日不悛,以乐慆忧。"歆因晋以伤汉也。家门谓六卿。

　　注刘歆《遂初赋》"霉美不必为偶兮,时有差而不相及"句:

　　　　《楚词》"两美其必合兮",注以男女俱美,比君目俱贤也。

　　注马融《围棋赋》"韩信将兵兮难通易绝,自陷死地兮设见权谲"句:

---

① (南朝梁)刘勰:《文心雕龙·事类》,范文澜注:《文心雕龙注》,人民文学出版社 1958 年版,第 615、617 页。

② (唐)吕延祚:《进集注文选表》,正文社影印韩国汉城大学奎章阁藏活字本 1983 年版,第 5 页。

③ 王晓鹃:《〈古文苑〉论稿》,人民出版社 2010 年版,第 91 页。

《汉书》:韩信以兵东下井陉,李左车曰:"井陉之道,车不得方轨,骑不得成列,愿假奇兵从间路绝其辎重。"信为背水阵出井陉口,曰:"此在兵法:陷之死地而后生。"言棋当危急则出奇以取势。

我们知道,只知典出并不能解决语词在特定文章中的具体含义,"读者只在词汇探源上下功夫,在文体与文学习俗上承受意义。对话的声音渐渺,主体的意识渐淡。这是李善一路下来的注解方式的弊端"①。章樵注既能注明典出又能点明征引之意,这是对唐以来注释弊端的一种补救与变化。

第二,是述作者"志"并点明文意。王立群认为注释有三个重要方面:一是必须揭示"述作之由";二是必须使读者对"作者为志,森乎可观";三是必须揭示作品的写作特点。如果达到了这三点,就抓住了文学作品注释的精髓。② 若以此反观章樵赋注,则可见出,他在单纯的注音释词同时,已有了述"作者志"和"述作之由"的自觉认识。如《枯木赋》中几条注:

"声含嶰谷,曲抱云门"句,注曰:"言木中含抱自然之律吕。"
"乃有拳曲拥肿,盘坳反复,熊彪顾盼,鱼龙起伏。节竖山连,文横水蹙"句,注曰:"皆古木怪形状。"
桓大司马闻而叹曰:"昔年移柳,依依汉南;今看摇落,凄怆江潭。树犹如此,人何以堪!"句,注曰:"桓温自江陵北行,经少时种柳处,皆十围,蹶然叹曰:'木犹如此,人何以堪。'仲文为东阳太守在桓玄既败之后,信因其兴叹庭槐而赋。末乃谓其父闻而兴叹,曾援词以明意也。"

又如《捣素赋》"伫风轩而结睇,对愁云之浮沉。虽松梧之贞脆,岂荣雕其异心"句注:

秋月景色凄清,物性虽不同,其感时则一也。

再如《针缕赋》"何斗筲之足算,咸勒石而升堂"句注:

筲,竹器。言斗筲成石,针缕成衣,皆由积累。《论语》:"斗筲之

① 游志诚:《昭明文选学术论考》,台北学生书局1996年版,第80页。
② 王立群:《现代文选学史》,中国社会科学出版社2003年版,第374页。

人,何足算也。"《淮南子》:"升之不能大于石也,升在石之中。"先针而后缕,可以成帷,先缕而后针,不可以成衣,针成幕,蒉成城。事之成败必由小生,言有渐也。

以上注解,是章樵为读者顺利地欣赏赋文所进行的实践性努力,他并未对赋句中的词语作过多训诂式注释,而是着意于对若干文句的义旨进行解读。这样的文义辨析是较为精辟和富有启发性的。

章樵还解释赋作结构安排之用意。如注《士不遇赋》中"重"部分曰:"前意未畅,重述而铺衍之,故曰重。"另外,他还通过注解对赋家的著作权提出质疑和猜测。一是根据史事。如《笛赋》"宋意将送荆卿于易水之上,得其雌焉"注:

> 荆轲为燕太子丹刺秦王,至易水之上,歌曰:"风萧萧兮易水寒,壮士一去兮不复还。"宋如意和之,杀心蕴于中,其声凄切,故得其雌。二者皆托辞。末又注:按史楚襄王立三十六年。卒后,又三十余年方有荆卿刺秦之事,此赋果玉所作邪?

二是根据作家风格。如《菀园赋》文末注:

> 乘有二书,谏吴王濞,通亮正直,非词人比。是时梁王宫室逾制,出入警跸,使乘果为此赋,必有以规警之。详观其辞,始言苑囿之广,中言林木禽鸟之富,继以士女游观之乐,而终之以郊上采桑之妇人。略无一语及王,气象萧索。盖王蒉,乘死,后其子皋为赋关而不工。后人传写误,以为乘耳。

三是根据史官职分。如《终南山》文末注:

> 《本传》肃宗雅好文章,固愈得幸,每行巡狩,辄献上赋颂。按:《章帝本纪》:行幸祠祀之事,无岁无之。如增修群望、柴告岱宗、祀汶上、祠阙里、幸岐山、登太行,史不绝书。惟终南荐享不见于史,岂偶遗佚邪?

相较于李善注只重探源的"不解文意",此种赋注的出现,代表了宋代一种探源式注解与文义式注解相结合的新方向,甚至是一个新阶段的到来。

　　(三)　章樵赋注的不足

　　南宋洪迈在《容斋续笔》卷一五中专列《注书难》条曰:"注释至难。"清代黄交三也曰:"世间难事,注书第一。大要于极寻常处,要看出作者苦心。"①段玉裁在《与诸同志论校书之难篇》中亦曰:"校书之难,非照本改字,不讹不漏之难也,定其是非之难。"②章樵为《古文苑》作注,费时三载,"研精覃虑,搜采群说篇传而字释之",欲"使阅卷者一览而得其旨义"③,并在较大程度上达到了这样的效果。但无可否认的是,其赋注亦存有照改本字、讹漏、解读有误诸方面的不足。具体表现为:

　　第一,讹漏问题。漏,脱漏。此指章注漏收、漏补、漏校等现象。底本是校注的依据。章樵以九卷本为底本,补入了5篇赋作,却漏收了九卷本原就有的张衡《羽猎赋》全篇。不管是有意为之,还是不慎遗漏,均为人所诟病。漏校分为两种,一种是赋源为全篇而未校。如蔡邕《述行赋》,九卷本载残文84字,章樵未加校录,编入卷二十一。对此,顾广圻颇为不满:"《述行赋》载《中郎集》,全篇并序千有余言,经宪所录,出自《艺文类聚》,祗存数语,樵不能甄取,而退此赋于其廿一卷内,抑何疏也。"④需申明的是,《古文苑》选赋并非出自类书。当时《蔡邕集》在宋代仍留存,章樵确实可据此别集精校此赋,而不当置于附编而漏校。另一种是赋源本为残篇,有残句存于他籍而未校补。如王粲《大暑赋》:

　　惟林钟之季月,重阳积而上升。喜润土之溽暑,扇温风而至兴。①或赫燨以瘅炎,或郁术而燠蒸。兽狼望以倚喘,鸟垂翼而弗翔。②根生苑而焦灸,岂含血而能当。远昆吾之中景,天地翕其同光。征夫瘼于原野,处者困于门堂。患衽席之焚灼,譬洪燎之在床。起屏营而东西,欲避之而无方。仰庭槐而啸风,风既至而如汤。③气呼吸以怯短,汗雨下而沾裳。④就清泉以自沃,犹洟涊而不凉。休烦茹以於悒,心愤闷而窨惶。于是帝后顺时,幸九峻之阴冈,托甘泉之清野,御华殿于林光。潜广室之邃宇,激寒流于下堂。重屋百层,重阴千庑,九闼洞开,周帷高举。坚冰常荐,寒馔代叙。⑤雄风飒飒兮,时动帐

---

①　(清)张潮:《幽梦影》,青岛出版社2002年版,第74页。

②　(清)段玉裁,钟敬华校点:《经韵楼集》卷十二,上海古籍出版社2007年版,第332页。

③　(宋)江师心《古文苑后序》,(宋)无名氏辑:《古文苑》,《四部丛刊》本,上海书店出版社2018年版。

④　(清)顾广圻撰,王欣夫辑:《顾千里集》卷七《与孙渊如观察论九卷本古文苑书》,中华书局2007年版,第125页。

帷之纤罗。⑥衽席荧灼。

以上划线的赋句为《古文苑》所阙。不过,它们都散存在唐、宋类书中。如①②④出自《太平御览》卷三四,③出自《初学记》卷三四,⑤⑥分别出自《北堂书钞》卷一三二和卷一五六。章樵自称"或哀断简以足其文,或较别集以证其误","复取汉晋间文史册之所遗,以补其数",但上述类书中与该赋相关的语句似并未检阅到,可谓校补失察。

讹,指错解、妄注。最早发现章注此问题的是明代王应麟。他在《困学纪闻》中指出章樵误将宋玉《钓赋》里的"玄渊"作"玄洲"。清代顾广圻在《重刻宋九卷本〈古文苑〉序》中又列举两例证之:"扬雄《蜀都赋》'尔乃其俗迎春送'下脱'冬'字,《文选》《三都赋》李善注引有之";"《消青衣赋》'悉请诸灵,僻邪无主','僻'当作'辟','无'当作'富',《艺文类聚》卅五引不误"。① 当然,集中抨击章樵赋注讹漏问题的是在其《与孙渊如观察论九卷本古文苑书》一文中:

> 然其遗漏则如《琴赋》……皆未补;又如《函谷关赋》"壶口石陉,贯越代朔",《初学记》七引"陉"字、"代"字不误;《柳赋》"岂驾迟而不屡",《初学记》廿引"迟"字不误;《僮约》"裁盂凿斗","斗"字韵,《艺文类聚》卅五引不误;《责髯奴辞》"则论说虞唐","唐"字韵,《初学记》十九引不误之类,皆未正。他如蔡邕《述行赋》……祇存数语,樵不能甄取,而退此赋于其廿一卷内,抑何疏也。至其中谬鳌,则如《初学记》中王粲《浮淮赋》,经龛所录也,《艺文类聚》八别引"于是讯风兴,涛波动,长濑潭渨,滂沛泅溶",樵乃割裂此十四字,散置《初学记》文句之间。《士不遇赋》"将远游而终",下所脱是"古"字,"终古",《离骚》文也。樵乃补以"慕"字,而曲为之解。……若枚乘《梁王菟园》、扬雄《蜀都》、王延寿《王孙》、班固《车骑将军窦北征》等篇,其尤弗能无阙疑者也?②

在此文中,顾广圻较为中肯地列举了章樵12篇赋注的不足和错误。这些不足和错误的存在,对于《古文苑》辞赋的学术质量及传播接收是有影响的。

---

① 《古文苑》九卷本,岱南阁本。
② (清)顾广圻著,王欣夫辑:《顾千里集》卷七《与孙渊如观察论九卷本古文苑书》,中华书局2007年版,第124—125页。

第二,作者及作年系定错误。章樵就《笛赋》《菟园赋》《青衣赋》《大赦赋》的作者及作品作年提出了一己之见:据史事质疑《笛赋》非宋玉作;据风格质疑《菟园赋》非枚乘而为其子作;认为《青衣赋》《大赦赋》分别为蔡邕、崔寔少时所作。除质疑《笛赋》非宋玉作有一定的合理性外,章樵对其余三篇作者及作年的认定,因未加考辨流于主观臆断,而均被后人所推翻。

如对《菟园赋》的作者,赵逵夫就此赋的篇名、体制、内容、艺术成就、真伪、写作时间及枚乘本人的相关情况考辨出该赋的作者就是枚乘①。针对《青衣赋》的作年,俞纪东、邓安生、彭春艳虽考证的年份不同,但依据赋中出现的时令、区野、履历均认为是蔡邕中年而非少年时作②;针对《大赦赋》的作年,费振刚等认为"汉和帝十一年(99)四月有过一次大赦",但"此时崔寔很可能并未出生,故此赋当是崔寔成年后有感于这个历史事件而作"③。

第三,关于题解方面的问题。如前所言,章樵于赋篇题解及随文赋注中颇多文意的解读。这反映出他重视文学本体性、自足性和文学自身独立价值的重文观念。然而,由于南宋理学昌隆,载道观盛行,又加之他学宗伊洛,是理学的忠实追随者,不能不对载道观作出正面或侧面的回应,故"其注释时,字里行间往往流露出理学思想,有些注解,尤其是题解难免带有时代成见和牵强附会之感。如章樵评价司马相如《美人赋》道:'美人者,相如自谓也。诗人骚客所称美人,盖以才德为美。相如乃托其容体之都冶,以自媚于世,鄙矣。'章樵避而不谈《美人赋》的文学文献价值,却对司马相如的道德指手画脚,指责他缺乏才德,言辞间颇有鄙视之意。九卷本载有蔡邕《青衣赋》,章樵却将退置于张超《诮青衣赋》题解中,原因是:'旧编载《青衣赋》,以为蔡伯喈文,岂少年时所为耶?志荡词淫,不宜玷简册,以有诮之者,故附见之。'卫道之心不言而喻"。④ 学者们的这些评价是颇为中肯的。又如《捣素赋》题解,章樵先言夫人的职责,再言"成帝耽于酒色,政事废弛。婕妤贞静而失职,故托捣素以见意",认为汉成帝荒政与班婕妤失职有关,则牵强附会之意非常浓郁。

---

① 赵逵夫:《关于枚乘梁王〈菟园赋〉的校理、作者诸问题》,《文献》2005年第1期。
② 俞纪东认为系汉建宁三年(171)所作、邓安生认为系建宁四年(171)所作、彭春艳认为系光和二年(179)所作。参见彭春艳:《汉赋系年考证》,上海古籍出版社2017年版,第233、234页。
③ 费振刚等:《全汉赋校注》,广东教育出版社2005年版,第632页。
④ 王晓鹃:《〈古文苑〉论稿》,人民出版社2010年版,第111页。

　　由于篇幅的原因,我们无法一一指出《古文苑》赋注所存在的错误类别或者其他数量。尽管如此,以上三个方面所作的举隅,已基本上反映了章樵赋注不足的大致面目。

　　综上,《古文苑》作为赋学选本,长期以来虽因来源神秘、编撰者不明、作品不著而处于存而不显的状态,但其选本批评形态的意义却不能忽略。具体表现在:

　　第一,通过入选作品来承载、显现、传达和流布编选者的赋学观。在这一部分里,《古文苑》的编选者根据其"以古为尚、以小为美、雅俗兼具"的选择标准和"补《文选》之遗"的目的进行具体的批评实践,通过选、删、增、补、改、编等行为将作品按照一定的顺序进行排列,让读者通过这种排列以及每个作家入选数量、入选风格的不同直接领会选者的选择意图,同时也就具体直观地了解了选者的文学思想,从而使选本的价值获得实现。

　　第二,通过序或注补充阐述编辑者的赋学观。如章樵注二十一卷宋刊本《古文苑》,就前有章樵序、韩元吉记,后有吴渊序、江师心序、盛如杞序。这些序或介绍此书的来历、编次、价值、特点,或叙所录作品标准,或言章氏补遗、训注的情况;注则有章樵对宋玉赋六首、扬雄赋三首、汉臣赋等的翔实注疏。可见,《古文苑》序、注的某些观点在一定程度上与整部选本的选赋行为是相符相契的。它与入选作品共同实现了选本的批评功能。

　　第三,《古文苑》以作品、序、注等传达赋学观的批评方式,自南宋至清代颇受关注。有的在撰写学术专著时引用此书,如南宋洪迈的《容斋随笔》、王应麟的《困学纪闻》、清代严可均的《全上古三代秦汉三国六朝文》、顾炎武的《日知录》;有的对《古文苑》进行校勘,如清代的蔡廷相、顾广圻、傅山、戈宙襄、戈载等;有的则对《古文苑》进行续编,如清代孙星衍的二十卷《续古文苑》。尽管形式不一而足,却能从某些方面证明《古文苑》的文献价值及选本批评价值。章樵赋注作为《古文苑》二十一卷本不可分割的一部分,在后世流播过程中,其呈现的特色、作用乃至不足无论在赋注领域还是赋学选本批评领域,都应当引起我们的关注与重视。对此,我们不能因袭定评,予以一概否认与抹杀。

第三节　《古文苑》诗文赋"三心"诠证

　　章樵《古文苑序》云:"《古文苑》……歌、诗、赋、颂、书、状、箴、铭、碑、记、杂文,为体二十有一,为篇二百六十有四,附入者七。"但我们依据《古文苑》目录及文本,发现《古文苑》实际包含的文体为18类。大致分抒情言志、讲究音韵文采的韵体文("有韵之文")和应用性强、音韵文采不强的散体文("无韵之笔")两大类。为与上两节所论"赋心"比照,在对所录文体整体观照的基础上,特选取《古文苑》中的诗歌、刻石文和碑 3 类文体,探其选录观,以作《古文苑》"赋心"的诠证与补充。

一、"诗心"与"赋心"

《古文苑》"有韵之文"占绝大多数,包括赋、诗、颂、赞、铭、箴、诔诸体之作。在入选作品数量上,最多的是诗歌。《古文苑》九卷本分为诗、齐梁诗45 篇、歌和曲四类,计 70 首。章樵二十一卷本将歌和曲合并,重新编排为歌曲、诗、齐梁诗45 篇三类,增加了 14 首,列之于赋体之后的第八卷和第九卷,总计为 84 首。从其编排次序、数量多寡、作家偏重等因素大体可见《古文苑》选诗之"心"。

(一)"思古而贵于兼存"

章樵好友江师心在《古文苑后序》中称:"《古文苑》唐人之所集,梁昭明之所遗也。昭明曷为遗之?盖以法而为之去取也,唐人曷为集之?盖思古而贵于兼存也。""思古"可从《古文苑》所选录诗人、诗作的时段见出。具体情况如下表所示。

时代	作　　　家	作家数量	作品数量
两汉	汉武帝、汉昭帝、汉灵帝、李陵、苏武、秦嘉、孔融	7	23
魏晋	王粲、曹植、诸葛亮、间丘冲、裴秀、程晓	6	10
齐梁	王融、任昉、王延、萧衍、萧琛、沈约、虞炎、宗夬、范云、刘绘、谢朓、江华	12	50
唐代	无名氏(附入)	1	1

若《古文苑》辑于唐人,与有"诗海、诗杰"之称的唐诗相比,唐前诗歌在诗量乃至诗艺上大都不能及。然而,除章樵附入的无名氏《木兰辞》①外,表中收录的汉至齐梁的 25 位诗人,均集中在唐前,其中最多的是齐梁时期,共12 位,占收录作家总数的 46%。其"思古"的意图甚为明显,此其一。

其二,后代的学者也颇为认可《古文苑》编撰者的这种意图。如在明代张世用重刊的《古文苑》跋、序中均有近似的表述:"言深意古,词奥理

---

① 即无名氏《木兰诗》,韩元吉九卷本收之于第四卷,在孔融《杂诗二首》和程晓《嘲热客》诗之间;章樵二十一卷本收之于卷九,在齐梁唱和诗之后。这反映了对其产生时间的不同推断,此处采章说。

著……以明人心之几其近古而寓道者显矣。"（张琳《古文苑跋》）"然公于是编特以其近古而好之耳。近古者犹好之，而况于纯乎其古者乎！文辞之古者，公犹且好之如此，而况于古之所以为古者乎？"[1]

《古文苑》选诗"近古"，除了遵循全书整体的只录《文选》和史传不载的作品且时间下限止于齐梁的原则外，据研究者的考察，还与其"重点收录别集不存的作家作品"[2]的存佚意图有关。换言之，即《古文苑》的编撰者当着意搜检过其时的官修、私修目录，若诗人别集尚存于世，当不复收录其作。如《郡斋读书志》中存有《阮籍集》十卷、《嵇康集》十卷、《陆云集》十卷、《陶潜集》十卷、《鲍照集》十卷、《吴均集》十卷、《江淹集》十卷、《何逊集》十卷。由于这样的原因，《古文苑》九卷本和二十一卷本均不再收录阮籍等人之作。

（二）重变而求"五言滋味"

重变是从诗歌本身的发展演变趋势来讲的。《古文苑》所录诗歌体式类型及其作品数量情况如下表。

诗歌体式类型	作品数量	备注
五言诗	69	苏李诗 10；齐梁诗 47
四言诗	7	
骚体诗	4	汉代三帝歌曲 4
六言诗	3	孔融 3
七言诗	1	

表中呈现了《古文苑》所录诗歌的五种体式，其中最多的是五言诗，计69首，占收录总数的82%。众所周知，唐前的诗歌因节拍，奇偶数，双、单音词，节奏感，容量等因素，经历了从原始歌谣的二言，至《诗经》的四言，又至《楚辞》的杂言，再至汉末的五言及魏晋南北朝五、七言并行的发展趋变过程。尤其至齐梁时，人们"每苦（四言）文繁而意少，故世罕习"，而追求"居文词之要，是众作之有滋味者也"[3]的五言，从而在汉代至齐梁的这几百年间，五言诗取代了四言诗，成为统治整个诗坛的最重要体式。像《文选》录入大量五言诗，数量上超过了全书 12 卷中所有其他诗体，《玉台新咏》基本

---

① （明）蔡清：《虚斋集》，《文渊阁四库全书》本第 1257 册，台湾商务印书馆 1986 年版，第 844 页。

② 贺珍：《〈古文苑〉收录诗歌研究》，西北师范大学 2009 年硕士学位论文。

③ （南朝梁）钟嵘撰，陈延杰注：《诗品注》，人民文学出版社 1961 年版，第 2 页。

上是一部五言诗集,《诗品》则专评五言诗之品第等次即为明证。

《古文苑》的编撰者不仅准确地把握了诗歌的发展脉动,而且还有较明晰的文体溯源正流意识。这 69 首五言诗,大体反映了五言诗的起源与流变,即以汉末苏李诗为源,以齐梁"永明体"为变。《古文苑》对新兴的五言新体诗"永明体"倾注了极大的热情,录入的 47 首讲究声律与对偶的齐梁诗就很好地说明了这一点。

(三) 乐群而"互相切靡"

无论是九卷本还是二十一卷本《古文苑》都对诗歌进行了二级分类,但这种歌曲、诗、齐梁诗的分类,实在是标准含混而令人费解。若我们比照《文选》,以题材为标准对之重新分类的话,那么,《古文苑》的诗作属类情况当如此:

联句诗(1):汉武帝《柏梁诗》;

咏史诗(1):诸葛亮《梁父吟》;

颂诗(3):孔融《六言诗》三首;

赠答诗(18):李陵《录别诗》,苏武《答诗》《别李陵》,任昉《别萧咨议衍》,宗央《别萧咨议衍》,萧衍《萧咨议衍答》,王融《别王僧孺》,范云《学古贻王中书》,王融《杂体报范通直》;

杂诗(6):孔融《杂诗》二首,王粲《杂诗》四首;

离合诗(1):孔融《离合作郡姓名字诗》;

临终诗(1):孔融《临终诗》;

述婚诗(1):秦嘉《述婚诗》;

思亲诗(1):王粲《思亲为潘文则作诗》;

应诏诗(3):曹植《元会》,间邱冲《三月三日应诏诗》,王融《诗游方山应诏》;

腊祭诗(1):裴秀《大腊》;

七哀诗(1):王粲《七哀诗》;

嘲讽诗(1):程晓《嘲热客》;

游仙诗(5):王融《游仙诗五首》;

游览诗(1):王融《栖元寺听讲毕游邸园》;

应教诗(1):萧琛《萧记室琛前夜以醉乖例今昼由醒敬应教》;

唱和诗(25):王融《奉和南海王殿下咏秋胡诗》;王融《和王友德元古意》二首;沈约《饯谢文学离夜》;虞炎《饯谢文学离夜》;范云《饯谢文学离夜》;王融《饯谢文学离夜》;萧琛《饯谢文学离夜》;谢朓《谢文

学答》；王融《寒晚敬和何征君点》；王融《奉和月下》；王融《奉和秋夜长》；王融《奉和代徐》二首；王融《咏池上梨花》；刘绘《和王融池上梨花》；王融《阻雪连句遥赠和》；江革《阻雪连句遥赠和》；沈约《阻雪连句遥赠和》；谢朓《阻雪连句遥赠和》；

军戎诗（1）：《木兰诗》①。

孔子以"兴观群怨"论《诗》，以上 18 类中，联句、赠答、应诏、应教、唱和均与诗歌重视人际交往沟通的"重群、乐群"观相关。其中尤以赠答、唱和为多，共 43 首。赠答、唱和之作中既包括托名汉代苏、李以"和意"为主的赠答诗，又包括齐永明间竟陵王西府文学集团成员创作的大量以"和韵"为主的唱和之辞。

创作赠答、唱和之作，对诗人们来说，"既可以抒发情怀，又同时达到沟通之意图。赠答的出现标志着古诗逐步从公共传递的、普遍化的话语转换成两个或者更多友人之间的半私密交流"②。其"诗可以群"的功能，诚如杨亿在《西昆酬唱集序》中所言，具有"更迭唱和，互相切靡"之通款曲、提诗艺的作用，也有潜在的竞赛和优劣的比较，更有"君臣唱和，赓载而成文，公卿宴集，答赋而为礼。……盖风化之所系焉"③之教化目的。

（四）"诗心"与"赋心"比照

以上三点大体为《古文苑》的选诗观，若将其"诗心"与"赋心"比照，可发现两者诸多的异同之处。

共同点在于：第一，所选都是《文选》所不收、史传所不载之作。当然，选诗中也有一个打破规则的例外，即范云的《学古赠王中书》。此诗其实已为《文选》所收，那《古文苑》重收的理由是什么？由于疏忽？看重？或其他？对此，章樵给出了这样的解释："辑者欲收王融《报章》，故并录此篇，以见赠答往来之意。"第二，诗赋的二级分类都没有按《文选》的以题材分类法。赋和诗大体都是采用时、人相结合的分类法，诗史、赋史流变的线索均较为明朗。第三，选赋与选诗都追求雅正之风，不选浮靡艳冶之作。南朝骈赋风行，但《古文苑》仅录谢朓《游后园赋》、庾信《枯树赋》而已，前者以游

---

① 以上参考的是贺珍《〈古文苑〉收录诗歌研究》中的诗歌分类，不过，未将《黄鹄歌》《淋池歌》《招商歌》《落叶哀蝉曲》四首歌曲参入，并将《木兰诗》的归类由叙事诗改为军戎诗。

② ［美］蔡宗齐著：《汉魏晋五言诗的演变：四种诗歌模式与自我呈现》，陈婧译，北京大学出版社 2015 年版，第 118 页。

③ （宋）杨亿：《广平公唱和集序》，参见曾枣庄、刘琳主编：《全宋文》第 14 册，安徽教育出版社 2006 年版，第 384 页。

园的乐情,透露出作者对散淡悠闲、远害全身的人生追求;后者则通过枯树"生意尽矣"的描绘和感喟,抒发沉痛而隽永的亡国之痛、乡关之思、羁旅之恨与人事多难的心曲与情思,这些绝非舞弄藻翰者可同日相语。齐梁时宫体诗的影响非常大,但《古文苑》也没有选择那些描绘宫女体态或情思的艳情淫冶之作,体现了与赋选观一致的步调。

当然,两者相异之处也较为明显:首先,在文体序位上,赋居诗前,辑者依然遵循《汉志·诗赋略》及《文选》先赋后诗的传统。

其次,在选录作家上,赋选大家,而诗却拼舍大家。《古文苑》所选赋家大多与《文心雕龙·诠赋》所列"辞赋英杰"及"魏晋赋首"人物相符。但选诗时对《文心雕龙·明诗》列出的张衡、曹植、王粲、徐幹、应场、刘桢、阮籍、嵇康、潘岳、潘尼、左思、陆机、陆云、颜延之、谢灵运、鲍照、孙绰、郭璞、陶渊明等著名诗人,九卷本《古文苑》却一个未录,二十一卷本也只收录了曹植和王粲两人。

第三,在选择时段上,赋重汉魏,而诗重齐梁。赋重汉赋,体现了辑者对古赋的推崇,诗重齐梁,则是辑者对诗歌新变的认可。

第四,在作品数量上,赋集中在汉代才学显著的蔡邕身上,录有9篇,体现了辑者不拘时论,彰显赋家价值的眼光;诗歌则集中在南朝王融身上,在收录的"齐梁诗四十五首"中,"文辞辩捷"的王融诗占压倒性的多数,王融以外的诗人作品,全部是唱和性质的诗歌,而且这些诗者都和王融有着密切的关系。这反映了辑者对这位创建永明体诗、推动了诗歌形式发展并影响诗坛风气人物的高度认可。

第五,选录体式上,赋重短小的抒情和咏物小赋,而诗重群体性强的赠答唱和应答诗。前者突出从先秦到齐梁,赋从对外部世界的客观描绘铺写渐次转入到对内心世界的主观情思的抒发变化。后者则在汉魏晋五言诗在由戏剧模式到叙述模式,再到抒情模式及象征模式[1]的演变过程中,试图为读者展现齐梁五言诗应酬模式的互动图景与内在结构。

除诗、赋两体外,《古文苑》其他韵体文还有颂、赞、铭、箴、诔等。"颂、赞,诗之流裔",颂为"六义"之一,赞、铭、箴,亦是诗体因功能不同所发生的文体流变的产物,均较注重音韵文采。但不可否认的是,这些文体作品的内容都较偏重于应用性和政教性。如诔,一般为韵语,记叙死者生前事迹及哀悼之情,其内容常与"树碑述亡,死人之事"的碑体并列,只是没有勒于石

① [美]蔡宗齐著:《汉魏晋五言诗的演变:四种诗歌模式与自我呈现》,陈婧译,北京大学出版社2015年版,第4页。

刻。又如箴,《古文苑》收录的扬雄、崔骃、崔瑗等诸箴,多为阐述为官道德和总结从政经验的"官箴"。

二、"文心"与"赋心"

《古文苑》中应用性强、音韵文采不强的散体文选量不多,为 9 体 27 篇。现将收录作家作品情况列表如下。

文体	作家及作品数量	作品总计
刻石文	周宣王石鼓文(1)秦惠文王诅楚文(1)秦始皇峄山刻石文(1)	3
敕	汉高祖手敕太子(1)	1
启	晋明帝启元帝(1)	1
书	邹长倩遗公孙贤良书(1)董仲舒诣丞相公孙弘记室书(1)扬雄答刘歆书(1)郦炎遗令书四首(4)王粲为刘表与袁尚书(1)曹公与杨太尉书论刑杨修(1)杨太尉答曹公书(1)曹公卞夫人与杨太尉夫人袁氏书(1)杨太尉夫人袁氏答书(1)魏文帝九日送菊与钟繇书(1)	13
对	董仲舒郊祀对(1)雨雹对(1)郦炎对事(1)	3
状	樊毅乞复华山下十里以内民租田口算状(1)	1
述	邯郸淳魏受命述(1)	1
杂文	董仲舒集叙(1)蔡邕篆势(1)闻人牟准魏敬侯碑阴文(1)	3
记	汉樊毅修西岳庙记(1)	1

表中,敕、启、对、状、述、记①,多属朝廷或官府应用之文,书则公私均涉,而刻石文与杂文情况就特殊点。《古文苑》卷一的三篇题为"文"之作,都刻在石质材料上,其中,《石鼓文》由 10 首类似《诗经》的四言古诗组成,《峄山刻石文》也为四言韵文。也就是说,它们虽名之以"文",却为"属韵之文",而非"无韵之笔",但因其书写材料的特殊以及编撰者的刻意用心,故置于此处讨论。"杂文"类包括叙(即序)、约、旨、势、势、辞及碑文诸体,不过,《篆势》《僮约》《责髯奴辞》又可归入赋体,这说明"杂文"类亦是文笔兼备。整体观之,《古文苑》的选文之"心"大体包括以下几点。

(一) 尊古而"托金石以垂后"

以刻石文列于总集卷首当为《古文苑》首创,将之单独成体,也显示出

---

① 《古文苑》所收汉樊毅《修西岳庙记》(卷十八),并非奏记,乃记西岳庙一事的前因后果。此文题下章樵注曰:"一作碑。"考此卷中"记"之后即为"碑"体,如《西岳华山亭碑》《西岳华山堂阙碑铭》等,因题材相似,故有可能在流传过程中,将"记""碑"混而为一。

其在编撰者心目中的重要地位。《古文苑》补《文选》之所遗,在编纂上多体则《文选》,却又并非一味地模拟蹈袭。如在收录作品的断限上便突破了《文选》以《楚辞》为上限、以齐天监十二年(513)为下限的体例,将上限定为《石鼓文》,下限定为庾信《枯树赋》。在首卷文体安排上也突破了《文选》以赋为卷首的体例,将刻石文列于卷首。察之宋代《文苑英华》《唐文粹》《宋文鉴》《成都文类》诸总集,均是以赋列卷首,即便是《崇古文诀》将赋体并入文类,收录先秦至宋代诸文,也不是从刻石文开始。

　　刻石文属于金石文字之学。五代以前,并无专治金石学者。有宋一代,始有专攻此学者,欧阳修《集古录》为金石有专书之始。自是以后,北宋吕大临、黄伯思、赵明诚,南宋薛尚功、王厚之、洪适辈,各有著述,蔚为专家。郑樵作《通志》,以金石别立一门,侪于二十略之列。宋代金石学的兴起,除金石家们"性颛而嗜古"①"自少小喜"等个人兴趣原因外,又有"盖史牒出于后人之手,不能无失。而刻词当时所立,可信不疑"②的尊古心态和文化担当。这是《古文苑》刻石文采录于宋代的时代土壤。

　　不过,北宋金石学家如欧阳修、赵明诚只编撰金石目录,全文收录金石文字始自南宋。诚如朱剑心称:"古人著作,托金石以垂于后,然金石有时而销泐,其幸而存者,不贵存目,贵录其文,而后可传于无穷。……今所存者,惟洪适《隶释》一书。"③尽管如此,宋代金石家们的努力,其心声正如南宋理宗宝祐甲寅(1254)之春,金华王柏在《诅楚文辞并序》中所抒发的:"亦先秦之古文也,中原之旧物也。通国弃之而流落,于陋巷之书生,岂不异哉!"④故《古文苑》将刻石文编排在总集的卷首,既出于尊古的意图,还体现出时人对国家分裂深沉的哀痛,对中原故土的深切思念以及对北宋文献和中原传统文化的自觉继承与弘扬。

　　(二) 尚用而"多辅治之方略"

　　以上9种文体中,敕,是天子文书,反映了上对下的关系。《汉高祖手敕太子》,章樵在解题中引《汉书·艺文志》班固注曰"'高祖与大臣述古语及诏策也',此编或居诏策之一",实为刘邦教导太子刘盈当重视读书、用贤治天下。

---

① (宋)欧阳修:《集古录序》,《行素草堂金石丛书》本。
② (宋)赵明诚:《金石录序》,参见赵明诚撰,金文明校正:《金石录校正》,广西师范大学出版社2005年版,第2页。
③ 朱剑心:《金石学》,山东书画出版社2019年版,第29页。
④ (宋)王柏:《鲁斋集》卷四,《文渊阁四库全书》本第1186册,台湾商务印书馆1986年版,第51页。

启、对、状、述、记，也多朝廷文字，反映的是下对上或平级间的关系，但内容上却有区分。其中，董仲舒《郊祀对》为董仲舒与廷尉的对答，专论郊祀的重要性和意义；《雨雹对》为鲍敝与董仲舒的问对，反映了董仲舒对自然问题的关注；《郦炎对事》为郦炎与问者的答问，既有对季札"让国"史事的评价，又有对"封建诸侯、取象于雷"的解答。《樊毅乞复华山下十里以内民租田口算状》为樊毅向尚书的请命，为修缮和祭祀西岳华山祠增加费用而需复收田税事。

在非韵之文的书写体式中，述并不是一个主流的文体，相对于记、传等文体大量的创作，述作的数量并不丰富，体貌亦不够明确。就述字而言，本为遵循之意，后引申为阐述意。魏邯郸淳《受命述》应该是现存最早的述体之文，内容主要是颂美魏王曹丕顺天人之望，当登祚践位。

书，是《古文苑》诸文体中的大类，共收 13 篇。书是朋旧之间使用的文体，故使用范围广大。像邹长倩与公孙弘、董仲舒与公孙弘、扬雄与刘歆、曹操夫妇与杨彪夫妇、曹丕与钟繇等，臣工宰辅、朝廷内室，或为国事，或为家小，或为学术，或为政事，所谓"尤属眼前景色，口边谈吐，极平常，极直率，书札本非文……至是而文章与生活与心情，三者融浃合一，更不见隔阂所在"[1]，很好地起到了抒情达意、沟通交流的作用。但从书写的内容而言，也多为尚用切实之文。

杂文类中班固的《弈旨》论的虽是围棋之道，却将围棋的棋局与天象、政治、战争等古代的"国之大者"相比拟，"上有天地之象，次有帝王之治，中有五霸之权，下有战国之事，览其得失，古今略备"，充满"辅治方略"的政治智慧。

（三）正心以"杰然诗书之后"

《古文苑》因初编者及补撰者不明，其最原初的编撰意图无法全知。不过，从章樵《古文苑序》，也稍能窥见一二。其辞曰：

> 至别而观之，如岐阳蒐狩，实肇中兴之美，勒石纪功，词章浑厚足以补诗雅之遗佚；泗水碑铭，铺扬兴王之盛，叙功考德，表里名实，足以续闳散之芳烈。扬子云仿虞作箴，官箴王阙，所以补正心术，警戒几微，殆与圣贤盘盂几杖之铭，争光千古，有国家者宜保之以为龟鉴，所谓杰然诗书之后，讵容徒以文章论哉！

---

[1]　钱穆：《中国学术思想史论丛》（三），东大图书股份有限公司 1985 年版，第 107 页。

章樵以刻石文、碑铭、箴三种文体为例,揭示出刻石文"足以补诗雅之遗佚"、碑铭之作"足以续闳散之芳烈"、扬雄箴"补正心术,警戒几微"等讽谏规诫的政治价值。

实际上,不只以上几类文体有正心教化之功能,《古文苑》其他文体的选文也含有"补正心术"的意图。如《汉高祖手敕太子》云"方省书乃使人知作者之意,追思昔所行多不是";《邹长倩遗公孙贤良书》称"勿以小善不足修而不为","士有聚敛而不能散者,将有扑满之败,可不诫欤";《郦炎遗令书四首》曰"事君莫如忠,事亲莫如孝,朋友莫如信,修身莫如礼,汝哉其勉之";等等。《古文苑》选录这些作品"不以华藻为先",看重的是这些作品"洗濯其心以去恶"①的作用。

《古文苑》所选录的非韵之文,同样遵守着补《文选》之遗的原则,其"文心"之尊古、尚用、正心与"赋心"亦多有符契相合之处。这样的"选心"或"选志"较为准确地传达出编撰者的意图:一是试图要读者了解不同文学体式在其产生和流播时空的社会和政治生活中所扮演的角色;二是表达出他对雅正文学的追求,并暗示了撰者所处时代的文学品位。

三、"三心"与"文道"

我们通过对《古文苑》"赋心"的探赜以及诗、文、赋"三心"的比对,发现以上4类文体择录指向基本趋一,它们与宋代的政治、文化、生活相当符契。若从整体上考量《古文苑》选录的赋、诗、文三类文体的种类、排列次序及作品数量,则又可发现它呈现出了以文道体认为目的的宋代总集共性。

文道关系是文学创作,尤其是散体文创作和批评中的核心问题。宋代总集选家对"道"的体认,绝大多数明显地体现在总集前后的序跋中。如《崇古文诀》序称:

> 然则公之是编也,岂徒文而已哉。昔之论文者曰文以气为主,又曰文者贯道之器也,学者其亦以是观之,则得所以为文之法矣。(陈振孙《迂斋先生标注崇古文诀序》)②

又如其序称:

---

① (宋)朱熹:《四书章句集注·大学章句》,中华书局1983年版,第5页。
② 曾枣庄、刘琳:《全宋文》第230册,上海辞书出版社2006年版,第313页。

文者载道之器,古之君子非有意于为文,而不能不尽心于明道,故曰辞达而已矣。(姚珽《崇古文诀原序》)①

从这些序跋透露的选文标准来看,南宋古文编选家有明显的"重道轻文"倾向;但同时,他们也注意到"文"于"道"的重要性,"夫能达其辞,于道非深切著明,则道不见也,此文之有关键,非深于文者,安能发挥其蕴奥,而探古人之用心哉?"②他们既看到了古文的政治功用目的,也不忽视古文的审美性质。事实上,南宋古文总集所选篇目与其标榜的选文标准也未必悉合,他们所选古文并非尽心于明道之作,而往往是文道兼顾,文道并重。也就是说,他们试图通过编选总集的方式恢复唐宋古文运动时文道合一、文以明道的文学思想形态。

综合《古文苑》章樵序及其文体编排情况可知,《古文苑》对文道关系的体认,离不开整个宋代倡导的"文以明道"和"文以贯道"文道观的影响。宋代文学家的"明道"和"贯道"观念势必要求作为文学总集的文学选本同样担负起释"道"的使命。虽然《古文苑》选编者已经开始重视文学作品的政教意义、应用价值与功利内涵,但是,其立足点还在于"文",即肯定作品的文学本体性,力图将文学自身的价值凸显出来。这与《崇古文诀》和《文章正宗》所强调的"文以载道"观是有区别的。

---

① (宋)楼昉:《崇古文诀》卷首,《文渊阁四库全书》本第 1354 册,台湾商务印书馆 1986 年版。
② (宋)楼昉:《崇古文诀》卷首,《文渊阁四库全书》本第 1354 册,台湾商务印书馆 1986 年版。

第四章　选系观照:《古文苑》与三部文选

选系是指选本间的相互关系。词选研究者肖鹏在论词选选系时说:"我们确信,任何词选都存有不同的'社会关系'。它不仅以类相聚构成群体,不仅与词坛有着千丝万缕的联系,而且还与其他词选之间存在着种种互补关系、母子关系、姊妹编关系、前后编关系,从而结合为词选家族。甚至还有可能跨出词坛,与诗选、文选构成选系。"①此段话移用来观照《古文苑》与其他选本间的关系也是非常恰当的。《古文苑》增补《文选》所遗,与《文选补遗》产生于相近的时代,又与清代《续古文苑》前后相续,因而形成了一个以《古文苑》为联结点的"选系"群体。本章拟理清《古文苑》与这三部诗文选本所构成的家族姻亲关系,或从选编角度进行整体比勘,或专论它们在赋学观上的异同及原因。

第一节　《古文苑》与《文选》

《文选》与《古文苑》都是中国文学史上现存的诗文总集。《文选》以其"日月丽天,江河行地"的定鼎之功,确立了其在选本史上熠熠生辉的地位。《古文苑》则因身世模糊、义例不明,而为后人诟病,存而不显。但因两者所录作品年代断限都是从先秦到南朝齐梁,故人们在论及《古文苑》时,总是有意无意地提到它与《文选》之间的诸种联系。

如章樵在《古文苑序》中云:"《古文苑》者,唐人所编,史传所不载,《文选》所不录之文也。"②江师心《古文苑后序》曰:"《古文苑》,唐人之所集,梁昭明之所遗也。昭明曷为遗之?盖以法而为之去取也。唐人曷为集之?盖思古而贵于兼存也。"③赵希弁《郡斋读书志·附志》曰:"《古文苑》,莫知谁氏录也,皆史传所不载,《文选》所未取,而间见于诸集及乐府。"④陈振孙

<hr />

① 肖鹏:《群体的选择——唐宋人词选与词人群通论》,凤凰出版社2009年版,第20—21页。
② (宋)无名氏辑:《古文苑》,《四部丛刊》本,上海书店出版社2018年版。
③ (宋)无名氏辑:《古文苑》,《四部丛刊》本,上海书店出版社2018年版。
④ (宋)晁公武:《郡斋读书志校证·附志》卷五下,上海古籍出版社1990年版,第1214页。

《直斋书录解题》亦云:"《古文苑》九卷,皆汉以来遗文,史传及《文选》所无者。"①其后,《四库全书总目》《中国大百科全书·中国文学 I》《中国文学大辞典》《文献学大辞典》等权威文献都有与之相似的论语。

以上表述,共同呈现了《古文苑》以《文选》为在场的参照物、选篇却又与之无一雷同的现象。针对这样一个颇有意味的现象,下面拟从两者选录范围、文体类别、体类排序、选录标准等方面予以比照,以此探究《古文苑》在对《文选》进行补遗时所呈现出的编纂面貌及选本个性。

一、选录范围:宽狭诠分

萧统在《文选序》中云:

……至于今之作者,异乎古昔。古诗之体,今则全取赋名。荀宋表之于前,贾马继之于末。自兹以降,源流寔繁。述邑居则有"凭虚""亡是"之作,戒畋游则有《长杨》、《羽猎》之制。若其纪一事,咏一物,风云草木之兴,鱼虫禽兽之流,推而广之,不可胜载矣!

又楚人屈原,含忠履洁,君匪从流,臣进逆耳,深思远虑,遂放湘南。耿介之意既伤,壹郁之怀靡诉。临渊有怀沙之志,吟泽有憔悴之容。骚人之文,自兹而作。

诗者,盖志之所之也,情动于中而形于言。《关雎》《麟趾》,正始之道著;桑间濮上,亡国之音表。故风雅之道,粲然可观。自炎汉中叶,厥涂渐异。退傅有"在邹"之作,降将著"河梁"之篇。四言五言,区以别矣。又少则三字,多则九言,各体互兴,分镳并驱。颂者,所以游扬德业,褒赞成功。吉甫有"穆若"之谈,季子有"至矣"之叹。舒布为诗,既言如彼;总成为颂,又亦若此。次则箴兴于补阙,戒出于弼匡,论则析理精微,铭则序事清润,美终则诔发,图像则赞兴。又诏诰教令之流,表奏笺记之列,书誓符檄之品,吊祭悲哀之作,答客指事之制,三言八字之文,篇辞引序,碑碣志状,众制锋起,源流间出……若其赞论之综辑辞采,序述之错比文华,事出于沈思,义归于翰藻,故与夫篇什,杂而集之。②

---

① (宋)陈振孙撰,徐小蛮、顾美华点校:《直斋书录解题》卷十五,上海古籍出版社 2015 年版,第 438 页。

② (南朝梁)萧统编,(唐)李善注:《文选》,上海古籍出版社 1986 年版,第 1—2 页。

此序论及了赋、骚、诗等诸类文体的源起、体式、特征以及《文选》的选录标准。综考此序及《文选》选文,可以看出《文选》所厘定的选文范围有如下特点:第一,明确地将经、子、史部典籍中的言辞、纪事之文,排斥在"文"之外①;但对史籍中的赞论和序述,因其"综辑辞采""错比文华",符合"事出于沈思,义归于翰藻"的选录标准,故专列"史论"与"史述赞"二类予以收录,导致史籍收录上的矛盾。第二,诗文兼收。虽题名为"文选",但其"文"或"文章"不仅包括散体之文和韵体之文,也包括韵体之诗。② 第三,在与诗相对的文类中,兼收抒情性(赋、诔)、说理性(箴、戒)、实用性(诏、册、令)及叙事性(碑文、墓志、行状)四大类文体。其中,朝廷实用性文体数量较大。③

《古文苑》的选文范围,亦具有《文选》上述特点,但因选编者所处时代不同,又同中有异。具体而言,《古文苑》未选经、史、子籍之文,且未列"史论"与"史述赞"二类,完全排除了史籍在总集中的入选资格,从而在选文范围上以文章体类为标准,使该书成为更为纯粹的文章总集。此其一。其二,在诗文兼收的同时,《古文苑》在文体的类别上特标"文"类。第一卷收录了三篇以"文"为题的刻石文,即《石鼓文》《诅楚文》与《峄山刻石文》,而且又增加了"杂文"一体。其三,《古文苑》四大类文体虽齐全,但叙事性和实用性文体明显少于抒情性和说理性文体,相对于《文选》朝廷公府应用之文比重较大这一特点,《古文苑》则倾向于选用文人之文。像赋、诗、箴、铭四类有韵文体的篇目数为193篇,竟占全书篇目总数的70%左右④,而属无韵文体的公府实用文等则种类少(7类),数量也少(31篇),还不到总数的12%。与《文选》网罗众多文体,遍及诸类题材,注重应用之文的编选意图相比,《古文苑》则选编范围较窄,内容题材欠丰,但更着意于有韵文体的选编。

二、文体类别:尊破兼具

《古文苑》所收18类文体为:文、赋(杂赋)、歌曲、诗、敕、启、书、对、状、颂、述、赞、铭、箴、杂文、记、碑、诔。下面是《文选》序、目与《古文苑》目的文

---

① 参见殷孟伦:《如何理解〈文选〉编选的标准》,原载《文史哲》1963年第1期,后收入郑州大学古籍所编撰:《中外学者选学论集》,中华书局1998年版,第214—223页;另见王运熙:《〈文选〉选录作品的范围和标准》,原载《复旦学报》1988年第6期,后亦收入上书,第258—270页。
② 郭英德:《中国古代文体学论稿》,北京大学出版社2005年版,第111页。
③ 李士彪:《〈文选〉选录范围和标准新探》,《福建论坛》2000年第13期。
④ 关于《古文苑》的篇目,宋章樵说有264篇,其中齐梁诗45首,经笔者统计,总篇目为262篇,而齐梁诗应为50首。与章说有所出入,文中资料均按笔者统计之数。

体类别对照表。

文体	《文选》序	《文选》目	《古文苑》目	文体	《文选》序	《文选》目	《古文苑》目
赋	1	1	2	悲	25	○	○
骚	2	3	○	哀	26	34	○
诗	3	2	4	答客、指事	27	20(对问)21(设论)	8(对)
颂	4	24	10	三言、八字	28	2(诗)	○
箴	5	31	14	篇	29	○	○
戒	6	○	○	辞	30	22	15杂文(辞)
论	7	29	○	引	31	○	○
铭	8	32	13	序	32	23	15杂文(序)
诔	9	33	18	碑	33	35(碑文)	17
赞	10	25	12	碣	34	○	○
诏	11	5	○	志	35	36(墓志)	○
诰	12	5	○	状	36	37(行状)	9
教	13	1	○	赞论	37	27(史论)	○
令	14	7	○	序述	38	28(史述赞)	11(述)
表	15	10	○	启		12	6
奏	16	11(上书)	○	文		9	1
笺	17	14	○	七		4	○
记	18	15(奏记)	16	歌曲		○	3
书	19	16	7	册		6	○
誓	20	20	○	敕		○	5
符	21	26(符命)	○	弹事		13	○
檄	22	18	○	移书		17	○
吊	23	38(吊文)	○	难		19	○
祭	24	39(祭文)	○	连珠		30	○

注:表中的数字表示该文体在选本的序或目录中的顺序,○表示无此文体。

　　从表中可以看出,《古文苑》目与《文选》序和《文选》目的文体关系有下列几种情形:第一,三者名同实同的文体,有赋、诗、颂、箴、铭、诔、赞、书,共8类;第二,三者名稍异但实相同的文体,有对和碑;第三,三者名相近而实相异的文体,有记和状;第四,与《文选》目名同而《文选》序无的文体,有启和文。全不见于《文选》的文体有4类,包括歌曲、敕、述、杂文。

　　"文"体,在《文选》中实指"策文",主考官选拔人才时,将问题写在称之为"策"的竹简上,应考者按策上的问题陈述自己见解之文。《文选》卷三十七收有南朝齐代王融《永明九年策秀才文》等三篇"策文"。《古文苑》卷一的三篇题为"文"之文,则都是刻在石质材料上,《石鼓文》由十首类似《诗经》的四言古诗组成,内容为一组游猎叙事诗①;《诅楚文》的内容是秦王使宗祝在神前咒诅楚王而祈求"克剂楚师"②;《峄山刻石文》为四言韵文,内容是为秦始皇歌功颂德③。与《文选》的"文"体相比,则是名同而实异。"文"体之名,还见于《唐文粹》,其子目有谥册、哀册、伤悼,结合三者可知,"文"体虽有定名,但内容却可随编者衍生繁滋。

　　《文选》无"记"类,《文选》序提到的"记"为"奏记"的略称,其卷四十收有阮籍的《奏记诣蒋公》一首。而且《文心雕龙·书记》所云之"记"也实为奏记、奏笺,与后世所称之"记"有别,历代《文选》类总集,自《文苑英华》以下,皆有记类,盖这一文体兴于唐代,多为纪事之文。④ 审之《古文苑》所收汉樊毅《修西岳庙记》一文(卷十八),并非奏记,乃记西岳庙一事的前因后果,实属"记"体。此文题下章樵注曰:"一作碑。"考此卷中"记"之后即为"碑"体,如《西岳华山亭碑》《西岳华山堂阙碑铭》等,因题材相似,故有可能在流传过程中,将"记""碑"混而为一。《古文苑》"记"体的收录,对增补

----

① 现珍藏于北京故宫博物院的石鼓文,是我国现能见的最早的刻石文字之一。它是镌刻在十个鼓形花岗岩石上的大篆古文,每鼓直径约二尺,高不及三尺,周围各刻有一首主要为四言的类似《诗经》的古诗,内容与祭祀游猎活动有关。《古文苑》是现存最早的辑有石鼓全文的纸本文献。对石鼓文的产生时代,学术界尚无定论。

② 秦《诅楚文》石刻共三块,著名历史学家杨宽认为,此文作于楚怀王十六年即秦惠文王更元十二年(前313)。内容是秦王使宗祝在神前咒诅楚王而祈求"克剂楚师",表演的是一种"诅"的巫术。

③ 据《史记·秦始皇本纪》载,秦刻石有峄山、泰山、琅琊台、之罘、东观、碣石和会稽刻石七处。《峄山刻石文》《史记》不载,但有五代时南唐徐铉的摹本传世,《古文苑》亦载其文。秦刻石是《诗经》"雅""颂"歌功颂德传统的延续,但在形式上较之颂诗更加注意形制的整齐,基本是四言韵文;语言上又缺乏"雅"诗的清丽隽永,而是刻板典重,重叠堆砌。除琅琊台刻石为双句押韵外,其余均为三句一韵,这是秦刻石的一个特点。秦刻石是最古的碑文,对后世的碑志文也有一定的影响。

④ 郭英德:《中国古代文体学论稿》,北京大学出版社2005年版,第134页。

《文选》文体之缺,意义颇大。

《文选》序所提的"状"体,也是《文选》目中的"行状"体的简称。行状是记述死者生平行事的文章,观《古文苑》所收樊毅《乞复华山下十里以内民租田口算状》(卷十一),乃是下对上陈述事情之体,与"行状"体迥异。编于宋太宗太平兴国七年(982)的《文苑英华》收有"状"体,并另有"行状"一类。可见,"状"与"行状"为两种不同文体。后人常将"行状"等同于"状",实属误解。

"歌曲"体,最早见于《文章缘起》。四首与汉帝有关的歌曲:汉昭帝《黄鹄歌》《淋池歌》,汉灵帝《招商歌》,汉武帝《落叶哀蝉曲》(卷八),因是和乐之体,且内容纤靡,格调浮艳,不见录于《文选》,而为《古文苑》所收。这既从一个方面体现了《古文苑》选编者的审美趣味,也说明其选域的多元。

《文心雕龙·诏策》曰"敕戒州部","敕者,正也"①。故"敕"为上戒下之辞。《古文苑》"敕体类"所收《汉高祖手敕太子》(卷十)题下章樵注曰:"《汉书·艺文志》,《高祖传》十三篇,固自注高祖与大臣述古语及诏策也,此篇或居诏策之一。"可见,"敕"即诏策。《古文苑》另列"敕"体,盖源于《文心雕龙》中的"敕"与"诏""策"的分列,也体现了选编者补遗之举。

邯郸淳的《魏受命述》(卷十二)为《古文苑》所收"述"体的代表,此体不见于《文选》,《文章缘起》《文心雕龙》《文苑英华》亦无,直至明代《文体明辨》才得一见。由此,可将其视为编者补诸集之遗,以求广、求全的表现。

"杂文"之名,始见于《文心雕龙·杂文》。刘勰在介绍了对问、七发、连珠三种主要的杂文形式后,接着说:"详夫汉来杂文,名号多品。或典诰誓问,或览略篇章,或曲操弄引,或吟讽谣咏,总括其名,并归杂文之区。"②可见,杂文是"文"(韵文)、"笔"(散文)兼有,因"名号多品",无法细辨,故归之一区,这是刘勰以"以类相从"的方式,运用的以简驭繁之法。此法为《古文苑》的选编者所承,他将《董仲舒集叙》《僮约》《弈旨》《篆势》《责髯奴辞》③及《魏敬侯碑阴文》,一并归入"杂文"类。此类包括的文体有:叙(即序)、约、旨、势、势、辞及碑文,这6种文体皆可见于《文章缘起》,另外,《弈

---

① (南朝梁)刘勰撰,范文澜注:《文心雕龙注》,人民文学出版社1958年版,第358页。

② (南朝梁)刘勰撰,范文澜注:《文心雕龙注》,人民文学出版社1958年版,第256页。

③ 《责髯奴辞》,马积高认为:"《艺文类聚》以为是王褒作,《古文苑》则归之黄香。因《类聚》较可靠,故暂定它也是王作。"参见《赋史》,上海古籍出版社1987年版,第84页。

旨》《僮约》《责髯奴辞》①又可归入赋体，这再一次证明"杂文"类是文笔兼备之体。

"杂赋"之名，最早见于《汉志·诗赋略》。它与屈原赋之属、陆贾赋之属、荀卿赋之属并列为赋之四家。对于杂赋的义例，前人有多种说法②，而位于《古文苑》末卷（卷二十一）的十四首"杂赋"，其意可能正如章樵注所云："旧编载此诸篇，文多残缺，搜检它集，互加参证，或补及数句，犹非全文，姑存卷末，以俟博访。"可见，此体只是残篇赋体的类聚，并无其他深意，仍归于赋体。另外，还有同处于《古文苑》末卷的《九惟文》也较为特殊。其文体归属到底是什么？章樵将之与赋、颂作品列为一卷，除了均为残篇的共性外，是否也暗含着将之视为赋体之意？因只有这样才能补齐"杂赋十四篇"之数。

综上所述，《古文苑》中的赋、诗、颂、箴、铭、诔、赞、书、启、碑、对等11类文体，也为《文选》所有，且古有定名，历代相承不变的文体。它们的文体体式及特征受到《古文苑》选编者的重视，且得到进一步的夯实和承继。然《古文苑》选编者并未一味"尊体"，他也大胆地亮出自己文体辨析的结果，如记、状、文三类文体的名称。虽与《文选》近似甚至相同，但实体完全两异，而且述体乃《古文苑》最早创立的文体，这种在"破体"观念指导下出现的文体，固然说明在《古文苑》编定的时代，这些文体的性状还不明朗，规定还未统一，但同时也体现了选编者"新变"的勇气。尤其值得一提的是，《古文苑》中还出现了4类《文选》所无的文体，即歌曲、敕、述、杂文，且皆渊源有自，这一点也许就是人们习说的《古文苑》对《文选》的"补遗"作用。

三、体类排序：横纵相分

编纂总集者在区分出若干文体之后，接下来就将面临对各种文体进行合理排序的问题。体类排序一般有两个步骤：第一步为一级分类，即不同文体间的分类排序；第二步为二级分类，即同类文体列出若干子目按序排列。

《古文苑》凡18类文体。大致分抒情言志，讲究音韵文采的韵体文（有

① 马积高认为："清李兆洛《骈体文钞》中所录王褒《僮约》和《责髯奴辞》等题中未标赋之文为赋，且多属所谓俳谐体，代表着赋的一流。"参见《历代辞赋研究史料概述》，中华书局2001年版，第25页。

② 清代章学诚认为："三种之赋，人自为篇，后世别集之体也。杂赋一种，不列专名，而类叙为篇，后世总集之体也。"见《校雠通义》卷三《汉志诗赋第十五》，丛书集成初编。程章灿在《魏晋南北朝赋史》中转述程千帆之意认为："荀、屈二种表示两种渊源，陆贾赋以下一种代表赋在汉代新发展，而杂赋一类根据主题，以类相从。"江苏古籍出版社1992年版，第11页。

韵之文）和应用性强、音韵文采不强的散体文（无韵之笔）两大类。其体类排序似乎无章可寻,但仔细寻绎后可发现,选编者实际上将18类文体划分为正录、附录两大板块及有韵之文和无韵之笔两个文体序列:第一个序列（表中以字母 A 表示）包括文①、赋（杂赋）、歌曲、诗、颂、赞、铭、箴、杂文②、诔、碑,凡11类,皆为"有韵之文"。第二序列（表中以字母 B 表示）包括敕、启、书、对、状、述、记,凡 7 类,为"无韵之笔"。但在具体的操作中,《古文苑》文体的分组排序却并非如此简单。A 序列可细分为 4 个子序列,B 序列也可以分为 2 个子序列,这些子序列交错排列的样貌如下表（表二）所示。

板块	序列	文体	文笔	备注
正录	A1	文　赋　歌曲　诗	有韵之文	全篇
	B1	敕　启　书　对　状	无韵之笔	
	A2	颂　赞　铭　箴　杂文	有韵之文	
	B2	述记	无韵之笔	
	A3	诔碑	有韵之文	
附录	A4	赋	有韵之文	残篇

从表中看出,子序列形成的"有韵之文"与"无韵之笔"相互交错,在总体上呈现为文—笔—文—笔—文的排序方式。这与《文选》序从"文"到"笔"的排列次序有所不同,从表一中可看出《文选》序从赋体至赞体 10 类文体,基本上是"有韵之文",从诏体以下的 26 类文体,则大体属于"无韵之笔",后两类为史之赞论、序述,则属于附录性质。概而言之,《文选》皆为全篇,《古文苑》则全、残俱收;《文选》由文及笔,呈现文体布局的整体美,《古文苑》文笔交错,呈现文体布局的错落美。另外,对《文选》序中文体序列之间与文体序列之内的排序规则,郭英德先生作了精辟的总结,现引用如下:

　　规则 1:按照文体的语体区别（即"文笔之分"）排序,一般先文后笔;

---

① 《古文苑》"文"类三篇,《石鼓文》和《峄山刻石文》皆为韵文,《诅楚文》为诅盟类文体,依《文心雕龙》的归类,诅盟亦属于韵文。

② 杂文本是有文有笔,此依刘师培对《文心雕龙》的文笔划分标准,他说:"更即《雕龙》篇次言及,由第六迄于第十五,以《明诗》、《乐府》……《杂文》、《谐隐》诸篇相次,是均有韵之文也。"参见《中国中古文学史讲义》,上海古籍出版社 2000 年版,第 110—111 页。为便于论述,笔者也将《古文苑》的杂文体归之"有韵之文"。

　　规则 2：按照文体先后出现的时间顺序排序，一般先源后流；

　　规则 3：按照文体所体现的行为方式的空间秩序排序，一般先公后私，先君后臣下，先朝廷后地方；

　　规则 4：按照文体所体现的社会功能排序，一般先生后死；

　　规则 5：按照文体所体现的审美价值排序，一般先雅后俗。①

　　由《古文苑》和《文选》文体的语体比照，已得出了两者文笔之分的相异之处，再细考之《古文苑》子序列的排序方式，却发现《文选》序其余的四条规则大体适用于《古文苑》。

　　A 序列中，除"文"类的三篇文章因其特殊的价值和地位被选编者列于卷首外，接下来，A1 序列先叙赋，则是由"赋者，古诗之流也"及"赋自《诗》出"的历史渊源决定的，下及歌曲、诗（皆为汉世之作），依郭英德先生的观点，乃"皆略本'诗之六义'顺序"。A2 序列以颂始，继之以赞、铭、箴，则是因"颂赞，诗之流裔"，且颂在"六义"中居赋之后，而赞、铭、箴，都是诗体因功能不同所发生的文体流变。这些都体现出先源后流的文体排序规则。至于杂文，文笔兼备，杂合众体，则隐含先雅后俗的文体排序规则。B 序列中的 B1 和 B2，属朝廷或官府应用之文，B2 的述和记体，属文人应用之文，这一点以规则 3 为归依。正录末尾的碑和诔两体，其功能为"树碑述亡，死人之事，故次铭箴"，这大致体现了先生后死的文体排列规则。

　　可见，在一级分类上，《古文苑》大体以《文选》为范本，追求与其"形似"的效果。那么，在二级分类上，二者又有何异同呢？

　　萧统《文选序》云：

　　　　凡次文之体，各以汇聚。诗赋体既不一，又以类分。类分之中，略以时代相次。②

　　据此，《文选》进行二级分类的文体为两类，即赋和诗，其基本体式为以题材分类。③ 其赋类分为 15 个子目：京都、郊祀、耕藉、畋猎、纪行、游览、宫殿、江海、物色、鸟兽、志、哀伤、论文、音乐、情，并大体可分为天道、地理、人事和物类四个序列。其诗分为 23 个子目，其中绝大多数采用以题分类的体

---

① 郭英德：《中国古代文体学论稿》，北京大学出版社 2005 年版，第 168—169 页。

② （南朝梁）萧统撰，（唐）李善注：《文选》，上海古籍出版社 1986 年版，第 3 页。

③ 郭英德在《中国古代文体学论稿》中提出，历代《文选》类总集文体的二级分类构成了 3 种基本体式，即：以体分类，以题分类，以时分类。

式,但乐府、杂歌、杂拟 3 类又为以体分类。

《古文苑》18 类文体中进行了二级分类的也是赋、诗两类。对于赋类,如前所述,它既与《文选》按题材的"以类次文"不同,也与宋代以后一般总集的"以时分类"不同。它不直接标出朝代字眼,而是以作家(个体或群体)出现的先后寓示文体的历时演变及时代的变迁。这是一种较特殊的"以人系文"的体式。

实际上,从整体的编撰体例而言,《古文苑》与《文选》均为以体叙次,这种编排体式,"给人最强烈的印象是各体文章的历时性发展,而时代与作家的个性则被分散和淡化在各体文章之中"①。《文选》赋体之下的十五类题材划分,更强化了这一特点,这是六朝辨体意识的鲜明体现。六朝以来,辨体意识到宋代还一直占据主流,《古文苑》也不例外,故章樵编次时将赋体与其他文体诠分甚明。不过,《古文苑》并非一味地模拟蹈袭,其以体叙次下的二级"以人系文"已将读者的关注点从文体转移到不同时代与作家的创作个性上。这给人的印象不是某一文体,而是在具体时代背景下某一作家的个性与成就。这是对《文选》赋体编排模式的某种突破。

至于诗类,《古文苑》不像《文选》诗类子目皆有名目,它大体以时代先后为序,起于汉武帝元封三年(前 108)君臣间的"柏梁体"诗,终至齐永明年间谢朓、王融等人的联句诗。第八卷收录西汉至晋之诗作,《柏梁体》而下,有五言诗、六言诗、杂言诗、四言诗等,主要为以体分类的体式。第九卷收录齐梁诗作,有应诏诗、游仙诗、奉和诗、祖饯诗、赠答诗、联句诗等形式,则主要又是以题分类的体式。

总括而言,与《文选》采用以题分类为主,揭示横向主题、题材的历史演变轨迹相比,《古文苑》赋与诗二级分类的最大特色则是在作家时代先后排序的大前提下,实行以时、以题、以体分类,虽颇显杂糅,为后世诟病,但也在一定程度上纵向揭示了一个时期或不同时期文学的历史演变状况。这也体现了《古文苑》的选编者在取范《文选》时,力求出新的地方。

四、选录旨趣:文质相兼

章樵《古文苑序》中有一段颇能引人注意的话:

> 上下一千三百年间,世道之升降、风俗之醇漓、政治之得失、人才之高下,于此而概见之。可谓萃众作之英华,擅文人之巨伟也。

---

① 吴承学:《宋代文章总集的文体学意义》,《中国社会科学》2009 年第 2 期。

　　这段话较为清楚地揭示了《古文苑》选编者鲜明的选本意识。章樵认为与《文选》"略其芜秽,集其精英"①的选文目标一样,《古文苑》也是朝着择录"精英之精华"方向努力。同时,他还指出《古文苑》部分选文如刻石文、碑铭、箴文符合儒家传统标举的文质彬彬、典雅平正的文学观念:认为刻石文"美""浑厚",其社会功能为:开"中兴"美文之风,补"诗雅"敦厚之遗;碑铭文"铺扬""闳散""表里名实"地达到了"兴王之盛""叙功考德"的功效;"箴"文则能"补正心术,警戒几微",堪与圣贤之铭媲美。章樵依据此三类文体形式上的特点及其内容,强调此类选文的政教功用,是基于他的理学家立场。但实际上,并非《古文苑》所有的选类、选文都有此种倾向。在最能反映文学性色彩的赋诗两类上,《古文苑》则显出与《文选》相异的选录志趣。

　　在赋作的选录上,《古文苑》重古赋轻骈赋,略大赋重小赋,既有雅正之体,又录俳而近俗之赋,体现出以古为尚、以小为美、雅俗兼具的赋选志趣②。因前面第三章论之甚详,此处不再赘述。

　　在诗歌的选录上,《古文苑》收录汉代至南齐25位诗人的84篇作品,其中两汉23首、魏晋11首、齐梁50首。不过,编撰者并没有选录当时流行的柔媚绮靡的宫体诗,这与《文选》一样,是其雅正志趣的体现。而且,《古文苑》选录了大量完整的组诗,如李陵录别诗、苏武答诗等。之所以选择这么多组诗,"正因为组诗作为'群体'存在比'独体'更能将诗人复杂多变的心情、微妙的感觉、稍纵即逝的意念及时地、全方位地、多层次地展现出来,并以此形成个性鲜明的美学风格"③。若将组诗割裂,则如《四库全书总目》批评钟惺、谭元春在《诗归》中的选诗行为所言:"又力排选诗惜群之说,于连篇之诗随意割裂,古来诗法于是尽亡。"④另外,《古文苑》编撰者还选录了齐梁时期新体诗人谢朓、沈约和王融的诗。这些称为"永明体"的新诗,讲究声律、对偶。也就是说,《古文苑》选诗虽多唱和、赠答等内容,但亦较为重视诗法、诗艺。

　　综而论之,《古文苑》编撰者以"思古而贵于兼存"和补史传、《文选》之所遗为其编撰目的之一。具体为:一是选录篇目上的力避雷同;二是文体类别上的择有趋无;三是文体排序上的仿创相兼;四是残篇之作的求全收录。尽管《古文苑》编撰时以《文选》为范本是毫无疑义的,但并非一味地模拟蹈

---

① (南朝梁)萧统编,(唐)李善注:《文选》,上海古籍出版社1986年版,第2页。
② 彭安湘:《〈古文苑〉辞赋观及其选本批评形态意义》,《中南大学学报》2012年第6期。
③ 贺珍:《〈古文苑〉收录诗歌研究》,西北师范大学2009年硕士学位论文,第9页。
④ (清)纪昀等撰:《钦定四库全书总目》,中华书局1997年版,第2706页。

袭,而是表现出了自己的独立个性:第一,讲求传统的质文相兼,又呈现时代的个性色彩。第二,讲究文体布局的错落美,并以作家时代先后排序,寓示文体的历时演变。第三,注重选者眼光,传达出既与时代相合又具选者之"志"的观文观。这些特点从某种意义上说,是《古文苑》在选本史上弥补了《文选》的不足。它所呈现的特征、面貌,增添了中国选本模式的多样性。虽然,《古文苑》的选本价值一直处在《文选》的阴影圈中,处在"似则失其所以为我,不似则失其所以为真"的尴尬境地,但我们相信在中国选本研究热点将至之际,《古文苑》擦去尘埃亮新颜的时代也即将到来。

第二节　《古文苑》与《文选补遗》

《古文苑》和《文选补遗》大体继承了北宋以来总集选赋"体则《文选》"的传统。但与其他选本在《文选》收录时段之外选录不同的是,它们是在《文选》收录时段中增收的"续广、续补"类总集。

如前所述,《古文苑》相传是唐人所藏古文章,为北宋孙巨源于佛寺经龛中所得。南宋淳熙六年(1179)颍川韩元吉加以整理,编次为九卷。绍定五年(1232),时任吴县知县的章樵在九卷本《古文苑》基础上,增补了"汉晋间文史册之所遗"以及一些残篇零句而扩展、重编为二十一卷并加以注释。是集共录有先秦至齐梁18类文体264篇作品。其中,收录36位赋家64篇赋作,并作了如下卷次编排:第二至七卷分别列有宋玉赋六首、汉臣赋十二首、扬雄赋三首、汉臣赋九首、汉臣赋六首及赋十一首;第二十一卷列有残篇杂赋十四首(实少一首);第十七卷收未标赋名之作三篇,第二十一卷亦收一篇。

《文选补遗》为宋末元初陈仁子(一作同甫)在湖南茶陵东山书院刻印的文集,共40卷。是集收录了22位赋家47篇赋作,次为三卷:第三十一卷为(荀况)、宋玉、枚乘、贾谊、孔臧、司马相如、班婕妤、扬雄之作;第三十二卷为冯衍、班固、张衡、马融、王延寿、赵壹、曹植、陆云之作;第三十三卷为陶潜、鲍照、谢朓之作,是卷的"拾遗"部分附录有中山王、邹阳、羊胜、左思、曹植之作(左思《白发赋》和曹植《迷迭香赋》仅存赋名)。

作为南宋及宋元之际的《文选》广、续本,《古文苑》与《文选补遗》选赋有以下共同点:第一,所选皆《文选》所未录者,目的是补遗救阙。《古文苑》为"史传所不载,《文选》所未取"或"《文选》所不录之文",其采"梁昭明之所遗,思古而贵于兼存"①之意甚明。《文选补遗》因"(陈仁子)阅《文选》即

---

① （宋）章樵注,（宋）无名氏辑:《古文苑》,《四部丛刊》本,上海书店出版社2018年版。

以网漏吞舟为恨"①特以"补遗"标题其书，意图更直接、明了。第二，选赋时代断限与《文选》基本相同，都在先秦至南朝齐梁这一时段：《古文苑》始于战国宋玉诸赋，止于南朝梁庾信入北后所作《枯木赋》；《文选补遗》始于战国荀况五赋，止于南齐谢朓《酬德赋》。第三，赋之编排体例相似。《古文苑》和《文选补遗》均为"以体叙次"的一级分类，但在赋文体的二级分类上，却不同于《文选》的"以类叙分"，而是"以人系文"的特殊式"以时分类"。第四，选赋定篇均偏于短制和古体赋。两者所录均为几百字，甚至几十字的体制短小的赋篇，而且，都偏重于先秦两汉古赋。《古文苑》所录先秦两汉赋作，占所录赋篇总数的 80%，《文选补遗》则约占 64%。第五，对所录赋作均进行了题解和注释，如考订作者、评价作品、点明题义、揭示旨趣、注音释义等。其评注大多取法或继承了王逸《楚辞注》、李善注《文选》以及《崇古文诀》评、批赋作的方式、方法。

即便如此，《古文苑》与《文选补遗》在赋选观上更多的是存有诸多明显的不同，这也是两者选本个性的重要体现。骆鸿凯先生曾说："总集为书，必考镜文章之源流，洞悉体制之正变，而又能举历代之大宗，柬名家之精要，符斯义例，乃称雅裁。"②这句话点明了优秀选本必备的四大要素。下面拟从这四个方面考察《古文苑》与《文选补遗》赋选观的相异之处。

一、探讨赋源："尊荀"与"崇宋"

赋始于何人？关于这个问题，汉代班固与梁代刘勰均关涉到了两个人物——荀况和宋玉。班固《汉书·艺文志》曰："……大儒孙卿及楚臣屈原离谗忧国，皆作赋以风，咸有恻隐古诗之义。其后，宋玉、唐勒，汉兴，枚乘、司马相如，下及扬子云，竞为侈丽闳衍之词，没其风谕之义。"③即认为赋体形成之初，荀况、屈原导源于前，宋玉等人蹈迹于后，以荀况赋早于宋玉赋之意甚明。其后，刘勰《文心雕龙·诠赋》称"荀况《礼》《智》，宋玉《风》《钓》……斯盖别诗之原始，命赋之厥初也"④，也将荀况列于宋玉之前。

尽管如此，从汉至宋却出现了两个极为矛盾的现象：一是荀况及其赋篇并未出现或首列在现存的宋以前的总集中；二是宋玉赋为诸多子、集部关注却屡受责难与恶评。诸如"或问：'景差、唐勒、宋玉、枚乘之赋也益乎？'曰：

① （宋）赵文：《文选补遗原序》，（宋）陈仁子辑，（元）谭绍烈类编：《文选补遗》，《文渊阁四库全书》本，台湾商务印书馆 1986 年版。

② 骆鸿凯：《文选学》，中华书局 1989 年版，第 12 页。

③ （汉）班固撰，颜师古注：《汉书》卷三十《艺文志》，中华书局 1962 年版，第 1756 页。

④ （南朝梁）刘勰撰，范文澜注：《文心雕龙注》，人民文学出版社 1958 年版，第 134 页。

'必以淫。'"①"多淫浮之病""及宋玉之徒,淫文放发,言过其实,夸竞之兴,体失之渐,风雅之则,于是乎乖"②。在这样的话语背景下,《古文苑》不同流俗,一共选了宋玉6篇赋作,此举足以证明其选编者对宋玉的推崇和重视。而且,《古文苑》没选录荀况赋,也不像《文选》将屈原作品单独分类,而是直接从宋玉赋开始,并单独列卷。这说明《古文苑》在赋体创始问题上,有自己的独到见地。不可否认,《文选》曾特设"情"类专选了宋玉4篇赋作,但《文选》以题材分类,并没将宋玉赋居于赋体之首,其考镜赋之源流的意图并不明显。而《古文苑》此意图则相当明显,其特殊的以时编排的体例是对宋玉在赋文学史上重要地位的肯定。首列宋作,既前承梁任昉《文章缘起》序论中的"赋,楚大夫宋玉作"③的观点,又开清代程廷祚"赋始于宋玉"④之说。

《文选补遗》则在所选宋玉6篇赋前,以"按语"的形式引班固《两都赋序》后,曰:"虽然屈、宋之赋,家有人诵,独荀卿之赋人希诵者。其体虽不如卿、云之赡丽,而楚赋之盛已萌蘖于此。今附注于首,以备观览。"这段含意颇丰的按语有这么几层意思:第一,赋为诗之流裔;第二,荀况赋在后世的流传接受远不及屈、宋赋;第三,荀况是楚赋的开创者,赋始于荀况,而非宋玉。在选录赋篇上,《文选补遗》逐一载录荀况《礼》《智》《云》《蚕》《箴》5篇赋于宋玉诸赋之前,更是其"赋始于荀况"观点的直接体现。

二、列赋次序:"重文"与"尚质"

在我国古代的文体谱系中,文体排列的先后往往暗含着文体的价值高下。《文选》由文及笔,以赋、诗、骚、七等先于诏、册、令、教等文体,意欲彰显纯文学之重要地位。尤其首列赋体,收录先秦至南朝梁31家52篇赋作,将其按题材分为15类,既彰显、肯定了赋体的价值,又集中反映出骈文中心时代"深思翰藻"的重文、尚美文学观念。对此,《古文苑》与《文选补遗》均有变革。

《古文苑》18类文体被划分为正录、附录两大板块。赋,降次为二,列在"文"类之后。在具体排列过程中,选编者有意将"有韵之文"与"无韵之

---

① (汉)扬雄著,韩敬注:《法言注》卷二,中华书局1992年版,第27页。
② (清)严可均辑:《全晋文》,商务印书馆1999年版,第819、757页。
③ 钱穆:《中国学术思想史论丛》,安徽教育出版社2004年版,第94页。
④ (清)程廷祚《骚赋论·上》曰:"或曰:骚作于屈原矣,赋何始乎?曰:宋玉。"载郭绍虞主编:《中国历代文论选》第一册,上海古籍出版社2001年版,第145页。

笔"相互交错，呈现出文—笔—文—笔—文的次文顺序①。与《文选》由"文"至"笔"的单一次序相比，这已从某种程度上透露出《古文苑》选编者对文章实用性追求的信息。不过，《古文苑》赋居第二，卷次有七，无论是排序还是卷目数量，都体现出选编者对赋体的看重；再加之其选文定编又多暗合《文心雕龙》和《文选》，则其与《文选》尚文的文学观又是基本一致的。

《文选补遗》则将赋体置于其38类文体的第24位。理由是"以为诏令，人主播告之典章；奏疏，人臣经济之方略。不当以诗赋先奏疏、矧诏令，是君臣失位，质文先后失宜"②。故《文选补遗》以"诏诰"置于书首，其后分列玺书、奏疏、对事、上书等20余种实用文体，再次列骚、赋、诗等纯文学文体。把"诏诰"置各文体之首，体现了以王权政治为本位的文体价值秩序，具有强烈的政治色彩。③ 而先"笔"后"文"的排列，则基本上颠覆了《文选》的文体次序，正反映出《文选补遗》尚功利、重实用的轻文、尚质文体观念。其原因或如清人王之绩所云："列诗赋于叙事、议论后，诚以诗赋虽可喜，而其为用则狭矣。"④可以说，《文选补遗》在续、广系列中，是偏离《文选》甚多者。除次文顺序外，与其同时代的赵文称陈仁子还非议《文选》之具体去取篇目，并指摘《文选》作者之去取。⑤ 总之，"其排斥萧统甚至，盖与刘履《选诗补注》皆私淑《文章正宗》之说者"⑥，"仁子本讲学家，故轨真德秀《文章正宗》之法以甲乙《文选》"⑦，皆说明其浓重的政教性质及轻文、尚质的文体观念与昭明原典编纂理念是相左的。

三、赋家去取："衡文"与"量德"

前人有称："梁萧统《文选》三十卷，其是非去取不谬者，罕矣。"⑧应该

---

① 其中文、赋（杂赋）、歌曲、诗、颂、述、赞、铭、箴、杂文、诔，凡11类，除述外，皆为"有韵之文"，属于"纯文学"范畴。敕、启、书、对、状、记、碑，凡7类，为"无韵之笔"。

② （宋）赵文：《文选补遗原序》，（宋）陈仁子辑，（元）谭绍烈类编：《文选补遗》，《文渊阁四库全书》本，台湾商务印书馆1986年版。

③ 吴承学：《宋代文章总集的文体学意义》，《中国社会科学》2009年第2期。

④ （清）王之绩：《铁立文起》，《四库全书存目丛书》（集部，第421册），齐鲁书社1997年版，第700页。

⑤ （宋）赵文：《文选补遗原序》，（宋）陈仁子辑，（元）谭绍烈类编：《文选补遗》，《文渊阁四库全书》本。

⑥ （清）纪昀等：《钦定四库全书总目》，中华书局1997年版，第2626页。

⑦ （清）永瑢等：《钦定四库全书简明目录》卷十九《集部八：总集类》，《文渊阁四库全书》本，台湾商务印书馆1986年版。

⑧ （元）刘岳申：《申斋集》卷1，《文渊阁四库全书》本，台湾商务印书馆1986年版。

说《文选》所选赋家赋篇，皆可称为"大宗""名家"之"精要"。故以"补遗"为目的的《古文苑》和《文选补遗》想要突破定选定评，颇为不易。但正是在此情形下，两者在赋家去取上，依然各显识见，58位赋家中相同者仅15位①，择录标准出现了很大的分野。

《文选补遗》奉"采先儒之议"及"准乎圣道"的"补遗本旨"②，以儒家教义为去取赋家的标准。如选录班婕妤的原因在于："……至其情，虽出于幽怨而能引分以自安，援古以自慰，和平中正终不过于惨伤。又其德性之美，学问之力，有过人者，则论者有不及也。"③陈仁子认为班氏具"德性之美，学问之力"，赋"和平中正"，正符合他信奉的儒家教义。冯衍入选也是依据同样的标准。冯衍少有奇才，却郁郁不得志，后拒不出仕王莽朝。因忠于"更始"，又不受光武帝重用而沉沦下僚，栖迟故里。这样的遭遇与气节，与陈仁子拒不仕元颇为相似。同声相求、同气相应，应该是冯衍入选的原因。扬雄为汉赋大家，《文选补遗》仅录其《逐贫赋》，且贬之甚低："然则雄固为骚之谗贼矣，他尚何说哉！"扬雄入选是因此赋"《文选》不收，《初学记》所载才百余字，今人盖有未之者，辄录于此"的文献"拾遗"目的，而非其他，颇有以人废言之意。蔡邕、王粲、陆机、庾信等是中古时期著名的辞赋家，依儒家大义看来，他们与扬雄一样，均为仕宦两朝而名节有亏者。故《文选补遗》未将其选入，这是与其道德评判标准一致的。

与《文选补遗》的道德评判相异，《古文苑》偏重的是赋家之才，所选扬雄、蔡邕即可说明。《古文苑》将扬雄单独列卷，选录了显现扬雄多元风格的3篇作品。这是选编者对赋家的重视及对其所处赋史地位的准确评估。蔡邕是入选《古文苑》作品最多的赋家，共有9篇入选。这些作品既有咏物，又有写景；既写天灾，又记旅行；既有吊古怀今，又写爱情婚姻，其反映社会的深广度在汉代赋家中是绝无仅有的。蔡邕的文才，生前即获得极高的评价；至魏晋，与汉之张衡并称"张蔡"；至南朝，刘勰《文心雕龙》中有多处赞评。可是，对于这位东汉文坛领袖，《文选》竟仅录其一篇碑文，一篇赋都未收录。《古文苑》则将其时所能见到的蔡邕辞赋，几乎全部收录，这是对蔡邕在赋文学史上地位的极力肯定。《古文苑》能在权威选本《文选》之外，

---

① 他们分别是：宋玉、枚乘、羊胜、中山王、贾谊、司马相如、班婕妤、扬雄、班固、马融、张衡、王延寿、曹植、左思、谢朓。

② （宋）陈仁子辑，（元）谭绍烈类编：《文选补遗》，《文渊阁四库全书》本，台湾商务印书馆1986年版。

③ （宋）陈仁子辑，（元）谭绍烈类编：《文选补遗》，《文渊阁四库全书》本，台湾商务印书馆1986年版。

如此大胆地给蔡邕定位，亦见其眼光的独到与精准。时至唐宋，蔡邕作品流传更广。《蔡中郎集》在新旧《唐书》、宋史、《崇文总目》《郡斋读书志》《通志》《玉海》等中均有载录。在这样的文献背景下，对同一个赋家，《古文苑》极力推崇，《文选补遗》却一篇未录。原因恐怕还是蔡邕名节有亏与《文选补遗》择录标准不符相关。显而易见，《古文苑》对赋家的去取主要是以才衡文，而不是以德量文。

四、选赋定篇："义理"与"辞情"

《古文苑》与《文选补遗》一共选录赋作112篇，两者共同选定的赋作只有19篇，众多的相异篇目正可见其择录意趣的不同。

《文选补遗》对以行教化的"讽谏"类作品最为看重。如孔臧《谏格虎赋》《杨柳赋》《鸮赋》《蓼赋》四赋不同程度地表现出儒学关注现实的品格。尤其是《谏格虎赋》中的儒家思想显而易见。此赋借天子所派大夫与诸侯国国君的对话，阐述了"与百姓同之"才为"至乐"的道理，相反，耽于畋猎，恣意妄为，最终将不免国乱民散、一国之君变成孤家寡人的结局。赵壹《刺世疾邪赋》对当时社会现实的批判与揭露，也是儒家"天下不治，请陈佹诗"（《荀子·赋篇》）类"讽谏"精神的鲜明体现。陶渊明《闲情赋》的入选也是因其"将以抑流宕之邪心，谅有助于讽谏"的作赋动机①。

除"讽谏"类作品外，《文选补遗》对寄托隐逸情怀类作品也相当欣赏。所录冯衍《显志赋》、陆云《逸民赋》、陶渊明《感士不遇赋》即属此类。其《显志赋》题解云："本传衍，字敬通，京兆杜陵人。疆理九野，经营五山，眇然有思凌云之意，乃作赋。"实际上，这里的"凌云之意"是指绝意仕进，归隐山林之志。此赋以作者入仕的坎坷经历为背景，以"愤世嫉俗"到自我宽解为情感线索，表明了对隐居生活的向往和设想。《逸民赋》则借"古之逸民"讴歌了隐士高洁的生活、高远的志趣，表现了对隐逸的企许、对仕宦的厌倦。《感士不遇赋》历数从古至"今"一系列不遇者及其不遇缘由，申明自己"欣然而归止，拥孤襟以毕岁"的理性抉择。

《文选补遗》还录有诸多咏物赋，尤以魏晋南朝宋齐咏物小赋为主。此类赋作的选录已然揭示出这样的轨迹：由荀况赋写所谓"物"及物之"理"到梁园文士枚乘、羊胜、邹阳等"图貌写物"、物我互衬，再至曹植、鲍照笔下的物人双写、物我融通，其"洞悉体制之正变"意图确可察见。而这正可统一在以荀况为"赋祖"的赋源观中。

---

① （晋）陶渊明撰，郭维松、包景臣译注：《陶渊明集全译》，贵州出版社2008年版，第232页。

　　与《文选补遗》相比,《古文苑》选录赋篇数量多,题材丰富,以"辞情"作为选赋标准,偏于辞赋的形制和情感。从形制上说,《古文苑》所录辞赋的体式体制比较齐备。既有宋玉《讽赋》《钓赋》等楚赋体,又有《蜀都赋》《甘泉宫赋》等汉代散体大赋;也有《旱云赋》《遂初赋》等骚体赋(有的虽然表面上看不是骚体,其句式实乃自楚辞演化而来,只不过少了个"兮"字,如《捣素赋》《围棋赋》等);还有大量像《月赋》《屏风赋》《针镂赋》《髑髅赋》《冢赋》《思亲赋》等咏物与抒情小赋;更有《枯树赋》类骈体赋。《古文苑》比较全面地展示了楚汉至南朝辞赋形制的发展演变轨迹,揭示出辞赋艺术形式由质朴趋于文饰雕绘之美的规律。

　　基于尚文的文学观,《古文苑》编选者既重视赋的艺术形式,又关注赋的情感内容,而不仅仅关注涉及赋之"义理"功用的作品。《古文苑》收录的众多咏物和抒情小赋,透射出赋家丰富的人生经历与独特的心灵体验。这些经历与体验呈现出一个五彩斑斓的情感世界:既有像董仲舒《士不遇赋》、刘歆《遂初赋》那样悲愤郁抑的慨叹,又有像扬雄《逐贫赋》、张衡《髑髅赋》那样的自嘲与揶揄,还有像陆机《思亲赋》、庾信《枯树赋》那样的哀婉与忧伤。赋之铺陈、体物,是中古赋家、论赋者的普遍共识。然自楚汉至六朝,赋家在尽情描述"物"的形相之时,也逐渐在以体物为主的具体创作中附以情感的因素。尤其是汉末魏晋抒情小赋的兴起,更使抒情因子渗入并遍及赋所有的题材。《古文苑》能较准确地把握赋史发展的这条情感脉络,更是其与《补遗》选赋定篇的最大不同。

　　由以上分析可知,《古文苑》"尚文",虽留有章樵理学思想的印记,但其重辞情、尚藻翰的赋选观却清晰地展示出秦汉到齐梁从"赋用"到"赋艺"的发展规律;而《文选补遗》则"尚质",重儒学"义理","以先儒之说及其所以去取之意附于下",注重赋规诫、讽谏的政治功用,两者差别不可谓不大。这种差异的产生在很大程度上应与"文术自有主张的作家"[1],即编撰者相关。

　　《文选补遗》的编撰者陈仁子,字同甫,号古迂,生卒年均不详,约宋末前后在世,腰陂东山人(现湖南茶陵县)。明代何春新称"唐宋以来,陈、谭二氏俱为茶陵儒族"[2]。实际上,陈姓并不是茶陵本地姓氏,陈仁子自陈"先

---

①　鲁迅:《鲁迅全集·集外集》第七卷《选本》,人民文学出版社1973年版,第504页。
②　(宋)赵文:《文选补遗原序》,(宋)陈仁子辑,(元)谭绍烈类编:《文选补遗》,《文渊阁四库全书》本,台湾商务印书馆1986年版。

世颍川氏,由李唐武德间徙家云阳山东"①,即陈姓曾在隋末因战乱从河南颍川(今河南省禹州市)迁居至今湖南素有"小南岳"之称的云阳山以东的茶陵县。唐宋以来,陈氏世代官宦,因科甲而成为当地高门望族,曾出现过"一门四举"的盛事②,故时人赞叹曰:"陈氏于时盛矣。"③

除了是书香门第、进士家族外,陈氏还是深受儒家思想熏陶和浸染的"儒族"。陈氏家风淳良,子弟为官后均能奉儒守家,勤奋进取,廉洁奉公。如陈仁子伯父陈兰孙在任湘阴知县期间,建会养堂,收恤贫民,为民所拥戴。在儒家学问,尤其在程朱理学上,陈氏族人也颇有造诣,其中最突出的是陈仁子。《茶陵州志》称其"博学好古";赵文《文选补遗》序称其"博学好古,著述甚富",为"前元初本县宿儒";倪国琏《文选补遗序》谓其"弗为禄仕,著述甚富,有隐君子之风明"④。陈仁子亦自称曾"业洙泗、伊洛之学"⑤。"伊洛之学"以传统儒家的孔孟思想为核心,再将儒家思想哲学化,以"理"作为最高的哲学范畴。作为一介"宿儒",陈仁子学于其中,又化出其外,其儒学品性主要表现在:

第一,为学次第以"六经"为首。宋儒注重为学次第,不同于程、朱治学应从《论语》《孟子》《大学》入手,陈仁子提出返求"六经"的观点。如其亲笔书写于东山书院的楹联"万世纲常第,六经道义门",其《南岳赋序》"六义兴而赋以亚,六籍存而赋愈彰"的表述即是证明。这与《汉书·艺文志》曰儒家"游文于六经之中"说一脉相承,意在说明六经为性理道义、学术文章根本。陈仁子称誉六经,是其文学要有益于封建治道观的反映。第二,以"经世致用"为治学目的。南宋理宗以后,理学地位上升,以"真践实履"为尚。但至南宋末期时,高谈义理性命的理学日渐陷入疏于实政的流弊。政治腐败与空疏学风交织,导致宋朝社稷一步步走向覆灭。入元后的陈仁子对于南宋道学家空谈性命,进行了深刻的批评与反省,提出经世致用的主

----

① (宋)陈仁子:《古迂翁传》,《牧莱脞语》卷十八,《文渊阁四库全书》本,台湾商务印书馆1986年版。

② 按:陈仁子伯父陈兰孙,字季方,南宋淳祐十年(1250)中进士,历任湘阴知县、户部左曹郎;父亲陈桂孙,中漕举,授登仁郎;弟弟陈中子咸淳四年(1268)举进士,任抚州崇仁主簿;陈仁子则于景炎二年(1277)以漕举第一名而授登仕郎。其子侄容孔、宗孔、宪孔,均为饱学之士;外甥谭绍烈(字心之,湖口石井人)元代中荐举,官至泉州巡察使。

③ (宋)陈仁子撰:《牧莱脞语序》,《文渊阁四库全书》本,台湾商务印书馆1986年版。

④ (宋)陈仁子辑,(元)谭绍烈类编:《文选补遗》,《文渊阁四库全书》本,台湾商务印书馆1986年版。

⑤ (宋)陈仁子:《古迂翁传》,《牧莱脞语》卷十八,《文渊阁四库全书》本,台湾商务印书馆1986年版。

张,并于元大德八年(1304)罄其家财,创办了名重一时的东山书院。他从现实出发,身行践履,将经世务实的思想行诸教学、著述、刻印①事业中,对扭转空疏理学学风做出了一定贡献。第三,坚守"持义守道"的气节品行。陈仁子在授登仕郎后二年,南宋灭亡,他绝意仕进,誓不仕元,屡拒元朝廷征召,隐居故里。他所著的《牧莱脞语》,隐含了许多抨击屈节行径、反抗异族统治的言论,表现出威武不能屈的崇高气节。这是"笃信好学,死守善道"的儒家气节之德性力量的展现。

可见,《文选补遗》中的赋选观与陈仁子世代官宦的家世学养、"宿儒"的名望气节、"好古"的文学趣味、"赋出于六义、六经"的批评观念以及"践履笃实"的理学思想等因素密切相关。另外,还与《文选补遗》的编撰意图分不开。赵文在《文选补遗原序》中提到了陈仁子编撰是书的两个意图:其一,补《文选》之所遗。序称"有志斯(指《文选》)文者补之正可也",又称书成之后,"同甫犹未欲出其书,疑所藏未备,选未尽也。余曰:'举尔所知而已矣,何必博之求哉!'于是同甫慨然出是书",这些皆可说明陈仁子"博求""备选"以"补遗"《文选》的意图。其二,也是最为重要的,纠《文选》选文之失。陈仁子认为《文选》最大的偏失在于"君臣失位,质文先后失宜",故他"以先儒之说及其所以去取之意"选录了大量《文选》所未录的"君臣政治之典章,辅治之方略",以达到其"为世教民彝之助"②的编撰意图。可以说,《文选补遗》的选赋很好地完成了以上意图。

《古文苑》编撰者的情况则较为迷离和复杂。从宋至今,有关《古文苑》编撰者及成书年代问题,一直是治《古文苑》者的疑难和焦点所在。如前所述,主要有两种:一、清以前大都主张《古文苑》为唐人所藏或所编,编撰者不详;二、清以后,《古文苑》成书于"宋代说"成为主流。如清代有北宋孙洙编、宋无名氏辑、南宋韩元吉编诸说。③ 近现代以来,则有南宋章樵编、南宋

---

① 据历代书目所记及现存传本统计,东山书院先后刻印了《增补六臣注文选》六十卷、《梦溪笔谈》二十六卷、《文选补遗》四十卷、《续文选补遗》十二卷、《牧莱脞语》二十卷、《二稿》八卷、《尹文子》二卷、《说苑》二十卷、《迁裒燕说》三十卷、《韵史》三百卷、《唐史厄言》三十卷、《叶石林诗话》三卷、《考古图》十卷等。其中,《增补六臣注文选》《文选补遗》《牧莱脞语》《唐史厄言》诸书被收入清代的《四库全书》。

② (宋)赵文:《文选补遗原序》,(宋)陈仁子辑,(元)谭绍烈类编:《文选补遗》,《文渊阁四库全书》本,台湾商务印书馆1986年版。

③ 如顾广圻在《思适斋集·重刻宋九卷本〈古文苑〉序》中提出是北宋孙巨源编,孙星衍在《岱南阁丛书》中认为是宋代(宋)无名氏辑辑,梁启超在《梁氏饮冰室藏书目录》中则主张是南宋韩元吉编。

王厚之重编诸说①。众说纷纭,并无定论。实际上,目前可见书志载录的《古文苑》文本形态只有三种,即:孙洙所得佛寺经龛本,韩元吉九卷本以及章樵注二十一卷本。孙洙所得佛寺经龛本,是《古文苑》的前身,很可能就是《杂文章》一卷。据晁公武《郡斋读书志》卷二南宋赵希弁续撰的《后志》记载:

> 杂文章一卷右孙巨源得之于祕阁,载宋玉等赋、颂五十八篇。景迂生元丰甲子以李公择本校正,后有刘大经、田为、王云、李端、唐君益诸公跋题。

王晓鹃博士认为《杂文章》为北宋孙洙所撰,在《杂文章》与韩元吉九卷本出现期间,南宋金石家王厚之续编了《杂文章》,增补了《石鼓文》等几篇"刻石文"类作品,并托名孙洙而将《古文苑》传于世②。此说尚需进一步的商榷,但亦可说明,"其中句读聱牙,字画奇古,未有音释"③的《杂文章》,无论其编撰者是谁,其选录的 58 篇赋、颂,以及将宋玉赋居前的编排,已然揭示出其重赋、"尚文"的观念。

至韩元吉编次时,《古文苑》的篇目已增至 232 篇,这多出的百余篇作品却并非韩元吉所补。因韩元吉曾明言"惟讹舛谬缺者多不敢是正而补之",只是将其"次为九卷,可类观"④,即将《古文苑》以文体归类,划分为以刻石文为首的 18 类文体。也就是说,在《杂文章》与九卷本《古文苑》之间,有人在增补了未见诸《文选》的"颇多金石刻辞"和诗歌、箴、铭、赞、碑、记等文体及其作品的同时,并未增补赋之篇目,而是将赋降次为二。增补者到底是谁,目前学界并无定论。不过,这种变化一方面反映出增补者对《文选》编撰体例的认同与继承,认为赋仍然是一种重要的文体;另一方面也在一定程度上反映出增补者"尚质""尚用"的编撰理念。

---

① 郭沫若在《石鼓文研究·诅楚文考释》一文中进一步认定"《古文苑》托诸唐人,乃南宋人所为,甚可能就是章樵所为"。参见[日]阿部顺子:《古文苑の成书年代とその出處》,《日本中国学会报》第五十三集,日本中国学会出版社 2001 年版,第 148—164 页。王晓鹃博士的《古文苑编纂者新考》等文中将成书于宋代说作了进一步的引申和发挥,均认为与南宋金石学家王厚之有关。
② 王晓鹃:《古文苑论稿》,人民出版社 2010 年版,第 63—70 页。
③ (宋)章樵:《古文苑序》,(宋)无名氏辑:《古文苑》,《四部丛刊》本,上海书店出版社 2018 年版。
④ (宋)韩元吉:《古文苑记》,(宋)无名氏辑:《古文苑》,《四部丛刊》本,上海书店出版社 2018 年版。

对《古文苑》实施编改工作的最后一位参与者是章樵。章樵,字升道,号峒麓,生于诗礼簪缨世家,从小饱读诗书,于宁宗嘉定元年(1208)中进士。任官后仕途顺畅,勤恪于政事且著述丰富①。其一生主要生活在南宋光宗、宁宗和理宗时期。这个时期"程朱理学受到历代统治者的推崇,理学被尊奉为学术的正统"②。章樵学宗伊洛,自然是理学思想的积极追随者。其"真践实履"的理学思想甚为明显,如他在《古文苑序》中评论刻石文"肇中兴之美""足以补诗雅之遗佚";碑铭之作"足以续闳散之芳烈";扬雄"箴"体能"补正心术,警戒几微"。它们如同借鉴前事的"龟鉴","杰然"于儒家经典《诗》《书》之后,而不仅仅只是一般"尚辞"的文章。所评论的着眼点,显然在于作品的思想内容与讽谏规诚的政治价值。

本于此,章樵重编和校注《古文苑》时,基本上沿用韩元吉九卷本的编排体例和文体次序。就赋而言,所作改动为:一方面在九卷本57篇赋的基础上附入了《梁王菟园赋》《月赋》《鹤赋》《文木赋》《思亲赋》5篇咏物或抒情小赋,以完善赋之形制体类,却又不慎漏收了张衡的《羽猎赋》;另一方面对这些篇赋重新进行分卷和注释,卷数由2增至7,亦见其对赋的重视,而题解和评注则又见其较为浓重的理学思想。如九卷本载有蔡邕《青衣赋》,章樵却将其放置在张超《诮青衣赋》的题解中,原因是"旧编载《青衣赋》以为蔡伯喈文,岂少年时所为耶? 志荡词淫,不宜玷简册。以有诮之者,故附见之",便显示出其理学家的立场。

因此,我们可得出这样的推论:《杂文章》收录的宋玉等赋、颂58篇,是《古文苑》诸种文本形态中最早且改变最少的部分,尽管有《杂文章》至九卷本之间的无名编撰者及韩元吉、章樵的参与,但它基本上奠定了《古文苑》"尚古""尚文""重情"的辞赋观。要探究《古文苑》从《杂文章》到九卷本之前的无名编撰者到底是谁,文本内证除了刻石文、木兰诗外,赋应该也是必须考察的重点之一。这或许也是解释为什么同处南宋理学环境中,《古文苑》与《文选补遗》赋选观差异甚大的主要原因。

毋庸讳言的是,作为《文选》的续、广本,《古文苑》因来源不明、选者不明、成书年代模糊等原因,在后世影响冷淡,直到清代孙星衍的《续古文苑》才闻嗣响。倒是《文选补遗》因其"为世教民彝之助"③的鲜明政教主张与

---

① 章樵平生著述有:注释《古文苑》二十一卷,撰写《曾子》十八篇,补注董仲舒《春秋繁露》十八卷,撰写《章氏家训》七卷。

② 张岱年:《思想·文化·道德》,巴蜀书社1992年版,第343页。

③ (宋)赵文:《文选补遗原序》,(宋)陈仁子辑,(元)谭绍烈类编:《文选补遗》,《文渊阁四库全书》本,台湾商务印书馆1986年版。

昭明原典编纂理念相左①,反而对明清两代的"续、广《文选》"系列颇有影响。随着"续文选""超轶《文选》""扫去《文选》"等编纂意图的甚器,它在某种意义上又成为《文选》影响力在后世走向衰落的重要标识。

第三节　《古文苑》与《续古文苑》

在《古文苑》选系中,与之最有紧密关联的,当属清代著名学者孙星衍编撰的《续古文苑》。

孙星衍(1753—1818),阳湖(今江苏武进)人,字渊如,号伯渊,乾隆五十二年(1787)进士,授翰林院编修,充三通馆校理,是清代著名藏书家、金石学家、目录学家。"星衍博极群书,勤于著述。好聚书,闻人家藏有善本,借钞无虚日,所获金石、鼎彝、书画等,详考其原委"②,故清人丁丙有"校勘之学至乾嘉而极精,出仁和卢抱经、吴县黄荛圃、阳湖孙渊如之手者皆雠校精审"③之叹。在众多的雠校书籍中,《古文苑》与其有特殊的因缘。他在《续古文苑序》中曰:

> 《续古文苑》者,续唐人《古文苑》而作也。家巨源得之于佛龛,今星衍搜之于秘笈,皆选家所不载,别集所未传,足以备正史之旧闻,为经学之辅翼。不独探珠剖璞,发潜德之幽光,索骥图龙,感知音于旷代矣。……仆丹铅少弄,中秘曾窥,走四方而求异闻,拥百城而披佚简……补厥丛残,更其舛误。虽儒林之余事,实词苑之奇观。④

这里,孙星衍揭示了《古文苑》与《续古文苑》的关系并说明了自己极为关注的三个理由:一是出于溯祖情结,为了追踪北宋先祖孙洙的遗迹;二是出于文献补遗的愿望,为了补全正史、服务汉学考据研究;三是出于追求文章学价值的目的,欲创"词苑之奇观"。一般而言,续作者要承续前修,则往往要对前作非常熟谙,在洞悉其得失优劣后方可动手。孙星衍当然深谙其中之道,为此,他对《古文苑》做了大量工作。具体表现在以

---

① 四库馆臣称:"然其说云补《文选》,不云竟以废《文选》。"(清)纪昀等撰:《钦定四库全书总目》,中华书局1997年版,第2626页。

② (清)赵尔巽:《清史稿》卷二百六十八《文苑传》本传,中华书局1996年版,第13225页。

③ (清)丁丙:《善本书室藏书志》,《续修四库全书》第927册,上海古籍出版社1996年版,第688页。

④ (清)孙星衍辑:《续古文苑》,中华书局1985年版。

下三个方面。

第一，重刻、校刊《古文苑》。清嘉庆十二年（1807），时官山东督粮道的孙星衍重刻宋淳熙九卷本《古文苑》。据《孙渊如先生年谱》记载：

> 嘉庆十二年丁卯，君五十五岁，官山东督粮道，……与洪君颐煊校刊唐《王无功集》《琴操》，辑《汉官旧仪》《汉官仪属》《王君保训集》《京房易传》……十一月回德校选史传、别集未载之文为《续古文苑》，将以付刊。①

为了得到精渖的刻本，他特聘请当时著名校勘家及《选》学家顾广圻（号千里）进入其幕府校刊此书。据赵诒琛《顾千里先生年谱》"嘉庆十四年"条所载："十月，孙渊如属先生校刻宋九卷本《古文苑》竣事，因作序。"②在《重刻宋九卷本〈古文苑〉序》中，顾广圻将此事的来龙去脉讲述得更详细：

> 丁巳春，予得陆贻典影宋九卷全袟于家抱冲兄，于是庚申之冬，仁和孙君邦治重刊之。旋遭何人攫去资费，工乃弗就。迨今兹渊如观察以续刊见属，爰始竣事，将遂印行。……爰影开雕，校雠竣事，述其梗概如此。③

也就是说，顾广圻经历了两次重刊《古文苑》。第一次在庚申年（1800），却因故流产，达成所愿的是孙星衍主持续刊的嘉庆十二年（1807）。孙星衍重刻《古文苑》，原因应该是多方面的：

一是与他"善校书，写刻必访宋本"④的嗜好使然。有清一代，书林多有"佞宋之癖"。如当时的校勘家顾千里、钱曾等，看到了古旧版本的价值及其在校勘中的重要作用，认为"（宋椠）皆一字抵千金"⑤，"生平所酷嗜者，宋刻为最"⑥。风气浸染，孙星衍自然也不例外。二是踵接先辈的旧迹，承继、补充完整其未竟的事业，以昭祖德，以惠来学。溯祖情结浓重的孙星衍这一举措，当是他对北宋远祖孙洙的最好告慰。三是发现了宋版《古文苑》有不少舛错脱落之处，冀通过校勘纠误、广征博引，以求一是，实现"遂使古

① 张绍南撰，王德福续撰：《孙渊如先生年谱》卷下，嘉庆十二年条。
② 赵诒琛：《顾千里先生年谱》卷下，《刻对树书屋丛书》民国本。
③ （清）顾广圻：《思适斋集》卷十序，清道光二十九年（1849）徐渭仁刻本。
④ （清）朱克敬撰，岳衡等点校：《儒林琐记》，岳麓书社1983年版，第46页。
⑤ （清）顾广圻：《思适斋书跋》卷一《经典释文》，上海古籍出版社2007年版，第7页。
⑥ （清）钱曾：《钱遵王述古堂藏书目录》之《述古堂藏书目录序》，续修《文渊阁四库全书》本。

来秘书旧椠,化身千亿,流布人间,其裨益学林,津逮来学之盛心,千载而下,不可得而磨灭也"①的深远目的。

第二,是以《古文苑》为编撰《续古文苑》的主要参照物。《续古文苑》编撰于嘉庆十二年(1807),竣工于十四年(1809),刊刻于十七年(1812)。而九卷本《古文苑》的重刻正在这五年间。显然,孙星衍是把《古文苑》作为《续古文苑》选源的参照物而多方面予以观照:

在版本上,他明确申说参用了《古文苑》九卷本、章樵本以及《文选》。"《古文苑》门类九卷本,始于文,终于诔。章樵本大同小异,今兼两本,又参用《文选》,别为次序如左。"②在选录时段上,《续古文苑》凡例第 1 条云"《古文苑》所载自周秦迄齐梁,不录隋唐以来文字。今略用其例,古钟鼎有前人误释与今世新出者载之余文,止于宋元"③,即将其选录时段延伸至宋元。在文献性质上,他沿承了《古文苑》辑佚补阙的功效,"《古文苑》所载,今不入录"。《古文苑》辑存了《文选》未录的很多汉魏六朝的作品,而《续古文苑》又欲补《古文苑》之所遗。因此,有意续《古文苑》的《续古文苑》不仅在体例上与之形成前后编,而且在内容篇幅上亦有所续补。

第三,评点章注《古文苑》的优劣得失。孙星衍在《续古文苑》凡例中对章樵注给予了简要的评点。其第 9 条云:

> ……蔡邕《述行赋》在欧阳静辑《集外文》,全篇千有余言。而九卷本但采《艺文类聚》,只存数韵;王褒《僮约》在《太平御览》,并引旧注,颇为可通,而九卷本但采《初学记》,最属多误。章樵皆不知订正,故变例复载,以补其缺失。④

孙星衍认为《古文苑》以类书为选源,采残句或残篇,而忽略了选文在别集或他本类书中存有全篇的情况,已经"最属多误"了。作为校注者,应该改正古书在流传过程中因种种原因出现的字句或篇章上的错说,使其恢复或接近古书原貌,而章樵竟"皆不知订正",更属粗疏!孙星衍之所以指出《古文苑》注中的这些缺失之处,既暗示章樵学养之不足,又是以之为鉴,使所辑《续古文苑》在编撰和校勘上比《古文苑》更加精良。

除此以外,在《古文苑》重刻期间,孙星衍还与顾广圻一起对《古文苑》

---

①　(清)叶德辉,李庆西标校:《书林清话·书林余话》,复旦大学出版社 2008 年版,第 288 页。
②　(清)孙星衍:《续古文苑》,中华书局 1985 年版,第 3 页。
③　(清)孙星衍:《续古文苑》,中华书局 1985 年版,第 3 页。
④　(清)孙星衍:《续古文苑》,中华书局 1985 年版,第 5 页。

的校刊问题予以了探讨。在顾广圻《与孙渊如观察论九卷本〈古文苑〉书》一文中,顾氏记载了两人就此书成书年代、辑佚、校勘等问题相互讨论的结果①。其中,最显明的一条便是,他们认为征引文献来源,应是校注工作的题中之义,故而对章樵将《古文苑》入选作品的选源,即文献来源并未标示深以为憾。对此,孙星衍对"所载各文俱注原书出处于目录之下,以备复捡。其诸书皆据善本"②。其中有易见文献,如《艺文类聚》《初学记》《北堂书钞》等,也有一些稀见文献,如《连丛子》《墨池编》等。

显然,孙星衍对《古文苑》所做的工作是为编撰《续古文苑》作铺垫。而且,其欲后出转精,在文献的全与粹、文章学的常与变上超越《古文苑》的意图也展露无遗。

关于两部选本的编纂异同,目前学界已从编排体例、编选标准、编者身份、编纂质量等方面作了宏观整体的比照③。下面仅择取两选本赋之一体,对其选录时段、编排次列、内容形式予以中、微观的考察,以观其赋选观的异同。

一、选赋时段:参差错落

《古文苑》选赋 64 篇,始于战国楚顷襄王时期宋玉(前 298—前 263)《笛赋》,止于梁元帝承圣三年(554)庾信(513—581)《枯树赋》,时间跨度约八百年左右。《续古文苑》选赋 40 篇,始于汉文帝前元十六年(前 164)④时孔臧(约前 201—前 123)《谏格虎赋》,止于隋李播⑤《天文大象赋》,时间跨度约七百年左右。两书具体选赋时段情况见下表。

选本 时段	《古文苑》			《续古文苑》		
	赋家数目	赋篇数目	占总赋比例	赋家数目	赋篇数目	占总赋比例
先秦	1	6	9.3%	0	0	0
汉	27	50	78.1%	9	13	32.5%
三国魏	4	4	6.2%	11	11	27.5%

① (清)顾广圻著,王欣夫辑:《顾千里集》卷七,中华书局 2007 年版,第 123—125 页。
② (清)孙星衍:《续古文苑·凡例》,中华书局 1985 年版,第 3—4 页。
③ 倪惠颖:《孙星衍撰辑〈续古文苑〉的文坛意义》,《南京大学报》2009 年第 5 期。王晓鹃:《〈古文苑〉与〈续古文苑〉评析》,《晋阳学刊》2011 年第 6 期。
④ 孙少华:《孔臧四赋与西汉诗赋分途发微》,《文学遗产》2009 年第 2 期。
⑤ 《旧唐书》卷七十九《李淳风传》载:"父播,隋高唐尉,以秩卑不得志,弃官而道士。颇有文学,自号黄冠子。注《老子》,撰《方志图》,文集十卷,并行于代。"

选本 时段	《古文苑》			《续古文苑》		
	赋家数目	赋篇数目	占总赋比例	赋家数目	赋篇数目	占总赋比例
三国吴	0	0	0	1	1	2.5%
晋	2	2	3.1%	10	10	25.0%
南朝齐	1	1	1.6%	0	0	0
南朝梁	1	1	1.6%	2	2	5.0%
北朝后魏	0	0	0	2	2	5.0%
隋	0	0	0	1	1	2.5%

由上表可以见出:《续古文苑》与《古文苑》大致相叠的时间段为汉、三国魏、晋、南朝梁,《古文苑》往前录至先秦,《续古文苑》后延至北朝及隋,两者录赋时段呈现参差错落的特色。

《续古文苑》没有选录先秦赋,而以汉赋为选赋之始。所录汉代赋家和赋作数量上不及《古文苑》多,但所录汉赋占其总赋的比率还是高出其他时段;《续古文苑》收录最多的时段是三国时期,不但魏国赋家赋作多于《古文苑》所录,而且增录了吴国赋家赋作;其次是晋代,所录赋家数量多达 10位,赋作高出《古文苑》所录近 22 个百分点;南朝赋两书所录差别不大,《续古文苑》未录齐赋,只录了 2 篇梁赋;北朝及隋代《续古文苑》录了 3 位赋家、3 篇赋作。

就所录先唐辞赋而言,《续古文苑》录赋的特点很鲜明。众所周知,目前先秦赋家主要有宋玉、荀卿、唐勒和景差等。《汉书·艺文志·诗赋略》载:"宋玉赋十六篇。"《文选》录有宋玉赋 4 篇(物色类 1 篇,情类 3 篇),《古文苑》录有 6 篇,《文选补遗》录有 1 篇。荀子赋《文选补遗》录有 5 篇。至于唐勒、景差赋则后世无存。① 也就是说,在孙星衍之前,已有 16 篇先秦赋为上述三个选本择录。

孙星衍之所以不录先秦赋,一是依照其一贯"搜难求新"的辑佚补遗原则。宋玉诸赋既为《文选》《古文苑》所载,则当不再录。不独赋如此,如在编撰《孔子集语表》时,他也有同样的申明,"其六经所载,谨避雷同"。二是

---

① 1972 年 4 月,考古工作者在山东临沂银雀山一号汉墓(属武帝时期)发掘出土了一批竹简,其中有二十余枚赋的残简,因首简背面之上端署有"唐(勒)"二字,篇中又有唐勒所说的话,因而被一些学者称为"《唐勒》赋残简",或称《御赋》残简",并且认为其作者是唐勒。后被李学勤、朱碧莲等学者证实宋玉才是《御赋》的作者。参见吴广平:《宋玉研究》,岳麓书社 2004 年版,第 90—92 页。

与其对先秦余赋的真伪存疑相关。除《文选》《古文苑》所录外,先秦尚有荀卿赋及宋玉余赋未被选录,但在这位校勘家眼里,作品来源真伪应是第一要义。如《文选补遗》所录宋玉《微咏赋》的真伪问题就引起较大的争议,也影响了选本的可信度。既然荀赋的文体性质未明、宋赋的真伪问题待考,孙星衍选择宁缺弗录,或许正是出于不引起不必要争议的考虑。

就汉赋而言,《文选》录有西汉赋家4人,作品8篇;东汉赋家8人,作品12篇。《古文苑》录有西汉赋家14人,作品17篇;东汉赋家13人,作品30篇。也就是说,两书已共录汉代39位赋家70篇赋作。《续古文苑》在两者之外,又择录了西汉孔臧、邹阳、公孙诡、司马迁,东汉桓谭、班彪、梁竦、王逸、蔡邕9位赋家13篇赋作。显然,它重视汉赋的程度无法与《古文苑》比肩,但选量还是占了所录辞赋总量的32.5%,且较为明显地体现了孙星衍的补遗意图。

邹阳、公孙诡的《酒赋》《几赋》《文鹿赋》,《古文苑》遗而未选,《续古文苑》补录之。至此,则《西京杂记》所载梁王诸文士赋全部录齐。又如司马迁的《感士不遇赋》及董仲舒的《士不遇赋》,两赋在情志上颇为相似,只不过"董赋多儒家言,迁赋多愤世语"①。前者为《续古文苑》所录,后者为《古文苑》所录。孙星衍为之,应该是出于两人一儒师、一史官的身份,正可互读互补的选录目的。再如选录蔡邕《述行赋》,是因"九卷本但采《艺文类聚》,只存数韵",而二十一卷本仍因之,故孙星衍以宋代欧阳静辑的《集外文》全文来补全。

在上表中,魏晋南北朝辞赋在孙星衍所收录的时代列表上是最为繁密的,共有26篇,竟占了录赋总量的一半多,比《古文苑》所录多了一倍有余。其中,魏晋辞赋有21篇,是《续古文苑》评价的重点,这表现出孙星衍对此时段辞赋的重视与钟爱。

具体而言,《续古文苑》录魏赋11篇、晋赋17篇,这似乎是有意向《古文苑》重魏赋、《文选》重晋赋看齐且兼顾之。不过,与两书所录皆名家名篇不同的是,《续古文苑》并没有录曹丕、曹植、王粲、左思、潘岳等"魏晋之杰"的赋作,所录均为这一时段在后世声名不显赫的赋家,如杨修、丁廙夫妇、左芬、束皙等。而且,在单个赋家赋篇数量上,《续古文苑》也与《古文苑》录王粲3篇、《文选》录潘岳8篇不同,它对赋家并无偏爱,基本上都是一人一篇。

在齐梁赋的收录上,《续古文苑》与《古文苑》都不太看重之,此其同。或许是齐梁二代赋作题材内容的贵族化倾向、形式上的新巧轻艳的特色均

---

① 　马积高:《赋史》,上海古籍出版社1987年版,第72页。

为两书编撰者所不喜。稍异的是,两书在收录上有交错。《古文苑》齐梁赋各录一篇,《续古文苑》不收齐代作品,只录了梁代两篇寺庙题材的作品。

在北朝赋的收录上,孙星衍择取了北魏姜质和卢元明的两篇赋作。我们以为北朝赋按发展的进程可分为三个阶段:一是五胡十六国的衰退萧条期,二是北魏复苏探索期,三是北齐北周的蓄流演渡期。不过,其繁荣程度和总体成就均比不上南朝,这是后人所公认的。据程章灿统计,北魏前期文网甚密,赋家仅九人,赋作更是屈指可数,题材主要围绕宫廷生活和王朝政治①,如梁祚、高允分作的《代都赋》即是。自孝文帝"锐情文学",营造出活跃、宽松的为文环境后,赋家才开始咏唱个体情感的心曲,赋作也增多起来。如成淹子成霄"亦学涉,好为文咏……与河东姜质等朋游相好,诗赋间起。……陋巷浅识,颂讽成群,乃至大行于世"②。可见,北魏后期赋的面貌已焕然一新,比十六国时期已有了长足的进步。孙星衍选择北魏赋作,可以说是比较准确地把握了北朝赋衍变的脉动。

隋代赋坛由北齐历北周入隋者、南朝入隋者以及隋本朝者三支队伍组成,队伍已然壮大、艺术水准也较之北朝有很大的提升,并且出现了薛道衡、卢思道一代文宗。不过,孙星衍只录了李播撰、苗为注的《周天大象赋》。之后的唐宋元赋作,孙星衍均未录。这反映了他对这三代赋作的疏离。

总而论之,《续古文苑》在赋体择录时间上与《古文苑》重合的是汉魏六朝时期。有学者称这是他希望通过选本的方式,显扬汉魏六朝文章传统。③以赋观之,诚然如此。《续古文苑》凡例称作品选录时限止于宋元,但其选赋却止于隋。虽然,我们无从找到孙星衍对赋体认知的直接言论,但从其所选录赋作的时段看,孙星衍确实对汉魏六朝的诗文及文体格外重视,乃至到了溺爱的地步。而且,在《孙氏祠堂书目序》中,他对位列第十的"词赋"类书籍,也曾有过"汉魏六朝唐人之文,足资考古。多有旧章,美恶兼存"的论断,当可作为佐证。

若放眼于孙星衍所处的乾嘉时期,也可发现其重汉魏六朝赋还受时代古律之争风气浸染。彼时科举试赋持续推行,翰苑律体赋选逐渐盛行,引起一些古代赋家不满,而有意识地编撰古代赋选与之抗衡。如张惠言的《七

---

① 据程章灿统计此期有赋家 30 人,赋作 33 篇。《魏晋南北朝赋史》,江苏古籍出版社 2001 年版,第 300—302 页。

② (北齐)魏收:《魏书》卷七十九《成淹传》附《成霄传》,中华书局 1974 年版,第 1755 页。

③ 倪惠颖:《孙星衍撰辑续〈古文苑〉的文坛意义》,《南京大学学报》2009 年第 5 期。

十家赋钞》、郯抡才和蒋承志的《古小赋钞》、王芑孙的《古赋识小录》①等均是收录至六朝赋止。《续古文苑》如此，无疑也表明了纯以古音是尚的编选意图。

二、赋体编排：承中有变

孙星衍编纂《续古文苑》时参照了《古文苑》九卷本、章樵本及《文选》的编排体例，但它在文体的分类、编排上却是承继中又有变化。

韩元吉编订的九卷本《古文苑》将编选的文章分为刻石文、赋、诗、歌曲、敕、启、状、书、对、颂、述、赞、铭、箴、杂文、叙、记、碑、诔 19 类。章樵注二十一卷本则比九卷本少了叙体类，为 18 类文体。

首先，在文体的种类上，《续古文苑》继续沿用《古文苑》已经收录的文体，如赋、诗、敕、启、状、书、对、记、颂、赞、箴、铭、碑志、诔 14 类。不止如此，它又沿用《文选》之编纂体例，将韩元吉九卷本和章樵二十一卷本不曾收录的 18 类文体，如诏、册、赐书、令、表、疏、奏、对策、牋、议、檄、七、论、说、序、吊文、哀词、祭文亦收录。因而，"《续古文苑》文体的丰富，体例的精善，无疑远远超过《古文苑》"②。

其次，在文体一级分类与排序上，《续古文苑》也承继了两版《古文苑》的体例，仍将赋体排在其 34 类文体中的第二位。一般认为，文体列次顺序的先后及卷次、选量的多少反映了编撰者重视程度的高低。比如赋在《文选》中列首位，于 30 卷中占 19 卷篇幅，选量占收录作品总量的 10.1%；在《古文苑》中居第二位，于 21 卷中占 7 卷篇幅，选量占收录作品总量的 24.6%。这均表明赋体确实是两书编选的重点。与之相异的是，《续古文苑》虽也将赋列在第二位，但赋只占 2 卷多篇幅（共 20 卷），选量上也只有 40 篇，仅占其收录总量（共 554 篇）的 7.2%，重视的程度并不算高。这只能说明，孙星衍虽在形式上承继了两版《古文苑》的体例，却对包括赋在内的文学性较强的文体另有己见。这一点，我们可从其文体一级列次上得到佐证。

无疑，《续古文苑》承继了《古文苑》"有韵之文"与"无韵之笔"相互交错的排序方式，具体如下表所示：

① 《七十家赋钞》为乾隆五十七年（1792）刻本，收录战国至六朝 70 位赋家的作品 206 篇；《古小赋钞》编于嘉庆十七年（1812），选录战国至六朝赋作 100 篇；《古赋识小录》编于嘉庆二十一年（1816），选录战国至六朝赋作 324 篇。
② 王晓鹃：《〈古文苑〉与〈续古文苑〉评析》，《晋阳学刊》2011 年第 6 期。

文　体	韵律	功能
钟鼎文	无韵之笔	实用性
赋、诗	有韵之文	纯文学性
诏、册、敕、赐书、令、表、疏、奏、对策、启、笺、状、议、书、檄	无韵之笔	实用性
七	有韵之文	纯文学性
对、论、说、记、序	无韵之笔	纯文学性
颂、赞、箴、铭、碑志、诔、吊文、哀词、祭文、杂文	有韵之文	实用性

这里的文笔区分,着眼于韵律。一是借鉴《文心雕龙》中的区分。刘勰所述文体共33类,自《明诗》至《谐隐》是有韵的文,自《史传》至《书记》则是无韵的笔。二是借鉴《文镜秘府论》西卷所引《文笔式》的说法。"制作之道,唯笔与文。文者,诗、赋、铭、颂、箴、赞、吊、诔是也;笔者,诏、策、移、檄、章、奏、书、启等也。即而言之,韵者为文,非韵者为笔。"①至清代,文体的划分标准已然发生诸多变化。如《古文辞类纂》以文体功能为标准简分为实用性文体和纯文学性文体两大类②。若着眼于功能,则《续古文苑》的文体编排又是另一番面目:仅赋、说、诗、七、对、论、记、序8类为纯文学性文体,其余26类则为实用性文体,且两者数量相差甚大。"这似乎表明:与《文选》《古文苑》相比,《续古文苑》编者也许出于因器求道、向往人生经世价值的诉求,从而相对看淡所收作品的文学性或抒情性"③而倾向实用性文体。作为文学性或抒情性较强的赋,在《续古文苑》中受重视程度不高,便好理解了。

再次,是在赋文体的二级分类上,《续古文苑》也依循《古文苑》不"以类相分",而采用"以时系人"和"以人系文"相结合的方式,此其同。不过,相异处也比较明显:第一,录赋三卷,以"赋上""赋中""赋下"界之,分别统摄汉赋、魏吴晋梁后魏赋以及隋赋;第二,直接标明朝代,做到时、人、文三者结合,与《古文苑》只直接标出个体或群体作者及其作品比,多出了并突显了"时"的因素。

---

① ［日］弘法大师著,王利器校注:《文镜秘府论》,中国社会科学出版社1983年版,第474页。
② 如姚鼐《古文辞类纂》化繁为简,将古代文体分为论辨、序跋、奏议、书说、赠序、诏令、传状、碑志、杂记、箴铭、颂赞、辞赋、哀祭13类。现代学者将之概括为实用文体和文学作品,实用性文体又分为官府公文和日常应用文体。高代英:《〈古文辞类纂〉的文体学贡献》,《文学评论》2005年第5期。
③ 倪惠颖:《孙星衍撰辑续〈古文苑〉的文坛意义》,《南京大学学报》2009年第5期。

　　具体而言,"赋上"收录了汉代 9 位赋家 13 篇赋作。所录赋家严格按照时代顺序由西汉孔臧至东汉蔡邕止。但"赋中"所录魏、晋赋家的排列,则打破了正常时间序列。孙星衍将魏代 11 位赋家依次列为:高贵乡公、杨修、丁廙、卞兰、邯郸淳、夏侯玄、刘劭、毋丘俭、吕安、贾岱宗及丁廙妻。首列高贵乡公(241—260,即曹髦,是曹魏第四位皇帝)或是出于帝王之尊的考虑,不然其当列于毋丘俭与吕安之间。借鉴《古文苑》入选女性作家的做法,丁廙妻亦在列。她与杨修、丁廙、卞兰应为同时代人,不知何由却列在末位,或许是出于男尊女卑的考虑?邯郸淳(132—221)历汉、魏两朝,按生年当列魏代赋家之首。不过,其入选的《投壶赋》因工巧精密,曾得到魏文帝赏赐,孙星衍将之排在卞兰之后,或是按作品的实际创作时间。至于刘劭(172?—249?)列在夏侯玄(209—254)之后,贾岱宗①(生卒年及籍贯不详)居于魏赋末端之由,则令人费解了。总之,魏代赋的排列并不是严格按照时间的顺序,原因并不明了。不过,还是能显而易见孙星衍较为浓厚的君臣、男女尊卑观。

　　这样的情形也同样体现在晋代赋家的排列上。孙星衍将西晋 6 位赋家依次列为:左九嫔、傅玄、束皙、枣据、张敏和庾儵。居于晋赋之首的是帝嫔左棻,若无这样的身份,她当如丁廙妻一样被列于西晋赋末端。枣据(232—300)与张华(232—300)同时;张敏的生卒年约与张华同时而稍后;庾儵的生平事迹史书记载不详,今已无法考证,只知其仕魏入晋,曾任晋尚书。三人大体同时,令人奇怪的是竟都列于比他们晚了近 30 年的束皙(261—300)之后。可见,这两个时期赋家赋作,虽统摄在魏、晋时段内,但在具体排列上却因封建纲常意识或其他因素的掺入并未完全按照时间先后的次序。这当与其时宣扬诗教、秉尊经术、颂导讽扬的创作风尚相关。

三、选赋内容:各有其美

　　与《古文苑》相比,《续古文苑》在赋的题材取向上亦有较鲜明的特点。

　　首先,承袭《古文苑》,不录京都、宫殿、畋猎等大赋题材。所录汉代孔臧《谏格虎赋》虽与司马相如《天子游猎赋》"人物名称相似""结构相似""使用语言和思想内容相似"②,但篇幅短小,写得较稚气,是汉大赋模式的

---

　　① 《艺文类聚》卷九四收录在西晋傅玄之后,以为北魏人;《初学记》卷二九、《太平御览》卷九〇五、《洞鉴类函》卷四三六、《历代赋汇》卷一三六收录在西晋傅玄之前,认为是曹魏人。孙星衍其《大狗赋》,采自《初学记》,故列于魏代赋中。现当代学者如曹道衡、杨晓斌等,经过考证认为此赋作于北魏末年,贾岱宗为北朝魏人。

　　② 龚克昌:《汉赋研究》,山东文艺出版社 1990 年版,第 150—154 页。

先行者或启范者,还不能算是真正意义上的大赋作品。

其次,选录了大量以动物、植物、器物及自然风物为题材且篇幅短小的"效物之作"。对咏物小赋的择录,《古文苑》已开先例,如梁王诸文士赋即是。孙星衍承继之并在熟谙汉魏六朝及隋代赋史的前提下又发展之。详情如下表所示。

题材	《续古文苑》所录咏物赋篇及创作时代
动物	《鹗赋》(汉)、《文鹿赋》(汉)、《龙瑞赋》(魏)、《大狗赋》(魏)、《据鼠赋》(后魏)
植物	《杨柳赋》(汉)、《松柏赋》(晋)
器物	《几赋》(汉)、《承露盘赋》(魏)、《相风赋》(晋)、《羽扇赋》(吴)、《船赋》(晋)
食物	《酒赋》(汉)、《饼赋》(晋)
自然风物	《亭山赋》(后魏)、《冰井赋》(晋)

这16篇咏物赋大多择自魏晋。魏晋以来,赋家自觉延续汉初藩国小赋咏物题材,积极开拓赋体表现空间,在汉代咏物畦径外发现新的题材领域。就表中所列而言,一是礼制法器,如相风(傅玄、张华、傅咸、潘岳、陶侃并有作);二是其时流行的用具,如羽扇;三是神圣之物与平凡却具特点之物对举,如龙与狗、鼠,承露盘与船等。

相风,又称相风乌或相风铜乌,是古代一种观测风向的仪器。作为法物,出现于皇帝之乘舆仪仗中。最为确切的史书记载应该始于《晋书》,故相风对晋人来说是一个新鲜事物,有新的文化意味。朝中对相风甚为熟悉的是中书监、秘书监及太仆。作为当时文坛领袖的中书令张华及太仆傅玄,掀起以相风为题材的作赋热潮,便在情理之中了。羽扇,本产于东南,"吴人截鸟翼而摇风,既胜于方圆二扇,而中国莫有生意"。吴亡后,羽扇传入北方,成为清谈名士点缀风雅的重要用具,故时人"翕然贵之"[1]。如陆机、傅咸、潘尼、张载、嵇含、江逌都有同题之作。然孙星衍并未录其作品,只是择取了东吴闵鸿之作,题材溯源之意甚为明显。

再次,选录了《古文苑》少见或缺乏的新题材,如女性、寺庙及自然界的天象等。以女性爱情、婚姻为题材,宋玉肇其端,司马相如沿其波,大规模纳

---

① (晋)傅咸:《羽扇赋序》,(清)严可均辑:《全晋文》卷五十一,中华书局1958年版,第1752页。

之于赋则始于曹魏。[①] 其中寡妇、出女都是以前赋家没有写过的。这一情况反映了当时作家突破了儒家思想的束缚,对妇女问题给予了较大的注意,并表现了深厚的同情心。《古文苑》录有宋玉《讽赋》、司马相如《美人赋》、蔡邕《协和婚赋》、张超《诮青衣赋》,孙星衍补录了王逸《机妇赋》、蔡邕《青衣赋》、丁廙《蔡伯喈女赋》、丁廙妻《寡妇赋》、张敏《神女赋》。两书合观,基本上可看出从先秦到晋代此题材的流衍与变化过程。

佛教对赋的影响,在南朝以梁、陈二代尤为突出。佛教物象,最典型的莫过于寺庙。如梁江总《修心赋》之龙华寺、北魏高允《鹿苑赋》之鹿苑石窟寺、后梁宣帝萧詧《游七山寺赋》之七山寺以及王锡《宿山寺赋》之山中古寺等。文士纳之入赋,既是好奇心理的体现,又有"铺扬佛宇,而因及人文"[②]的目的。孙星衍择萧詧、王锡二赋,既补《古文苑》选赋题材之空白,又能较有代表性地反映南朝赋家所受佛教熏陶之深广以及南朝文坛崇佛风尚之浓厚的时代色泽。

尽管汉代有一些描写天象的赋篇,如贾谊《旱云赋》和黄香《九宫赋》(为《古文苑》所录),但自然界中的天象入赋演成一种风气却是在晋代。天地、云、雪、雷、电等广泛进入晋代赋家的题材视野。如成公绥的《天地赋》、陆机的《白云赋》和《浮云赋》、夏侯湛的《寒雪赋》《雷赋》《电赋》等。孙星衍择录了顾恺之的《雷电赋》、李颙的《雷赋》,一是为了突显晋代赋家自觉开拓此类题材的赋学意义,二是个人爱好使然。所录隋代的《天文大象赋》最能说明后者。此赋天文知识丰富,李播将紫薇垣、太微垣、天市垣三个宫垣及青龙、白虎、朱雀、玄武四方二十八个星宿中的无数星辰及其方位、功能皆用骈赋的形式展示了出来。而在苗为的注中,则对这些星辰所在的位置、运行的轨道、所司的职业及其变动时的预测等都予以详尽的描述。孙星衍不仅择录全篇,还连同赋注作为一卷,这在赋选本中较为罕见。

孙星衍少时对骈文有特殊喜好,从现存两篇骈赋《春华秋实赋》和《炼云生水赋》,即见一斑。不过,他并非泛爱。吴鼒曾在《问字堂外集题词》中称"渊如已一其志以治经,取少作尽弃之,而独好余所为四六文,以为泽于古而无俗调"[③]。或许《天文大象赋》中的天文名物,正合晚年的他"泽于古

---

① 如曹丕有《出妇赋》《寡妇赋》《蔡伯喈女赋》,王粲有《寡妇赋》《神女赋》《闲邪赋》,陈琳有《神女赋》《止欲赋》,阮瑀有《止欲赋》,应玚有《正情赋》《神女赋》,曹植有《感婚赋》《出妇赋》《洛神赋》,等等。
② (明)毛晋:《〈洛阳伽蓝记〉跋》,(北魏)杨衒之撰,范祥雍校注:《洛阳伽蓝记校注》,古典文学出版社1958年版,第360页。
③ (清)吴鼒:《八家四六文钞》,上海图书集成印刷局1892年版,第7页。

而无俗调"的骈文审美倾向。此其一。其二,顾广圻在《天文大象赋》后所附的跋中,有"先生(孙星衍)以此注世间罕传,属予校勘以行"①之句。可知,孙星衍连文带注收录《天文大象赋》,不仅是出于该赋内容、体式特殊,在骈赋的形式中成功融天文学与文学,而且还有对汉学存古补遗的深层原因。

除新题材外,《续古文苑》尚有畋猎、征行、情志、巧艺等传统题材。这不仅为读者展示了一个题材丰富的辞赋世界,还较为准确地把握住了由汉至隋各个时段赋在题材上的变化律动,代表了清代学者对这一时段赋史的判断与评价。

此外,《续古文苑》在赋的语言形式与雅俗情趣上与《古文苑》较为趋同。从赋的语言形式上看,先秦至西汉,诗体赋、骚体赋、散体赋依次出现,东汉以后,赋逐渐骈体化。"三国、两晋以及六朝,再变而为俳……以音律谐协、对偶精切为工。"②《古文苑》与《续古文苑》在选录时都关注了赋在语言形式上的这一变化,骚体、散体与骈体俱录。

值得一提的是,孙星衍录赋止于隋代,与全书止于宋元的断限比,缺录唐宋元赋。也就是说,因科举而产生的律赋,并不在其选阵中。而实际情况是,在乾嘉科举试律的创作高潮中,赋作和赋选多为律体,如馆阁类赋选即是。只是自乾隆中后期,赋选才古体、律体兼括。而《续古文苑》未选一篇律赋而心仪于汉魏六朝的古体赋作,表现出他对当时纯为律赋之选的不满。这与其后《古小赋钞》《古赋识小录》一道,成为尊古派代表而区别于其时的尊律派和古律调和派。

在辞赋情趣上,《古文苑》是雅俗兼收,所录赋作绝大多数符合儒家标举的文质彬彬、典雅平正的文学观念,同时,又有俳而近俗、诙谐生动之趣。这一点,都基本为《续古文苑》所承继。

孙星衍是一个正统的封建文人,是儒家礼制的忠诚尊奉者。在《续古文苑》中,他收录了大量有关儒家宗法礼制的文章,大力宣扬儒家的忠义、圣德、贞洁、慈爱等道德思想。如孔臧《谏格虎赋》谏国君过度畋猎;梁竦《悼骚赋》哀悼历代忠良;蔡邕《述行赋》借古咏怀、"则善戒恶";卞兰《赞述太子赋》、夏侯玄《皇胤赋》揄扬、赞美太子、皇子等;另外,他也不排斥儒家之外的其他思想,收录了大量道教仙家、佛教出世思想的作品。如桓谭《仙

---

① （清）孙星衍:《续古文苑》,中华书局1985年版,第206—210页。
② （明）吴讷、徐师曾撰,于北山、罗根泽校点:《文章辨体序说·文体明辨序说》,人民文学出版社1998年版,第101页。

赋》描绘了仙家生活及养生之法;班彪《览海赋》亦旨不在海而在于游仙;王锡《宿山寺赋》和姜质《亭山赋》有"不以章甫为贵,任性浮沉""悟无为以明心,托自然以图志"的佛性体悟等。这种较为宽和的思想倾向,亦带来选赋风格的多重性。除上述其文典丽雅洁、其义正大为宗的作品外,孙星衍还收录了具备俗赋特征的赋作。如笔调轻松诙谐、带有比附讽刺意味的《剧鼠赋》,内容俚俗夸张、语言浅显质朴的《饼赋》等。

总之,孙星衍选赋的路子和眼界还是非常开阔的,甚至同一赋篇还有不同的版本可资比较取舍。他"详考其原委"的习惯和校勘众书的经验,使得《续古文苑》赋选的质量趋于上乘;其所录赋作虽不多,却还是充分展示和反映出了选编者心仪古体、偏于小家、属意小制、着意拓新题材的去取态度和艺术偏好。因此,《续古文苑》赋选因其古、精、小、新的选择标准和判断尺度,形成了自己的鲜明个性。

第四节　《古文苑》选系价值评估

从选系视域看,《古文苑》上承继《文选》,中比肩《文选补遗》,下启示《续古文苑》,形成了由南朝梁,而南宋至元,而清代的序列。就此而言,四者为"一源(《文选》)三流"的关系,属于同一选系。

若论选赋的个性创造,论在赋选史上的价值、影响,三家自然远远不能与《文选》相比。在选域跨度(所选赋的时代)上,《古文苑》与《文选补遗》以《文选》为参照,均录先秦至南朝齐梁这一时段,《续古文苑》虽稍异,亦交错重叠在汉至南朝齐梁段;在义例上三家比附《文选》,同其畛域,骚赋相分,以体类列,仅择名赋者;在内容上三家"补《文选》之所遗",大面积选录爬梳,存佚钩沉,续补《文选》,而成为《文选》"广、续"系列的重要组成部分。它们在赋学选本史上具有如下三个方面的特性或价值。

一、以选为史的意识

在赋的二级分类上,三家不按题材主题,而是"以时系人"和"以人系文"相结合。它们依照历史的进程,将每个时段赋坛上各种层次、各路群体和各个作家的作品予以汇展,达到传人传赋的目的。这不同于《文选》横向的以"类"相分的观念,而是一种纵向的"史"的眼光。故而在选阵上,所录作家既有声名显赫的大家,亦有寂寂无闻的小辈。各家具体选阵情况如下表:

所选时代	所录赋家数目(个)及共录名单				
	《古文苑》	《文选补遗》	《续古文苑》	三家除去重复数	共选赋家
先秦	1	2	0	2	宋玉
两汉	27	15	9	34	枚乘、贾谊、中山王、邹阳、羊胜、孔臧、司马相如、班婕妤、扬雄、班固、张衡、马融、王延寿、蔡邕
三国(魏、吴)	4	1	12	16	曹植
两晋	2	3	10	14	左思
南北朝	2	2	4	7	谢朓
隋	0	0	1	1	无

若单个观之,三家基本是代不遗漏,各有偏好。合而观之,则包括对楚汉赋的推崇(三家除去重复外有 36 位赋家),对魏晋赋的彰显(30 位),对南北朝赋(7 位)的肯定,对隋赋的去白(1 位)。而其核心导向则是以楚汉赋为赋之本原与典范。

从以上共选(两家共选居多)赋家名单看,宋玉、司马相如、扬雄、班固、张衡、马融、王延寿、曹植、左思等都是《古文苑》选系中共同推重的作家。他们在不同时代选家的择优汰劣中、在不同时代读者的文化消费过程中,不断延伸生命力,而成为赋史上的中坚人物,其赋作也成为关注度颇高之作。

而且,三家所录某些赋作和附录部分的内容还具有赋学文献价值。前者如只见录于《古文苑》,而未见录于唐宋类书及同时期选本的 9 篇赋作①;又如《文选补遗》最早收录的宋玉《微咏赋》(其后才为《广文选》《续文选》《赋苑》录入宋玉名下);再如《续古文苑》所录其他选家俱未载的《亭山赋》与《宿山寺赋》等。可以说,这些作品充实了此时期的赋史,具有独特的文献价值。后者如《古文苑》《文选补遗》入选赋家的小传和题解,其所载赋家名号、籍贯、官阶、家世、事迹、赋之创作、评价、考订、辨伪及辑佚等内容,或翔实或简略,都具有较强的文献资料性。《续古文苑》则广开选源,除参考《古文苑》《文选》外,还参考了《艺文类聚》《初学记》《太平御览》《北堂书钞》《广弘明集》《连丛子》《集外文》《洛阳伽蓝记》《墨池编》等各种总集、别集和其他丛脞之书,出处历历,基本上做到原样采录,以存真貌,从而使得

---

① 它们分别为:《旱云赋》《忘忧馆柳赋》《鹤赋》《月赋》《文木赋》《太玄赋》《竹扇赋》《短人赋》《请雨华山赋》。

赋选文献性更强。

这些赋学文献史料,是撰写赋史必不可少的基础性工作,没有这个基础,赋史所依据的资料的可靠性就要大打折扣。因此,《古文苑》选系在通代史性质的选本内部都已经着意呈现千年文脉的发展演变。虽然它们所体现出的纵向的"史"的眼光并未以理论方式陈述,但也相当鲜明地体现出文学的史料化特征。

二、以选见志的功效

《文选》以来,赋家创设选本,目的大多是建立文学和教化典范。如萧统的雄心便是对"自姬、汉以来"的"词人才子""飞文染翰","略其芜秽,集其精英"。后人评其"去取以法,所以示后学之轨范"①。三家选本,也拥有与之相似的价值目标,即或欲保存"绝佳"、或欲规导教化。章樵称在《古文苑》"上下一千三百年间"的选域中,可概见"世道之升降、风俗之醇漓、政治之得失、人才之高下",认为其选编者实现了"萃众作之英华,擅文人之巨伟"②的目标。倪国琏在《文选补遗重刊序》中称"余尤厌服其(陈仁子)去取之意,羽翼六经,不仅儗托昭明于今,又文之化大有助也"③,赵文也认为《文选补遗》达到了"为世教民彝之助不细矣"④的教化目的;孙星衍亦"曾窥走四方而求异闻,拥百城而披伕简",将搜罗而得来的"著、编、谈、目、表、作"等,"具列于编"而成《续古文苑》,声称此"虽儒林之余事,实词苑之奇观"⑤。

《古文苑》"选京"在设定了选本各自的价值目标后,在具体操作过程中,均尽力完成了一般选本所共有的保存功能和"删汰繁芜,使莠稗咸除,菁华毕出"的选择功能。具体来说,三家均有较为充足的选源备料功夫,较为丰富的去取斟酌和选本布局经验,颇为明晰的选本意识和选本个性。它们在遴选作家作品、探究文体分类、确定和修正文学经典的过程中彰显了选者鲜明的意识、观念。

---

① (宋)江师心:《古文苑后序》,(宋)无名氏辑:《古文苑》,《四部丛刊》本,上海书店出版社2018年版。

② (宋)章樵:《古文苑序》,(宋)无名氏辑:《古文苑》,《四部丛刊》本,上海书店出版社2018年版。

③ (清)倪国琏:《文选补遗重刊序》,(宋)陈仁子辑,(元)谭绍烈类编:《文选补遗》,《文渊阁四库全书》本,台湾商务印书馆1986年版。

④ (宋)赵文:《文选补遗原序》,(宋)陈仁子辑,(元)谭绍烈类编:《文选补遗》,《文渊阁四库全书》本,台湾商务印书馆1986年版。

⑤ (清)孙星衍:《续古文苑序》,中华书局1985年版,第2页。

章樵选文和注释《古文苑》二十一卷本既依其"蕴古心、深古学、嗜古文"①的爱好,又切合《古文苑》"思古而贵于兼存"的选志,共同传达出"以古为尚、以小为美"的选赋观。《文选补遗》本旨也非常明朗:"先示作文之体,次采先儒之议,次论其文之当否,间亦不以人废,必中体要。"②故其选赋既重汉儒之美刺政教,又重宋儒之气节禀性,依循"尊荀、尚用、量德、重义理"的选赋原则。尽管有研究者称孙星衍在《续古文苑》中注入的汉学存古补遗的文学意向及文学上为用的文学标准,妨碍了他在《续古文苑》中对质朴情深的纯文学作品的收入量。但就其赋的选录情况表明,他还是大体上依照《古文苑》选赋体例,在不多的选赋量中,传达出其以"古、精、小、新"为要的赋选观。

三、以选察时的特征

我们知道,"选本并不是一个静态的存在之物,其生成并产生相应的效应是一个动态性过程。选本并非是封闭性的自在之物,其是特定语境之中主体进行相关选择的产物,而又必须进入到当下性的或历史性的流通传播过程之中以接受读者的选择,并进而作为一种结构性要素与广泛的社会文化领域相关联"③。也就是说,一部文学选本,与之密切相关的有选者、读者、产生语境和传播语境诸要素。从产生的特定语境要素观之,《古文苑》选系中的诸选本,分属不同的时代,我们可以从中一瞥其时社会政治文化的大体形貌、变化以及它们对这种形貌、变化的相应反映。择要论之,为以下两个方面。

第一,争衡文道。魏晋南北朝为"文学的自觉"时代,人们已渐次摆脱了两汉儒家诗教观的束缚,文学观念自觉,文艺思潮活跃。在与"泛文学"诠分的过程中,作家与批评家大都追求"文"的不朽与"情"的发抒诸观念。探讨的内容涉及了文学的地位、文学的风格特征及其与作家才性的关系,文学创作的内部规律、文学创作与时代关系、文学的文体特点,文学批评与批评的原则、方法、态度等一系列的问题。这"显示着对文学本质及其发生的这种超越体类的原理性思考,已从普遍的人文价值理想层面,转到创作主体

① (宋)江师心:《古文苑后序》,(宋)无名氏辑:《古文苑》,《四部丛刊》本,上海书店出版社2018年版。
② (清)陈文煜:《重刻例言》,(宋)陈仁子辑,(元)谭绍烈类编:《文选补遗》,《文渊阁四库全书》本,台湾商务印书馆1986年版。
③ 杨春忠:《选本活动论题的张力及其研究》,《聊城大学学报》2008年第1期。

的自然性情层面"①。

编撰于这一变动不居时期的《文选》受这种时代风气的浸染,也体现了这一文学思潮的脉动。萧统在《文选序》中称《文选》编撰原则为:

> 若其赞论之综辑辞采,序述之错比文华,事出于沉思,义归于翰藻,故与夫篇什,杂而集之。

意即凡是创作符合深刻的艺术构思和富有文采表达要求的篇什皆可备选录。故而《文选》采用了"先文后笔"的文体排序规则,既凸现文学辨体意识,又体现其作为"文"之"选"的独特特征。他将纯文学代表赋与诗两类文体列居前位,而成为后世"文选"类总集的基本范式。具体而言:其一,首选赋体,以之为纯文学的代表;其二,以"京都"为首,树立汉代描写皇都的"体国经野"大赋的正宗地位;其三,重视"物色""鸟兽"诸咏物小赋,与当时的"体物"赋学观相近;其四,选目另辟"志""哀伤""情"三类,与魏晋以降言志赋的兴盛和伤逝情绪的普泛紧密相连。② 以上四点,确可证明《文选》在对通代辞赋作品的编选中,切合赋创作量增大而以题材序列的"类"批评意识。另外,还体现了《文选》关注赋史的合理演变,对汉大赋价值予以合理评价的新型"赋用"观。当然,这也从另一侧面,让我们得以从《文选》选赋窥见其时"重文"之风。

然而,原初的"泛文学"观仍然潜在地制约着历代总集的编纂,并因不同的时代风气,而表现出"纯文学"观与"泛文学"观的渗透与包容、冲突与纠合。这在宋代总集中有较鲜明的体现。最突出的便是在列赋次序上反映出的文、道之争。

北宋至南宋前期,总集选赋大多承继《文选》,将赋居首位,体现了对赋体的推崇,具有非功利性的学术性质。随着理学思潮的盛行,南宋文学理论产生了"崇理性、卑艺文"的"义理"化偏向。至南宋中后期,则出现了"道本文末"的选赋倾向,如《崇古文诀》依时次文,将赋纳入文,在一定程度上消释了赋体的重要性和文体性。而真德秀《文章正宗》把各种文章分为辞命、议论、叙事、诗歌四大类,根本不录辞赋,以实现其"以明义理、切世用为主"③的编撰目的和对实用文体的注重,则更是"道胜于文"的典型表现。

---

① 颜昆扬:《六朝文学观念丛论》,台湾正中书局1993年版,第257页。
② 许结:《中国赋学历史与批评》,江苏教育出版社2001年版,第176页。
③ 陶秋英编选,虞行校订:《宋金元文论选》,人民文学出版社1984年版,第378页。

《古文苑》"文""笔"交错,虽切合时代风潮,有对文章实用性追求的一面,但在赋体序列、数量、作家作品择录上基本上还是与《文选》尚"文"观念一致。倒是陈仁子的《文选补遗》将赋体置于后列,以"诏诰"置于书首,其后分列玺书、奏疏、对事、上书等20余种实用文体,再次列骚、赋、诗等纯文学文体。先"笔"后"文"的排列,则基本上颠覆了《文选》的文体次序,正反映出其重道轻文的批评态度和引领时代风潮的姿态。

清初至康雍年间大力提供"尊经致用"①的实学风气。时风所向,学者多强调"文须有益于天下"②"君子为学以明道也,以救世也。徒以诗文而已,所谓雕虫篆刻,亦何益哉?"③阐发"纽之王教,本乎劝戒"(皇甫谧语)的赋用观,并对《文选》选文多有微词。如潘耒《明文英华序》曰:"文之有选,自梁昭明始。综揽八代千余年,成书止三十卷。诗复(赋)居其半,为文仅二百余篇,可谓隘矣。又所取多骈词俪句,偏于一体,非文章之极则。"④即指出其所收文量过少、文体体裁狭窄,又将所选诗赋定义为骈词俪句,非文章之准则。对此,《续古文苑》一方面吸纳当时文风重"用"、尚"道",将赋文体诗赋的选量减少,大大增加了实用性文体的选量;另一方面,又将赋列居第二,体则《文选》《古文苑》以反拨时流尚"文"的非议。

第二,诠分古、律。隋唐科举制度风行,而赋至唐始有古、律之分。原因"一为诗赋艺术之历史发展",即声律之学的兴起;"二为文化制度之现实规范",与科举考试诗赋取士相关。⑤ 赋学批评亦因创作变化而确立"古赋""律赋"之名,尽管唐以后科举试赋与否,然此后赋论史的古、律之辨与赋体之争,赋集编选是古赋还是律赋,还是各占多少比重,实是以后各代赋学批评之主潮。

如宋人不仅继承了唐人关于汉魏六朝古赋和当朝科举试赋及律赋创作等问题的争论,而且对古、律赋优劣之辨更为激烈。推尊古赋者,贬斥律赋"拘变声病""率多声律,鲜及古道,盖资新进后生干名求试者之急用尔"⑥;揄扬律赋者,则以为律赋积学衡才,"或祖述王道,或褒赞国风,或研究物

---

① 康熙十八年(1679)设博学鸿词科举士,提倡"尊经致用"。
② (清)顾炎武撰,黄汝成集释:《日知录集释》卷十九,上海古籍出版社2014年版,第425页。
③ (清)顾炎武:《亭林文集·与人书二五》卷四,《续修文渊阁四库全书》本第1402册,第112页。
④ (清)潘耒:《遂初堂文集》,《文渊阁四库全书》本第1417册,台湾商务印书馆1986年版,第470页。
⑤ 许结:《历代赋集与赋学批评》,《南京大学学报》2001年第6期。
⑥ (宋)姚铉:《唐文粹序》卷首,《四部丛刊初编》影印本。

情,或规戒人事,焕然可警,锵乎在闻。国家取士之科,缘于此道"①。清代张惠言在《七十家赋钞目录序》中以"则……之为也……其原出于……及(其徒)为之"的语言模式,将自屈原至庾信"凡赋七十家,二百六篇。通人硕士,先代所传奇辞澳旨,备于此矣"的赋家赋作,以"家数分类"法,试图建立起唐以前古赋的统绪。这种争辩在总集选赋中多有鲜明、直观的体现。如宋代《文苑英华》偏于律赋,《唐文粹》则着意于古赋,《宋文鉴》则古、律兼存。《成都文类》和《崇古文诀》均以古赋为主。

又如清代赋学批评出现了尚律、宗古与古律会通的三股思潮,与此相适应,赋集编纂也有专尚律体、古体与古律兼收的倾向。纵向观之,则"清初古律兼宗,乾嘉古律争衡与会通"。尤其是乾嘉道时期的古赋选本"则以骚、雅为宗,对这些体类(对散体大赋、骚体赋等)均有择选,在序跋凡例中对唐宋以来由于科举试赋而造成赋作的片面追求、不关情性之作也多有指责和批评,……古体赋论家才以汉魏六朝赋为主,扩大了古体赋作的内涵……融入'以古文为时文'的时代思潮"②。

在上述特定语境中,《古文苑》《文选补遗》《续古文苑》均入选古赋、排斥律赋,既是对诸代赋学批评主潮的回应,也是游离场屋利禄的复古思潮在编选者心态上的映射和体现,更是《古文苑》这一选系能弈代执守的独特之处。

综而论之,《古文苑》和《文选补遗》《续古文苑》都是以《文选》为参照且严格遵守选文定篇不与《文选》雷同原则的赋选。诚如《钦定四库全书总目》所言"然唐以前散佚之文,间赖是书以传""用以济专尚华藻之偏,亦不可谓之无功"③,故三者在保存先秦至南朝辞赋文献和丰富选本批评方面有重大贡献。不但选赋在资料性和典范性上与《文选》相绉合,大体反映了赋体自先秦到南朝齐梁再到隋的发展轨迹,而且通过选择、衡鉴、去取、编排等传达出来的赋选观,充实、丰富、契合了其所处时代的赋学内涵,拱卫了以《文选》为范式的重要赋学批评形态——选本批评。

①　(宋)范仲淹:《赋林衡鉴序》,《范文正公别集》卷四,《文渊阁四库全书》本,台湾商务印书馆 1986 年版。

②　孙福轩:《中国古体赋学史论》,浙江大学出版社 2013 年版,第 415、427 页。

③　(清)纪昀等:《钦定四库全书总目》,中华书局 1997 年版,第 2608、2626 页。

第五章　选型抽绎:《古文苑》辞赋三大类型

前代的研究者对《古文苑》多偏重文献学方面的研究,因而,对其收录作品进行整体文艺学方面的研究还留存了很大的空间。本章试图从文学本位的视角对此选本中收录的辞赋进行文本的阐释。虽然,其中的某些辞赋,已有不少的读者进行了解读,然而,"一部文学作品并不是独立自在的、对每个时代每一位读者都提供同样图景的客体。它并不是一座独白式地宣告其超时代性质的纪念碑,而更像是一本管弦乐乐谱,不断在它的读者中激起新的回响"①。因而,文本的"意义"是研究者或读者无论怎样倾其全力也不能穷尽的,故研究者或读者的阅读权力又构成对文本"意义"的支配,"喜读之可以佐歌,悲读之可以当哭"②。

本章将《古文苑》辞赋的"以人次文",整合为"以类次文"的体式。在第三章我们已借鉴《文选》和《历代赋汇》的题材分类,发现《古文苑》包孕的题材类型多达 23 个小类。为了解读的方便,又从中抽绎整合出三大类型:即艺术赋、地理赋和物类赋。在解读过程中,我们除了力图客观地再现作品的历史原貌,挖掘赋家寄寓于作品之中的意旨外,还突显读解者的独立主体性地位。

第一节　双美呈现的艺术赋

艺术赋,是以艺术为关注对象的赋,一般分为音乐、舞蹈、书法、绘画、伎艺五大类别,③其中音乐、舞蹈、绘画堪称是最古老的艺术形态。而辞赋,本身也是一种古老的、唯美的语言艺术形式,这种以"艺术来表现艺术"的方式,对后世的文学创作影响很大。除绘画外,《古文苑》较齐全地包含了艺术赋的四大类别,这对于全面研究古代艺术赋极具史料及艺术价值。

---

① ［德］尧斯:《审美经验论》,朱立元译,作家出版社 2001 年版。转引自朱丽霞:《清代辛稼轩接受史》,齐鲁书社 2005 年版,第 650 页。
② 陈本礼著,顾莼批语:《屈辞精义》,清嘉庆十七年(1812)褒露堂刊本。
③ 余江:《汉唐艺术赋研究》,学苑出版社 2005 年版,第 4 页。

一、艺术与赋文发展的轨迹

《古文苑》中收录的艺术赋,有9篇。① 另外还有一些是以片段的形式存诸其他类赋作中。② 将《古文苑》与《文选》所录的音乐赋作结合起来③,可以看出音乐赋在战国至魏晋时期的大致发展脉络:宋玉《笛赋》——王褒《洞箫赋》——傅毅《琴赋》——马融《长笛赋》——蔡邕《琴赋》——嵇康《琴赋》——成公绥《啸赋》——潘岳《笙赋》。

宋玉描述的笛和傅毅、蔡邕分别描述的琴,都是中国古老的乐器。笛常被称为"篴",在许多文献中都有记载。人所共知的《诗经·小雅·何人斯》有"伯氏吹埙,伸氏吹篪",孔疏引郭璞言曰:"篪,以竹为之,长尺四寸,围三寸,一孔上出,经三分,横吹之。"《楚辞·九歌·东君》有"鸣篪兮吹竽"。另外,出土文物也能证实竹笛在战国时已经存在的事实。1978年湖北随县曾侯乙墓中出土了两支竹笛,这种七孔开口,能奏七声加两个变化音且不髹漆的竹笛,就能说明战国时期笛是祭神或宴饮时演奏的主要乐器之一。《古文苑》中宋玉《笛赋》中所称的南国之笛,就是这一种竹笛。笛子的表现力非常丰富,它既能演奏悠长、高亢的旋律,又能表现辽阔、宽广的情调,同时也可以奏出欢快华丽的舞曲、婉转优美的小调和哀伤缠绵的乐曲。然而,笛子的表现力不仅仅在于多样的旋律,它还能表现大自然的各种声音,诸如鸟啼虫鸣等。

琴是一种七弦拨弦乐器。虽说"伏羲制琴""神农制琴""舜作五弦琴"的传说不可信,但它的历史确实相当悠久。琴最早见于《诗经·周南·关雎》中的"窈窕淑女,琴瑟友之"和《小雅·鹿鸣》中的"我有嘉宾,鼓瑟鼓琴"。这些诗句都反映了琴和人们生活的密切联系。可见,三千多年前,琴已经流行。时至汉代,琴更成为文人士大夫的日常之物。如刘安好书鼓琴;司马相如以文章名汉世,而少善鼓琴;刘向尝作《琴传》并《颂》;宋胜之从邮越牧羊,以琴书自娱,常挟琴牧羊巨泽中;桓谭好音律,善鼓琴,博学多通,遍习五经;梁鸿亦与其妻孟光共入霸陵山中,以耕织为业,咏诗书弹琴以自娱;

---

① 它们包括音乐赋:宋玉《笛赋》一篇,傅毅《琴赋》一篇(残),蔡邕《琴赋》一篇(残);舞蹈赋:宋玉《舞赋》一篇,张衡《观舞赋》一篇(残);书法赋:蔡邕《笔赋》一篇,《篆势》一篇;伎艺赋:马融《围棋赋》一篇,蔡邕《弹棋赋》一篇。

② 如扬雄《蜀都赋》中描写乐舞的片段;贾谊《簴赋》、羊胜《屏风赋》、刘胜《文木赋》中与绘画相关的片段。

③ 《文选》录音乐类赋六篇:王褒《洞箫赋》、傅毅《舞赋》、马融《长笛赋》、嵇康《琴赋》、潘岳《笙赋》、成公绥《啸赋》。

马融尤善鼓琴;蔡邕好鼓琴,妙操音律;蔡邕之女蔡琰善诗文音律,虽人生坎坷,仍以琴书自遣。正是在他们身上,琴的修身求治的功能意识和崇古尚雅的审美意识得到了前所未有的强调。

舞蹈赋被认为是音乐赋的别支。在何者为最早的舞蹈赋问题上,我们根据音乐赋以时间为序的编排方式以及近年来宋玉《舞赋》的考证成果,认为宋玉的《舞赋》应为最早的舞蹈赋。因为编者选录诗文一般都会遵循一定的编撰宗旨和体例,而且尽量做到内部逻辑的统一,而不太可能不溯其源流,反从中流开始,编排出另一条与音乐赋不同的体例。结合《文选》中傅毅的《舞赋》,又有了一条战国至汉代舞蹈赋的发展脉络:宋玉《舞赋》——傅毅《舞赋》——张衡《观舞赋》,此脉络与音乐赋基本同步。

中国的舞蹈艺术源远流长。特别值得一提的是春秋战国时楚地的"楚舞",屈原的《九歌》中涉及的舞蹈描写已让我们领略到了楚舞服饰的华美、舞姿的幻丽以及带有原始意味的鬼神崇拜中透发出的浓厚的生命情调。而且,在很多出土的春秋战国时代的文物上,也可以看到极为生动的楚舞形象:或扭腰出胯,或扬臂舞袖,充满了曲线美感与优美动态。[1] 汉代是一个崇尚娱乐的时代,可以说歌舞伎乐已成为汉代一种全社会的文化景观。[2]其舞蹈一是偏重技艺,如著名的"盘鼓舞",舞者要在置于地面的小小盘鼓上踏鼓而舞,完成许多高难度动作。二是还有许多精彩的道具舞,如"巾舞""袖舞",舞者手持长巾或着长袖舞衣,运用手腕和手臂的动作舞出幻化多姿的巾花与袖花。而这几种舞蹈都见于《古文苑》诸舞蹈赋中。

书法与绘画赋的出现较音乐、舞蹈赋稍晚。《古文苑》收录的书法赋都为东汉末期蔡邕的作品。这与汉字的发展演变历程相关。书法艺术的载体——汉字,演进至东汉末年,已基本形成了各体兼备的局面。大篆、小篆时有所见,隶书正兴,章草、今草已成通行书体,行书、楷书也开始萌芽。这样,使得"书写"最终完成了从一门技能向一门艺术的转化。蔡邕为当时极负盛名的书法家,在书法史上的贡献颇大,他手写《熹平石经》,始创"飞白"书体,留下了不少较之于崔瑗《草书势》、赵壹《非草书》等前人更具系统的书法理论篇章。[3] 他的字整饬而不刻板,静穆而有生气。梁武帝萧衍称:"蔡邕书骨气洞达,爽爽如有神力。"[4]因而,蔡邕以书法家的身份将书法艺

① 金元浦、王军:《美学与艺术鉴赏》,首都师范大学出版社1999年版,第379—380页。
② 仪平策:《中国审美文化史》(秦汉魏晋南北朝卷),山东画报出版社2000年版,第13页。
③ 余江:《汉唐艺术赋研究》,学苑出版社2005年版,第146—147页。
④ (南朝梁)萧衍:《古今书人优劣评》,《历代书法论文选》,上海书画出版社1980年版,第81页。

术带入辞赋艺术就是极其自然的了。

绘画艺术并非一开始就是以主角身份进入赋家的视野,而主要只是作为赋作内容的组成部分存在于某几类赋中,如器物赋和京殿赋中。故《古文苑》中并无单篇的绘画赋,而是散见于咏物赋中,这也是笔者将贾谊《簨赋》、羊胜《屏风赋》、刘胜《文木赋》中与绘画相关的片段纳入研究范围的原因。

相对而言,伎艺赋内涵博杂。据陈元龙《历代赋汇》"巧艺"类收录,包括垂钓、竞渡、博弈、棋艺、杂技等。马融《围棋赋》属于棋艺,这是我们现在所能见到的最早描写围棋的赋篇,蔡邕《弹棋赋》则属于博弈。围棋起源于原始社会后期,晋代张华《博物志》中云:"尧造围棋,而丹朱善围棋。"①尽管出于传说,但其所处时代可以推见。围棋之道应与兵法有关,汉代桓谭《新论》曰:"世有围棋之戏,或言是兵法之类也。"②刘邦精于围棋,《西京杂记》卷三载有刘邦与戚夫人于百子池畔下围棋之事。上有所好,下必效之。故汉代杜陵杜夫子为自己善弈棋而反驳时人误解时说:"精其理者,足以大裨圣教。"③而弹棋的由来,则是汉臣们怕帝王过劳伤身,于是发明弹棋转移其兴趣。《弹棋经序》有较完整的记载:

> 弹棋者,仙家之戏也。昔汉武帝平西域,得胡人善蹴鞠者,尽衔其便捷跳跃,帝好而为之,群臣不能谏。侍臣东方朔以此艺进之,帝就舍蹴鞠而上弹棋焉。习之者多在宫禁中,时人莫得而传。至王莽末,赤眉凌乱,西京倾覆,此艺因宫人所传,故散落人间。及章帝御宇,好诸技艺,此戏乃盛于当时。④

总之,《古文苑》中艺术赋的赋文与各艺术类型的发展演变进程是基本同步的。但在艺术赋自身的产生时间和发展阶段上存在着不平衡。音乐和舞蹈赋出现相对较早,从战国末至东汉末发展已趋成熟,而且已呈专题化趋势。而书法、绘画赋发展缓慢,书法赋在蔡邕时代尚处萌芽阶段,至于名副其实的绘画赋则更迟,直到晋代傅咸的《画像赋》才被称为"此题画赋之始"。

---

① (晋)张华撰,祝鸿杰译注:《博物志全译》,贵州人民出版社1992年版,第237页。

② (汉)桓谭:《新论·言体》,上海人民出版社1977年版,第12页。

③ (晋)葛洪著,周天游校注:《西京杂记》卷二,三秦出版社2006年版,第103页。

④ (宋)李昉等辑:《太平御览》卷七五五《工艺部一二·弹棋》,中华书局1985年版,第3350页。

二、艺术美与赋文美的交融

音乐、舞蹈是时间艺术。在古代,绕梁之曲、曼妙舞姿随着光阴的逝去,便会荡然无存,幸而有赖诗赋对乐舞进行了艺术化的描述,才使得那些曾经风靡一时的乐舞能在不同的时空传布,并散发出永久的艺术魅力。屈原曾进行过成功的尝试,我们展读《九歌》之一的《东君》,其中有如下诗句:"翾飞兮翠曾,展诗兮会舞。应律兮合节,灵之来兮蔽日。"①这几句诗将楚国祭东君仪式中巫师舞蹈所具有的节奏性、音乐性说得非常清楚,如果没有诗的描写,那么楚国巫觋仪式的真实面貌将永埋于历史的烟尘中。《古文苑》中的几篇乐舞赋也为我们留下了战国末和两汉时代一道鲜亮的审美文化景观。

音乐的物质媒介是声音,而构成音乐的声音,不是自然界杂乱无章的噪音,而是经过提炼、加工、概括的乐音。在我国古代文学与音乐相关的文本中,描述得较多的是乐器所发出来的声音,如《笛赋》和《琴赋》。这也印证了《乐记》所说的:"诗,言其志也;歌,咏其声也;舞,动其容也。三者本于心,然后乐器从之。"②

赋文有时通过一系列艺术画面的摹拟性描述,表现乐音的感人。如《笛赋》:

> 其为幽也,甚乎! 怀永抱绝,丧夫天,亡稚子。纤悲微痛,毒离肌肠滕理。激叫入青云,慷慨切穷士,度曲羊肠坂,揆殃振奔逸。游洗志,列弦节,武毅发,沉忧结,呵鹰扬,叱太一,声淫淫以黯黮,气旁合而争出。歌壮士之必往,悲猛勇乎飘疾。"麦秀渐渐兮",鸟声革翼。招伯奇于凉阴,追申子于晋域。③

这段对笛声的描绘既有一气如注的滔滔气势,荒索苍凉的景象罗列,密集层生的历史典故,又有细腻的情感体验。或悲、或恨、或忧、或怒,艺术节奏或张或弛,密度或紧或疏,使人心弛意骇,应接不暇。这种以实写虚的手法,将笼罩着恨憾、凄凉、悲怨情绪的笛声烘托到了极致。文学的审美力就在于其情感的感染力和穿透力,《笛赋》所体验的情感形式丰富多样,情感

---

① 吴广平:《楚辞全解》,岳麓书社2008年版,第87页。
② (清)孙希旦撰,沈啸寰、王星贤点校:《礼记集解》卷三十八,中华书局1989年版,第1006页。
③ 吴广平编注:《宋玉集》,岳麓书社2001年版,第98—99页。

内涵深刻、隽永、厚重，千载读之，犹然心动。

有时写演奏者的高超技艺。蔡邕《琴赋》如是写：

> 尔乃清声发兮五音举，韵宫商兮动徵羽，曲引兴兮繁丝抚。然后哀声既发，祕弄乃开。左手抑扬，右手徘徊。抵掌反覆，抑案藏摧。于是繁弦既抑，雅韵乃扬。①

琴声的美妙精微，全在于指法的娴熟多变，"抑扬""徘徊""反覆""藏摧"八字，可谓极逞变化之能，尽显乐声之巧。

更多的是对乐器原材料生长环境的描述。《笛赋》中制笛之材——衡山之竹"奇篠异干、罕节间枝之丛生"已是非同寻常，又身处壁立千仞、溪流险绝、磐石高耸的奇险之境。再加之左有丹水涌、右有醴泉流、东边霞光绯红、南边夏凉春暖、北有霜雪云雾、西有凉风回旋，更添灵秀和旖旎。傅毅《琴赋》描述梧桐："历松岑而将降，睹鸿梧于幽阻。高百仞而不枉，对修条以持处。"蔡邕《琴赋》中之梧桐："观彼椅桐，层山之陂。""甘露润其末，凉风扇其枝。鸾凤翔其颠，玄鹤巢其岐。"赋家们的视野都相当开阔，把读者的目光拉向广袤的苍穹、辽阔的大地，展现出乐器原材料生长环境的奇险和秀丽。

荀子曾曰："曷以知舞之意？曰：'目不自见，耳不自闻也，然而治俯仰、诎信、进退、迟速莫不廉制，尽筋骨之力以要钟鼓俯会之节，而靡有悖逆者，众积意谨谨乎？'"②以此观之，赋家们不但对舞之意心领神会，而且还从不同视角描述了乐舞状貌，留下了缤纷多姿的艺术记录。

有的描述歌舞表演的场景、氛围。如张衡的《观舞赋》极力铺陈："音乐陈兮旨酒施，击灵鼓兮吹参差，叛淫衍兮漫陆离。于是饮者皆醉。日亦既昃，美人兴而将舞。"从赋中可以看出，宴会是开在黄昏，此时宴乐飘荡，旨酒陈进，灵鼓参差，灯烛辉煌，传杯递盏，酒酣神醉，好一派热闹、升平的宫廷夜宴景象。在此氛围中，众人注目于登场的舞者："貌嫽妙以妖冶，红颜晔其阳华。眉连娟以增绕，目流睇而横波。"真是年轻貌美、艳色逼人而娇媚欲滴。

沿袭古老的诗、乐、舞三位一体的传统，赋文中多有歌舞相合、乐舞并重的书写。扬雄《蜀都赋》："《户音》六成，《行夏》低徊，肯徒入冥，及庙嚼吟，

---

① 邓安生：《蔡邕集编年校注》，河北教育出版社2002年版，第461页。
② （清）王先谦撰，沈啸寰、王星贤整理：《荀子集释》，中华书局2012年版，第372页。

诸连单情,舞曲转节,踃跋应声。其伏则接芬错芳,襜袡纤延。踵《凄秋》,发《阳春》。"舞之迟疾与歌声相应,而且边歌边相与连臂踏地为节。《观舞赋》中亦有描述:"于是粉黛施兮玉瑱粲,珠簪挺兮缁发乱。然后饰筝整发,被纤垂紫,同服骈奏,合体齐声。"舞伎的珠簪随着变乱的黑发起伏而摇摆,而且曼妙一致地齐声吟唱,这正是歌舞相生的情景。

有时描述楚楚动人的舞姿、舞态。《舞赋》中的"雍容惆怅",《观舞赋》中的"腾眸目以顾眄,盼烂烂以流光",何等娇媚! 舞姿回应在歌声之中,而声声曲调首先令蛾眉引起反应,这一切又都聚合在"顾眄""流睇"的情态之中,而舞蹈的优美又凝结在这惟妙惟肖的神情传送之中。

这其中有独舞的媚态。如宋玉《舞赋》中"其始兴也,若俯若仰,若来若往。雍容惆怅,不可为象。罗衣从风,长袖交横。骆驿飞散,飒沓合并。绰约闲靡,机迅体轻"。从中不难领略出舞伎动作的轻柔舒缓,飘忽娇媚之态。

还有特定的舞蹈动作。《蜀都赋》中"踵《凄秋》,发《阳春》"句,章樵注云:"《西京杂记》:戚夫人侍儿贾佩兰说在宫时,常以十月十五日入灵女祠,以豚黍乐神,吹笛击筑,歌《上灵》之曲,既而相与连臂踏地为节。"这种"踏地舞",与疾徐有异的音乐节奏是融合为一体的,实在妙不可言。还有一种当时颇为流行的长袖舞,即宋玉所谓"罗衣从风,长袖交横",此舞的基本舞姿就是左手抚腰,右臂上举,抛长袖高扬过头,再顺左肩垂拂而下,有时则是右袖高扬过头,左袖飘曳于地,左腿微曲而立,右腿向后蜷起,皆呈奔跃挥舞尽力张扬之势态。①

更有生动的群舞。如《观舞赋》所绘,在时徐时疾的节奏中,舞伎们徐婉则如游龙遨翔,疾速则如惊鸿展翅;在变化无穷的舞姿中,低回则如芙蓉出水,急舞则如雪花萦风。她们的举手投足,旋动跳跃,确实让人感受到了一种强烈的出似疾风、跃比惊鸿、静若处子、动如脱兔的矫健和疾速之美。

赋对乐舞的描述,不是将舞蹈的动作作分解性说明,也不是将乐曲的音阶节奏作生硬的陈述,而是进行艺术的描画,是用艺术审美的视界来观察,取之于微妙之间,用艺术审美的触觉捕捉对象的情态,进而以文学的语言符号加以固定,从而实现赋"以艺术表现艺术"的功能。正因为赋成为一种特殊的载体,才使得千载之上的乐舞在并不具备现代传媒工具的条件下,能够流布下来,产生艺术品类的传递和美的延续,从而涌现出了嵇康、潘岳等创作的乐舞赋以及杜甫、白居易、李贺等创作的乐舞诗。

———————————————

① 仪平策:《中国审美文化史》(秦汉魏晋南北朝卷),山东画报出版社2000年版,第24页。

如果说音乐和舞蹈形象是以时间流动进程中的听觉、视觉形式及"动态"的舞台呈现,那么,书法与绘画形象则是以空间排列组合中的视觉形式及"静态"的画面出现。

首先,书法创作强调"静"的心境。蔡邕在《笔论》中说:"夫书,先默坐静思,随意所适,言不出口,气不盈息,沉密神彩,如对至尊,则无不善矣。"既要求书者应该处在安静的环境中,对外物来而不视,外音来而不闻,心无旁骛,心若止水,放松自己的情绪,发散自己的思维,为创作寄情寓意做好充分的准备。而且,还要求书者调匀气息,用平和的心境和沉静的态度去控制纵奔的情意。这样,则书者必然可创作出一副情蕴丰富、气象雅穆的佳作。反之,"若迫于事,虽中山兔毫不能佳也"①。

其次,书法创作是蕴含情感与思想的。书法以汉字为对象,其形式是由比较抽象的线条与形体构成,其内容则内含了一定的情感与思想,反映了人们的审美心理、审美情趣与精神境界。因书法艺术形式具有抽象性的特点,赋家在书写时常假以形象生动的譬喻来形容。如蔡邕《篆势》中对篆书的描绘:

> 体有六篆,要妙入神。或龟文斜列,栉比龙鳞,纤体放尾,长短副身。颓若黍稷之垂颖,蕴若虫蛇之棼缊。扬波振激,鹰跱鸟震,延颈协翼,势似凌云。或轻举内投,微本浓末,若绝若连,似露缘丝,垂凝下端。

书法的基本构成有用笔、结构、用墨、章法、韵律、风格"六法"。其中,篆书六体,在位置的经营、空间布白上的大小、奇正、宽窄、比例都体现出空间性强的特点。赋家先用"龟文斜列,栉比龙鳞"形容其结构上的特点;再以"黍稷之垂颖""虫蛇之棼缊""鹰跱鸟震"及"似露缘丝"等比喻,指出其或迂回曲折、或错杂盘聚、或潇洒飞动、或疏密有致的章法。因此,篆书笔势稳健、放而能收,节奏明快、连断自如,枯实互应、点画错综的用笔之妙就在赋文的书写中,呼之欲出,从而让读者体味到了篆书六体那古茂雄秀的艺术气息。

我国的绘画艺术源远流长,在原始时代就已出现了十分丰富的岩画和陶画。墨子曾提到"宫墙文画",说它和"雕琢刻镂""锦绣被堂""钟鼓管弦"等都是贵族们的奢侈品。时至汉代,"雕琢刻镂"的奢侈品更多了,而且越来越精致。鲁迅曾不无慨叹地说:"遥想汉人多少宏放……新来的动植

---

① 邓安生:《蔡邕集编年校注》,河北教育出版社 2002 年版,第 557 页。

物,即毫不拘忌,来充装饰的花纹。"①这些精美的器物,自然也映入了赋家的眼帘。

像贾谊《簴赋》:"妙彫文以刻镂兮,象巨兽之屈奇兮。戴高角之峨峨,负大钟而顾飞。美哉烂兮! 亦天地之大式。"《考工记·梓人为笋簴》云:"天下之大兽五……羸者、羽者、鳞者以为笋簴。"②簴是悬钟支架之直柱,上所刻镂的巨兽是羸属,其特点是"恒有力而不能直,其声大而宏",正与钟的特性相吻合。宗白华先生说:"在鼓的下面安放着虎豹等猛兽,使人听到鼓声,同时看见虎豹的形状,两方面在脑中虚实结合,就好像是虎豹在吼叫一样。这样一来木雕的虎豹显得更有生气,而鼓声也形象化了,格外有情味,整个艺术品的感动力量就增加了一倍。"虽然我们没有机会目睹这个艺术品,但经赋的描绘便重现了它当日内蕴的神采,引起了我们想象力的活跃。确实,"一个艺术品,没有欣赏者的想象力的活跃,是死的,没有生命的,一张画可使你神游,神游就是虚"③。从空间的角度来说,虚的韵味与魅力无穷,而这皆是赋文所给予的美感。

三、审美意趣与品格的呈现

宗白华先生指出:"每一个伟大时代,伟大的文化,都欲在实用生活之余裕,或在社会的重要典礼,以庄严的建筑、崇高的音乐、闳丽的舞蹈,表达这生命的高潮、一代精神的最深节奏。"④《古文苑》中艺术赋所表现的各类艺术形式,确实透视出了时代精神的最深节奏,折射出了战国末年和两汉时期人们的审美意趣。

第一,尚欢乐。《笛赋》和《琴赋》中的竹和桐处于灵秀、旖旎、祥瑞的氛围,给人以愉悦感。《舞赋》中的观赏者"莫不怡悦",陶然如醉,觉得"既娱心以悦目"。《弹棋赋》中的博弈之徒"因嬉戏以肆业,托欢乐以讲事",在游戏中"寓教于乐"。人们于乐舞的留连里,于博弈的参与中,心有所感,情有所动,一展郁愤,一泄幽情,从中获得耳目之娱,心意之欢。在很大程度上,这与汉人俗乐舞以娱乐、特别是自娱为主的审美趣味一致。它是一种个体存在的自述和放纵,一种世俗生命的沉醉与欢欣。

第二,赏悲音。值得一提的是,中国音乐艺术审美的主流却是"尚悲"。

---

① 鲁迅:《坟·看镜有感》,《鲁迅全集》第一卷,人民文学出版社1973年版,第197页。
② 闻人军:《考工记译注》,上海古籍出版社2008年版,第97页。
③ 宗白华:《美学散步》,上海人民出版社1981年版,第342—344页。
④ 宗白华:《美学散步》,上海人民出版社1981年版,第100页。

钱锺书曾总结说:"奏乐以生悲为善音,听乐以能悲为知音,汉魏六朝,风尚如斯。"①自宋玉《笛赋》描述那笼罩着恨憾、凄凉、悲怨情绪的笛声,简直叫人肝肠寸断始,汉代听乐而悲的记载和赋文描述便繁多起来。如《淮南子·缪称》中"申喜闻乞人之歌而悲"②的叙写;刘向《说苑·善说》中"臣一为之徽胶援琴,而长太息,则流涕沾衿矣"③的自述;《西京杂记》卷一中"高帝戚夫人善鼓瑟击筑,帝常拥夫人倚瑟而弦歌,毕,每泣下流涟"④的载记,即如此。又如王褒《洞箫赋》最后感叹道:"故知音者,乐而悲之;不知音者,怪而伟之。故闻其悲声,则莫不怆然累欷,撇涕抆泪。"⑤蔡邕《琴赋》亦有"一叹三欷,凄有余哀"的慨叹。对此种种,嵇康在《琴赋·序》中对赋文中"悲音美"的程式,作出了精当的概括:"称其材干,则以危苦为上;赋其声音,则以悲哀为主;美其感化,则以垂涕为贵。"⑥

六朝时期,音乐赋的数量有所增加,潘岳的《笙赋》写失意孤独者和送别时的笙音,"借笙音的变化,将人物满腔的失意、痛苦、悲愤,以及故作放达终而感伤无奈的矛盾心态表现得惟妙惟肖"⑦。此外,还有萧纲的《筝赋》、曹毗的《箜篌赋》、孙该的《琵琶赋》等大量乐赋都对乐器弹奏的悲音作了详细的描述。

产生悲的情绪,自然是因乐音中有能打动人的情感存在,也可能是当时纷乱的社会现实的一种反映。修海林认为:"这种风气的形成,与整个社会处于衰乱之世的情感心理相关……当时对音乐'悲'情的表现,确有其激昂的一面。只有当时社会给人带来许多苦难和悲伤,并且需要某种渠道将这种情感引导出来,才会产生以'悲'为美的审美意识,甚至从审美情趣上取代以'乐'为美,成为一种与感性体验、情感宣泄的需要直接相关的审美意识。"⑧正如《乐记》所说:"凡音者,生于人心者也。"⑨听乐者敏感地发现了乐音与自然和人生之异质同构关系,又焉能不产生对自然与人生的双重感伤?

不过,除了对悲音的赏识外,音乐能抒愤懑亦被提出。王褒在《洞箫

---

① 钱锺书:《管锥编》(三),三联书店 2015 年版,第 1506 页。
② (汉)刘安撰,何宁集释:《淮南子集释》,中华书局 1998 年版,第 732 页。
③ (汉)刘向撰,向宗鲁校注:《说苑校证》卷十一,中华书局 1987 年版,第 280 页。
④ (晋)葛洪撰,周天游校注:《西京杂记》卷一,三秦出版社 2006 年版,第 15 页。
⑤ 杜兴梅、杜运通评注:《中国古代音乐文学精品评注》,线装书局 2011 年版,第 34 页。
⑥ 吴钊、伊鸿书、赵宽仁等编:《中国古代乐论选辑》,人民音乐出版社 2011 年版,第 112 页。
⑦ 于浴贤:《六朝赋述论》,河北大学出版社 1999 年版,第 392 页。
⑧ 王耀华丛书主编,修海林著:《中国古代音乐美学》,福建教育出版社 2004 年版,第 299 页。
⑨ (清)孙希旦撰,沈啸寰、王星贤点校:《礼记集解》卷三十八,中华书局 1989 年版,第 1006 页。

赋》中说"发愤乎音声",首肯不平之美。这一艺术观念被傅毅和蔡邕继承
了下来。傅毅借琴"抒心志之郁滞",蔡邕说箛师是"抚长笛以撼愤""舒滞
积而宣郁",都是对此更为明确而具体的表达。这在一定程度上突破了儒
家"声以和乐,律以平声"(《乐记》)、"故音乐者,所以动荡血脉,通流精神
而和正心也"(《史记·乐书》)的古典和谐美规范,显示了一种古代审美文化
中少有的反抗性和批判色彩。

　　第三,重德化。各类艺术赋呈现的绝不是一种简单的具有娱乐功能的
艺术形式,而是一种极富功利色彩的道德教化工具。宋玉在《笛赋》中说:
"夫奇曲雅乐,所以禁淫也;锦绣黼黻,所以御暴也。缛则泰过,是以檀卿刺
郑声,周人伤《北里》也。"他赞美奇曲雅乐,斥责淫靡郑声,都是孔子音乐教
化思想的反映和体现。①《观舞赋》末句写到"且夫九德之歌,《九韶》之舞,
化如凯风,泽譬时雨",也具有鲜明的儒家乐教思想。蔡邕在《笔赋》中认为
书法的美应首先表现在文字的内容上,礼赞笔能叙赞帝皇德勋、传扬儒家经
典、叙写完美人伦,强调书法艺术的巨大精神意义。他们高度重视礼乐传
统,高度重视艺术的政教功能,在充分肯定美的自身价值的前提下,要求美
与善二者在艺术中完满地实现统一。②班固在《弈旨》中首次突显围棋的正
面意义,将围棋比附"天地之象""帝王之治""五霸之权""战国之事""仁德
之道",开启了中国围棋棋论"立象比德"的传统。

　　第四,崇自然。音乐赋中乐器的取材无不是取诸崇山峻岭之中,他们吸
吮过大自然的精、气、神,本身就具有自然的禀赋,故赋家先从乐器的取材着
笔,体现着天地自然的法则。书法艺术更重自然之美。蔡邕在《篆势》中用
龟文、龙鳞、黍稷、虫蛇、鹰鸟、垂露等自然形象来比喻篆书的美,则是以实物
来说明书法与自然的类似和相通之处。自然之所以美,是由于它们运动的
节奏韵律同人的生命活动形式存在着同一关系;艺术之所以美,是由于它们
既本源于自然又超越于自然,既妙同自然,又印证了人的心灵。两者的关
联,恰如唐代李阳冰所言:"于天地山川,得方圆流峙之常;于日月星辰,得
经纬昭回之度;于云霞草木,得霏布滋蔓之容;于衣冠文物,得揖让周旋之
体;于须眉口鼻,得喜怒舒惨之分;于虫鱼禽兽,得屈伸之理;于骨角齿牙,得
摆拉咀嚼之势。随手万变,任心所成。可谓通三才之品汇,备万物之情状
矣。"③故艺术与自然的交感与统一、碰撞与融合,乃是宇宙天地间万古长存

---

①　吴广平:《宋玉研究》,岳麓书社2004年版,第117—119页。
②　韩林德:《境生象外》,三联书店1995年版,第88页。
③　(唐)李阳冰:《上采访李大夫书》,陈思:《书苑菁华》,北京图书馆出版社2003年版,第594—595页。

的生命力之颂歌。

在古人看来，琴棋书画，最是养性之物。琴令人雅，棋令人闲，书法令人快意，绘画令人豁达。一曲好琴，带你入孤鹤闲云的雅境，高山流水任徜徉；一局好棋，使你能于方寸棋枰间，体味对尘俗世间、庸碌人生的超越；一手好字，使你能自言其中有至乐，适意无异逍遥游；一幅好画，使你流连于"坐对山水娱清辉"的境界，感受如沐日月光华般的澄澈。琴棋书画，是我国传统文化中的瑰宝，具有丰富的文化内涵。

两篇《琴赋》传达给我们的是：琴道是以"和"为宗旨的人生境界；琴质料形成的历史和装点的配饰是物我一体的生命情绪；琴声雅致、中和、细腻，更有袅袅的余韵，产生琴韵的虚声，是乐思相融的琴韵魅力，而这些皆是跨越两千多年的琴文化内涵的一种表现和诠释。所以说，琴作为一种特殊的文化，反映了华夏传人的安详寂静、洒脱自在的思想内涵。在中国古代，儒、释、道三家均喜爱琴那清静洒脱的韵味，喜欢从琴声中领悟空灵大智。因而，以讲求虚实相生和弦外之音的古琴意象一再引得中国文人不约而同的青睐。难怪诗人如此喟叹："月色满轩白，琴声宜夜阑。飗飗青丝上，静听松风寒。古调虽自爱，今人多不弹。向君投此曲，所贵知音难。"①

"拟军政以为本，引兵家以为喻"②的《弈旨》和《围棋赋》告知我们：围棋"法于用兵，三尺之局兮为战斗场"，本质上代表的是人类的生存竞争，充满了激烈的厮杀、冲突。围棋又最易激发博弈者思想的火花，充满了智慧的芬芳。弈者于一方木枰上，不动声色地、悠然自得地完成殊死相争的弈局，这恰体现着中华民族的主体性格，将冲突、竞争付之于温文尔雅，贵和尚中，文质彬彬，然后君子。因而围棋又被艺术化、伦理化、玄妙化，负载了围棋之外的许多东西，成为一种浓缩了高度文化内涵的艺术形式。换言之，"围棋是一种游戏，一种形而下的游戏，但是中国古人又不断地赋予它精神的、艺术的意义"，使之由"一种形而下之技成为形而上之道"③。西汉围棋第一国手杜陵曾云："精其理者，足以大裨圣教。"杜夫子此语虽短，却是在儒家学说已成"圣教"的背景下对围棋之道的最高文化定位。实际上，除儒家功利的围棋观外，围棋因其丰富的象征力，不同领域的人都能从中领悟到深奥的道理。如哲学家看到世界的本源（阴与阳），礼佛者看到禅（动与静），参

---

① （唐）刘长卿：《杂咏八首上礼部李侍郎》其一《幽琴》，陈贻焮主编：《增订注释全唐诗》（第一册），文化艺术出版社2001年版，第1130页。

② （晋）曹摅：《围棋赋》，（唐）欧阳询撰，汪绍楹校：《艺文类聚》卷七十四，上海古籍出版社2007年版，第1271页。

③ 何云波：《弈境——围棋与中国文艺精神》，北京大学出版社2006年版，第9页。

道者看到道(一与多),兵法家看到术(生与死)……

概而言之,《古文苑》中的艺术赋犹如摇曳于无限春光中的最美丽、最芬芳的花枝,她们在万紫千红的诗文苗圃里,以独特视角,以俊俏风流,以逸情雅趣,以文化品格,尽情显露出艺术和文学的迷人风采和玄妙真谛。

第二节　征实求真的地理赋

地理(Geography)是研究地球表面的地理环境中各种自然现象和人文现象,以及它们之间相互关系的学科。汉语"地理"一词最早见于《易经》"仰以观于天文,俯以察于地理",观察的目的是为了"知幽明之故"。① 时至南朝,刘勰在《文心雕龙·物色》中云"山林皋壤,实文思之奥府"②,则说明人们已认识到了文学艺术和地理环境有着密切的关系。近代,刘师培在《南北文学不同论》中也说:"大抵北方之土,土厚水深,民生其间,多尚实际;南方之地,水势浩洋,民生其间,多尚虚无。民尚实际,故所作之文,不外记事、析理二端;民尚虚无,故所作之文,多为言志、抒情之作。"③更是将不同的地理环境与不同的文学体裁联系了起来。通观古代文学史,将地理中的自然和人文现象纳入笔下的作品不胜枚举。如许结在《论赋的地理情怀与方志价值》一文中认为,从文体学来看,赋与地理关系最为深密。他将《文选》《文苑英华》《唐文粹》及《历代赋汇》中的"京都""纪行""游览""江海""名山""关隘"等与地理相关的赋类,统称为"地理赋",首次提出了"地理赋"之名。④ 本节沿用许结提出的地理赋其名其义,从文学与交通的角度综合考察《古文苑》中的地理赋。

一、主要交通路线的呈现

赋与地理的关系,首先表现在许多辞赋明显描写了众多地方的自然风貌、风俗人情与交通路线。《古文苑》64 篇辞赋中,有 16 篇皆与地理相关。⑤ 解读这些赋作的第一步,就是从中析出和再现两汉、魏晋、南齐时期

① 陈鼓应、赵建伟译:《周易今注今译·系辞上》,商务印书馆 2005 年版,第 593 页。
② (南朝梁)刘勰撰,范文澜注:《文心雕龙注》,人民文学出版社 1958 年版,第 695 页。
③ 劳舒编,雪克校:《刘师培学术论著》,浙江人民出版社 1998 年版,第 162 页。
④ 许结:《论赋的地理情怀与方志价值》,《济南大学学报》2005 年第 5 期。
⑤ 它们是枚乘《梁王菟园赋》、扬雄《蜀都赋》、刘向《请雨华山赋》、刘歆《甘泉宫赋》《遂初赋》、杜笃《首阳山赋》、班固《终南山赋》、李尤《函谷关赋》、张衡《温泉赋》、蔡邕《述行赋》《汉津赋》、曹丕《浮淮赋》、王粲《浮淮赋》、曹植《述行赋》、应玚《灵河赋》、谢朓《游后园赋》等。

的部分交通路线图。

很明显，一个朝代交通路线的走向和布局取决于它的城市布局，而在城市布局的形成上，政治格局、都城位置往往又起着决定作用。① 总体观之，两汉和魏晋都城都设在长江以北，故北方都城，如长安、洛阳在这几个朝代无一例外地处于全国政治、经济、文化的重心。

大一统的汉帝国以关中为战略重心的政治格局决定了它以长安、洛阳为中心城市布局和由关中向天下四方伸展的交通格局。"广五十步，三丈而树，厚筑其外，隐以金椎，树以青松"②的驰道是汉代道路网的主干，并与各郡县的道路相连接，在长江以北的黄淮流域形成了比较完整的道路网。总括而言，汉驰道自京师出函谷关，经洛阳，复循济渎抵定陶，直达临淄，形成东西贯通的干线。又由此干线，复延伸出三支干线。其一，自洛阳渡河，经邺城、邯郸，以通涿蓟，为东北干线。其二，自陈留沿鸿沟，颍水入淮，更向南沿淮水、巢湖，以达长江，为沟通东南的第一干线。其三，自定陶经泗水入淮，复沿邗沟以达长江，为东南第二条干线。③ 驰道的建立，无疑为黄淮流域人民的经济和文化生活带来巨大的影响，同时把作为政治中心的关中与经济文化比较发达的关东联系起来，也为巩固统一，繁荣社会，发挥了深远的影响。除此之外，以长安为中心，通往西北的有著名的陈仓道、回中道、丝绸之路；通往巴蜀的有金牛道、子午道、故道、褒斜道；北方有著名的自代至平城三百余里的"飞狐道"等。总之，有汉一代，在继承秦道路的基础上，对于交通建治勤勤，并逐步形成了以京都为枢纽，向四方辐射的巨大交通网络。在两汉的 11 篇地理赋中，从多个方位体现了这一巨大的交通网络在各个地望的分布情况。试举例证之：

枚乘《梁王菟园赋》中的菟园，位于豫州境内的睢阳，属于梁王封地。睢阳与定陶、陈留互为掎角，在陆路上处于东西干线沿线，在水路方面，沿睢水上溯，经狼汤渠，下洛水可直抵洛阳。

在《遂初赋》中，刘歆为我们展示了一条深载历史底蕴和个人忧愤情绪的迁谪之路。从京都长安出发，沿两都驰道至洛阳，自洛阳过黄河，沿东北干线至河内郡，过泌水，经太行山南麓的轵道，进入并州境内。入天井关，北廻高都，至长子，过下厞，至铜鞮，历晋阳，登句注山，过雁门郡，进入朔方云中郡，济临沃县，终于到达目的地五原郡。刘歆所行的北上之路，在留给我

①　李德辉：《唐代两京驿道：真正的"唐诗之路"》，《山西大学学报》2007 年第 1 期。
②　（汉）班固撰，颜师古注：《汉书》卷五十一《贾山传》，中华书局 1962 年版，第 2328 页。
③　傅筑夫、王毓瑚：《中国经济史资料·秦汉三国编》，中国社会科学出版社 1982 年版，第 34 页。

们厚重历史和深沉感喟的同时,也为我们了解西汉北方的交通状况提供了参照。

蔡邕《汉津赋》则勾勒了汉魏时期益州、荆州地界一条重要的水路交通路线。"汉津"为西汉水和沔水合称的别称。西汉水源自嶓冢山,引漾水向东,流经武都郡与沔水汇合,合称汉沔。汉沔之水向东过万山,左廻至襄阳,经襄阳南行,切入大别山之东山(疑为绿林山),向南注入长江。这一条水道在汉魏之际非常重要,赋中称其"南援三州,北集京都,上控陇氏,下接江湖"。而且,当时"旧水道唯沔、汉达江陵千757百里,北无通路"①,其重要性可以想见。在赤壁之战中,曹公将五千精骑急追刘备,"先主斜趋汉津,适与羽船会,得济沔,遇表长子江夏太守,琦众万余人,与俱到夏口"②。结合史实,可知《汉津赋》所描绘的汉津水路及其重要性不虚。

蔡邕《述行赋》叙写的是由陈留至偃师的迤遭路途及由时世生发的郁悒之情。《后汉书·蔡邕传》载:"桓帝时,中常侍徐璜、左悺等五侯擅恣,闻邕善鼓琴,遂白天子,敕陈留太守督促发遣。邕不得已,行到偃师,称疾而归。"③大致路线是:从陈留出发西行,经故魏都大梁,再入荥阳、成皋、巩县的低山丘陵地带,然后"率陵阿以登降,赴偃师而精勤"。可见这一段豫西通道也是处于东西交通干线之上。

然而,汉末长时期的战乱与割据,使得京都长安、洛阳等原政治与经济中心的地位在相当一段时间内明显下降,以其为中心的交通网络亦随之衰败,直待中心地位恢复后才逐渐恢复。因而,魏晋之际,先后形成了邺城(今河北临漳)、成都、康建(今江苏南京)、平城(今山西大同)等一批新的中心,并围绕着这些中心形成新的交通网络,不仅有陆路通道,还有水路通道。以魏都邺城为例,陆路依然原袭汉代的驰道,北可通涿蓟,南抵洛阳,然后向四方延伸。水路则通过开凿漕渠,如利漕渠、平虏渠、泉州渠等,疏通航道。由邺城乘船,向北可与滹沱河、鲍丘水及濡水等相通,连接今天的黄河、海河、滦河三条水系,直达渤海。向南可达黄河,再转至淮河、长江。因此,北魏时崔光曾讲"邺城平原千里,漕运四通"④,交通十分的便利。

曹丕和王粲两人创作的同题赋《浮淮赋》中描述的水路就是一例,两赋撰写的共同背景是:赤壁之战后的第二年(209),即"十四年春三月,军至

---

① (唐)房玄龄:《晋书》卷三十四《杜预传》,中华书局 1974 年版,第 1031 页。
② (晋)陈寿:《三国志·蜀书》卷三十二《先主传》,中华书局 1959 年版,第 878 页。
③ (南朝宋)范晔:《后汉书》卷六十下《蔡邕传》,中华书局 1965 年版,第 1980 页。
④ (宋)李昉等辑:《太平御览》卷一百六十一《州郡部七·相州》,中华书局 1985 年版,第 782 页。

谯,作轻舟,治水军。秋七月,自涡入淮,出肥水,军合肥。辛末,令曰……十二月,军还谯"①。涡水的源头是从黄河下游引出的渠水,其上游皆是由人工漕渠构成,即渠水、蒗荡渠。至扶乐,水流一分为二,一为颍水,一为涡水。谯郡处于涡水的中游地段,此处水势浩大,急流直奔东南,于义成处注入淮水,沿淮水西溯,经下蔡,再南下转入淮水的支流肥水,直抵合肥。如果由涡水上溯至黄河,再经白沟与利漕渠可直达魏都邺县。可见,此水道是一条贯穿南北的交通要道,在魏国的航运网中起到了相当重要的作用。

显而易见,这些赋作以纪实的手笔再现了一条又一条汉魏时期的行旅、军事交通路线,为我们进入中古时期那一片奇妙的历史空间提供了可行的文学研究路径,让散落在那一个时空的都邑、山川、关隘、江河和园林,各自因有了联系而互衬得更加雄伟、险峻和秀美。

二、自然人文景观的展示

一般而言,最发达和繁荣的交通路线,因其政治、文化、经济上的优势,其沿途的景观往往多而密集,并留有众多的园林建筑景观,具有自然和人文的双重特色,因而更容易进入"苞括宇宙,总览人物"②的赋家的视野。于是赋家因各种写作的目的往往不遗余力地对沿途的景观进行全方位的描绘。这些景观有如下几类。

第一类为山岳,如首阳山、终南山、华山、骊山,他们大体都在长安至洛阳的东西干线上,且都距离西汉都城长安不远,可谓当时的著名风景名胜。

首阳山的地理位置,章樵在《古文苑》注中曾引东汉马融的话认为在"河东蒲坂,华山之北,河曲之中"。即今晋、陕、豫交界的山西永济县附近。此山因殷末的叔齐、伯夷隐居其中,义不食周粟至饿死而出名。赋中绘其形为:"嗟首阳之孤岭,形势窟其盘曲,面河源而抗岩,陇埏隈而相属。长松落落,卉木蒙蒙。青罗落漠而上覆,穴溜滴沥而下通。高岫带乎岩侧,洞房隐于云中。"此山孤峙于滔滔黄河边,树木葱茏,云气氤氲,犹如夏空积云,横亘天际,呈现出一副雄伟神化但又孤高落寞的姿态。杜笃借写首阳山,赞扬了叔齐、伯夷的高风亮节。

终南山又名中南山,为关中南面的屏障南山(亦称秦岭)的中部山峰之一,据《汉书·地理志》:"武功太壹山,古文以为终南。"③即终南山位于今

---

① (晋)陈寿:《三国志》卷一《魏志·武帝纪》,中华书局1959年版,第32页。
② (晋)葛洪撰,周天游校注:《西京杂记》卷二,三秦出版社2006年版,第93页。
③ (汉)班固撰,颜师古注:《汉书》卷八上《地理志》,中华书局1962年版,第1547页。

陕西武功县境内。太壹山又名太乙山,为终南山的主峰,古时往往用其指代
终南山。唐代王维《终南山》开篇第一句即为"太乙近天都",所谓太乙即终
南山。赋中的终南山"岿嶻嶙囷,概青宫,触紫辰",极其高峻,几乎上极于
天;"嶔崟郁律,萃于霞氛。暧对晻蔼,若鬼若神",山中不但时有烟岚,更兼
云雾缭绕;更神奇的是还"傍吐飞濑,上挺修林。玄泉落落,密荫沉沉",雄
伟磅礴的高山、灵动飘逸的飞瀑、绿荫浓郁的密林、活泼清澈的小泉,好一个
理想的仙居所在! 在这里"彭祖宅以蝉脱,安期飧以延年",充满了仙话
色彩。

　　华山是黄河中游的一座名山,为秦岭东部最高的山峰,不但高峻奇秀,
而且"近压关辅,载枢京国",地理位置非常优越。刘向的《请雨华山赋》虽
系残篇,但主旨应是祭拜华山,向山神祈雨之类。先民对高大险峻、富产万
物的山岳产生崇拜之情并祭祀山岳的历史,由来已久。《左传》昭公元年
(前541)曰:"山川之神,则水旱疠疫之灾,于是乎禜之。"①从赋中"庸游山
林,天阴且雨""圣人亲之诚虞哉"等残句,可知西汉人的华山崇拜之风依然
浓厚。

　　骊山也是秦岭的东部诸山之一,为高约二千尺的砾岩石质山脉,上面覆
盖着黄土层,灌木相当茂盛。过去周幽王溺爱褒姒,为了博取美人一笑,曾
在此山戏举烽火,以诳天下诸侯之兵,最终导致社稷覆亡。骊山的景观主要
是温泉和秦始皇坟陵。对于骊山本身的描绘,《温泉赋》及曹植《述行赋》都
只一笔带过,不约而同地将骊山温泉作为描写的主要对象。

　　第二类即为地热的表现形式——温泉。温泉位于骊山的西北,由新丰
驿抵达临潼时,从临潼县城的南门至骊山温泉,相隔只不过一百五十步左右
的距离。《雍录》曰:"泉有三所,其一处即皇堂石井,又名神井。"②泉水清
透如镜,水量甚丰,四时滚涌,温度恰适人体。辛氏《三秦记》云:"骊山汤,
可以去疾消病。"③对于这样一个神奇的宝藏,历代统治者都欲占为己有,
"初,始皇砌石起宇,至汉武又加修饰焉"④。后"隋文帝又修屋宇,并植松
柏千余株"⑤。至唐时,有宫在骊山,名温泉宫,天宝间治汤井为池,环山列
宫室。那么,在汉末至曹魏时的骊山温泉,又是何景象呢? 张衡在一个"阳
春之月,百草萋萋"的远行之日,慕名而适骊山,他"观温泉,浴神井,风中

　　①　(春秋)左丘明撰,杨伯峻注:《春秋左传注》,中华书局1981年版,第1220页。
　　②　(宋)程大昌撰,黄永年点校:《雍录》,中华书局2006年版,第81—82页。
　　③　刘庆柱:《三秦记辑注·关中记辑注》,三秦出版社2006年版。
　　④　鲁迅:《鲁迅全集》第八卷《古小说钩沉》,人民文学出版社1973年版。
　　⑤　(宋)程大昌撰,黄永年点校:《雍录》,中华书局2006年版,第81—82页。

峦",认为这是大自然的馈赠,赞美温泉"览中域之珍,无斯水之神灵",可与神话中瀛洲汤谷中因日月每日洗濯而温的液泉相媲美。而且此处环境优美,"荫高山之北延,处幽屏以闲清"。慕名而至者络绎不绝,请看:"殊方交涉,骏奔来臻。士女晔其鳞萃,纷杂沓其如絪。"可见,在汉末,此地还保存着北方古老的春季"拔禊"习俗。曹植《述行赋》中也记载了浴温泉的经历:"濯余身于秦井,律汤液之若焚。"不过,曹植先参观了使黔首罹毒的秦政骊坟,有感于始皇为君之酷烈,因而当沐浴在始皇作俑的神井温泉中时,觉得不是享受,而是一种身心俱焚的焦灼感。

　　第三类为宫殿。《三辅黄图》云:"甘泉宫,一曰云阳宫。《史记》秦始皇二十七年(前220),作甘泉宫及前殿,筑甬道,自咸阳属之。"① 故址在今陕西淳化县西北甘泉山,本是秦林光宫。② 汉武元鼎二年(前115),又增建扩修至方圆十九里,中建台室,画天地泰一诸神而置祭具,以致天神。故武帝以后,皆于此祀天。后遂成为天子避暑和接见诸侯王、郡国计吏及外国使者的地方,为汉帝都的一部分。刘歆此赋因有阙文,语句不及祠祝,而且"郊祀甘泉泰畤,汾阴后土,以求继嗣"③ 的意图也不明显,但从赋作中依然能感受到此宫殿的雄伟与神秘。刘歆把帝都与上天的中心部位相沟通,赋中的甘泉宫"冠高山而为居,乘昆仑而为宫。按轩辕之旧处,居北辰之闳中"。北辰即北斗,古人认为北斗是天界最高权力机关所在之处,是天界的中央朝廷。甘泉宫既为帝都的一部分,它与北斗星相对,实际上是说帝都正值北斗星之下,与天神相通的距离最近,意在传达帝都中心论的意态。④ 与此相配合,甘泉宫的环境也极其清幽、肃穆:林木密茂,绿掩池堤;珍贵的芳草树木,风来自然溢香,祥瑞的孔雀凤凰,云中翩然起舞;灵异的黄龙神龟,水里欣然遨游;芙蓉菡萏微绽,桃李枣檍满枝。总之,整个氛围笼罩着一派雄伟壮观、庄严肃穆的大汉气象。

　　第四类为关隘,以函谷关为代表。函谷关故址在豫西灵宝县旧城西南,因"以其道险隘,其形如函,故曰函谷。"⑤ 它位于由洛阳至长安的必经之地——崤函古道的东口,其南18公里为秦岭,巍峨挺拔,其北5公里为黄

① 河清谷:《三辅黄图校释》卷二,中华书局2005年版,第137页。
② 原文为:"《关辅记》曰:'林光宫,一曰甘泉宫,秦所造,在今池阳县西,故甘泉山。宫以山为名。"河清谷:《三辅黄图校释》卷二,中华书局2005年版,第138页。
③ (汉)扬雄:《甘泉赋》,(清)严可均辑:《全汉文》卷五一,商务印书馆1999年版,第520页。
④ 李炳海:《帝都中心论的文化承载——古代京都赋意蕴管窥》,《齐鲁学刊》2000年第2期。
⑤ (唐)李吉甫:《元和郡县志》卷六,《文渊阁四库全书》本第468册,台湾商务印书馆1986年版,第204页。

河,浊浪滚滚,东为弘农涧,河宽流急,西为衡岭,逶迤绵延。因而,函谷关自战国起就成为控扼中原至长安交通要道上的险关要隘。赋以大手笔勾勒此关"襟要约之险固兮,制关楗以擒非"的险要位置,予人以总体的印象。再列举南、北、西三方有名的关隘,以"惟夸阔之宏丽兮,羌莫盛乎函谷"和"括执喉咽"二语,突显此关的非同寻常。除此之外,此关还有深厚的历史底蕴:尹喜望气,老子著书;平王东迁,秦以虎视;孟尝离秦,谲以鸡鸣;范雎将入,自盛以橐;高祖入关,约法三章;汉武革移,错之新安。赋以形象的语言,向人们展示了函谷关作为军事要冲的险要地势和作为雄关古隘的沧桑历史。

　　以上的景观皆是在以长安和洛阳为中心的东西干线上,呈现出四方拱卫京都的趋势。此外,《灵河赋》中的黄河、《汉津赋》中的汉沔、《浮淮赋》中的涡水、淮水等壮观的河流景观,则有了地域的分野。黄河是北方的一条大河,应场赋予它灵异、雄浑的色彩:它源于昆仑之神丘,经过潜流积势,冲开重险的积石,水势"乘高而迅逝",腾骛澎湃而来,迭荡呼啸而下,气势令人神俱、为之震悚。汉沔与涡水皆呈西北—东南走向,前者与长江汇合,后者则与淮水相会,在地域上均接近于南方,因而水色一扫黄河的黄浊,是"洪流森以玄清",水流、水势也没有黄河那么急速、浩大,而是"澹澶以安流",在水面上还能"泛洪櫓于中潮兮,飞轻舟乎滨济",已接近南方河流秀丽、灵动的特色。《菟园赋》《游后园赋》中的园林景观也是如此,菟园为汉梁王苑囿,属北方园林,依山而置,以宫室楼阁为主,配以珍禽异兽,奇芳异草,以雍容大气为风格。后园为南齐随王萧子隆的私家园林,位于荆州,园中景物已呈南方风味,简中有深,淡中有雅,以清新雅致为主导。这除了自汉代至南朝以来,山水文化在审美品位上得到提升的原因外,也与南北地域的不同景观有关。至于《蜀都赋》中繁华的都邑景象,则明显带有独特的蜀地色彩。总之,中古时期的赋家以他们的生花妙笔将这些特色各异的景观永远地定格于那一片时空,为后世留下了许多美丽的文字风景。

三、深广地理情怀的发抒

　　许结在《论赋的地理情怀与方志价值》一文中还认为:赋与地理的关系应不限于狭义的规定,从历史的角度而言,广义的地理赋还通合于当时的地理方志。[①] 整合《古文苑》中的地理赋,其通于方志的现实作用与人文情怀,主要表现在以下几个方面。

---

　　① 许结:《论赋的地理情怀与方志价值》,《济南大学学报》2005 年第 5 期。

　　第一，对自然山川的热爱。自然，是安顿生命的地方，大自然中的山川草木鸟兽虫鱼与人类相依相存。高山流水、雄关险隘、旷野平畴、岩峡平湖、碧波洪涛，都在大自然生生不息的运动中，显露出无限生机，给人以无穷的审美享受。纵观《古文苑》地理赋中的山川和疆域，赋家大都流露出对自然山川的热爱之情，具体表现在摹写自然山川之美。如《蜀都赋》一开篇，扬雄对家乡就不由自主地发出"蜀都之地，古曰梁州。禹治其江，渟皋弥望，郁乎青葱，沃野千里"的赞叹。又如《游后园赋》中的江南美景："积芳兮选木，幽兰兮翠竹。上芜芜兮荫景，下田田兮被谷。左蕙畹兮弥望，右芝原兮写目。山霞起而削成，水积明以经复。"又如前面描绘的首阳山、终南山绝美的山色风光等，无不传达出赋家的愉悦情怀。

　　第二，对疆域风物的赞美。这更能体现赋家对自然地理和人文地理的情感投入。在他们笔下，呈现出的是一个个琳琅满目的富饶世界。写自然物产如《蜀都赋》云："尔乃其人，自造奇锦，纨缣缇緅，緜缘卢中，发文扬采，转代无穷。其布则细都弱折，绵茧成衼，阿丽纤靡，避晏与阴。蜘蛛作丝，不可见风，箭中黄润，一端数金。"此处写蜀锦，言其文采光鲜，细软轻柔，作衣成被，不仅漂亮纤丽，可避阴阳，而且如蛛丝般轻巧，黄金般珍贵，描写细腻，颇具地方特点。再如其状成都风貌："雕镂釦器，百伎千工。东西鳞集，南北并凑。驰逐相逢，周流往来。方辕齐毂，隐轸幽輖。埃敦尘拂，万端异类。……万物更凑，四时迭代，彼不折货，我罔之械。财用饶赡，蓄积备具。"此言城市繁荣，各类工匠齐聚，人流往来，车马奔驰，商贾云集，货物充足，充分显示了蜀都的繁盛。

　　第三，对雄伟山岳的崇拜。大山既是人类赖以生存的重要场所，又由于其险峻、挺拔、秀美多姿的风貌，受到人类的敬仰。人们赋予山以神的品格并通过祭祀它来祈求福佑，消除灾祸。像华山，《周礼·职方氏》就云："华，谓之西岳，祭视三公者，以其能兴云雨，产万物，通精气，有益于人则祀之。"而刘向《请雨华山赋》便是企望通过祭拜华山山神，来消除旱情，达到普降甘霖的目的。班固《终南山赋》则以艺术的手法表达出了对山中神仙优游自在生活的向往，并有"扫神坛以告诚，荐珍馨以祈仙。嗟兹介福，永终亿年"的愿望，而这种认为山中有神的观念，无疑是山岳信仰发展的高级形态。这类赋作体现了汉代人山岳崇拜、敬畏神灵的潜在心理。

　　第四，对人文风俗的描写。如《蜀都赋》在描述了蜀都"郁乎青葱，沃野千里"的地理形势后，即以充满情感的笔触对当地人文风俗大加铺陈。其中言蜀地的菜肴美食，极为传神，堪称目前所存最早的有关"川菜"谱系的资料。还有"尔乃其俗，迎春送冬，百金之家，千金之公，乾池泄澳，观鱼于江"的赏鱼习俗。这些无不流露出赋家对乡梓人文的眷怀与讴歌。而《温泉赋》则描绘了北方古老的春季"拔禊"习俗遗风,说四时"六气淫错,有疾疠兮",而"温泉汩焉,以流秽兮",而且还能"蠲除苛慝,服中正兮。熙哉帝载,保性命兮"。这与《通典·礼典》所载"后汉三月上巳,官民皆洁于东流水上,曰洗涤祓除,去宿垢疢,为大洁"①相符。

第五,对中心帝都的讴歌。帝王中心论是中国古代的传统观念,与此相应,帝都中心论也就成为古代京都赋或宫殿赋的重要文化承载。② 班固在《白虎通》中也强调:"王者京师必择土中。"可西汉都城长安,在全国版图上并不处于中心地位,杜笃在《甘泉宫赋》中则求助于星象,寻找都城和北斗星在方位上的对应关系,为帝都中心论蒙上神圣的天象外衣。其实,从交通路线交汇情况也能说明这一观念。因为交通路线的兴修、繁忙与否,取决于政治、经济、军事的需要。作为全国政治、经济、军事中心的都城,其交通路线一定是以它为圆点向四方辐射的,也就是说,四方路线指向的密集点一定是都城。赋作中蕴含的这种政治地理观念,已成为历代赋家的共识和挥之不去的京都情结。

四、独特文学特征的表现

征实求真乃地理赋的第一个文学表征。《古文苑》地理赋中展现的自然世界,是一个真实的所在,如前所述,赋中呈现的部分交通路线及沿线的景观地名,无不具有当世性与真实性。考赋家写作,征实同史志,而重空间意识以成宏大体物与叙事结构,则似方志。③ 以开启了都市赋先声的扬雄《蜀都赋》为例,赋由历史渊源到地理形势,从财富物产到人物风俗,真可谓是"其山川城邑,则稽之地图;其鸟兽草木,则验之方志。风谣歌舞,各附其俗;魁梧长者,莫非其旧"④。在他笔下天府之国的富饶,蜀中山水的出众,蜀地人物的灵异,描绘中虽偶有夸饰之处,但材料集中,其地方特色多为实指,赋中出现的地名,均能一一考证出来。其他赋作中无论是奔腾而下的黄河,澹澶安流的汉沔,雄伟神化的首阳山,高峻极天的终南山,还是广博豪奢的菀园,这类"模山范水"之作表现出来的对空间的把握,都已具有恢宏的规模和气势,体现了赋家对辽阔、冥远空间的探寻意识以及吞吐宇宙的宏放

---

① （唐）杜佑:《通典》卷五十五《礼十五·祓禊》,中华书局1984年版,第318页。
② 李炳海:《帝都中心论的文化承载——古代京都赋意蕴管窥》,《齐鲁学刊》2000年第2期。
③ 许结:《论赋的地理情怀与方志价值》,《济南大学学报》2005年第5期。
④ （晋）左思:《三都赋序》,（清）严可均辑:《全晋文》卷七十四,商务印书馆1999年版,第776页。

气魄,因而使地理赋具有"大美""雄浑"的风格。

有学者说汉赋作者又往往表现出对时间一维的忽略,在平面的描述过程中,自然物象与人工景观都是一种共时态的迭加式的呈现。① 其实不然,赋家在赋中大量援用历史典故,就很巧妙地将时空两个维度联结了起来。以《遂初赋》为代表的述行类赋作最为明显,在由河内去五原的途中,作者"经历故晋之域",详述故晋之地的有关史事,以兴感叹,寄寓情怀,可以这样说,《遂初赋》开启了后世文章大量引用历史典故的先河。刘勰《文心雕龙·事类》亦云:"观夫屈宋属篇,号依诗人,虽引古事,而莫取旧辞。唯贾谊《鹏鸟赋》始用鹖冠之说,相如《上林》,撮引李斯之书,此万分之一会也。及扬雄《百官箴》,颇酌于《诗》《书》,刘歆《遂初赋》,历叙于纪传,渐渐综采矣。"②赋中历史典故的大量引用,不仅增强了赋篇的历史感,而且有助于在历史和现实的交错对比中深化对问题的认识,也强化了赋家情感表现的力度。③ 地理赋重征实求真,体现了其空间意识,而重史实典故,则体现了其时间意识,时空方面的完整,构成了地理赋第二个最明显的文学特征。

很显然,身处美好自然山水中的赋家并不缺乏情感,虽然在两汉时代,赋家等同倡优的身份,使赋的宫廷化倾向相当严重,因而赋家的情感在很大程度上具有单向性。"他们只能在历史上看到元首和国家","润色鸿业"的目的,使赞颂成为了他们情感的主要向度。像《函谷关赋》用"于以廓襟度于神圣,法易简于乾坤"结尾,就吹捧大汉人主具有包涵天下与乾坤同量的气度。即使在魏晋时期,地理赋的主调仍以颂上为主。应场对在"有汉中叶兮,金堤隤而瓠子倾"的险情中,汉武帝能"兴万乘而亲务兮,董群后而来营"的行为进行高度赞扬。谢朓置身园林得到的感受也与汉代的枚乘一样:对收纳他们的园林主人苑囿的豪华与精美,及其中的优游生活流露出欣赏与赞美。

然而,赋家的心灵又是敏感的,他们的情感、思想、意志,往往融化到对大自然的观照中。实际情形恰如清代批评家刘熙载所言:"赋与谱录不同,谱录惟取志物,而无情可言,无采可发,则如数他家之实,无关己事。以赋体视,赋必有关著自己痛痒处。"④徐复观论中国艺术精神时也指出:"人的精神,固然要凭山水的精神而得到超越。但中国文化的特性,在超越时,亦非

---

① 刘昆庸:《汉赋山林描写的文化心理》,《文学评论》1996 年第 5 期。
② (南朝梁)刘勰:《文心雕龙·事类》,范文澜注:《文心雕龙注》,人民文学出版社 1958 年版,第 615 页。
③ 张宜迁:《〈遂初赋〉与两汉之际赋学流变》,《阜阳师范学院学报》2000 年第 2 期。
④ (清)刘熙载撰,薛正兴点校:《刘熙载文集》,江苏古籍出版社 2001 年版,第 132—133 页。

一往而复迫,在超越的同时,即是当下的安顿,当下安顿于自然山水之中。不过并非任何山水,皆可安顿住人生;必山水的自身,现示有一可供安顿的形相,此种形相,对人是有情的,于是人即以自己之情应之,而使山水与人生,成为两情相洽的境界;则超越后的人生,乃超越了世俗,却在自然中开辟出了一个更大更广的有情世界。"①前面所言的赞颂情感,只是山水安顿住了他们作为御用文人的形相,一旦人的形相得以实现,那些自然中的山山水水便与赋家的心灵一道灵动飞扬起来。

刘歆《遂初赋》在对行程的记述中,有对衰周命运的思考,有对晋国历史的反思,有言其淡泊独处之情,有言其积极用世之志,有对"贤人失志"的认同与探考,总之,那是一个斑斓的情感世界。而这些情感的触媒,一为沿途的历史遗迹,一为个人的特殊遭际,作者触史迹而兴叹,感际遇而抒怀,使全赋产生了一种厚重深沉的美。何沛雄先生评此赋为"情美词宣"可谓得其精神。② 还有些赋家,在描述所经之地的景观时,不牵涉与之相关的历史典故而是直接与现实联系起来,突显"当下的安顿"对情感的催化与膨胀。像王粲在《浮淮赋》中,以大量笔墨描绘了从涡浦南下及浮游淮水的军旅景象,真是旌帆赫赫,军威浩荡。曹魏虽遭赤壁之败,但此次南征,阵列井然有序,阵容威武雄壮,士气高涨如云。目睹此情此景,作者发出了"运兹威以赫怒,清海隅之蒂芥。济元勋于一举,垂休绩于来裔"的宏愿。在这里,景象呈现的雄壮特征与赋家建功立业的宏伟志愿相应相和,并彩云托月般地引发了赋家情感的喷发,一种雄壮激越、奋发向上的共鸣感与之俱生。

由上我们又可看出,地理赋的第三个显著特征,乃是情由景生。

在一维的空间或完整的二维时空中,赋家描绘了大量的自然与人文景观,展示了"当下的安顿",并流连其中,他们往往会将眼前的景观与厚重的历史,或者与当时的感悟融合为一,"在自然中开辟出了一个更大更广的有情世界"。这一个世界,表现的不仅仅是通合地理方志的功能,而是上升至文学审美的高度,因而具有独特的文学价值。

第三节　深载寄托的物类赋

本节所说的物类赋之"物",是一个广义的概念,它不仅指动物、植物及其他没有生命力的具体物体,也指人所处的环境场景,如山川、天象等。就

---

① 徐复观:《中国艺术精神》,春风文艺出版社 1987 年版,第 277 页。
② 何沛雄:《汉魏六朝赋家论略》,台湾学生书局 1985 年版,第 4 页。

《古文苑》而言,广义的物类赋包括物色赋、鸟兽赋、草木赋和器用赋四类。①
《汉书·艺文志·诗赋略》中收录无主名的 233 篇杂赋中物类之属有
67 篇:

　　　　杂山陵水泡云气雨旱赋十六篇
　　　　杂禽兽六畜昆虫赋十八篇
　　　　杂器械草木赋三十三篇②

虽然,汉赋今十不存一,物类赋更是存者甚少,但由此可推想两汉实际存在
过的咏物赋于汉代赋坛曾经雄踞一方,或不近诬。物类赋至魏晋六朝,更是
成为赋中重要的一类,不仅题材内容更加丰富多彩,而且写作技巧也更趋娴
熟精妙。因此,深究《古文苑》收录的 17 篇物类赋的产生源起、叙写模式、
美学意象及历史演变,是很有必要且颇有意义的。

一、产生由来与叙写模式

　　中国赋体文学若根据思想内容与艺术倾向,大致可分为体物与抒情两
大主要方式,体物格局一般又可分为大赋式与小赋式两类。物类小赋的创
作因由,主要有作者自造与见命两种。就《古文苑》所录物类小赋而言,作
者自造型如蔡邕的《胡栗赋》。其序曰:

　　　　人有折蔡氏祠前栗者,故作斯赋。③

　　此种是赋家或因物而感,或睹物伤怀,于所见之物产生创作的冲动。这
是一种自发自由的创作状态,不管其文辞是质也好,丽也好,但其所发之感,
所抒之情大抵是真实性情的流露。《古文苑》物类赋中属此类的还有贾谊
的《旱云赋》、刘安的《屏风赋》以及庾信的《枯树赋》。它们的体物之言往
往与赋家的人生处境息息相关,一般都直指文人生命内在的深切情感。还
有不少观物、览物之作,如王延寿《王孙赋》、曹大家《针镂赋》,在抒发审美
愉悦的同时,又兼负自诫的道德色彩。
　　就见命型来说,有的见命对象为个人,如中山王《文木赋》,其序曰:

---

① 因为名山赋与水赋亦可归属于地理赋,与物类赋发生交叉,故在此节不再赘述。
② (汉)班固撰,颜师古注:《汉书》卷三十《艺文志·诗赋略》,中华书局 1962 年版,第 1753 页。
③ (汉)蔡邕:《胡栗赋》,(宋)无名氏辑:《古文苑》卷二十一,《四部丛刊》本,上海书店出版
　　社 2018 年版。

鲁恭王得文木一枚,伐以为器,意甚玩之。中山王为赋,恭王大悦,顾盼而笑,赐骏马二匹。①

此序虽未明言中山王为赋是受鲁恭王之命,但从其献赋的结果观之,还是将其归属见命一类较为合适。有的见命对象为多人,这便导致作者与赋题间的关系可区隔为分题各作与同题共作两类。《古文苑》收录的来源于《西京杂记》的梁孝王诸文士赋,皆属于分题各作,其当时情形,枚乘在《忘忧馆柳赋序》中记载得相当清楚:

梁孝王游于忘忧之馆,集诸游士,各使为赋。枚乘《柳赋》、路乔如《鹤赋》、公孙诡《文鹿赋》、邹阳《酒赋》、公孙乘《月赋》、羊胜《屏风赋》,韩安国作《几赋》不成,邹阳代作,邹阳、安国罚酒三升,赐枚乘、路乔如绢,人五匹。②

至于同一物题数人共赋,在东汉初年也已出现,③而这种现象真正热闹起来,则在建安邺下。《古文苑》所录的曹植《大暑赋》、刘桢《大暑赋》、曹丕《浮淮赋》、王粲《浮淮赋》以及王粲《柳赋》就是其产物。在《古文苑》中,章樵于王粲《柳赋》前收录有魏文帝《柳赋序》,其文为:

昔建安五年,上与袁绍战于官渡时,余始植斯柳,自彼迄今,十有五载矣。感物伤怀,乃作斯赋,盖命粲同作。

而王粲在《柳赋》中亦点明了作赋之由:

昔我君之定武,致天届而徂征。元子从而抚军,植佳木于兹庭。……人情感于旧物,心惆怅以增虑。④

① (汉)中山王:《文木赋》,(宋)无名氏辑:《古文苑》卷三,《四部丛刊》本,上海书店出版社2018年版。
② (汉)枚乘:《忘忧馆柳赋》,(宋)无名氏辑:《古文苑》卷三,《四部丛刊》本,上海书店出版社2018年版。
③ 如王充《论衡》卷二十(佚文)记载:"永平中,神雀群集,孝明诏上《神爵赋》,百官颂上,文皆出瓦石,唯班固、贾逵、傅毅、杨终、侯讽五颂金玉,孝明览焉。"可知,东汉初年已经存在同题共赋的现象。
④ (汉)王粲:《柳赋》,(宋)无名氏辑:《古文苑》卷七,《四部丛刊》本,上海书店出版社2018年版。

　　汉初的分题各作与建安邺下产生的大批同题共作的作品,已很难用"人人向往"的文学自觉或"于我心有戚戚焉"的超常感知来解释。只能说,这种以竞技为手段,以合乎"君心"获得最高赏赐为目的并在外力迫使下的操翰,已有将写作当成游戏之嫌。在这类见命咏物赋中,真我性情的参与程度已大打折扣。源于作者内在强烈驱策的自发创作行为,变成了一种歌童舞女奏技的表演,他们或追求一己权位利禄或屈服于某套意识形态,强说了些违背真性情之言。其中虽也不乏高明之作,但物性与人情很难统一。

　　一般而言,物类赋是把再现客观外物作为自己的基本功能,但是对于外物的再现又离不开人。物类赋出自人的创作,所咏之物往往要借助于人的情感过渡加以表现。同时,古代文人又通过所咏之物来观照自身,从多个层面上沟通物我。① 因而,物类赋两种不同的产生由来所反映出的创作主体两种不同的精神状态,也导致了物类赋两种不同的叙写模式。

　　(一) 咏物寄意、物我互衬的模式

　　"应命受诏",为取悦君王,带有"嫚戏"特点的物类赋多采用此种模式。出自西汉梁园文人枚乘、路乔如、公孙乘和羊胜之手的《忘忧馆柳赋》《鹤赋》《月赋》及《屏风赋》,开始都是对所咏颂的对象加以描写,或写柳、鹤、月的形貌、动态,或写屏风的功用、饰画,然后,以此为契机,无一例外地都转向对梁孝王的颂扬。诸如"君王渊穆其度,御群英而玩之"(《忘忧馆柳赋》)、"文林辩囿,小臣不佞"(《月赋》)、"藩后宜之,寿考无疆"(《屏风赋》)之类。在整个作品中,咏物部分所占比例较大,但重心却都是以颂扬为点睛之语。其中最有典型意义的是路乔如的《鹤赋》:

　　　　白鸟朱冠,鼓翼池干。举修距而跃跃,奋皓翅之䎘。宛修颈而顾步,啄沙碛而相欢。岂忘赤霄之上,忽池籞而盘桓。饮清流而不举,食稻粱而未安。故知野禽野性,未脱笼樊。赖吾王之广爱,虽禽鸟兮抱恩。方腾骧而鸣舞,凭朱槛而为欢。②

赋中先写鹤的形色,次写鹤的舞动之态,再写鹤的心情,最后归结到君王的广博之爱,"赖吾王之广爱,虽禽鸟兮抱恩"。表面是写白鹤在梁园得其所养,生活得非常舒适愉快,实际是颂扬梁王接纳文士,给以优厚的待遇,使众

---

① 李炳海:《黄钟大吕之音——古代辞赋的文本阐释》,吉林人民出版社 2001 年版,第94—95页。
② (汉)路乔如:《鹤赋》,(宋)无名氏辑:《古文苑》卷三,《四部丛刊》本,上海书店出版社2018年版。

多辞客"方腾骧而鸣舞,凭朱槛而为欢",可以高步阔视,充分发挥出自己的创作才能。白鹤是梁园文人的化身,梁孝王既是白鹤的主人,又是文士辞客的主人,作者对梁王充满感恩戴德之情,不过是假借白鹤之口表达出来。①

总之,这组物类赋的一个共同特点就是所咏对象从写作目的转为手段,表面是咏物,实际所表现的是梁园文人的生存状态和心理活动。这种物我互衬的双重语意,传达的意向只有一个,就是为梁王歌功颂德。枚乘、路乔如得到赏赐,即已证明意向传达得相当成功。

(二) 物人双写、物我融通的模式

最早采取物人双写的是刘安的《屏风赋》。章樵注曰:"因木有自然奇怪之形,连合为屏风,譬世有遗弃之材,遭时见用。"章注似乎赋予该赋以贤士遇合的普遍意义。实际上,此赋描写的是汉文帝六年(前184)至十六年(前161)间刘安本人际遇的起伏。

刘安乃"高祖少子"淮南厉王刘长之子,是汉家近亲宗室,所以自比幽谷中"根深枝茂"的乔木。刘长因为丞相张仓等举劾,"废勿王",流徙"蜀郡严道邛崍,遗其子母从居",②刘长道卒,是时子四人,皆七八岁。故赋中曰:"孤生陋弱,畏金强族。移根易土,委伏沟渎。飘飘殆危,靡安措足。"面对此等"悲愁酸毒"的遭际,刘安后悔生于帝王之家,宁为一介布衣,所谓"思在蓬蒿,然常无缘"。刘安兄弟得复宗籍封为侯,乃袁盎之力。据《史记》卷一百零一《袁盎传》:"盎曰:'淮南王有三子,唯在陛下耳。'于是,文帝立其三子皆为王。"③而当时"盎兄哙任盎为中郎"④,故"中郎"并非如章樵注所言的"淮南之臣",而是指的袁盎。所以赋中说"中郎缮理,收拾捐朴","赖蒙成济,其恩弘笃","不逢仁人,永为枯木"。分封同姓为侯王,用以藩卫帝室,犹屏风之于坐席者。刘安先受阜陵侯之封,继进爵为王,与其兄弟"复得厉王时地,三分之",⑤所谓"刻雕削斲",是说自己若捐朴遭遇徵禄后,大匠治为屏风,"庇荫尊屋,列在左右,近君头足",取譬非常自然贴近。

由此,我们可以想象当时的刘安站在一尊新造成的屏风面前,百感交集,以屏风历经三易之变的坎坷,追忆细数自己的心境历程:对奸臣谗枉的畏惧,孤生陋弱的自怜,放逐飘摇时的凄苦,生于帝家的懊悔,祈求平凡而不

① 李炳海:《黄钟大吕之音——古代辞赋的文本阐释》,吉林人民出版社2001年版,第116页。
② [日]泷川资言:《史记会注考证》卷一百一十八《淮南衡山列传》,文学古籍刊行社1955年版,第1234—1236页。
③ (汉)司马迁:《史记》卷一百零一《袁盎传》,中华书局1982年版,第2739页。
④ (汉)司马迁:《史记》卷一百零一《袁盎传》,中华书局1982年版,第2737页。
⑤ (汉)司马迁:《史记》卷一百零一《淮南衡山列传》,中华书局1982年版,第3079页。

得的悲酸,突遭徵禄时如在梦境的惘然,以及对袁盎波澜澎湃的感激。此时,物即是我,我即是物,物我已达到了融通合一的境界。

二、由物象到意象,以"木"示例

自然、人文之物繁复多样。赋之铺陈、征实特征,促使赋家将诸多自然与人文物类纳入笔端,成为其描摹书写、体物言志的对象。"由于其中蕴涵了时代的文化背景和审美情趣,尤其是渗透了赋家的生命体验,使得一些生活中常见的物象寄寓了深刻的人文精神,从摹写物象到超越物象,进而使得物象超越了本身的层面而上升到意象的层面。"①汉魏六朝赋中的意象缤纷多彩,如都城意象、宫观意象、河海意象、鸟意象、蝉意象、扇意象、马意象等,不胜枚举。就《古文苑》选赋而言,此类赋文中的"木"意象最有代表性。

(一)《山海经》《诗经》中的"木"意象原型

树木以其葱绿之颜、俊逸之姿、用途之广而较早进入人们的视野,成为文学作品中最常见的吟咏对象。木最早出现在中国的上古神话中,如《山海经》中载有大量的树木。这些树木主要分为两大类:一类是神木,如扶桑(扶木)、若木、建木等;一类是平常之木,如精卫填海中的柘木、夸父逐日中的邓林、王母之山的白木等。它们大体反映了先民们"万物有灵"的观念,把木和神、英雄沟通互化,将木物象与生命联系起来,开启了木之原型意象的"有灵化"。

其后,《诗经》中也出现了种类繁多的木物象。据统计,《诗经》中直接涉及树木的篇章有70篇左右。有的是从上古神话发展而来的神木,如依附社神的社树;有的是具有生活、生产实用价值的普通之木,如《豳风·七月》中的条桑、《召南·甘棠》中的甘棠;有的是作为比兴托寓的情感附着物,如《卫风·氓》中的沃若之桑等。可见,《诗经》中的木承载了一定的文化内涵,反映了周代的农业、生产、宗教祭祀、爱情生活等方面的状况。不过,"这些诗的作者所持的生命理念比较朴素,还没有自觉地提升到生命哲学的层面,到了百家争鸣的战国时期,这类作品的哲学思辨色彩明显加强,所体现的生命意识也更加自觉"②。

(二)《庄子》中的"散木"意象

在战国诸子散文中,木意象较丰富的当属《庄子》。书中既有"文木",

---

① 侯立兵:《汉魏六朝赋多维研究》,人民出版社2007年版,第330页。
② 李炳海:《生命一体化和生命能量转换理念的艺术显现——先秦两汉文学中的伐树折枝事象》,《社会科学》辑刊2004年第5期。

亦有"散木","散木"是庄子刻画的重点。"散木"见诸《逍遥游》中的大瓠、
樗,《人间世》中的栎社树、商丘之木,《山木》中的山木等。它们的共同点是
"大而无用",是不材之木。从横向来看,庄子将无用之"散木"与有用之"文
木"进行对比。文木,大多因为有用而被摧折,甚至失去生命。诸如:楂梨
橘柚果蓏之属,他们"实熟则剥,剥则辱。大枝折,小枝泄。此以其能苦其
生者也。故不终其天年而中道夭,自掊击于世俗者也"①。而散木因"其大
而无用"的特点,故得以保生全命。从纵向来说,《庄子》中的"散木"意象经
历了从瓠、樗到栎社树、商丘之木再到山木的多次形变,但内蕴不断深化。
这种纵横的对比和深化寄托了庄子"无用之用"的生命哲学。

（三）《古文苑》中的"文木""枯木"意象

在《古文苑》收录的五篇草木类咏物赋中,蕴含着"木"的两种审美意
象:一是精致人文之"文木",二是自然凋伤之"枯木"。

1."文木"意象

汉代,赋中也出现了一些以"木"意象为描写对象的作品。不过作家描
写的重点不再是"散木"而是转向了"文木"。最早有文木记载的是《山海
经・大荒西经》,言王母之山有"白木",袁珂先生注释说:

> 郭璞云:"树色正白,今南方有文木,亦黑木也。"郝懿行云:"文木
> 即今乌木也。刘逵注《吴都赋》云:'文木材密致,无理,色黑如水牛角,
> 日南有之。'"②

由袁注可知,文木有黑白两色。在自然状态下,其外表并非如其名,是花纹
美丽的树木,习见的应是其貌不扬的黑色乌木。而文木正式作为赋文学创
作的一个母题始于西汉时期中山王刘胜的《文木赋》③。文曰:

> 丽木离披,生彼高崖。拂天河而布叶,横日路而擢枝。幼雏羸毂,
> 单雄寡雌。纷纭翔集,嘈嗷鸣啼。载重雪而梢劲风,将等岁于二仪。

赋首先描绘的是自然状态下的文木——"丽木"。它处于高雅孤洁、超尘脱
俗的自然绝境,蓊郁苍劲、生机益然。但赋文重点刻画的是木工巧匠加工后

---

① （战国）庄子:《庄子・人间世》,（清）郭庆藩撰,王孝渔点校:《庄子集释》上,中华书局
2012年版,第177页。
② 袁珂:《山海经校注》,巴蜀书社1996年版,第456页。
③ 刘朝谦:《赋文本的艺术研究》,中国社会科学出版社2004年版,第141页。

木头图案化的美的外观形式：

> 　　或如龙盘虎踞，复似鸾集凤翔。青绸紫绶，环璧圭璋。重山累嶂，连波叠浪。奔电屯云，薄雾浓氛。麏宗骥旅，鸡族雉群。蜀绣鸳锦，莲藻芰文。色比金而有裕，质参玉而无分。

至此，文木璀璨般的美丽才得以全景式的展现。从表面看，《文木赋》中的人工文木是赋家描写的主角，但实际上，此主角的生命精神是由自然状态下的文木来出任。其乌黑的外表下装容着太多的诗性绚烂：高崖的傲立、丽水的灵秀、天河的舒展、日路的瑰丽、异鸟的斑斓。它于神丽的地老天荒之中，集阴阳精气氤氲变化于一身。正如刘朝谦所言："此诗性显现出来，就是'自然文木'之'文'，自然文木所具有的'文'是树的，也是其生长环境的，是世界之诗性。"①

　　然而，自然文木深藏的诗性却为一般的"巧匠"所不识，他们从坚固耐用的经济实用角度将其捐弃不用。因为对他们而言，"文木"之"文"作为"木"的审美诗意形式，恰恰直观地宣告了这木头的无用性质。文木是否真的无用呢？并不是，它不但木质华美，而且能为乐器、为屏风、为杖几、为枕案、为盘盂，使用价值非常广泛。可是，如此美用双兼的文木，却为最有技术权威的"巧匠"不识！文木与和氏璧前两次遭遇又有何不同！不过，文木的幸运之处，在于被"王子见知"，正如楚共王对卞和冤情能深刻洞察，才使得蕴于石璞中的玉璧破壳而出，大放异彩一样。"王子"对于文木的"见知"，亦使文木能脱却树衣，"见其文章"，为巧匠所加工制作，最终成为人人赞赏的审美与实用兼具的器具。在"王子"看来：美之为美正在于无所用，唯其无用，所以才成就其艺术上之大用。令人意想不到的是，"王子"不但赏其美，而且享其用。由赏其美到享其用，"王子"对文木的认识逐步加深，喜爱与器重也愈来愈浓，而文木的价值也得到了最大限度的扩张与体现，所谓物尽其材，乃是用物的最高境界。

　　中山王借写精致的人文"文木"，吐露的是渴望被知遇的诉求。他渴望有如"王子"似的知音，能识得天下有才之人，并能尽其才而用之。

　　在《文木赋》之后，汉赋中又出现了一系列的与"文木"意象相关的赋作。这些赋作可以看作是"文木"意象的变形与深化。如邹阳的《几赋》、羊胜的《屏风赋》、刘安的《屏风赋》、班固的《竹扇赋》、王褒的《洞箫赋》、马融

---

　　①　刘朝谦：《赋文本的艺术研究》，中国社会科学出版社 2004 年版，第 143 页。

的《琴赋》《长笛赋》、蔡邕的《雅琴赋》等。

"文木"在邹阳《几赋》中由"高树"变形为"几":

> 高树凌云,蟠纡烦冤,旁生附枝。王尔公输之徒,荷斧斤,援葛藟,攀乔枝。上不测之绝顶,伐之以归。眇者督直,聋者磨砻。齐贡金斧,楚入名工,乃成斯几。……君王凭之,圣德日跻。①

在王褒的《洞箫赋》中由"箫干"演化成"洞箫":

> 原夫箫干之所生兮,于江南之丘墟。洞条畅而罕节兮,标敷纷以扶疏。……诚可悲乎其不安也!弥望傥莽,……托身躯于后土兮,经万载而不迁。吸至精之滋熙兮,禀苍色之润坚。……翔风萧萧而径其末兮,回江流川而溉其山。……幸得谧为洞箫兮,蒙圣主之渥恩。可谓惠而不费兮,因天性之自然。于是般匠施巧,夔妃准法。带以象牙,掍其会合。②

在马融《长笛赋》中由"奇竹"变形为"笛":

> 惟钟笼之奇生兮,于终南之阴崖。托九成之孤岑兮,临万初之石磎。特箭稟而茎立兮,独聆风于极危。……于是乃使鲁般、宋翟,构云梯,抗浮柱。磋纤根……匍匐伐取。挑截本末,规摹蒦矩。夔、襄比律,子墅协吕。……程表朱里,定名曰笛,以观贤士。③

在刘安《屏风赋》中由"乔木"变形为"屏风":

> 惟兹屏风,出自幽谷。根深枝茂,号为乔木。……中郎缮理,收拾捐朴。大匠攻之,刻雕削斫。表虽剥裂,心实贞悫。等化器类,庇荫尊屋。列在左右,近君头足。……不逢仁人,永为枯木。④

这些赋作中的"文木"意象实际上包含了两种状态:一是未被发现之

---

① 费振刚等:《全汉赋校注》,广东教育出版社2005年版,第43页。
② 费振刚等:《全汉赋校注》,广东教育出版社2005年版,第149页。
③ 费振刚等:《全汉赋校注》,广东教育出版社2005年版,第598页。
④ 费振刚等:《全汉赋校注》,广东教育出版社2005年版,第53页。

前,生存在自然诗性环境中的天然生命形态:如"高树""萧干""奇竹"与"乔木"。其共同特点是保持着一种诗性的存在状态。它们近似等同于庄子赞赏的作为一种天然生命形态"散木"。二是在被王子、名工巧匠发现之后,制成了一批器具:用器、乐器、杖几、枕案、盘盂、屏风等。它们失去天然的、盎然的生命气息,代之以人为的、雕琢的为人所用的器物,或者说变成了"文木"。人工"文木"是赋家描写与赞赏的重点,是赋中的主角。也就是说,尽管赋家描写了文木在自然状态下的生命形态,但是其描写的重点还是在文木如何变成有用的器具,如何实现它们的价值。这种价值实现的机制建立在"知遇"的基础上。这些赋作有一个相同的叙事模式,前半部分细致描写景物,后半部分写"文木"的被"知遇","知遇者"通常是君王或得势者。"文木"因其得遇,而成为一个精美的意象。

可见,"木"意象从先秦"散木"到汉代"文木"的变化,从"树木"到"器具"的变化,从深层次上来说反映了汉代文人心态的演变。大而观之,"散木"与"文木"其实象征了在儒道思想影响下,古代文人两种生命范式的折射。"散木"意象包含了以庄子为代表的道家对个体生命的关注,反对对人的自然本性的异化,注重养生保命,提倡无为无用。"文木"意象则包含了大汉文人对生存价值实现的要求,他们以"修身、齐家、治国、平天下"为人生目标,追求"立功、立德、立言"。他们一方面歌颂君王,一方面直接宣扬物的功用,体现了儒家的伦理道德准则。然而,知音难觅,知遇难求,更多的人才是被囿于识见,但又被名为"巧匠"的人胡乱地弃置、糟蹋。董仲舒的《士不遇赋》、司马迁的《悲士不遇赋》、陶渊明的《感士不遇赋》就是这类"文木"不为"王子见知"的沉痛自伤的见证。

2."枯木"意象

树木由最初的一粒嫩芽,渐成参天大树,再转至萧瑟凋萎的枯木,历尽荣枯沧桑。它们可能会遭到人为的攀折,像蔡邕在《胡栗赋》所说的"遇祸贼之灾人",也可能为自然风雨雷电侵蚀,如庾信《枯树赋》所言的"或苔埋菌压,鸟剥虫穿,或低垂于霜露,或撼顿于风烟",而更多的是成为工匠大肆砍伐的对象,以致"纷披草树,散乱烟霞"。总之,令人感慨万千,有人"嗟夭折以摧伤"(蔡邕《胡栗赋》),有人"感于旧物,心惆怅以增虑"(王粲《柳赋》),而对冷落凄清、生意萧索的枯木慨叹最沉痛和隽永,对枯木的意象刻画得最摄人心魄的,还是庾信的《枯树赋》。

赋首先借东晋名士殷仲文对枯槐的慨叹起兴,"此树婆娑,生意尽矣"一语,浸透着兴废丧乱、物是人非的悲凉意味。接着,以"桂何事而销亡,桐何为而半死"的惋惜和疑问,将往昔绿影婆娑、备极尊宠,今日形容槁枯、委顿凋零的枯桂死桐,直逼视野。时空的交错、荣枯的对比,让人感慨唏嘘不已。其后,作者又示以巨幅的群木枯萎图,它们萎靡于人类的刀砍斧削之下,"雕镌始就,剞劂仍加,平鳞铲甲,落角摧牙,重重碎锦,片片真花"。虽然有了碎锦真花的面目,却是以生机不复有,生命永凋零为代价。"森梢百顷,槎枿千年",即使如此,自然界的树木都无法逃脱必然朽落的命运,而那些存留于历史书影的树的印痕,也无法长存,早已被掩埋、被尘封于岁月的角落。至此,赋家将激烈却又无比压抑的感受,化作一副意象诡怪可怖的枯木图:

> 若乃山河阻绝,飘零离别,拔本垂泪,伤根沥血,火入空心,膏流断节。横洞口而欹卧,顿山腰而半折。文斜者百围冰碎,理正者千寻瓦裂。载瘿衔瘤,藏穿抱穴,木魅晀睒,山精妖孽。

此前,赋虽描写了众多树木不可避免的枯萎,但同时也展示了它们枯萎前的美好生活图景:它们或生存于"建始"之高殿、睢阳之"明园",具有高贵的出身,"声含嶰谷,曲抱《云门》",具有深厚的修为;或为"松子""古度""平仲""君迁",是南方优良品种,因地而宜而根深枝茂。它们是大地的精华、生机的象征。然而这些大树,在"拔本""伤根",强行迁移、斫削后,空心、断节、欹卧、半折、合体俱碎、中心直裂,倍受摧残而无复生意、毫无用处。触目所及,是血泪纵横,火煴膏流,残毁碎裂,妖孽舞蹈的一长串动人心魄的景象。它们挣扎着走向死亡之路,因为枯死就意味着毁灭,是自身生命的彻底完结。

"树犹如此,人何以堪。"赋家咏树,落脚点正在于咏人。写树的荣枯命运,恰在于揭示人的悲剧命运。"庾信等被迫由南入北的知识分子,分明就是门阀士族的'文化群树'。他们早期生活不但以门第出身自诩,追求崇高的文化价值,并且坚信这种追求会带给他们无穷好运与幸福人生。可是,一旦国破家亡,北朝统治者出于政治需要而奉行'借才南国'的文化政策,庾信等便被迫由南入北,屈仕北朝,从此开始了'半枯''半生'的后半生痛苦人生历程。"[①]

显然,庾信在赋中列举群树由繁盛而枯萎的经历,一是意在"既伤摇落,弥嗟变衰",揭示人生的荣辱兴衰,暗示人无常盛之理。二是真实写照其本人国破身辱、生活流离的经历和五内俱焚、悲伤绝望状况。赋以其萧瑟

① 赵逵夫、汤斌主编:《历代赋评注》,巴蜀书社2010年版,第492—493页。

凋伤的"枯木"意象,隽永深长的哲理意蕴,千百年来长久地扣动着人们"伤逝"的敏感心弦。

综上,"木"意象在先秦汉魏六朝的反复出现和变化体现了古代文人在自然界中,在树的生命形态中看到了人自身的生存状态。人的生命和树的生命一样都只有一次。但是人们应该怎样面对和把握有限的生命呢?身处乱世的庄子看到了生命的脆弱,他更愿意人们以"散木"为榜样,保命全身为首要大事,抛却功名,弃绝才智,求得生命的逍遥自在。身处汉代大一统时代中的文人们充满了时代的蓬勃朝气与进取精神,他们不愿意做一个"无所可用"的树木,他们更愿意被知遇者赏识启用,甘愿改造自己为世所用,即便有可能失去生命的自然本性。而身处南北分裂、命如草芥的悲情乱世,庾信既无法做"散木",亦无法为"文木"。他只能以血泪之音,哀恸被"拔本""伤根"后的人生"枯木"和文化"枯木"。

三、与时俱变的多重基调

《古文苑》收录的十七篇物类赋,因分属西汉、东汉、三国、南朝四个不同的时段,因而在句法形式、思想内容与美学风尚上,呈现出与时俱变的多重色调。

文本的形式核心是句法。西汉物类小赋的句法形式以四言为主,如刘安和羊胜的两篇《屏风赋》,就是纯以四言状物,情理较绵密地附着于物象与物性之中,颇似隐语,就句式句法而言,应直承荀况《礼》《智》等赋。① 除纯四言外,枚乘、路乔如、公孙乘及中山王等赋家所写的几篇咏赋小赋,四言之中杂有六言,而公孙乘《月赋》则以骚体句式穿插其间,使得叠用四言而造成的板滞节奏有了抑扬、缓急的变化。至于贾谊的《旱云赋》,则应为特例,全赋采用骚体,前十八句用并列单调而少变化的句型形象地传达出大旱给民生带来的灾难,后八句乃用长调痛诉苍天与当道的不仁,最后用节奏急促的四言骚体,使作者内心郁积的忧愤得以倾泄。可以说,此赋的语言节律与情感节律和谐一致。这些情况至少说明,赋体文学的形式在西汉初年正不断地在丰富与发展。

时至东汉,骚体物类赋则成为主流。带"兮"的骚体和虽不带"兮"字而用骚体六言句式(如曹大家《针缕赋》、蔡邕《胡栗赋》)或七言句(如班固《竹扇赋》)的赋,以及四言为主杂六言的赋大量涌现。咏物赋中骚体占多,与骚体文学在东汉的复归关系密切,也与继承四言咏物赋有关,因而是两者

---

① 万光治:《汉赋通论》,中国社会科学出版社 2004 年版,第 61 页。

变异的合力的产物。① 东汉骚体物类赋由西汉四言的集中状物加寄意,转为咏物与抒情相结合,并加重了物性当中与人的感受契合方面的描绘,这更加丰富并增强了赋的表现力。

魏晋以降,东汉物类赋句式的骚体化与表现方式的抒情化则衍变成赋的诗化倾向。因为建安时期纯粹体物的题材领域,几乎全为赋所独占,诗则罕见涉足②,且同题共作之赋的写法与诗非常相似。

至南朝梁,赋的骈偶化已相当普遍。以《枯树赋》为例,大体都是以四六句式为主的对偶句,且对偶精工,如"开花建始之殿,落实睢阳之园","开"与"落"是动词相对,"花"与"实"、"建始之殿"与"睢阳之园"为名物对。再如"临风亭而唳鹤,对月峡而吟猿","临""对"二字看似轻描淡写,却将两地的地势与两异的心情烘托了出来,使人身临其境,可见字句雕炼也很精巧。

在意识形态上,汉初以道家的黄老无为思想治国,自汉武帝"罢黜百家,独尊儒术"以来,至东汉儒家思想可谓根深蒂固。但体现在咏物上,却出现两种意识形态在赋中消长离合不一致的势头。

西汉物类赋多从人为的角度对物进行铺陈,对道家思想基本排斥,而多赞美人为的力量和功能。③ 如梁孝王诸文士及刘安、刘胜等赋,其鹤虽还存"野禽野性",但已"忘赤霄之上"的自由自在生活,终日盘桓于"池篁"且"未脱笼樊",而满足于人为的豢养,对束缚其自由飞翔的主人心存"抱恩"。其屏风和文木,则从幽谷乔木遇与不遇的两种情形落笔,指出"不逢仁人,永为枯木",幸得"中郎缮理""王子见知""大匠攻之"才"列在左右,近君头足","猗欤君子,其乐只且",流露出对幸遇的羡慕,对人为的赞同。而这都与道家倡导的无为格格不入,道家以自然自由的性状看待生命,看待生存,能无待地成功地生存下来以尽天年,就是一种存在的幸福。而西汉咏物赋中重葩累绣的屏风、雕文刻镂的筍簴、璀璨彪炳的文木,高扬的是人力创造的人文之美,在赋家眼里"亦是天下之大式"。

而东汉物类赋多从物与天地自然相合的角度来写,对道家思想有所接纳。④ 如曹大家的《针镂赋》,一枚小小的针镂,"镕秋金之刚精,形微妙而直端。性通达而渐进,博庶物而一贯"。《老子》四十三章有:"天下之至柔,驰骋天下之至坚,无有入无间。"这里,虽是以至刚的针镂,驰骋万物之至

---

① 韩高年:《诗赋文体源流新探》,巴蜀书社2004年版,第233页。
② 程章灿:《魏晋南北朝赋史》,江苏古籍出版社1992年版,第80页。
③ 孙晶:《汉代辞赋研究》,齐鲁书社2007年版,第205页。
④ 孙晶:《汉代辞赋研究》,齐鲁书社2007年版,第207页。

柔，一反对道"性柔"的赞美，但针镂秉容"金秋刚精"之气，同样体现了"道无所不在"①。刚柔的置换，恰恰说明赋家对道家思想的体悟已达到比较深入的程度，并被吸入到赋的描写之中了。还有蔡邕的《笔赋》，赋中将人为的毛笔赋予很多的含义，它既体现了天地自然的正常序位，又体现了一年四季的新故代谢，既体现了天地之色，又体现了人间方圆规矩。一支普通的毛笔，似乎蕴含了天地之极则。

魏晋南北朝时期的赋家，在历经文学自觉的观念更新和生命意识觉醒的哲学深思后，则更关注他们心灵的感受。其所咏之物，大多取材于大自然，采用的是情感的和审美的视角。庾信笔下的枯树，是浸润着其血泪之痛的怪诡意象，王粲、刘桢所绘的溽暑与柳，虽为同题共作，但溽暑日中的焦虑与烦躁，节运流转，时不我与的感喟，却是人之常情的抒发。

从美学视野俯瞰《古文苑》中的物类赋，可发现：汉初歌咏白鹤之高贵闲适，王延寿却为"王孙"之丑陋狡狎；汉初以象征精致人文成就的"文木"为题，庾信却以自然凋伤的"枯木"入赋；汉初贾谊描写筍簴以追求巨丽，而曹大家咏颂针镂则凸显细小。由此可见，西汉赋家爱描写高贵、富庶、巨丽的事物，东汉以降，赋家则喜表现愚鲁、残缺、细微的对象，呈现出完全相异的审美风尚。

---

① （清）郭庆藩撰，王孝渔点校：《庄子集释》中，中华书局2012年版，第745页。

第六章　选情诠读:《古文苑》辞赋情感指向

"文学史就其最深刻的意义来说,是一种心理学,研究人的灵魂,是灵魂的历史。"①辞赋,作为中国古代一种主要的文学样式,亦如此言。虽然,辞赋以其"苞括宇宙,总揽人物"②的巨丽风格、宏大体式和磅礴气象,被谓为指向外在客观世界的"铺采摛文,体物写志"③的典范。但是,辞赋又是赋家发抒文学才情,舒展自我意志,在艰难的政治苦旅与深邃的理性沉思中获得心灵释放和生命张扬的内在主观精神世界的标识。《古文苑》中的众多咏物和抒情小赋,透射出来的大多就是赋家丰富的人生经历与独特的心灵体验,这些经历与体验又为我们呈现出一个五彩斑斓的情感世界。

第一节　不遇的诉说与贫穷的感喟

不遇情结与贫穷感伤,实乃作为士大夫的赋家所遭遇的生存困境写照。胡学常认为:"赋家所遭遇的生存困境,以及面对此生存困境而生发的生存性焦虑,像两汉的其他士人一样,乃是由一统的专制政治直接造成的。"④他们在这类辞赋中抒写情志,发泄忧愤,表达士子之挫折感与批判力。

一、不遇的内蕴与发舒

对于四民之首"士"的发展进程,程世和在其《汉初士风与汉初文学》一书中,曾精辟概括为:从西周到春秋战国再到两汉,中国士人在总体上经历了一次从有职有位到失职失位再到复职复位的完整进程。⑤《汉书·艺文志》曰:"春秋之后,贤人失志之赋作,大儒孙卿及楚臣屈原,离谗忧国,皆作

---

①　[丹麦]勃兰兑斯:《十九世纪文学主流·流亡文学》第一分册,张道真译,转引自程章灿:《魏晋南北朝赋史》,江苏古籍出版社1992年版,第59页。

②　(晋)葛洪撰,周天游校注:《西京杂记》卷二,三秦出版社2006年版,第93页。

③　(南朝梁)刘勰:《文心雕龙·诠赋》,范文澜注:《文心雕龙注》,人民文学出版社1958年版,第134页。

④　胡学常:《文学话语与权力话语——汉赋与两汉政治》,浙江人民出版社2000年版,第97页。

⑤　程世和:《汉初士风与汉初文学》,中国社会科学出版社2004年版,第6页。

赋以讽。"从这个意义上来说,荀况及屈原开始了"士不遇"这一抒情主题的先声。① 荀况《赋》篇有"螭龙为蝘蜓,鸱枭为凤凰"之语,《成相》篇有"嗟我何人,独不遇时,当乱世"之叹。屈原赋作,反复抒写不容于"举世"的孤独、愤激,不得实现理想的怨艾与悲伤,更是古代抒情诗歌中写"不遇"主题的代表性篇章。其后,宋玉《九辩》则借萧瑟的秋景将战国末期"贫士失职而志不平"的情绪再一次充分地展现了出来。

应该说,在一统天下、万象更新的大汉国度里,重获职位的两汉士人当能倾其才智,大有作为。可是,他们万万没有料到,"官不过侍郎,位不过执戟"的工具性身份所带来的"为官拓落"之感,以及在所谓"圣帝流德,诸侯宾服,天下和平"的社会环境里,那种话语权被剥夺,独立人格被摧伤、被扭曲的政治压力感,却给他们的主体精神带来了严重的创伤。这对于充满入世激情又怀抱济世理想的士人而言,真是一个莫大的讽刺。由此,以"士不遇"为主题的众多辞赋便是汉代士子精神遭受严重创伤后,试图抚平伤口的一首首悲歌。

他们的不遇,一是"不遇良时",二是"不遇明君"。在现实层面上,他们有职有位,但远非想象的理想形态。"在茫渺无际的仕进途中,许多士人拥挤在通向有限官僚职位的狭窄小道上,加之皇亲国戚、守旧老臣占据着本该空留出来的位置上……(再加之)单一化、非原则化的察举录用方式大大地限制了他们的仕进机会。"②所以"失志不遇"既是时代问题,也是个人问题;既可以说是政局问题,也可以说是处境问题。换而言之,以"士不遇"为主题的赋书写,既是个别士子面对当前政局所产生的不得志的个人性感受,也是所有士子在专权体制下所面临的专权压力的群体性感受。

(一) 宣泄"生不遇时"的愤激

"时",不单是指构成个人生命长短单位的"时间、年龄";还指个人所处的特定时代,即"时世";甚至还指某个时间段冥冥存在的、极其神秘的、很难预见的存在,即"命数"。忧时、悲世、愍命,是"不遇"的内蕴之一。

汉代"不遇时"主题赋首发于汉初,涌现于盛汉武帝朝,而波及至东汉末期。如果说汉初贾谊《吊屈原赋》"逢时不祥"的悲叹是借屈原影写自己黄钟遭弃之痛苦;严忌《哀时命》亦是慨叹屈原"夫何予生之不遘时"之空怀壮志而不得伸的困境;那么,武帝朝董仲舒的《士不遇赋》、司马迁的《悲士不遇赋》则是直接以"不遇"为题表露自我生非其时的情怀。

① 何新文:《文士不遇与文学中的士不遇主题》,《湖北大学学报》1988年第4期。
② 刘向斌:《西汉赋生命主题论稿》,中国社会科学出版社2012年版,第118页。

作为一代儒宗的董仲舒,生当"汉兴六十余载,海内艾安,府库充实,而四夷未宾,制度多阙,上方欲用文武,求之如弗及"①的汉武帝时期,虽不一定非要"或以宣上德而尽忠孝",但应该还是存有生当治世的欣幸之心。然而,在《士不遇赋》中董仲舒却感叹时运不好,没有生于君明贤臣、野无遗贤的三代之世:

> 生不丁三代之盛隆兮,而丁三季之末俗。末俗以辩诈而期通兮,贞士以耿介而自束,虽日三省于吾身兮,繇怀进退之惟谷。彼实繁之有徒兮,指其白而为黑。目信娿而言眇兮,口信辩而言讷。鬼神之不能正人事之变戾兮,圣贤亦不能开愚夫之违惑。出门则不可与偕往兮,藏器又蚩其不容。退洗心而内讼兮,固未知其所从也。②

具有"王佐之材"和"为群儒首"的地位,董仲舒本不应感叹生不遇时。故章樵评曰:"尊显富贵,何谓不遇耶?"③对此舒怀深为不解。实际上,从史书所载董仲舒种种遭遇可以看出:他虽才高于世,却曾遭公孙弘嫉妒,主父偃谗陷,甚至引起汉武帝的怀疑。《汉书》载"对既毕,天子以仲舒为江都相,事易王……中废为中大夫……下仲舒吏,当死,诏赦之……相胶西王","凡相两国,辄事骄王"④。可见,董仲舒同样也是不遇明主,所事非人,不获重用,备受打击,处于"努力触藩,徒摧角矣"的进退两难、如履薄冰的境地。"时之有限,生之艰危本已令人心力交瘁,而皇权的压力,同僚与竞争对象的谗嫉,更加重了这一心灵忧惧"⑤。这种不遇时的感受,并非单个士人的心灵体验,而是一代士人的共同心声。故司马迁痛心疾首地直呼:"悲乎!士生之不辰!"⑥

其后,东方朔在《答客难》中以"彼一时也,此一时也""时异事异"来解释战国策士的幸遇和汉代士人的不遇;两汉之交的扬雄,在《解嘲》中则是以古今时世的比照宽慰自己,表明一代士人"所处非时"的心迹。与董仲舒

---

① (汉)班固撰,颜师古注:《汉书》卷五十八《公孙弘卜式儿宽传》,中华书局1962年版,第2633页。

② (汉)董仲舒:《士不遇赋》,(清)严可均辑:《全汉文》卷二十三,商务印书馆1999年版,第228页。

③ (宋)无名氏辑:《古文苑》卷三,《四部丛刊》本,上海书店出版社2018年版。

④ (汉)班固撰,颜师古注:《汉书》卷五十六《董仲舒传》,中华书局1962年版,第2523、2525页。

⑤ 刘向斌:《西汉赋生命主题论稿》,中国社会科学出版社2012年版,第124页。

⑥ (汉)司马迁:《悲士不遇赋》,(清)严可均辑:《全汉文》卷二十七,商务印书馆1999年版,第266页。

相似,扬雄也向往不拘一格录人材的三代之世,向往那种"夫上世之士,或解缚而相,或释褐而傅;或倚夷门而笑,或横江潭而渔;或七十说而不遇,或立谈间而封侯;或枉千乘于陋巷,或拥彗彗而先驱"的充满无限机遇的社会环境与政治格局。为何?因为那是一个重士、尊士、信士的时代,"士颇得信其舌而奋其笔,窒隙蹈瑕而无所拙也"。反观当今,士人虽"遭明盛之世,处不讳之朝",却仕途蹇滞,"位不过侍郎,擢才给事黄门"。而且,与战国士人精神相对自由不同,汉代士人"欲谈者宛舌而固声,欲行者拟足而投迹"①,话语、行处自由明显地受到了朝廷的干预。显然,扬雄在《解嘲》中是以"明言大道,暗刺现实"的隐晦笔法,为人们展示了外戚、幸臣势焰炽盛,附者如蚁的汉哀帝时期,正直有才者反遭冷遇的愤激之情。这种无奈与愤激情绪一直延续至东汉末期,赵壹在《刺世疾邪赋》中,干脆发出了远逝现世、另辟他域的呐喊,宣称"宁饥寒于尧舜之荒岁兮,不饱暖于当今之丰年"。

可见,汉代"士不遇"赋中的忧时、悲世之叹,从汉初借屈子抒块垒,到盛汉直接地宣泄,再到汉末宣告与今世背离,内涵已发生了很大的变化。

汉代士人关于人生不遇的思索和慨叹,还经历了由叹时到叹命的变化。在这个问题的阐释上,李炳海先生有非常精彩的论述,兹引如下,以广识见:

> 西汉昌盛时期,文人多以生逢其时,还是生不逢时来解说人生的遇与不遇,命运的荣辱兴衰,重视客观形势,历史机遇的作用。……董仲舒、司马迁、东方朔等人对于自己的生不逢时固然深为惋惜,但是,他们还没有把自身的不遇完全归结为命。西汉末年的扬雄就和上述诸人有所不同……他在评述屈原遭际时又说,"遇不遇命也"(《汉书·扬雄传》),把士人的遇与不遇归结为命,命被视为不可捉摸,无法把握的因素,扬雄以无可奈何的态度接受它的安排。王充《论衡·命禄篇》转述扬雄的说法,并且表示赞同,还援引从孔子、贾谊到司马迁的许多论述加以印证,王充对这个问题的看法和扬雄一脉相承,论述得更加充分。张衡在《应间》中也把士人的遇与不遇说成是命中注定:"天爵高悬,得之在命。或不速而自怀,或羡旃而不臻。求之无益,故智者面而不思。"(《后汉书·张衡列传》)在张衡看来,士人的遇与不遇,都是命有定数,无法改变,没有规律可循,全看运气如何。赵壹《刺世疾邪赋》所附《鲁生歌》依然用命数来解说自身的不遇……认为人各有命,不可强

---

① (汉)扬雄:《解嘲》,(清)严可均辑:《全汉文》卷五十三,商务印书馆1999年版,第537页。

求,人不能与命抗争。①

　　以上所引,较为详细地梳理了自西汉末以来,汉赋家对"遇不遇命也"这一话题理解与延续的演进过程。实际上,"命"这个字眼,在先秦儒家经典中就已出现,如"子罕言利与命与仁"(《论语·子罕》),论其神秘莫测的特性;"死生有命,富贵在天"(《论语·颜渊》),则将其与人生所经历的生死、富贵相连;"吾之不遇鲁侯,天也。臧氏之子焉能使予不遇哉"(《孟子·梁惠王章句下》),更将君臣遇合,归于天命而非人力。西汉赋家对"命"的理解,并未超越这一范围。即使是思想家王充,对于"时""遇"与"命"的关联也不出其右:"操行有常贤,仕宦无常遇。贤不贤,才也;遇不遇,时也。才高行洁,不可保以必尊贵;能薄操浊,不可保以必卑贱。或高才洁行,不遇,退在下流;薄能浊操,遇,在众上。世各自有以取士,士亦各自得以进。进在遇,退在不遇。处尊居显,未必贤,遇也;位卑在下,未必愚,不遇也。"②因此,李炳海先生总结道:"从西汉后期到东汉末年,命定论泛滥,不但谶纬神学大肆宣扬它,就连王充、王符这样进步的思想家,赵壹这样的狂士,也对命持认可态度,既然如此,士人的遇与不遇也只能归结为命了。"③

　　(二) 曲言"不遇明君"的幽怨

　　"不遇"的另一内蕴为君臣不遇合。生于大一统专制时代,赋家不敢明言"不遇明君",但透过"不遇良时"的帷帐,他们强烈地感到明君难求,闇君多有,况且士人的"遇"与"不遇",完全出乎偶然,毫无定理所循,这更增添了士人心曲的幽怨之情。不过,汉赋中君臣遇合的书写是经历了由汉初的"遇"至武帝朝及以后的"不遇"这样一个变化的过程的。

　　前文已述,《古文苑》所录来源于《西京杂记》的梁孝王诸游士赋,均是在忘忧馆所作。这些作品的共同主题即是歌颂君臣遇合。试举几例,以作说明:

　　　　君王渊穆其度,御群英而玩之。小臣瞽聩,与此陈词,于嗟乐兮。……隽乂英旄,列襟联袍。(枚乘《忘忧馆柳赋》)
　　　　赖吾王之广爱,虽禽鸟兮抱恩。方腾骧而鸣舞,凭朱槛而为欢。(路乔如《鹤赋》)

①　李炳海:《汉代文学遇与不遇主题的嬗革》,《中文自学指导》1998年第6期。
②　(汉)王充撰,黄晖校释:《论衡校释》,中华书局1990年版,第1页。
③　李炳海:《汉代文学遇与不遇主题的嬗革》,《中文自学指导》1998年第6期。

月出皦兮，君子之光。……君有礼乐，我有衣裳。(公孙乘《月赋》)

以上句子表现的是梁园游士的自得和幸遇心态。承先秦余绪，汉初游士之风尚存，游士即诸侯王及富贵者门下的宾客。梁孝王好学自修，因其所好，梁园萃集了枚乘、路乔如、公孙乘等好文之客。忘忧馆，亦成为辞赋创作的活动中心及名誉流布之所。在这里，他们受到梁孝王高规格的礼遇，常在一起宴饮作乐，文林博辩，其乐融融，君臣相得，不见什么失意和感伤。除梁孝王诸游士赋外，在题旨和表现手法上可与之互相印证的还有中山王的《文木赋》及刘安的《屏风赋》。两赋分别以"丽木"及"乔木"变为屏风，由"高崖"及"幽谷"迁至"尊屋"，暗示人生命运的巨大变化，即由寂寂无闻变为"近君头足"。这种遭遇明主的欣喜与庆幸，刘安以"何恩施遇，分好沾渥。不逢仁人，永为枯木"一语道之甚明。

随着汉代专制体制的加强，这种君臣遇合的时机转瞬即逝。因为"专制政治及抱专制政治思想的人，在其本质上，和知识与人格是不能相容的。……在专制政治之下，不可能允许知识分子有独立的人格，不可能允许知识分子有自由的学术活动，不可能让学术作自由的发展"[①]。同为梁园宾客的严忌敏锐地感受到了这一来自天子之廷的压力。他在《哀时命》中说："哀时命之不及古人兮，夫何予生之遘时……志憾恨而不逞兮，杼中情而属诗……身既不容于浊世兮，不知进退之宜当。"汉文帝时的贾山对这一压力形容更甚。他在《至言》中称："雷霆之所击，无不摧折者；万钧之所压，无不糜灭者。今人主之威，非特雷霆也，势重非特万钧也。"这与战国时期，士对于人君的觉感，可以说是天壤悬隔。

两汉士人在这一点上，"如说有所不同，则西汉知识分子的压力感，多来自专制政治的自身，是全面性的感受。而东汉知识分子，则多来自专制政治自身中最黑暗的某些现象，有如外戚、宦官之类"[②]。

政治显之于文学，常内化为作家的心灵感受。西汉赋家或抒发进退维谷、彷徨迷失之伤感(董仲舒《士不遇赋》)；或抒写屈而不伸、有能而难陈之幽愤(司马迁《悲士不遇赋》)；或代屈原抒发生不逢时的悲伤和自绝于"浊世"的用意(东方朔《七谏》)。无疑，这些意绪，是在大一统的一人专制政治的束缚下，知识分子对时代压力产生根源的个体化解读与表达。实际上，它们可指归于一点，即明君难遇，君臣相得难求。

---

① 徐复观：《两汉思想史》(一)，九州出版社 2014 年版，第 171—172 页。
② 徐复观：《两汉思想史》(一)，九州出版社 2014 年版，第 206 页。

个中原因,"一方面是(君王)出于由一人专制自然而然所产生的猜嫌心理……另一方面是……狂妄心理"①。在这两种心理的支配下,君王"不可能允许知识分子有独立的人格",只是将其广为收罗,巧为利用,而终之以打压乃至屠戮。而大一统的家天下,更使君王的狂妄独尊心理引为极致。仲长统曾在《昌言·理乱》中痛愤的叙述道:"普天之下,赖我(按:指大一统专制之皇帝)而得生育,由我而得富贵……天下晏然,皆归心于我矣。豪杰之心既绝,士民之志已定;贵重有常家,尊在一人。当此之时,虽下愚之材居之,犹能使恩同天地,威侔鬼神。……彼后嗣之愚主,……君臣宣淫,上下同恶。"②在君臣悬绝的权力结构下,迎合、顺承君主者"则在青云之上""擅无穷之福利"③,正直耿介的士人则遭疏离、排摈而志意不得。

与西汉赋家面对专制压力书写全面性感受不同的是,东汉赋家笔锋所指,常为君侧之人(按:指来自专制下的外戚、宦官、佞臣等品格卑下的人)或君王本人。

刘歆因《左氏春秋》立于学官的问题,为朝廷守旧大臣诋毁,被贬到边郡为官。在《遂初赋》中,他借天象的描述"惟太阶之岁阔兮,机衡为之难运",隐晦地指出了当时朝纲崩弛、执政者无能的现状。在上任途中,行经之地诸多历史人物的遭际引起了他情感的共鸣。其中如"何叔子之好直兮,为群邪之所恶""彼屈原之贞专兮,卒放沉于湘渊。何方直之难容兮,柳下黜而三辱",等等。"好直""贞专""方直"的叔向、屈原、柳下惠,却为人所恶、所逼、所辱,为何?因群邪诋毁、迫害所致。这与刘歆本人的经历是何其的相似!于是,刘歆发出"霪美不必为偶兮,时有差而不相及。虽韫宝而求贾兮,嗟千载其焉合"的失望之叹。因为在对历史人物的梳理中他发现明君、贤臣双美相遇相合是千载难逢的。他摘引其父刘向"使贤者为之,与不贤者议之……所以千载不合也"④之语,目的乃是将不遇的原因归于君王侧旁的"不肖者"。因此,刘歆觉得"宠幸浮寄,奇无常兮"。⑤ 在其"不遇良时"的长长喟叹背后,直揭无贤明之君的真相。当然,将人君不明之责,推之佞臣所为,为汉赋一贯写法,亦是一种不得不为之的护生之术。这点,是我们必须明了的。

---

① 徐复观:《两汉思想史》(一),九州出版社 2014 年版,第 206 页。
② (南朝宋)范晔:《后汉书》卷四十九《仲长统列传》,中华书局 1965 年版,第 1647 页。
③ (南朝宋)范晔:《后汉书》卷四十九《仲长统列传》,中华书局 1965 年版,第 1649 页。
④ (汉)刘向撰,卢元骏注译:《新序今注今译·杂事》第二,商务印书馆 1977 年版,第 40 页。
⑤ (汉)刘歆:《遂初赋》,(宋)无名氏辑:《古文苑》卷五,《四部丛刊》本,上海书店出版社 2018 年版。

赵壹生当东汉王纲解纽之时,在其《刺世疾邪赋》中他满腔愤恨,大胆指责了邪恶败坏的世态:

> 于兹迄今,情伪万方。佞谄日炽,刚克消亡。舐痔结驷,正色徒行。妪媮名执,抚拍豪强。偃蹇反俗,立致咎殃。捷慑逐物,日富月昌。浑然同惑,孰温孰凉。邪夫显进,直士幽藏。

尤为可贵的是,他将造成乱世的原因归咎于汉灵帝的昏庸无能:"原斯瘼之攸兴,实执政之匪贤。女谒掩其视听兮,近习秉其威权。"因此,他在赋中表达了与此乱世誓不两立的坚定立场,"宁饥寒于尧舜之荒岁兮,不饱暖于当今之丰年"。这是在专制压力下,士人追求人格独立的呐喊,较之武帝朝士悲不遇的慨叹显得更加激烈与明显。

"一切知识分子所担当的文化思想,都可以说是他们所生存的时代的反映。"[1]可见,汉代一首首"士不遇"的悲歌,发抒的是士人在失去了横向选择之自由后的群体的失所之悲与穷途之恸,发抒的是士人主观理想与客观形势冲突所导致的主体意志遭受压抑的幽郁孤寂。[2]面对国家暴力的威逼,主体精神颇受打击的士人若想保持一己的现实生存,其人生态度只有两种选择:一是放弃儒家操守,与现实环境妥协,以作朝廷的政治点缀;二是以委任自然、玄默自守的道家哲学来慰藉受挫的心灵,保持真我。大多数士人都选择了后者,并在辞赋文本上逐步定型为一种修辞性格套。董仲舒《士不遇赋》云:"孰若返身于素业兮,莫随世而轮转。……遵幽昧于默足兮,岂舒采而蕲显。苟肝胆之可同兮,奚须发之足辨也。"扬雄在《太玄赋》中也说:"我异于此,执太玄兮。荡然肆志,不拘挛兮。"而这种由"入世"受挫到貌似"出世"的转型,并不能完全消弭他们在精神和物质上的双重痛苦。精神上他们悚惧于岁月的流逝,"时来曷迟?去之速矣。屈意从人,非吾徒矣!正身俟时,将就木矣"。纵有雄心壮志、高才异能,却也只能默归自守,老死荒丘。晋代左思的《白发赋》虽因白发而感于年老无成,实际上也是写"士不遇"之悲、之惜、之叹,可以说是补写"不遇"而嗟生的余音。这种对自身价值的认同与不遇良时、明君的感叹再与生命有限的悲慨纠结在一起,更令人觉得沉痛而惋惜。而"不遇"更直接的后果,则是导致他们失去衣食保障的生存根基,陷入于贫穷困厄的境地。

---

① 徐复观:《两汉思想史》(一),九州出版社2014年版,第251页。
② 林小云:《两汉"士不遇"赋情感的表现及特征》,《福建师范大学学报》2006年第2期。

二、贫穷的展示与坚守

贫,金文大篆写作"🔆",小篆写作"🔅"。《说文·贝部》曰"贫,财分少也",则贫之本义是指物质资料(财物)的匮乏。如《诗经·邶风·北门》"终窭且贫,莫知我艰",孔颖达疏"无财谓之贫";《论语·学而》"贫而无谄,富而无骄",黄侃义疏"乏财曰贫";《庄子·让王》"无财谓之贫"等,均是从本义作解。

而将贫与士联系起来,最具代表性的莫如刘向《说苑·杂言》所载荣启期语:"夫贫者,士之常也;死者,民之终也。处常待终,当何忧乎?"①前半句意指贫困,是无恒产、无定职、无官守的士的日常生活常态。

西周至春秋的士,最早是贵族阶级最底层的一部分。《孟子·万章》称:"君一位、卿一位、大夫一位、上士一位、中士一位、下士一位,凡六等。……下士与庶人在官者同禄,禄足以代其耕也。②"《国语·晋语》:"公食贡,大夫食邑,士食田,庶人食力。③"可见,士也拥有一定的"食田"与隶仆。而且,士类中的"下士",也可以与庶人中在官的人同禄。这个同等的俸禄足以抵得上庶民耕种的数量。也就是说,在当时,"士"的生活是可以得到基本保证的。然而,随着血缘宗法制度的被破坏,社会结构发生了剧烈变动。最直接的变化就是贵族阶层下降为平民阶层,或者衰落到士等级,或者庶民阶层上升为士等级。一降一升的阶层变动,促成了士阶层的产生。考诸士阶层崛起于社会的历史,可知士人区别于世袭贵族,通常缺乏政治、经济身份的天然凭恃,又往来浮游,求学求仕,不可能像工商一样生财利,甚至也难以像农民一样耕作于田亩,以获得衣食之资。④ 因此,作为孤单个体存在着的"无恒产"的士,在取得官职俸禄之前,他们时常与贫穷联系在一起,困顿和窘迫已然成为他们生活的常态。非但与荣启期大体生活时代相当的孔子如此,还有大量的士人亦如此。有学者列举了春秋战国时期诸多贫士案例,兹引之如下,以证"夫贫者,士之常也"一语之不虚:

> 孔门弟子颜回的远祖邾武公为鲁附庸,改称颜氏以后,十四世皆任鲁为卿大夫,他本人却在春秋晚期成了"一箪食,一瓢饮,在陋巷"的著名贫士;《世本》载曾晢是鄫国太子巫的子孙,到曾子时只能"衣敝衣以

---

① (汉)刘向撰,向宗鲁校注:《说苑校证》卷十七,中华书局1987年版,第429页。
② 杨伯峻:《孟子译注》,中华书局2010年版,第181、182页。
③ 徐元诰撰,王树民、沈长云点校:《国语集解》,中华书局2002年版,第350页。
④ 于迎春:《"清"与汉初士人的生活价值》,《中州学刊》2015年第9期。

耕";孔子本人虽出身于贵族,但不得不从事"儒"以维持生计;商、韩非皆公室之子,世禄制度除后,他们也以技艺奔波于诸侯之国以干禄。出身高贵者的处境如此,身世贫贱者的生活自不待言。《韩诗外传》载"原宪居鲁,环堵之室,茨以蒿莱,蓬户瓮牖,桷桑而无枢,上漏下湿",当他去迎接衣轻裘、乘肥马的子贡时,"正冠则缨绝,振襟则肘见,纳履则踵决";为文侯师事的卜子夏,家境贫寒,"衣若悬鹑";声名远扬的苏秦曾是"特穷巷掘穴,桑户棬枢之士","无洛阳负郭田二顷";和苏秦齐名的张仪"贫无行",人疑其盗璧;范雎"家贫无以自资";虞卿"蹑蹻担簦"游说赵孝成王;冯谖"贫乏不能自存";寄食在孟尝君门下;稷下先生淳于髡贫而为人赘婿;魏惠第一次接见名噪江湖的庄周时情不自禁地发问:"何先生之惫邪?"庄周曰:"贫也,非惫也。士有道德不能行,惫也;衣弊履穿,贫也,非惫也;此所谓非遭时也。"由于他不愿摧眉折腰事权贵,甚至连炊米都难以为继。①

以上描绘了春秋战国士人,尤其是儒学之士箪食瓢饮、白屋陋巷、敝衣破履的生活状态。那么,在汉代,当儒家思想逐步成为政治领域主流思想之际,以儒术为业的士人,其生活状态是否发生了改变呢?无疑,随着儒学地位的稳步上升,士人入仕之途亦随之铺开。明习经术,成为穷困之士改变人生困境的有效途径。然而,正如前所述,仕进的管道窄化,又加之其他因素,自然地,他们不可能被及时地、全部地吸纳进官僚系统之中。因此,汉代儒士之贫亦成为一个引人瞩目的现象。

如郦食其"好读书,家贫落魄,无以为衣食业,为里监门吏"②;公孙弘"少时为薛狱吏,有罪,免。家贫,牧豕海上。年四十余,乃学《春秋》杂说……弘年六十,征以贤良为博士"③;兒宽"贫无资用,常为弟子都养,及时间行佣赁,以给衣食"④;颜安乐"家贫,为学精力"⑤;施延"家贫母老,周流佣赁。避地于庐江临湖县种瓜,后复到吴郡海盐取卒,月直赁作半路亭下,以养其母"⑥;刘梁"梁宗室子孙,而少孤贫,卖书于市以自资"⑦……他们均

① 景红艳、蔡静波:《试析战国晚期士的禄利思想》,《晋阳学刊》2005年第1期。
② (汉)司马迁:《史记》卷九十七《郦生陆贾列传》,中华书局1982年版,第2691页。
③ (汉)司马迁:《史记》卷一百一十二《平津侯主父列传》,中华书局1982年版,第2949页。
④ (汉)司马迁:《史记》卷一百二十一《儒林列传》,中华书局1982年版,第3125页。
⑤ (汉)班固撰,颜师古注:《汉书》卷八十八《儒林列传》,中华书局1962年版,第3617页。
⑥ (唐)李昉等辑:《太平御览》卷八百二十九《资产部》九,中华书局1960年版,第3697页。
⑦ (南朝宋)范晔:《后汉书》卷八十下《儒林列传》,中华书局1965年版,第2635页。

是史书所载的、在未出仕前生活相当艰难的儒士。实际上,汉代还有很多为史书所不载的"无以为衣食业"的儒士。如公孙弘发达后,大养宾客,"故人所善宾客,仰衣食,弘奉禄皆以给之,家无所余"①,即可为证。而且,我们还可以在《韩诗外传》中,在盐铁会议上,在汉宣帝时显达于朝的霍氏家人眼中,见到众儒"贫羸,衣冠不完""迫于窟穴,拘于缊袍"②"多娄人子,远客饥寒"③的身形面影。

可见,汉帝国的强盛虽为士人创造了和平安定的生活环境,也提供了机遇,但并没有完全解决他们对生存问题的苦恼。而且,封建集权对人性的扭曲和享乐意识的增强,又从不同的两极深化了士人对这一问题的思考。因此,"贫"亦成为题中应有之义。汉代士人们开始对士这一阶层身处贫困之时如何自处、定位、生存、发展等进行了全面而深刻的思考。这种思考较突出地体现在扬雄的作品中。

《汉书》本传载"(扬雄)家产不过十金,乏无儋石之储④"。据《汉书·文帝纪》"百金,中民十家之产"的说法,扬雄也就是一个"中民"。再加之,扬雄官阶低,薪俸少,又不善理财治家,且一生"嗜酒",故班固说他"家素贫,……人希至其门⑤"。对此,史书给予这样的评价:"少耆欲,不汲汲于富贵,不戚戚于贫贱,不修廉隅以徼名当世……晏如也。"⑥不过,将文史对照读后,才知扬雄"晏如"的态度是对自我之"贫"进行了深切的认知与反省后得来的。

《逐贫赋》中扬雄对自己的生存状态进行了如实的展示:

> 扬子逅世,离俗独处。左邻崇山,右接旷野,邻垣乞儿,终贫且窭。……人皆文绣,余褐不完;人皆稻粱,我独藜飧。贫无宝玩,何以接欢?宗室之燕,为乐不盘。徒行负赍,出处易衣。身服百役,手足胼胝。或耘或耔,露体沾肌。朋友道绝,进宫凌迟。

三世官绌,一区宅贫,人罕至门,身披短褐,口食藜餐,劳役苦作,朋友相弃,宗族远离。这是扬子对儒士"不遇"之后生存状态的公开亮相。全景式

---

① (汉)司马迁:《史记》卷一百一十二《平津侯主父列传》,中华书局1982年版,第2951页。
② (汉)桓宽撰,王利器校注:《盐铁论校注》卷四,天津古籍出版社1983年版,第218页。
③ (汉)班固撰,颜师古注:《汉书》卷六十八《霍光金日磾传》,中华书局1962年版,第2954页。
④ (汉)班固撰,颜师古注:《汉书》卷八十七上《扬雄传》,中华书局1962年版,第3514页。
⑤ (汉)班固撰,颜师古注:《汉书》卷八十七下《扬雄传》,中华书局1962年版,第3585页。
⑥ (汉)班固撰,颜师古注:《汉书》卷八十七上《扬雄传》,中华书局1962年版,第3514页。

窘境展示的目的,是抒发士人对这一屡穷且贫生存困境的满腹牢骚和满心忧愤。而且,正如赋中构设的,无论怎样躲避,"贫"却总是步步紧跟、如影随形。这当是士人出仕前,或失志后,经历的漫长困顿岁月的真实写照。扬子对"贫"的诘难,就是忧愤不平心绪的喷发。负气之下,扬子断然下了逐客令。然而,"贫"的一番反诘,逐渐平复了他一腔的激愤。"贫"将今昔贫富世风作了对比,"昔我乃祖",身居茅舍,却一心为公,恪尽职守;"爰及季世",处瑶台琼室,酒池肉林,却追名逐利,奢侈浪费。这种仁者不富、富者不仁的社会共象与士人"甘愿贫苦不失志"的品格发生了强烈的共振。尤其是在"贫"历数自己的功德后,赋家更坚定了"贫贱不移"的独立不羁的情怀:

> "堪寒能暑,少而习焉。寒暑不忒,等寿神仙。桀跖不顾,贪类不干。人皆重蔽,子独露居。人皆怵惕,子独无虞。"……贫遂不去,与我游息。

可见,当富贵奢侈与追名逐利相生,贫穷困苦与正直清白相伴时,赋家还是毅然选择了后者。因为这正是赋家引以自慰和自觉追求的儒家操守。赋家通过展示"贫"——诘难"贫"(躲贫、逐贫)——坚守"贫",真实地再现了"贫"境中的士人由惆怅失志,到忧愤不平,再到安贫乐道的心理历程,从而完成了士人对自身的反省与自我价值的定位。

在对"士"阶层的考察中,发现唯知识与"道"是其凭借,除此外,别无任何社会势力的奥援。因此,"学"是其安身立命的途径,"道"是其理想人生的终极追求。在先秦儒学之士中,孔子认为富贵与贫贱等人生问题的取舍由"道"决定,"富与贵,是人之所欲也,不以其道得之,不处也;贫与贱,是人之所恶也,不以其道得之,不去也"[1]。孟子对现实人生作出了"穷则独善其身,达则兼善天下"的经典性表述,"故士穷不失义,达不离道。……古之人,得志,泽加于民;不得志,修身见于世。穷则独善其身,达则兼善天下"[2]。这些由孔孟揭橥的具有崇高超越性的道义原则,在汉代一度被奉守为士阶层的价值传统。

如贾谊认为"守道者谓之士"[3];陆贾称"贱而好德者尊,贫而有义者

---

[1]　(清)刘宝楠撰,高流水点校:《论语正义》,中华书局1990年版,第142页。
[2]　(清)焦循撰,沈文倬点校:《孟子正义下》,中华书局1987年版,第890—891页。
[3]　(汉)贾谊撰,卢文弨校:《新书》卷八《道术》,上海古籍出版社1989年版,第59页。

荣"①；《韩诗外传》主张"卑贱贫穷，非士之耻也。夫士之耻者，天下举忠而士不与焉；举信而士不与焉；举廉而士不与焉"②；《盐铁论·论儒》曰："君子执德秉义而行，故造次必于是，颠沛必于是。……'宁穷饥居于陋巷，要能变己而从俗化？'"③刘梁《七举》赞曰："在昔上人，耽述古学，处穷困不易其常，在盈溢不变其操。"④可见，扬雄在《逐贫赋》中表现的安贫乐道的儒家操守有着较为坚实的文化语境。换言之，汉代的"士"是一个充分觉知了生存意义的社会阶层，"他们追求理想拥有超越性的人生目标，必须要对饱食暖衣之上的一些价值原则有所遵循和持守，如此才能接近或者朝向'道义'。这是儒士们进德修业的努力方向。所以，当物质利益与精神原则发生冲突的时候，对后者的坚持——至少在理论上，——就成了他们的责任义务"⑤。这或许正是《逐贫赋》所昭示的以扬雄为代表的汉代士人主体精神的价值与意义所在。

　　众所周知，自从孔孟为士阶层厘定精神原则以来，"义"与"利"就被做出了鲜明的对比和取舍。重道轻利，已然成为儒士鲜明的标识。然而，事实上，物质与精神，富贵与道义的二元冲突，很容易造成儒士群体极为错杂的双重性格。一方面以坚毅之力坚持自己的修为，一方面却又对贫穷的状态忧愤难平。其重道轻利的迁执与高言华义的虚空，不免遭无能与伪善之讥。如盐铁会议上以御史大夫为代表的功利之士讽嘲道："拘儒布褐不完，糟糠不饱，非甘菽藿而卑广厦，亦不能得已。"⑥不仅如此，连士引以为傲的知识、才学，亦为人所轻贱："文籍虽满腹，不如一囊钱。"⑦这既与汉代出现的新的贫富观，如司马迁对"患贫""求富""奔富厚"等正常人性的肯定相关；也与功利之士更露骨地宣扬利禄尊荣价值观⑧的冲击相关。因此，当汉末社会纲纪沦丧、主荒政谬之时，士人处贫的心态即出现了很大的分野。第一，并不将"贫"作为净化世俗、升华德性的途径，而是将其归之于命运；第二，无法再忍受清"贫"而另谋出路。显之于文学，亦留下了相应的痕迹。

①　（汉）陆贾：《新语·本行》，《文渊阁四库全书》本，台湾商务印书馆1986年版。
②　（汉）韩婴撰，许维遹校释：《韩诗外传集释》，中华书局1980年版，第9页。
③　（汉）桓宽撰，王利器校：《盐铁论校注》卷十二，天津古籍出版社1983年版，第149页。
④　费振刚等：《全汉赋校注》，广东教育出版社2005年版，第657页。
⑤　于迎春：《"清"与汉初士人的生活价值》，《中州学刊》2015年第9期。
⑥　（汉）桓宽撰，王利器校：《盐铁论校注》，天津古籍出版社1983年版，第231页。
⑦　（汉）赵壹：《刺世疾邪赋》，费振刚等：《全汉赋校注》，广东教育出版社2005年版，第675页。
⑧　如"商人不愧耻辱，戎士不爱死力，士不在亲，事君不避其难，皆为利禄也。儒、墨内贪外矜，往来游说，栖栖然亦未为得也。故尊荣者，士之愿也，富贵者，士之期也"。（汉）桓宽撰，王利器校：《盐铁论校注》，天津古籍出版社1983年版，第228页。

其一，将"贫"归之于命运。如蔡邕《九惟文》中残录的第"八惟"中有一段士以贫为病的生活写照：

> 八惟困乏，忧心殷殷。天之生我，星宿值贫。六极之厄，独我斯勤。居处浮漂，无以自任。冬日栗栗，上下同云。无衣无褐，何以自温？六月徂暑，炎赫来臻。无絺无绤，何以蔽身？无饷不饱，永离欢欣。①

这也是一个物质财富极度匮乏的生存状态：居无定所，食不果腹，衣不蔽体。由恶劣的生存状态直接引发了极差的精神状态：形容槁枯，愁容满面，忧心忡忡。在这里，赋家全然失却了诘难现状的勇气和"安贫乐道"的执着，而是将"贫"的原因归之于神秘难测的天命——"星宿值贫"。这无疑映射着汉代士人在"达"遥望无期、"穷"甚是难挨的困境下，心力交瘁，压抑卑微、无力无奈的心灵图景。中国士人当命运塞落之时，往往以不同方式去求得心理平衡。赋家通过对眼下遭际的叙写，从而得出此生如此皆前所命定的结论。这种默默接受命运的消极处贫者（或命自天定论者）显然无法与之前所论的克制、净化人类自然本性，而作坚定的自我修持，做道义的捍卫者、体现者相提并论。

其二，不安于"贫"而反抗。除了摹写"困乏"之境外，蔡邕还在《述行赋》中有意识地将贵族与平民生活作了鲜明的对比："皇家赫而天居兮，万方徂而并集。……穷变巧于台榭兮，民露处而寝湿。消嘉谷于禽兽兮，下糠秕而无粒。"这从一个侧面揭示了"民"贫穷困苦之因由——贵族阶层贪婪竞进，以权柄夺取物质资源的必然结果。其中，更隐含着包括贫士在内的民众的痛苦、悲愤和怨怒。这些汉末贫士的灵魂可以说是有史以来最真实的人格面相，他们苦苦挣扎于社会现实与理想人格之间，不能改变必须接受的现实，忍受着来自人间的种种压迫，尤其是尖锐的物质压迫。他们必须思考寻找生存下去的出路。遗憾的是，我们无法在赋中看到寻找出路的清晰的士之面影。不过，幸运的是，在赵壹的《刺世疾邪赋》却听到了士人与黑暗社会誓不两立的呼喊："宁饥寒于尧舜之荒岁兮，不饱暖于当今之丰年！"在汉乐府民歌《东门行》中则看到了一位将这一心声化为实际行动的仕士。

唐代吴兢释诗中"出东门，不顾归"句时曰："言士有贫不安。其居者，拔剑将去，妻子牵衣留之，愿共哺糜，不求富贵。"②明显地指出此诗的主人

---

① （宋）无名氏辑：《古文苑》，《四部丛刊》本，上海书店出版社2018年版。
② （唐）吴兢：《乐府古题要解》，明毛晋汲古阁据元刻所刊《学津讨原》本。

公是一位"士",还留意到了其"拔剑将去"的动作,确实颇有见地。男主人公是身带佩剑的。佩剑作为礼仪佩饰,最初只局限于上层贵族统治阶级之内,到了汉代,佩剑已成为时尚。《后汉书·舆服志》称"自天子以至百官,无不佩剑,其后惟朝带剑","公卿以下至县三百石长导从,置门下五吏、贼曹、督盗贼功曹,无不佩剑"[1]。由是可知,男主人公亦可能是有一定官阶的仕士[2](中小官吏)。

　　诗歌将目光聚焦在这一类人身上,写其"出东门"与"来入门"的纠结与悲怆;写其家"盎中无斗米储,还视架上无悬衣"的绝望处境;写其摆脱"天命"和"人情"的束缚,不顾身家性命,不失时机地投入反抗斗争的行列;这或许比写底层人物更能揭示东汉后期以降,社会政治形势的恶化及风起云涌的时代色泽。其书写的意义在于:它真实地再现了在大一统专制政治背景下,随着对不遇之境的深刻认识,士阶层迫于饥寒穷困,为摆脱人生的窘境,抛弃日益浓厚的命禄思想,对人生出路进行了新的探索与抉择。

　　另外,汉代以扬雄为代表的赋家,在其作品中慨叹"士不遇"的同时,其坚定守道固贫的决心不但继承了先秦儒学之士"君子固穷"的优良品质,还对后世产生了深远影响:不独产生了"咏贫""送穷""驱贫""留穷""乞巧"等相近题材的作品,并形成了送穷、驱傩、祀灶的民间风俗。更重要的是,还与陶渊明的"固穷节"、韩愈的"戏侃穷"、苏轼的"善处穷"一道,表明了中国士阶层一直素抱的道路,以及在这条"穷境"道路上所表现出来的坚韧不拔的操守与品质。

第二节　情欲的渴求与死亡的感悟

　　如果说上述诉说不遇与感喟贫穷是侧重于社会性情感的层面,抒发的是广大士人个性难伸、壮志难酬、处境困苦的不幸与忧伤,那么渴求情欲、质拷死亡则侧重于自我情感的层面,反映的是赋家个体对美色和情欲的认同

---

① (南朝宋)范晔:《后汉书》卷九十《舆服志》上,中华书局1965年版,第3651页。
② 汉代佩剑及其佩带者分类情况为:一、櫑具剑的佩带者为中小官吏或具有尚剑情结的贫民阶层。二、驳犀剑的佩带者为两千石及其以上的权贵且大多为征战少数民族的武职官吏。三、玉具剑的佩带者划分为两类:其一,剑饰齐全的玉具剑,其佩带者应为侯爵及以上的显贵;其二,部分饰玉剑饰的玉具剑,其佩带者应为帝或诸侯王的近臣和其他低于诸侯王等级的贵族。四、金装剑作为偏远地区对本地佩剑文化的一种传承与表现,其佩带者也应为当地的贵族、官吏或较为富足的地主阶层。而在中原地区出土的有金剑饰点缀的玉具剑,其应该以玉剑饰作为判断佩带者身份的主要依据。参见代明先:《汉代佩剑制度研究》,郑州大学2013年硕士学位论文。

与克制,对爱情和婚姻的肯定与诘难,对生命本质的追求与质疑,这些貌似矛盾的心绪,恰恰体现了赋家个体情感的复杂性。

一、情欲的躁动与平宁

"饮食男女,人之大欲存焉。"①马克思也说:"人作为对象性的、感性的存在物,是一个受动的存在物;因为它感到自己是受动的,所以是一个有激情的存在物。激情、热情是人强烈追求自己的对象的本质力量。"②"人若没有情欲或愿望,人就不能成其为人"③。因此,两性关系是人与人之间最直接的、自然的、必然的关系。

显然,情欲作为一个范畴,是指性欲或男女之爱欲。不过,在中国古代思想家,尤其是儒家看来,情欲实际是两个范畴,"欲"是饮食男女、声色货利之欲,"情"则是喜怒哀乐爱恶惧之情。这反映了传统儒家对人性"欲望层"有所关注、对情欲等问题有所用心的文化品格。如孔子主张节欲,孟子主张寡欲,荀子主张导欲④。也就是说,先秦儒家已经奠定了对情欲处理的基本态度,那就是坚持节欲或寡欲的人文基调。这当基于如下的考虑。

其一,养生的需要。孔子曰:"君子有三戒:少之时,血气未定,戒之在色。"(《论语·季氏》)孔子认为年少的时候,血气还不成熟,要戒除对女色的迷恋。所谓"血气","血"是液体,属"阴","气"是气体,属"阳",它们直接对应于天地自然界之气中的阴与阳。血阴接形,气阳接心,合而言之,血气在人身内部已经成为具有两面性的一物。至于年少为何不能迷恋女色,孔子在此只作出训诫,并未解释深度原因。而《左传·昭公元年》所载晋侯因近女色患病而求医的史实则作出了解答:

> 晋侯求医于秦。秦伯使医和视之,曰:"疾不可为也。是谓:'近女室,疾如蛊。非鬼非食,惑以丧志。良臣将死,天命不佑。'"公曰:"女不可近乎?"对曰:"节之。先王之乐,所以节百事也。故有五节……分为四时,序为五节,过则为灾。……,女,阳物而晦时,淫则生内热惑蛊

---

① (清)孙希旦撰,沈啸寰、王星贤点校:《礼记集解》卷二十二,中华书局1989年版,第607页。
② [德]马克思:《1844年经济学哲学手稿》,参见《马克思恩格斯全集》第42卷,人民出版社1979年版,第169页。
③ [德]马克思、恩格斯:《神圣家族》,人民出版社1982年版,第170页。
④ 《荀子·正名》曰:"凡语治而待去欲者,无以道(导)欲而困于有欲者也;凡语治而待寡欲者,无以节欲而困于多欲者也。"

之疾。今君不节不时,能无及此乎?"①

秦医和从两性身体对应自然界之阴阳出发,认为女色可近,但要相对有节制,所谓"君子之近琴瑟,以仪节也,非以慆心也"。如色欲无节制,则"如蛊",会"惑以丧志",会"生内热惑蛊之疾"。可见,纵欲伤身的认知,在先秦已然形成。至汉代时,人们对这种认知更加透彻。如汉赋中有更直白、警醒的表述:"皓齿娥眉,命曰伐性之斧。""越女侍前,齐姬奉后。往来游宴,纵恣于曲房隐间之中,此甘餐毒药、戏猛兽之爪牙也。所从来者至深远,淹滞永久而不废,虽令扁鹊治内,巫咸治外,尚何及哉!"②因此,从养生的角度而言,节欲或寡欲对个人具有重要的意义。

其二,"复礼"的需要。"食、色,性也"(《孟子·告子上》),"饮食男女,人之大欲存焉"……这些关乎情欲的教导,都认为从身体基础而言情欲是自然而然的,不可完全压制。但由上论可知,情欲是人的本性和外物相结合而产生,放纵情欲会带来消极后果,甚至危害身心。更重要的是,放纵情欲,还会累伤德行功业,败坏社会风气,影响社会稳定。故孔子云:"中人之情也,……无禁则淫,无度则逸,从(纵)欲则败。"③

众所周知,"诸子自老聃、孔丘至于韩非,皆忧世之乱而思有以拯济之,故其学皆应时而生","诸子之学皆春秋战国之时势世变所产生,其一家之兴无非应时而起"④。其中,孔子痛感于"周文疲弊",而以"复兴周礼"为己任。因此,孔子与后儒对情欲问题的处理,亦为"复礼"运动的一项重要内容。如孔子"吾未见好德如好色者也"(《论语·子罕》)的感喟,以及对《韶》《武》与"郑声"的评价,均反映出其对情欲处理浓厚的道德理性的成分。孟子在解答其弟子屋庐子关于"礼与色孰重"的问题时,列举了一则令后人玩味的个案⑤,则彰显了"礼、色"之间的冲突关系。而荀子则干脆以礼来制欲:

> 礼起于何也? 曰:"人生而有欲,欲而不得,则不能无求,求而无度量分界,则不能不争。争则乱,乱则穷。先王恶其乱也,故制礼义以分之,以养人之欲,给人之求。使欲必不穷于物,物必不屈于欲,两者相持

---

① 李梦生:《左传译注》,上海古籍出版社2004年版,第917页。
② 枚乘:《七发》,费振刚等:《全汉赋校注》,广东教育出版社2005年版,第25页。
③ 王盛元译注:《孔子家语·六本》,上海三联书店2012年版,第187页。
④ 胡适:《中国哲学史大纲·附录》,东方出版社1996年版,第359页。
⑤ 《孟子·告子下》:"踰东家墙而搂其处子,则得妻;不搂,则不得妻;则将搂之乎?"

而长,是礼之所起也。"①

情欲应以适时、适度的方式得到满足和释放,男女皆然。如不能满足和释放,则会出现求、争、乱、穷的可怕后果,故只有圣王所制定的礼仪法度才可遏制这种自然趋向。可见,先秦儒家对情欲的调节,是内外结合的处理方式。既倡导"寡欲""少欲",甚至"无欲",对欲望进行合理的"节"与"导",又通过"义""礼""乐""理""度"等对情欲进行制约与规范。② 同时,还将情欲问题的思考投入到其传承的文化经典,比如《诗经》等经典及其传释本之中。较为典型的是《诗经·小雅·巷伯》一诗的《郑笺》注,其文曰:

> 昔者颜叔子独处于室,邻之釐妇又独处于室,夜暴风雨至而室坏。妇人趋而至,颜叔子纳,之而使执烛,放乎旦而蒸尽,缩屋而继之,自以为辟嫌之不审矣。若其审者,宜若鲁人然。鲁人有男子独处于室,邻之釐妇又独处于室,夜暴风雨至而室坏,妇人趋而托之,男子闭户而不纳。妇人自牖与之言曰:"子何为而不纳我乎?"男子曰:"吾闻之也,男子不六十不间居,今子幼,吾亦幼,不可以纳子。"妇人曰:"子何不若柳下惠然? 姬不逮门之女,国人不称其乱。"男子曰:"柳下惠固可,吾固不可,吾将以吾不可,学柳下惠之可?"孔子曰:"欲学柳下惠者,未有似于是也。"③

在这段文字中,注者设置了一个男女独处的情境。从自然情欲的角度看,男女独处时,至少有如下情形发生:双方皆毫无欲念,或能控制欲念,故坐怀不乱;一方有意,成为诱惑物,另一方成为被考验的对象;双方有意,共为情欲俘虏。④ 显然,柳下惠属第一种,国人、孔子对其坐怀不乱,是深信不疑且极其赞赏的。这种情形与之相类者极为少见,更多的是后两种,而郑笺注目的又是其中的第二种。

文中,颜叔子和鲁男子,均成为被考验的对象,在礼、色冲突面前各呈表现:当"夜暴风雨至而室坏"的"邻之釐妇"作为美色的诱惑物、考验物出现

---

① (清)王先谦撰,沈啸寰、王星贤点校:《荀子集解》卷十三《礼论》,中华书局1988年版,第346页。
② 刘启刚:《儒道情欲调节传统探析》,《医学与哲学》2007年第11期。
③ (清)王先谦,吴格点校:《诗三家义集疏》,中华书局1987年版,第717页。
④ 俞士玲:《情色的力量、规训与政治隐喻———以〈文选〉"情"类赋为中心》,《汉语言文学研究》2012年第4期。

在面前时,颜叔子出于人道主义,施以援手"纳之",然而却为避嫌作出了诸种努力。鲁男子意识到自己面对诱惑"固不可",则干脆"闭户而不纳"。而且,两人的表现具有前因后果的关系。正因为颜叔子纳之无法自证其清白,所以鲁男子拒之以证清白。这一方面恰可说明,男女自然情欲具有巨大的力量,足以摧毁后天的修为;另一方面又可说明,无论是柳下惠、颜叔子还是鲁男子,修为虽有深浅高低的不同,但他们的性欲都受到了压抑。其原因即在于他们深惮且服膺包括孔子在内的"国人"的评价。这一段内蕴丰富的注文对汉代及其后世的"情"类赋书写产生了巨大的影响。概而言之,主要体现在如下三点:

第一,对情境与角色身份的设置。独处、"釐妇""幼",均是诱发情欲的催化因素。这些因素在后世"情"类赋中均有体现或突显。

第二,对角色功能的定位。"釐妇"(色欲旺盛)被定位为诱惑方。不过,其情欲状态是模糊的。男性被定位为被诱惑方,其情欲状态则是较为清晰的。后世"情"类赋大多弥补了诱惑方刻画不饱满的不足,而以饱满清晰的情欲刻画和男性情色欲求的展现成为此类文本最富艺术魅力的表现。

第三,对角色行为的评判。德、色、礼三者构成了人物角色文化层的冲突,不过,他人有难不施援手的道德评判被忽略,礼与色的冲突与评判则被突显。"不审"与"审"即是。尤其是借孔子之口对"鲁男子"拒近女色、洁身自好予以了很高的评价。这种评判亦影响了"情类赋"的旨意倾向。

回顾先秦到汉魏晋"情"类赋,会发现一个特殊现象,就是自宋玉写作《登徒子好色赋》《高唐神女赋》《讽赋》后,迄魏晋时期相近题材的继作有15篇[①],呈群体书写态势。诸赋彼此间颇多互文性,而又各有意旨,充分、多元地表达了其时的情色观念和实践。追溯这一题材创作的渊源与背景,潜隐着此类赋书写传统成型的路径,其历史节点正在宋玉、司马相如创作模式的构建,具体呈现于从《登徒子好色赋》《高唐神女赋》《讽赋》到《美人赋》的创作形态,并在德、礼、色的冲突中表达讽谏淫乱的教化观念与"以礼节情"的婚恋理想。这既与赋家侍从身份有潜在的关联,又呈示出向儒学经传的追寻、回归。

从人物角色呈现的情欲形态来看,宋玉赋中男性情欲形态较为丰富。《登徒子好色赋》中有三种:一是宋玉的"无欲无色"型;二是登徒子及襄王

---

① 《文选》"情"类赋选宋玉《高唐赋》《神女赋》《登徒子好色赋》、曹植《洛神赋》四篇;《古文苑》选有宋玉《讽赋》、司马相如《美人赋》、蔡邕《协和婚赋》三篇。另外,汉魏时期"情"类赋还有蔡邕《静情赋》《检逸赋》《青衣赋》《协初赋》,陈琳《止欲赋》《神女赋》,阮瑀《止欲赋》,应玚《正情赋》,王粲《神女赋》,曹植《愍志赋》《静思赋》《感婚赋》等。

的"纵欲好色"型;三是章华大夫的"以礼自防"型。从《登徒子好色赋》中
宋玉对于美女不合常情的反应以及他无视登徒子与丑妻的正常情欲可以看
出,他是在极力压抑自身原始情欲的流动。因此,"宋玉用修辞术所建构、
强化的'压抑色欲'情结,及其所幻化、映照出的登徒子'纵欲好色'范
型"①,都无法完成该赋讽淫的旨意。这个旨意是由章华大夫来完成的。面
对采桑女,章华大夫产生了情欲的冲动,搭讪、邀请即其表现,但最终却能
"目欲其颜,心顾其义""以礼自防",颇得"温柔敦厚""发乎情,止乎礼义"
的诗人之旨。

《高唐神女赋》中宋玉情欲形态基本上与《登徒子好色赋》中相符,楚襄
王则属"纵欲好色"型。《高唐赋》中宋玉无意间说起的神话故事,竟撩发了
襄王炽烈的情欲,"寡人方今可以游乎?"宋玉则在对高唐山水的铺排中,在
相当程度上转移、舒缓了襄王火焚般的情欲发动,并掩饰了自身情欲被窥视
的危机;而在《神女赋》中,神女梦竟成为君臣两人,一同分享内心最私密的
情欲经验流动过程的媒介物。两个男人彼此心有灵犀,同体共谋,创造一个
互为主体的情欲"展现/窥视"经验。②

不过,在这个分享情欲经验的过程中,"禁欲"者与"纵欲"者,都因神女
肉欲物化的面貌、身体,而显露、张扬了情欲,又因神女态度陡转,依礼"自
持",而被迫按压情欲,"颠倒失据",失魂落魄。从文本表层来看,两赋讽谏
淫乱的旨意,并不是由宋玉与襄王来完成,而是由谨守礼义行为规范的神女
来实现的。若从文本深层来看,善变的神女即象征着来去无常、捉摸不定的
男性情欲原型。那么,谨守礼义行为规范的神女就意味着,即使在深层的潜
意识心理中,男性的情欲心理本能还是摆脱不了礼教的纠束,③还是体现了
压制男性好色,讽谏淫乱,以防止私欲的流窜、泛滥的旨意。

《讽赋》中,宋玉的情欲类型为"无欲无色"型。为了凸显"讽"的命意
和"讽淫"的旨意,宋玉对于"出爱主人之女"这个在谗言、质问中关乎自己
品性的问题,在辩词中作了详细回答和形象刻画的深处理:宋玉在辩词中设
置了一个"主人翁出,姬又到市,独主人女在"的男女独处的"真空"环境。
在这样的特定环境中,通过主人之女与宋玉的三次情感交锋与矛盾冲突的
逐步激化,突出了男性"止欲""戒淫"的君子风范和谏淫的旨意。宋玉先鼓
《幽兰》《白雪》之琴曲,名在夸赞女性贞洁,实为劝诫主人之女自重自爱;后

①　鲁瑞菁:《楚辞骚心论——讽谏抒情与神话仪式》,上海书店出版社 2016 年版,第 110 页。
②　鲁瑞菁:《楚辞骚心论——讽谏抒情与神话仪式》,上海书店出版社 2016 年版,第 114 页。
③　鲁瑞菁:《楚辞骚心论——讽谏抒情与神话仪式》,上海书店出版社 2016 年版,第 119 页。

鼓《秋竹》《积雪》之琴曲,"取坚贞之节不为物移,以自况"①,以律己的示范律人;最后以"鄙野不雅训"②之语决绝地斩断主人之女示爱的念想。

而宋玉赋中的女性,如东家之子、采桑之女、高唐神女、主人之女等,几乎都是追求情欲的释放和满足者:

> 东家之子,……嫣然一笑,惑阳城,迷下蔡。然此女登墙窥臣三年。(《登徒子好色赋》)
>
> 于是处子怳若有望而不来,忽若有来而不见。意密体疏,俯仰异观。含喜微笑,窃视流眄。复称诗曰:"寤春风兮发鲜荣,洁斋俟兮惠音声,赠我如此兮不如无生。"因迁延而辞避。(《登徒子好色赋》)
>
> 望余帷而延视兮,若流波之将澜。奋长袖以正衽兮,立踯躅而不安。……意似近而既远兮,若将来而复旋。褰余幬而请御兮,愿尽心之惓惓。(《神女赋》)

这种登墙窥视、望幬延视、欲迎还拒、欲推还就、极富暗示性的女性举止颇具诱惑力。其中,尤以《讽赋》中主人之女的举止更甚:

> 女欲置臣……乃更于兰房之室,止臣其中。……来排臣户……来劝臣食,以其翡翠之钗,挂臣冠缨,臣不忍仰视。为臣歌曰……又为臣歌曰。

她的情欲展示过程分为三步:延客兰房的暗恋,委婉地暗送秋波;排户诉情的挑逗,包括出以美色、贿以美食、亲以肌肤、歌以情愫;以死矢志的表白,既有横床自陈的大胆,又有殉情胁迫的刚烈。这三个步骤清晰地呈现了主人之女由隐到显的情欲发展状貌。不过,在宋玉赋中,这些女性的情欲虽然在场且实在,却被赋予淫荡化、妖魔化意味。原因在于,它们的存在是一种引诱物、试金石式的存在,依然只是男性情欲状态的陪衬和附属。因为"在智性生活和道德生活里,他(男性)都可以是自足的,完全不需要一个低端的女性——她们仅起到腐蚀性的障碍和牵绊作用,妨害个人在理性和伦理方面上升至完美化"。③ 所以,宋玉以抵御三年登墙窥视自己的"东家之

---

① (宋)章樵注,(宋)无名氏辑:《古文苑》卷二,《四部丛刊》本,上海书店出版社2018年版。
② (明)胡应麟评宋玉的决绝语说:"乱云:'吾宁杀人之父,孤人之子,诚不忍爱主人之女。'殊鄙野不雅训。"
③ [奥地利]奥托·魏宁格:《性与性格》,肖聿译,外语教学与研究出版社2017年版。

子"的诱惑为荣,对与丑妻生了五子的登徒子备加嘲讽,章华大夫以在心爱
女子面前能"扬诗守义,终不过差"①而欣慰自喜。这是他们越过女性情欲
引诱或考验的障碍和牵绊后,在理性和伦理方面取得强化礼教修身效果后
的自炫表现。

无可否认,"男人的大患在于男人的身体,有身体则产生情欲心理体
验,确定的生理机能反应与模糊的情欲心理渴求二者之间,永远不能吻合如
一,永远处在一种紧张、辩证、流动的关系中。……其男性的血肉之躯终将
同样挣扎、迷失、漂泊在茫茫的情欲渴求之中"②。故女性的情欲展示,大大
鼓起了男性本能的情欲渴望。对女性美色和情欲的铺写,无意中坦露出以
宋玉为代表的男性深层心理情感上对女性的渴慕与依恋。从心理学角度而
言,厌恶排斥与喜爱亲近的情绪在人大脑中存留的分量是对等的,也就是
说,极力排斥正是内心强烈亲近的反表达形式。但是即使如此,"性欲本能
的冲动如果与主体文化和伦理思想发生冲突,就注定会受到致命的压
抑"。③ 而且,礼教规范、伦理思想早已在人类历史发展的进程中,透过种种
社会仪节程序,逐渐积淀、内化成为集体心灵结构的一部分。所以,男性情
欲心理本能,就无法超脱礼仪规范而具有完全独立的自主性。

可以说,宋玉赋对后世文学的书写影响深远。如铺写女性的魅惑在汉
赋中常有显现。如:

　　使先施、徵舒、阳文、段干、吴娃、闾娵、傅予之徒,杂裾垂髾,目窕心
与。揄流波,杂杜若,蒙清尘,被兰泽,嬿服而御。(枚乘《七发》)
　　臣之东邻,有一女子……恒翘翘而西顾,欲留臣而共止。……有女
独处,婉然在床,奇葩逸丽,淑质艳光……弛其上服,表其亵衣,皓体呈
露,弱骨丰肌。时来亲臣,柔滑如脂。(司马相如《美人赋》)
　　妖靡侍侧,被华文,曳绫縠,弭随珠,佩琚玉。红颜呈素,峨眉不画,
唇不施朱,发不加泽。升龙舟,浮华池。纤帷翳而永望,镜形影于玄流。
偏滔滔以南北,似汉女之神游。笑比目之双跃,乐偏禽之匹嬉。(傅毅
《七激》)
　　西施之徒,姿容修嫮。弱颜回植,妍夸闲暇。形似削成,腰如束素。
淑性窈窕,秀色美艳。鬒发玄鬓,光可以鉴。靥辅巧笑,清眸流眄。皓

---

① (战国)宋玉:《登徒子好色赋》,(南朝)萧统撰,(唐)李善注:《文选》卷十九,上海古籍出
　版社1986年版,第894页。
② 鲁瑞菁:《楚辞骚心论——讽谏抒情与神话仪式》,上海书店出版社2016年版,第119页。
③ [奥地利]弗洛伊德:《弗洛伊德谈自我意识》,中国商业出版社2011年版,第258页。

齿朱唇,的皪粲练。于是红华曼理,遗芳酷烈。侍夕先生,同兹宴瘗。假明兰灯,指图观列。蝉绵宜愧,夭绍纤折。（张衡《七辩》）

这些赋篇中的女性多是以夺人的容颜和妖娆的体态来展示的。她们在男性眼中是"异己",是"他者",是被物化的对象。她们的"身体要么是一个讳莫如深的黑暗,干脆回避不去谈它,要么就是纵欲、赏玩、滋生阴暗心理的温床。在这两种力量的作用下,身体的意义只能被扭曲、被蔑视、被压抑。"①体现这种女性视域观并对宋玉承接最明显的是司马相如的《美人赋》。

首先,先"遭谗",后"自辩"的结构安排与宋赋相同。其次,"自辩"事例的选择,既模仿《登徒子好色赋》中东邻美女以及"望臣""三年"而己不许之之事,又模仿《讽赋》中宋玉的经历,言自己上宫闲馆之中遇见了最有魅惑力的"溱洧"女子。不过,《美人赋》带有较浓的思辨色彩。针对梁王"子不好色,何若孔墨乎?"的诘问,相如指出圣人回避女色并不能证明他们不好色,相反,只有接近女色,才能证明。所以设置的两个正面抗拒情色诱惑的事例,一则自证抗拒美色的持久性,一则自证拒绝诱惑的坚定性,就颇有说服力。最后,旨意上,则模仿宋赋中的章华大夫与宋玉,以"定脉""正心"的内在力量阻遏了女性的魅惑和性挑逗。这种展示性欲和克制性欲意旨之间吊诡存在的书写模式,继《登徒子好色赋》《讽赋》后得到了强化。不过,与宋玉赋不同的是,"《美人赋》中的相如没有在'心''志'中赋予道德色彩,其'秉志不回'之'志'既不似章华大夫的'礼'、'义',也不似柳下惠之'仁爱',而接近于意志力,较单纯地夸说自己克制情欲和情色诱惑的意志力,而不涉及意志力的哲学基础和社会道德等方面"②。

与宋玉和司马相如不同,蔡邕在赋文本中不但欣赏美色,赞颂美色③,而且也大胆地追求美色,追求爱情。他以一种自然而生的爱美之心来对待美女,因此他毫不掩饰地表达了自己对美女如痴如醉的倾慕。他为之目骋神摇,昼思夜想,不能自已。即使对方是一名地位低贱的青衣女婢,他对其美好容颜、袅娜姿态、娴雅风度以及心灵手巧的赞美,都是真诚而自然的,绝

① 谢有顺:《文学身体学》,汪民安主编:《身体的文化政治学》,河南大学出版社2004年版,第197页。
② 俞士玲:《情色的力量、规训与政治隐喻———以〈文选〉"情"类赋为中心》,《汉语言文学研究》2012年第4期。
③ 张衡《定情赋》也表达了对美人的赞美与仰慕之情:"夫何妖女之淑丽,光华艳而秀容。断当时而呈美,冠朋匹而无双。"

无轻慢之意。而且他也认为男女爱恋而至结合乃人类之天性,是自然的、正当的、合情合理的、无可回避的,因而也是无可指责的。① 所以,在赋中,他无视礼教和等级,与青衣得为"嬿婉"。然而,社会礼教却是如此的顽固与强大,他只得将青女安顿在很远的地方,不得不忍受着"思不可排""思尔念尔,怒焉且饥"的别离和相思之苦。

可见,蔡邕是肯定情欲的,并不以"礼""义""意志力"去回避、克制汹汹而来的情欲。而且,他还在婚姻的仪礼中成就情欲、歌颂情欲。其《协和婚赋》写婚姻之意及婚礼曰:"惟情性之至好,欢莫伟乎夫妇。受精灵之造化,固神明之所使;事深微以玄妙,实人伦之肇始。"其《协初赋》既赞美美貌的新娘"其在近也,若神龙采鳞翼将举。其既远也,若披云缘汉见织女。立若碧山亭亭竖,动若翡翠奋其羽。众色燎照,视之无主。面若明月,辉似朝日。色若莲葩,肌如凝蜜",又以惊世骇俗之笔描写了新婚夫妇的性爱场面:"长枕横施,大被竟床;莞茉和软,茵褥调良。"这种露骨的情欲书写及欣赏、赞美的态度,在以前的文学作品中是不曾出现过的。

鲁迅在《"题未定"草》中曾评价蔡邕"并非单单的老学究,也是有血性的人"。② 蔡邕的"血性"来源,除了心灵世界的丰富外,还有酝酿其萌生的文化土壤。东汉末世,儒学信仰的危机和个体意识觉醒的现实,使非理性和感性得以浮泛和高涨,人的自然需求大幅度地复苏。主体挣脱外界桎梏而还原归内的趋势,不仅表现在对所有人格、生命皆平等的肯定上,如蔡邕称"产于卑微"的青衣"宜作夫人,为众女师";也表现在两情相悦的心灵碰撞上;还表现在饮食男女的自然本性流露上。

然而,秀立于赋林的"血性"之赋,却遭到了卫道士的啧啧烦言和攻诘。张超虽为蔡邕好友,但出身名门,其所受传统礼制的影响要比出身贫寒的蔡邕来得深。一篇《诮青衣赋》,"诮"的对象除了青衣,更直指蔡邕及其赋作:

> 彼何人斯? 悦此艳姿。丽辞美誉,雅句斐斐。文则可佳,志鄙意微。凤兮凤兮,何德之衰。高冈可华,何必棘茨。醴泉可饮,何必污泥。随珠弹雀,堂溪刈葵。鸳雏啄鼠,何异乎鸱?③

张超认为《青衣赋》文辞虽可嘉,却"志鄙意微"。他把蔡邕钟情的青衣

---

① 龚克昌:《中国辞赋研究》,山东大学出版社 2003 年版,第 587 页。
② 鲁迅:《鲁迅全集·且介亭杂文》,人民文学出版社 1973 年版,第 422 页。
③ (宋)无名氏辑:《古文苑》卷六,《四部丛刊》本,上海书店出版社 2018 年版。

比作"棘茨""洿泥""雀""葵""鼠",对其曲尽指责谩骂之能事。在他看来,不以正道求偶、无媒为婚,放纵情感欲念、违背社会准则的婚恋,是极其不明智的,会产生"昏姻无媒,宗庙无主,门户不名。依其在所,生女为妾,生男为虏"的种种可怕后果。以此规劝君子当"自检""情欲",不使之"自逸",应当如防范水患一样,坚守道德节操始终如一。

歌德曾说:"一切倒退和衰亡的时代都是主观的,与此相反,一切前进上升的时代都有一种客观的倾向。"①随着汉末思想解放潮流的激荡和魏晋大批对美、对爱情、对个性肯定的情志赋的出现,蔡邕的"血性"之赋焕发出更加亮丽的人性光辉。

综上,情欲是灵魂中自我发展的原始力量和躁动不安的体验。《古文苑》"情"类赋之"情",与《文选》所选录的赋作一样,也是基于情欲的人性本质而提出的。主要书写了情色(包括爱情和情欲)的魅力、个体对情欲的不同态度、个体对情欲的规训和掌控、情欲与社会的冲突和调和等方面,大体展现了从先秦到两汉礼法、伦理观念对情欲的约束与制衡状貌,以及这种状貌在人的心理和行为上的折射。从文学史角度看,由先秦两汉创作肇起的"情"类赋书写传统,其所呈示的男女情欲关系代表了广泛意义上的人的行为模式和文化特征。其中,情感与欲望的伦理化转换、"以礼节情"的核心价值,以及礼与情冲突产生的艺术张力,在后世得到不断演绎而历久弥新。

二、死亡的思考与诠释

"夫死生是得失之大者,故乐莫甚焉,哀莫深焉。"②生存与死亡是终极的人生问题,对生死意义的关切和思索,乃是人所共通的情绪。由生而死,死亡是每个人的终极目的地,也是极端的"极限情境"(limit situation)③。因其体验的不可逆转性,"它震动了终有一死的人的心智,使人的认识、思维有所醒悟自己应该认识和思考什么"④。先秦两汉时期,已有了较为丰富的关于死亡现象的思考。这些思考也直接地诉诸乐舞、绘画及文学,以艺术化的方式流传下来。

---

① [德]爱克曼:《歌德谈话录》,朱光潜译,人民出版社1980年版,第97页。

② (晋)陆机:《大暮赋》,(清)严可均辑:《全晋文》卷九十六,商务印书馆1999年版,第1022—1023页。

③ Karl Jaspers, "Limit‐Situations", in Maurice Friedman ed., *The Worlds of Existentialism: A Critical Reader*, New York: Random House, 1964, p.100.

④ 刘小枫:《诗化哲学》,山东文艺出版社1986年版,第200页。

　　汉代的画像石、诗歌、辞赋等艺术形式均直接地描绘了有关死亡的事迹和状态,艺术地展示了汉人如何直面死亡、如何理解死亡、如何逃避或超越死亡的心路历程。

　　雕刻在墓室、祠堂四壁的汉代画像石,包含着极为丰富的内容,有神话传说、典章制度、风土人情等各个方面。虽然有着地域差别,但表达着一种被不同地域的人们所共同认同的思想、情感和愿望。其中之一便是"生与死不是简单的存在和消亡,而是相互间有联系的,体现了'不死其亲','视死如生'的生死观念"。① 如东汉《许阿瞿墓画像及石题记》,画像内容为:帷幔低垂,一小儿坐于左侧矮榻上,左前榜题目"许阿瞿"三字,右边一侍者执扇站立,面前三小儿(或为家童)分别拿物、牵鸟戏耍,取悦小主人。这幅画展现了逝者在世时的生活情境,体现出家族对他的重视,以及"冀子长哉……以快往人"②,在另一个世界健康成人的良好祈愿。

　　除这类特殊儿童画像外,汉代更多的画像是从天上到地下,从历史到现实的多层次的塑造刻画。诸如:伏羲女娲结尾交合,方相氏执戈扬盾,仙人动物升天;周公辅成王,孔子见老子,荆轲刺秦王;祭祀宴乐,起居出行,仪仗车马;收割冶炼,舂米打柴,走索百戏……这些内容展示了一个人神杂陈、百物交错、琳琅满目的世界。虽然这个世界是完整的、自足的、不可分割的,但里面事事物物的艺术形象,都不过是人间具象的变化组合,是将现实与幻想结合起来的,浪漫地为死者开辟创作的能羽化成仙的、有伦理道德规范的、充满安乐生活的神奇世界。它反映了汉代人对人生的重视、依恋和企图死后对人生的效仿,是汉人"事死如生,事亡如存"观念的鲜明体现。同时,它还在一定程度上缓解了人们对死亡的焦虑和恐惧心理。

　　汉代诗人对死亡也表现出了极度的敏感、深刻的焦虑以及清醒、理性的认知。这些诗歌主要从三个层面来体现。

　　第一,"认知死亡"层面。首先是对生命有限、人生苦短的认知。如"人生譬朝露,居世多屯蹇。忧恨常早至,欢会常苦晚"③"人生寄一世,奄忽若飚尘"④"人生忽如寄,寿无金石固,万岁更相送,贤圣莫能度"⑤"人生非金

---

① 漆晓雯:《从汉画像石的神话题材解读汉代生死观》,《艺海》2012 年第 4 期。
② 王建中主编:《中国画像石全集》第六卷《河南汉画像石》,河南美术出版社 2000 年版,第 165 页。
③ (汉)秦嘉《赠妇诗》,逯钦立:《先秦汉魏晋南北朝诗》,中华书局 1983 年版,第 186 页。
④ 《古诗十九首·今日良宴会》,(梁)萧统编,(唐)李善注:《文选》卷二十九,上海古籍出版社 1986 年版,第 1345 页。
⑤ 《古诗十九首·驱车上东门》,(梁)萧统编,(唐)李善注:《文选》卷二十九,上海古籍出版社 1986 年版,第 1348 页。

石,岂能长寿考"①等。诗人们以生命如清晨露水般短促易逝,如路间飘尘般卑微渺小,人处世间如在逆旅而非金石坚固耐久为喻,用以突出单独个体生命在世上生存的难以长久,抒发了一种深深的无奈与悲哀。

其次是对死难复归的认知。德国哲学家海德格尔在《存在与时间》中说:"人是'向死的存在'(being-towards-death)。"中国古人亦早就认识到"天命有终,不可复追",死亡是生命的归宿,生命仅属于人一次,并在诗歌中有形象的表现。

有的是对别人的死亡抒发感慨。如《古诗十九首》之《驱车上东门》,"驱车上东门,遥望郭北墓。白杨何萧萧,松柏夹广路。下有陈死人,杳杳即长暮。潜寐黄泉下,千载永不寤。"②又如挽歌《薤露》:"薤上露,何易晞。露晞明朝更复落,人死一去何时归?"③再如《怨诗行》:"天德悠且长,人命一何促!百年未几时,奄若风吹烛。嘉宾难再遇,人命不可续。"④诗中的坟墓、白杨、松柏、薤露、风中烛,这一系列悲凉而沉重、痛苦而哀伤的意象,不断提醒人们个体生命的有限性。"千载永不寤""人死一去何时归""人命不可续"的理性认知,更提醒着人们:在时间的荒野里,生命的短暂和落寞、孤独与悲哀,生命只是一粒没有依傍的微尘,人生最终的归途将是无尽的荒草与枯槁的残骸。

有的是自己死亡前的心境展示。如项羽的绝命词《垓下歌》,透露出他把江山、成败、尊严看成是活着的最重要意义,在一切伟力与至美行将毁灭之际,他亦失去了生存的动力与勇气。燕王刘旦在《燕王歌》中,极力渲染自己身死国弃后的寂寞和荒凉:"归空城兮,狗不吠,鸡不鸣。横术何广广兮,固知国中之无人。"⑤孔融《临终诗》则在追寻自己的死因后,以"生存多所虑,长寝万事毕"⑥抒发人生沉重之感和以死为解脱的无奈之情。

第二,"直面死亡"层面。包括在物质困境中的生存挣扎、战争摧残下的忧殇情怀和精神苦闷中的死亡反抗。其中最给人真切悲怆和痛楚的是战场上的死亡景象和忧殇情怀。典型的死亡景象如汉乐府鼓吹曲《战城南》中呈现的尸陈遍地、乌鸦啄食的阴惨恐怖场景,以及曹操《蒿里行》、王粲

---

① 《古诗十九首·回车驾言迈》,(梁)萧统编,(唐)李善注:《文选》卷二十九,上海古籍出版社1986年版,第1347页。

② (南朝梁)萧统编,(唐)李善注:《文选》卷二十九,上海古籍出版社1986年版,第1348页。

③ (宋)郭茂倩:《乐府诗集》卷二十七(第二册),中华书局2017年版,第578页。

④ (宋)郭茂倩:《乐府诗集》卷四十一(第二册),中华书局2017年版,第888页。

⑤ (宋)郭茂倩:《乐府诗集》卷八十五(第五册),中华书局2017年版,第1732页。

⑥ 俞绍初辑校:《建安七子集》,中华书局1989年版,第3页。

《七哀诗》、曹植《送应氏》中"铠甲生虮虱,万姓以死亡。白骨露于野,千里无鸡鸣""出门无所见,白骨蔽平原""中野何萧条,千里无人烟"等诗句描绘的荒凉凄惨场景。面对成千上万的人死去,面对累累的白骨,面对残破死寂的村落,诗人们那种嗟生之悲、悼死之痛、人命如蚁之叹是如此的真实可感,摧人心伤。

第三,"超越死亡"层面。卢梭说:"谁要是自称面对死亡无所畏惧,他便是撒谎。人皆怕死,这是有感觉的生物的重要规律,没有这个规律,整个人类很快就要毁灭。"[1]然而,人之所以可贵,就在于具有思考生存境况、生命本质以及探索生命意义的自觉意识。因而,人类也在积极地探索延长生命的途径,以增加生命的长度、广度、深度、厚度和密度。从这点来讲,这些探索具有"超越"死亡的意义。汉代诗歌中以行乐、求仙和进取的内容与态度即其表现。如《古诗十九首》中宣扬"为乐当及时"观念的诗句:

> 生年不满百,常怀千岁忧。昼短苦夜长,何不秉烛游? 为乐当及时,何能待来兹? (其一)
>
> 青青陵上柏,磊磊涧中石。人生天地间,忽如远行客。斗酒相娱乐,聊厚不为薄。驱车策驽马,游戏宛与洛。(其三)
>
> 四时更变化,岁暮一何速。晨风怀苦心,蟋蟀伤局促。荡涤放情志,何为自结束! (其十三)

这些语句,均表明诗人们开始清醒地认识到"人命一何促""岁暮一何速""忽如远行客"的瞬间性和不可逆转性。他们不再盲目地追求长生和长寿,也不再凄惶于生命的短促,而是以一种旷达的眼光来看待生死,追求感官世界最大限度的丰盈和满足,以冲淡死亡终将到来的焦虑与忧伤。"它以一种极为冷静清醒的眼光去看人生的死,完全不希求道教、佛教所说的肉体的长生或'法身'的永存。同时,正是在这种极为哀伤而又清醒冷静的看法中,表达了一种对人生的深情的爱恋。"[2]

如果说"汉画像石本质上属于民间艺术"[3],是基于民间平民立场,反映的是世俗阶层"事死如事生"的观念,通过天上人间地下的三维生活展示,尤其是羽化升仙的构想,展现出汉代世俗阶层对"生命不朽"的向往与渴

---

① 沈毅:《人对死亡的态度及其意义》,《浙江学刊》1995 年第 5 期。
② 李泽厚、刘纲纪:《中国美学史》上(魏晋南北朝编),安徽文艺出版社 1999 年版,第 381 页。
③ 顾森:《中国汉画图集》,浙江摄影出版社 1997 年版,第 9 页。

慕;汉代诗歌是从民间与文人两个立场,对人类"出生入死"的必经之路进行审视、体察和思考。他们"以原始时代的诗性伦理学为基础,肯定人与自然具有本质上的统一性,从而把全部智慧都花费在回乡之路的探索上"①。那么,以"语言侍从"身份立于宫廷的赋家,又是以何种心态来看待死亡这一个无法回避的问题呢?

汉代涉及死亡及死亡相关事象的篇目有《吊屈原赋》《鹏鸟赋》《哀秦二世赋》《悼李夫人赋》《骷髅赋》《冢赋》《叹怀赋》等②。从数目上说,这在现存的300余篇汉赋中并不起眼;从内容上说,与汉赋展示的生的世界之壮丽、富美、繁盛不大协调;从风格上说,也与汉赋反映的蓬勃奋发的时代精神并不相埒,但它们所包孕的直面死亡的态度、伤逝情感的表达、生命意义的追问所反映的死亡哲学观念,都表明这种文学体裁的死亡描写同样具备重要的价值。

一个重要历史人物的死亡,必然产生多重阐释的可能性。屈原之死,在汉代即是如此。贾谊、刘安、司马迁、班固、扬雄、王逸等基于其所处的立场和擅长的形式,对屈原的死亡形态、动机和价值进行了各自的评说和探讨。其中,年少才高的政治家贾谊因其与屈原相似的遭际及向死的处境,他以凭吊先贤和与物臆对的方式探讨死亡问题,并外化为具体的文学表达。

《吊屈原赋》是贾谊受老臣谮毁,出为长沙王太傅,于上任途中经过湘水时作。这一时刻,两种死亡的前景交织在他的心头。一是政治生命岌岌可危,二是肉体生命步入危境。无疑,"自沉汨罗"的屈原确实是其照察心灵、反观世事的合适面镜。贾谊认为导致屈原"乃殒厥身"的外部原因是"遭世罔极"。这是一个"鸾凤伏窜"而"鸱鸮翱翔"、"莫邪为钝"而"铅刀为括"的价值观错乱的时代。器物的优劣、生灵的贵贱、人的贤愚善恶,都被一一颠倒。"逢时不祥",不独是探究屈子致死的外因,更是贾谊对一己政治生命危殆原因的愤击。故楼昉曰:"谊谪长沙,不得意,投书吊屈原而因以自喻。然讥议时人太分明,其才甚高,其志甚大,而量亦狭矣。"③这并非单一的洞烛之见,白乐天《读史五首》亦谓:"士生一代间,谁不有沉浮。良时真可惜,乱世何足钦。乃知汨罗恨,未抵长沙深。"④

---

① 刘士林:《中国诗性文化》,江苏人民出版社1999年版,第49页。
② 《古文苑》录有《骷髅赋》《冢赋》。
③ (宋)楼昉:《崇古文诀》卷三,《文渊阁四库全书》本第1345册,台湾商务印书馆1986年版,第21页。
④ (唐)白居易撰,朱金城笺校:《白居易集笺校》,上海古籍出版社1988年版,第103页。

　　不过,贾谊并不太理解"屈子之死,盖处于不得不死之地"①的内在原因与思想意义,称"般纷纷其离此尤兮,亦夫子之故也"。认为屈原应当"自珍""自藏",应当"自引而远去","历九州而相其君兮",而不应"怀此都",更不该付出生命的代价。无疑,贾谊对屈原的人格是敬仰的,但他对屈原用生命化成的诗所"揭示的生命内部所有的尖锐性、复杂性、荒谬性",以及"生命存有的整个重负"②却是隔膜的;对其自愿消灭肉体生命"来追询,来发问,来倾诉,来诅咒,来执着地探求什么是是,什么是非,什么是善,什么是恶,什么是美,什么是丑陋。他要求这一切在死亡面前展现出它们的原型,要求就它们的存在和假存在作出解答"③的意蕴更是疏远的、不甚了了的。个中的缘由,或许此时的贾谊关切更多的是其政治生命与屈原的契合度。虽谪居长沙,也忧心"长沙卑湿"的气候会危及肉体生命的健康,但步入危境也能化解危境,年轻的他当还有这种自信。距死甚远且有避死之法者,是无法真正体味和理解死亡的意味的。

　　真正从肉体生命的角度表达贾谊死亡之思的是《鵩鸟赋》。"庚子日斜兮,鵩集予舍",这个"野鸟入室,主人将去"的长沙古俗,让贾谊仿佛窥到了死神的阴影。在死神的信使面前,贾谊先镇静地发问:"予去何之? 吉乎告我,凶言其灾。淹速之度兮,语予以期。"然后在与鵩鸟的臆对中,贾谊显露出自己"齐生死,等祸福"的黄老之根。"忽然为人兮,何足控传;化为异物兮,又何足患! ……其生兮若浮,其死兮若休",就颇有死生何惧的气概而得以"自广"。借方伯海的说法,其"作赋以自广"处有二:

　　　　前半是见天道深远难知,世间死生得丧,皆有定分,但未值其时,难以逆亲,私忧过计,总属无益,安见鵩鸟定为不祥? 此一自广法也。后半见有生必有死,生不知其自来,死何妨听其自往,而以达人、大人、至人、真人、德人博征众说,见皆能自外形骸,不累死生,达观旷怀,与道消息,即鵩鸟为不祥,何足惊怖,又一自广法也。④

　　然而赋中那些看似超脱的辩词和宽慰之语,"正是打不破死生得丧关

---

①　(明)叶向高:《朱崇沐重刻楚辞全集序》,(宋)朱熹撰,黄录庚点校:《楚辞集注·附录》,上海古籍出版社 2015 年版,第 372 页。
②　胡晓明选编:《楚辞二十讲·代序》,华夏出版社 2009 年版,第 15 页。
③　李泽厚:《华夏美学》,天津社会科学出版社 2002 年版,第 147 页。
④　(清)方伯海语,转引自于光华编:《评注昭明文选》,扫叶山房本。

头,依托老庄,强为排遣耳"①,其功效是短暂的。生命是不能轻忽的,倘若没有完成生之责任,死亡何得其所? 故苏轼在《贾谊论》中认为:"取远、就大"的君子,"必有所待"和"必有所忍"。而才高气盛的贾谊,"夫谋之一不见用"就"自残至此"。既为赋以吊屈原,又满腔纡郁愤懑,伤感哭泣,以至于忧伤病沮,英年早逝。究其原因所在,一言以蔽之,"不善处穷者也"②。也就是说,贾谊在面对生死问题时,不能在悲哀中看穿人生并承担生之使命,亦无法在死亡中汲取某种生的力量。他的悲剧是缺乏"向死而生"的勇气和韧劲的个性的悲剧。

后汉皇甫隆曾说:"天地之性,惟人为贵。人之所贵,莫贵于生。唐荒无始,劫运无穷,人生其间,忽如电过,每一思此,罔然心热。生不再来,逝不可追。"③诚哉斯言。尤其是亲友逝去之时,那种锥心的痛楚、无尽的憾恨,更是令人难以释怀。比如汉武帝的《悼李夫人赋》,便是通过幻想与追忆,抒发了对亡妃的绵绵伤痛:

> 美连娟以修嫮兮,命樔绝而不长。饰新宫以延贮兮,泯不归乎故乡。惨郁郁其芜秽兮,隐处幽而怀伤。释舆马于山椒兮,奄修夜之不阳。秋气潜以凄泪兮,桂枝落而销亡。神茕茕以遥思兮,精浮游而出畺。托沈阴以圹久兮,惜蕃华之未央。

这段文字以"不长""不归""不阳""未央"等表否定意义的语词作呼应,以陨落的秋桂和漆黑的长夜作喻体,以"怀伤""遥思""惜"等表示心理的词语相贯通,使赋文蒙上了浓郁的感伤气息和沉重的痛苦心绪。而且,我们还可透过凄怆伤怀的情感帷帐,窥见汉武帝对生命易逝的理性思考。"他以为,生命的价值在于生命本身的美丽,而死亡意味着一个美好生命的肉体消失。……所以,武帝伤怀的是美丽生命的肉体消殒。"④这与汉武帝的世界观变化有关,据《史记·封禅书》和《汉书》之《武帝纪》《郊祀志》等记载,元狩五年(公元前118)汉武帝得了一场大病之后,深感到生命的脆弱,从此逐渐沉迷于神仙。这种变化同样体现在他的《秋风辞》和《李夫人歌》中。在这里,对功业的孜孜以求已荡然无存,代之而起的是对生命的思

---

① (清)陈螺渚语,转引自于光华编:《评注昭明文选》,扫叶山房本。
② (宋)苏轼:《贾谊论》,孔凡礼:《苏轼文集》,中华书局1986年版,第105页。
③ (后汉)皇甫隆:《上疏对曹公》,(清)严可均辑:《全后汉文》卷九十四,商务印书馆1999年版,第954页。
④ 刘向斌:《西汉赋生命主题论稿》,中国社会科学出版社2012年版,第128页。

索与追问、对生命存在的珍视与爱恋。①

而神仙的信仰,又使他相信李夫人已成为自由游走的灵魂存在,"忽迁化而不反兮,魄放逸以飞扬",故滋生出相见厮守的幻象。然而李夫人魂魄"哀裴回以踌躇""遂荒忽而辞去",又将其幻想打破,再次回到生死相隔的残酷现实。这更令他陷入"思若流波,怛兮在心"的绵绵伤痛之中。可见,在赋中,"我们没有发现通常的求仙者常有的那种对生命的乐观的幻想,却发现他严重的感伤情绪。在感伤远没有成为文学风气的武帝时代,我们只能说他的感伤纯粹是自发的,是他个人欹侧不平衡的生存心态的表现"②。这种自发的感伤一是来源于他对逝者的真挚情感,二是来源于他通过幻象追逐以反抗死亡而不果的挫败感。

为猝然逝去的生命感到痛心以及惋惜的还有东汉苏顺所作的《叹怀赋》:

> 悲终风之陨萚,条枝梢以摧伤。桂敷荣而方盛,遭暮冬之隆霜。华菲菲之将实,中夭零而消亡。童乌浚其明哲,悲何寿之不将。嗟刘生之若兹,奄弥留而永丧。

此赋由物及人,由童乌及刘生,表达了对朋友"中夭零而消亡"的哀悼。生命是如此的脆弱,任何"修婷""敷荣""方盛""明哲"的人与物最终都将湮灭。那么,生命的意义到底何在? 司马相如以秦二世、张衡以托名为庄周的骷髅作为聚焦的对象,对之进行了追问。

《哀二世赋》以"哀"为感情基调,为读者展现了现实、历史、未来三重叠加的图景,以此来揭示生命个体(尤其帝王)之使命、价值与意义。现实图景以长阪为视点,由离宫而曲江、南山,由南山而溪谷、平皋,由众树、竹林而坟墓,自然物色的丰美与秦二世坟墓的芜秽形成强烈的对比。在永恒的自然面前,即使处于权力巅峰的帝王也泯然如众人一般最终归于坟茔,化为一抔黄土。如此,生之意义如何体现? 在司马相如看来,帝王个体生命的价值与意义不但体现在生前的修身进德与事业功绩上,更延续至身后的传颂口碑与绵长祭飨中。在历史的图景里,他哀叹二世生前"行德俱失",在未来的图景里又哀叹二世死后"魂无归处":

---

① 龙文玲:《论汉武帝〈李夫人赋〉及其文学史意义》,《学术论坛》2006 年第 5 期。

② 钱志熙:《唐前生命观和文学生命主题》,东方出版社 1997 年版,第 129 页。

持身不谨兮,亡国失势;信谗不寤兮,宗庙灭绝。呜呼哀哉,操行之不得兮。坟墓芜秽而不修兮,魂无归而不食。夐邈绝而不齐兮,弥久远而愈休。精罔阆而飞扬兮,拾九天而永逝。

这不独是二世的悲哀,更是一个王朝的悲哀。故桓谭评此赋曰:"其言恻怆,读者叹息,及卒章切要,断而能悲也。"①确实,司马相如撰写此赋不独是要给汉武帝一面比鉴之镜,更体现了他对生命的一种哲学意义上的形而上的思考。

张衡《骷髅赋》开篇如是写:"张平子将游目于九野,观化乎八方。星回日运,凤举龙骧。南游赤岸,北陟幽乡。西经昧谷,东极扶桑。"这一段想象中的意气风发的四野遨游,实际上正是赋家希望在广阔天地"有为"的象征。但当"有为"的张平子"顾见"委于尘土的骷髅,见到一切的"有为"之举最终都是一场空幻的结局,郁积在心底已久的生死困惑,引发他对骷髅有过的人生予以追问:

子将并粮推命,以夭逝乎? 本丧此土,流迁来乎? 为是上智,为是下愚? 为是女人,为是丈夫?

因疑惑于骷髅的死因、死地、身份和性别,张平子故发此四问。在与骷髅的问对中,《庄子·至乐》中的问话重点在于:贪生失理、亡国之事、钺斧之诛、不善之行、冻饿之患等战国时期的主要社会问题。而这里,张平子所问则涉及三个方面:一是"并粮推命"的兼并土地粮食的豪强行为,二是死亡流迁普遍,三是悬殊的等级观念。② 这些也是张平子关注却无法改变的当下社会问题。"怅然"感油然而生,体现了张平子执着于"生而有为"观念,以求解决大众生存状态,却无力回天的心态。即使如此,张平子按照世俗的"嘉生恶死"观念,还是欲祷于神祇,使骷髅返回于人之为人的生存本相。

面对能再次复活的机遇,骷髅拒绝了,并给了张平子一个颇含深意的解释:

①　(南朝梁)刘勰:《文心雕龙》卷三《哀吊》,范文澜注:《文心雕龙注》,人民文学出版社1958年版,第241页。
②　宗明华:《张衡〈骷髅赋〉解析——庄子对汉魏抒情赋的影响》,《烟台大学学报》2008年第4期。

　　　　死为休息,生为役劳。冬冰之凝,何如春冰之消? 荣位在身,不亦
　　轻于尘毛?

　　　　这里既有对庄子"生之累,死之至乐"的阐发,更有生死变化的形象之
喻:生而存有,如冬水之凝而成冰;死而无有,如春冰之化而为水。凝冰消融
的过程,正是由生而死的过程,是一个自然而然的过程。更何况生的存在并
不令人羡慕,即便是世俗眼中"有为"的标志——高官荣位,亦轻于鸿毛。
这番解答与千载之后西方叔本华的陈述非常相似:"在'时'与'时'之中,或
是由于'时'而发生万物的转变,只不过是形式而已,恒久不灭的'生存意
志'所表示的是,一切努力都归于空零。"[1]
　　　　在骷髅这种生死观的化解下,追求"有为"的人生显得毫无意义,无论
是"飞凤曜景"的军事武功,还是"秉尺持刀"的经国治世,皆为"巢、许所耻,
伯成所逃"。而且,代表一切皆完结的"死"的快乐与逍遥,却远远胜过有为
而生的艰难与困苦。令骷髅快乐与逍遥的世界,是什么样貌呢? 那里"尧
舜不能赏,桀纣不能刑。虎豹不能害,剑戟不能伤。与阴阳同其流,与元气
合其朴。以造化为父母,以天地为床褥。……合体自然,无情无欲",是一
个没有伤害、痛苦与天地万物化为一体的境界。
　　　　至此,生与死的困惑之结,在一刹那间解开,一种悲从中来的巨痛,令张
平子"为之伤涕"。这泪水为人生所有的奋争、努力,终归委于"人固有一
死"的人生幻灭而流,还为世道凌迟生不如死的艰难时世而流。张衡以其
奇诡的赋文,完成了他对有限人生的反观与思考以及理性但诗意的表现。
　　　　坟墓,也是一个在诗赋作品中不断出现的悲凉而沉重、痛苦而哀伤的物
象。如诗歌中"驱车上东门,遥望郭北墓"之"郭北墓","蒿里谁家地? 聚敛
魂魄无贤愚"之"蒿里","惨郁郁其芜秽兮,隐处幽而怀伤"之"处幽"等。
这个物象不断提醒人们这是生命无一例外的归所。不过,汉代《太平经·
葬宅诀》却认为坟墓不是死亡的最后结果,也不是生命灰飞烟灭的终结,而
是"魂神复当得还"的寄居地。其文曰:"葬者,本先人之丘陵居处也,名为
初置根种。宅,地也,魂神复当得还,养其子孙,善地则魂神还养也,恶地则
魂神还为害也。五祖气终,复反为人。天道法气,周复反其始也。"[2]
　　　　以坟墓为题材的赋篇是张衡的《冢赋》。章樵题注曰:"古者不预凶事

————————
　　① 〔德〕叔本华:《生存空虚说》,转引自陈琰:《心灵简史——探寻人的奥秘与人生的意义》,
　　　线装书局 2003 年版,第 3 页。
　　② 王明编:《太平经合校》,中华书局 1960 年版,第 182 页。

冢圹,卜葬而后穿筑。……汉之人主多预为陵庙,则士大夫必有预为冢兆者。详观此赋,其平子预为筑之冢邪?"①章樵的推论应该是比较可信的。据考证,是赋作于永和二年(137)或三年(138)②,是张衡暮年有感生年不永而作。从描写内容看,赋详细介绍了冢墓的定址、方位、构造以及周围的环境设施,对后人了解汉代坟墓建筑及风水信仰③提供了宝贵的材料。就思想情感观念看,《骷髅赋》与《冢赋》作年相近,前者恶生乐死观念在后者中得到鲜明的体现与发展。"幽墓既美,鬼神既宁,降之以福,于以之平。如春之卉,如日之升。"在这样的描述中,读者感受到的并不是恐惧与忧伤,而是作者的惊喜、欣慰,以及对未来的憧憬与向往。张衡竟然能够产生这样的慰藉与希望,其心理支撑正是汉代"魂神复当得还"的观念。

我们看到,汉赋中与死亡相关的描写确实展示了汉赋家多面的死亡认知和生命情怀。他们既承袭儒家"生则乐生,死当安息""重生轻死"的观念,又阐发了道家"乐死恶生""乐死顺生"的意识。而且,儒道死亡意识在汉赋家那儿并没有截然分开,而是以交融、互补的姿态存在。他们是将死亡理解为一种积极、能动的到场,而非一种消极、无能的缺席,虽视死亡为生命的休止阀,但又认为死亡激励和促动了生命,从而体现出对有限生命更为强烈和深切的爱恋。

第三节　游戏的追慕与嘲谑的态度

以上论述的政治渴望与生存焦虑,乃是赋家在现实与理想、中心与边缘、仕与隐、生与死之间抉择、衡量时情志、心态的主要体现。因其与现实、政治、教化密切相关,往往给人以严肃而正大、压抑而沉重之感。不过,《古文苑》辞赋中包含的情感指向并不是单一的,还包含着另外一种情感指向。那就是赋家暂置于现实世界之外的或从严峻的现实中疏离出来的,以游戏与嘲谑所展现的闲适、娱乐情趣。它使赋家在一定程度上褪淡了(或超越了)人生的紧张感和强烈的功利目的而达到了心灵的安慰和自我的解脱。

一、游戏的追慕与真相

荷兰文化史学家约翰·赫伊津哈在《游戏的人》一书中强调指出:游戏

---

① (宋)无名氏辑:《古文苑》卷五,《四部丛刊》本,上海书店出版社 2018 年版。
② 彭春艳:《汉赋系年考证》,上海古籍出版社 2017 年版,第 207 页。
③ 姚圣良:《汉人的"风水"观念与汉赋的文学表现》,《学术研究》2016 年第 10 期。

是文化本质的、固有的、不可或缺的、决非偶然的成分,在人类进化和文化发展中有着重要作用。① 依此反观中国先秦文化,发现其中也蕴含有丰富的游戏成分。如"三至五胜"(或"五称三穷")的论辩游戏、春秋贵族宴饮时的引诗赋诗活动、隐语与俳优、孔子的"游于艺"、庄子的"卮、重、寓"三言、《礼记·学记》的"藏焉、修焉、息焉、游焉"②等,皆可证明先秦文化娱乐游戏因素是具备的。先秦文化中的这种游戏因素在其演进中被一直保留并以多样化的形式(如仪式、诗歌、音乐和舞蹈等)在后世文化中不断演绎发展。而楚赋、汉赋以其隐语母体中谐谑的品质,加之楚汉文化中追求感官娱乐享受的活跃的游戏风尚,亦成为内蕴游戏精神的文学样式之一。

从隐语到汉赋的演进过程中,荀况和宋玉诸人是重要的一环。荀况《赋篇》的前一部分是五则隐语,先有谜面,后有谜底:礼、知、云、蚕、箴。后世学者肯定地说"谜语起初是神圣的游戏"。它在形式上保持对问、状物的特征,但"作为一种竞争形式,古代诗歌和古代谜语难以在表面上加上区别","谜语产生智慧,诗歌产生美感,两者都受一套游戏规则的支配"③。当然,荀况《赋篇》言语立意都较为庄重,体现出荀子作为一代儒家大师的严肃态度。

"在先秦文学史上,诗、骚词正意庄,唯谐隐时多嘲戏,假如说荀赋是将嘲戏之隐引入正庄儒道,则宋玉赋反以诗骚情词,导入谐隐嘲戏之途,使赋学宫廷化、游戏化。"④宋玉赋有如此特色,当与宋玉"小臣"⑤的身份相关。据《三礼》记载,小臣即相当于内宫君王的贴身侍从,主要负责君王日常琐屑礼仪,却保留着浓厚的先秦俳优的痕迹,陪王游宴、作赋以为娱乐正是这一职业分内的事。这屡见于宋玉赋中:

> 楚襄王与唐勒、景差、宋玉游于阳云之台。(《大言赋》)
> 楚襄王既游云梦,将置酒宴饮。谓宋玉曰:"寡人欲觞群臣,何以娱之?"(《舞赋》)
> 昔者楚襄王与宋玉游于云梦之台,望高之观,其上独有云气。(《高唐赋》)

---

① [荷]约翰·赫伊津哈著:《游戏的人》,何道宽译,花城出版社 2007 年版,第 10 页。
② (清)孙希旦撰,沈啸寰、王星贤点校:《礼记集解》卷二十六,中华书局 1989 年版,第 962 页。
③ [荷]约翰·赫伊津哈著:《游戏的人》,何道宽译,花城出版社 2007 年版,第 133、156 页。
④ 许结:《论宋玉赋的纯文学化倾向》,《阴山学刊》1996 年第 1 期。
⑤ 《襄阳耆旧传》卷一载,宋玉"求事楚友景差,景差惧其胜己,言之于王,王以为小臣"。习凿齿:《襄阳耆旧传》,商务印书馆 1915 年版。

　　审其赋文,则多悦笑游戏之趣。这种意味,恰如西方学者所揭示的"诗歌与游戏的契合,不仅是外在的契合,在创造性幻想的结构中,两者的契合也是显而易见的。在诗性用语的转向、母题的展开、情绪的表述里,总是有一种游戏元素在发挥作用"①。如《登徒子好色赋》,其文由"登徒子"进言、"楚王"询问、"宋玉"自辩、"章华大人"陈说组成,夸饰递进,语涉谐谑,多戏剧色彩。

　　当然,最具游戏精神的是《古文苑》所录的宋玉《大言赋》与《小言赋》。古往今来,评论者几乎均认同其为"游戏之作"。章樵在《古文苑》卷二《大言赋》注中曰:"楚之诸臣,当君危国削之际,不知戒惧,方且谀词以相角,恢谐以希赏,亦可悲矣。"②胡应麟在《诗薮·杂编》云:"大小言赋辞气滑稽,或当是一时戏笔。"③王世贞在《艺苑卮言》卷二亦云:"《大言》《小言》,枚皋滑稽之流耳。《小言》'无内之中'本骋辞耳,而若薄有所悟。④"对此,今人也多表示认同,⑤称两赋描写的是楚襄王主持的有宋玉、唐勒、景差参加的"讲大话比赛"和"讲小话比赛"。赋中妙语连珠,佳趣横生,意出尘外,怪生笔端,具有语言游戏的特征。⑥确实,宋玉大、小言赋"以大称人,以小绘物"既是上古"五称三穷"论辩游戏背景下的产物⑦,又是先秦诸子百家论辩游戏中一个比较热门的话题。这种论辩游戏,同时也是一种考验人们思维能力、知识水平的智力游戏。这或许较为接近康德的游戏概念——"幻想的游戏"(the play of imagination)、"思想的游戏"(the play of ideas)和"宇宙观念的全部的辩证游戏"(the whole idealectical play of cosmological ideas)。⑧

　　宋玉书写这个游戏,将不同人物所言互相对比并将自己写成游戏中的胜利者,用意何在? 蒋骥称"'大、小言'赋……意要假人以炫己之长"⑨,或许多少揭示了宋玉的写作动机。宋玉的长处在于其所绘的"大"和"小"突破了客观的极限,而向主观层面无限扩展,它以纯粹心灵的理解,以崇高和

---

① ［荷］约翰·赫伊津哈:《游戏的人》,何道宽译,花城出版社2007年版,第155页。
② (宋)无名氏撰:《古文苑》卷二,《四部丛刊》本,上海书店出版社2018年版。
③ (明)胡应麟:《诗薮·杂编》卷一,中华书局1958年版,第245页。
④ (明)王世贞撰,罗仲鼎注:《艺苑卮言校注》,齐鲁出版社1992年版,第93页。
⑤ 如游国恩认为"大小言赋者,本俳谐文之一种"(《宋玉大小言赋考》);刘刚也主张大小言赋是"嫚戏调笑"之作(《重论宋玉大小言赋之真伪》,《社会科学辑刊》2002年第6期)。
⑥ 吴广平:《宋玉研究》,岳麓书社2004年版,第264—265页。
⑦ 俞志慧:《从论辩游戏五称三穷看〈天问〉的成因》,《社会科学战线》2013年第1期。
⑧ ［荷］约翰·赫伊津哈:《游戏的人》,何道宽译,花城出版社2007年版,第57页。
⑨ (清)蒋骥:《山带阁注楚辞·楚辞余论》卷下《大招》,《文渊阁四库全书》第1062册,台湾商务印书馆1986年版。

幽微的美学体验和奇幻的想象力为人所领悟并接受。"方地为车,圆天为盖,长剑耿耿,倚天之外""无内之中,微物潜生。比之无象,言之无名。蒙蒙灭景,昧昧遗形"。其想象力可与庄子媲美,其夸张也是极为大胆,而令赋中之楚襄王大为叹赏:"此赋之迂诞,则极巨伟矣。"而且,还令赋外的读者——明代田艺蘅在《错言赋序》中击节称赞:"美哉,宋大夫之言乎! 大出无垠,小入无间,从横是非,淆乱真赝,极巨极微,如戏如幻。"①

　　现实中类同俳优、地位卑微的宋玉,其真实心境或如《九辩》所述"坎廪兮,贫士失职而志不平。廓落兮,羁旅而无友生。惆怅兮,而私自怜",是沉痛而压抑的。然而,在赋文本中,在这场语言游戏中,他体会到的是"胜利者"的欢畅之情。既得到了物质上的赏赐——"云梦之田",又遨游于想象中的大宇宙和微世界中,得以适性忘虑、怡情悦目,欣然忘记现实生活所带来的沉重感。

　　当然,也有学者认为宋玉的"大、小言赋"并非只是"语言游戏"或"一时戏笔",而是确有寓意②。我们觉得在这种"以文为戏"的活动中,大都是文学侍从以作赋的方式去取悦帝王,为帝王的巡行宴饮助兴添乐。如《舞赋》,更是将这一娱人目的直接载入赋文:

　　　　楚襄王既游云梦,将置酒宴饮。谓宋玉曰:"寡人欲觞群臣,何以娱之?"玉曰:"臣闻《激楚》《结风》《阳阿》之舞,材人之穷观,天下之至妙。噫,可进乎?"王曰:"试为寡人赋之。"③

　　伽达默尔说:"游戏就是具有魅力吸引游戏者的东西,就是使游戏者卷入到游戏中的东西,就是束缚游戏者于游戏中的东西。"④因此,我们认为与其煞费苦心去寻绎宋玉游戏类赋作的旨意,还不如还其本色,将其当作"缺乏'庄意'的宫廷文学弄臣的娱戏表演"的文学表达。它或许在合适的机会也会稍作微讽,更多的却"是对现实中未存在的'现象'经幻构得以娱悦、满足,也是作者解脱沉重的政教负荷之精神自由的显现"⑤。

---

①　(清)陈元龙:《历代赋汇·补遗》卷二十一《讽谕》,凤凰出版社2004年版,第743页。
②　刘刚认为两赋是"讽谏楚襄王若有重兴楚国的大志,当从'道'的根本处做起,也就是劝谏楚襄王要明白先修身而后治大卜的道理"。《宋玉大小言赋寓意探微》,《鞍山师范学院学报》2005年第6期。
③　(宋)无名氏辑:《古文苑》卷二,《四部丛刊》本,上海书店出版社2018年版。
④　[德]伽达默尔:《真理与方法》,洪汉鼎译,上海译文出版社2004年版,第137页。
⑤　许结:《论宋玉赋的纯文学化倾向》,《阴山学刊》1996年第1期。

如果说在上述娱人的游戏中,赋家被视作"诙笑类俳倡"的角色,因地位高下等级对立等原因,赋家主体的精神还未能尽情体现,那么,在汉初梁孝王梁园君臣宴集时以赋同娱的雅会中,赋家主体精神状态又是如何的呢?我们看到,这场文字创作竞赛有输赢,有赏罚:

> 梁孝王游于忘忧之馆,集诸游士,各使为赋……韩安国作《几赋》不成,邹阳代作,邹阳、安国罚酒三升,赐枚乘、路乔如绢人五匹。①

这种按照规则,各造赋篇,存在输赢较量的活动,是一个洋溢着浓郁游戏意味的雅会。不仅他们的咏物之赋呈露游戏笔墨和竞相逞才的味道,而且雅集的方式、整个雅集的过程皆富有游戏性。在游戏中,施动者与接受者双方由于同时作用于一个"游戏规则"而构成了共同的主体,两者之间的关系是平等、互动的。在以"才"来评价的观照活动里,按赋之优劣排序。它将赋家原本无功利的参与,导向一个有目的的主题——活动将赋家的自我价值展示合理化,游戏赢得了它完整的意义。

罗贝尔·埃斯卡尔皮有言:"把作家同可能存在的读者们紧密联系在一起,是文化修养上的共同性,认识上的共同性和语言上的共同性。"②可以想象,在景致优雅的环境里,枚乘等一批当时一流的赋家,以梁王好辞赋而相涌汇聚在一起,以文会友,志趣相投,其精神当是何等的愉悦,其姿态当是何等的风流!虽则有的赋家于游戏之中,托物言志,巧妙地传达对梁孝王的颂美之情,有笔谀之嫌,但赋家主体精神在游戏中得到的愉悦与满足、恣意与畅快却是毫无疑问的。

不过,有学者也发现这批赋家或把自己称为小臣,或把全体文士称为"倡"。如枚乘《柳赋》:"君王洲穆其度,御群英而玩之。小臣瞽聩,与此陈词。"又曰:"儁乂英髦,列襟联袍,小臣莫效于鸿毛,空衔鲜而嗽醪。"又如公孙乘《月赋》:"文林辩囿,小臣不佞。"邹阳《酒赋》:"君王凭玉几,倚玉屏,举手一劳,四座之士,皆若哺粱焉。乃纵酒作倡,倾碗覆觞。"以自谦或自嘲的语气为王助兴,应当是先秦宫廷赋家传统职业心态的遗留。③ 这种推断是有道理的。

而且,先秦宫廷赋家的传统职业不但在汉代赋创作者心态上同样有遗

---

① 　(晋)葛洪撰,周天游校注:《西京杂记》卷四,三秦出版社2006年版,第178页。
② 　[法]罗贝尔·埃斯卡尔皮:《文学社会学》,上海译文出版社1988年版,第126页。
③ 　郗文倩:《从游戏到颂赞——"汉赋源于隐语说"之文体考察》,《中国文学研究》2005年第3期。

留,还在接受者——帝王身上亦有反映。因骈辞大赋以颂赞的笔调对前所未有的强大汉帝国的繁荣景象与正在进行的文治武功予以描述与传播,又加之其承接了先秦楚赋的文字游戏传统,故帝王器重这些赋家而养在身侧,赐以官禄。如司马相如因奏天子游猎赋而被任命为郎;枚皋因善赋颂调笑被拜侍从之官;中山王在鲁恭王得文木时作赋而得赏骏马二匹;汉宣帝则命王褒、张子侨从行,"所幸宫馆,辄为歌颂,第其高下,以差赐帛"①;汉和帝时李尤曾"受诏作赋,拜兰台令"②;汉灵帝设立鸿都门学,延揽擅艺文之士,"或献赋一篇……而位升郎中"③;等等。然而,赋家准俳优的职业身份并未因其"润色鸿业"而有大的改观。不但创作者本身心理很不平衡。如"诙笑类俳倡,为赋颂好嫚戏"④的枚皋尚且感到受轻视:"为赋乃俳,见视如倡,自悔类倡也。"少时一心规摹大赋的重要赋家扬雄,在晚年也以为作赋"又颇似俳优淳于髡、优孟之徒,非法度所存,贤人君子诗赋之正也,于是辍不复为"⑤。而且,帝王授予赋家官职之举,并未真正提高赋家的社会地位。如对鸿都赋家,"士君子皆耻与为列焉","杨赐号为'驩兜',蔡邕比之'俳优'"⑥。

　　个中原因,其一,在于赋固有的文体特征。赋总是"推类而言,竟于使人不能加也",极力渲染娱人耳目的部分,以致作品"劝百讽一"。"'劝百讽一'的赋,颇似俳优滑稽之徒的言辞,纵有所讽,也是隐藏在众多似是而非的意思之中,因为它'非法度所存,贤人君子诗赋之正'"⑦,丧失了话语的严正性,而沦为"戏辞"。

　　其二,在于生产者与消费者不对等的关系。如汉赋的生产者不论是诸侯门客,还是皇帝身边的言语侍从之臣,抑或是东观校书郎或将军幕僚,他们的身份本质有极大的相似性:准俳优的职业身份。消费者(君王)与赋家准俳优的职业身份之间所体现的是"观众"与"表演者"、"笑"与"被取笑"、"弄"与"被戏弄"之主客体的对立关系。尽管有汉宣帝看到了赋"辩丽可喜""虞悦耳目""贤于倡优、博弈远矣"⑧的可取面,但无改于绝大多数消费

①　(汉)班固撰,颜师古注:《汉书》卷六十三《王褒传》,中华书局1962年版,第2829页。
②　(南朝宋)范晔:《后汉书》卷八十上《文苑列传》,中华书局1965年版,第2616页。
③　(南朝宋)范晔:《后汉书》卷七十七《阳球传》,中华书局1965年版,第2499页。
④　(汉)班固撰,颜师古注:《汉书》卷五十一《枚皋传》,中华书局1962年版,第2367页。
⑤　(汉)班固撰,颜师古注:《汉书》卷八十七下《扬雄传》,中华书局1962年版,第3575页。
⑥　(南朝梁)刘勰:《文心雕龙·时序》,范文澜注:《文心雕龙注》,人民文学出版社1958年版,第673页。
⑦　何新文、苏瑞隆、彭安湘:《中国赋论史》,人民出版社2012年版,第26页。
⑧　(汉)班固撰,颜师古注:《汉书》卷六十四下《严朱吾丘主父徐严终王贾传》,中华书局1962年版,第2829页。

者将赋类同"倡优、博弈"的事实。也就是说,尽管赋本由其母体带来的游戏特征吸引了君王的目光,但也使君王不会以严肃的态度对待之。其"诙谐""优语"的特点,使人们认为赋是博一笑的雕虫小技。

其三,在于汉代整体上是主讽谏、尚用的赋学观。汉代赋家们写作辞赋美文其中一个重要的动因,就是为显示自己的言语辩才,借赋表现自己"感物造耑,材知深美,可与图事"①的能力。所以他们一方面表现出对自我才华的深深眷恋,以及以这种方式来实现自我价值的执着;另一方面又受到主讽谏、尚用的赋学观的影响,因赋"文丽用寡",于教化功用甚微,而自我谴责甚至"自悔类倡"。于是,当他们参与自己喜欢的游戏(如汉代的竞赋活动),多数人都会忘情地投入,在认真专注于游戏的当下而忘怀功利。如《汉书·枚皋传》中,有枚皋与东方朔的比较:"皋为赋善于朔也";还有枚皋与司马相如的比较:枚皋"为文疾,受诏辄成,故所作赋多",而司马相如"善为文而迟,故所作少而善于皋"②。但当他退出游戏返回现实,又会清醒认识现实生活之不可无功利,而力拒非功利游戏之玩物丧志诱惑。

借用胡伊津哈的界定,游戏是一种自愿活动,在固定时空范围内进行。它以自身为目的而又伴有紧张、愉快的情感以及对它"不同于日常"的意识:第一,自愿原则;第二,游戏非日常与非真实的生活;第三,无功利性;第四,相对封闭性。因此,"游戏"的审美实践意义正在于反对苦难和恐惧,通过规则下的"对抗"张扬个体力量和精神愉悦。它对无功利性和封闭时空的要求,使其具有现实超越性,同时,它对游戏规则的坚守,对人类自由的弘扬,又具有强烈的理性精神。③

若以此审美认知来看待楚汉赋中的游戏,我们会发现,在文本的游戏里,赋家们快乐着,虽然有的快乐格调并不高雅,但他们凭借游戏得以完成一次又一次的远离日常生活的旅行或神游。在游戏的状态下,他们感到世界可大可小,高贵繁盛唾手可得,愉悦自由如影随形。同时,我们也还发现,与楚汉赋文本创作相关的游戏,实质上遭到了强大现实的介入甚至破坏。这是因为"赋家的准俳优身份使其对君王宫廷存在强烈的依赖性,这种生存状况反过来也左右着赋家的创作。由此,他们在写作时必须考虑接受者的特殊需要,甚至完全为迎合、取悦接受者而进行创作。这些赋家或许也有相当个人化的也可以说是最终属于纯文学的审美冲动,但在这样一种氛围

---

① (汉)班固撰,颜师古注:《汉书》卷三十《艺文志》,中华书局1962年版,第1754页。
② (汉)班固撰,颜师古注:《汉书》卷五十一《枚皋传》,中华书局1962年版,第2367页。
③ [德]胡伊津哈:《人:游戏者》,成穷译,贵州人民出版社1998年版,第5页。

的笼罩下,赋家的艺术无法得到个人化的完成"①。在游戏活动全过程中,艺术创作与艺术欣赏是割裂的、分离的,生产者与接收者对游戏的认知是模糊的、不自觉的。所以,赋从隐语母体带来的游戏特征和愉悦闲适情趣,在汉世特定环境下,是间歇而短暂的存在。而滑稽之士和有类倡优的赋家的存在,也只不过是"喻道"和"论政"所需。"若为赏心而作,则实萌芽于魏而大盛于晋。虽不免追随俗尚,或供揣摩,而要为远实用而近娱乐矣。"②所以楚汉赋作中展示的游戏,距离真正的游戏的精神还有较长的一段距离。

二、嘲谑的无奈与超越

实际上,怀才不遇的压抑、物质生活的穷困以及个体情感和文化创造上遭受的规范和宰制,却掠过游戏时的欢声笑语,时时袭来,而赋家在如斯的命运面前,往往无能为力。于是,他们选择了嘲谑。嘲谑,即嘲哂戏谑之意。它就像润滑剂,让人从世俗的烦琐与严峻的现实中疏离出来,在百无聊赖的世俗生活里加些或甜美或辣酸的佐料。

汉代戏谑文按调侃对象划分为以下几类:一是君臣之间的游戏之作,对象是君王;二是主仆之间的游戏之作,对象是奴仆;三是发育正常之人对侏儒的嘲讽;四是自我调侃之作。③ 在对自身身份地位比较清醒的认识下,汉代赋家娱悦耳目的对象出现了一种内向性的转移,即由文人作赋以取悦人主变为抒写向往心中理想境界或对社会不平现象进行嘲弄讥笑,以此来满足自己的愿望,平衡心理,获得精神上的某种愉悦。④ 在赋文本中,他们比口舌之快,逞文笔之才,他们于赏歌观舞中纵情欢笑,于尺寸棋枰上流连忘返。他们用一份卖身契捉弄不愿为主人以外的男人沽酒,甚至愤而到主人坟前投诉的奴仆;⑤调侃"既乱且赭,枯槁秃瘁"的须髯奴的长须"曾不如犬羊之毛尾,狐狸之毫厘";⑥戏谑"出自外域,戎狄别种"的侏儒短人的习性、

---

① 郗文倩:《从游戏到颂赞——"汉赋源于隐语说"之文体考察》,《中国文学研究》2005年第3期。

② 鲁迅:《中国小说史略》,东方出版社1996年版,第43页。

③ 李炳海列举这四种类型的作品有司马相如《美人赋》,王褒《僮约》与《责须髯奴辞》,《汉书·东方朔传》欺给侏儒的故事,东方朔《答客难》、扬雄《逐贫赋》、张衡《骷髅赋》、戴良《失父零丁》等。李炳海:《严肃的面孔和调侃的笑容——汉代颂箴及戏谑文杂议》,《辽宁大学学报》1999年第5期。

④ 曹明纲:《赋学概论》,上海古籍出版社1998年版,第271页。

⑤ (汉)王褒:《僮约》,(宋)无名氏辑:《古文苑》卷十七,《四部丛刊》本,上海书店出版社2018年版。

⑥ (汉)王褒:《责须髯奴辞》,(宋)无名氏辑:《古文苑》卷十七,《四部丛刊》本,上海书店出版社2018年版。

脾气、体态和声貌;①嘲笑虽"轻黠便捷,却欲心发露,受制于人"的"形陋仪丑"的王孙。②

而尤引人重视的是把忧愤化为嘲哂,用幽默消解苦闷,将苦难用嬉笑来调侃,用佯狂来面对世人以自我调解与超脱的自我调侃之作。这类赋作最大的特点就是讽刺的方向主要指向作者自身。自我嘲解是一种抱怨的方式,其实暗示了作者傲岸不屈的个性,并表达不遇之感。因仕途受阻碍,而个人无力抗拒,因而寓沉痛于嬉笑之中。③ 那么,《古文苑》收录的汉晋时期这类作品背后反映的世相与士风如何? 体现了士人怎样的个性心态与时代精神的变迁? 这些问题很值得思考。

东方朔的《答客难》可谓是最早以滑稽、嘲谑方式书写的赋作。不过,司马迁《史记·滑稽列传》中没有东方朔,褚少孙补《史记·滑稽列传》时收东方朔于其中,主要记载其上书自荐、岁尽弃妇、作隐歌、识驺牙事。扬雄在《法言》之《渊骞》中归东方朔为"诙隐"类,认为他"非夷尚容,依隐玩世,其滑稽之雄乎!"④班固在《汉书》中将汉武帝时期彬彬称盛的人才分为儒雅、笃行、质直、推贤、定令、文章、滑稽、应对⑤等诸多类型。其中,滑稽类的代表人物即东方朔和枚皋。并在《东方朔传》中详记其上书自荐、欺绐侏儒、小遗殿上、调笑郭舍人、割肉遗细君等狂事,赞语也基本引述了《渊骞》之语。而且,在《叙传下》也提及"东方赡辞,诙谐倡优",对东方朔的评价基本沿袭了扬雄"滑稽之雄"的看法。另外,蔡邕《释诲》亦云:"东方要幸于谈优。"⑥

东方朔的"滑稽"固然一方面是其本性的流露,但亦不排除是其实现政治追求的一种手段。就后者而言,应与当时的世相、士风息息相关。"文景之治"后,随着整个社会经济形势的快速好转,社会上从上到下逐渐形成了生活奢靡的不良风气。而汉武帝建元元年(前140)是西汉社会士风、世风发生变化的重要关节点。⑦ 桓宽《盐铁论·救匮》称:"文、景之际,建元之

① (汉)蔡邕:《短人赋》,(宋)无名氏辑:《古文苑》卷十一,《四部丛刊》本,上海书店出版社2018年版。
② (汉)王延寿:《王孙赋》,(宋)无名氏辑:《古文苑》卷六,《四部丛刊》本,上海书店出版社2018年版。
③ 苏瑞隆:《汉魏六朝俳谐赋初探》,《南京大学学报》2010年第5期。
④ (汉)扬雄著,韩敬注:《法言注》卷十一,中华书局1992年版,第300页。
⑤ (汉)班固撰,颜师古注:《汉书》卷五十八《公孙弘卜式兒宽传》,中华书局1962年版,第2634页。
⑥ (南朝梁)范晔:《后汉书》卷六十下《蔡邕列传》,中华书局1965年版,第1987页。
⑦ 孙少华:《盐铁论——与西汉经济转型中的学术及文学生态》,《河南大学学报》2012年第2期。

始,大臣尚有争引守正之义。自此之后,多承意从欲,少敢直言面议而正刺,因公而徇私。"①而这种从汉武帝朝风气的转向,对社会风俗及文学风尚的影响是深刻而巨大的。

《汉书》曾经记载当时的这种社会变化:"时天下侈靡趋末,百姓多离农亩。"②而汉赋的"劝百讽一"则是士风"多承意从欲,少敢直言面议而正刺"的间接反映。如司马相如《子虚赋》《上林》赋,虽"其指风谏",但"侈靡多过其实"的过度夸张却湮没了文学作品的劝谏本意,反刺激了汉武帝的沉溺声色之心。

东方朔虽借自己的滑稽多智得以接近、亲近汉武帝,但他并不是"谀言"之辈,《汉书》云"然时观察颜色,直言切谏,上常用之"。"直言切谏"是实,如曾向武帝谏除上林苑,提出三不可的理由,目的是"强国富民";谏武帝尊馆陶公主之男宠董偃;等等。不过,"上常用之"之语与史实相抵牾。《汉书》本传记载汉武帝"然遂起上林苑,如寿王所奏云",对东方朔之疏远董偃的提议,亦未采纳,只是"引董君从东司马门"③,敷衍而已。所以,东方朔深感直言切谏之难,他在《非有先生论》中先后用了四个"谈何容易"来论述个中的酸楚与难处。因而,他只好将他滑稽的外在表现、朝隐的处世态度,以独特的智慧表现在文学创作上了。《答客难》即是其中之一。

赋中,东方朔以自己回答"客"问难的形式,论述了作为知识分子虽怀不世之才而不遇明君的尴尬境地。赋先揭示了皇帝专制下的文士悲剧命运:"尊之则为将,卑之则为虏;抗之则在青云之上,抑之则在深泉之下;用之则为虎,不用则为鼠。"在发泄了汉武帝凭一己好恶来决定士子升迁荣辱,全无法度与公平的愤懑与牢骚后,就开始了自嘲:"使苏秦、张仪与仆并生于今之世,曾不得掌故,安敢望常侍郎乎?""虽然,安可以不务修身乎哉?"伏俊琏认为《答客难》夹杂着深刻的嘲谑,而这些嘲谑又是通过一种"豁达"的形式表现出来。④ 确是中肯之论。显然,这种以自我解嘲来消解不遇焦虑的方式,使赋充满嬉笑谐谑气氛。

然而,这恰如朱光潜所说:"'豁达'者在悲剧中参透人生世相,他的诙谐出于至性深情,所以表面滑稽而骨子里沉痛。"⑤《汉书》本传载:"朔因著

---

① (汉)桓宽撰,王利器校注:《盐铁论校注》卷六,中华书局1983年版,第374页。
② (汉)班固撰,颜师古注:《汉书》卷六十五《东方朔传》,中华书局1962年版,第2858页。
③ (汉)班固撰,颜师古注:《汉书》卷六十五《东方朔传》,中华书局1962年版,第2849、2851、2856页。
④ 伏俊琏:《汉代冷嘲热讽、嬉笑怒骂类俗赋》,《北方论丛》2004年第4期。
⑤ 朱光潜:《诗论》,三联书店1984年版,第26页。

论,设客难己,用位卑以自慰谕"。东方朔曾"文辞不逊,高自称誉",在武帝让其与朝廷中众多辩知弘达、溢于文辞之臣比贤时,亦自信"尚兼此数子"。他费尽心思跻身朝廷,"上书陈农战强国之计",也是要实现其一番抱负的,但"终不见用"。这样的政治命运,对东方朔来说确实是一个悲剧。"饱食安步,以仕易农;依隐玩世,诡及不逢"①的诫子之语,是其饱含酸苦的人生感悟与经验,亦是其碰壁后无奈之中的智慧选择。

祖构《答客难》,并继承东方朔滑稽面的还有扬雄的《逐贫赋》。章樵注《逐贫赋》时曰"此赋以文为戏耳"②。钱锺书在评价《逐贫赋》时亦说:"按子云诸赋,吾必以斯为巨擘焉。创题造境,意不犹人。《解嘲》虽佳,谋篇尚步东方朔后尘,无此诙诡。"③"诙诡",有诙谐奇诡、荒诞怪异之意。《逐贫赋》"诙诡"的特征表现在:第一,出人意表的想象。扬雄给没有形质的贫穷注入了生命,使之具有人的情感,不仅赋予"贫"侃侃而答、语语中的的口才,而且有气宇轩昂、决然欲去的壮士之风。第二,一波三折的构思。首先为"扬子"再也忍受不了贫穷而怒气冲冲的抱怨,以及他对贫所下的义正词严的逐客之令;其次是听闻贫理直气壮辩护而静默无声;最后是"扬子"幡然醒悟,对"贫"提出诚恳的挽留,与之游息,共处终身。

不过,"扬雄的贡献绝非仅在于出人意表的想象、一波三折的构思和新颖鲜活的语言,更重要的是他让后人知道游戏之作不只是游戏,它可以表现人生中的真实苦乐和严肃思考,同时也让后人知道另有一种更为乐观、更为坚定、更为超越地看待人生的态度"④。

扬雄本非凡庸之辈,作为满腹经纶的饱学之士,扬雄在四十余岁时因有人荐其"文似相如"被汉成帝召至京师待诏,献赋而除为郎,给事黄门。他的贫穷拓落,缘于西汉季世社会现实与自己廉隅孤介的个性。《汉书》本传载:"哀帝时,丁、傅、董贤用事,诸附离之者或起家至二千石。"显贵用事,所荐莫不拔擢,附谀者无不升迁,扬雄由于不善于巴结权贵,却三世(成、哀、平)不徙官,一直官微位卑,生活贫困。而他亦默然"自守"于令时人不解以至于嘲讽的《太玄》《法言》等著述中,而至"素贫"。因为,他在贫穷的坚守中找到了更有价值的人生目标——重新阐发儒家经典,"意欲求文章成名

① (汉)班固撰,颜师古注:《汉书》卷六十五《东方朔传》,中华书局1962年版,第2863、2864、2874页。
② (宋)无名氏辑:《古文苑》卷四,《四部丛刊》本,上海书店出版社2018年版。
③ 钱锺书:《管锥编》(三),三联书店2015年版,第1525页。
④ 徐可超、李嘉:《扬雄对诙谐赋文化品位的提高》,《东方论坛》2005年第1期。

于后世"①。

对于贫穷的厌恶和嫌弃，是人类普遍情感的反应。朱光潜曾说："凡是游戏都带有谐趣，凡是谐趣也都带有游戏。谐趣的定义可以说是：以游戏态度，把人事和物态的丑拙鄙陋和乖讹当作一种有趣的意象去欣赏。"②《逐贫赋》之所以充满谐趣，是扬雄将"贫"这一人类普遍厌恶和嫌弃的东西当成一种"有趣的意象去欣赏"。逐贫而又留贫，斥贫而又爱贫，一体而二面，"其中凝结着扬雄一生在犹疑中对情操的把持，在寂寞中对理想的追求，在苍凉中对世事的参透，这不能不算是一种豁达，也不能不算是一种超越"③。

汉代开创的嘲谑文风表现出传统文化心理的强大惯性而流播于后。至魏晋时期因世风放诞，世人多以嘲谑为戏。如《三国志·诸葛恪传》载，诸葛恪父瑾，面长似驴，孙权大会群臣，使人牵一驴入，长检其面，题曰："诸葛之瑜。"恪跪曰"乞请笔，益两字"。因听其笔，葛续其下曰"之驴"。举座欢笑，乃以驴赐葛。又《世说新语·排调》记载的 65 则故事，大多数是晋代士人间的诙谐调笑。王济风流俊爽，为西晋名流之一。如《排调》第八载其父"王浑与妇钟氏坐，见武子（王济）从庭过，浑欣然谓妇曰：'生儿如此，足慰人意。'妇笑曰：'若使新妇得配参军（王沦），生儿故可不啻如此！'"故东晋葛洪《抱朴子·疾谬》评说道："世故继有，礼教渐颓。敬让莫崇，傲慢成俗。……不闻清谈讲道之言，专以丑辞嘲弄为先。以如此者为高远，以不尔者为骎野。于是驰逐之庸民，偶俗之近人，慕之者犹宵虫之赴明烛，学之者犹轻毛之应飙风。嘲戏之谈，或上及祖考，或下逮妇女。"④作为表现士人才情的文学创作，因之也自然地沾染了调谑之风。⑤

记载左思与白发争执于镜前的《白发赋》即是一例。发肤乃人体最亲近的部分，往往被用来指代自身。左思就是以拔去垂鬓白发这么一件不值得一提的小事来嘲谑自己，并寄予无限深沉、无限痛切的人生感慨：

> 星星白发，生于鬓垂。虽非青蝇，秽我光仪。策名观国，以此见疵。将拔将镊，好爵是縻。

① （汉）班固撰，颜师古注：《汉书》卷八十七下《扬雄传》，中华书局 1962 年版，第 3583 页。
② 朱光潜：《诗论》，三联出版社 1984 年版，第 22 页。
③ 徐可超、李嘉：《扬雄对诙谐赋文化品位的提高》，《东方论坛》2005 年第 1 期。
④ 杨明照《抱朴子外篇校笺》，中华书局 1991 年版，第 601 页。
⑤ 如曹植《鹞雀赋》、仲长敖《覈性赋》、王沈《释时论》、左思《白发赋》、张敏《头责子羽文》、束皙《饼赋》、鲁褒《钱神论》等。

"我"见"星星白发,生于鬓垂",感到这一瑕疵有碍仕途,就迁怒白发并要将其拔除。这一拔发的动机,令人颇觉荒唐可笑。果然,白发听到迁怒于己,且将被拔除,简直火冒三丈,"愁然自诉",并愤怒大呼:"朝生昼拔,何罪之故?"在将要拔除时,更是"瞋目号呼:何我之冤,何子之误!""何必去我,然后要荣"。白发的这一番感情激越的辩驳,确实很服人心。仕途升迁本与白发仪容并无直接的关系,但又脱不了关系。"我"便引用著名神童甘罗、子奇、终军、贾谊等少年英才为例,以证明老不如少,而坚持拔发。白发亦不示弱反驳"我"曰:

> 甘罗自以辩惠见称,不以发黑而名著。贾生自以良才见异,不以乌鬓而后举。闻之先民,国用老成。二老归周,周道肃清。四皓佐汉,汉德光明。何必去我,然后要荣?

指出甘罗、贾谊的才能并非年少所致。商朝二老(伯夷、吕望)回到殷商,便使整个朝代兴盛起来,商山四皓辅佐汉朝,汉朝政治一片光明。以此说明了出人头地在于才气,不在于年纪。于是"我"便将原因归之于"曩贵耆耄,今薄旧齿"的世风,告知拔发之举仅是"随时之变"。至此,白发才哑口无言,"发乃辞尽,誓以固穷",一场尖锐的争吵,就此平息。在这里,白发就是"我"的一身二面,白发是"我"一生不得见用的见证,白发激烈陈词要保旧颜,恰是"我"最伤痛和不忍再见的。这是因为"人到中年才能深切的体会到人生的意义、责任和问题,反省到人生的究竟,所以哀乐之感得以深沉"[1]。于是,"我"心平气静地劝说实乃自欺欺人的安慰,到底是谁导致有才的"我"直到白发幡然依然还沉于下僚且仕途无望?"我"并不是不能洞察,只是无法明言罢了。"我"深知,处于压抑人才的浊世当中,即便不拔去白发,也是"虽有二毛,河清难俟"。

"虽似嘲谑,实有兴也"这是与左思同时代的张敏在《头责子羽文》小序中的一句话,左思此赋也有此意味。他以奇幻的情节、荒诞的对话,将拔白发这一生活中极平常的举动,小题大做:以之抨击不合理的门阀制度,抒发了寒族贫士的辛酸,游戏笔墨中折射出人情世态。这副笔墨苏瑞隆认为与西洋文学中的"嘲弄史诗"(mock-epic)和"嘲弄英雄诗"(mock-heroic),以史诗高贵雄浑的语言来描写微不足道的琐碎主题的写法极其类似[2],确是

---

① 宗白华:《美学散步》,上海人民出版社 1981 年版,第 184 页。
② 苏瑞隆:《汉魏六朝俳谐赋初探》,《南京大学学报》2010 年第 5 期。

灼见。据查阅,魏晋时期诸多诗文多有对白发的咏叹。如:

> 遭值有道之世,免致贫贱之患,援鉴自照,鬓已半白,良可惧也。
> (应璩《与夏侯孝智书》)
> 举华镜以自览,被玄鬓而垂白。(夏侯湛《合欢被赋》)
> 斑鬓髟以承弁兮,素发飒以垂领。(潘岳《秋兴赋》)
> 素颜敛光润,白发一已繁。(陶渊明《岁暮和张常侍》)

这些吟叹白发之作,大多有惊悚时光速流的生命意识。而左思书写这一意象,除了叹惜早生华发、功业无成之情怀外,还有着"以文鸣不平"的思想意义。

左思出身于小吏家庭,是以才能跻身官僚体制的低级官吏,做过秘书郎、祭酒等小官,又加之"左"姓并非显姓,仪容"貌寝口讷",依九品中正制和其时流行的人物评品等第,属于寒士阶层而处于受排挤、受压抑、遭歧视之列。这在很大程度上影响了左思的仕途和心理,他清醒地意识到事不可为,壮志难酬。如将《白发赋》与其《咏史八首》《招隐二首》《杂诗》等对照来读,就可发现,他"以文鸣不平",思考社会不公、仕途蹭蹬的原因是由来已久。如《咏史》其二之"世胄摄高位,英俊沉下僚。……冯公岂不伟? 白首不见招",《咏史》其八之"落落穷巷士,抱影守空庐。出门无通路,积棘塞中途。计策弃不收,块若枯池鱼",以及《杂诗》之"高志局四海,块然守中堂。壮齿不恒居,岁暮常慨慷"[1],等等,都与《白发赋》中"曩贵耆耄,今薄旧齿。皤皤荣期,皓首田里。虽有二毛,河清难俟"之语意、心境、情感相符相应,笔锋均指向门阀制度用人之弊。只不过,咏史诗与杂诗严正而精切,《白发赋》尖新而诙谐。

赋家采取这一种诙谐嘲讽形式,与命运及自己边开着玩笑,边挥抒郁愤,自勉自慰,毕竟也是一种消解痛苦的方式,更是一种精神胜利的征服。它可以让自己暂时安于现状,怡然自得,关闭上那双可能瞥见真实的眼睛。这种心理状态,正如仪平策所说:"尽管这是暂时的解脱和慰藉,没有而且也不可能真正超解内在的矛盾和痛苦,摆脱心情的悲怆和忧伤,但它毕竟使弥漫在悲云愁雾中个体生命透出亮色,显现了一种也许还不很明确的新的自我超越意识和追求。"[2]

---

①　逯钦立:《先秦汉魏晋南北朝诗·晋诗》卷七,中华书局 1983 年版,第 735 页。

②　仪平策:《中国审美文化史·秦汉魏晋南北朝卷》,山东画报出版社 2000 年版,第 223 页。

如果说体物大赋体现了"曲终奏雅,劝百讽一"的"喻道"和"论政"意识,那么,《古文苑》所录抒情赋则主要担当起抒发赋家一己之情的任务。这些情感既表现出赋家在出处抉择之间的徘徊、痛苦以及种种愤激不平,也表现出了赋家在世俗情爱、生死面前的节制、挣扎以及深深的依恋,更表现出赋家嘲谑命运、消解痛苦、寻求解脱的意识。这些进入赋家心灵视野的自然、社会和人事,在他们心中荡起不同的情感波澜,从而为我们凸现出一个个斑斓的情感世界。其"抒写性灵,歌唱情感"的书写意图及艺术张力,使《古文苑》中的选赋附着上了颇有温度的特姿异彩。

第七章　选义寻幽:《古文苑》辞赋文化意蕴

辞赋因其"起于情事杂沓"的社会性、"体国经野"的政治性以及"赋兼才学"的包容性,故文化背景深广,文化内涵丰富。然而,从20世纪80年代至今的辞赋研究成果,"主要限于对赋体文学自身的探讨,而对赋文学的产生背景与文化内涵,却涉及不多,这在一定程度上影响了赋体文学研究的深入与拓展"①。鉴于此,本章在对《古文苑》所录辞赋文本解读的基础上,拟分四节,从文化阐释的角度,进一步探讨《古文苑》所录辞赋与其时典章制度、政治和社会组织、风俗习惯、学术思想、宗教信仰等的关联,以之为当下的辞赋文化研究助力。

第一节　动物与符号:赋之畋猎与皇权文化

畋猎之事,古已有之。像传说中的《弹歌》②以及《诗经》之《秦风·驷驖》和《大雅·车攻》③等,就是对先秦狩猎活动较早的诗性描述。其后,大量的畋猎场景在楚辞、汉赋中呈现并为后世的赋作所拟效,至梁时而成为一大赋类——畋猎赋。《文选》将畋猎赋列居第四,录有司马相如、扬雄、潘岳3家5篇作品。④清代陈元龙在《历代赋汇》中则更以"蒐狩"之名,收录了20篇作品⑤。对这一赋类,学界已从不同角度探究并取得了一定的研究成果:它们或注目于畋猎赋与礼制的关系⑥;或着力于畋猎赋的发展历程及书

---

① 许结:《赋体文学的文化阐释·前言》,中华书局2005年版,第1页。
② 《弹歌》:"断竹,续竹,飞土,逐肉。"
③ 清代程廷祚在《青溪集》中称:"若夫体事与物,《风》之《驷铁》,《雅》之《车攻》《吉日》,畋猎之祖也。《斯干》《灵台》,宫殿、苑囿之始也;《公刘》之幽居允荒,《绵》之至于歧下,京都之所由来也。"参见翁长森、蒋国榜编:《金陵丛书》,上元蒋氏慎修书屋1917年版。
④ 具体为:司马相如《子虚赋》《上林赋》(实《天子游猎赋》),扬雄《羽猎赋》《长杨赋》,潘岳《射雉赋》。
⑤ 汉魏畋猎赋8篇,分别为:司马相如《子虚赋》《上林赋》,扬雄《羽猎赋》《长杨赋》,张衡《羽猎赋》,王粲《羽猎赋》,曹丕《校猎赋》,应玚《西狩赋》。
⑥ 韩晖:《〈畋猎赋〉立类相关问题探论》,《广西师范大学学报》2010年第5期。曹胜高:《汉赋与汉代制度》第二章"汉赋与校猎制度",北京大学出版社2006年版。

写艺术①;或从经学与礼学双向视角对畋猎的题材再作诠分②;等等。在此基础上,如果从符号学的角度,关注畋猎赋中一直不太为人所注意的苑囿、动物及人物诸要素,考察其是否是此类赋作创作中约定缩成的、指称固定的标志物,并挖掘其作为符号的所指和能指意涵及其文化意义,或许能得到些许意想不到的收获。

一、苑囿:地理边界与权力隐喻

苑囿,又称狩猎园(paradise),为皇家在一定空间范围内捕杀、圈养禽兽的专属领地。古代早期文献对于不同时期的苑囿略有记载。如:

> (纣)益收狗马奇物,充仞宫室。益广沙丘苑台,多取野兽蜚鸟置其中。(《史记·殷本纪》)
> 文王之囿,方七十里。……寡人(齐宣王)之囿,方四十里。(《孟子·梁惠王下》)
> 鲁有大野,晋有大陆,秦有杨陓,宋有梦渚,楚有云梦,吴越之间有具区,齐有海隅,燕有昭余祁,郑有圃田,周有焦护,十薮。(《尔雅》卷七)
> 荆有云梦,犀兕麋鹿盈之。(《战国策·宋卫策·公输般为楚设机》)
> 及(周)惠王即位,取蒍国之囿以为囿。(《左传》庄公十九年)
> 为君子之将行也,郑之有原圃,犹秦之有具囿也,君子取其麋鹿,以闲敝邑,若何?(《左传》僖公三十一年)
> 卫献公戒孙文子、宁惠子食,皆服而朝。日旰不召,而射鸿于囿。(《左传》襄公十四年)
> 于是始皇以为咸阳人多,先王之宫廷小,……乃营作朝宫渭南上林苑中。(《史记·秦始皇本纪》)

沙丘、灵囿、大野、杨陓、梦渚、云梦、具区、海隅、昭余祁、圃田、焦护、原圃、具囿、上林苑……这些琳琅满目的苑囿名称,足显当时建囿之风极盛。不单中国古代,公元440年前后的利比亚、拜占庭,公元630年左右的南亚

---

① 袁世刚:《试探畋猎赋的奠基历程》,《河北北方学院学报》2010年第5期。刘贵华:《古代狩猎赋略论》,《沈阳师范学院学报》2000年第2期。
② 易竹溪:《唐前畋猎赋游乐崇礼考论》,贵州师范大学2015年硕士学位论文。

印度等都有规模宏大、物产丰富的狩猎园。而且,中外几乎都不约而同地认为:一个体面的狩猎场是皇室地位的基本象征,其中一个重要的标识就是苑囿的规模大小。

中国古代苑囿的规模由西周和春秋时期大者不过方百里,小者仅方四十里左右的空间,自秦起而扩建甚广。秦始皇统一六国后,"尝议欲大苑囿,东起函谷关,西至雍、陈仓",终因优旃劝谏辍止。① 但"欲大苑囿"在汉代却愈演愈烈。《史记》载"梁孝王筑东苑,方三百余里。广睢阳城七十里。大治宫室,为复道,自宫连属于平台三十余里"②,规模极大,几与帝王苑囿相比拟。帝苑即上林苑,汉初皇室一直保有秦上林苑地盘。至汉武帝时,苑囿面积更是扩展至数百里。司马相如《上林赋》、扬雄《羽猎赋》、班固《西都赋》、张衡《西京赋》和《三辅黄图》为人们提供了上林苑规模的基本史料依据。

司马相如《上林赋》以水系为依据,大体描绘了上林苑的地理范围:

> 终始灞浐、出入泾渭。酆镐潦潏,纡余委蛇,经营乎其内。荡荡乎八川分流,相背异态。东西南北,驰骛往来。

扬雄《羽猎赋序》则用夸张手法如此形容汉代上林苑:

> 武帝广开上林,南至宜春、鼎胡、御宿、昆吾,旁南山而西,至长杨、五柞。北绕黄山,濒渭而东,周袤数百里。穿昆明池,象滇河,营建章、凤阙、神明、馺娑,渐台、泰液象海水周流方丈、瀛洲、蓬莱。游观侈靡,穷妙极丽。③

其后,张衡《西京赋》进一步形容:"上林禁苑,跨谷弥阜。东至鼎湖,邪界细柳。掩长杨而联五柞,绕黄山而款牛首。缭亘绵联,四百余里。"班固在《西都赋》中称:"西郊则有上囿禁苑,林麓薮泽,陂池连乎蜀汉,缭以周墙,四百余里。"这种虚实相结合的描绘为人们展示了一个辽阔无垠、恢宏巨丽的皇家禁囿。有学者以为全盛时期的上林苑,其地理范围大体是:南至秦岭北麓,西极田峪河,东临灞河,北抵五陵原。东西长约100公里,南北宽

---

① （汉）司马迁:《史记》卷一百二十六《滑稽列传》,中华书局1982年版,第3202页。
② （汉）司马迁:《史记》卷五十八《梁孝王世家》,中华书局1982年版,第2083页。
③ 费振刚等:《全汉赋校注》,广东教育出版社2005年版,第193页。

约 30 公里,总面积约 3000 平方公里。

与苑囿面积增广同步的还有此空间内多样的地理环境和丰富怡人的景观。譬如苑囿中有森林、湿地、山丘、峡谷、草地、溪流、瀑布、池塘、岛屿、沼泽等自然风光;也有宫宇、眺望台、休憩处、更衣处、御膳房、亭台楼阁、拱廊、游廊、假山等人工景致;更有生活在这片"野外空间"中的繁茂植物和各色猎物。当然,各色动物才是"林麓之饶,于何不有"的苑囿中最吸引人的所在。

凡羽者、毛者、鳞者、介者、赢者各类动物充盈其中,众形殊声,目不应暇。据《汉官仪》记载:"上林苑中以养百兽,禽鹿尝祭祠祀,宾客用鹿千枚,麋兔无数。伙飞具缯缴以射凫雁,应给祭祀置酒,每射收得万头以上,给太官。上林苑中,天子遇秋冬射猎,取禽兽无数实其中。"①汉赋中更是予以了详细的描写。如《上林赋》中描绘的上林苑珍奇异兽有。"于是蛟龙赤螭,鲻鳎渐离,鰅鰫鳍魠,禹禹鲇鳎,揵鳍掉尾,振鳞奋翼,潜处乎深岩。鱼鳖欢声,万物众夥……其兽则獌旄獏犛,沈牛麈麇,赤首圆题,穷奇象犀。……其兽则麒麟角端,騊駼橐驼,蛩蛩驒騱,駃騠驴骡"②,可谓品种繁多,不可胜论。除天子苑囿外,诸侯王苑囿中动物亦是繁杂多多。如枚乘《梁王菟园赋》中绘梁孝王西山之鸟"白鹭鹁桐,鹍鹗鹍鹏,翡翠鸲鸲,守狗戴胜,巢枝穴藏"③,《子虚赋》绘楚王云梦泽中的众物"其中则有神龟蛟鼍,毒冒鳖鼋。……其上则有宛雏孔鸾,腾远射干;其下则有白虎玄豹,蟃蜒貙豻"④,亦是不胜枚举。这种情形,诚如美国学者托马斯·爱尔森所言:"在亚欧大陆,狩猎场作为用于狩猎与享乐的私人区域,是一种权力的象征……修建狩猎场就像征占国土、慷慨大度与弘扬公正等行为一样,是统治权的一个主要特征。"⑤

首先,苑囿中的动物既是自然意义上的存在物,更是社会政治文化意义上的生物。它们直观可感且富有社会学寓意,是满足统治者对天下万物象征性控制和理论化把握的最佳代言品。大多数动物并非全是苑囿所在地域所能出产。中国早期文献有种流行看法,认为土地特点与出产的动物种类息息相应。如《尚书·禹贡》所分九州中,就列出了部分州相应的动物;《逸

---

① (汉)卫宏:《汉宫旧仪》卷下,《文渊阁四库全书》本,台湾商务印书馆 1986 年版。

② 费振刚等:《全汉赋校注》,广东教育出版社 2005 年版,第 68 页。

③ 费振刚等:《全汉赋校注》,广东教育出版社 2005 年版,第 18 页。

④ 费振刚等:《全汉赋校注》,广东教育出版社 2005 年版,第 56 页。

⑤ [美]托马斯·爱尔森:《欧亚皇家狩猎史》,马特译,社会科学文献出版社 2017 年版,第 70 页。

周书·职方》也以"其畜宜"的形式,分列出了每州的相应动物种类。类似的描述还见于《周礼》。书中土地按性质被分为山林、川泽、丘陵、坟衍和原隰五类,每一类的动植物乃至居民都具有与地气相应的颜色或体表特征。可见,这些早期文献所载的导山、导水、分区、判壤及九州的格局,既宣示着一种地理秩序的常规——人和动物划地而居,不得越界,一旦逾越地界出入不同的地区,不管是主动还是被动,就算是超乎常规;又宣示着一种以政治权力为核心的秩序——掌管或拥有一方土地,那么,与之有地域性联系的人与动物也在他的管辖之下,动物也就被纳入了人间政治组织的麾下。

其次,帝制时代的苑囿"是吞吐宇宙的君王最为形象可感的写照,是笼罩万有的天在地上的影子"①。它不仅"记录了统治者所掌控的各种自然资源——如动物、植物与矿物——使人们想起统治者通过对自然环境的征服而塑造的一种'可以预测的荒野'"②;而且,不管是寻求珍禽异兽来充实囿苑,还是有组织、成规模的地域性狩猎活动,都具有礼仪和政治象征含义。寻求珍禽异兽来充实囿苑是君王"威远胜猛的显赫标记,宣示着他对遐方绝域的统治"③。如《汉书》载汉武帝时"闻天马、蒲陶,则通大宛、安息。自是之后,明珠、文甲、通犀、翠羽之珍盈于后宫,蒲梢、龙文、鱼目、汗血之马充于黄门,巨象、师子、猛犬、大雀之群食于外囿。殊方异物,四面而至"④。这些物产与汉武帝在西域开疆拓土的显赫功业密切相关。而有组织的地域性的"狩猎既然意味着征服,猎人的行踪可就与狩猎本身同等重要,因为足迹所至,要么象征开疆拓土,要么的确就在开疆拓土。逾越政治实体的地理边界,是宣示社会政治权力和宗教权力的一种姿态"⑤。

总之,汉代"前后无有垠锷""该四海"的上囿禁苑,并不仅仅是一个具有空间边界的场所,而是"王土"的象征。赋家对其着意进行的地理书写,是崇尚大一统的王政地理观念的体现。而来自"九薮"与"四野"的万千动物,被"挐敛""缳橐"⑥于苑囿中后,供君王在人工造就的山川湖海上观赏、捕猎,则成为君王在自己的领土上"巡守"(如同周游真实的帝国一般)的象征与标志。

① [美]陆威仪(Mark Edward Lewis)著:《古代中国的合法暴力》,奥尔巴尼纽约大学出版社1990年版,第152页。
② [美]托马斯·爱尔森:《欧亚皇家狩猎史》,马特译,社会科学文献出版社2017年版,第70页。
③ [英]胡司德:《古代中国的动物与灵异》,蓝旭译,江苏人民出版社2016年版,第145页。
④ (汉)班固撰,颜师古注:《汉书》卷九十六下《西域传》,中华书局1962年版,第3928页。
⑤ [英]胡司德:《古代中国的动物与灵异》,蓝旭译,江苏人民出版社2016年版,第142页。
⑥ (南朝宋)范晔:《后汉书》卷六十下《马融传》,中华书局1965年版,第1959页。

二、动物:猎驯待遇与德力投影

在传统的人类中心主义思想主导下,人与动物的关系长期以来一直处于"无法理解的狭窄深渊"状态。显之于畋猎赋,也基本上是人类占据主导地位,动物被视为他者而成为被捕猎或驯养的对象。

朱熹《诗集传》云:"盖蒐猎之礼,可以见王赋之复焉,可以见君实之盛焉,可以见师律之严焉,可以见上下之情焉,可以见综理之周焉。欲明文武之功业者,此亦足以观焉。"[1]由于皇家畋猎活动在本质上是一种政治行为,而且是成规模地在大众面前展示,肩负着"明文武之功业"的使命,所以展示必须确保成功,方显朝廷权威与体面。其中,衡量成功与否的重要标识便是猎囊的饱满程度和驯养猎物的数量多少。所以,动物在此活动中的文化符号意味也甚为浓厚。

捕杀猎物是畋猎赋中最具有情绪张力的部分:那是征服与抗争、生存与杀戮血淋淋地面对。对此,赋家用弘肆的文笔作了精彩的描绘。在宏大的全景式狩猎场面展示中,赋家常用四字主谓或三字动宾式短句,笔力遒劲地描绘了对动物开展的惊心动魄、竦魂骇目的捕杀:

> 冥火薄天,兵车雷运,旍旗偃蹇,羽毛肃纷。驰骋角逐,慕味争先。……于是榛林深泽,烟云阖莫,兕虎并作。毅武孔猛,袒裼身薄。白刃磋磋,矛戟交错。(枚乘《七发》)
>
> 楚王乃驾驯骇之驷,乘雕玉之舆。……蹴蹡蹡,轥距虚,轶野马,轊騊駼,乘遗风,射游骐。倏眒倩俐,雷动猋至,星流霆击。弓不虚发,中必决眦,洞胸达掖,绝乎心系。获若雨兽,掩草蔽地。(《子虚赋》)
>
> 于是天子乃以阳晁始出乎玄宫……举烽烈火,辔者施技,方驰千驷,校骑万师。虎虎之陈,从横胶輵,猋拉雷厉,驖骍輡礚,汹汹旭旭,天动地岋。羡漫半散,萧条数千万里外。(扬雄《羽猎赋》)
>
> 相公(曹操)乃乘轻轩……选徒命士,咸与竭作。……山川于是乎摇荡,草木为之以摧拔。禽兽振骇,魂亡气夺。举首触丝,摇足遇挞,陷心裂胃,溃颈破颡。鹰犬竞逐,奕奕霏霏。下轊穷绁,搏肉噬肌。坠者若雨,僵者若坻。清野涤原,莫不歼夷。(王粲《羽猎赋》)

以上描摹除了产生"搏攫充乐"的至壮、至威感官效果外,还极度彰显

---

① (南宋)朱熹:《诗集传》,上海古籍出版社1958年版,第119页。

了众猎手的主体地位、力量和气势。其中的主角——躬擐甲胄的君王之能力、风范和气度也从多方面得到了体现。君王是最高指挥者,也是最雄健的猎手。他与从驾随猎的侍从、官吏以及万千军士,在榛林深泽中布围、奔突、搏斗、擒获,体验着强烈的满足感、征服感和成就感。在这里,君王并无对猎物的悲怜及仁慈,而是与任何猎手一样,冷静、理性乃至冷酷。赋中对猎获丰盛的表现,亦是为烘托君王之勇力服务。像"野尽山穷,囊括其雌雄"(扬雄《羽猎赋》)、"禽兽振骇,魂亡气夺""坠者若雨,僵者若坻。清野涤原,莫不歼夷"(王粲《羽猎赋》)等,无疑都是在突显君王"所向披靡,无所不能"的狩猎技能、指挥才能以及狩猎本身所包孕的赫赫军威。

值得一提的是,在皇家狩猎活动中,"统治者必须维持一个仁慈而无情的形象。王公就像神灵一样,最好的情形是既被人民所爱戴,也为人民所敬畏"①。畋猎不仅要彰显君王勇力的、为人敬畏的一面,同时还要昭示君王仁德的、为人爱戴的一面。这实际上是一个很棘手的问题。不过,赋家以动物为符号媒介较为巧妙地解决了这个难题。

首先,强调捕猎以时。为了消除赋中贵勇力、轻仁德的观感,赋家往往会交代畋猎的季节。或为"背秋涉冬"(《上林赋》),或为"玄冬季月"(扬雄《羽猎赋》),或为"白精莅辰,金官奉职"(汪由敦《秋塞大猎赋》)的"时隙之余日"(王粲《羽猎赋》)。这种时间上的特意交代是"取物必顺时"的体现。《礼记·王制》称:"天子、诸侯无事,则岁三田:一为乾豆,二为宾客,三为充君之庖。无事而不田曰不敬,田不以礼曰暴天物。"②"故春蒐夏苗,秋狝冬狩,皆于农隙以讲事。"③若不顺生杀于四时地沉溺于畋猎则为淫田、逸乐,将为人臣所训诫与劝谏。故屡见"继自今嗣王,则其无淫于观、于逸、于游、于田,以万民惟正之供"④"王其且驰骋弋猎,无至禽荒"⑤类表述。

其次,主张捕猎以度。所谓"度",是指在畋猎过程中,"慕往昔之三驱",对"已杀者待其犯,未伤者全其天真"(李白《大猎赋》),遵守对猎物

---

① 〔美〕托马斯·爱尔森:《欧亚皇家狩猎史》,马特译,社会科学文献出版社2017年版,第76页。
② (清)孙希旦撰,沈啸寰、王星贤点校:《礼记集解》卷三十六,中华书局1989年版,第333、334页。
③ 李梦生:《左传译注》,上海古籍出版社2004年版,第22页。
④ (汉)孔安国传,(唐)孔颖达正义,黄怀信整理:《尚书正义》,上海古籍出版社2007年版,第636页。
⑤ 徐元诰撰,王树民、沈长云点校:《国语集解》,中华书局2002年版,第582页。

"不麛、不卵、不杀胎、不殀夭、不覆巢"①的禁忌;告诫猎手不能流遁忘返、放心不觉、"乐而无节"(潘岳《射雉赋》),要求情感合节中度。

再次,要求捕猎以礼。《礼记·王制》曰:"无事而不田曰不敬,田不以礼曰暴天物。"君王出于敬天、惜物的需要,必须遵守"畋狩之礼"。一旦睽违,畋猎活动及猎物的正面象征意义将荡然无存。因而,历代畋猎赋大体依效一个固定的程式。先写君王出行,次写捕杀猎物,最后写宴乐活动。将捕杀猎物环节放置在"卤簿"仪仗和嘉、祭仪典之间。其中,对君王出行奔赴围场的叙写,除了夸饰程度不同外,模式大体均为:出猎者(君王)+乘舆+随从。这实际上是汉代"卤簿"仪仗的再现。"卤簿"仪仗是国家重大礼仪盛典活动中的一项,天子仪卫包括车驾、旗帜、伞扇、武器和护卫等部分。其功效正如贾谊所说"是以天下见其服而知贵贱,望其章而知其势"②,是皇权至上的感召力和威慑力的物质化体现。赋中畋猎活动均以"卤簿"仪仗开端,目的是为君王声威、勇力与道德张本。嘉、祭仪典则无论是出于"劝助乎农圃""陈苗狩而讲旅"(王粲《羽猎赋》),还是"旨酒嘉肴,羞炰脍炙,以御宾客"(枚乘《七发》),或荐牺牲"礼神祇,怀百灵"(班固《东都赋》)的目的,均体现了君王尊神祇、敬宾客、助农、勤武的品德。

最后,展示驯物以德。"德及鸟兽",是儒家所推崇的仁德之君具备的品性。如舜时"凤翔麟至,鸟兽驯德"③,商汤时"之德及禽兽鱼鳖"④,文王时"鱼鳖禽兽犹得其所"⑤。这种驯化或蓄养动物与君王仁德关联的思维,为汉人所承传。像董仲舒在《春秋繁露》的五行框架中即阐明仁德之君恩泽动物的种种表现。赋家同样以之来表现君王的仁德遍及众生。典型者有路乔如《鹤赋》,其文末辞曰:"赖吾王之广爱,虽禽鸟兮抱恩。方腾骧而鸣舞,凭朱槛而为欢。"鹤性情高雅,形态美丽,是避世绝尘和自由不羁的象征,依其本性大可举足远引。但在赋家笔下,这群具有野禽野性的白鹤,却为君王的德治吸引,"鼓翼池干",甘愿拘于君王囿园。班昭《大雀赋》则一方面描写大雀"怀有德而归义,故翔万里而来游""集帝庭而止息,乐和气而优游"的形貌;另一方面则由一物而众物,由一方物而一方人勾勒出"自东西与南北,咸思服而来同"的理想蓝图,传达出对君主盛德远播、泽洽禽兽

①　(清)孙希旦撰,沈啸寰、王星贤点校:《礼记集解》卷三十六,中华书局1989年版,第333页。

②　(汉)贾谊撰,卢文弨校:《新书》卷一《服疑》,上海古籍出版社1989年版,第15页。

③　(魏)王肃:《孔子家语》卷二《好生》,《四部备要》本,中华书局1936年版。

④　邓球伯:《帛书周易校释》增订本,湖南出版社1996年版,第524页。

⑤　(汉)贾谊撰,卢文弨校:《新书》卷六《礼》,上海古籍出版社1989年版,第45页。

蛮貃四夷的寓意。

可见,动物与它所来自的地域,既形成地理环境上的空间关系,又与该地之民治结为社会归属意义上的整体。这是社会生物学的秩序,君王若能"顺时节而蒐狩,简车徒以讲武……礼官正仪,乘舆乃出"(《东都赋》),广采殊方异域的鸟兽并驱之入囿,还能博收鸟兽以形成贡赋制度,他就超越了这套秩序,从而对实权所不及的治外区域确立象征性控制。这种情形便可如赋所描绘的那样:"天子受四海之图籍,膺万国之贡珍,内抚诸夏,外绥百蛮"(班固《东都赋》);"惠风广被,泽洎幽荒。重舌之人九译,金稽首而来王"(张衡《东京赋》);"都邑百姓,莫不于迈,陈列路隅,咸称万岁"(孔臧《谏格虎赋》);"仁声惠于北狄,武谊动于南邻。是以旃裘之王,胡貉之长,移珍来享,抗手称臣"(扬雄《羽猎赋》)。无疑,这些均是"王权远被"观念在畋猎赋中借动物这一符号映射出来的皇廷政治的若干真实面像。

三、角色:君国意识与天下观念

畋猎赋作为典型的庙堂文学,君王无疑是畋猎的主角,作为陪衬,赋中还设立了宾客角色。宾客作为体现赋旨的另外意义体,其符号含义则更为丰富、复杂。

（一）游士与臣僚:分封建国与君国意识交锋的代言人

汉天子的君国意识,自高祖起就已萌生。《史记》中有"高祖……起为太上皇寿曰:'始大人常以臣无赖,不能治产业,不如仲力。今某之业所就,孰与仲多'"①的记载,正是刘邦以天下为他一人产业的心理揭示。而《汉兴以来诸侯王年表》叙谓"高祖末年,非刘氏而王者,若无功上所不置而侯者,天下共诛之"②,更是家天下的法制化的体现。刘邦剪灭异姓诸侯王后,为形势所迫,大封同姓王。"藩国大者夸州兼郡,连城数十,宫室百官同制京师"③,而且,承先秦余绪,藩国游士之风尚盛。如梁孝王"招延四方豪杰,山东游士莫不至",淮南王"招致宾客术士数千人",这无疑对中央集团政治的稳定产生威胁。历经几代天子的削分损抑,至汉哀、平之世各诸侯王"皆继体苗裔,亲属疏远,生于帷墙之中,不为士民所尊"④,中央与藩国间的矛盾才算平息。

---

① (汉)司马迁:《史记》卷八《高祖本纪》,中华书局1982年版,第386—387页。
② (汉)司马迁:《史记》卷十七《汉兴以来诸侯王年表》,中华书局1982年版,第801页。
③ (汉)班固撰,颜师古注:《汉书》卷十四《诸侯王表》,中华书局1962年版,第394页。
④ (汉)班固撰,颜师古注:《汉书》卷十四《诸侯王表》,中华书局1962年版,第396页。

"一切知识分子所担当的文化思想,都可以说是他们所生存的时代的反映。"①尤其在汉代,儒家教义的实践性格及其对人生的全面覆盖,使汉初赋家敏锐地捕捉到了这一政治征候,并借赋这一载体,较为近真地将之呈现了出来。其中最具代表性的是《子虚赋》《上林赋》。

赋中三个宾客角色分为两类:子虚、乌有先生属于干谒诸侯的游士,亡是公则是中央集权制下的儒学士僚。前者是社会上比较富有活力的一群。对他们而言,其抱负的实现常寄托于分庭对抗的地方势力,甚至声称"何王不可曳长裾"②。张良曾对刘邦说:"且天下游士离其亲戚,弃坟墓,去故旧,从陛下游者,徒欲日夜望咫尺之地。"③可见,游士和分封建国的观念具有天然的亲和力。赋中,两人对自己所处的藩国与王侯尽忠竭诚,对齐王、楚君畋猎之事进行不遗余力的夸饰、称誉。这正是汉初分封建国观念在文学上的反映。

亡是公则双撇齐楚,指出"楚则失矣,而齐亦未为得也。……其于义固未可也。且二君之论,不务明君臣之义,正诸侯之礼,徒事争于游戏之乐,苑囿之大,欲以奢侈相胜,荒淫相越,此不可以扬名发誉,而适足以贬君自损也",认为齐楚二君奢侈相胜是僭礼越制的表现。其后亡是公所序上林之囿和天子校猎之事,则更将这一意识宣饰得无以复加。有学者称"无是公虽言上林,而所叙舆图品物,乃网罗四海。盖天子以天下为家,故侈言之若此"④;"至论猎之所及,则曰'江河为阹,泰山为橹',此言环四海皆天子园囿,使齐、楚所夸,俱在包笼之中。彼于日月所照,霜露所坠,凡土毛川珍,孰非园囿中物?"⑤这些评论确实揭示了亡是公身份的实质。他就是天子"家天下""君天下"的代言人,是极端尊君、强干弱枝的君国意识的鼓吹者。于是,由《子虚赋》到《上林赋》,由子虚、乌有至亡是公,不仅体现了赋家从游士到臣僚身份的转变,也体现了在分封建国观念与君国意识的较量与交锋中,大一统中央集团的国家观念的初步胜利和遽然兴起。

(二) 宾客群体或个体:以天下观念抑制君国意识者

儒士是汉代士僚中一个重要的群体。汉初及武帝以后的大汉帝国,儒

①　徐复观:《两汉思想史》,九州出版社2014年版,第251页。

②　(汉)班固撰,颜师古注:《汉书》卷五十一《邹阳传》,中华书局1962年版,第2340页。

③　(汉)司马迁:《史记》卷五十五《留侯世家》,中华书局1982年版,第2041页。

④　(明)余有丁语,转引自《史记评林》,费振刚等:《全汉赋校注》,广东教育出版社2005年版,第86页。

⑤　(宋)程大昌语,转引自《演繁露》,费振刚等:《全汉赋校注》,广东教育出版社2005年版,第86页。

士一直扮演正统教义的角色,担当意识形态说服和文化秩序建构的工作。不过,理想的儒士以"天下观念"托寄"大同理想",对世界的"天下一家"布局的构想和天下太平秩序的设计,有着典型的王道政治的特征。它与天子"家天下"的政治取向是有所抵牾的。

如果说,畋猎是君王以对动物世界进行征服来折射对人间世界的主宰,那么,其采用的感官的、血腥的、残酷的暴力手段与理想儒家诉诸以理性的、和平的、文化的教化和融合,显然背道而驰。不过,由于汉初儒士的政治力量不够壮大,故汉初畋猎赋如《上林赋》的描写多注重感官享乐与物质愉悦。即使如此,在末章叙写天子的反思后,赋中,亡是公又加上了"于是历吉日以斋戒,袭朝服,乘法驾,建华旗,鸣玉鸾,游于六艺之囿,驰骛乎仁义之涂……登明堂,坐清庙,次群臣,奏得失,四海之内,靡不受获"的仪式庆典。"可以看到,经儒家'缘饰'的宗教礼仪和宫廷庆典在此创造了一种消释天子欲望和物质享乐的力量。换言之,本是创造出来宣于天子权威和迎合天子欲望的仪式在此暗中滋生了一种抑制皇权的意义。"①

武帝以后,尤其是元、成之世,儒学政治力量开始壮大。汉初松散的、个别的儒士,以其所拥有的知识、道德,也抟聚成"士"的共同体,以其群体的"力"和"势",参与了形塑新帝国的活动。

与此相应,汉代中后期畋猎赋中代表儒学身份的士僚角色增多。一是以"群僚""百僚""士僚"群体形象出现,二是更普遍地以个体形象出现。像《谏格虎赋》中的亡诸大夫;《长杨赋》中的子墨客卿、翰林主人;《两都赋》中的西都宾、东都主人;《两京赋》中的凭虚公子、安处先生等,均是鸿生巨儒,是汉庭中"百僚"的代表。他们对畋猎赋中皇权政治文化的问题,一方面追求儒学理想与礼制合理化的实现,一方面具体对君王畋猎活动中存在的奢侈、民生问题提出了建议。于是,在君王畋猎活动中,赋家增加了符合儒学教义的礼制,如卤簿、祭祀、讲武等。而且,对君王勇力的描写,文饰色彩变少,讽谏意识加强。劝谏天子消弭一己之欲以返仁教德化是讽谏的主要内容。如成帝畋猎,扬雄以古代君王"宫馆台榭,沼池苑囿,林麓薮泽,财足以奉郊庙,御宾客,充庖厨而已,不夺百姓膏腴谷土桑柘之地",作《羽猎赋》以讽。但这种直接在赋序中讽谏的情形不多,更多的是借赋中宾客之口进行曲谏。他们或谏君王"荒于游猎,莫恤国政"(《谏格虎赋》),或谏其"颇扰于农民"(《长杨赋》),或谏其"矜夸猎事,盛举荒靡"(《二京赋》),

---

① 聂春华:《君国与天下:汉赋中天子、士僚与国家观念》,《重庆师范大学学报》2010 年第3 期。

不知德治教化等。这"表明汉代士僚集团的日益强大及其群体人格的渐趋成型,一种更具儒学正统意味的国家观念在士僚中流行"①。

为达此目的,赋家采用不同的书写策略。第一种是采用君王反思己身、自我检束来突显宾客劝谏的作用。如《上林赋》末尾"天子芒然而思,似若有亡",意识到虽"顺天道以杀伐",但"此大奢侈",恐后世沉溺而不知返,"乃解酒罢猎"辟囿为农郊;《长杨赋》尾章也是天子幡然省悟诏令"创道德之囿,弘仁惠之虞";李白《大猎赋》也以天子自省"斯驰骋以狂发,非至理之弘术","乃命去三面之网,示六合之仁"。这种曲终奏雅式的天子幡然省悟,崇德尚仁,改制利民,正是按照儒家王道蓝图以治天下的体现。第二种是在赋中由宾客进御讽谏,正面肯定其作用。如《上林赋》借亡是公之口批判齐王、楚君"终日驰骋……无德厚之恩。务在独乐,不顾众庶,忘国家之政,贪雉菟之获,则仁者不繇也",直揭君王逸乐荒禽的本质。第三种是赋家作为参与畋猎活动的陪同者在赋序中表明以下臣矫亢人主的意图。如成帝羽猎,扬雄以为"尚泰奢,丽夸诩"不合先王狩猎之礼的本意,建议天子摒弃满足己欲的"奢丽夸诩",而要修明政治"养民、开禁苑、散公储",进一步宣扬儒学正统意味的国家观念。

值得注意的是,汉代畋猎赋中宾客的符号意义及功能在后世书写中屡有变化。汉末至魏晋的畋猎赋中宾客角色的设置并不多见。如王粲《羽猎赋》、曹丕《校猎赋》、应玚《西狩赋》中并无宾客。与两汉以君王狩猎活动为中心既突显演武之功,又显示讽谏立意相比,由于宾客角色的缺失,赋旨之进御讽谏也被代之以颂扬称美。到晋代,夏侯湛《猎兔赋》、潘岳《射雉赋》虽为畋猎题材,但赋中主角已然平民化,多抒赋家自我"盘於游田,其乐泄泄"的佚乐之情。宾客进御讽谏只是在唐及以后的畋猎赋中偶有嗣响。如李白的《大猎赋》希图"以大道匡君,示物周博",这当与唐代君王及文士大力宣扬狩猎活动要有经世致用的功能相关。② 至清代,畋猎赋中设置的宾客角色也极少。不过,因赋家多为参与君王畋猎活动的陪同者和扈从者,故多在赋序或赋中发表见解。但与汉末至魏晋一样,同样缺乏了儒士正统教义的色彩,即对君王狩猎活动罕有规范和劝谏。放眼阅去,赋中多为"内训外抚,具众美兮"(汪由敦《秋塞大猎赋》)、"懿五德之兼综,亶智勇之首出,擅多能于天纵"(汪由敦《哨猎赋》)类的扬厉鸿休、颂扬圣德之辞。而且,饶

---

① 聂春华:《君国与天下:汉赋中天子、士僚与国家观念》,《重庆师范大学学报》2010年第3期。

② 如唐太宗《出猎》称:"所为除民瘼,非是悦林丛。"

有意味的是,宾客进御讽谏虽在畋猎赋中逐步退场,但天子反省自悟在清代畋猎诗、赋中却被张大。如"不废时苗典,思周天下先"(康熙《南苑行围》),"不废武还思谏猎,个中吾自有权衡"(乾隆《行围》),"安不忘危兮,经国之典斯存;用而有节兮,胞与之仁在宥……君人者之以天地之心为心"(乾隆《春蒐赋》)。天子俨然是儒家天下观念的欣然认同与接受者了。

可见,在宾客的陪衬下,畋猎赋中的天子往往多被塑造成既威夸戎狄、勇武有力,又虚心纳谏、广被仁德的明君。这表明儒家理想的天下观念对天子君国意识的克制与规范,在皇权能容许的范围内取得了一定的成效,并似乎最终在清代畋猎赋中得到了实现。

"夫京殿苑猎,述行序志,并体国经野,义尚光大"[①]。作为典型的庙堂文学,畋猎赋自汉代兴发到清代赓续,其中的苑囿、动物、宾客已然成为所指意涵和能指意涵兼具的文化符号。其丰富的意涵所"光大"之"义"在于:

第一,苑囿是猎物的生存圈养地,也是君王社会政治权力的体现,具有地理边界与权力隐喻的双重意义。第二,囿苑中的动物尽管在人与动物关系中处于他者地位,但其与人类社会又存有涉及地界权力、仪式规范、观念思想等多重关联,故君王对动物的捕猎或驯化行为也投射出真实的政治面像:一旦君王"苟非黩武,即属从禽"(乾隆《春蒐赋》),便会对皇权带来负面的后果;只有"大阅以义举,大蒐以礼行",狩猎才会获得"武缵厥绪,仁笃其祜"(刘纶《秋郊大猎赋》)的正面评价和积极意义。而动物则在其中既是君王畋猎活动中的受动者,又是彰显天子智勇及仁德的媒介物。第三,赋中的宾客,身份发生游士而臣僚而平民再扈从的几重变化,出现频率亦出现了高、无、低的起伏变动。更主要的是,赋中宾客的作用,亦由最初体现汉初分封建国与君国意识权力的交锋,再至中期及以后儒家理想的天下观念对天子"家天下"的君国意识产生一定抑制与规范占据上风的变化。

合而论之,词夸意骋、体物绘情的畋类赋"动称殷天动地,野尽山穷,故或恐启后叶之侈靡,或恐农民不得收敛。此……所为雍容讽谕、冀览悟于一得也"[②]。赋中的苑囿、动物、宾客作为文化符号,除了服从上述整体意旨外,还较为成功地实现了塑造智勇、仁德兼备的君王形象的目的。这在客观上无疑使畋猎赋被视为精英言说的代表,在不同的历史时期不同程度地达到了一定的议政、匡政效果。

---

① (南朝梁)刘勰撰,范文澜注:《文心雕龙注》,人民文学出版社1958年版,第135页。
② (清)汪由敦撰,张秀玉、陈才校点:《松泉集》卷一,黄山书社2017年版,第554页。

第二节　梦境与心境:赋之绘梦与汉梦文化

"梦",是心灵的产物。它真假幻映,常以意象、故事或主题的形式存诸中国古代典籍与作品中。就上古而论,不论是先秦的《诗经》《左传》《庄子》《列子》《楚辞》,还是汉代的史书、子书与诗赋作品,都不乏"梦"的叙述语言:或"以梦征史",或"以梦说理",或"以梦摅志",或"以梦构境",形成了独特的上古"梦文学"。而汉代"梦文学",因对先秦梦观念的承继与批判以及文学自身表现力的提升,在艺术形态和文化意蕴上均有所变化。其中,汉赋本以征实为主要特色,而"梦"因素的加入,却为之注入了新鲜的血液,对充实其内容与其发展壮大起了重要作用。因为"梦",这些赋作充满了怪诞性、变化性、虚幻性与丰富的文化内涵,以此形成梦象的范型而影响深远。

一、梦识:汉及汉前梦观念的衍变

汉代人的梦观念,往上可追溯到殷周时期。"在中国历史上,梦和占梦行为有了可靠的证据和真实的记载的,当从殷人开始。因为在殷人的甲骨文字中,开始出现了比较规范的'梦'字"。[1] 因此,有关梦的观念和梦对其在世界和灵魂观念的形成上有何作用,毫无疑问定会在商周人对梦的态度中反映出来。

《尚书》"武丁梦帝赉良弼"[2]的梦例及殷卜辞的梦兆记载,说明殷人"以为作梦乃灾祝降临之征兆"。他们把梦象视为祖、帝合一的神灵下达的预示未来的征兆和信息,"故常惕惕行举以贞之"[3]。《周礼》以"致梦、觭梦、咸陟"的"三梦之法"和"正、噩、思、寤、喜、惧"的"六梦之因",开始将梦看作为人的一种精神活动。而西周占梦官的设置及《逸周书》"文王告梦"等梦例,则把占梦由殷商时期的天人对话渐变成特殊的政治语言方式。从此,梦被纳入政治运作之中,发挥着特有的精神魔力。

春秋战国时期,史书载事,多通过记梦来描述和验占梦境;诸子析理,多从理论层面探究梦因。先秦史书中,《左传》载梦最为丰富。所记诸梦,梦主以贵族为主,所梦对象大多为神灵或鬼魂。神灵或鬼魂在梦中以建议和警告的形式出现,传递的多是与政治和死亡有关的信息并具有高度的预见

---

① 杨健民:《中国古代梦文化史》,社会科学文献出版社 2016 年版,第 15 页。

② (汉)孔安国传,(唐)孔颖达正义,黄怀信整理:《尚书正义》卷第九《说命上》,上海古籍出版社 2007 年版,第 1265 页。

③ 胡厚宣:《甲骨学商史论丛初集》,河北教育出版社 2000 年版,第 340 页。

性。另外,《左传》还记载有多种占梦方法。占梦者由西周的史官占梦,扩及非史官,甚至普通人。"这就使得春秋时期的占梦走出神职的范围,趋于世俗化。"①其他史书如《国语》《战国策》,与《左传》相似,都承西周梦观念,对梦境的描述多服务于政治需求,占梦活动也更加深入地介入政治运作之中,政治劝谏意味极为明显。

诸子论梦,与政治关涉不大。如墨子的"梦,卧而以为然"②及荀子的"心,卧则梦"③的表述,在指出"卧"与梦关联的同时,还认为"心"是梦的主宰,并将"梦中所知,认为实然"④。庄子的梦寓言,常将梦中的体验提炼为哲理,认为"梦觉无分"⑤、真人"其寝不梦"。庄子承认"其寐也魂交",认为梦是人的一种精神活动,却主张"梦"与"觉"并无界限。典型的"庄周梦为胡蝶",就是"我梦"与"我觉"为一,消融了梦与现实的界限。至列子,继续"梦""觉"话题,既对"梦"与"觉"作了区分,认为"梦的六侯"为"神所交","觉的八征"为"形所接";又意识到了两者间的紧密联系,即"昼想夜梦,神形所遇"⑥,认为梦的内容依赖于现实的生活。

通过以上梳理可知,先秦的梦观念主要表现在三个方面:一是梦的来源问题。由对神旨意的膜拜到"梦"与"觉"的诠辨,即梦是来源于神鬼还是生活,是先秦人最为关注的内容。诸子探讨的是梦与生活问题。当然,神的意图在梦者的潜意识中流露得更多,占梦者对梦象的解析,大都也是揭示其中所蕴含的神鬼的意旨,以此说明梦的内容是这些力量的真知和意图的产物。二是如何成梦及梦的类型问题。"三梦之法"及"六梦之因",最先关注到做梦是精神心理的原因。正是"或出于思虑之间,或夜则感而成梦,或出于自然"⑦等原因,才产生了梦象各异的梦。不过,先秦人对梦类型的归纳,目的是为了占梦的方便,其关心的吉凶结果仍然带有浓厚的神怪和唯心色彩。三是梦象的解析问题。先秦人对梦象怀有敬畏,故特设占梦官。占梦者亦"致其严重,未敢亵"⑧。方法上亦多样化,其中的龟占、易占和星占等,多巫术与阴阳交感色彩。占梦活动有由与神鬼的交接到参与政治操作的变化。

---

① 杨健民:《中国古代梦文化史》,社会科学文献出版社 2016 年版,第 65 页。
② (清)吴毓江撰,孙启治点校:《墨子校注》卷之十《经上》,中华书局 1993 年版,第 463 页。
③ (清)王先谦撰,沈啸寰、王星贤点校:《荀子集解》卷十五《解蔽》,中华书局 1988 年版,第 396 页。
④ (清)吴毓江撰,孙启治点校:《墨子校注》,中华书局 1993 年版,第 486 页注释。
⑤ 陈鼓应:《悲剧哲学家尼采》,上海人民出版社 2006 年版,第 256 页。
⑥ (战国)列子撰,景中译注:《列子》,中华书局 2007 年版,第 79 页。
⑦ (宋)王昭禹:《周礼详解》,中华书局 2004 年版,第 134 页。
⑧ (明)陈士元:《梦占逸旨·宗空篇》,中华书局 1985 年版,第 7 页。

后期随着诸子对梦因的探索,又在一定程度上冲击了占梦的政治化色彩。

汉代在先秦梦观念基础上,有继承也有批判。其梦观念主要见载于医书、子书与史书中。托名为黄帝所作的《黄帝内经》,是我国现存医书中最早的典籍之一。虽然其成书年代仍有争论①,但其中《灵枢·淫邪发梦》篇,可谓是中国第一篇分析梦的生理机制的专论。其文曰:

> 黄帝曰:愿闻淫邪泮衍,奈何?
> 岐伯曰:正邪从外袭内,而未有定舍,反淫于脏,不得定处,与营卫俱行,而与魂魄飞扬,使人卧不得安而喜梦。

"淫邪泮衍",明代张景岳解释为:"言奇邪为梦,变幻无穷也。"②这样的梦何以产生? 作者认为外界的淫邪之气侵害人体脏腑后,脏腑产生种种变异,导致疾病产生,并由此诱发出各种与之相应的梦境。显然,这里是把梦视作生理病理现象来说明梦的成因的。这已与先秦时期将梦与神灵、政治相连的探究有了很大的分野,具有一定的科学意义。

汉代其他的论梦理论,主要存诸《淮南子》《论衡》及《潜夫论》三部子书的部分篇章中。《淮南子》的梦观念倾向于庄子。他认为梦是受到现实干扰心思分散的结果,若能体道为一,摒除喜怒哀乐,无思虑劳神,就能其寝不梦。《缪称训》篇还认为"身有丑梦,不胜正行;国有妖祥,不胜善政"③,则否定了梦的神怪色彩,将做梦与否与梦之吉凶归结于主体的思想修养,显示出无神论的色彩。④

王充《论衡》一书最大特点是"疾虚妄",其论梦亦如是。集中表现在对先秦以来的各种梦迷信的质疑和批判上,尤其是对其鬼神论观念和天命观念产生了质疑。如在《死伪篇》中,对周宣王为其臣杜伯的鬼魂箭杀而死的记载表示质疑,认为"人生万物之中,物死不能为鬼,人死何故独能为鬼?"⑤而《感类篇》则对《礼记·文王世子》中的"九龄之梦"之人命在天的天命观予以否定。另外,王充对《左传》"昭公七年"中晋平公梦黄熊为厉,"僖公十年"中的申生妖梦,"宣公十五年"中老人结草助战获杜回之梦;甚至对《史

---

① 古人对于《黄帝内经》的成书年代问题,主要有以下三种看法:(一)成书于先秦、战国之时;(二)成书于战国、秦汉之间;(三)成书于西汉时期。本书采用第二种。

② (明)张景岳:《类经》卷十三《疾病类》,山西科学技术出版社2013年版,第378页。

③ (汉)刘安撰,何宁集释:《〈淮南子〉集释》,中华书局1998年版,第753页。

④ 时国强:《汉魏六朝时期的纪梦诗文》,《中华文化论坛》2011年第2期。

⑤ (汉)王充撰,黄晖校释:《论衡校释》,中华书局1990年版,第887页。

记·赵世家》中赵简子闻帝乐之梦,《高祖本纪》中刘媪感梦而生刘邦事等,都进行了大胆的揭露和尖锐的批评。

　　除了批判外,王充也肯定了如下梦观点。首先,在《纪妖篇》中,认同"人之梦也,占者谓之魂行"。"魂行",即"觉见卧闻,俱用精神"中的"精神行"。其次,认同"人有直梦"说。所谓"直梦",王充认为"皆象也,其象直也"①,即梦之后出现的事与梦兆是相符的。最后,认为梦是虚幻的。称"人梦所见到,更为他占,未必以所见为实也"②。不过,"王充的梦学理论有时是自相矛盾的,他在揭露一些迷信的同时,又通过对梦境的取证和介绍,而肯定和树立了另外的梦迷信观念"③。这与其所处时代神学思潮的泛滥分不开。尽管他是一位反迷信的斗士,却还是被时代所局限。

　　王符《潜夫论》中的《梦列篇》是首个论梦专篇。该篇对梦的种类、特征和原因作了新的阐释。他把梦分为十类,较系统全面地概括了汉代社会对梦的认识。认为梦的成因来自生理、心理、病理三个方面,并概括出多种占梦方法。认为无论是直解法、象征法,还是反说法及审测法,占梦无非是想得到吉和凶两种结果,而吉凶不在天和神鬼,而在于人的德行。进而提出"修德","戒惧"者可以逢凶化吉,而"恣纵""骄侮"者因祸得福,劝人勤于修己,其社会伦理色彩十分明显。④ 可见,王符的论梦不但涉及面较广,对深化梦的研究起到了一定的推进作用,而且,更大的意义在于解除了梦的神秘主义色彩,具有一定的唯物主义因素。

　　史书记梦、史官占梦是先秦梦文化的特色之一。此点在汉代史书中也有鲜明的体现。两汉正史《史记》《汉书》的部分本纪、世家和列传及书、志中均载有汉及汉前的诸多梦例。《史记》记梦 21 个,相当一部分梦例引自《左传》。如《殷本纪》的武丁夜梦得傅说;《管蔡世家》的曹人梦社事;《晋世家》的武王梦生子名"虞";《卫康叔世家》襄公妾梦康叔为子赐名"元";《郑世家》的梦兰;《孔子世家》的孔子梦奠两楹;等等。不过,史迁对《左传》既有承袭,亦有弃掷,表现出一定的选择性。对此,清人梁玉绳早已发现:"《史》于秦、赵多纪不经之梦,然秦缪上天,《本纪》不书,而旁见于《封禅书》《扁鹊传》中,正以其妄耳。乃《赵世家》载宣子、简子、主父、孝成之梦,不一而足,何梦之多乎? 若是则《左传》昭公三十一年言简子梦童子裸

　　①　(汉)王充撰,黄晖校释:《论衡校释》,中华书局 1990 年版,第 887 页。
　　②　(汉)王充撰,黄晖校释:《论衡校释》,中华书局 1990 年版,第 904 页。
　　③　杨健民:《中国古代梦文化史》,社会科学文献出版社 2016 年版,第 87 页。
　　④　刘治立:《〈黄帝内经〉与〈潜夫论〉梦论比较》,《中国庆阳 2011 岐黄文化暨中华中医药学会医史文献分会学术会论文集》。

而歌,又何以不及也?"①其原因,一方面是司马迁的史官身份及观念中对梦还保留着极为尊崇的信仰,故采录甚多;另一方面,"不书"的是史迁以之为"妄"的梦,如"晋侯梦大厉"类怪诞、恐怖、血腥的神鬼之梦。除了征引《左传》,史迁还新载了先秦和秦汉时期的诸多梦例。如《赵世家》的赵氏四梦;《秦始皇本纪》的"始皇梦与海神战""二世梦白虎啮其左骖马";《高祖本纪》的刘媪梦与神遇;《外戚世家》的薄姬梦龙和王太后梦日;等等。

《史记》记梦有如下特点:第一,男性贵族梦诸多。除了 5 个女性主梦的生育梦外,其余均为男性主梦,其身份则非君即臣。第二,梦的内容多与政治相关,部分地展现了其时的政治权力走向,甚至还流露出对帝王符命征兆及龟策占卜之术的笃信。其中的原因,除了因史迁"好奇",以增加历史可读性外,更多的还是汉代谶纬迷信和先秦梦文化的历史积淀在其心理上的反映所致。"崇尚梦验的文化土壤在社会上长期存在,形成了古代史书编纂操作中独特的文化现象。"

《汉书》记梦情形和《史记》类似,创新处在于《艺文志》从目录学角度,肯定了历代占梦术的学术地位。其《术数略》载有"《黄帝长柳占梦》十一卷、《甘德长柳占梦》二十卷"两部占梦著作,并提出先秦以来"众占非一,而梦为大"以及"德胜不祥,义厌不惠"的观点。他认为占梦以考吉凶,依靠的不是神鬼,而是"德"和"义"。这种理性主义的观念,可从《王莽传》所记王莽篡位前与灭亡前的三个梦兆中得到证明。

综上,先秦到两汉,人们对梦的认识越来越深入和理性。"信鬼神者失谋,信日者失时"②渐为汉代有识之士所认同,占梦亦由官方的宗教或政治手段下落为世俗的迷信行为并遭到质疑和批判。脱离了宗教与政治羁绊的梦,因其对生活似真非真的反映和荒诞离奇、无规则非逻辑的特性而与文学正式携手,为汉代诗人、赋家提供了自由驰骋的机会。

二、梦事:汉赋梦魂书写与解读

赋中绘梦且梦中出现鬼魂,始于战国末年的宋玉。其《高唐赋》《神女赋》以丰富的想象,表现梦象与梦境,奠定了精彩绝艳的梦赋基础。两赋叙梦片段如下:

> 昔者先王尝游高唐,怠而昼寝。梦见一妇人曰:"妾,巫山之女也,

---

① (清)梁玉绳:《史记志疑》,中华书局 1981 年版,第 1051 页。

② (汉)刘向撰,向宗鲁校注:《说苑校证》卷二十,中华书局 1987 年版,第 511 页。

为高唐之客。闻君游高唐,愿荐枕席。"王因幸之。去而辞曰:"妾在巫
山之阳,高丘之阻。旦为朝云,暮为行雨。朝朝暮暮,阳台之下。"(《高
唐赋》)①

楚襄王与宋玉游于云梦之浦,使玉赋高唐之事。其夜,王寝,梦与
神女遇,其状甚丽。王异之。(《神女赋》)②

两梦所梦对象均为神女。她美丽多情,既有呼风唤雨的超自然力,又"能使
得与之性爱结合的人达到精神上的启悟和再生"③。尽管高唐神女的原型
有多种说法,但其前身是"未行而亡"的"赤帝之季女"——瑶姬的身份却无
法回避。换言之,是瑶姬的鬼魂进入了楚王的梦境。先秦典籍中有大量鬼
魂入梦的记载,如《左传·成公十年》晋侯梦大厉,《襄公十八年》中行献子
梦与厉公讼,《昭公七年》郑人或梦伯有介而行等。与之所记梦例中怪异、
恐怖、骇人的鬼魂相比,高唐神女却能激起梦者联翩遐想和心驰神往的冲
动,即"神女为文士笔底之山鬼浪漫面矣"④。

宋玉造设的"高唐梦",直接启示了汉赋及以下"仙释"梦题辞赋的写作
之风。而君王与神女(前身为鬼魂)梦中际遇的原型,在汉武帝《悼李夫人
赋》中得到相似的演绎。《汉书·外戚传》详细记述了武帝作此赋的缘由:

李夫人少而早卒,上怜悯焉,图画其形于甘泉宫。……上思念李夫
人不已,方士齐人少翁言能致其神,乃夜张灯烛,设帷帐,陈酒肉,而令
上居他帐遥望,见好女如李夫人之貌,还幄坐而步,又不得就视。上愈
益相思,悲戚为作诗曰……上又自为作赋以伤悼夫人。⑤

李夫人曾是汉武帝深爱的妃子,无奈红颜早逝。武帝以画图行宫、术士致
魂、撰写诗赋等行为,来表达他对亡妃的深切怀念和刻骨哀思。"梦主要是

---

① 吴广平编注:《宋玉集》,岳麓书社 2001 年版,第 50 页。
② 吴广平编注:《宋玉集》,岳麓书社 2001 年版,第 67 页。
③ 黄治:《高唐神女原型与〈聊斋志异〉中的高唐型神女》,《蒲松龄研究》2002 年第 2 期。叶
  舒宪在《高唐神女与维纳斯》一书中也有相似的提法,他说《高唐赋》中的"发蒙"具有"性
  梦的精神启悟功能",而且还"揭示出一个被埋没至今的精神医学和性心理学的潜在主
  题:通过与神女(神巫、圣妓神娼等)的性爱结合达成精神上的自我更新"。参见叶舒宪:
  《高唐神女与维纳斯》,陕西人民出版社 2005 年版,第 398—401 页。
④ 赵明:《楚辞九歌文化艺术断论》,《中州学刊》1993 年第 3 期。
⑤ (汉)班固撰,颜师古注:《汉书》卷九十七上《外戚传》,中华书局 1962 年版,第 3951、3952 页。

我们白天里的思想和行为的残余在灵魂中涌动翻腾"①。所以,赋中尤为哀婉的帝妃梦中"接狎"描写,最能烛知其心境:

> 欢接狎以离别兮,宵寤梦之芒芒。忽迁化而不反兮,魄放逸以飞扬。何灵魂之纷纷兮,哀裴回以踌躇。势路日以远兮,遂荒忽而辞去。超兮西征,屑兮不见。寖淫敝悦,寂兮无音。思若流波,怛兮在心。

赋中,作者用了大量的哀怨之辞,把梦境写得悠悠茫茫、真幻难分,却又哀情浓烈。在梦境中,帝妃两人终于冲破幽明异途的阻隔相见了。然而,"接狎"的欢愉是短暂的,才相遇却又临当别离。当此之时,李夫人的灵魂不忍离去,"忽迁化而不反",又"哀裴回以踌躇"。最终,只能"荒忽而辞去""屑兮不见"。作者从梦中醒来,重回到眼前生死两隔的残酷现实,内心充满了凄凉、孤独和"思若流波,怛兮在心"的绵绵伤痛。

与"高唐梦"中神女"自荐枕席",浪漫中带有宗教神话意味不同的是,此赋中李夫人灵魂的归来,是武帝精诚所至的产物。也就是说,尽管都采用了鬼魂见梦的题材,但宋玉赋中鬼神的威慑力尚在,与宗教、政治的关联紧密。故《高唐赋》末章这样写道"王将欲往见,必先斋戒。差时择日,简舆玄服。建云旆,霓为旌,翠为盖。风起雨止,千里而逝。盖发蒙,往自会"②。这有可能是远古"圣婚仪式"(the sacred marriage rite)的再现。而《悼李夫人赋》虽亦有妙丽可人的魂灵在梦境中出现,却不是宗教和政治的载体,也没有作为异己的对象和力量,而是人的情感、意愿的直接延伸。魂灵的衷情和留恋与武帝"想魂灵兮"的绵长思念在梦境中得到了相互应和。

汉代,还有一篇绘梦之作——《梦赋》。作者王延寿是东汉著名赋家。目前留存的赋作有《鲁灵光殿赋》《王孙赋》和《梦赋》。《后汉书·文苑列传》载其:"曾有异梦,意恶之,乃作《梦赋》以自厉。"③这是一篇奇特的作品,奇特表现在三个方面:一是直接以"梦"为题,题材甚为新颖;二是与大量鬼怪战斗,梦境甚为可怖奇幻;三是所体现的征服神鬼的观念,甚为新潮。赋文仅四百余字,却完整地展现了入梦、梦中到梦醒的整个做梦过程。其中,最扣人心弦的是梦中部分的描写,分如下层次:

首写见鬼。"其为梦也,悉睹鬼神之变怪"。这些鬼奇形怪状:"则有蛇

---

①　[奥地利]弗洛伊德:《梦的解析》,国际文化出版社2011年版,第21页。

②　吴广平编注:《宋玉集》,岳麓书社2001年版,第60页。

③　(南朝宋)范晔:《后汉书》卷八十《文苑列传》上,中华书局1965年版,第2618页。

头而四角,鱼首而鸟身,或三足而六眼,或龙形而似人。"更可怕的是,群怪竟欲加害于己:"群行而辈摇,忽来到吾前,伸臂而舞手,意欲相引牵。"次写斗鬼。"余"先是严辞怒斥群怪的侵害:"吾含天地之淳和,何妖孽之敢臻!"接着描绘与鬼怪进行激烈地打斗:"尔乃挥手振拳,雷发电舒,戡游光,斩猛猪,批狒毅,斫魅虚,捎魍魉,拂诸渠,撞纵目,打三颅,扑苔尧,抶爽脥,搏睤睨,蹴睢盰,剖列蹷,掔羯辜,劋尖鼻,踏赤舌,挐伦竂,挥髯葛。"再写败鬼。群怪在"余"连续和勇猛地打击下纷纷溃败:"于是三三四四,相随跟蹄而历僻。……鬼惊魅怖。或盘跚而欲走,或拘挛而不能步,或中创而宛转,或棒痛而号呼。"最后,在鸡鸣欲曙时分,狼狈而逃。

《梦赋》之始的梦境是怪诞、阴森、恐怖的,也难怪作者"于是梦中惊恐"。不过,后文笔锋一转,一扫消沉、颓废,代之以愤激、乐观的格调。赋中倾泻的是作者一腔无所畏惧的愤怒的情感激流,充溢着一种不怕鬼、不畏邪的勇敢斗争精神。这简直就是一篇与鬼魂作战的檄文。而且,《梦赋序》称"后人梦者读诵以却鬼,数数有验",真成了人们与鬼魂斗争的"咒符文",从而使汉代梦文化中包含的鬼魂文化有了新质因子。

《梦赋》显系王延寿记梦之作,梦事的荒诞性,又使其带有浓厚的虚构色彩。[①] 弗洛伊德曾说:"梦是有意义的精神现象,是一种清醒状态精神活动的延续。"那么,王延寿作《梦赋》有何真正的意图呢? 章樵针对《梦赋》序中五个"臣"字,作注曰:"汉以前对人称臣仆率以为常,后人非君前不称臣。"也就是说,此赋的创作动机是进献给君王看的,其直接读者是皇帝。目的是"对离奇梦境的虚构以及梦中恶鬼狰狞形象的夸张描写,完全是出于诱发君王兴趣的需要,使君王乐意看。形形色色的鬼怪虽然来势凶猛,异常可怕,但凌弱怕强,外强中干,邪不胜正,还是败下阵来。文中作者以精气战胜恶鬼为喻,婉谏人主要涵养精气,把恩德推及天下百姓,纳贤进忠,斥退鬼魅一般的奸佞小人"[②]。

尤其值得一提的是,《梦赋》乱辞叙述了四位君王和"老子役鬼"的梦事,梦事虽恐怖,但"转祸为福,永无恙",现实证明都是吉梦。这样就又再

---

① 郭维森在《王延寿及其〈梦赋〉》一文中称:"《梦赋》描写与这些鬼怪打斗,遵循汉赋铺陈排比的写作方法,使用了18个不同的动词,如戡、斫、捎、撞、打、仆、蹴等。梦境中不大可能同时出现这么多鬼怪,并且各知其行,各知其名,还各以不同方式予以打击。由此可知《梦赋》的内容,基本出于虚构。"傅正谷:《中国梦文学史》(先秦两汉部分),光明日报出版社1993年版,第227页。

② 马世年、赵玉龙:《梦幻主义:汉赋创作的新路径》,《第十三届国际辞赋学学术研讨会论文集》上,第274页。

一次点明了进献赋作的真正用意。

除《悼李夫人赋》和《梦赋》于梦境中描写鬼魂、鬼怪外,汉赋于梦境中描写生人魂、魄的还有司马相如《长门赋》和班固《幽通赋》。前者例句曰:

> 忽寝寐而梦想兮,魄若君之在旁。惕寤觉而无见兮,魂迁迁若有亡。

后者曰:

> 魂茕茕与神交兮,精诚发于宵寐。梦登山而迥眺兮,觌幽人之仿佛。揽葛藟而授余兮,眷峻谷曰勿坠。

梦能迅速把人的内心秘密和心理活动塑造为形象,故"欲烛知心境,必蹈勘梦区"①。以上两个梦例,《长门赋》"魄若君之在旁",将日思梦想的情景,一笔写出,不仅梦境与现实形成鲜明对比,而且具有梦因学的意义。

《幽通赋》中"梦登山而迥眺兮,觌幽人之仿佛。揽葛藟而授余兮,眷峻谷曰勿坠"及《思玄赋》中"发昔梦于木禾兮,谷昆仑之高冈",都有神人(幽人)和神物(木禾)梦象。据《汉书·叙传》说:"(班)固弱冠而孤,作幽通之赋以致命遂志。"②"幽通",《文选》注:"谓与神遇也。"③"致命遂志",颜师古引刘德注曰:"致,极也。陈吉凶性命,遂明己之志。"④故《幽通赋》虽不以梦为题,却是以梦表志,借梦抒情。其中,"觌幽人之仿佛",即梦见"幽人"是全赋的主旨所在,意在抒写自己逢时乖违而决心守道不遗的志向。

值得注意的是,《幽通赋》还展示了汉代占梦之风。在梦"幽人"后,作者接着写道:

> 旳昒寤而仰思兮,心矇矇犹未察。黄神邈而靡质兮,仪遗谶以臆对。旦乘高而遄神兮,道遐通而不迷。葛绵绵于樛木兮,咏南风以为绥。盖惴惴之临深兮,乃二雅之所祗。既讯尔以吉象兮,又申之以炯戒。盍孟晋以迨群兮,辰倏忽其不再。

---

① 钱锺书:《管锥编》(二),三联书店 2015 年版,第 493 页。
② (汉)班固撰,颜师古注:《汉书》卷一百《叙传》上,中华书局 1962 年版,第 4213 页。
③ (梁)萧统编,(唐)李善注:《文选》卷十四,上海古籍出版社 1986 年版,第 637 页。
④ (汉)班固撰,颜师古注:《汉书》卷一百《叙传》上,中华书局 1962 年版,第 4213 页。

　　显然,这里是依据梦书来占卜己梦。"黄神邈而靡质兮,仪遗谶以臆对",《文选》注称:"应劭曰:黄,黄帝也,作《占梦书》。邈,远也。言黄神邈远,无所质问,依其遗谶文,以胸臆为对也。遗谶,谓《梦书》也。"①《汉志·术数略》中也载录有《黄帝长柳占梦》十一卷,虽不知是否为同一梦书,却也可说明托黄帝之名所著的梦书在汉代有较大影响。赋中,作者依梦书占出这是一个有明显的警戒意义却依然吉祥的梦。有意思的是,曹大家对这一梦义作了更详细的解析。"乘高而遻神兮,道逞通而不迷",曹大家注曰"遻,遇也。言己缘高而遇神,道术将通,不迷惑之象也";"盖惴惴之临深兮,乃二雅之所抵",注曰"抵,敬也。大雅曰:人亦有言,进退维谷。小雅曰:惴惴小心,如临于谷。此皆敬慎之戒也";"既讯尔以吉象兮,又申之以炯戒",注曰"炯,明也。登高,为吉象。深谷,为明戒也"。② 可以看出,曹大家是从对梦的象征性把握入手的,从而对梦之物象和梦主的心境做出了较准确的分析。

　　两梦的梦象与占梦都有一定的神异色彩,"访命黄灵,与班作意同,但班以臆对,此则托为黄灵之言,其所云死生祸福无定而归于修德回天"③,却又都是指向现实世界。

　　另外,汉赋除述己梦外,还写了其他一些古代著名的梦事。如《梦赋》乱曰所记"齐桓梦物""武丁夜感""周梦九龄"和"晋文盬脑"四梦;《幽通赋》中记有骊姬假梦害死太子申生和"宣曹兴败于下梦";《思玄赋》记"幸二八之巡虞兮,嘉傅说之生殷"的殷高宗梦得傅说、"穆届天以悦牛兮,竖乱叔而幽主"的叔孙穆子梦天压己得牛相助、"聆广乐之九奏兮,展澳拽以盼盼"的赵简子梦钧天广乐等。这样,汉赋绘梦将"生者、死者、仙人、鬼魅、历史人物、现世图景和神话幻想同时并陈,原始图腾、儒家教义和谶纬迷信共置一处,从而,这里仍然是一个想象混沌而丰富、情感热烈而粗豪的浪漫世界"④。

　　可见,汉赋绘梦,与史书记梦、诗歌写梦一样⑤,在很大程度上是汉代梦学理论的艺术化反映与实践。其中,不但诞生了中国赋史上第一篇以梦为名的作品《梦赋》,而且,其怪诞性、变化性、虚幻性、原型性的写梦特色,提升了赋文学自身的表现力和生命力。

---

① （南朝梁）萧统编,（唐）李善注:《文选》卷十四,上海古籍出版社1986年版,第637页。
② （南朝梁）萧统编,（唐）李善注:《文选》卷十四,上海古籍出版社1986年版,第637页。
③ 转引自于光华编:《评注昭明文选》,扫叶三房本。
④ 李泽厚:《美学三书》,天津社会科学院出版社2003年版,第65页。
⑤ 汉代诗歌中写梦之作有:蔡邕的《饮马长城窟行》及《古诗十九首》中的《凛凛岁云暮》。

三、梦象:汉赋梦象之文化意蕴

人的梦象纷繁复杂、变幻万千,却又总是反反复复、似曾相识。荣格把梦象视为人的放大了的潜意识原形的象征物,弗洛姆则认为梦是一种"象征语言",认为"释梦的艺术"就是揭示其象征意义。那么,汉赋中的诸多梦象,是否也是一种集体无意识的"象征物"呢? 答案是肯定的。

(一)"鬼魂"梦象之文化意蕴

在甲骨文中,"鬼"字写作:𗊶、𗊷、𗊸、𗊹、𗊺。《说文解字》解释为:"人所归为鬼。从人,像鬼头,鬼阴气贼害,从'厶'。"①死即归,归即为鬼,"鬼者,归也,精气归于天,肉归于地土"(《韩诗外传》)。在先民的意识中,人的精气有"魂"和"魄"的区别。阳之精气为魂,阴之精气为魄,"魂,阳气也","魄,阴神也"(《说文解字》),"阳魂为神,阴魄为鬼"(《正字通》)是一说。"人生始化为魄,既生魄,阳曰魂。"②即魂魄为鬼之阴神和阳神二面是另一说。不过有时候,鬼与魂、魂与魄、神与鬼又是合二为一,难以辨明的。如"敬鬼神而远之"(《论语》),"身既死兮神以灵,子魂魄兮为鬼雄"(《楚辞·九歌》),又两两并用,似乎并无阴阳之别、高低之分。

因鬼魂与死亡相关,人们认为鬼丑陋恐怖,阴气很盛,会伤到生人。直到汉代,世人还认为"死人为鬼,有知,能害人"③。应劭在《风俗通义》中就记载有鬼魂害人的故事。因此,在先秦的文史作品中,人们对于鬼魂的态度是敬畏的、屈服的、避让的。典型者如《左传·昭公七年》所载:

> 郑人相惊以伯有,曰"伯有至矣",则皆走,不知所往。……或梦伯有介而行……及壬子,驷带卒。国人益惧。④

这里郑人"相惊""皆走""益惧"的即是伯有的鬼魂。又如《楚辞·招魂》中"魂兮归来,君无下此幽都些! 土伯九约,其角觺觺些。敦脄血拇,逐人驱驱些。参目虎首,其身若牛些"⑤,也传达出"幽都"是一个恶鬼伤人、不可停留的恐怖世界,劝君王的生魂避让的意愿。这也可从实物中得到证

① (汉)许慎撰,(清)段玉裁:《说文解字注》第九上"鬼部",上海古籍出版社 1988 年版,第 188 页。
② 李梦生:《左传译注》,上海古籍出版社 2004 年版,第 990 页。
③ (汉)王充撰,黄晖校释:《论衡校释》卷二十《论死》,中华书局 1990 年版,第 871 页。
④ 李梦生:《左传译注》,上海古籍出版社 2004 年版,第 990 页。
⑤ 吴广平:《楚辞全解》,岳麓书社 2008 年版,第 341 页。

实,如楚墓考古发现的角状辟邪和镇墓兽,就是楚人用来驱邪逐怪的灵物。这些驱鬼与避鬼之术,反映出人们对鬼魂的敌对态度和恐惧心理。

一般认为,在先民的神灵观念中,灵魂、梦魂和鬼魂是以由低到高的不同层次的面目出现的。灵魂观既是最早的生死观,也是发生形态的灵性观念。梦魂则"是身体的映像或者它是第二个'我'"①。鬼魂观是一种高级形态的灵性观念。先民"认为鬼魂是一种独立的个体,可以单独存在和活动,由鬼魂可以构造人类社会的另一世界的影像"。梦中的"鬼魂",则是梦魂和鬼魂两种观念的结合,而且先民认为"作为第二自我的梦魂,总是在冥冥之中受到一种超自然物的力量的支配。这个力量便是鬼魂,便是神灵。"②"鬼魂"梦象之所以令人惊怖,除了鬼魂本身外,更主要的是此梦象预兆的险阻、祸患、灾难甚至死亡。如殷卜辞中有:

> 丁未卜,王贞多鬼梦,亡未郫。
> 癸未卜,王贞戈鬼梦,余勿邙。

商王做了鬼梦,占问是否有"郫",是否要举行邙的祭祀来禳除灾难,惠福保佑。从大量殷卜辞来看,凡是遇到噩梦,尤其是鬼梦,都要对作祟的鬼魂进行祭祀活动。对鬼梦的禳除之术从殷商开始而遗留到了周代及后世。如《左传·成公十年》晋景公梦厉鬼后"召桑田巫,巫言如梦";成公十七年,声伯梦琼瑰(死者所含之珠,死亡的预兆)"惧不敢占……至于狸脤而占之";昭公七年晋侯梦貌为黄熊类厉鬼,子产劝祀夏郊等即是。而前所述的几篇楚汉赋中,亦留有对梦象占卜、祭祀的痕迹。《高唐赋》中"王将欲往见,必先斋戒";《悼李夫人赋》中"方士齐人少翁""乃夜张灯烛,设帷帐,陈酒肉";《幽通赋》中"黄神邈而靡质兮,仪遗谶以臆对";《思玄赋》中"抨巫咸作占梦兮,乃贞吉之元符"等。"其用意在于祈求祖先不再降临给他们以噩梦。实际上,这种禳除之术从更主要意义上说,是希望人们在现实生活中免除灾祸的袭击。"③

而《梦赋》呈现的"鬼魂"梦象,却有两个鲜明的特点:一是荒诞不经、离奇古怪,非理性者所能理解。对此,钱锺书先生曰:"延寿《梦赋》不自云乎:'悉睹鬼神之变怪,则蛇头而四角,鱼首而鸟身,三足而六眼,龙形而似人',

---

① 转引自[法]列维-布留尔:《原始思维》,丁由译,商务印书馆1985年版,第49页。
② 杨健民:《中国古代梦文化史》,社会科学文献出版社2016年版,第4、6页。
③ 杨健民:《中国古代梦文化史》,社会科学文献出版社2016年版,第27页。

真牛鬼蛇神也!'三足六眼'正堪与'九头'连类,何必而亦安能稍加以理哉?"①二是先强后弱、外强中干。在以往的梦境中,"鬼魂"梦象折射的均是人畏惧、屈服于鬼魂的心境。而此赋中,梦者主体并未被"异梦"之凶恶所吓倒,与之斗争后,反而转危为安,转祸为福。无疑,这是"在破除一种鬼神迷信,同时也是在破除一种梦迷信"②。其原因,若从文化角度来探析在于:

第一,受民间驱鬼、镇鬼习俗与仪式的影响。汉代民间世俗的信念是对待鬼既祭祀、讨好,又打压、除恶。为了对付鬼害,巫师施展巫术,驱鬼、镇鬼,消解民众内心恐慌,抚慰恐慌的心灵。如《汉宫旧仪》载:"方相帅百隶及童女,以桃弧、棘矢、土鼓,鼓且射之,以赤丸、五榖播洒之。"③蔡邕《独断》中也有相似的记载:"桃弧、棘矢、土鼓,鼓且射之,以赤丸、五谷播洒之,以除疾殃。已而立桃人、苇索儋、牙虎、神荼、郁垒以执之。"④甚至举行规模盛大的巫术活动,逐疫大傩活动等。司马彪《续汉书》和张衡《二京赋》中均有记载。而《二京赋》中,"然后凌天池,绝飞梁,捎魑魅,斫獝狂,斩委蛇,脑方良。囚耕父于清泠,溺女魃于神潢。残夔魖与罔像,殪野仲而歼游光"制服鬼魂的句子,亦是民间习俗在文学作品中的近真反映。

第二,受巴蜀楚文化中神话传说的影响。王延寿之父王逸是汉代著名的楚辞家。受家学熏染,王延寿对《楚辞》中的神话应该很熟悉。而《楚辞》与《山海经》关系密切⑤。有学者认为两者是巴蜀楚文化的代表。《梦赋》中描写的种种异常、合体的鬼怪形象,不仅综合了《山海经》中的鬼怪原型,而且对于《楚辞》中那些神怪之物也有所采纳。除了鬼怪外形外,神话故事所具有的积极斗争精神亦为王延寿所接受。如《山海经》载有大禹镇压破坏治水的水怪故事:"水兽好为害,禹锁于军山之下,其名曰无支奇(无支祁)。"《淮南子》亦载有后羿射九日、诛猰貐、凿齿、杀九婴、大风、封豨、修蛇等为民除害的故事。应劭《风俗通》引《黄帝书》载有门神神荼、郁垒擒恶鬼

① 钱锺书:《管锥编》(三),三联书店2015年版,第1609—1610页。
② 杨健民:《中国古代梦文化史》,社会科学文献出版社2016年版,第92页。
③ 王云五主编:《汉礼器制度及其他五种》之《汉宫旧仪》卷下《补遗·礼仪志注》,商务印书馆1939年版,第22页。
④ 王云五主编:《汉礼器制度及其他五种》之《独断》卷上,商务印书馆1939年版,第11页。
⑤ 蒙文通在《中华文史论丛》第一辑一文中认为:"至于产生地域,则《海内经》四篇可能是古蜀国的作品,《大荒经》以下五篇可能是巴国的作品,《五藏山经》和《海外经》四篇可能是接受了巴蜀文化以后的楚国的作品。"袁珂:《神话论文集》,上海古籍出版社1982年版,第1页。

以饲虎的故事①。这些勇于斗争战胜恶鬼及精怪的故事及积极的精神,无疑也影响了《梦赋》作者。

可见,"鬼魂"梦象经历了一个不断丰富、变异、更新的过程。它由卜辞和《左传》中带有宗法烙印的具体个像,到《梦赋》中虚幻泛化的模糊群像,折射出不同时期梦主的生命观、生死观、认识论以及幽微的心灵世界。而且,"鬼魂"梦象所包含的占卜、祭祀等礼俗文化因子,丰富、充实了汉代梦文化的内涵,使得中国梦文学中复仇意向、斗争意志、思恋情怀得以代代延续,形成古代作品那一种浓郁而持久的阅读张力。

(二)"木禾"梦象之文化意蕴

张衡《思玄赋》中有一段对梦境与占梦的描述:

> 发昔梦于木禾兮,谷昆仑之高冈。……抨巫咸以占梦兮,迺贞吉之元符。滋令德于正中兮,含嘉禾以为敷。既垂颖而顾本兮,尔要思乎故居。

赋中所梦的"木禾",《山海经·海内西经》中有记载。曰:"(昆仑山)上有木禾,长五寻,大五围。"郭璞注称"木禾,谷类也,生黑水之阿,可食"②。《穆天子传》卷四中也记载云:"天子东征……至于重氏黑水之阿。爰有野麦,爰有荅堇,西膜之所谓木禾,重氏之所食。"③就是说,"木禾"是非同寻常的、苗壮硕大的谷物。因此,神巫巫咸占卜梦象,也认为"木禾"是"贞吉之元符",并冠名为"嘉禾"。"木禾"为吉梦之象,并不是偶然的,而是有着深厚的文化积淀。

禾谷,作为文学素材,最早在《诗经》中以农作与民俗的形式出现。《大雅·生民》最为代表。稷为周族的始祖,被周人奉为谷神。其后,社稷并称作为国家的象征,这一切都表明周民族与稷这种农作物的紧密联系。故此诗大部分内容记叙稷在农业种植方面的特殊才能"诞后稷之穑,有相之道""蓺之荏菽,荏菽旆旆。禾役穟穟,麻麦幪幪,瓜瓞唪唪"。各种禾谷,是先祖的功绩和化身。献祭谷物,即是追忆先祖、缅怀先祖。赋中,巫咸由禾穗垂根顾本的梦象,推占出人之思念故居的梦义,是与《生民》中禾谷的文化意蕴一脉相承的。

---

① 郭维森:《王延寿及其梦赋》,《南京大学学报》2000年第1期。
② 袁珂:《山海经校注》卷六《海内西经》,上海古籍出版社1980年版,第258页。
③ 高永旺译注:《穆天子传》卷四,中华书局2019年版,第116页。

自农业成为人们的主要生活方式以来,历代统治者及有识之士莫不重视农业生产,贵五谷而贱金玉,以粮食为立国之本、安民之基。董仲舒云:"《春秋》他谷不书,至于麦禾不成则书之,以此见圣人于五谷中最重麦与禾也。"①《礼记·月令》则云:"孟春,天子乃以元日祈谷于上帝。"②因而,嘉禾往往被视为祥瑞之物,与甘露、醴泉并称,成为国家清明、君德隆盛的具体体现。如《晋征祥说》曰:"王者盛德则嘉禾生。嘉禾者,仁卉也,其大盈箱,一桴二米,国政质则同本而异颖,国政文则同颖而异本。"③《孙氏瑞应图》则称:"嘉禾五谷之长,盛德之精也。"④《春秋感精符》曰:"德下洽于地,则嘉禾兴。"⑤故历代史官以审慎而严谨的态度记录着每一时期的嘉禾现出现象。如《史记·鲁周公世家》中记载,周成王时"天降祉福,唐叔得禾,异母同颖,献之成王,成王命唐叔以馈周公于东土,作《馈禾》。周公既受命禾,嘉天子命,作《嘉禾》"⑥;《汉书·公孙弘传》云"甘露降,风雨时,嘉禾兴"⑦;《汉书·宣帝纪》载"神爵元年,诏曰……嘉谷玄稷,降于郡国"⑧;等等。

而且,嘉禾代表着五谷丰登,无饥馑饿殍,与官吏的清廉政声有着密切的联系。如东汉章帝时的鲁恭曾为中牟令,颇有政绩,受人敬戴。"是岁,嘉禾生恭便坐廷中,安因上书言状,帝异之。"⑨当他去官后,吏人犹思之不已。又如《巴志》云:"顺桓之世,板楯数反,太守蜀郡赵温,恩信降服,于是宕渠出九穗之禾,胸忍有连理之木。"⑩

"嘉禾"与中国传统政治文化由"致用"到"比德"的关联,不断地在文学作品中得到丰富与强化。历代赋、颂、表、记类文体中都有"嘉禾"的身影。或者是赞扬嘉禾的祥瑞之象和美盛之质。如南朝宋刘义恭《嘉禾甘露颂并上表》:"板筑初就,祥穟如绩,太平之符,于是乎在。"⑪又如金代姜国器的《嘉禾记》:"独嘉禾最为上瑞。何则? 嘉禾者谷之精也,谷者民之生命、有国之宝、政之急务也。夫谷之精英者出,则百物阜成其可知也。借使

① (汉)班固撰,颜师古注:《汉书》卷二十四《食货志》上,中华书局1962年版,第1137页。
② (清)孙希旦撰,沈啸寰、王星贤点校:《礼记集解》卷十五,中华书局1989年版,第415页。
③ (宋)李昉等辑:《太平御览》卷八百七十三《休徵部》二,中华书局1985年版,第3873页。
④ (南朝梁)孙柔之撰,(清)叶德辉辑:《孙氏瑞应图》,观古堂本(清光绪二十七年刻本)。
⑤ (宋)无名氏辑撰,(清)乔松年辑:《春秋感精符》,《乔勤恪公全集》本(光绪刻)。
⑥ (汉)司马迁:《史记》卷三十二《鲁周公世家》,中华书局1982年版,第1518—1519页。
⑦ (汉)班固撰,颜师古注:《汉书》卷五十八《公孙弘传》,中华书局1962年版,第2613页。
⑧ (汉)班固撰,颜师古注:《汉书》卷八《宣帝纪》,中华书局1962年版,第259页。
⑨ (南朝宋)范晔:《后汉书》卷二十五《鲁恭传》,中华书局1965年版,第2020页。
⑩ (晋)常璩撰:《华阳国志》卷一《巴志》,齐鲁书社2010年版,第8页。
⑪ (清)严可均辑:《全宋文》卷十二,中华书局1958年版,第2503页。

年谷不登,民有饥色,虽麟麟在郊薮、庆云甘露出于天、芝草醴泉出于地,则将何益? 是知嘉谷之为瑞大矣哉!"①或者借嘉禾称颂君王之德。如明代沈鲤《嘉禾赋》在描绘"乃有嘉禾,秀擢蒙茸,或一本而多岐,或数穗而同茎"后,揭示其出现原因为"凡在廷之臣工,咸稽首以飏言,谓圣王治天下以孝,而五谷为王政之先兹者,圣德广运,格于重玄"②。古人认为祥瑞之物是天心之顺、民心之和的产物,更寄托着人们对盛德之君、清明之世的憧憬与向往。

"木禾"由昆仑神话、后稷诞生神话中走出,而进入先民农耕的实践,因"民以食为天"的观念使之成为君、民敬奉的图腾和祥瑞的象征;又因其高尚道德、美好理想的承载而引起文人的重视,在诗赋文领域获得文学审美的一片颂扬之声,故而在文化史上的象征意义不能低估。

(三)"葛藟"梦象之文化意蕴

《幽通赋》所述梦境中有"幽人""揽葛藟而授余"的情节,颜师古注为:"言入竣谷者当攀葛藟,可以免于颠坠;犹处时俗者当据道义,然后得用自立,故设此喻,托以梦也。"③其中的"葛藟"梦象,赋文铺衍为"葛绵绵于缪木兮,咏南风以为绥",班昭注为:"此是安乐之象也。"④除此,这一梦象还有没有其他的意蕴呢?

葛藟,作为文学素材,最早也是出现在《诗经》中。这一蔓生植物,因其具有绵延、连续、缠绕、攀附、茂盛等诸多特征,而被诗人取象起兴。《诗经》大概有十首诗吟咏了这种植物。或将之作为劳动环境和劳动资料,如《周南·葛覃》:"葛之覃兮,施于中谷,维叶萋萋。……葛之覃兮,施于中谷,维叶莫莫。是刈是濩,为絺为綌,服之无斁。"或取其缠绵依附之意,比拟夫妇和乐。如《周南·樛木》:"南有樛木,葛藟累之。乐只君子,福履绥之。"或以"葛藟"与"楚棘"相依,反衬人之孤苦。如《唐风·葛生》:"葛生蒙楚,蔹蔓于野。予美亡此,谁与独处? 葛生蒙棘,蔹蔓于域。予美亡此,谁与独息?"或以其长于水畔,喻人之失所与失本。如《王风·葛藟》:"绵绵葛藟,在河之浒。终远兄弟,谓他人父。谓他人父,亦莫我顾!"⑤而葛藟能护根亦作为谚语而为人熟知,如《左传·文公七年》:"葛藟犹能庇其本根,故君子以为比,况国君乎?"⑥

① 阎凤梧主编:《全辽金文》上,山西古籍出版社 2002 年版,第 1673 页。
② (明)沈鲤:《小玉堂稿》,《义渊阁四库全书》本,台湾商务印书馆 1986 年版。
③ (汉)班固撰,颜师古注:《汉书》卷一百《叙传》上,中华书局 1962 年版,第 4215 页。
④ (南朝梁)萧统编,(唐)李善注:《文选》卷十四,上海古籍出版社 1986 年版,第 637 页。
⑤ 程俊英:《诗经译注》,上海古籍出版社 2004 年版,第 8、182、110 页。
⑥ 李梦生:《左传译注》,上海古籍出版社 2004 年版,第 365 页。

可见,《诗经》以葛藟比兴的内容较为丰富,但均不出人伦情感的范畴。这与《幽通赋》的梦义及梦中"幽人""揽葛藟而授余"的仙味和神幻色彩并无关联。与之甚有关联的是《易经》困卦上六爻的爻词:"困于葛藟,于臲卼,曰动悔有悔,征吉。"①意思是困在葛蔓藟藤之间,又困在摇动危坠之处,只要因"动悔"而能"有悔",吸取教训,谨慎思谋其行为,必能解脱困境,"征"而获"吉"。这一爻象与《幽通赋》就世业与梦兆思考祸福天命、精诚形神,终归孔儒的主旨甚为相合。

然而,饶有趣味的是,班固《幽通赋》中的"幽人"尤其是"葛藟"梦象,却与神仙道教结缘,附着了攀援仙境工具的内蕴。自此以后,这种意蕴在后世的文学作品中不断出现并强化。如曹植的《七启》:

> 玄微子隐居大荒之庭,飞遁离俗,澄神定灵,轻禄傲贵,与物无营,耽虚好静,羡此永生。……于是镜机子攀葛藟而登,距岩而立,顺风而称。②

情境何其相似! 只不过镜机子去访问的玄微子,是隐居在大荒之庭的隐士,非神人而已。其后,攀援葛藟而登仙境,再一次重现是在孙绰的《游天台山赋》并序中:

> 天台山者,盖山岳之神秀者也。涉海则有方丈、蓬莱,登陆则有四明、天台,皆玄圣之所游化,灵仙之所窟宅。践莓苔之滑石,抟壁立之翠屏。揽樛木之长萝,援葛藟之飞茎。虽一冒于垂堂,乃永存乎长生。③

这里的天台山是名副其实的仙都,乃玄圣游化之所和仙人居处之地。虽然险峻,但得道之人通过"揽樛木之长萝,援葛藟之飞茎",依然可到达那里。

由此可见,葛藟与仙人或隐士密切相关,要想到达他们所居之地,必须依凭这一蔓生植物。而且,葛藟被认为是通往与俗世隔绝的世界时所使用的一个工具。④ 这在齐梁渐成共识并不断被延续下来。如梁宣帝的《游七山寺赋》云"即攀藤而挽葛,亦资伴而相携"⑤二句下注引晋嵇含所著《南方

---

① 黄寿祺、张善文:《周易译注》,上海古籍出版社1989年版,第393页。
② (魏)曹植撰,赵幼文校注:《曹植集校注》,中华书局2016年版,第8页。
③ (清)严可均辑:《全晋文》卷六十一,中华书局1958年版,第1806页。
④ [日]矢美都子:《关于庾信游仙诗中所表现的藤——从葛藟到紫藤》,《北京大学学报》1995年第5期。
⑤ (唐)释道宣撰:《广弘明集·统归篇》卷二十九,《四部丛刊》本,上海书店出版社2018年版。

草木状》曰:"茎如竹根,重重有皮,经时成紫藤,可以降神。"①这里的藤与葛藟实为一物。晋人郭璞所注《尔雅》卷九《释木》曰:"《疏》诸虑山藟,释曰:诸虑一名山藟。郭云:今江东呼藟为藤,似葛而粗大。"②清代段玉裁《说文解字注》卷一"藟"项曰:"按凡藤者谓之藟。系之艹则有藟字,系之木则有藥字,其实一也。"③因葛藟又可称为藤,故藤取代葛藟在齐梁及以后带有仙味的作品里已成为相当普遍的植物。如梁朝何逊《渡连圻》其一:"百年积死树,千尺挂寒藤。诡怪终不测,回沈意难登。"④庾信《奉报穷秋隐士》亦云:"王倪逢齧缺,桀溺耦长沮。……秋水牵沙落,寒藤抱树疏。"⑤

葛藟,因其与人们生活密切,自先秦起就进入人们的视野,由能制"絺、綌"的实用之物到具有"互相依存、守护根本"的伦理寄托,其文化形象内蕴渐次丰蒉。尤其在汉赋中作为植物梦象,成为攀登仙界之援引物后,其由儒而道的文化意蕴更趋鲜明。

以上,我们主要探讨了先秦至汉代梦观念的衍化,描述了汉代辞赋所绘梦境、梦事,揭示了梦象中所包含的丰富文化意蕴。由于汉代文学中绘梦作品较多,此处不能一一做出详细解析,这样,可能就会难以全面把握汉梦文化的所有特色。但是,赋作为有汉"一代之文学",将其梦题材择出,揭示其书写内容、特点和文化内涵,这不单对赋文学研究,还对中国古代梦文化史的考察,亦当有不可或阙的参考与借鉴价值。

第三节　天文与人文:赋绘天象与交感文化

"天文"在《汉书·艺文志》中归属数术类⑥。将天文纳入诗歌表现领域,自《诗经》《楚辞》就开始了。至汉代,更有诸多的天文元素出现在赋篇中,形成一类较为独特的书写题材。汉代不只有赋绘天文的创作实践,在创作理论上,"一经一纬、一宫一商,苞括宇宙、总览人物"的"赋迹、赋心"说,

---

①　(晋)嵇含撰:《南方草木状》卷中,广东科技出版社 2009 年版,第 34 页。

②　(晋)郭璞注,(北宋)邢昺疏:《尔雅注疏》,上海古籍出版社 2010 年版,第 157 页。

③　(汉)许慎撰,(清)段玉裁:《说文解字注》,上海古籍出版社 1988 年版,第 30 页。

④　(南朝梁)何逊撰,李伯齐校注:《何逊集校注》,中华书局 2010 年版,第 92 页。

⑤　(北周)庾信撰,(清)倪璠注,许逸民校点:《庾子山集注》卷三,中华书局 1977 年版,第 185 页。

⑥　《汉志》称"天文者,序二十八宿,步五星日月",《淮南子·文训》亦称"文者,象也",其所谈之天文均为"天象",即日月星辰等天文现象。但《尔雅》在"释天"中将风雨雪露、雷电虹霓与日月星辰归于天部,刘熙《释名》也是将天文现象与气候现象合归于天部。因此,合而论之,汉代的天文当包括天象与气象两个层面的意涵。本节采两个层面而论之。

则在艺术表现和视野思维上要求作赋者具备深厚的学识才力和广博的宇宙视野。这无疑引发我们思考:汉代赋家的知识结构构成如何? 赋绘天文这一题材创作的内在导引是否是一种知识学科和语言形态的同步共生发展? 关注并书写这类题材反映出当时什么样的文化心态? 本节拟以汉赋家的天文探究与赋创作之间的联系为切入点,着力解决以上问题。

<h2 style="text-align:center">一、赋家:究天文、研经与习赋</h2>

“赋兼才学”,汉赋具有明显的知识学体系的构造倾向。有学者认为“这个构造倾向可说容纳了汉人对于政治、学术、历史、地理、人生、事物的多方观察与思考,是一个超过了任何单独的物质文化部门和精神文化部门的集群学问、大综合学问”①。与之相应,赋文学的创作主体——赋家也必然具备复合型而非简单型,多样化而非单一化的知识结构。事实上也是如此。他们或有深厚的语言学功底,如司马相如、扬雄著有《凡将篇》《训纂篇》《方言》等著作;或具有“博闻强志,疏通知远”的史家才华与品性,撰写了名称、性质各异的史学著作。如司马迁之《史记》、班彪之《史记后传》、班固之《汉书》、陆贾之《楚汉春秋》、扬雄之《蜀王本纪》等;或熟谙儒学,在其赋创作中或显或隐地传达出当时流行的经学思想。这是因为儒学对于赋家“是一种精英知识体系,本身意味着对社会思考力和鉴别力……成为通行于民间和朝廷的知识、思想武器”②;或是对天文研究具有浓郁的兴趣,如桓谭、扬雄、张衡、刘歆、贾逵、蔡邕等勤观星空、参订历法、造天仪、究天体,成为推动汉代天文学发展的重要人物。

就书写天文题材的赋家来看,他们大多具备经学与天文学复合知识结构倾向。具体情况如下表所示。

赋家	研经	究天文	习赋	身份
贾谊	颇通诸家之书	草具其仪法,色上黄,数用五,为官名悉更,奏之	《鵩鸟》等	太中大夫
司马迁	少向学董仲舒、孔安国	太史公(司马谈)学天官于唐都……既掌天官,不治民……故司马氏世主天官	《悲士不遇》	郎中、太史令

---

① 冯小禄:《汉赋书写策略与心态建构》,人民出版社2010年版,第249页。
② 冯小禄:《汉赋书写策略与心态建构》,人民出版社2010年版,第256页。

续表

赋家	研经	究天文	习赋	身份
倪宽	为儒生,治《尚书》,明经术,善属文	制定汉初《太初历》	赋二篇	御史大夫
刘向	讲论五经于石渠,专积思于经术	昼诵书传,夜观星宿,或不寐达旦,奏《洪江阴五行传论》	献赋颂凡数十篇	光禄大夫,领校秘书
桓谭	遍习五经,皆诂训大义,不为章句	典刻漏,昼日参以晷景,夜分参以星宿	《仙》等	太中大夫
扬雄	非圣哲之书不好也	而大潭思浑天,参摹而四分之,极于八十一	《羽猎》《河东》等	郎中
刘歆	通诗书,讲六艺传记	典儒林史卜之官,考定律历,著《三统历谱》	《遂初》等	羲和官
张衡	通五经、贯六艺	善机巧,尤致思于天文阴阳历算,善术学	《二京》等	郎中、太史令
蔡邕	少博学,师事太傅胡广;正定六经文字	唯辞章、数术、天文是好,妙操音律	《述行》《协和昏》等	郎中

如上表所示,赋家既有着深厚的经学根底,又有着较丰富的天象观测、历法参撰、宇宙探究的科学实践。其复合型知识的生成原因在于:首先,儒学与天文学关系密切。北齐颜之推曰"算术亦是六艺要事,自古儒士论天道、定律历者,皆学通之"[1];朱熹亦曰"历象之学,自是一家,若欲穷理,亦不可以不讲。然亦须大者先立,然后及之,则亦不至难晓而无不通矣"[2]。这皆说明自先秦始儒家重视研究天地自然,讲究天人合一之道,所谓"通天、地、人曰儒"。故英国学者李约瑟说:"天文和历法一直是正统的儒家之学。"[3]相应的,儒家经典亦是在我国古代天文历法高度发展的基础上产生的。"岁、时、日、月、星、辰谓之'六物'(《左传·昭公七年》),因日而有《易》,因月而有《书》,因时而有《诗》,因岁而有《礼》,因星辰而有《春秋》。儒家通过五经发挥其五常思想:《书》言仁,《易》言义,《诗》言智,《礼》言礼,《春秋》言信。本有六经,《乐经》失传,乐司号令,在历法上有时令,令重

---

[1]　(北齐)颜之推撰,王利器集解:《颜氏家训集解》卷七《杂艺》,中华书局 2013 年版,第 710 页。

[2]　所谓先立的"大者",即是"穷天理、明人伦、讲圣言、通世故"。(宋)朱熹:《答曾无疑》,朱杰人等主编:《朱子全书》卷六十(第四册),安徽教育出版社 2010 年版,第 2889 页。

[3]　[英]李约瑟:《中国科学技术史》第三卷,科学出版社、上海古籍出版社 2018 年版,第 157 页。

在信。与《春秋》相同。"①在礼仪服饰上,儒服亦模形仿象其时流行的"天圆地方"说。如《庄子·田子方》中"周闻之,儒者冠圆冠者,知天时;履句屦者,知地形"②即是。

其次,赋家仕职有利于复合型知识的生成。上表中的赋家初仕时大多为郎官。而这种无定员定职、处于朝堂生态链的底端,又能备朝廷不时之需的郎官,却是汉代较为活跃的智识群体。③ 他们"处理政务、讲论经学、商量百家、造作诗赋、博尽奇异"④,也对当时的宇宙理论有着浓厚的兴趣和深入的思考。如扬雄"好天文,问之于黄门作浑天老工"⑤;桓谭"典漏刻"⑥,精于天象的观测。其后,随着仕职的变化,有些赋家甚至职司天官,如司马迁、张衡任太史令,刘歆曾为王莽时的羲和官;有些则在文献整理和行政管理上与天文学产生关涉,如刘向为领校秘书、蔡邕担任祭酒等,故能熟谙浑天之象,于天文星历颇有探究。

概而言之,汉代赋家在天文历法探索上的表现有如下三端:

第一,天体认知与探求。对天体的认知是两汉儒生的时代课题,许多赋家如桓谭、扬雄、张衡、蔡邕均涉足其中。桓谭是浑天论的坚定支持者与证明者。其《新论·离事》记载了他与扬雄的讨论。扬雄也热衷于天文,先"因众儒之说"支持盖天说,后被桓谭说服,"立坏其所作",发起了著名的"难盖天八事"。此难以严密的逻辑揭示盖天体系在制订历法等方面的破绽,转而赞同浑天说。张衡承继西汉天文学家的浑天说,对天地结构与位置进行了更接近客观的描述。其《浑天仪注》形容"天体圆如弹丸,地如鸡中黄,孤居于内。天大而地小,天表里有水。天之包地,犹壳之裹黄。天地各乘气而立,载水而浮……天转如车毂之运也,周旋无端,其形浑浑"⑦。这种表述远较"天象盖笠、地法覆盘"的盖天说进步。再加之张衡对南北极的位置、天球的直径、各种天象变化和日月星辰运行有较科学性的描述,从而使浑天说成为当时重要且有影响力的天体学说。至汉灵帝时,蔡邕于朔方上书言:"宣夜之学绝,无师法。《周髀》术数具存,考验天

---

① 黎子耀:《〈易经〉与〈诗经〉的关系》,《文史哲》1987年第2期。
② (清)郭庆藩撰,王孝鱼点校:《庄子集解·外篇》,中华书局2012年版,第714页。
③ 据《汉书·艺文志》所录作家身份统计,其中郎吏令系列有17家,作赋102篇。除上表所列的赋家外,明确曾任过郎官的还有庄夫子(严忌)、枚乘、陆贾、司马相如、吾丘寿王、刘向、朱建、严助、枚皋、王褒、扬雄等。
④ 徐兴无:《刘向评传》,南京大学出版社2005年版,第73页。
⑤ (隋)虞世南:《北堂书钞》,学苑出版社2003年版,第344页。
⑥ (汉)桓谭:《新论》,上海人民出版社1977年版,第44页。
⑦ (清)严可均:《全后汉文》下,商务印书馆1999年版,第567页。

状,多所违失,故史官不用。唯浑天者近得其情。今史官所用候台铜仪则其法也。"①

第二,星象记载与占星总结。《汉书·艺文志》数术略"天文"类下称:"天文者,序二十八宿,步五星日月,以纪吉凶之象,圣王所以参政也。"②江晓原诠释为:"这里'天文'的性质判然可见,不折不扣,即今人所谓之占星学也。……在《史记》中名为《天官书》,天官者,天上星官所呈之象,即天象,尤见'天文'一词之原初遗意。"③先秦以降的星象记载及占星学在汉代趋于完备和精细。司马迁对先秦以来盛行的占星学作了近乎总论性质的概括。《史记·天官书》用"四象"的方位,填进去"三垣"的内容,将之杂糅后,构成一个新的占星学的宇宙空间——"五宫",并将天上"五宫"星象与人间事务对应。"模拟人类社会的组织,给以帝王、百官、人物、土地、建筑物、器物、动植物等名称。"④对此,顾颉刚称"《天官书》简直把天上的星写成了一个国家"⑤。这一天文与人文结合的特点又为班固所继承。《汉书·天文志》开篇即曰:"凡天文在图籍昭昭可知者,经星常宿中外官凡百一十八名,积数七百八十三星,皆有州国官宫物类之象。"⑥而且,《汉书》首立《五行志》,专载五行灾异,诸如日食、月食、地震等天人感应之灾异事迹。至东汉,张衡把星空划分成444个星官,计2500颗恒星,并测出太阳与月亮的视直径,已较接近现代的测度。此外,汉代尚有对太阳黑子及超新星的明确记载⑦。

第三,历书修改与制订。《汉书·律历志》称:"三代既没,五伯之末,史官丧纪,畴人子弟分散,或在夷狄,故其所记,有黄帝、颛顼、夏、殷、周及鲁历。"⑧汉代重视治历,除上述六种古历外,以赋家身份治历者尚有倪宽和刘歆。汉武帝太初元年,倪宽奉诏与司马迁、公孙卿、壶遂等修改历法,制订出新历法——《太初历》;刘歆则制订出我国现存的第一部完整历法——《三统历》。"三统者,天施、地化、人事之纪也",其具体内容有节气、朔望、月食

---

① (南朝宋)范晔:《后汉书》,中华书局1965年版,第3217页。
② (汉)班固撰,颜师古注:《汉书》卷三十《艺文志》,中华书局1962年版,第1765页。
③ 江晓原:《天学真原》,辽宁教育出版社1991年版,第3、4、6页。
④ 陈遵妫:《中国天文学史》(第二册),上海人民出版社1982年版,第264—265页。
⑤ 顾颉刚:《秦汉的方士与儒生》,上海古籍出版社2005年版,第18页。
⑥ (汉)班固撰,颜师古注:《汉书》,中华书局1962年版,第1273页。
⑦ 《五行志》:"(成帝)河平元年(公元前28年)三月乙未,日出黄,有黑气大如钱,居日中央。"《天文志》:"元光元年(公元前134年)六月,客星见于房。"(汉)班固撰,颜师古注:《汉书》,中华书局1962年版,第1507、1305页。
⑧ (汉)班固撰,颜师古注:《汉书》,中华书局1962年版,第973页。

及五星等的常数和运算推步方法及基本恒星的距离等,被认为是世界上最早的天文年历的雏形。

从文化创作主体角度,我们不难看出,赋绘天文题材的出现是在汉代天、地、人文化框架下,以天体为椭球、以北极为天中、天道左旋、地道右行、四象八方、二十八宿环绕的天文知识背景中得以产生的。这些知识所勾勒出的空间与时间框架,使人们对宇宙时空有了较理性的认知,既能较准确地知晓晨昏昼暮、春夏秋冬、朔望节气是由天体运行的时间和轨道决定的,也能运用天象观测需要的系统整体的空间意识从多个角度观物、察物和描物。同时,汉代部分赋家因其复合型的知识构成而将研经、究天文和习赋集于一身,从而形成经学、天文学与文学诸学科,以及儒者、天文学家与赋家诸身份纠葛复杂、彼此影响和相互渗透的独特文化景观。显之于文学,天文学研究的成果成为作赋的素材,赋的写作思维或浮现着天文学探究的影子,[1]而儒家天人交感的思维模式与天文学研究的实证体验则成为"润色鸿业"、君惠民隐得以上下逮达的作赋意图。

二、赋迹:赋绘天象的文学图景

但知识本身并不是艺术。那么,赋家是如何将深厚的儒学修养、丰富的天文学知识转化成"气息厚""尚事实""恢之而弥广"[2]的艺术作品,从而达到知识学科和语言形态同步共生发展的呢?

(一) 创设意蕴丰厚的天文意象

《汉志·诗赋略》杂赋类有"山陵、水泡、云、气、雨、旱赋十六篇"的记载,其中的水泡、云、气、雨、旱当属汉代天文中的气象类。这些除了在赋中有片段式的描写外,赋家还着意进行意象营构以作传情达志的载体。如《旱云赋》《大暑赋》《愁霖赋》《喜霖赋》等。其中,典型的是贾谊《旱云赋》中的旱云意象。

以"云"为题材始自荀子《云赋》。贾谊基于旱灾频繁的现实,将泛义之云缩小范围,着力于云"夏日作暑"的现象。赋中对暑云蓬勃之象的自然描写较之《云赋》生动传神得多:既实写了云彩会拢、聚集、飘动、碎裂的变化势态,又以"虎惊""龙骇""波怒"的喻象虚写出观云者眼中云之诸种形貌。同时,贾谊还承袭了荀子为"云"这一物象注入的"大参天地,德厚尧禹"的

---

① 刘敏:《汉代天文学与汉赋的时空美学论略》,2017 年《中国首届辞赋理论高端学术讨论会论文集》。

② 刘熙载著,薛正兴点校:《刘熙载文集》,江苏古籍出版社 2001 年版,第 126、127 页。

政治思想意义和"往来悟忿,通于大神"的神学中介意义。通过旱云作天人感应的陈说,认为是"政治失中"招致了旱灾,将批判的锋芒直指朝廷。因而,旱云在此赋中不唯具有实在的物象之形,更暗含着赋家深层的情志之义,具批评时弊、同情民生、希冀帝王德政等丰富的意蕴。

美丽浩瀚的星空往往激发人们无穷的遐想。早在《诗经》中,就有"维天有汉,监亦有光。跂彼织女,终日七襄"(《小雅·大东》)、"嘒彼小星,三五在东"(《召南·小星》)等对星宿观察入微的诗句。到了汉代,以寸管"赋心"苞括宇宙的赋家,更是将浩渺天宇中的日月星辰等天象纳于笔端。有的是星宿意象群:如五纬、五星。像"五星会于东井"(《西都赋》);"高祖奉命,顺斗极,运天关"(《长杨赋》);"自我高祖之始入也,五纬相汁,以旅于东井"(《西京赋》),以"五星聚东井"这种特殊的天文现象来昭示天下的归属和兴亡;又如众星环极之象,将斗极、狼狐、欃枪、玉衡、织女、王良、三台、轩辕、招摇、觜嶲、荧惑、太白、东井、彗星、枉矢、玄弋、华盖等众星依书写意图作有意味的罗列。像班固《西都赋》"其宫室也,体象乎天地,经纬乎阴阳。据坤灵之正位,仿太紫之圆方。树中天之华阙,丰冠山之朱堂",就以"众星之环极"与宫室布局及建筑景观的对应来体现"象天设都"的天象模拟理念①。

有的是单个的星宿意象,如班婕妤《捣素赋》中的玉衡。赋以"测平分以知岁,酌玉衡之初临"开篇,意指此时北斗斗柄指西,天下皆秋,天气渐凉。从表现功能上玉衡属于描述性物象,具有分阴阳、定四时、行月建的授时功能。除了点明季节时令外,还以玉衡秋星的角色暗示了人物活动的特定时间,与赋中秋月、秋菊、秋雁、秋霜、秋风一道营造出深秋月夜清冷、萧疏的意境,传达出深宫女子孤寂、哀怨的心境。

(二)　构架"星陈天行"的出游场景

翻检汉赋作品,发现当中有相当多的天文名物密集地出现在赋家精心构架的出游场景中。按出游者的身份,可分为三类:一是天子出场的祭祀出游、畋猎出游及征伐出游;二是大人(仙人)出场的天国神游;三是士人出场的幻想之游。

在第一类中,星宿多担任天子祭祀或畋猎出游时的随从和护卫。如扬雄《甘泉赋》写汉成帝郊祠甘泉泰畴、汾阴后土时的情景:

---

① 赵金平:《汉代京都赋天文类名物探析》,《华北电力大学学报》(社会科学版)2018年第1期。

于是乃命群僚,历吉日,协灵辰,星陈而天行。诏招摇与泰阴兮,伏钩陈使当兵,属堪舆以壁垒兮,梢夔魖而抶诵狂。

招摇、泰阴、钩陈三星多与武器、战斗相关:《史记·天官书》称"杓端有两星,一内为矛,招摇,一外为盾,天锋"[1];《淮南子·天文训》曰"太阴在寅,岁名曰摄提格,其雄为岁星"[2]司一年祸福;《星经》云"钩陈,主天子六军将军,又主三公"[3]。正是三星具有如此义蕴,故天子下诏招它们护卫前行。又如扬雄《羽猎赋》描写汉成帝外出狩猎时众星宿扈从的场面:

靡日月之朱竿,曳彗星之飞旗。青云为纷,红蜺为缳,属之乎昆仑之虚,涣若天星之罗,浩如涛水之波,淫淫与与,前后要遮。欃枪为闉,明月为候。荧惑司命,天弧发射,鲜扁陆离,骈衍佁路,徽车轻武。

短短的赋文,出现的天文星象竟达 8 次之多。这些琳琅满目的星宿在赋家笔下竟任由人间帝王驱使和派遣!这无疑彰显了天子出行排场的隆重、讲究,皇家气度的非凡与显赫。星宿运行有时还用在君王或武将征伐的场景中。如杜笃《论都赋》赞汉高祖"奋彗光,埽项军",谓霍去病、卫青军队"军如流星";崔骃《反都赋》写光武帝"上贯紫宫,徘徊天阙。握狼狐,蹈参伐。陶以乾坤,始分日月",均用天象来比拟军事征讨时摐甲执锐的将士气度和锐不可当的赫赫军威。

第二类虚构了仙人远游天国的奇异景象。以司马相如《大人赋》和黄香的《九宫赋》为代表。前者写大人"猲轻举而远游"时,乘缥缈云气,用"格泽、旬始、彗星、欃枪"等星宿精心装饰仪仗的旌旗。后者写太一巡游天界的盛况,其中,令人称奇的是这样的铺写:

握璇玑而布政,总四七而持纲。和日月之光曜,均节度以运行。序列宿之焕烂,咸垂景以煌煌。……使织女骖乘,王良为之御。三台执兵而奉引,轩辕乘駏驉而先驱。招摇丰隆,骑师子而侠毂,各先后以为云车。左青龙而右觜觿,前七星而后腾蛇。征太一而聚群神,趣荧惑而叱太白。东井辍鞢而播洒,彗孛佛仿以梢击。

① (汉)司马迁:《史记》卷二十七《天官书》,中华书局 1982 年版,第 1294 页。
② (汉)刘安撰,何宁集释:《淮南子》集释,中华书局 1998 年版,第 200 页。
③ (战国)甘德、石申撰:《星经》,《文渊阁四库全书》本,台湾商务印书馆 1986 年版。

赋家以夸饰的手法,极力渲染中宫的雄伟、灿烂和辉煌,又将九宫中的众星人格化,叙写太一令织女、王良御乘,任三台、轩辕作先驱,以觜觿、七星护驾,驭招摇、荧惑、太白、东井、彗孛开路,创造了雄伟瑰丽的奇异场景。

第三类写士子"将往走乎八荒"的神游之旅。此类以张衡作文抒志,以寻求精神寄托的《思玄赋》为代表。其中"出紫宫之肃肃兮,集太微之阆阆。命王良掌策驷兮,逾高阁之锵锵。建罔车之幕幕兮,猎青林之芒芒。弯威弧之拨剌兮,射嶓冢之封狼。观壁垒于北落兮,伐河鼓之磅硪。乘天潢之泛泛兮,浮云汉之汤汤。倚招摇、摄提以低徊剹流兮,察二纪、五纬之绸缪遹皇"中的"王良、策驷、高阁、罔车、青林、威弧、封狼、壁垒、河鼓"等全是星宿名,赋家在充分运用天文知识的基础上发挥其丰富的想象力,或用拟人之法,或赋双关之意,将它们转化为具有生命力的形象参与远游的求索,从而谱写出一曲奇特、恢宏、浪漫的星际旅行畅想曲。

（三）阐发覃奥玄妙的天地之理

汉赋中也有借天象、气象阐理的片段。首先,从本体论上,释变化源于阴阳。如公孙乘《月赋》曰"炎日匪明,皓璧非净。躔度运行,阴阳以正";贾谊《鵩鸟赋》"且夫天地为炉兮,造化为工;阴阳为炭兮,万物为铜。合散消息兮,安有常则?千变万化兮,未始有极"。以天地、日月、万物诸有形的物和无形的阴阳之气聚散、生灭来阐说万物的运行用置,并由此推演出人的生死祸福、国家的盛衰强弱均是变化无定、矛盾统一的道理。如果,阴阳和谐,则万物周行不滞。反之,阴阳不调则会引起万物逆乱,灾害颇仍。如贾谊《旱云赋》认为出现旱云就是因为"阴阳分而不得",缪袭《喜霁赋》则"嗟四时之平分兮,何阴阳之不均"。阴阳不均,则可导致夏日急需用水之时,却逢干旱,收成之时,反遭大水,致使嘉谷毁于田中。其次,从生成论上,阐万物皆有盛衰。扬雄在《太玄赋》中曰:"若飘风不终朝兮,骤雨不终日。雷隆隆而辄息兮,火犹炽而速灭。自夫物有盛衰兮,况人事之所极。"以风、雨、雷、火盛极即衰的自然天象,来阐释人世间盛衰、荣辱、忧喜、祸福的转化,人断不可执念于一端之理。因天文之天象和气候现象与人们日常生活关系密切,这种阐理方式较为直观、平易、通透而易于为人理解与接受,从而达到较好的阐理效果。

（四）呈显广博奇丽的自然气度

汉赋对天地自然气度的整体呈现,既有对先秦时期天文地理知识的承继,也有基于个人知识与经验的审美体悟。《楚辞》中有宏观的"天何所沓,十二焉分?日月安属?列星安陈"对天象陈列的诘问(《天问》),以及对"唯天地无穷兮"的天地质性的认知(《远游》);也有中观的对"总九州之博大兮"(《离骚》)、"览冀州兮有余,横四海兮焉穷"(《云中君》)等地表空间秩序的体察;还有近观的对"自恣荆楚,安以定只"(《大招》)、"发郢都而去闾兮,怊荒忽其焉极"(《哀郢》)的荆楚大地、宗国都城及流寓之地地情地貌的熟稔。① 这种文学表达,通过文学自身发展的惯性依然在汉赋中有不小的影响力。如"黄鹄之一举兮,知山川之纡曲。再举兮,睹天地之圜方"(《惜誓》)、"遍览八纮而观四海兮,竭度九江而越五河"(《大人赋》)、"上陇阪,陟高冈,游精宇宙,流目八纮"(《显志赋》),同样具备天圆地方、八柱擎天、流观四海、神游宇宙的浩大天宇视野。

同时,汉代赋家还擅长"以类相从",将天象名物作有意味地排列,使之呈现繁丽富赡、闳侈钜衍的物质性特征。首先,天象称谓上多异名同物,如对天空的称谓,多冠以天、大帝、中辰、重阳、天庭、云表、上帝、乾、皇上、上玄等玲珑满目之名。其次,对某一天象诠分细类,如将风区分出寒风、长风、谷风、流风、迅风、闾风、惠风等穷形尽相之属;还将名近实异的天象辐辏,如《西京赋》中的景曜、阳曜、流景、引曜诸天象各有所指,却称名相似。这样,赋家通过宏观的天宇视野和微观的天象称名,"多识博物,有可观采"②,呈现出自然物态广博奇丽的气度。

无疑,日益丰富的天文知识,在一定程度上导引人们空间视阈的拓展和天文意识的觉醒。赋绘天文即是赋家之心与浩瀚天宇达成的微小与阔大、主观与客观的合一方式之一。我们要继续作追问的是,汉代赋家"为章于天"的背后,到底隐藏着他们意识深处什么样的观念或心态?

三、赋心:天人互感的文化心态

"中国天文学从它诞生之日起就具有社会天文学的显著特点"③,不可能是"由抽象几何学意义上的点、线、面所组成的、单纯的理论空间"④,而是制约人文,服务社会的有力工具或武器。在先秦"观乎天文,以察时变;观乎人文,以化成天下"⑤"上揆之天,下验之地,中审之人"⑥的表述中,观、察、揆、验天地的目的均是指向人文。从这个意义上来说,汉代赋绘天文背

---

① 彭安湘:《屈骚诗性空间的生成、意蕴与影响——基于地学知识角度的考察》,《长江大学学报》2019 年第 6 期。

② (汉)班固撰,颜师古注:《汉书·叙传下》,中华书局 1962 年版,第 4255 页。

③ 陈江风:《天文与人文——独异的华夏天文文化观念》,国际文化出版公司 1988 年版,第 7 页。

④ [德]卡西尔:《人论》,甘阳译,上海译文出版社 1985 年版,第 62 页。

⑤ 黄寿祺、张善文:《周易译注》,上海古籍出版社 1989 年版,第 188 页。

⑥ (战国)吕不韦撰,陈奇猷校释:《吕氏春秋校释》,上海古籍出版社 2002 年版,第 648 页。

后隐含的观念、意识和心态是多面的、立体的。

（一）融贯天人感应思想

在汉代，天人感应与阴阳五行学说成为知识体系中对历史与自然的认知模式。"更为重要的是，以五经博士领衔的全部汉代学术界，把占星学——阴阳五行说整合进入先秦儒家经典之中，形成了在中国学术史上屈指可数的重镇——两汉经学。因此，两汉经学与占星学——阴阳五行说可谓水乳交融、浑然一体。"①而集究天文、研经与习赋于一身的赋家，在以赋的形式呈现其对天、人关系的认知和感悟时，更是将此观念融贯于其中。

一是天上星宿与地面州郡、都城选址及宫室建筑相对应。如扬雄《蜀都赋》以二十八星宿之井宿对应地野古梁州；以"五星聚东井""即土之中"的祥瑞而定都长安、洛阳；以"众星之环极"而设计三雍、灵台、豫章珍馆的布局。其次，是以天上星阵与人之处境对应。刘歆《遂初赋》先以北极星近旁的三台与钩陈说明自己为君王近臣的身份；次以"备列宿""拥大常、枢极""总驷房""奉华盖"形容自己曾位高权重、仕途隆盛的过往；再以"太阶之俢阔""机衡为之难运""惧魁杓之前后"喻朝纲崩弛下升迁艰难、恐遇不测的担忧；末以玄武、北方七宿明己贬谪至北方防守边郡的事实。刘歆充分运用自己天文学的知识，将星宿的位置、运行与君臣处位、仕宦迭荡有机地融为一体。

这样就自然包含了双重的文化承载：一是重道轻技的认识论，决定了言天象多依附于王朝政事。这最直接体现在星宿命名上。汉代星图，以人（神）名、职官名以及与人的生活相关的器物名命名的在90%的数量，以动物与其他自然物命名的星宿仅占不满10%的数量②，故具有重人事即注重人际关系及自身伦理修养的鲜明特点。而且，从命名看，这种以人间事物与关系比附星宿关联的思维模式，形成了一个以"帝星"为中心，以三垣、四象、二十八宿为主干庞大的空中社会。这个空中社会组织严密、等级森严、政体健全，充满道德与秩序。尽管其"不过是一个想象的空间，是人类心灵的一种虚构""是一种对宇宙的神话式的解释"，却对中国文化产生了深远的影响。

二是虽运用具体的科学知识，但其宗旨仍不出古人"取则天象"的思维模式。这种情形，恰如张衡在《灵宪》中所说。天体"在野象物，在朝象官，

_____

① 章启群：《星空与帝国——秦汉思想史与占星学》，商务印书馆2013年版，第387页。
② 陈江风：《天文与人文——独异的华夏天文文化观念》，国际文化出版公司1988年版，第13页。

在人象事,于是备焉"①。这种汉代流行的天人相关、天人互感的理论,就是赋绘天象的思想观念背景。而且,"取则天象"的思维方式在赋绘天文中显示出天地人一体同构的整体观念。"天、地、人之间密切相关,任何一种异样的变化都是一种特殊的预兆,任何一点特别的现象都可能引发另一对称处的回应,所以古代中国人在思考天、地、人、鬼的问题时总是把这个宇宙当成浑然合一、笼罩一切的整体,并产生一种根深蒂固的秩序感。……即以中央为核心、众星拱北辰、四方环中国的'天地差序格局'。②"对此,许结认为此类心境是"汉代赋家以神学与政治杂揉之内涵显其取则天象的虚妄礼赞"③。

(二) 宣扬宏大文化气象

汉赋"体国经野,义尚光大",它以汉帝国辽阔的土地、万千的生民、宏伟的山川、繁华的都市、巍峨的宫殿、宽广的林苑、丰饶的物产、昌隆的文教、帝王千乘万骑的出猎、隆重排场的典礼、盛大庄严的仪仗、场面壮观的歌舞、侈靡奢豪的宴饮等事物为主要描写对象,向人们展示一种数量众多、体积宏伟、场面广阔、力量巨大、威势无比的大之美,彰显出汉代强盛、宏大的文化气象。在赋中,不仅可见每一种分类罗列都代表了赋家智周万物的雄心勃勃的志向,似要把一种新的知识秩序强加在自然界之上,并且这番雄心壮志,还基于对"汉胜百代"的自信,展现于资源、见闻、知识增量的叙述之上。

在赋绘天文的出游场景中,赋家展开想象,突破视镜,"逍遥乎襄羊,降集于北纮"(《上林赋》)、"下峥嵘而无地兮,上寥廓而无天。视眩眠而无见兮,听惝恍而无闻。乘虚无而上遐兮,超无友而独存"(《大人赋》)、"章皇周流,出入日月,天与地沓"(《羽猎赋》),以宏阔的视野,带人向一个更大、更高境界扩展和升华。同时,出于天文与人文通合的心胸,赋家还以夸饰的笔墨,或罗列天宇中日月星辰华艳夺目之名,或驱使、调遣星宿为人间侍从、护卫或车旗之饰物,或以天象、气象拟效人间政事。这类书写与东西争衡斗美的京都赋、侈丽宏肆的畋猎赋、徜徉乎骋目的纪行赋,以及"盖有非常之功,必待非常之人"(《汉书·武帝纪》)的天子言,"天地之间被润泽而大丰美,四海之内闻盛德而皆徕臣"(《天人三策》)的经师言,"非壮丽无以威重"(《史记·高祖本纪》)的政治家言,"究天人之际,通古今之变,成一家之言"(《史记·太史公自序》)的史家言一道,同具有两汉"居得致之位,操

① (汉)张衡:《灵宪》,1884年楚南湘远堂本。
② 葛兆光:《中国思想史》第一卷,复旦大学出版社1998年版,第133、130页。
③ 许结:《说〈浑天〉谈〈海潮〉——兼论唐代科技赋的创作与成就》,《辞赋文学论集》,江苏教育出版社1999年版。

可致之势,又有能致之资"(《天人三策》)的时代风貌与创作精神,有"一种无前不可阻挡的气势、运动和力量""比起荷兰小画派来,它们的力量、气魄、价值和主题要远为宏伟巨大"①。

(三) 承担文助规览责任

我国古代科学与文艺至汉代始开阔大之境。然"天文学是古代政教合一的君王所掌握的秘密知识"②,除具权威性外,天文知识还是极为专业性的知识,"绵代相传,史官禁密,学者不睹"③。汉赋家以天文知识入赋,首先得具有汉宣帝所说的"鸟兽草木多闻"的认识功能。故而在此类题材书写上,赋家多天象名物的罗列及宇宙图式和天体质性的勾勒。不过,这种知识的传达并非完全实证式的科学呈现,即不是详细的知识发明和介绍,而是多参谶纬、祥瑞、灾异、风角、星占之语,"又无不涂饰以神学而表现出虚夸的占卜式审美"④,与晋唐及以后的天文赋偏重实证精神的创作意图迥异。

其次,因"中国天文学的基本性质,即它具有官方特征,并且同朝廷和官僚政治有着密切的关系"⑤,这种情形恰如《天官书》所云"其与政事俯仰,最近天人之符"⑥一样。故而赋绘天文亦需时刻关照"或以抒下情而通讽谕,或以宣上德而尽忠孝"政教功能。班固在《两都赋序》中称汉武帝时期的言语侍从之臣和公卿大臣"日月献纳""时时间作"是为达到"兴废继绝,润色鸿业"的目的。换言之,即赋家承担有复兴大汉文教的责任。这种责任被再三致意:《汉书》载言语侍从之臣"(刘)向以为王教由内及外,自近者始……及采传记行事……书数十上,以助规览,补遗缺"⑦。公卿大臣孔臧曾致书从弟孔安国:"深忿俗儒淫词冒义,有意欲拨乱反正,由来久矣。"⑧因此,赋写何种题材内容、吸纳哪类知识入赋、采用何种技法作赋,被逐渐获得一种意义和价值取向,并延展为赋家所共同遵循的写作意图——借讽颂以助规览。绘天文赋作中,《旱云赋》讽执政者"政治失中而违节",《大人赋》讽武帝"虽济万世不足以喜"的求仙之愿,《甘泉宫赋》中明颂甘泉实谏

---

① 李泽厚:《美的历程》,天津社会科学出版社 2003 年版,第 72 页。
② [英]李约瑟:《中国科学技术史》第三卷,科学出版社、上海古籍出版社 2018 年版,第 173、170 页。
③ (唐)房玄龄等:《晋书》卷十一,中华书局 1974 年版,第 568 页。
④ 许结:《说〈浑天〉谈〈海潮〉——兼论唐代科技赋的创作与成就》,《南京大学学报》1999 年第 1 期。
⑤ [英]李约瑟:《中国科学技术史》第三卷,科学出版社、上海古籍出版社 2018 年版,第 173 页。
⑥ (汉)司马迁:《史记》,中华书局 1982 年版,第 1351 页。
⑦ (汉)班固撰,颜师古注:《汉书·楚元王传》,中华书局 1962 年版,第 1957—1958 页。
⑧ 傅亚庶:《孔丛子校释》,中华书局 2011 年版,第 451 页。

成帝奢侈,《思玄赋》的极游之想亦暗讽现实幽昧等,即为此意图的体现。

刘勰《文心雕龙·原道》云"夫玄黄色杂,方圆体分,日月叠璧,以垂丽天之象;山川焕绮,以铺理地之形:此盖道之文也",后人当效先哲"雕琢情性,组织辞令""写天地之辉光,晓生民之耳目"①。这样,我们就能理解汉代赋家将自然天地措之笔端,吸纳天文知识入赋,以宏大开阔的视野和大气浪漫的诗性精神来绘写自己所面对的这个世界,反映其时高远浩大的宇宙观和交相感应的天人观的初衷。又因赋体"博物知类"和"讽颂规览"的文体特性与写作意图,赋家对星宿之居位与地人对应的安排、星辰运转与四时推移、日月升坠与阴阳变化、四面八方与天象安排的构架,乃至对社会秩序和人间道德美刺的旨归等均进行了较为丰富多面的展现。这既是汉代思想文化思潮演进使然,也是具有深厚儒学功底、广博天文知识的赋家艺术勾连起天文与人文,传达天、地、人和谐愿景的拳拳"赋心"的体现。

诚然,汉代赋绘天文在赋史上仅为书写的开端,天文并未形成与京都、畋猎、纪行比肩相埒的赋类。而且,深受经学的影响,赋绘天文实际上是"以经学为中心的传统人文知识的集合",不免带有粗线勾勒且虚浮夸张的色调。至魏晋,因反对汉赋浮夸转重实证的风气流行,赋家才在观念层面对天文书写的态度初显转变。直至唐代,虽然"取则天象"依旧存在一定影响力,但在赋家思想中已然开始祛魅,中国天文科技赋的书写时代也由此正式开启。

第四节　法律与文学:赋之"法语"与汉律文化

理查德·A.波斯纳曾说:"如果文学作品想在远离其产生的地点和时间生存,那么,它就不需有关人类的一些永久的特征。法律与爱、成熟……宗教、友谊、异化、死亡、战争和艺术本身一样,法律也是人类经历中一个永久的特征。"②正因为法律与文学对人性、人权的共同关注,且两者共同具有"人类的一些永久的特征"而成为有一定知识增量和方法借鉴的交叉研究领域。③ 中国法学在法律规范的对象、表达、理解与阐释上与文学领域从不失交叉性,然而文学领域参与、融入法学领域的程度却相对有限。研究者大多还是将文学中的戏曲、小说、诗歌、辞赋当作蕴含法律元素、表达法律主题

①　(南朝梁)刘勰撰,范文澜注:《文心雕龙注》,人民文学出版社1958年版,第1—2页。

②　[美]理查德·A.波斯纳:《法律与文学》,李国庆译,中国政治大学出版社2002年版。

③　法律与文学的关联有四种形式:法律中的文学、作为文学的法律、通过文学的法律及有关文学的法律。

的"静态"史料、若干注脚或典型案例而已。

以对古代辞赋文本的法律解读性研究为例，根据笔者所寓目到的情况来看，目前学界与之相关的研究成果数量确实有限。其中，《法律语境下的汉代文学——以汉赋为例》和《〈燕子赋〉与唐代司法制度》①可作为代表，然而两文的研究方法也没有突破"文学中的法律"范式的局限。鉴于此，本节意欲用"法律言说"一词，来指称汉赋作品中所包含的与汉代律法相关的题材和内容，并运用目前较为流行的"新文化史学"的方法，探究在汉代知识与思想语境中两者融织的诸多镜相。

一、面相：汉赋法律言说的角度与内涵

据统计，汉代与法律相关的赋篇有 17 篇之多，占现存完整的汉赋总量（75 篇）的 23% 左右。这些作品不仅反映面较广，涉及了汉律中的立法、司法及法律结构要素等内容；也不同程度地体现出汉代律法的特点和精髓要义，故两者产生了较为紧密的融织与互渗。同时，赋因其从母体带来的政治伦理品性，不仅担负着"兴废继绝，润色鸿业"的文化使命，还发挥着"宣上德、抒下情"的规制政治的功能和效力。因此，汉代赋家均自觉不自觉地将汉代政治制度重要组成部分的律法纳入了言说视野。具体言说表现在如下诸端。

（一）"取其宜于时者"：对立法切合时势的肯定

汉承秦制，从刘邦"约法三章"到萧何《九章律》的制定，其立法思想甚至基本律条都是源自秦律。不过，相较于严苛全备的秦律，汉律在立法原则和司法手段上又具有鲜明的儒家化特点。如《九章律》制作时虽"四夷未附，兵革未息"②却能以约法省禁为基本原则，对一些定罪、刑罚有所删减或减缓。《尔雅·释诂》曰："律者，常法也。"可见，"律"在立法任阶上居于最高地位，为正司法法源。故《九章律》奠定了汉代法律的基本形式和内容，对后世也深有影响。这一重大立法举措及其影响，自然引起了赋家的关注。扬雄在《解嘲》中即以历史的眼光对萧何造律予以了冷静的审视，称"《甫刑》靡敝，秦法酷烈，圣汉权制"，"靡敝""酷烈""相宜"分别对三种刑法定性，是符合历史事实的。尤为可贵的是，扬雄还认为律法是随着社会发展到一定阶段由于人生存的需要而产生，任何时代都不能固守成法。故"萧何

---

① 余书涵、黄震云：《法律语境下的汉代文学——以汉赋为例》，《西北大学学报》2012 年第 5 期；楚永桥：《〈燕子赋〉与唐代司法制度》，《文学遗产》2002 年第 4 期。

② （汉）班固撰，颜师古注：《汉书》卷二十三《刑法志》，中华书局 1962 年版，第 1096 页。

造律,宜也",是顺应历史潮流,其律典是依人之所需而定的。其后,东汉崔寔的"圣人执权,遭时定制""世有所变,何独拘前"①的观点与之枹鼓相应。

(二)"明恤庶狱,详刑淑问":对司法公正的歌颂

直接对汉代司法明恤详慎予以歌颂的是东汉崔寔的《大赦赋》。此赋作于汉桓帝建和元年(147),是入仕前的崔寔有感于新帝德政之美及大赦后之太平景象所作。据《后汉书·孝桓帝纪》记载:建和元年曾有四次赦宥②。这一系列的举措,是新朝新气象的体现,应给予了崔寔非常大的震动。以至于崔寔在其后所作的《政论》中还提及:"顷间以来,岁且壹赦……近前年一期之中,大小四赦。"③因此,赋中他称赞是年的大赦天下,曰:"所以创太平之迹,旌颂声之期,新邦家而更始,垂祉羡乎将来,此诚不可夺也""虽皇羲之神化,尚何斯之太宁?"

除《大赦赋》这样全面、直接地叙写具体某次赦宥且为其"明恤庶狱"揄扬歌颂的作品外,汉代还有一些笼统地、间接地颂扬律法诸面的赋作。有的赞当代君王措刑不用之举:

于斯之时,天下大悦。乡风而听,随流而化,岿然兴道而迁义,刑错而不用。(司马相如《上林赋》)

出恺弟,行简易,矜劬劳,休力役;见百年,存孤弱,帅与之同苦乐。(扬雄《长杨赋》)

有的赞古今德刑相辅之举:

(今大汉)……徽以纠墨,制以质铁,散以礼乐,风以《诗》《书》,旷以岁月,结以倚庐。(扬雄《解嘲》)

彼仲尼之佐鲁兮,先严断而后弘衍。虽离谗以呜咽兮,卒暴诛于两观。(梁竦《悼骚赋》)

下理九土,上步三光。制礼作乐,班叙等分。明恤庶狱,详刑淑问。(王粲《七释》)

---

① (清)严可均辑:《全后汉文》上,商务印书馆1999年版,第469页。

② 分别是:"春正月戊午,大赦天下""夏四月丙午,诏郡国系囚减死罪一等,勿笞""夏四月又诏曰:其令徒作陵者减刑各六月""十一月戊午,减天下死罪一等,戍边"。参见(南朝宋)范晔:《后汉书》卷七《孝桓帝纪》,中华书局1965年版,第289、290、290、291页。

③ 董治安主编:《两汉全书》第二十二册,山东大学出版社2009年版,第12876页。《政论》写成于元嘉元年(151)。

班固在《汉书·刑法志》中阐明了这样的主张："文德者,帝王之利器;威武者,文德之辅助也。夫文之所加者深,则武之所服者大;德之所施者博,则威之所制者广。三代之盛,至于刑措不寝者,其本末有序,帝王之极功也。"①可见,这些赋文中不同时期的"法语"言说与汉王朝建立起来的德主刑辅的律法理论思想是基本一致的。

（三）"用刑太深,方正倒植":对司法严酷、不公的批判

如果说自文帝废除肉刑后,西汉前期刑政得当,"从民之欲,而不扰乱",所以"衣食滋殖,刑罚用稀"②。那么,到了西汉中后期及以后,情形则发生了变化。刑狱繁重,以致"断狱殊死,率岁千余口而一人,耐罪上至右止,三倍有余"。所以,赋文之中亦出现了"汉兴以来,未有拒谏诛贤、用刑太深如今者也"③的否定与贬斥之声,以及对司法严酷、立法不公正的指摘之声。

如司马迁《悲士不遇赋》是因李陵事件罹祸后写的。《汉书·李广苏建传》载:"上以迁诬罔,欲沮贰师,为陵游说,下迁腐刑。"④可见,所谓的"诬罔"之罪是由汉武帝定的,具有很大的主观性和随意性。"因为诬上,卒从吏议",据"元朔元年有司奏议曰:夫附下罔上者死,附上罔下者刑"⑤,量刑不可谓不重。故若干年后司马迁在《报任安书》中还心有余悸地回忆道:"当此之时,见狱吏则头抢地,视徒隶则心惕息。何者？积威约之势也。"⑥而在《悲士不遇赋》中,司马迁则对当政者的严刑峻法、专断横暴表示了极大的愤慨,控诉了他们善恶不分、公私不明及互相倾夺:

> 虽有形而不彰,徒有能而不陈。何穷达之易惑,信美恶之难分。时悠悠而荡荡,将遂屈而不伸。使公于公者,彼我同兮;私于私者,自相悲兮。天道微哉,吁嗟阔兮;人理显然,相倾夺兮,好生恶死,才之鄙也。

又如贾谊的《吊屈原赋》对屈原产生异代同悲之慨。《史记》本传载:年少时的贾谊为吴廷尉赏识,"召置门下,甚幸爱"。吴廷尉"故与李斯同邑而常学事焉"而深谙法度。受其影响,贾谊"以为汉兴至孝文二十余年,天下

---

① （汉）班固撰,颜师古注:《汉书》卷二十三《刑法志》,中华书局1962年版,第1091页。
② （汉）班固撰,颜师古注:《汉书》卷二十三《刑法志》,中华书局1962年版,第1099页。
③ （南朝宋）范晔:《后汉书》卷三十下《郎顗襄楷传》,中华书局1965年版,第1077页。
④ （汉）班固撰,颜师古注:《汉书》卷五十四《李广苏建传》,中华书局1962年版,第2456页。
⑤ （汉）班固撰,颜师古注:《汉书》卷六《武帝纪》,中华书局1962年版,第167页。
⑥ （汉）班固撰,颜师古注:《汉书》六十二《司马迁传》,中华书局1962年版,第2733页。

和洽,而固当改正朔,易服色,法制度,……悉更秦之法"①,因而深受文帝信任而超迁至拟任公卿之位的地步,但招致守旧老臣的中伤而"俟罪长沙"。故贾谊在《吊屈原赋》中对屈原产生异代同悲之慨,更以"鸾凤伏窜兮,鸱枭翱翔;阘茸尊显兮,谗谀得志;贤圣逆曳兮,方正倒植"的对比与比喻,直揭汉初立法不完善与司法不公正的实质及由之带来的乱象丛生的社会面相。

（四）"予畏禁,不敢班班显言":对一己罹刑的陈情

不过,更有感染力的还有那些罹刑获罪后所书写的反映一己遭受不公正待遇、揭露整个社会司法不公、执法混乱的赋篇。其中典型者为赵壹之作。

赵壹,《后汉书·文苑列传》载其:"恃才倨傲,为乡党所摈,乃作《解摈》。后屡抵罪,几至死,友人救得免。壹乃贻书谢恩……窃为《穷鸟赋》一篇……又作《刺世疾邪赋》,以舒其怨愤。"②其中涉及的即是延熹九年(166)的党锢之狱。据史传记载,当时由于士阶层的"危言深论,不隐豪强""更相驱驰,共为部党,诽讪朝廷,疑乱风俗",以致"自公卿以下,莫不畏其贬议,屣履到门"③,甚至连天子也感到了一种来自文化与知识的压力,在天子的支持下,"班下郡国,逮捕党人,布告天下,使同忿疾。遂收……之徒二百余人"④。显然,文籍满腹,"恃才倨傲"的赵壹亦属于"指斥权奸,力持正论"的"党人"之流,故其"屡抵罪,几至死"的遭遇是当时知识阶层与权力阶层抗衡不果的真实反映。赵壹能死里逃生,除了有友人极力拯救外,大背景却是汉桓帝永康元年(167)六月因改元颁布了大赦天下令。其时,尚书霍谞、城门校尉窦武并为表请,追究党人的行动便稍为缓解,而皆赦归田里。然而党人遭禁锢终身,其名册犹存王府,可以随时遭捕归监。

赵壹《穷鸟赋》序中"余畏禁,不敢班班显言"的陈述,显然是当时心态的真实写照。然而,在赋序中他对友人陈述自己"收之于斗极,还之于司命,使干皮复含血,枯骨复被肉"的经历,以及赋文中对穷鸟"罦网加上,机阱在下……缴弹张右,羿子彀左。飞丸激矢,交集于我。思飞不得,欲鸣不可。举头畏触,摇足恐堕"之险境的铺写,却是对一己罹刑的客观性陈说及

---

① (汉)司马迁:《史记》卷八十四《屈原贾生列传》,中华书局1982年版,第2492页。
② (南朝宋)范晔:《后汉书》卷八十《文苑列传》,中华书局1965年版,第2628—2630页。据赵逵夫考证,《解摈》作于汉桓帝延熹年间(158—166),《穷鸟赋》作于汉桓帝永康元年(167),参见《赵壹生平著作考》,《文学遗产》2003年第1期。据彭春艳考证《刺世疾邪赋》作于建宁元年(168),参见《汉赋系年考证》,上海古籍出版社2017年版,第313页。
③ (南朝宋)范晔:《后汉书》卷六十七《党锢列传》,中华书局1965年版,第2186、2187页。
④ (南朝宋)范晔:《后汉书》卷六十七《党锢列传》,中华书局1965年版,第2187页。

形象化比附。

（五）"质剂、婚姻、死亡"：对部分民法的关注与展示

汉赋对民事律法如质剂、婚姻、田土、死亡诸方面也有一定程度的展示。如王褒的《僮约》叙写了王褒遇见寡妇杨舍家仆便了，为了教训他的桀骜不驯，订了种种苛刻条款而宣读，使其闻之悲泣悔其所为而屈服的故事。《周礼·天官·小宰》载："听卖买以质剂。"这质剂就是处理买卖交易纠纷的凭证，书契就是其中之一。在形式上，《僮约》就是一份买卖奴仆的契约。契约是民间私法的重要体现，一般一式两份，由买卖双方各执其一，用以充当日后法律纠纷的凭证。在内容上，《僮约》反映了汉代尖锐的主奴矛盾关系。赋中描写的："奴从百役使，不得有二言。晨起洒扫，食了洗涤。居当穿臼，缚帚裁盂，凿井浚渠，缚落锄园，研陌杜埂，地刻大枷，屈竹作杷，削治鹿卢……"主人可驱使奴仆行百役，虽是一种文学的夸张，但基本上还是能看出西汉时期奴仆处境及卑微地位。而僮奴的贩卖和契约问题在睡虎地秦简里即有有关案例。如《睡虎地秦墓竹简·封诊式》即是其证①。这一案例与赋中所记何其相似！无疑，这是汉代民法质剂在文学作品中的一种较为真实的反映。

另外，婚姻与田土财产等民事律法问题，也在汉赋中有所体现。如司马相如的《长门赋》关乎婚姻制度；扬雄的《逐贫赋》、张衡的《骷髅赋》关乎田土等财产制度。《长门赋》写的是后宫一女子在一昼夜的时空中，所体验的寂寞、愁闷、反思、悲伤等复杂的情感。透过文字，我们可窥见其时非常重要的民事婚姻律法规范。汉律规定男子可一妻多妾，大臣、诸侯、富豪也往往"妻妾以百数"，皇帝更是"后宫三千"②，虽有着"合二姓之好，上以事宗庙，而下以继后世"伦理目的，却多造成"内多怨女"的社会现象。《长门赋》正是离宫中的"宫怨"之声，其意义在于客观地反映了汉代婚姻中男尊女卑的等级制度，以及这种等级制度对女子心理和人格造成的巨大伤害。

无名氏的《神乌赋》叙写了一只因与盗鸟搏斗而受伤濒死的雌乌，拒绝了雄乌与之同死的要求，嘱其另索贤妇，自己投地而死的故事。作者以鸟界的一个"恃强凌弱"的悲剧故事为喻，隐含着赋家对当时社会上偷盗、强占

---

① 《睡虎地秦墓竹简·封诊式》："告臣，爰书：某里士五（伍）甲缚诣男子丙，告曰：丙，甲臣，桥（骄）悍，不田作，不听田令。谒买（卖）公，斩以为城旦。受贾（价）钱。讯丙，辞曰：甲臣，诚悍，不听甲。甲未赏（尝）身免丙。丙毋（无）病医賹（也），毋（无）它坐罪。令令史某诊丙，不病。令少内某、佐某以市正贾（价）贾丙丞某前，丙中人，贾（价）若干钱。"

② 《礼记·昏义》载："古者天子后立六宫、三夫人、九嫔、二十七世妇、八十一御妻，以听天下之内治，以明章妇顺。"

致死现象引起的法治败坏与道德沦丧的无奈和"无所适从的悲哀"①。

可见,汉代律法在汉赋中的言说呈现出或明言或曲说,或作为正面素材,或作为背景资料,或作为具体故事情节的不同镜相。但是,这些言说传达出的法律精神却始终一致:那便是对清明与审慎、仁慈与厚德、正义与公正的呼吁与渴求。这是汉代赋家较为坚定的立场与基石。他们试图用儒家教义、思想,儒士品格、道德来实现他们匡正律法、肃清政治的愿望。因此,对法律本身或与刑法、民法相关的现象和事件,他们大都能由古及今、由己推人,从历史的迁变和个体的生命体验出发而扩展至对群体、对社会的整体观照。在这个过程中,"我们可以看到文学主张的绝对正义与美感,对于社会矛盾及其不良情绪的描绘与消解……体现出文学特有的诗性正义"②。那么,我们接下来要追问的是:汉赋法律言说何以成为可能?

二、景深:汉赋法律言说的背景和方式

在汉初由黄老思想转向儒家思想的过程中,叔孙通制定礼仪、文帝博士诸生奉命撰写《王制》、张苍确立律历、申公拟建明堂至为关键。它们共同表明:在拱卫皇权、形成国家意识的过程中,儒家学说起了重要的指引与支持作用。至武帝,则"绌黄老、刑名、百家之言,延文学儒者数百人,而公孙弘以《春秋》,白衣为天子三公,封平津侯,天下学士靡然向风矣"③。汉赋即兴起于此文化政策变革与文化制度重建的宏大背景中。所以,汉赋家们所采用的法律言说方式,不仅是他们表达法律思考的文学策略,而且也是两汉思想、学术乃至神秘主义密切结合的政治文化产物的体现。

（一）以儒入法和经义入赋

自汉武帝接受董仲舒所倡的"罢黜百家,表彰六经"后,"政治决策依经断事、司法活动以经义折狱、诏令奏议征引经义。这些既是庙堂之上政治言说的要求,也是政治施为尚'文'的体现,由此建立儒术形式上的权威。经典之中构拟了治世的理想图象、运行模式与王政制作应当遵从的原则、规范,政治权威的稳固仰赖经典赋予的道义支撑,政治行为的运作则需要经典提供可用于操作的资源"④。显之于法律,则汉律呈现鲜明的儒家化特色。

---

① 万光治:《尹湾汉简〈神乌赋〉研究》,《四川师范大学学报》1997年第3期。
② 余书涵、黄震云:《法律语境下的汉代文学——以汉赋为例》,《西北大学学报》2012年第5期。
③ （汉）司马迁:《史记》卷一百二十一《儒林列传》,中华书局1982年版,第3118页。
④ 刘成敏:《汉代"歌诗"的政治律例之义谫论——基于"作为法律的文学"视角》,《高等教育评论》2019年第1期。

这既体现在修改或删除了秦律中一些过于严酷的律文,还体现在将儒家经典义理作为立法、司法的指导思想。

第一,确立德主刑辅思想。重德慎刑的思想根源始于西周。周公曾告诫康叔"克明德慎罚,不敢侮鳏寡,庸庸,祗祗,威威,显民"①,勿"康好逸豫"①。这一思想又为孔子所接受与弘扬。孔子憧憬"为政以德,譬如北辰,居其所而众星拱之"的蓝图,将执政者之德作为整个政治关系的支点,使政治关系归入一种德性的自我约束。而且,《论语·为政》所云"道之以政,齐之以刑,民免而无耻;道之以德,齐之以礼,有耻且格",更是对周公"明德慎罚"的承继。至汉代,这一思想得到了陆贾、贾谊、路温舒、董仲舒、司马迁以及盐铁会议中的诸文学(儒生)进一步的申发。其中,董仲舒明确提出德主刑辅之说,称"天道之常,一阴一阳。阳者,天之德也,阴者,天之刑也。刑者,德之辅,阴者,阳之助也"②。司马迁则反对严刑峻法,认为秦末汉初"天下网尝密矣,然奸伪萌起,……上下相遁""法令滋章,盗贼多有";赞赏汉文帝废弃连坐法、"除诽谤妖言之罪""去除肉刑"之举是"德至盛",是"仁";对战国时期主张严刑峻法的法家、西汉时期"挠法""曲法""滥施酷法"的"酷吏",更不掩饰其反感乃至批判的态度。而刘向更是直接抬高了儒家"德治主张"的地位。至汉末,荀悦依然认为"德刑并用,常典也"③,王充还特别强调礼的重要性,"出于礼,入于刑,礼之所去,刑之所取"④,等等。总之,董仲舒以后,德主刑辅的原则尽管受到不同程度的挑战,如王符的崇"德"重"法"理论和仲长统的法律"变""复"思想即是。但随着儒家思想逐步法典化以及汉代君王为仿效古者"明君""仁主""以创太平之迹,旌颂声之期"⑤的意愿较为明朗,故德主刑辅一直贯穿于整个汉朝占支配地位并在刑罚制度方面体现得尤为明显。如赎刑、输作、亲属代刑、募刑、赦宥等制度,均体现了执政者"以仁孝治天下"的德教思想。这恰如杨鸿烈先生在《中国法律思想史》中所概括的:"儒家传统的理想为'仁政',赦罪也是'仁政'的一端。"⑥

第二,实行以师为吏。秦代曾试图建立一个"以吏为师,以法为教"的

①　(汉)孔安国传,(唐)孔颖达正义,黄怀信整理:《尚书正义》,上海古籍出版社2007年版,第532页。

②　(清)苏舆撰,钟哲点校:《春秋繁露义证》,中华书局1992年版,第341、335页。

③　(汉)荀悦撰,(明)黄省楹注,孙启治校补:《申鉴注校补》,中华书局2012年版,第70页。

④　(汉)王充撰,黄晖校释:《论衡校释》,中华书局1990年版,第566页。

⑤　(唐)欧阳询撰,汪绍楹校:《艺文类聚》卷五十二《治政部》上《赦宥》,上海古籍出版社2007年版,第951页。

⑥　杨鸿烈:《中国法律思想史》,商务印书馆2004年版,第228页。

专制文化国家。西汉自陆贾以降,凡是能卓然自立的儒生大都是反秦、反法的,尤其对"治狱之吏"深恶痛绝。当汉廷把以经典为依据的德与以法律为依据的刑相结合后,在主管刑罚的官制上,汉代也出现了一个绝大的变化:将"以吏为师"转化成"以师为吏"。代表人物有文翁、董仲舒、公孙弘、倪宽、龚遂、召信臣等。葛兆光认为这一变化的意义在于:"一方面使得中国的政治意识形态和政治运作方式兼容了礼乐与法律、情感与理智;一方面使得中国的知识阶层被纳入王朝统治的范围之内,改变了整个知识阶层的命运。"①"以师为吏"中的"吏",《汉书》将之称为"循吏"。班固为之作传,实际上是代表主流意识形态褒赞他们把儒家的道德人伦主义和仁恕思想,注入实证法制中。当然,汉代亦有大批酷吏。有研究者认为他们是特定情况下,君主的"人治"之维对封建法制的一种突破②。个中关系较为复杂,此处不论。

在浓厚的经学语境中,作为汉廷官僚机构中兼有一官半职的赋家也就不可能不受其影响和熏染。其时情形恰如《文心雕龙·时序》所说"逮孝武崇儒,润色鸿业,礼乐争辉,辞藻竞骛""中兴之后,群才稍改前辙,华实所附,斟酌经辞,盖历政讲聚,故渐靡儒风者也"。因赋与《诗》的近缘关系,"其时已成为儒家经典的《诗》深深地影响着赋之创作与评论。论赋者或以论《诗》标准比于赋作,或将'诗教'观点移植于赋作评价,形成了独特的从诗学角度来解读赋学的'以《诗》论赋'现象。具体而言,就是以'诗教'之讽谏、颂美两大功能比照并移用于赋论,使'美、刺'两端同样成为了汉代赋论中一以贯之的评判标准"③。基于此,赋家一方面在作品中对"先严断而后弘衍""刑错而不用""明恤庶狱,详刑淑问""然犹痛刑之未措"等慎刑的"仁政"之举予以"美、颂";另一方面又在作品中对立法缺位、司法不力不公、滥刑等予以了"讽、刺"。算是尽可能地发挥了赋因日月献纳而直达天听、以助天子"按之当今之务""参之人事"从而"察盛衰""审权势"的功效。所以,赋家对汉代法律所作文学化的言说,必然是其时法律思想、制度的真实映示,但探究其文学创作的精神内涵,则无疑在儒家的仁德理想。

(二) 法统依据与赋法思维

汉儒有意识地纠偏先秦儒家"罕言天道"的粗疏,开始搭建自然法则与人间秩序之间的关联。从现存资料看,汉儒是把"天"作为人间秩序合理性

---

① 葛兆光:《中国思想史》第一卷,复旦大学出版社1998年版,第264页。
② 李巍涛:《汉代酷吏与法律文化研究》,中国人民大学2008年博士学位论文。
③ 彭安湘:《中古赋论研究》,中国社会科学出版社2013年版,第54页。

的背景。其论天,基本上在其存在性、重要性及政治意义这样一个层面上。正如《汉书·艺文志》所说:"天文者,序二十八宿,步五星日月,以纪吉凶之象,圣王所以参政也。"①

就法统与天学的关系而言,汉人视天为法统之"极则"。表现在以下几个方面:首先,则天立法。此认知的历史渊源较早。在《尚书·皋陶谟》中,皋陶提出了最早的天道规则:"天叙有典,勑我五典五敦哉。天秩有礼,自我五礼有庸哉。同寅、协恭、和衷哉!天命有德,五服五章哉。天讨有罪,五刑五用哉。政事懋哉、懋哉!"即认为"典、礼、德、刑"皆自天出,天次序人伦,使有常性②。这种观念一直延续至汉代,如《汉书·刑法志》在解释《尚书》"皋陶方祗厥叙,方施象刑惟明"一句时,就明晰地指出"所谓'象刑惟明'者,言象天道而作刑",并作了更明晰的表述:"必通天地之心,制礼作教,立法设刑,动缘民情,而则天象地。"③即法的终极渊源在天,所以立法的基本原则是则天道。

其次,则天行刑。汉人认为天象与德刑相配,可根据四时变化规则依"天道"实施刑罚。如董仲舒论阴阳,有"天道之大者在阴阳。阳为德,阴为刑;刑主杀而德主生"④;如论四时,有"天之道,春暖以生,夏暑以养,秋清以杀,冬寒以藏。……庆赏罚刑与春夏秋冬,以类相应也,如合符。故曰:'王者配天。……庆为春,赏为夏,罚为秋,刑为冬,庆赏刑罚之不可不具也,如春夏秋冬之不可不备也'⑤。

第三,则天修德。"仁之美者在于天"⑥。在汉代天学的视域中,德与修德是极为重要的大事。因为德与不德对应着天象的祥瑞与灾异。若天灾见,则"日变修德,月变修刑,星变结合"⑦。虽形式不一,"但总归都是修德,所谓'太上修德'。可见,人君个人的德性修养于天象之变是何等重要"⑧。

---

① (汉)班固撰,颜师古注:《汉书》卷三十《艺文志》,中华书局 1962 年版,第 1765 页。
② (汉)孔安国传,(唐)孔颖达正义,黄怀信整理:《尚书正义》,上海古籍出版社 2007 年版,第 151 页。
③ (汉)班固撰,颜师古注:《汉书》卷二十三《刑法志》,中华书局 1962 年版,第 1111、1079 页。
④ (汉)班固撰,颜师古注:《汉书》卷五十六《董仲舒传》,中华书局 1962 年版,第 2502 页。
⑤ (汉)董仲舒撰,张世亮、钟肇鹏、周桂钿译注:《春秋繁露》,中华书局 2012 年版,第 421 页。
⑥ (汉)董仲舒撰,张世亮、钟肇鹏、周桂钿译注:《春秋繁露》,中华书局 2012 年版,第 470—471 页。
⑦ (汉)司马迁:《史记》卷二十七《天官书》,中华书局 1982 年版,第 1351 页。
⑧ 方潇:《古代中国"天学"视野下的天命与法律价值革命》,《法制与社会发展》2005 年第 6 期。

这种以天为宪则的法统依据与由天道而君德的天人映射,在很大程度上与赋的思维传统颇为类似。若从文化内涵上溯源,"赋法思维的生成在根本上是孕育于与原始宗教祭祀及上古政治密切相关的贡赋制度";①若从语义特征上探析,赋之"敛""班""献"诸义所呈现出的王廷与方国、方国与王廷②双向度的地理与政治空间路径,则规定了赋以"讽谏"为旨归的思维指向。

因而,在汉代系统的、严密的"天道"认知与汉人敬畏天命,隆崇"天地之本"(如对祭礼,汉儒就提出"郊重于宗庙,天尊于人"③)的礼制文化语境中,汉赋同样呈现出从重"宗统"到明"君统"的变化。对此,许结认为"儒者倡礼,不忌繁文缛节,以取敬天受命、尊祖敬宗之意,而归旨王道政治;赋家亦倡礼,不忌铺采摛文,极尽闳衍博丽之能事,然曲终奏雅,明礼言志,则其思想结穴"④,这种归纳可谓点明了赋的思维传统之本相。

(三) 崇公抑私与重雅轻俗

美国人类学家、社会学家雷德菲尔德认为:"整个社会的文化传统可以分为两大传统。大传统是社会精英及其所掌握的文字记载的文化传统,小传统是乡村社区俗民和乡民生活所代表的文化传统。"⑤察诸汉代的法律体系,亦有大传统所体现的公法(刑法)和小传统所体现的私法(民法)两类。不过"重公轻私"或"重刑轻民"为汉代法系的突出特征。汉代的法律形式为律、令、科、比,所谓"法者,刑也"⑥。之所以称为"公法",是因其为君权的政治计议:"禁奸"以维护社会秩序和"弼教"以推行儒学教化的社会作用。汉代的"私法"规范大多局限于交易、契约、婚姻、财产等法律行为中,"不仅量小且规定得较为简单,在地位上从属于公法规范"⑦。这种"崇公抑私"的法律观念,使时人认为群体利益、公共利益比私人利益更正当、更优先。如《淮南子·精神训》中汉人以为"延陵季子不受吴国,而讼闻田者惭矣;子罕不利宝玉,而争券契者愧矣"⑧,均以为民事诉讼是可惭愧之事,

① 刘怀荣:《赋比兴与中国诗学研究》,人民出版社2007年版,第56页。
② 方国只是王廷之外的指称,不同的时代,指称也不同,像边地、藩属、附属国等。
③ (汉)董仲舒撰,张世亮、钟肇鹏、周桂钿译注:《春秋繁露》,中华书局2012年版,第566页。
④ 许结:《赋体文学的文化阐释》,中华书局2005年版,第16—17页。
⑤ 陈来:《古代宗教与伦理》,三联书店1996年版,第12页。
⑥ (汉)许慎撰,(清)段玉裁:《说文解字注》十部上"廌"部,上海古籍出版社1988年版,第202页。
⑦ 赵晓耕、何民捷:《义、利之辩对于中国传统法律文化的影响》,《社会科学辑刊》2009年第3期。
⑧ (汉)刘安撰,何宁集释:《〈淮南子〉集释》卷七《精神训》,中华书局1998年版,第540页。

即可见公权权力的影响之巨。

　　汉赋亦有雅、俗之分,主要表现于:创作身份的学士大夫与市井民众之别;流播场所的宫廷与民间之别;审美趣味的典正化、贵族化与通俗化、世俗化之别;文化功能的正统化、中心化与疏离感、边缘化之别。导致雅、俗分野的原因在于:具有典丽雅正趣味的汉赋作品以典章制度、帝王功业、祭祀畋猎、都邑宫殿等题材内容,对大一统中央皇权的强大和声威的歌颂,体现了那个时代的精神面貌和开阔视野,是符合当时人们"称颂国德""光扬大汉"这一集体心理状态的。同时,汉赋作家亦以清醒的态度对当今君王进行过讽刺、规劝,对时政进行过讥刺、批评,也符合"论功颂德,所以将顺其美;刺过讥失,所以匡救其恶"①的诗教精神。与广传于市井、浅俗贴近民间生活、诙谐调侃的俗赋相比,典丽雅正的赋作才更具规制性的话语力量,更能体现赋文体的政治品位。因而,在对汉律的书写上,汉赋大多选择公权性强的法律事件、现象和观念,而对私法题材观照较少。然而,无可否认的是,正是知识精英和市井民众营造出不一样的辞赋趣味,才使得冰冷的律法弥漫着诗性的意味,主次分明又轻重相分,避免了单调与刻板,兼顾了群意与私情。就此而言,两汉帝制构建与政治运作是知识精英与底层民众共同参与的过程,民众提供形式,精英赋予意义,汉赋的法律意蕴可谓二者"联袂"的结果。

三、聚焦:汉赋法律言说的功效和影响

　　汉赋与法律的融织,除了表现在汉赋法律言说的内涵和方式上,还体现在其传达出的"诗性正义"功效和对后世法律文学书写的影响中。下面仅以崔寔《大赦赋》中涉及到的汉代司法环节中常见的"赦宥"现象为例,对汉赋法律言说的功效和影响再作探讨。

　　《大赦赋》所写的大赦即汉桓帝建和元年(147)发生的事。崔寔"明于政体,吏才有余",志在补天救世,对"治国二机"有着较深刻的认识,曾把治国与理身进行类比。称:"夫刑罚者,治乱之药石也;德教者,兴平之粱肉也。夫以德教除残,是以粱肉理疾也;以刑罚理平,是以药石供养也。"②因此,在新帝登祚之时,他继承了前人关于治国需要运用德、刑并用的理论,赞同"王者尚其德而希其刑",对桓帝大赦天下的意义予以高度的肯定与由衷的称颂。

---

① (汉)郑玄注:《诗谱序》,(唐)孔颖达等正义:《毛诗正义》,《十三经注疏》本,中华书局1980年版,第262页。
② (清)严可均辑:《后全汉文》上,商务印书馆1999年版,第464页。

何谓"法"?韩非云:"法者,宪令著于官府,刑罚必于民心,赏存乎慎法,而罚加乎奸令者也。"①赋先对"法"的远古性、权威性及合理性进行追溯。"以为五帝异制,三王殊事,然其承天据地,兴设法制。"它是远古帝王"承天据地",依据"三时成功,一时刑杀"(《黄老帛书·经法·论约》)的天地之道②所立。开篇即蕴含着浓郁的"天宪"意味。次由天及人,写发布大赦的"君令",给我们展示了天、德、刑三方的关联。而文末的祥瑞描写,更是将赦宥后的政治大局与宇宙自然法则和秩序相对应,从而使三者构成一个完整的系统。这个系统包含自周代以来的两个结构:一是从天开始的顺序结构,即天_生德_主刑;二是从刑开始的逆序结构,即刑_维德_维天。"在这两个结构中,刑是连接两个结构的关节点,两种治理结构由此形成一个完整的链条:天—德—刑—德—天。在这个完整的链条中,赦宥被视为德政的表现。它使德不再是一种观念的构想,而是可以在现实层面上加以把握的治理方式,内化在人们的日用人伦当中。现实化的德,又使天命的维系稳固而长久。"③在崔寔看来,这是司法过程中量刑道德化的一个表现。这个道德化,既关乎君德,又关乎德教。

首先,《大赦赋》引用《易经·乾卦九三》"君子终日乾乾,夕惕若,厉无咎"的爻辞,描述了汉桓帝颁布大赦令前"朝乾乾于万机,夕虔敬而厉惕"的勤谨表现,即是对其德性的自我约束的文学呈现。在桓帝砥砺德行的前提下,崔寔对其大赦举措是赞赏的。尽管这与他后来在《政论》中疾呼以严刑峻法肃清海宇的态度有着巨大的差异。

其次,《大赦赋》传达出"慎刑"的观念。"慎刑"为前汉君王秉持的观念。如汉高祖、宣帝、元帝、成帝等多颁发了恤刑、慎刑、宽刑甚至赦囿的诏令。原因有:践阼、改元、立后、建储、后临朝、大丧、帝冠、郊、祀明堂、临辟雍、封禅、立庙、巡狩、徙宫、定都、从军、克捷、年丰、祥瑞、灾异、劝农、饮酎、遇乱等二十余种之多。④尽管形式不一,但两汉从法律思想到立法实践对"慎刑"的遵循却是始终存在的。对此,班固曾给过一个合乎心理学的解释:"古人有言:'满堂而饮酒,有一人乡隅而悲泣,则一堂皆为之不乐。'王

---

① (清)王先慎撰,钟哲点校:《韩非子集解》卷十七《定法篇》,中华书局2013年版,第433页。
② "承天据地",在《全汉赋》中视之为并列结构,释为"承奉天道,依托地德"。笔者认为此词应为偏义复词,偏指"承天",故下文只言"天道"。
③ 陈伯礼、王哲民:《周人观念中的天、德、刑———对〈尚书·周书〉的法伦理解读》,《求索》2011年第2期。
④ (清)沈家本:《历代刑法考》第二册《赦考二·述赦一》,中华书局1985年版,第519—567页。

者之于天下,譬犹一堂之上也,故一人不得其平,为之凄怆于心。"①比而论之,即想要行王道,惟悯物是先;要做明君,只有任德,而悯物、任德的表现就是多行赦宥,在此种背景下,赦宥的频繁施行,实际上是君主们要做明君、圣主潜意识的表现②。以此观之,《大赦赋》寄寓着以崔寔为代表的汉末士人对理想王政太多的企盼与美愿。此为该赋"诗性正义"功效的第一个含义。

不过,这一愿景却并未持续多久。其一,是崔寔自己态度的改变。因为对君王的赦宥之举,崔寔的主张和态度自始至终都是就当时具体的社会现实"遭时定制"而言的。如在《政论》中,他评价重刑的汉宣帝"严刑峻法,破奸宄之胆,海内清肃,天下谧如",轻刑的汉元帝"果行宽政,卒以堕损,威权始夺",依凭的便是"与世推移""知时变"③的标准。这就不难理解为何五年后,随着政局的变化,他在《政论》中对桓帝"践祚改元际,未尝不赦"及"顷间以来,岁且壹赦"的举措,提出了"宜旷然更下大赦令""永不复赦"及"宜十岁以上,乃时壹赦"④等建议的原因了。其二,是时异世变,德政于乱世无补。不仅崔寔在《政论》中表明了与《大赦赋》截然相异的态度,提出"宜参以霸政,则宜重赏深罚以御之,明著法术以检之"⑤的主张;而且,到了灵帝之世赵壹的《刺世疾邪赋》中,更是认为"德政不能救世溷乱,赏罚岂足惩时清浊?"王政也好,霸政也罢,都无法挽救东汉王朝日薄西山的末世命运,世道"乃更加其怨酷"⑥。因而,《大赦赋》乃是对大汉王朝多赦的法律文化唱的最后一曲颂歌。

第二个含义即是展示出赦宥所含存的人文情怀。赦或赦宥产生于上古三代。《尚书·尧典》有"眚灾肆赦"⑦;《易经·解卦》曰"君子以赦过宥罪"⑧;《尔雅·释诂》解"赦,舍也";程颐注"赦,释之。宥,舍也"。换言之,赦本意为免除、释放,后世之赦包含赦、宥两重含义,兼有免除、宽减之意。⑨

汉代君王依据传统,本着"荡涤秽恶,与民更始","理阴阳,顺时气"以

① (汉)班固撰,颜师古注:《汉书》卷二十三《刑法志》,中华书局1962年版,第1108—1109页。
② 邵治国:《浅析唐代赦宥的原因及对其利弊的讨论》,《阴山学刊》2002年第2期。
③ (清)严可均辑:《全后汉文》上,商务印书馆1999年版,第469页。
④ (清)严可均辑:《后全汉文》上,商务印书馆1999年版,第469页。
⑤ (清)严可均辑:《全后汉义》上,商务印书馆1999年版,第463页。
⑥ (汉)赵壹:《刺世疾邪赋》,费振刚等校释:《全汉赋》,广东教育出版社2005年版,第675页。
⑦ (唐)孔颖达:《十三经注疏·尚书注疏》,中华书局1980年版,第128页。
⑧ 高亨:《周易大传今注》,齐鲁书社1979年版,第349页。
⑨ 赵克生:《中国古代赦免制度的演变及其影响》,《淮南师范学院学报》2001年第1期。

及"赦小过,举贤才"的赦宥理念和其他实际的目的①,开创了多赦的政治传统。两汉四百余年,各类赦宥多达270余次,约平均一年半的时间就有一次宽刑的诏令,其中仅大赦天下一项,就颁布了151次②,其密度之高,着实异乎寻常。

汉代赦宥含存的人文情怀最显著的体现在对时令的选择。观两汉赦宥的时令,大多选择在春夏两季(正月至六月)。其中168次赦天下均是施行于这一时段,占总数178次(不包括更迭时期的还多)的94%还多,而秋冬季节赦天下仅为10次。③

《周易·解卦》《象》曰:"雷雨作,解,君子以赦过宥罪。"④《解》卦上为震,下为坎,与《屯》卦上坎而下震之象正相反。依据傅道彬的解读,《屯》卦之"屯",象草穿地而未申,为古"春"字⑤。而"解"则"象雷雨作而百果草木皆甲坼"。所以,两卦均含《象传》"天地解而雷雨作"之义,言成物当春,因雷雨而纷纷舒发生机,为"舒解"之象。正如《来氏易注》所云:"雷雨交作,天地以之解万物之屯。"《解》卦之《象》由自然天象而人事,说明"君子"效法《解》象,以"赦过宥罪"体现开释、舒缓的"仁政"⑥。

选择在春天"君子以赦过宥罪",除以春天天象、物象外,还取"春"之文化意蕴。"春"在中国古代传统文化中第一个意义是"劝生",另一个意义是"禁杀",处处体现出顺应生命的原则和精神。如《吕氏春秋》以"本生"解释"孟春",以"贵生"解释"仲春",以"便生"理解"季春"。而且,"东,动也,阳气动物,于时为春。春,蠢也,物蠢生,乃动运"⑦。四季中,同属阳气的是春、夏两季,具有动、轻、刚、热、明的属性,主养生。所谓"阳始出,物亦始出;阳方盛,物亦方盛;阳初衰,物亦初衰"⑧。随着阴阳五行思想的发展与流行,人们逐渐以四季的自然现象、属性与人事政令事物相属连。春夏赦

---

① 胡晓明认为大规模的赦免从思想方面来说是统治者"修德"的需要,但在实际中它又会服务于各种特定的目的。《大赦渊源考》,《南京社会科学》2002年第4期。

② 据《西汉会要》统计,汉高祖至汉景帝66年中大赦22次,平均每年0.333次;汉武帝至汉宣帝93年中大赦35次,平均每年0.376次;汉元帝至汉平帝52年中大赦27次,平均每年0.519次。据《东汉会要》统计,汉光武帝至汉章帝64年中大赦天下14次,平均每年0.218次;汉和帝至汉质帝58年中大赦天下21次,平均每年0.362次;汉桓帝至汉灵帝43年中大赦天下32次,平均每年0.744次。

③ 谢芝华:《两汉赦宥研究》,南昌大学2008年硕士学位论文。

④ 黄寿祺、张善文:《周易译注》,上海古籍出版社1989年版,第329页。

⑤ 傅道彬:《〈屯〉卦考》,《北京大学学报》2005年第4期。

⑥ 黄寿祺、张善文:《周易译注》,上海古籍出版社1989年版,第329页。

⑦ (汉)班固撰,颜师古注:《汉书》卷二十一《律历志》上,中华书局1962年版,第971页。

⑧ (清)苏舆撰,钟哲点校:《春秋繁露义证》,中华书局1992年版,第324页。

宥之令多颁布于此，应是这一文化理念的体现。如：

> 仲春之月（二月），命有司省囹圄，去桎梏，毋笞掠，止狱讼。
> 立夏之日（五月），麦秋至，决小罪，断薄刑。①
> 春甲寅日，时加申，……其风温和，法为有大赦，期六十日。
> 夏丙午日，时加亥，……其风清和，有大赦，期六十日。②

尤其是后两条通过春夏风角来占验赦令，更反映了东汉以来朝廷政令一般被要求按照天地的时令节气来安排的观念。这是因为春夏乃万物发育生长的季节，君王赦宥，正显示出与天休戚、本生贵生便生的思想。春夏赦宥恰与秋冬行刑的观念相对。早在春秋时期，就出现了"赏以春夏，刑以秋冬"③的说法。至汉代，这种观念更为流行。如《黄帝四经》称"春夏为德，秋冬为刑，先德后刑以养生"，"先德后刑顺于天"④；董仲舒称"庆为春，赏为夏，罚为秋，刑为冬……庆赏刑罚，当其处，不可不发；若暖暑清寒，当其时，不可不出也"⑤即是。

同时，赦令在春夏颁布还出于佑农的考虑。古代以农耕为本，对于农业生产来说，最重要的莫过于有充足的劳动力。若过多的劳动力拘禁于监狱之中，自然会妨碍春种夏耕等农业生产的正常进行。故王夫之说："省囚系以疏冤滞，宥过误以恤蠢愚。止讼狱以专农务，则君上应行之政。"⑥因此，实行赦免，也是统治者佑农的举措之一，是劝生这一人文情怀在司法实践层面的体现。

令人惊奇的是，以《大赦赋》为代表的赦宥题材，却在后世文学作品中反复出现。仅以唐、宋诗歌为例证之。

一是从自身的流徙遭际出发，抒发一己遇赦之情怀。有对赦宥的企盼："何年赦书来，重饮洛阳酒"（沈佺期《遥同杜员外审言过岭》）、"杜鹃无血可续泪，何日金鸡赦九州"（黄庭坚《梦李白诵竹枝词三叠》）；有遇赦的欣喜："去岁投荒客，今春肆眚归。……喜气迎冤气，青衣报白衣"（沈佺期《喜

---

① （汉）刘安撰，何宁集释：《〈淮南子〉集释》，中华书局1998年版，第387、398页。
② （清）张尔歧：《风角书》卷六《事类占法侯风知赦》，《续修四库全书》（第1052册），上海古籍出版社1994年版，第345页。
③ 李梦生：《左传译注》，上海古籍出版社2004年版，第819页。
④ 余明光注译：《黄帝四经今注今译》，岳麓书社1993年版，第98页。
⑤ （汉）董仲舒撰，张世亮、钟肇鹏、周桂钿译注：《春秋繁露》，中华书局2012年版，第470—471页。
⑥ （清）王夫之撰，舒士彦点校：《读通鉴论》卷二十，中华书局1975年版，第592页。

赦》)、"陈焦心息尽,死意不期生。何幸光华旦,流人归上京"(张说《赦归
在道中作》);有对赦天下的颂扬:"圣人宥天下……汪洋被远黎"(沈佺期
《则天门观赦诗》);有赦到不得归的绝望:"坟垅无由谒,京华岂重跻?炎方
谁谓广,地尽觉天低"(沈佺期《赦到不得归题江上石》)。二是从旁观者身
份,表达对赦宥的看法。或对政治清明时的赦宥予以肯定:"曈曨日出迎赦
来,沸渭颂声何休哉。陛下万岁御九垓,王母献寿沧海杯,更看正仗单于
陪"(晁说之《迎赦一首》);或对天灾频仍时的多赦予以否定:"去年经春频
肆赦,拜赦人忙走如马。五月不雨麦苗死,赦频不能活穷寡。……使麦长熟
人不饥,敢告吾君不须赦。"(石介《麦熟有感》)。

　　这些作品或倾心于内在的情感诉说,或是对大赦事件作平实的议论;或
显得情绪浓烈、哀感伤怀,或显得冷静凝重、语势平和;或以五言形式,或以
七言体制……各具风格和特点。无疑,它们是在汉赋言说赦宥的基础上将
归属刑法的赦宥纳入诗歌文学的视域,以文学的人文关怀、正义情感省视法
律对人的社会生态、心灵生态的影响。"法的价值是以法与人的关系作为
基础的,法对于人所具有的意义,是法对于人需要的满足,也是人关于法的
绝对超越指向。"①诗人们之所以对赦囿题材情有独钟,是因这一量刑方式
蕴涵了一种以人为终极关怀对象的精神气质以及以人为中心,并给予严肃
认真的人文关怀的指向性意义。

　　关于赋体起源,目前有源于原始宗教的赋牺牲古制和源于上古国家政
治的礼乐制度两说。不管是由赋牺牲产生的宗教式的"物质十语言"言说
形态,还是"登高而赋"式的政治言说形态②,都"从原型意义上决定赋法思
维在定型之后也始终以一种独特的方式体现出它自身从母体中带来的政治
伦理品性"③。这种政治伦理品性一直伴随着赋文体的生成与演变。至汉
代,赋多为言语侍从之臣和公卿大臣献纳而成。这是赋家采用的一种与天
子及朝政发生关联的并以讽、颂为主要功能的交流活动。所以,在汉代的主
流意识中,赋被纳入政治文化制度之中,在特定的语境中被赋予了一定的权
威性与工具性。因其"体国经野、义尚光大"的性质及其对政治的影响,汉
赋首先作为精英言说代表促成了群言议政的机制。而汉赋文本因其含容的
法律因子,亦可作为其时政治言说形态的另类——法律言说。同时,汉代法
律对汉赋创作产生了较大的影响,为汉赋提供了充足的题材内容以及富有

　　①　卓泽渊:《法的价值论》,法律出版社 1999 年版,第 10 页。
　　②　赵辉:《先秦文学发生研究》,人民出版社 2012 年版,第 162、173 页。
　　③　刘怀荣:《赋比兴与中国诗学研究》,人民出版社 2007 年版,第 56 页。

思想深度和文化底蕴的表现领域。

　　如果我们全面、客观地看待汉赋法律言说的诸种镜相就会发现,尽管法律是一种规范,具有强制性、适用性、约束性和理性化,但赋家将汉代法律世界中的合理与不合理面较为具象地投射在文学的幕影之上,负载着有温度的情感陈述、有倾向的价值评判和有底蕴的文化涂饰,寄予着赋家对律法公平公正、社会清明有序的期盼和愿景。所以,这是富有力量的言说形态并发挥了其“诗性正义”的功效,在思想史和文学史上的贡献是不容轻忽的,应当引起我们充分地重视。

结　　语

　　《古文苑》是一部产生时间较早（唐宋时期）、价值甚高、影响深远的诗文总集，但因其来历不明，争论甚多，致使学术界对其价值缺乏认识，研究亦颇为寥落。

　　本书以古今学界《古文苑》的既有研究成果为基础，在搜集、整理、辨析、研读大量一手及相关资料的基础上，对二十一卷本《古文苑》所选 64 篇赋作进行了整体性考察。

　　从南宋至现今的《古文苑》研究，大多集中在文献学领域，虽在成书、版本、注释等方面取得了一定的成果，然对《古文苑》文体及其作品本身的研究却甚为薄弱，若要有所创获必当寻求新的研究路径。因而，本书从赋学文献、选本批评、辞赋文本相结合的角度来研究，在一定程度上便体现了此项工作的必要性、迫切性和创新性。《古文苑》的成书年代是历代关注的焦点，也是本书展开论述的逻辑起点。结合文本内证和文献资料记载，本书推断出《古文苑》的成书过程分为原书校正（孙洙得《杂文章》一编到景迂生校之）、增补命名（景迂生校本到郑樵编为《古文苑》十卷）和整理编次（从韩元吉九卷本到章樵注二十一卷本）三个时期，成书年代应在北宋神宗元丰七年（1084）至南宋高宗绍兴三十一年（1161）之间。

　　《古文苑》赋选的形成有较为成熟的赋学批评语境和赋学批评机制。对宋前赋学批评形态类型、辞赋选本批评的形成与衍化以及辞赋选本批评的内涵与特征进行三个层级的论述，目的就是考察赋这一文学体式在不同历史阶段于社会品位和文化价值的等级排列中所处的地位。考察的结果是令人欣喜的：第一，发现选本批评是从汉代到宋代的一种重要的赋学批评形式；第二，这一批评形式的形成依据于这一时段赋选的丰富与其自身的衍化，并经由了"以篇集赋""以集纳赋"和"由精而全"三个阶段；第三，在这一衍化进程中赋学选本批评亦建构了自身的批评内涵，形成了自己的话语特征。《古文苑》作为"选学"义域中的一部选本，编撰者通过对赋的萃选、排汰，既反映出赋的地位正在其时发生微妙的转变，又连同黏附的序跋和评注一起，使之成为赋学选本批评形态的重要代表。

　　《古文苑》辞赋真伪与来源亦是研究者无法回避的问题。宋代以来学人为证明《古文苑》赋源的可靠性付出了辛勤的努力，对《古文苑》辞赋真伪的论辩也不绝于耳。经过正、反、复的考证、辨析,目前还是存有考辨不清、疑虑未明的地方。但相信经过历代学人的努力,人们一定可以一步步接近历史的真实语境。《古文苑》名声不扬,自清代以来甚嚣的"类书删节"说,当是遮蔽其价值的主要原因之一。为去除读者对其来源的疑窦和误解,笔者在对《古文苑》辞赋的文献来源进行数据统计和比对考索后发现,《古文苑》的作品,至少是辞赋作品,并非辑自《艺文类聚》和《初学记》等类书,更非两书中所录作品的删节之本,而是来源于当时仍在社会上流传的作家别集或编者认为可靠的诗文材料。

《古文苑》作为赋学选本,长期以来虽因来源神秘、编撰者不明、作品不著而处于存而不显的状态,但其以赋名篇的选赋体例、以人系文的类序标准、重远略近的选赋原则、尚古小兼雅俗的选赋旨趣和以"补《文选》之遗"的目的所进行的批评实践,具体直观地呈现了编选者的文学思想和赋选观念,从而使选本的批评价值获得实现。二十一卷本《古文苑》有诸家序和章樵注,序、注的某些观点在一定程度上与整部选本的"选"赋行为是相符相契的。它们与入选作品共同实现了选本的批评功能,充实、丰富、契合了其所处时代的赋学内涵。而《古文苑》"诗心"之思古、重变、乐群,"文心"之尚古、重用、正心,与"赋心"虽有差异,亦多有符契相合之处。它们呈现出了以"文道"体认为目的的宋代总集共性,也突显出了《古文苑》赋选肯定作品的文学本体性,力图将文学自身的价值凸显出来的个性特征。

从选系视域看,《古文苑》上承继《文选》,中比肩《文选补遗》,下启示《续古文苑》,形成了由南朝梁,而南宋至元,再至清代的序列。四者为"一源(《文选》为源)三流"的关系,大体上属于同一选系。《古文苑》选系之"选赋"观的分歧点主要在于争衡文道和诠分古律。在义例上三家比附《文选》,同其畛域,骚赋相分,以体类列,仅择名赋者;在内容上三家"补《文选》之所遗",大面积选录爬梳,存佚钩沉,博观约取,续补《文选》,而成为《文选》"广、续"系列的重要组成部分,拱卫了以《文选》为范式的重要赋学批评形态——选本批评。而且,《古文苑》与其选系一道在保存先秦至南朝辞赋文献和丰富选本批评方面有重大贡献。具体表现为:(一)以选为史的意识。选者纵向的"史"的眼光虽未以理论形式陈述出来,但通过作品也相当鲜明地体现了赋史的节点和走向。(二)以选见志的用心。既有较为充足的选源备料功夫,较为丰富的去取斟酌和选本布局经验,又有颇为明晰的选本意识和选本个性。(三)以选察时的目的。《古文苑》选系以分属不同的时代选文为中心所集纳展示的典范之作或补遗之作均以相对本源的方式留存在选本内部,具有一定的文学思想史、心态史意义。

　　《古文苑》辞赋题材类型多样丰富,像多层面的未完成的图式结构,其中存在着许许多多的空白或未定点。为了解读的方便,本书首先将《古文苑》辞赋的"以人次文"整合为"以类次文"的体式;其次,将《古文苑》包孕的多达23个题材类型,抽绎归结出艺术赋、地理赋和物类赋三大类。艺术赋包含音乐、舞蹈、绘画、书法、琴棋等多种艺术门类,所录赋作传达出尚欢乐、赏悲音、重德化、崇自然的审美意趣与品格。地理赋含"京都""纪行""游览""江海""名山""关隘"等与地理相关的题材,描绘了大量的自然与人文景观,能将眼前的景观与厚重的历史以及当下的感悟融合为一,不仅具通合地理方志的功能,还上升至文学审美的高度。物类赋所咏之物,大多取材于大自然,采用的是情感的和审美的视角,借物寄意传情,反映出从西汉爱描写高贵、富庶、巨丽的事物至东汉以降喜表现愚鲁、残缺、细微对象这一审美风尚的迁变。

　　对《古文苑》辞赋的情感指向进行诠读,意在一定程度上彰显《古文苑》这一选本的情感力度。作品内含的情感主要包括:不遇的诉说与贫穷的感喟、情欲的渴求与死亡的感悟、游戏的追慕与嘲谑的态度三类。这些情感既表现出赋家在出处抉择之间的徘徊、痛苦以及种种愤激不平,也表现出了赋家在世俗情爱、生死面前的节制、挣扎以及深深的依恋,更表现出赋家嘲谑命运、消解痛苦、寻求解脱的意识。这些进入赋家心灵视野的自然、社会和人事,在他们心中荡起不同的情感波澜,从而为读者凸现出一个个斑斓的情感世界。其"抒写性灵,歌唱情感"的书写意图及艺术张力,使《古文苑》附着上了颇有温度的、且饱和度较强的特姿异彩。

　　《古文苑》辞赋文化意蕴丰厚,大多数作品与其时典章制度、政治文化和社会组织、风俗习惯、学术思想、宗教信仰等有密切关联。其中,动物与符号:赋之畋猎与皇权文化,探讨了地理边界与权力隐喻、狩猎书写与德力象征、君国意识与天下观念等内容;梦境与心境:赋之绘梦与汉梦文化,从梦识、梦事、梦象三个方面揭示了汉及汉前梦观念的衍变、汉赋梦魂书写内容以及汉赋梦象之文化意蕴;天文与人文:赋绘天象与交感文化,探讨了赋家究天文、研经与习赋的知识结构,展示了赋绘天象的文学图景以及天人互感传达的文化底蕴;法律与文学:赋之"法语"与汉律文化,以镜相、景深、聚焦语词领起,论述了汉赋法律言说的角度与内涵、背景与方式、功效与影响。也就是说,《古文苑》所收辞赋所体现的宫廷文化、宗教文化、交感文化、刑法文化等又使读者避免了将目光聚焦于单一的文本分析,而呈现出较为广阔的文化视野。

　　总而言之,本书从选本学视角,以选本批评的理论与研究方法为指导,对《古文苑》所选录的辞赋进行文献甄别、选学探究、文学及文化观照,并最终得出了相应的研究结论。这些均为现代的读者展示了先秦至南朝,辞赋这一传统文体的魅力以及《古文苑》编撰者独特的"眼光"与"选志",故该赋选值得大力宣扬推广。

参 考 文 献

一、古　籍

[1]（汉）贾谊撰，卢文弨校：《新书》，上海古籍出版社 1989 年版。

[2]（汉）刘安撰，何宁集释：《淮南子集释》，中华书局 1998 年版。

[3]（汉）董仲舒撰，张世亮、钟肇鹏、周桂钿译注：《春秋繁露》，中华书局 2012 年版。

[4]（汉）司马迁：《史记》，中华书局 1982 年版。

[5]（汉）桓宽撰，王利器校：《盐铁论校注》，天津古籍出版社 1983 年版。

[6]（汉）刘向撰，向宗鲁校注：《说苑校证》，中华书局 1987 年版。

[7]（汉）扬雄撰，韩敬注：《法言注》，中华书局 1992 年版。

[8]（汉）班固撰，颜师古注：《汉书》，中华书局 1962 年版。

[9]（汉）王充撰，黄晖校释：《论衡校释》，中华书局 1990 年版。

[10]（汉）荀悦撰，张列点校：《两汉纪上·汉纪》，中华书局 2005 年版。

[11]（汉）赵晔撰，崔冶译注：《吴越春秋》，中华书局 2019 年版。

[12]（魏）王肃：《孔子家语》，《四部备要》本，中华书局 1936 年版。

[13]（魏）曹植撰，赵幼文校注：《曹植集校注》，中华书局 2016 年版。

[14]（晋）张华撰，祝鸿杰译注：《博物志全译》，贵州人民出版社 1992 年版。

[15]（晋）陈寿：《三国志》，中华书局 1959 年版。

[16]（晋）郭璞注，（宋）邢昺疏：《尔雅注疏》，上海古籍出版社 2010 年版。

[17]（晋）葛洪撰，周天游校注：《西京杂记》，三秦出版社 2006 年版。

[18]（晋）常璩撰，严茜子点校：《华阳国志》，齐鲁书社 2010 年版。

[19]（南朝宋）范晔：《后汉书》，中华书局 1965 年版。

[20]（南朝梁）刘勰撰，范文澜注：《文心雕龙注》，人民文学出版社 1958 年版。

[21]（南朝梁）钟嵘撰，陈延杰注：《诗品注》，人民文学出版社 1961 年版。

[22]（南朝梁）萧统编，（唐）李善注《文选》，上海古籍出版社 1986 年版。

[23]（南朝梁）徐陵著，吴兆宜注、程琰删补、穆克宏点校：《玉台新咏笺注》，中华书局 1985 年版。

[24]（南朝梁）萧绎撰，陈志平、熊清元疏证校注：《金楼子疏证校注》，上海古籍出版社 2014 年版。

[25]（北魏）杨衒之撰，范祥雍校注：《洛阳伽蓝记校注》，古典文学出版社 1958 年版。

[26](北齐)魏收:《魏书》,中华书局 1974 年版。

[27](北齐)颜之推撰,王利器集解:《颜氏家训集解》,中华书局 2013 年版。

[28](北周)庾信撰,(清)倪璠注、许逸民校点:《庾子山集注》,中华书局 1977 年版。

[29](唐)欧阳询撰,汪绍楹校:《艺文类聚》,上海古籍出版社 2007 年版。

[30](汉)孔安国传,(唐)孔颖达正义,黄怀信整理:《尚书正义》,上海古籍出版社 2007 年版。

[31](唐)房玄龄:《晋书》,中华书局 1974 年版。

[32](唐)魏徵等:《隋书》,人民文学出版社 1973 年版。

[33](唐)令狐德棻等:《周书》,人民文学出版社 1971 年版。

[34](唐)徐坚等:《初学记》,中华书局 2004 年版。

[35](唐)刘知几撰,白云译注:《史通》,中华书局 2014 年版。

[36](唐)杜佑:《通典》,中华书局 1984 年版。

[37](唐)李吉甫:《元和郡县志》,上海古籍出版社 1987 年版。

[38](唐)韩愈撰,马其昶校注:《韩昌黎文集校注》,上海古籍出版社 1986 年版。

[39](后晋)刘昫:《旧唐书》,中华书局 1975 年版。

[40](宋)无名氏辑:《古文苑》,《四部丛刊》本,上海书店出版社 2018 年版。

[41](宋)无名氏辑:《古文苑》,《守山阁丛书》本,齐鲁书社 2018 年版。

[42](宋)欧阳修、宋祁等:《新唐书》,中华书局 1975 年版。

[43](宋)欧阳修:《集古录》,《文渊阁四库全书》本,台湾商务印书馆 1986 年版。

[44](宋)郭茂倩:《乐府诗集》(第二册),中华书局 2017 年版。

[45](宋)晁补之:《济北晁先生鸡肋集》,《四部丛刊初编》本,上海书店出版社 1989 年版。

[46](宋)赵明诚撰,金文明校正:《金石录校正》,广西师范大学出版社 2005 年版。

[47](宋)洪兴祖撰,白化文等点校:《楚辞补注》,中华书局 2006 年版。

[48](宋)李昉等辑:《文苑英华》,中华书局影印本 1966 年版。

[49](宋)郑樵撰,王树民点校:《通志》,中华书局 1987 年版。

[50](宋)晁公武撰,孙猛校证:《郡斋读书志校证》,上海古籍出版社 1990 年版。

[51](宋)宋敏求:《唐大诏令集一百三十卷》,清抄本。

[52](宋)洪迈撰,穆公校点:《容斋随笔》,上海古籍出版社 2014 年版。

[53](宋)尤袤:《遂初堂书目》,中华书局 1985 年版。

[54](宋)朱熹撰,黄灵庚点校:《楚辞集注》,上海古籍出版社 2015 年版。

[55](宋)吕祖谦:《东莱集》,商务印书馆 1986 年版。

[56](宋)陈振孙撰,徐小蛮、顾美华点校:《直斋书录解题》,上海古籍出版社 2015 年版。

[57](宋)王应麟撰,孙海通校点:《困学纪闻》,辽宁教育出版社 1998 年版。

[58](宋)陈仁子辑,(元)谭绍烈类编:《文选补遗》,《文渊阁四库全书》本,台湾商

务印书馆 1986 年版。

[59]（元）马端临：《文献通考》，中华书局 1986 年版。

[60]（元）刘岳申：《申斋集》，《文渊阁四库全书》本，台湾商务印书馆 1986 年版。

[61]（元）脱脱、阿鲁图等：《宋史》，中华书局 1977 年版。

[62]（明）吴讷、徐师曾撰，于北山、罗根泽校点：《文体辨体序说·文章明辨序说》，人民文学出版社 1998 年版。

[63]（明）王世贞撰，罗仲鼎注：《艺苑卮言校注》，齐鲁出版社 1992 年版。

[64]（明）王世贞：《弇州四部稿》，上海古籍出版社 1993 年版。

[65]（明）胡应麟：《诗薮·杂编》，中华书局 1958 年版。

[66]（明）张溥著，殷孟伦注：《汉魏六朝百三家集题辞注》，人民文学出版社 1981 年版。

[67]（清）顾炎武撰，黄汝成集释：《日知录集释》，上海古籍出版社 2014 年版。

[68]（清）王夫之撰，舒士彦点校：《读通鉴论》，中华书局 1975 年版。

[69]（清）钱曾撰，丁瑜点校：《读书敏求记》，书目文献出版社 1984 年版。

[70]（清）潘耒：《遂初堂文集》，《续修文渊阁四库全书》本，上海古籍出版社 2002 年版。

[71]（清）陈元龙：《历代赋汇》，凤凰出版社 2004 年版。

[72]（清）何焯：《义门读书记》，中华书局 1987 年版。

[73]（清）沈德潜辑，孙道海校点：《古诗源》，中华书局 1997 年版。

[74]（清）王之绩：《铁立文起》，《四库全书存目丛书》（集部第 421 册），齐鲁书社 1997 年版。

[75]（清）汪师韩：《文选理学权舆》，光绪十五年重刊读书斋本。

[76]（清）于敏中：《天禄琳琅书目》，上海古籍出版社 2007 年版。

[77]（清）纪昀等：《钦定四库全书总目》，中华书局 1997 年版。

[78]（清）彭元瑞：《天禄琳琅书目后编》，上海古籍出版社 2007 年版。

[79]（清）孙希旦撰，沈啸寰、王星贤点校：《礼记集解》，中华书局 1989 年版。

[80]（清）章学诚撰，吕思勉评：《文史通义》，上海古籍出版社 2008 年版。

[81]（清）永瑢等：《钦定四库全书简明目录》，《文渊阁四库全书》本，台湾商务印书馆 1986 年版。

[82]（清）孙星衍：《续古文苑》，中华书局 1985 年版。

[83]（清）严可均辑：《全上古三代秦汉三国六朝文》，商务印书馆 1999 年版。

[84]（清）顾广圻：《思适斋集》，清道光十九年徐渭仁刻本。

[85]（清）刘熙载撰，薛正兴点校：《刘熙载文集》，江苏古籍出版社 2001 年版。

[86]（清）沈家本：《历代刑法考》第二册，中华书局 1985 年版。

[87]（清）王先谦撰，沈啸寰、王星贤点校：《荀子集解》，中华书局 1988 年版。

[88]（清）郭庆藩集释，王孝渔点校：《庄子集释》（第三册），中华书局 1961 年版。

[89]（清）胡玉缙：《四库全书总目提要补正》，上海书店出版社 1998 年版。

[90]（清）叶德辉撰，李庆西标校:《书林清话》,复旦大学出版社 2008 年版。

[91]（清）蒋骥:《山带阁注楚辞》,商务印书馆 1986 年版。

[92]（清）吴鼒:《八家四六文钞》,上海图书集成印刷局 1892 年版。

[93]（清）于光华编:《评注昭明文选》,扫叶山房本。

二、今　著

[1]王瑶:《关于中国古典文学的问题》,古典文学出版社 1956 年版。

[2]王明:《太平经合校》,中华书局 1960 年版。

[3]姚名达:《中国目录学史》,台湾商务印书馆 1965 年版。

[4]鲁迅:《鲁迅全集》,人民文学出版社 1973 年版。

[5]袁珂:《山海经校注》,上海古籍出版社 1980 年版。

[6]许维遹:《韩诗外传集释》,中华书局 1980 年版。

[7]陈梦家:《汉简缀述》,中华书局 1980 年版。

[8]朱剑心:《金石学》,山东书画出版社 2019 年版。

[9]宗白华:《美学散步》,上海人民出版社 1981 年版。

[10]郭沫若:《石鼓文研究》,科学出版社 1982 年版。

[11]陈遵妫:《中国天文学史》第二册,上海人民出版社 1982 年版。

[12]傅筑夫、王毓瑚编:《中国经济史资料·秦汉三国编》,中国社会科学出版社 1982 年版。

[13]逯钦立:《先秦汉魏晋南北朝诗》,中华书局 1983 年版。

[14]郭绍虞编选,富寿荪校点:《清诗话续编》,上海古籍出版社 1983 年版。

[15]朱光潜:《诗论》,三联书店 1984 年版。

[16]陶秋英编选,虞行校订:《宋金元文论选》,人民文学出版社 1984 年版。

[17]刘叶秋:《古典小说笔记论丛》,南开大学出版社 1985 年版。

[18]何沛雄:《汉魏六朝赋家论略》,台湾学生书局 1985 年版。

[19]陆侃如:《中古文学系年》,人民文学出版社 1985 年版。

[20]马叙伦:《读书续记》,中国书店出版 1986 年版。

[21]刘小枫:《诗化哲学》,山东文艺出版社 1986 年版。

[22]徐复观:《中国艺术精神》,春风文艺出版社 1987 年版。

[23]马积高:《赋史》,上海古籍出版社 1987 年版。

[24]陈江风:《天文与人文——独异的华夏天文文化观念》,国际文化出版公司 1988 年版。

[25]黄寿祺、张善文:《周易译注》,上海古籍出版社 1989 年版。

[26]俞绍初辑校:《建安七子集》,中华书局 1989 年版。

[27]骆鸿凯:《文选学》,中华书局 1989 年版。

[28]龚克昌:《汉赋研究》,山东文艺出版社 1990 年版。

[29]江晓原:《天学真原》,辽宁教育出版社 1991 年版。

[30]张岱年:《思想·文化·道德》,巴蜀书社1992年版。

[31]朱仁夫:《中国古代书法史》,北京大学出版社1992年版。

[32]颜昆扬:《六朝文学观念丛论》,台湾正中书局1993年版。

[33]傅正谷:《中国梦文学史》(先秦两汉部分),光明日报出版社1993年版。

[34]韩林德:《境生象外》,三联书店1995年版。

[35]游志诚:《昭明文选学术论考》,台湾学生书局1996年版。

[36]方铭:《战国文学史》,武汉出版社1996年版。

[37]胡适:《中国哲学史大纲》,东方出版社1996年版。

[38]邓球伯:《帛书周易校释》,湖南出版社1996年版。

[39]鲁迅:《中国小说史略》,东方出版社1996年版。

[40]顾森:《中国汉画图集》,浙江摄影出版社1997年版。

[41]钱志熙:《唐前生命观和文学生命主题》,东方出版社1997年版。

[42]劳舒编、雪克校:《刘师培学术论著》,浙江人民出版社1998年版。

[43]邓瑞全、王冠英:《中国伪书综考》,黄山书社1998年版。

[44]曹明纲:《赋学概论》,上海古籍出版社1998年版。

[45]陈德礼:《人生境界与生命美学》,长春出版社1998年版。

[46]葛兆光:《中国思想史》第一卷,上海复旦大学出版社1998年版。

[47]徐世虹:《中国法制通史》(战国秦汉卷),法律出版社1999年版。

[48]金元浦、王军:《美学与艺术鉴赏》,首都师范大学出版社1999年版。

[49]高秋凤:《宋玉作品真伪考》,文津出版社有限公司1999年版。

[50]李泽厚、刘纲纪:《中国美学史》上(魏晋南北朝编),安徽文艺出版社1999年版。

[51]刘士林:《中国诗性文化》,江苏人民出版社1999年版。

[52]仪平策:《中国审美文化史》(秦汉魏晋南北朝卷),山东画报出版社2000年版。

[53]刘师培:《中国中古文学史讲义》,上海古籍出版社2000年版。

[54]傅刚:《昭明文选研究》,中国社会科学出版社2000年版。

[55]张新科:《唐前史传文学研究》,西北大学出版社2000年版。

[56]胡学常:《文学话语与权力话语——汉赋与两汉政治》,浙江人民出版社2000年版。

[57]程章灿:《魏晋南北朝赋史》,江苏古籍出版社2001年版。

[58]何新文:《中国文学目录学通论》,江苏教育出版社2001年版。

[59]朱东润:《中国文学批评史大纲》,上海古籍出版社2001年版。

[60]马积高:《历代辞赋研究史料概述》,中华书局2001年版。

[61]许结:《中国赋学历史与批评》,江苏教育出版社2001年版。

[62]吴广平编注:《宋玉集》,岳麓书社2001年版。

[63]何云波:《围棋与中国文化》,人民出版社2001年版。

[64]邓安生:《蔡邕集编年校注》,河北教育出版社2002年版。

[65]邹云湖:《中国选本批评》,上海三联书店2002年版。

[66]张大可:《史记研究》,华文出版社2002年版。

[67]李泽厚:《华夏美学》,天津社会科学出版社2002年版。

[68]张伯伟:《中国古代文学批评方法研究》,中华书局2002年版。

[69]龚克昌:《全汉赋评注》,花山文艺出版社2003年版。

[70]汪荣祖:《史传通说》,中华书局2003年版。

[71]王立群:《现代文选学史》,中国社会科学出版社2003年版。

[72]李泽厚:《美学三书》,天津社会科学院出版社2003年版。

[73]龚克昌:《中国辞赋研究》,山东大学出版社2003年版。

[74]汪民安主编:《身体的文化政治学》,河南大学出版社2004年版。

[75]万光治:《汉赋通论》,中国社会科学出版社2004年版。

[76]刘尊明:《唐宋词综论》,中国社会科学出版社2004年版。

[77]钱穆:《中国学术思想史论丛》,安徽教育出版社2004年版。

[78]韩高年:《诗赋文体源流新探》,巴蜀书社2004年版。

[79]程世和:《汉初士风与汉初文学》,中国社会科学出版社2004年版。

[80]刘朝谦:《赋文本的艺术研究》,中国社会科学出版社2004年版。

[81]吴广平:《宋玉研究》,岳麓书社2004年版。

[82]许结:《赋体文学的文化阐释》,中华书局2005年版。

[83]郭英德:《中国古代文体学论稿》,北京大学出版社2005年版。

[84]朱丽霞:《清代辛稼轩接受史》,齐鲁书社2005年版。

[85]余江:《汉唐艺术赋研究》,学苑出版社2005年版。

[86]金荣权:《屈宋论考》,中国文史出版社2005年版。

[87]程章灿:《赋学论丛》,中华书局2005年版。

[88]凌朝栋:《〈文苑英华〉研究》,上海古籍出版社2005年版。

[89]河清谷:《三辅黄图校释》,中华书局2005年版。

[90]叶舒宪:《高唐神女与维纳斯》,陕西人民出版社2005年版。

[91]顾颉刚:《秦汉的方士与儒生》,上海古籍出版社2005年版。

[92]曹胜高:《汉赋与汉代制度》,北京大学出版社2006年版。

[93]刘跃进:《秦汉文学编年史》,商务印书馆2006年版。

[94]陈鼓应:《悲剧哲学家尼采》,上海人民出版社2006年版。

[95]费振刚等:《全汉赋校注》,广东教育出版社2005年版。

[96]曾枣庄、刘琳:《全宋文》(第230册),上海辞书出版社2006年版。

[97]杨伯峻:《论语译注》,中华书局2006年版。

[98]刘刚:《宋玉辞赋考论》,辽海出版社2006年版。

[99]黄侃:《文选平点》(重辑本),中华书局2006年版。

[100]刘庆柱:《三秦记辑注》,三秦出版社2006年版。

[101]侯立兵:《汉魏六朝赋多维研究》,人民出版社 2007 年版。

[102]石观海:《中国文学编年史·汉魏卷》,湖南人民出版社 2006 年版。

[103]冯友兰:《中国哲学史新编》(第三册),人民出版社 2007 年版。

[104]孙晶:《汉代辞赋研究》,齐鲁书社 2007 年版。

[105]王水照主编:《历代文话》(第九册),复旦大学出版社 2007 年版。

[106]方孝岳:《中国文学批评》,三联书店 2007 年版。

[107]韩格平等:《全魏晋赋校注》,吉林文史出版社 2008 年版。

[108]吴广平:《楚辞全解》,岳麓书社 2008 年版。

[109]闻人军:《考工记译注》,上海古籍出版社 2008 年版。

[110]萧鹏:《群体的选择——唐宋人词选与词人群通论》,凤凰出版社 2009 年版。

[111]胡晓明选编:《楚辞二十讲》,华夏出版社 2009 年版。

[112]张震泽:《张衡诗文集校注》,上海古籍出版社 2009 年版。

[113]张震泽:《扬雄集校注》,上海古籍出版社 2009 年版。

[114]董治安主编:《两汉全书》(第二十二册),山东大学出版社 2009 年版。

[115]王晓鹃:《〈古文苑〉论稿》,人民出版社 2010 年版。

[116]冯小禄:《汉赋书写策略与心态建构》,人民出版社 2010 年版。

[117]赵逵夫、汤斌主编:《历代赋评注》,巴蜀书社 2010 年版。

[118]王兵:《清人选清诗与清代诗学》,中国社会科学出版社 2011 年版。

[119]何新文、苏瑞隆、彭安湘:《中国赋论史》,人民出版社 2012 年版。

[120]刘向斌:《西汉赋生命主题论稿》,中国社会科学出版社 2012 年版。

[121]龚克昌等:《全三国赋评注》,齐鲁书社 2013 年版。

[122]彭安湘:《中古赋论研究》,中国社会科学出版社 2013 年版。

[123]孙福轩:《中国古体赋学史论》,浙江大学出版社 2013 年版。

[124]章启群:《星空与帝国——秦汉思想史与占星学》,商务印书馆 2013 年版。

[125]孔德明:《汉赋的生产与消费研究》,光明日报出版社 2013 年版。

[126]徐复观:《两汉思想史》,九州出版社 2014 年版。

[127]钱锺书:《管锥编》(三、四),三联书店 2015 年版。

[128]杨健民:《中国古代梦文化史》,社会科学文献出版社 2016 年版。

[129]许结:《中国辞赋理论通史》,凤凰出版社 2016 年版。

[130]鲁瑞菁:《楚辞骚心论——讽谏抒情与神话仪式》,上海书店出版社 2016 年版。

[131]刘伟生:《〈历代赋汇〉赋序研究》,湘潭大学出版社 2016 年版。

[132]程鹏万:《简牍帛书格式研究》,上海古籍出版社 2017 年版。

[133]彭春艳:《汉赋系年考证》,上海古籍出版社 2017 年版。

三、论　文

[1]黄盛璋:《简牍以长短别尊卑考》,《东南日报》1948 年 4 月 7 日。

［2］胡念贻:《宋玉作品的真伪问题》,《文学遗产增刊》第一辑,作家出版社 1955 年版。

［3］姜亮夫:《秦诅楚文考释——兼释亚驼、大沈久湫两辞》,《兰州大学学报》1980 年第 4 期。

［4］赵从仁:《〈木兰诗〉题注源流辩》,《信阳师范学院学报》1986 年第 1 期。

［5］黎子耀:《〈易经〉与〈诗经〉的关系》,《文史哲》1987 年第 2 期。

［6］曹大中:《数量·过程·枝派——谈汉赋的一些基本情况》,《中国文学研究》1988 年第 1 期。

［7］何新文:《文士不遇与文学中的士不遇主题》,《湖北大学学报》1988 年第 4 期。

［8］葛兆光:《众妙之门——北极与太一、道、太极》,《中国文化》1990 年第 2 期。

［9］赵明:《楚辞九歌文化艺术断论》,《中州学刊》1993 年第 3 期。

［10］费振刚:《梁王菟园诸文士赋的评价及其相关问题的考辩》,《新亚学术集刊》第 13 期,香港中文大学新亚书院出版 1994 年版。

［11］郑良树:《论〈宋玉集〉》,《文献》1995 年第 4 期。

［12］解成:《崔瑗、崔寔生卒年考》,《河北学刊》1995 年第 4 期。

［13］沈毅:《人对死亡的态度及其意义》,《浙江学刊》1995 年第 5 期。

［14］许结:《论唐代赋学的历史形态》,《南京大学学报》1996 年第 4 期。

［15］刘昆庸:《汉赋山林描写的文化心理》,《文学评论》1996 年第 5 期。

［16］许结:《论宋玉赋的纯文学化倾向》,《阴山学刊》1996 年第 1 期。

［17］李炳海:《汉代文学遇与不遇主题的嬗革》,《中文自学指导》1998 年第 6 期。

［18］许结:《说〈浑天〉谈〈海潮〉——兼论唐代科技赋的创作与成就》,《辞赋文学论集》,江苏教育出版社 1999 年版。

［19］李炳海:《严肃的面孔和调侃的笑容——汉代颂箴及戏谑文杂议》,《辽宁大学学报》1999 年第 5 期。

［20］张宜迁:《〈遂初赋〉与两汉之际赋学流变》,《阜阳师范学院学报》2000 年第 2 期。

［21］李炳海:《帝都中心论的文化承载——古代京都赋意蕴管窥》,《齐鲁学刊》2000 年第 2 期。

［22］郭维森:《王延寿及其梦赋》,《南京大学学报》2000 年第 1 期。

［23］李士彪:《文选选录范围和标准新探》,《福建论坛》2000 年第 13 期。

［24］周禾:《〈楚辞〉选自"屈原赋之属"考论》,《华中师范大学学报》2000 年第 6 期。

［25］许结:《历代赋集与赋学批评》,《南京大学学报》2001 年第 6 期。

［26］胡晓明:《大赦渊源考》,《南京社会科学》2002 年第 4 期。

［27］踪凡:《蔡邕与鸿都门学的汉赋观》,《贵州社会科学》2002 年第 1 期。

［28］刘刚:《关于宋玉〈舞赋〉的问题》,《辽宁大学学报》2002 年第 4 期。

［29］刘刚:《〈笛赋〉为宋玉所作说》,《沈阳师范学院学报》2002 年第 1 期。

［30］胡发贵：《纸与中国古代文明》，《江苏教育学院学报》2002 年第 4 期。

［31］简宗梧：《赋体之典律作品及其因子》，《逢甲人文社会学报》2003 年第 6 期。

［32］赵逵夫：《汉晋赋管窥》，《甘肃社会科学》2003 年第 5 期。

［33］赵逵夫：《赵壹生平著作考》，《文学遗产》2003 年第 1 期。

［34］谢望原：《略论赦免的刑事政策意义》，《人民司法》2003 年第 9 期。

［35］郭英德：《光风霁月：宋型文学的审美风貌》，《求索》2003 年第 3 期。

［36］简宗梧：《赋体之典律作品及其因子》，《逢甲人文社会学报》2003 年第 6 期。

［37］伏俊琏：《汉代冷嘲热讽、嘻笑怒骂类俗赋》，《北方论丛》2004 年第 4 期。

［38］吴广平：《全汉赋辑校中存在的一些问题》，《中国韵文学刊》2004 年第 2 期。

［39］李炳海：《生命一体化和生命能量转换理念的艺术显现——先秦两汉文学中的伐树折枝事象》，《社会科学》辑刊 2004 年第 5 期。

［40］徐丹丽：《魏晋六朝赋序简论》，载南京大学古典文献研究所《古典文献研究》第七辑，凤凰出版社 2004 年版。

［41］王运熙：《总集与选本》，《古典文学知识》2004 年第 5 期。

［42］刘刚：《宋玉〈讽赋〉〈登徒子好色赋〉与司马相如〈美人赋〉比较研究》，《鞍山师范学院学报》2004 年第 2 期。

［43］赵逵夫：《关于枚乘〈梁王菟园赋〉的校理、作者诸问题》，《文献》2005 年第 1 期。

［44］韩晖：《〈文心雕龙〉论赋与〈文选〉赋分类定篇》，《广西师范大学学报》2005 年第 4 期。

［45］郤文倩：《从游戏到颂赞——"汉赋源于隐语说"之文体考察》，《中国文学研究》2005 年第 3 期。

［46］傅道彬：《〈屯〉卦考》，《北京大学学报》2005 年第 4 期。

［47］吴桂美：《东汉崔氏家族散文初探》，《海南大学学报》2005 年第 3 期。

［48］徐可超、李嘉：《扬雄对诙谐赋文化品位的提高》，《东方论坛》2005 年第 1 期。

［49］许结：《论赋的地理情怀与方志价值》，《济南大学学报》2005 年第 5 期。

［50］高代英：《〈古文辞类纂〉的文体学贡献》，《文学评论》2005 年第 5 期。

［51］龙文玲：《论汉武帝〈李夫人赋〉及其文学史意义》，《学术论坛》2006 年第 5 期。

［52］林小云：《两汉"士不遇"赋情感的表现及特征》，《福建师范大学学报》2006 年第 2 期。

［53］踪凡：《唐宋类书对汉赋的摘录与编类》，《中国韵文学刊》2006 年第 2 期。

［54］王晖：《柏梁台诗真伪考辨》，《文学遗产》2006 年第 1 期。

［55］李德辉：《唐代两京驿道：真正的"唐诗之路"》，《山西大学学报》2007 年第 1 期。

［56］踪凡：《李善〈文选注〉对汉赋的注释》，《贵州大学学报》2007 年第 3 期。

［57］宗明华：《张衡〈骷髅赋〉解析——庄子对汉魏抒情赋的影响》，《烟台大学学

报》2008 年第 4 期。

　　［58］杨春忠：《选本活动论题的张力及其研究》，《聊城大学学报》2008 年第 1 期。

　　［59］卞东波：《〈宋人总集叙录〉补遗》，《图书馆论坛》2008 年第 1 期。

　　［60］吴承学：《宋代文章总集的文体学意义》，《中国社会科学》2009 年第 2 期。

　　［61］邓建：《中国古代文学选本之厘定与辨析》，《理论界》2009 年第 11 期。

　　［62］何新文：《清谈和赋谈——从〈世说新语〉看两晋士人的辞赋评论》，《湖北大学学报》2009 年第 5 期。

　　［63］倪惠颖：《孙星衍撰辑〈续古文苑〉的文坛意义》，《南京大学学报》2009 年第 5 期。

　　［64］王水照、慈波：《宋代：中国文章学的成立》，《复旦大学学报》2009 年第 2 期。

　　［65］孙少华：《孔臧四赋与西汉诗赋分途发微》，《文学遗产》2009 年第 2 期。

　　［66］苏瑞隆：《汉魏六朝俳谐赋初探》，《南京大学学报》2010 年第 5 期。

　　［67］范春义：《傅毅〈舞赋〉"增衍说"驳证》，《文艺研究》2010 年第 9 期。

　　［68］熊良智：《扬雄〈蜀都赋〉释疑》，《文献》2010 年第 1 期。

　　［69］姚军：《〈古文苑〉收录之宋玉赋校记》，《辽东学院学报》2010 年第 6 期。

　　［70］聂春华：《君国与天下：汉赋中天子、士僚与国家观念》，《重庆师范大学学报》2010 年第 3 期。

　　［71］陈伯礼、王哲民：《周人观念中的天、德、刑———对〈尚书·周书〉的法伦理解读》，《求索》2011 年第 2 期。

　　［72］陈祥谦：《六朝〈文章志〉与别集之叙录》，《图书情报工作网刊》2011 年第 10 期。

　　［73］许结：《论赋注批评及其章句学意义》，《中国歆文学刊》2011 年第 4 期。

　　［74］程章灿：《总集与文学史权力——以〈文苑英华〉所采诗题为中心》，《南京大学学报》2011 年第 1 期。

　　［75］俞士玲：《情色的力量、规训与政治隐喻———以〈文选〉"情"类赋为中心》，《汉语言文学研究》2012 年第 4 期。

　　［76］余书涵、黄震云：《法律语境下的汉代文学——以汉赋为例》，《西北大学学报》2012 年第 5 期。

　　［77］王晓鹃：《〈古文苑〉与〈文选〉赋体分类管窥》，《西北师大学报》2012 年第 5 期。

　　［78］彭安湘：《地理赋的空间张力与情感安顿——以〈古文苑〉地理赋研究为例》，《湖北大学学报》2012 年第 5 期。

　　［79］曹宁：《〈汉书·艺文志〉篇卷问题新论》，《图书馆杂志》2013 年第 8 期。

　　［80］俞志慧：《从论辩游戏五称三穷看〈天问〉的成因》，《社会科学战线》2013 年第 1 期。

　　［81］李建军：《宋人古文选评之典范——〈崇古文诀〉选评特色及价值考述》，《古籍整理研究学刊》2013 年第 1 期。

［82］孔德明、刘学智：《从集赋到赋集：汉魏六朝赋的一个考察视角》，《昆明学院学报》2014 年第 5 期。

［83］许云和：《经典建构：〈隋书·经籍志〉总集的范式意义》，《文学遗产》2015 年第 4 期。

［84］于迎春：《"清"与汉初士人的生活价值》，《中州学刊》2015 年第 9 期。

［85］姚圣良：《汉人的"风水"观念与汉赋的文学表现》，《学术研究》2016 年第 10 期。

［86］刘明：《两汉"文人集"与〈诗赋略〉之关系考论》，《天中学刊》2017 年第 2 期。

［87］刘敏：《汉代天文学与汉赋的时空美学论略》，2017 成都《中国首届辞赋理论高端学术讨论会论文集》。

［88］李芳：《〈古文苑〉初探》，四川大学 2004 年硕士学位论文。

［89］谢芝华：《两汉赦宥研究》，南昌大学 2008 年硕士学位论文。

［90］彭安湘：《〈古文苑〉辞赋研究》，湖南科技大学 2008 年硕士学位论文。

［91］贺珍：《〈古文苑〉收录诗歌研究》，西北师范大学 2009 年硕士学位论文。

［92］唐普：《〈文选〉赋类研究》，四川师范大学 2011 年博士学位论文。

四、外 国 文 献

［1］［日］泷川资言：《史记会注考证》，文学古籍刊行社 1955 年版。

［2］［英］李约瑟：《中国科学技术史》第 4 卷《天学》，科学出版社 1975 年版。

［3］［德］爱克曼：《歌德谈话录》，朱光潜译，人民出版社 1980 年版。

［4］［德］马克思、恩格斯：《神圣家族》，人民出版社 1982 年版。

［5］［日］弘法大师著，王利器校注：《文镜秘府论校注》，中国社会科学出版社 1983 年版。

［6］［德］卡西尔：《人论》，上海译文出版社 1985 年版。

［7］［法］列维-布留尔：《原始思维》，商务印书馆 1985 年版。

［8］［法］罗贝尔·埃斯卡尔皮：《文学社会学》，上海译文出版社 1988 年版。

［9］Mark Edward Lewis, *Legal Violence in Ancient China*, Albany State University of New York Press, 1990, p.152.

［10］［德］胡伊津哈：《人：游戏者》，成穷译，贵州人民出版社 1998 年版。

［11］［美］理查德·A.波斯纳：《法律与文学》，李国庆译，中国政治大学出版社 2002 年版。

［12］［德］伽达默尔：《真理与方法》，洪汉鼎译，上海译文出版社 2004 年版。

［13］［荷］约翰·赫伊津哈：《游戏的人》，何道宽译，花城出版社 2007 年版。

［14］［奥地利］弗洛伊德：《梦的解析》，国际文化出版社 2011 年版。

［15］［奥地利］弗洛伊德：《弗洛伊德谈自我意识》，中国商业出版社 2011 年版。

［16］［美］田安：《缔造选本——花间集的文化语境与诗学实践》，马强才译，江苏人民出版社 2016 年版。

［17］［英］胡司德:《古代中国的动物与灵异》,蓝旭译,江苏人民出版社 2016 年版。

［18］［奥地利］奥托·魏宁格:《性与性格》,肖聿译,外语教学与研究出版社 2017 年版。

［19］［日］矢美都子:《关于庾信游仙诗中所表现的藤——从葛藟到紫藤》,《北京大学学报》1995 年第 5 期。

［20］［日］阿部顺子:《古文苑の成书年代てその出处》,《日本中国学会报》第五十三集,日本中国学会出版社 2001 年版。

后　记

　　当我敲打着键盘写下这最末两页文字的时候,仲夏夜的微风正徐徐吹进医院十楼的窗户。窗前月亮的清辉静静地洒落在地板上,熟睡中的母亲发出均匀而清晰的微鼾声……多么宁静的故乡之夜啊!这一刻让我暂时忘记了时间的流逝,忘记了人生聚散的离别和痛苦,忘记了生命本身有多么不堪一击的脆弱……真希望时间能永远定格于此!

　　在这样特殊的时地完稿,不仅是因为此书附着了一份特殊的情感、浸润着一种深切的人生体悟,更因为它是我学术思考逐步成熟的真实见证。

　　初涉选本研究始于十余年前,当年的硕士学位论文选题即为"《古文苑》辞赋研究"。那是我第一次进入选本选赋的领域,懵懂而新奇,无知而大胆,但向学之心却纯粹而浓烈。尽管当年主要是对《古文苑》的选赋进行粗浅的文本阐释,不过,对选本文献的爬梳与对辞赋文本的细读还是为后来的拓展研究打下了基础。像《地理赋的空间张力与情感安顿——以〈古文苑〉地理赋研究为例》即是其中的心得之作。读博时我主攻中国古代辞赋理论,在学术延伸拓展中,发现选本也是赋学批评的一种重要批评形态。于是将《古文苑》作为赋选批评的例证引入到了博士论文"中古赋论批评形态论"一章中。工作后,思考的触角继续伸展,又相继发表了《〈古文苑〉辞赋观及其选本批评形态意义》(2012)、《〈古文苑〉与〈文选补遗〉赋选观异同论》(2017)等文,还主持了《〈古文苑〉编撰体例与辞赋文本研究》(2014)及《中国传统文化的大众化研究——选本学视角下的〈古文苑〉辞赋研究》(2016)等课题,最终呈现出来的就是此书稿七章三十余万字的面貌。无疑,这本书确实是我十余年来不间断思考的产物。

　　学术的探索永无止境,《古文苑》研究是一个可以不断地开拓和挖掘的课题,现在收获的也仅是一个阶段性的成果而已。今后若条件允许,我将围绕着这个课题继续努力钻研,得出更多更有学术价值的成果。若就目前的收获来说,尽管只是就《古文苑》选赋进行放大化的探究,却希冀能见微知著:在选本学的视野下,"辨其体""析其文""究其变""推其志""察时风",将这一部赋选的格局情貌、意识功能、特性价值揭示出来。当然,囿于才识与精力,书中当有诸多粗疏不当之处,诚挚期待读者的批评指正。

　　此书得以出版要感谢的人很多。首先,感谢我的师友们。硕士导师吴广平教授当年精心指导我撰写毕业论文的场景依然历历在目,尽管毕业多年,他依然关切我的学术进展,对此书提出了许多中肯的修改、批评意见,并欣然为之作序;博士导师何新文教授热情地为我排忧解难、指点迷津,不时激励、提携我度过人生中的困境;陕西师范大学的王晓鹃教授亦给予了诸多帮助,不仅馈赠了大作《〈古文苑〉论稿》及北京图书馆藏九卷本《古文苑》的影像,而且其《古文苑》研究的学术观点更是对我启发良多。同时,湖北大学文学院的部分老师和同学均通过各种方式在工作上、生活上关心、帮助我,如朱伟明教授、刘继林教授、邹福清老师、余兰兰老师、李晓老师以及我的研究生王婧、郭玲、刘叶梦、邹阳、陈玉容等等。他们的深情厚谊,令我感触尤深。

其次,感谢我的家人。在撰写、修订书稿的三年间,母亲罹病多次住院,她老人家却总劝我不要太过劳累。就在刚刚,母亲醒了,第一句话就是“还没睡啊? 早点休息啊”;老父亲为了分担我武汉、湘潭两边跑的压力,则在老家无微不至地照顾着母亲;我的先生、儿子也积极分忧,在我焦虑不安时,不时开导、劝慰我。这一段一路互相鼓励着前行,艰难而温馨的岁月,均在书中的寸寸节节留下了永久的印记。在此,祈祐岁月静好,家人康健平安。

同时,此书的写就还离不开湖北大学文学院中国语言文学国家一流学科的大力支持和帮助,而全书的校对、编辑,则由人民出版社陆丽云编审的辛勤付出、细致工作才得以实现。在此,对抽出时间和精力支持、帮助我撰写、出版此书的各位亲友同仁、领导朋友,表示最衷心的感谢和敬意!

“水积成川,载澜载清;土积成山,歊蒸郁冥”,学术如此,万物修成善果亦如此。是为记。

彭安湘

2019 年 7 月 12 日深夜于湘潭

附　　记

　　本书部分内容是湖北省 2016 年人文社科基金项目的结题成果。后在此基础上增设章节、扩充范围、加大篇幅，又于 2021 年获批了国家社科基金后期资助项目。本书最终正式出版时，离初稿的写定已隔了四年多的时长。四年间，经历了很多的波折：疫情的阻隔、课题的申报、成果的修改、结项的等待……也闻见了诸多有关生死、得失、悲喜的人事和场景，而其中最让我痛惜的是母亲永远地离开了我们。"遥夜人何在？澄潭月里行。悠悠天宇旷，切切故乡情。"2019 年完稿时那个夜晚的情景永远不会再有了。但寄于此书内外的对母亲的记忆以及留恋、惋惜和内疚却时时盘桓于心中，难以释怀。

　　逝者如斯，人生可悯。蓼莪之悲，终生长恸！在此，谨以此书献给我一生劬劳的母亲！

彭安湘

2023 年 12 月 31 日于武昌湖大琴园小区